Emily Brontë

Hurlevent

(*Wuthering Heights*)

Préface de Patti Smith

Édition de Raymond Bellour

*Traduction
de Jacques et Yolande de Lacretelle*

Gallimard ·

PRÉFACE

C'est dans le Yorkshire de l'Ouest, dans le village de Haworth, derrière l'église de la paroisse, que se trouve le Brontë Parsonage Museum. La visite de cet ancien presbytère permet de voir les modestes mais si précieux objets que possédait la famille Brontë. Au nombre de ces émouvants trésors, on remarque, dans le coin d'une vitrine, une tasse de porcelaine blanche. Elle attire l'œil car le nom qui y est inscrit en lettres d'or a ce pouvoir : Emily Jane Brontë. Une tasse singulière pour une enfant singulière.

Emily, cinquième d'une fratrie de six, naquit le 30 juillet 1818 dans le village de Thornton. Ses parents étaient Maria Branwell et Patrick Brontë, prêtre irlandais de l'Église d'Angleterre. En 1820, la famille s'installa à Haworth, où Patrick avait été nommé vicaire perpétuel. Maria mourut malheureusement peu de temps après la naissance de leur dernier enfant, Anne. En 1825, les deux sœurs aînées décédèrent tragiquement de la tuberculose. C'est sous l'œil vigilant de leur père que les enfants Brontë qui avaient survécu reçurent une éducation. Durant leurs heures de loisir, poussés par un

*élan collectif de création, ils devinrent les archi-
tectes attentifs d'un pays très détaillé qu'ils avaient
inventé. Tous les enfants faisaient montre de talents
divers, bien qu'Emily se détachât un peu de son
frère et de ses sœurs du fait de sa taille et de son
goût pour la solitude et l'indépendance.*

*Enfant, on l'avait décrite comme ayant les yeux
d'une créature qui n'est qu'à demi apprivoisée.
Attirée par le surnaturel, elle avait tendance à
improviser des histoires pleines de fées et de tempêtes. Rêveuse indisciplinée, elle avait gravé avec
effronterie la lettre E sur l'acajou de la table à écrire
commune et jouait du Mozart et du Brahms sur un
piano droit. Son père la considérait comme le génie
de la famille et la distinguait donc de ses autres
enfants, bien qu'il ne le fît pas toujours de façon
conventionnelle. Il lui apprit à tirer au pistolet et
sentait sans aucun doute qu'elle ressemblait à ses
ancêtres irlandais, ces gens à la volonté de fer du
comté de Down.*

*Elle devint une jeune fille grande et élancée aux
lourdes tresses brunes et à l'air sombre et mystérieux. Elle évitait la compagnie des gens, leur préférant ses oies et un faucon merlin blessé qu'elle
baptisa Hero. Accompagnée de ses chiens rustiques,
elle allait et venait sur la lande où la bruyère balayée
par le vent était pareille à l'océan agité d'une longue
chevelure parfumée. Refusant les jupons, elle grim-
pait sur les rocailles emmitouflées de brouillard et
traversait des torrents glacés : l'eau transperçait les
bottes de cuir qu'elle avait lacées sous ses jupes.
Plongés dans cette agitation, ses profonds yeux noi-*

sette dissimulaient à peine la dualité croissante de son âme.

Emily n'avait besoin ni de guide ni de biens matériels. Le moment vint pourtant où les quatre enfants durent se lancer pour gagner leur vie. Seule Charlotte se vit proposer une vie de femme mariée, ce qu'elle refusa en bonne et due forme. Après quelques tentatives infructueuses, Emily trouva un emploi à la Law Hill school, *une école d'Halifax. Elle se plia aux exigences excessives de sa tâche car elle était tout à fait capable de supporter une grande charge de travail. Elle s'intéressa à son environnement, à cette architecture croulante et à ces griffons défigurés, ainsi qu'aux histoires au sujet d'étranges résidents qui se racontaient. La nuit, elle écrivait des poèmes dont personne n'avait connaissance. Aidée par son imagination débordante et par le spectacle familier du paysage vallonné, elle tint bon, dans les premiers temps, malgré le labeur de Law Hill. Mais l'impression grandissante d'être enfermée, associée aux insomnies et au jeûne auquel la contraignait sa mélancolie, finirent par la briser.*

Son malaise eut pour conséquence de la libérer de son emploi et elle retourna avec gratitude à Haworth. Emily était profondément attachée à sa maison – et à la lande. Elle s'y épanouit physiquement, libre de parcourir la campagne et satisfaite de sa solitude. Elle prenait un grand plaisir à ses tâches ménagères et se retirait à la fin de la journée dans l'étroite salle d'étude des enfants, qui n'était pas chauffée, et où elle se blottissait pour dormir dans le petit lit qu'elle avait autrefois partagé avec sa sœur Charlotte.

*Pendant l'été 1845, les quatre membres de la fra-
trie, ayant tous souffert des revers sentimentaux,
furent une fois de plus réunis au presbytère. Ce
ne fut absolument pas une heureuse réunion de
famille puisque Branwell, confronté à l'échec tant
sur le plan professionnel que personnel, était dans
un état déplorable à son arrivée. Et, assurément,
un repentir montre bien qu'il s'est fait disparaître
d'un portrait de groupe, comme s'il ne méritait pas
d'être en compagnie de ses sœurs : tableau poignant,
prophétique peut-être, au vu de ce qu'elles allaient
accomplir.*

*Le comportement instable de Branwell régentait
leur vie quotidienne, si bien qu'elles ne pouvaient
avoir que peu de certitude concernant leur avenir.
C'est au beau milieu de cette angoissante période
d'agitation que Charlotte découvrit les poèmes
d'Emily dans son secrétaire portatif qui était resté
ouvert. Persuadée de leur qualité, elle s'efforça de les
faire publier. Après de nombreuses protestations de
la part d'Emily, cette mission fut accomplie quand
parut un recueil de poèmes écrits par les trois
sœurs sous couvert de pseudonymes : Currer, Ellis
et Acton Bell. Elles brouillaient ainsi la frontière
entre les sexes. Bien que ce petit projet n'eût rien
rapporté financièrement, l'étincelle de l'ambition
avait pris. Les trois sœurs, rappelant ainsi les jeux
créatifs de leur jeunesse, mirent en place un nouveau rituel. Elles arrêtaient de coudre à neuf heures
du soir et, tandis que Branwell faisait la tournée des
pubs, elles se rassemblaient clandestinement dans le
salon. Chacune s'occupait de son roman, harcelait*

sa muse et marchait autour de la table : on aurait
cru qu'elles jouaient aux chaises musicales.

Tout au long de l'hiver sans fin de l'année 1847,
elles marchèrent, elles se disputèrent et se provoquèrent les unes les autres. Elles écrivaient depuis
leur enfance : c'était une forme de divertissement
qui leur était propre et assurait leur bonne entente.
Elles inventaient des histoires scandaleuses, des
pays en guerre, des rois qui se battaient en duel :
un jeu de trônes rien qu'à elles. Autour de la table
tachée d'encre qui avait en son centre une trace
de brûlure de bougie de la taille d'une petite main,
chacune conçut son héroïne en la nourrissant de la
sève qu'elles tiraient de leur situation particulière.
Anne proposa son alter ego en la personne de la
douce et compréhensive Agnès Grey. Charlotte, dans
un acte de défi fièrement assumé, créa Jane Eyre,
cette petite femme d'apparence ordinaire qui inspire
l'amour. Agnès Grey et Jane Eyre allaient toutes
les deux devoir surmonter de nombreuses épreuves
avant de connaître, à la fin du livre, un amour terrestre et constant leur permettant de s'épanouir.

Et quelle est l'œuvre d'Emily ? Pas de pareille
gloire méritée pour elle. Elle s'inspira des battements
agités de son cœur et laissa le champ libre à cette
apparition tourmentée, Catherine Earnshaw, dont
la main aux doigts pâles se tend depuis le tombeau
comme pour arrêter le souffle de l'âme sœur qui
lui était prédestinée. Ceux qui ne connaissent pas
la passion sont pâles et ceux que la passion fait
languir prennent une couleur qui leur est propre,
celle de la mort.

Les protagonistes de Charlotte et d'Anne cher-

chaient la rédemption, l'équilibre. Emily ne souhaitait pas pareille issue. Elle créa une héroïne qui,
engendrée par de curieux vents, reflétait l'éventail de
ses propres émotions, allant de l'inconstance intérieure à la grande discipline imposée par l'abnégation. Emily était pareille à un petit volcan qui,
endormi, aurait pourtant bouillonné sans arrêt et
aurait craché sa lave dans les mots et les actions des
personnages qu'elle avait choisis. Elle suivait avec
sévérité son propre sens de la morale et refusait de
s'en détacher, pas même pour apaiser ses sœurs que
cela contrariait énormément. On estima que Hurlevent, qui entaillait les chaînes des conventions, était
une œuvre d'une puissance singulière, mais d'une
sauvagerie et d'une abjection morale telles que le
livre allait jeter Ellis Bell, que cela lui plût ou non,
au cœur du débat public.

*

Hurlevent s'ouvre par un double récit dans le
temps réel du roman. Un certain Mr. Lockwood
s'aventure dans les landes lointaines pour rendre
visite à son nouveau propriétaire et se voit forcé de
rester pour la nuit à cause de la météo capricieuse.
Une atmosphère on ne peut plus lugubre règne dans
cette maison où les jeunes gens, pleins d'amertume,
restent tapis dans les coins. Heathcliff, seigneur
du manoir qui tombe en ruine, semble hanter sa
propre demeure comme un fantôme enragé et incu-
rablement vivant.

Lockwood, qui est extrêmement curieux, interroge
Nelly Dean, sa gouvernante dévouée, qui a été, au

*long de sa vie, témoin de presque tous les drames
liés à la maison du propriétaire, Hurlevent. Nelly
raconte à Lockwood une histoire tragique d'amour
et de vengeance sans limites, qu'il nous raconte à
son tour, comme Ismaël.*

*Environ trente ans auparavant, le père de la
jeune Catherine Earnshaw promet de lui rapporter un fouet de Liverpool, mais ramène à la place
un gamin des rues, un petit être à la peau sombre
appelé Heathcliff dont les yeux brillent comme de
l'onyx mouillé. Catherine est une impertinente, mais
quelque chose chez Heathcliff touche les ressorts de
son âme. Il n'a pas d'histoire, comme s'il était sorti
du cratère d'une météorite venant de s'écraser. Nelly
l'appellera oiseau de mauvais augure, et pourtant
son être semble être le reflet de celui de Catherine. Ils
deviennent inséparables en grandissant, explorent
la campagne sauvage et ont autant conscience du
temps toujours changeant sur les hautes herbes que
ces herbes elles-mêmes.*

*Dissimulé dans un recoin, Heathcliff écoute
Cathy confier à Nelly que l'épouser – lui, le gitan
sans moyens – serait s'avilir. Fou de rage, ce dernier quitte la maison brutalement avant qu'elle ne
finisse de parler et révèle la vraie nature des sentiments qu'elle éprouve pour lui. S'il avait attendu
un infime instant de plus, s'il était sorti de l'ombre
pour qu'elle devienne sienne, ces moitiés errantes
auraient été réunies. Au lieu de quoi il s'enfuit,
blessé dans sa chair et maudissant tout sur son
chemin. Et il sera lui-même maudit à son tour.*

*L'héroïne de Charlotte Brontë, Jane Eyre, refu-
serait d'épouser toute autre personne que l'homme*

*que son âme a choisi, quand bien même cela la
condamnerait à marcher seule sur le chemin de la
vie. Mais ce sont les impulsions qui règnent dans
l'univers mental de l'héroïne d'Emily Brontë, ce qui
provoque le chaos. Dans* Hurlevent, *un terrible scé-
nario est mis en place puisque Cathy va à l'encontre
de sa nature et consent à épouser un homme qui lui
apportera le confort, un statut et qui l'adorera mais
qu'elle n'aime pas. Ce choix engendre une souffrance si terrible que la nature elle-même doit en
absorber une partie et devient par conséquent d'une
rare intensité autour du foyer de cette douleur.*

*Heathcliff revient après s'être enrichi, poulain
orphelin galopant à pleine vitesse pour semer la
désolation dans la maison de ceux qui l'ont nourri.
Il détruira tout ce qui l'entoure, y compris Cathy.
Elle en a épousé un autre et il fait de même uniquement afin de la provoquer. Cathy ne bataille pas
avec sa conscience mais plutôt avec sa passion, et
lui sous-estime la capacité qu'elle a à le faire souffrir autant qu'elle. Indifférente à son environnement
et à l'enfant qu'elle porte, elle dépérit de fièvre et de
privations qu'elle s'est imposées. Seule la généra-
tion suivante connaîtra la libération. Elle lâche la
branche qui la maintient sur terre : les bras d'Heathcliff, les boucles de ses cheveux.*

Je voudrais vous tenir, *dit-elle à Heathcliff,*
jusqu'à ce que nous soyons morts tous les deux !

*S'il s'agissait d'un livret écrit pour Puccini ou
Verdi, tout se serait sûrement fini sur ces mots terri-
fiants. Mais Emily Brontë fait quelque chose d'inat-
tendu d'un point de vue structurel : elle continue.
Son récit nous plonge dans un purgatoire qu'on*

s'efforce d'éviter. Elle crée un climat de hantise, car tous sont progressivement hantés. Heathcliff est condamné à vivre tandis que Cathy demeure dans l'éther et n'a de cesse de l'appeler. Elle est tellement présente que passé et présent semblent suivre des cours parallèles. Ce n'est que grâce à la promesse d'une vengeance qu'Heathcliff peut garder un pied dans le monde matériel, et nous le suivons donc. Mais alors qu'Heathcliff s'acharne à rebâtir l'autel de leur amour, sa nature sacrilège étouffe les lianes de la raison.

> *Autre côté du miroir des héros.*
> *Crépuscule sur la lande envoûtant blafard.*
> *Enveloppé dans l'éclatante lumière du rêve.*
> *Il lui était presque insupportable de la regarder dans les yeux*
> *Quand le linceul de l'illusion tomba*
> *Ainsi que Dieu les fit ainsi que Dieu les fit*
> *Cruauté absolue que rachète l'amour absolu.*
> *Cruauté absolue que rachète l'amour absolu.*
> *Le trou noir d'une nuit sans lune*
> *La brusquerie éreintante du soleil.*

Heathcliff et Cathy immortalisaient l'amour impie. Ils portaient d'étranges couronnes forgées pour un royaume encore plus étrange – concept dérangeant en 1848. Emily n'allait pas fréquemment à l'église, préférant sans aucun doute avoir son propre système, c'est-à-dire pas de système du tout. Elle pouvait se placer sur le plan du tout cosmique, où l'on considère toute chose avec le regard objectif d'un faucon en vol. Tel allait être son pouvoir particulier : une capacité innée à comprendre qui lui permettait d'appréhender les pôles irriguant l'action humaine. Pas d'espace mythologique où l'on puisse trouver l'essence de principes moraux chez elle. Au-delà du périmètre de la religiosité, bien et mal sont simplement des éléments qui existent dans le tourbillon des mondes changeants.

L'auteur de ce conte brutal et résolument amoral s'arrêtait souvent dans ses tâches domestiques – la cuisson du pain ou le repassage de la dentelle de ses sœurs avec un fer à tuyauter – pour prendre des notes en vue de son roman sur des petites feuilles de papier. Hurlevent *donna lieu à une vague de critiques outragées qui s'intensifièrent à coup sûr quand on découvrit qu'Ellis Bell était une femme.*

Vous avez entre les mains un volume qui a du mal à contenir les mots qu'il renferme. Bien qu'il y ait eu des adaptations artistiques mémorables dans la culture populaire, il est impossible de vraiment connaître ce livre sans l'avoir lu. Cela allait être le seul roman d'Emily, son dernier effort, car, après sa publication, elle écrivit peu d'autres choses.

Pendant l'été 1848, Branwell, qui s'était complète-ment abandonné à l'alcool et à l'opium, était physi-quement épuisé et ses échecs enveloppaient presque entièrement la maisonnée Brontë de leur aura. Alors que l'automne se déployait, il fut emporté et, dans un tragique effet domino déclenché par sa mala-die, Emily et Anne le suivirent rapidement. Entouré de sa famille et de ses amis, tous impuissants, Branwell mourut dans les bras de son père affligé. Emily commença à être malade après les obsèques, qui avaient eu lieu dans le froid et l'humidité de l'église. Le calme soudain et terrifiant qui se mit à régner sur la maison lui tomba sur les épaules comme un pesant suaire. Ce frère qui avait, au mieux, donné tant d'énergie créatrice, transmit la tuberculose sans le vouloir à celle qui l'avait soigné. Entre cette maladie et son affaiblissement volontaire, elle dépérit, à l'image de son héroïne, comme un jeune arbre empoisonné.

Ellis Bell n'écrirait plus. Son chien, Keeper, suivit le cortège funèbre et continua à aboyer et à monter la garde devant sa chambre longtemps après sa mort. Anne suivit le même chemin et mourut en bord de mer à Scarborough. Elle implora la sœur qui lui restait d'être courageuse. Charlotte, qui se considérait comme la moins prometteuse, se retrouva toute seule. Elle coupa des mèches des cheveux de ses sœurs pour en tresser un collier et une bague de deuil. Dans le silence que le destin lui avait réservé, elle termina Shirley, *en hommage à Emily, et écrivit son chef-d'œuvre,* Vilette. *Elle continuait, par habitude, le rituel du tour de la table commune et s'arrêtait sûrement pour suivre du doigt l'initiale* E *qu'on avait gravée avec effronterie.*

Emily mourut par un bel après-midi de décembre. Elle n'avait que trente ans. Où alla-t-elle quand elle détourna les yeux du soleil ? Peut-être partit-elle marcher, sans contrainte, dans les collines sauvages et désolées du Yorkshire. Ne nous mêlons pas de ses affaires. Elle n'a jamais reculé. Son esprit sans entrave n'a pas créé un monde propret. En écrivant Hurlevent, *elle n'a pas offert ce que les gens souhaitaient : elle a offert ce qu'elle avait.*

Emily Jane Brontë : des jupes flottantes et des manières de bohémienne. C'est à sa façon qu'elle a bu la vie. Dans cette même tasse qu'on voit dans la vitrine au presbytère de Haworth. C'est ma tasse, met en garde son esprit, que vos lèvres ne la touchent pas ou vous serez condamnés à sentir le venin de mon sang, et vous tremblerez de la terrible vérité de l'amour.

PATTI SMITH

Traduction de Pierre Labrune.

HURLEVENT

I

1801

Je viens de rentrer après une visite faite à mon propriétaire, l'unique voisin qui troublera ma solitude. Ce pays est assurément très beau. Je ne crois pas que, de toute l'Angleterre, j'eusse pu me fixer dans un endroit si parfaitement soustrait au train du monde. Un vrai paradis pour misanthrope ! Et nous formons, Mr. Heathcliff et moi, la meilleure paire qui soit pour nous partager ce désert. Quel homme admirable ! Il ne s'est guère douté à quel point mon cœur le comprenait lorsque j'ai vu ses yeux noirs s'abriter, à mon approche, avec tant de méfiance sous les sourcils, et ses doigts plonger plus profondément dans son gilet, avec une résolution farouche, à l'annonce de mon nom.

— Mr. Heathcliff ? dis-je.

Un signe de tête fut la réponse.

— Mr. Lockwood, votre nouveau locataire, monsieur. Je me fais un devoir de me présenter à vous dès mon arrivée, pour vous exprimer l'espoir que je ne vous ai pas gêné par mon insistance à

vouloir habiter Thrushcross Grange. J'ai entendu
dire hier que vous aviez eu quelque inquiétude...

— Thrushcross Grange est à moi, monsieur,
interrompit-il en reculant. Je ne permets à personne de me gêner si j'ai le moyen de l'empêcher.
Entrez !

Cet « entrez » fut prononcé avec des dents serrées et exprimait le sentiment : « allez au diable ! ».
La clôture elle-même sur laquelle il était appuyé
ne manifestait aucun mouvement en accord avec
le mot, et je crois que cette circonstance me déter-
mina à accepter l'invitation : je me sentais attiré
par un homme qui me paraissait plus absurde-
ment insociable encore que moi-même.

Lorsqu'il vit le poitrail de mon cheval pousser
doucement la barrière, il avança enfin la main
pour enlever la chaîne. Puis il me précéda avec
mauvaise humeur le long de l'allée et cria, lorsque
nous arrivâmes dans la cour :

— Joseph, prenez le cheval de Mr. Lockwood
et apportez-nous du vin.

« Voilà de quoi se compose tout le personnel, je
suppose, me dis-je en entendant ces ordres réunis. Pas surprenant que l'herbe pousse entre les
dalles, et le bétail doit être seul chargé de tailler
les haies. »

Joseph était un homme d'un certain âge, bien
plus, un vieil homme ; et très vieux, peut-être,
quoique intact et vigoureux.

— Dieu nous assiste ! murmura-t-il avec un air
bourru et mécontent, cependant qu'il s'emparait
de mon cheval.

Dans l'intervalle il me dévisagea avec tant

d'aigreur que je conjecturai charitablement que l'assistance divine lui était nécessaire pour digérer son repas et que son pieux appel n'avait rien à voir avec mon arrivée imprévue.

L'habitation de Mr. Heathcliff se nomme Hurlevent, appellation provinciale qui dépeint de façon expressive le tumulte d'atmosphère auquel la situation de cette demeure l'expose quand la tempête souffle. En vérité, c'est au milieu d'une rafale d'air pur et vivifiant que l'on doit vivre là-haut par tous les temps. On imagine aisément la force des vents du Nord qui balaient la crête, rien qu'à voir quelques sapins chétifs, voisins de la maison, inclinés à l'extrême, et une haie de maigres aubépines qui toutes allongent leurs branches du même côté, comme si elles imploraient des aumônes du soleil. Heureusement l'architecte avait eu la prévoyance de faire une construction solide ; les fenêtres étroites sont creusées profondément dans le mur et les angles défendus par de grosses pierres en saillie.

Avant de franchir le seuil, je m'arrêtai pour admirer des figures grotesques sculptées à profusion sur la façade, particulièrement autour de la grande porte. Au-dessus de celle-ci, parmi un grouillement de griffons effrités et de cupidons impudiques, je déchiffrai la date « 1500 » et le nom « Hareton Earnshaw ». J'aurais voulu faire quelques remarques et réclamer du farouche possesseur un bref historique de l'endroit ; mais son attitude devant la porte semblait commander une prompte entrée ou un départ définitif, et je

ne désirais nullement redoubler son impatience
avant d'avoir été admis au sanctuaire.

Une marche nous mena, sans aucun passage ni
vestibule, dans le hall commun, pièce qui est par
excellence ce que l'on nomme ici « la salle ». Elle
réunit, en général, la cuisine et le salon ; mais je
pense qu'à Hurlevent la cuisine a été forcée de se
réfugier toute dans une autre partie. Du moins
le bruit de bavardage et le heurt d'ustensiles de
cuisine que je distinguais venaient de loin ; je ne
vis rien, auprès de l'énorme foyer, qui pût servir
à rôtir, bouillir ou faire le pain ; aucune casse-
role de cuivre ou écumoire d'étain ne luisaient
sur les murs. Pourtant un panneau reflétait merveilleusement la lumière et les flammes grâce à
des rangées de larges plats d'étain, de cruches
et de pots d'argent, qui s'étageaient sur un vaste
dressoir en chêne, jusqu'au toit même. Ce dernier
n'avait jamais été lambrissé et sa structure entière
se montrait à nu, excepté là où une planche de
bois surchargée de galettes, de jarrets de bœuf et
de mouton, de jambons, disposés en bouquets, la
masquait au regard. Sur la cheminée étaient plusieurs vieux fusils d'aspect peu reluisant, et une
paire de pistolets d'arçon ; en guise de décoration,
trois boîtes à thé, peinturlurées sans goût, étaient
alignées sur le rebord. Au sol, une pierre blanche
et polie ; des chaises à haut dossier de forme rustique, peintes en vert ; une ou deux autres, noires
et massives, se confondaient avec l'ombre. Sous
un cintre du dressoir, une chienne de chasse, de
poil roux foncé, était couchée parmi une portée

bruyante, tandis que d'autres chiens rôdaient autour de différents renfoncements.

Le local et l'ameublement n'auraient rien offert d'extraordinaire s'ils avaient été ceux d'un simple fermier du Nord, à l'air borné, aux membres solides et exposés avantageusement dans des culottes et des jambières. Un tel personnage, assis dans son fauteuil, un pot de bière moussant devant lui sur une table ronde, vous le verrez dans n'importe quelle tournée de cinq ou six milles à travers ces montagnes, si vous la faites à l'heure propice, qui est après le repas. Mais, en ce qui concerne Mr. Heathcliff, il existe un singulier contraste entre sa demeure et la façon dont il y vit. Il a l'apparence d'un bohémien à la peau boucanée, l'habillement et les manières d'un gentilhomme. J'entends un gentilhomme autant que peuvent l'être les hobereaux. Il est assez mal mis peut-être, mais porte beau en dépit de cette négligence, car sa tournure est élégante et ferme ; et au total, plutôt morose. Quelques personnes, c'est possible, l'accuseront d'une dose d'orgueil mal placé. Je possède une fibre sensible qui me dit qu'il n'en est rien. Je sais, par affinité, que sa réserve provient d'une aversion pour l'étalage voyant des sentiments et les échanges trop démonstratifs. Il aimera et haïra avec la même impassibilité, il tiendra pour une sorte d'impertinence d'être aimé ou haï en retour. Non, je vais trop vite : je lui attribue généreusement mes propres réactions. Mr. Heathcliff, quand il retient sa main, et se refuse aux nouvelles connaissances, a probablement de tout autres raisons que les miennes. J'ose espérer que

mon caractère est presque unique. Ma chère mère
avait l'habitude de dire que je n'aurais jamais un
foyer agréable, et, l'été dernier en particulier, je
me suis montré tout à fait incapable de m'en créer
un.

Pendant un mois d'un séjour enchanteur au
bord de la mer, je fus jeté en présence d'une créature éblouissante, qui me parut une vraie déesse
aussi longtemps qu'elle ne fit aucun cas de moi. Je
ne « déclarai jamais ma flamme » par des paroles ;
cependant, s'il est un langage des yeux, un simple
idiot aurait pu deviner que j'avais perdu la tête.
À la fin elle me comprit et me donna en retour
son regard, le plus merveilleux des regards imaginables. Et que fis-je ? Je l'avoue à ma honte, je
me recroquevillai en moi-même, à la manière d'un
colimaçon ; à chaque coup d'œil j'étais plus glacial
et m'éloignais davantage jusqu'à ce que la pauvre
innocente doutât finalement de ses impressions,
et, perdue de confusion à l'idée de sa méprise,
persuadât sa maman de décamper. Par ce singulier tour d'humeur, j'ai gagné une réputation
d'insensibilité voulue ; combien imméritée, seul
je peux le savoir.

Je pris un siège près de la cheminée du côté
opposé à celui où allait mon propriétaire et, pour
occuper le silence, je voulus caresser la chienne
qui avait abandonné sa nichée et qui rampait
comme une louve derrière mes mollets, la lèvre
retroussée et les crocs humides de bave, prêts à
mordre. Ma caresse provoqua un long grognement.

— Vous feriez mieux de laisser la chienne tran-

quille, gronda Mr. Heathcliff à l'unisson, arrêtant
de plus féroces démonstrations par un coup de
pied. Elle n'est pas habituée à être gâtée... pas du
tout élevée en chien de salon.

Puis, faisant de grandes enjambées vers une
porte latérale, il cria de nouveau :

— Joseph !

Joseph marmotta quelque chose du fond de
la cave, mais ne manifesta aucune intention de
remonter ; si bien que son maître plongea dans
sa direction, me laissant vis-à-vis de la dangereuse chienne et d'un hideux couple de bergers
au poil hérissé, qui se partagèrent avec elle une
surveillance attentive de tous mes mouvements.
Peu désireux d'entrer en contact avec leurs dents,
je restai assis sans bouger ; mais, imaginant qu'ils
ne comprendraient pas des injures muettes, je
m'amusai par malheur à faire toute sorte de grimaces au trio ; et un certain mouvement de physionomie déplut si fort à la dame qu'elle devint
soudain furieuse et s'élança vers mes genoux. Je la
rejetai en arrière et m'empressai de mettre la table
entre nous. Cette manœuvre mit debout toute la
meute : une demi-douzaine de monstres à quatre
pattes, de tout âge et de toute taille, sortant de
repaires cachés, apparurent au beau milieu de la
pièce. Je sentis que mes talons et les pans de mon
habit étaient devenus des points d'assaut précis
et, tenant de mon mieux à l'écart les principaux
combattants à l'aide du tisonnier, je fus contraint
de réclamer bien fort l'assistance de quelqu'un de
la maison pour rétablir la paix.

Mr. Heathcliff et son domestique montèrent

les marches de la cave avec un calme vexant ; je
ne crois pas qu'ils allèrent une seconde plus vite
que d'ordinaire, bien qu'une tempête de rage et
d'aboiements eût éclaté autour de la cheminée.
Heureusement un habitant de la cuisine montra
plus de diligence : une vigoureuse commère, jupe
retroussée, bras nus et joues rougies par le feu,
se précipita au milieu de nous, brandissant une
poêle à frire. Elle se servit si bien à propos de
cette arme et de sa langue que la tempête se calma
par magie et qu'elle se trouvait seule, frémissant
comme la mer après un coup de vent, quand son
maître arriva sur la scène.

— Quel est ce bruit du diable ? demanda-t-il
en me toisant d'une manière que je supportai mal
après ce traitement inhospitalier.

— Du diable, en effet, grommelai-je. Le troupeau possédé du démon ne doit pas avoir de pires
instincts que ces animaux-là, monsieur. Autant
laisser un étranger au milieu d'une horde de tigres.

— Ils ne se battent pas avec les personnes qui
ne touchent à rien, observa-t-il, posant la bouteille devant moi et remettant la table en place.
Ces chiens font leur devoir en étant vigilants.
Prendrez-vous un verre de vin ?

— Non, merci.

— Pas mordu, n'est-ce pas ?

— Si je l'avais été, ce serait marqué sur la bête.

Un ricanement détendit l'attitude de Mr. Heathcliff.

— Là, là, vous vous échauffez, Mr. Lockwood,
dit-il. Allez, prenez un peu de vin. Les visiteurs
sont si rares dans cette maison que moi et mes

chiens, je dois l'avouer, savons très mal les recevoir. À votre santé, monsieur !

Je m'inclinai et retournai le souhait, sentant
qu'il serait ridicule de bouder davantage à propos
de ces méchantes bêtes et de leurs incartades. Je
me souciai peu, en outre, de divertir plus longtemps le personnage à mes dépens, du moment
que les choses avaient pris ce tour. Lui-même,
guidé sans doute par la crainte d'offenser un bon
locataire, modifia quelque chose dans sa manière
de supprimer les pronoms et les verbes auxi-
liaires ; cherchant un sujet qu'il supposait m'intéresser, il entama un discours sur les avantages et
les désavantages de mon lieu de retraite actuel. Je
le trouvai fort avisé et cela m'encouragea, avant de
repartir, à exprimer le désir d'une autre visite dès
le lendemain. Il était évident qu'il ne souhaitait
nullement le retour de l'intrus. J'irai cependant.
Il est étonnant comme je me sens sociable comparé à lui.

II

L'après-midi d'hier commença dans le brouillard
et le froid. J'eus presque envie de le passer au coin
du feu dans mon cabinet de travail, au lieu d'aller
patauger à travers la lande boueuse jusqu'à Hurlevent. Cependant, en sortant de table (N. B. : je
dîne entre midi et une heure ; la gardienne, une
matrone considérée comme un objet inséparable

de la maison, ne pouvant ou ne voulant comprendre ma requête d'être servi à cinq heures),
alors que je montais l'escalier avec cette idée de
paresse, je vis, comme j'entrais dans la pièce, une
jeune servante à genoux, entourée de balais et de
seaux à charbon, qui soulevait une poussière infernale en étouffant les flammes sous des monceaux
de cendre. Cette vue me fit aussitôt reculer. Je
pris mon chapeau et, après une marche de quatre
milles, j'arrivai à la grille de Hurlevent, juste à
temps pour éviter les premiers flocons duvetés
d'un tourbillon de neige.

Sur ce plateau dénudé, la terre était durcie par
une gelée sombre et l'air me fit frissonner dans
tous mes membres. Incapable d'enlever la chaîne,
je sautai par-dessus la barrière, et, montant à la
course l'allée empierrée que bordaient des buis-
sons de groseilliers épars, je frappai vainement
pour entrer, jusqu'au moment où mes doigts
endoloris et les hurlements des chiens me firent
cesser.

« Maudits habitants ! proférai-je en moi-même.
Une inhospitabilité aussi obstinée mériterait que
vous fussiez à jamais abandonnés par vos semblables. Aurais-je l'idée de me barricader en plein
jour ? Mais cela m'est égal, j'entrerai ! »

Sur cette résolution, j'empoignai le loquet et le
secouai violemment. Joseph, à la mine fielleuse,
passa la tête par une lucarne de la grange.

— Quoi qu'vous faites ici ? cria-t-il. Le maître
est descendu aux bestiaux. Faites le tour si vous
voulez lui parler.

— Est-ce qu'il n'y a personne à l'intérieur pour ouvrir la porte ? criai-je en réponse.

— Personne que la maîtresse. Et elle vous ouvrira point, même que vous continueriez votre sacré tapage jusqu'à la nuit.

— Pourquoi ? Ne pouvez-vous lui dire qui je suis, hein, Joseph ?

— Ce sera toujours pas moi ! Je veux point être dans c't'affaire, murmura la tête en disparaissant.

La neige commençait à s'épaissir. Je saisis la poignée pour faire une nouvelle tentative, quand un jeune homme sans manteau, une fourche sur l'épaule, apparut dans la cour de derrière. Il me cria de le suivre et, après avoir traversé un lavoir et un espace pavé où se trouvaient un abri à charbon, une pompe et un pigeonnier, nous arrivâmes enfin dans la vaste pièce chaude et gaie où j'avais été reçu la première fois. Elle brillait à la lueur joyeuse d'un grand feu composé de charbon, de tourbe et de bois. Près de la table, servie pour un plantureux repas du soir, je fus bien aise de voir la « maîtresse », personne dont je n'avais jamais soupçonné l'existence auparavant. Je m'inclinai et attendis, pensant qu'elle m'inviterait à prendre un siège. Elle me considéra, renversée sur sa chaise, et resta immobile et muette.

— Vilain temps, fis-je remarquer. Je crains, Mrs. Heathcliff, que la porte n'ait souffert du service inattentif de vos domestiques. J'ai eu un dur travail pour me faire entendre d'eux.

Elle n'avait toujours pas ouvert la bouche. Je la fixais des yeux, elle me fixait pareillement ; tout au moins elle dirigeait sur moi un regard froid et sans expression, très embarrassant à supporter.

— Asseyez-vous, dit le jeune homme avec rudesse. Il va rentrer bientôt.

J'obéis et, après avoir toussé légèrement, j'appelai la misérable Juno qui daigna, à cette seconde entrevue, remuer l'extrême bout de sa queue en signe de connaissance.

— Un magnifique animal ! repris-je. Avez-vous l'intention de vous séparer de ses petits, madame ?

— Ils ne m'appartiennent pas, répondit l'aimable hôtesse avec plus de répugnance encore que n'aurait pu le faire Heathcliff lui-même.

— Ah ! vos préférés sont parmi ceux-ci ? continuai-je, me tournant vers un coussin dans l'ombre où je crus voir des chats.

— Étrange préférence ! répliqua-t-elle avec une expression ironique.

Je n'avais pas de chance, c'était un tas de lapins morts ! Je toussai de nouveau et, me rapprochant de l'âtre, renouvelai mon observation sur la fureur du temps.

— Vous n'auriez pas dû sortir, dit-elle, se levant pour atteindre sur la cheminée deux des boîtes à thé.

Jusque-là elle avait été abritée de la lumière. Maintenant je distinguais entièrement son corps et son visage. Elle était élancée et avait apparemment dépassé de très peu l'adolescence : une silhouette admirable et la plus exquise petite figure que j'aie jamais eu le plaisir de contempler. Des traits fins d'une grande beauté, des boucles couleur de lin ou plutôt d'or flottant sur son cou déli-

cat ; quant aux yeux, s'ils avaient à ce moment
exprimé la douceur, ils auraient été irrésistibles.
Heureusement pour mon cœur prompt à s'émouvoir, le seul sentiment qu'ils mettaient en évidence oscillait entre le dédain et une sorte de
désespoir auquel on ne s'attendait pas. Les boîtes
à thé étaient presque hors de sa portée ; je fis un
mouvement pour l'aider, elle se retourna vers moi
comme un avare en train de compter son or se
fût retourné vers quelqu'un qui lui eût offert son
assistance.

— Je ne désire pas votre aide, dit-elle vivement.
Je peux les attraper moi-même.

— Je vous demande pardon ! m'empressai-je de
répondre.

— Vous a-t-on invité à prendre le thé ? demanda-
t-elle, ayant noué son tablier sur sa jolie robe noire
et tout en balançant au-dessus de la théière une
cuiller pleine de feuilles.

— Je serai heureux d'en boire une tasse,
répondis-je.

— Vous a-t-on invité ? répéta-t-elle.

— Non, dis-je, souriant à demi. Vous êtes la
personne indiquée pour le faire.

Elle remit le thé, la cuiller et tout, puis regagna
sa chaise avec mauvaise humeur, fronçant le sour-
cil et faisant une moue de sa lèvre rouge, comme
une enfant prête à pleurer.

Pendant ce temps, le jeune homme avait jeté
sur ses épaules une veste indiscutablement usée,
et, debout devant les flammes, il abaissa vers
moi un regard oblique que tout le monde eût
pris pour l'éclair d'une haine mortelle et inassou-

vie. J'en arrivai à me demander s'il était ou non un domestique. Son habillement et son langage étaient aussi grossiers l'un que l'autre et tout à fait dépourvus de cette supériorité qu'on pouvait observer chez Mr. et Mrs. Heathcliff ; son épaisse chevelure brune était emmêlée et mal coiffée ; ses favoris hirsutes, pareils à un poil d'ours, enva- hissaient ses joues, et ses mains étaient hâlées comme celles d'un vulgaire laboureur. Cependant son maintien était aisé, presque hautain, et il ne montrait en rien l'empressement d'un serviteur auprès de la maîtresse de maison. N'ayant pas plus de preuves de sa condition, je préférai m'abs- tenir de toute remarque sur son étrange conduite, et, cinq minutes plus tard, l'entrée de Mr. Heath- cliff me tira, dans une certaine mesure, de ma position gênante.

— Vous voyez, monsieur, j'ai tenu ma pro- messe ! m'exclamai-je, affectant la cordialité. Et je crains que le temps ne m'oblige à vous demander abri pendant une demi-heure.

— Une demi-heure ? dit-il en secouant ses vête- ments couverts de flocons blancs. Je m'étonne que vous ayez choisi le moment où la neige tombe le plus fort pour battre la campagne. Savez-vous que vous courez le risque de vous égarer dans les marais ? Des gens connaissant nos landes ont sou- vent perdu leur route par de tels soirs, et je peux vous dire qu'il n'y a aucune chance que le temps change maintenant.

— Peut-être pourrai-je trouver parmi vos domestiques un guide qui resterait à la Grange

jusqu'à demain. Est-il possible de m'en procurer
un ?

— Non, c'est impossible.

— Ah ! vraiment ? Eh bien ! alors, il me faudra
compter seulement sur mon propre flair.

— Hum !

— Et le thé, allez-vous le faire ? demanda le
mal vêtu faisant passer son regard féroce de ma
personne à celle de la jeune femme.

— Est-ce que *lui* doit en avoir ? demanda-t-elle
en s'adressant à Heathcliff.

— Préparez-le, voulez-vous ? fut la réponse pro-
férée si brutalement que je tressaillis.

Le ton sur lequel ces mots avaient été prononcés
révélait une nature foncièrement mauvaise. Je ne
me sentis plus du tout enclin à admirer Heathcliff.
Quand les préparatifs furent terminés, il m'invita
en disant :

— Maintenant, monsieur, avancez votre chaise.

Et tous, y compris le jeune rustre, nous nous
mîmes autour de la table, observant un silence
sévère tandis que nous avalions notre repas.

Je pensai que, si j'étais la cause du nuage, il
était mon devoir de faire un effort pour le dissiper. Ils ne pouvaient pas, chaque jour, rester
assis avec cet air si taciturne et si renfrogné ; et il
était impossible, quelque mauvais caractère qu'ils
eussent, que cette contrainte générale où je les
voyais fût leur attitude ordinaire.

— Il est étonnant de constater, commençai-je
après avoir bu ma tasse de thé et tandis qu'on m'en
versait une autre, combien l'habitude peut modifier nos goûts et nos idées. Qui pourrait concevoir

une vie heureuse dans un exil aussi complet que
le vôtre, monsieur Heathcliff ? Cependant, je vais
me hasarder à dire qu'entouré de votre famille et
avec votre gracieuse compagne, bon génie régnant
sur votre maison et sur votre cœur...

— Ma gracieuse compagne ! interrompit-il avec
un rictus presque diabolique sur sa figure. Où est-
elle, ma gracieuse compagne ?

— Mrs. Heathcliff, votre épouse, veux-je dire.

— Ah ! bon... vous voulez dire que son esprit a
pris la fonction d'ange gardien et veille à la destinée de Hurlevent même sans son corps. Est-ce
cela ?

Comprenant ma bévue, j'essayai de la corriger.
J'aurais pu me rendre compte qu'il y avait une
trop grande différence d'âge entre eux pour qu'ils
fussent mari et femme. L'un avait à peu près quarante ans, époque où la maturité d'esprit permet
rarement aux hommes d'entretenir l'illusion que
l'amour conduit les jeunes filles à les épouser. Ce
rêve est laissé comme adoucissement au déclin
de notre vie. L'autre ne paraissait pas avoir dix-
sept ans.

Subitement, je fus éclairé. « Le pantin près de
moi, qui boit son thé dans un bol et mange son
pain avec des mains sales, doit être son mari,
Heathcliff fils, naturellement. Voilà la conséquence de s'enterrer vivant : elle s'est jetée dans
les bras de ce rustre par l'ignorance complète
qu'il existât quelqu'un de mieux. Et c'est grand
dommage. Prenons garde si ma présence lui fait
regretter son choix. » Cette dernière réflexion peut
paraître empreinte de vanité ; mais elle ne l'était

pas. Mon voisin, cela me frappait de toute évidence, éveillait presque la répulsion. Je savais par expérience que j'étais passablement séduisant.

— Mrs. Heathcliff est ma belle-fille, dit Heathcliff confirmant ma supposition.

Et il jeta, en parlant, un singulier regard dans sa direction, un regard de haine ; à moins que les muscles de sa physionomie, par un jeu bizarre et contrairement à ceux des autres gens, n'interprètent jamais le langage de son âme.

— Ah ! certainement. Je comprends maintenant. Vous êtes l'heureux possesseur de la fée bienfaisante, dis-je en me tournant vers mon voisin.

Cette remarque fut encore plus désastreuse. Le jeune homme devint écarlate et serra les poings avec une mauvaise intention évidente. Mais il parut se reprendre aussitôt et étouffa l'orage dans une imprécation grossière dont je fus gratifié en sourdine.

— Peu heureux dans vos conjectures, monsieur, observa mon hôte. Nous n'avons ni l'un ni l'autre le privilège de posséder votre bonne fée ; son époux est mort. J'ai dit qu'elle était ma belle-fille : par conséquent elle a dû épouser mon fils.

— Et ce jeune homme est…

— Pas mon fils, assurément.

Heathcliff sourit de nouveau comme si c'était une plaisanterie un peu forte que de lui attribuer la paternité de cet ours.

— Mon nom est Hareton Earnshaw, grommela l'autre, et je vous conseille de le respecter.

— Je n'ai pas montré d'irrespect, répondis-je,

riant intérieurement de la dignité avec laquelle il s'était présenté.

Il fixa son regard sur moi plus longtemps que je n'étais disposé à le soutenir, dans la crainte de me laisser aller à le souffleter ou à laisser échapper mon hilarité. Je commençais à me sentir très mal à ma place dans ce charmant cercle de famille. L'atmosphère sinistre qui régnait sur les esprits m'envahit, combattant non sans succès la chaleur et le bien-être matériel qui venaient des choses environnantes. Je résolus de prendre garde avant de me hasarder une troisième fois entre ces quatre murs.

Ce laborieux repas étant terminé et personne ne proférant un mot de conversation courtoise, je m'approchai d'une fenêtre pour inspecter le temps. Un spectacle affligeant s'offrit à ma vue ; la nuit noire tombait prématurément et les montagnes étaient confondues avec le ciel dans un même tourbillon de vent et de neige.

— Je ne crois pas qu'il me soit possible de rentrer maintenant à la maison sans guide, ne pus-je m'empêcher de m'écrier. Les routes seront déjà recouvertes et, si elles ne l'étaient pas, je pourrais à peine voir à un pied devant moi.

— Hareton, conduis cette douzaine de moutons sous le porche de la grange. Ils seront enterrés s'ils restent dans leur parc toute la nuit ; et mets-leur une planche par-devant, dit Heathcliff.

— Comment puis-je faire ? continuai-je avec une irritation croissante.

Ma question ne reçut pas de réponse. Promenant mon regard alentour, je vis seulement Joseph qui apportait un seau plein de pâtée pour les chiens, et Mrs. Heathcliff, penchée sur le feu, qui s'amusait à faire brûler une poignée d'allumettes tombées de la cheminée tandis qu'elle remettait à sa place la boîte à thé. Le premier, après avoir déposé son fardeau, passa une inspection critique de la pièce et dit avec des grincements de voix :

— Je me demande comment que vous faites pour rester là à paresser au chaud quand tout le monde est dehors. Mais vous ne valez pas grand'chose et c'est pas la peine de vous parler... Vous vous amenderez jamais de vos mauvaises façons et vous irez droit au diable, comme c'est arrivé à vot' mère avant vous.

Je crus un instant que ce morceau d'éloquence m'était adressé et, mis hors de moi, je fis un pas vers le vieux coquin avec l'intention de lui faire passer la porte à coups de pied. Lorsque la réponse de Mrs. Heathcliff m'arrêta court.

— Vous n'êtes qu'un vieux et abominable hypocrite ! dit-elle. N'avez-vous pas peur d'être enlevé en personne chaque fois que vous parlez du diable ? Cessez de me tourmenter, je vous y engage, ou bien je demanderai, en faveur spéciale, que l'événement se produise. Tenez ! Regardez, Joseph, continua-t-elle prenant un grand livre noir sur une étagère, je vais vous montrer comme je suis devenue forte dans les sciences magiques. Je serai bientôt capable de faire maison nette. La vache rousse n'est pas morte par hasard et vos rhumatismes peuvent difficilement être tenus pour des grâces du ciel.

— Oh ! la mauvaise, mauvaise créature ! soupira le vieux. Puisse le Seigneur nous délivrer du mal !

— Non, maudit ! Vous êtes réprouvé à jamais. Allez-vous-en, ou je vous ferai vraiment du mal. Je vais tous vous modeler dans la cire et l'argile, et le premier qui dépassera la limite que j'aurai fixée, sera... je ne dirai pas ce qui sera fait de lui... mais vous verrez. Allez, je vous surveille !

La petite sorcière fit passer un éclair de malignité moqueuse dans ses beaux yeux, et Joseph, tremblant sincèrement d'horreur, se hâta de disparaître, répétant entre ses prières :

— Oh ! la mauvaise !

Je me dis que la sortie de la jeune femme n'était qu'une plaisanterie un peu macabre, et, puisque nous nous trouvions seuls, je tentai de l'intéresser à ma détresse.

— Mrs. Heathcliff, dis-je de manière pressante, excusez-moi de vous déranger. Si j'ose le faire, c'est qu'un visage tel que le vôtre indique sûrement un bon cœur. Je vous en prie, donnez-moi quelques points de repère qui m'aident à trouver mon chemin jusque chez moi ; je n'ai pas plus d'idées pour arriver là-bas que vous n'en auriez pour aller à Londres !

— Prenez la route par laquelle vous êtes venu, répondit-elle tout en se rencognant dans un siège, le grand livre ouvert sur ses genoux près d'une chandelle. Cette indication est courte, mais c'est la plus sûre que je puisse vous donner.

— Alors, si vous apprenez qu'on m'a trouvé mort dans un marécage ou dans un trou plein de neige, votre conscience ne vous chuchotera pas que c'est un peu votre faute ?

— Comment cela ? Je ne peux pas vous accompagner. Ils ne me laisseraient pas aller jusqu'au mur du jardin.

— Vous ! Je serais navré de vous demander de sortir par une telle nuit pour ma seule convenance, m'écriai-je. Je voudrais que vous *m'indiquiez* le chemin et non que vous me le *montriez* ; ou encore, engagez Mr. Heathcliff à me donner un guide.

— Qui ? Il y a lui, Earnshaw, Zillah, Joseph et moi. Lequel pourriez-vous avoir ?

— N'y a-t-il pas de garçons à la ferme ?

— Non. C'est tout.

— Dans ces conditions, je suis contraint de rester.

— Pour cela, arrangez-vous avec votre hôte. Je n'ai rien à y voir.

— J'espère que cela vous servira de leçon et que vous ne vous hasarderez plus dans de semblables excursions sur ces montagnes, lança la voix forte de Heathcliff du seuil de la salle. Quant à rester ici, je n'entretiens pas de logements pour les visiteurs ; si vous vous y décidez, il vous faudra partager le lit de Hareton ou celui de Joseph.

— Je puis dormir sur un siège dans cette pièce, répondis-je.

— Non, non. Un étranger est toujours un étranger, qu'il soit riche ou pauvre, et je n'en laisserai aucun rôder chez moi hors de ma surveillance ! dit le grossier personnage.

Avec cette insulte, ma patience fut à bout. Je

murmurai une expression indignée et m'élançai vers la cour sans plus m'occuper de lui, butant contre Earnshaw dans ma hâte. Il faisait si sombre que je ne pus trouver là d'issue et, tandis que j'errais en rond, je surpris un nouvel échantillon de leur courtoisie les uns envers les autres. Au début, le jeune homme sembla parler en ma faveur.

— J'irai avec lui jusqu'au parc, dit-il.

— Tu iras avec lui en enfer ! s'exclama celui dont je ne savais s'il était son maître ou son parent. Et qui s'occupera des chevaux, hein ?

— La vie d'un homme a assez d'importance pour qu'on néglige un soir les chevaux. Il faut que quelqu'un y aille, murmura Mrs. Heathcliff avec plus de bonté que je ne m'y attendais.

— Je ne suis pas à vos ordres, repartit Hareton. Si vous vous intéressez à lui, vous feriez mieux de vous taire.

— Eh bien ! j'espère que son fantôme vous poursuivra, et j'espère que Mr. Heathcliff ne trouvera jamais d'autre locataire jusqu'à ce que la Grange ne soit plus qu'une ruine, répondit-elle vivement.

— Écoute-la ! écoute-la… Elle est en train de les maudire, murmura Joseph, vers qui je m'étais dirigé.

Il était assis à portée des voix, trayant les vaches à la lumière d'une lanterne. Je m'en emparai sans cérémonie et, criant que je la renverrais le lendemain, je courus vers la sortie la plus proche.

— Maître… maître ! le v'là qui vole la lanterne ! hurla le vieux, courant à mes trousses. Allez, Gnasher ! Allez, mon chien ! Allez, Wolf, tiens-le ! tiens-le !

Comme j'ouvrais le portillon, deux monstres poilus sautèrent à ma gorge et me renversèrent à terre, éteignant la lumière ; en même temps les gros rires réunis de Heathcliff et de Hareton mettaient le comble à ma rage et à mon humiliation. Heureusement les bêtes manifestaient le désir d'étendre leurs griffes, de bâiller et d'agiter triomphalement leur queue plutôt que de me dévorer vivant ; mais elles s'opposaient à toute tentative de résurrection et je fus obligé de rester couché jusqu'à ce qu'il plût à leurs diables de maîtres de me délivrer. Alors, nu-tête et tremblant de colère, j'ordonnai aux gredins de me laisser sortir, ne répondant plus de moi s'ils me retenaient une minute de plus ; ceci, accompagné d'un flot incohérent de menaces vengeresses qui, dans leur confuse violence, rappelaient le roi Lear.

Ce violent transport provoqua chez moi un abondant saignement de nez, cependant que Mr. Heathcliff continuait de rire et que ma colère se donnait libre cours. Je ne sais ce qui aurait terminé la scène s'il n'y avait eu près de là une personne un peu plus raisonnable que moi et un peu plus charitable que mon hôte. C'était Zillah, la solide femme de charge, qui finit par sortir pour s'enquérir du vacarme. Elle pensait que l'un des deux hommes m'avait brutalisé, et, n'osant s'attaquer à son maître, elle dirigea ses foudres contre le jeune drôle.

— Eh bien ! Mr. Earnshaw, cria-t-elle, je me demande jusqu'où vous irez bientôt ! Allons-nous assassiner les gens sur notre propre seuil ? Je vois que cette maison ne me conviendra jamais...

Regardez ce pauvre garçon, il va quasiment suffoquer. Là ! Là ! Il ne faut pas continuer ainsi.
Entrez un peu, je sais soigner ça, et tenez-vous
tranquille maintenant.

Avec ces paroles, elle m'aspergea soudain d'une
pinte d'eau glacée qui coula le long de mon cou,
et elle me poussa dans la cuisine. Mr. Heathcliff
nous suivit, sa maussaderie ordinaire ayant vite
recouvert son accès d'hilarité fortuite.

Je n'en pouvais plus, j'étais étourdi et chavirais
de faiblesse. Force me fut d'accepter un logement
sous ce toit. Heathcliff ordonna à Zillah de m'apporter un verre de cognac et passa dans la pièce
du fond. Tout en déplorant avec moi ma triste
situation, elle exécuta cet ordre, grâce à quoi je fus
quelque peu ranimé, et elle me mena vers mon lit.

III

Comme elle me conduisait en haut, elle me
recommanda de masquer la chandelle et de ne
faire aucun bruit, car son maître avait de curieux
sentiments à propos de la chambre où elle allait
me faire entrer, et il n'y logeait pas volontiers
quelqu'un. Je lui en demandai la raison. Elle
l'ignorait, me répondit-elle. Elle ne vivait ici que
depuis un an ou deux, et il y avait tant de drôles
d'habitudes qu'elle n'allait pas commencer à montrer de la curiosité.

Trop déprimé moi-même pour en éprouver,

je fermai ma porte et cherchai le lit du regard. Tout l'ameublement consistait en une chaise, une armoire et une grande caisse en chêne avec des carrés découpés dans le haut comme des fenêtres de voiture. M'étant approché de ce monument, je regardai à l'intérieur et je m'aperçus que c'était un singulier lit à l'ancienne mode, conçu fort à propos pour dispenser les membres d'une famille d'avoir une chambre propre. En fait, cela formait un petit cabinet, enfermant une fenêtre dont le rebord servait de tablette.

Je fis glisser les panneaux latéraux, entrai avec ma lumière, les repoussai de nouveau et me sentis protégé contre la surveillance de Heathcliff ou de n'importe qui.

La tablette où je posai la chandelle supportait quelques livres tout piqués de vers, empilés dans un coin, et elle était couverte d'inscriptions creusées avec l'ongle dans la peinture. Ces inscriptions cependant ne formaient rien d'autre qu'un nom répété en toutes sortes de caractères, gros et petits, ici *Catherine Earnshaw*, changé là en *Catherine Heathcliff* et puis de nouveau en *Catherine Linton*.

Me laissant aller à mon engourdissement, je posai ma tête contre la fenêtre et continuai à épeler Catherine Earnshaw… Heathcliff… Linton, jusqu'à ce que mes yeux se fussent fermés. Mais ils n'avaient pas pris cinq minutes de repos que des fusées de lettres blanches traversèrent l'obscurité, fulgurantes comme des esprits… L'air fourmillait de Catherines, et, me redressant pour éloigner cette obsession, je vis la mèche de ma chandelle, inclinée sur un des vieux livres, tandis qu'une odeur de cuir grillé commençait à se faire sentir. Je mouchai la chandelle et, très mal à l'aise sous une impression de froid et de nausées, je m'assis et ouvris sur mes genoux le volume endommagé. C'était une Bible qui sentait terriblement le moisi. Une page de garde portait l'inscription « Catherine Earnshaw, son livre », et une date vieille d'environ un quart de siècle. Je le fermai, en pris un autre, et encore un autre, jusqu'à ce que je les eusse tous examinés. La bibliothèque de Catherine était bien choisie et son état de délabrement prouvait qu'on s'en était servi souvent, mais pas tout à fait pour son but approprié. Il n'y avait guère qu'un chapitre qui eût échappé à des notes tracées à la plume – tout au moins ébauchées – qui couvraient le plus petit espace blanc laissé par l'imprimeur. Quelques-unes étaient des phrases détachées, d'autres prenaient la forme d'un journal suivi, griffonné d'une main malhabile d'enfant. Au haut d'une page vierge d'imprimerie (une vraie aubaine probablement pour celle qui la découvrit), je me divertis à contempler une excellente caricature de mon ami Joseph, grossièrement, mais néanmoins puissamment croqué. Un intérêt spontané s'alluma en moi pour la Catherine inconnue et je commençai immédiatement à déchiffrer ces hiéroglyphes pâlis.

Le paragraphe au-dessous débutait ainsi :

« Quel terrible dimanche ! Je voudrais bien que mon père revienne. Hindley est un détestable remplaçant... sa conduite avec Heathcliff

est atroce... H. et moi allons nous révolter. Nous
nous y sommes préparés ce soir.

« Toute la journée la pluie est tombée en déluge.
Nous n'avons pu aller à l'église, ce qui a amené
Joseph à instituer le service dans le grenier. Et,
tandis que Hindley et sa femme se chauffaient
tranquillement en bas devant un bon feu, – faisant tout autre chose que de lire leur Bible, j'en
jurerais, – on nous a ordonné, à Heathcliff, à moi-
même et au malheureux valet de ferme, de prendre
nos livres de prières et de monter. Nous dûmes
nous aligner en rang sur des sacs de grain, rechi-
gnant et grelottant, et avec l'espoir que Joseph se
mettant à grelotter aussi trouverait son intérêt à
nous faire un court sermon. Folle idée ! Le service dura exactement trois heures, et cependant
mon frère eut le front de s'écrier, quand il nous
vit descendre : « Quoi ! déjà fini ? » Autrefois on
nous permettait de jouer, le dimanche après-midi,
si nous ne faisions pas trop de bruit ; maintenant
un simple rire suffit à nous envoyer au coin !

« – Vous oubliez que vous avez un maître ici,
dit le tyran. Je briserai le premier qui me mettra
en colère ! J'exige calme complet et silence. Ah !
polisson, c'était toi ? Frances, ma chérie, tirez-lui
un peu les cheveux, car je l'ai entendu claquer
des doigts. » Frances obéit de bon cœur, puis alla
s'asseoir sur les genoux de son mari. Et ils restèrent là, comme deux enfants, à s'embrasser et à
se dire tout le temps des bêtises... sottes cajoleries
dont nous aurions eu honte. Nous nous serrâmes
autant qu'il nous fut possible dans la niche du
buffet. Je venais à peine d'attacher ensemble nos

tabliers et de les pendre pour en faire un rideau,
quand Joseph entra, revenant d'une tournée aux
écuries. Il arracha mon ouvrage, me gifla et se
mit à croasser :

« – Le maître est juste à peine enterré et le jour
du Sabbat n'a point fini, et l'Évangile résonne
encore à vos oreilles, et vous osez vous traîner par
terre ?… Quelle honte ! Asseyez-vous, méchants
enfants ! Il y a assez de livres pieux, si vous voulez
lire ; asseyez-vous et pensez à vos âmes ! »

« Sur ces paroles, il nous obligea à nous redres-
ser, afin qu'une faible lueur venue du feu éclai-
rât le texte des vieux livres qu'il nous donna de
force. Je ne pus supporter ce passe-temps. Je pris
mon livre crasseux et le lançai dans la niche du
chien, déclarant que je détestais les livres pieux.
Heathcliff expédia le sien d'un coup de pied dans
la même direction. Alors, il y en eut un vacarme !

« – Mr. Hindley, cria notre chapelain, monsieur,
venez par ici ! Miss Cathy a déchiré tout le dos du
Casque du Salut… et Heathcliff a eu un accès de
rage contre *la Voie de la Perdition*. Quelle pitié que
vous les laissiez aller sur ce beau chemin ! Ah !
le vieil homme les aurait bien arrangés. Mais il
n'est plus là ! »

« Hindley quitta vite son paradis sur terre, et,
saisissant l'un de nous par le collet, l'autre par
le bras, nous poussa violemment dans l'arrière-
cuisine où, Joseph l'affirma, le diable viendrait
nous prendre, aussi sûr que nous existions. Ainsi
réconfortés, nous cherchâmes chacun un recoin
séparé pour attendre son arrivée. J'atteignis sur
une étagère ce livre et un encrier, j'entrebâillai la

porte pour me donner un peu de lumière et je me suis distraite en écrivant pendant vingt minutes. Mais mon compagnon s'impatiente et propose que nous prenions le manteau de la laitière pour nous sauver sans être vus dans la lande. Quelle idée amusante !... Et alors, si le méchant vieux revient, il croira que sa prophétie s'est accomplie. Même sous la pluie, nous ne pourrons être plus à l'humidité et au froid que nous ne le sommes ici. »

Je suppose que Catherine mit son projet à exécution, car la phrase suivante partait sur un nouveau sujet et elle se mettait à larmoyer.

« Je n'aurais jamais cru que Hindley pût me faire tant pleurer ! écrivait-elle. Ma tête me fait tellement mal que je ne peux la poser sur l'oreiller ; et pourtant il est impossible que je capitule. Pauvre Heathcliff ! Hindley le traite de vagabond, ne veut plus qu'il s'asseye à côté de nous, ne veut même pas qu'il partage nos repas. Il dit que nous ne devons plus jouer ensemble et menace de le chasser si nous n'obéissons pas. Il a blâmé notre père (comment a-t-il osé ?) pour avoir trop bien traité H. et jure qu'il le remettra à sa vraie place. »

La tête inclinée sur la page peu distincte, je commençais à m'assoupir ; mon regard erra des lignes manuscrites aux caractères imprimés. Je vis un titre en rouge et ornementé « Septante fois sept, et le Premier de la septante et unième. Dissertation pieuse prononcée par le Révérend Jabes Branderham dans la chapelle de Gimmerton Sough. »

Et tandis que, dans une demi-inconscience, je me demandais comment Jabes Branderham se tirerait de son sujet, je retombai sur mon lit et m'endormis. Hélas ! Quels effets ont un mauvais thé et une mauvaise humeur ! Que pourrait-ce être d'autre qui me fit passer une si terrible nuit ? Aucune, dans mon souvenir, ne peut se comparer à celle-ci depuis que je suis en âge de connaître mes sensations.

Je commençai à rêver presque avant d'avoir perdu la notion de l'endroit où je me trouvais. Je croyais que c'était le matin, et je retournais chez moi avec Joseph comme guide. La neige, sur notre route, était profonde de plusieurs mètres, et, tandis que nous avancions avec effort, mon compagnon me poursuivait de reproches pour ne pas avoir pris de bâton de pèlerin. Il prétendait que je ne pourrais jamais rentrer à la maison sans en avoir un et il agitait avec orgueil un gourdin à tête volumineuse qui était, je le compris, l'objet en question. Tout d'abord, je jugeai absurde que j'eusse besoin d'une telle arme pour pénétrer dans ma propre demeure. Lorsqu'une nouvelle idée me traversa. Je n'allais pas là. Nous étions en route pour aller entendre le fameux Jabes Branderham prêcher sur le texte « Septante fois sept ». Et, était-ce Joseph, le prédicateur, ou moi, je ne sais, mais l'un de nous avait péché suivant « le Premier de la septante et unième » et devait être dénoncé publiquement, puis excommunié.

Nous arrivâmes à la chapelle. J'y suis passé réellement deux ou trois fois au cours de mes promenades. Elle est située dans un creux, entre deux

collines ; non loin est un marécage dont les infil-
trations tourbeuses se chargent, dit-on, d'embau-
mer les quelques corps déposés là. La toiture s'est
conservée intacte jusqu'à présent, mais comme le
traitement de pasteur comporte seulement vingt
livres par an et une habitation de deux pièces qui
menacent de n'en former qu'une sous peu, aucun
pasteur ne se soucie d'y résider. D'autant qu'il est
couramment rapporté que ses ouailles le laisseraient mourir de faim plutôt que d'ajouter à ses
revenus un penny de leur poche.

Néanmoins, dans mon rêve, Jabes avait une
assistance nombreuse et attentive, et il prêchait...
mon Dieu, quel sermon ! divisé en *quatre cent
quatre-vingt-dix parties*, chacune aussi longue
qu'une allocution ordinaire tombant de la chaire,
et chacune s'appliquant à un péché séparé ! Où
les puisait-il ? je ne saurais le dire. Il avait une
manière particulière d'interpréter le texte, et il
semblait inévitable que la créature péchât de différentes façons à chaque occasion. Ces péchés
avaient tous un caractère étrange, c'étaient de très
singulières transgressions des commandements et
telles que je n'en avais jamais imaginées.

Oh ! quelle lassitude m'envahissait ! Comme je
me tortillais entre des bâillements, des assoupis-
sements et de brusques réveils ! J'essayais de pinçons, de piqûres, je frottais mes yeux, et, me levant,
me rasseyant, je touchais le coude de Joseph pour
savoir si le pasteur terminerait jamais son sermon.
J'étais condamné à l'entendre d'un bout à l'autre.
Enfin il arriva au *Premier de la septante et unième*.
À ce moment critique une inspiration fondit sur

moi : je fus poussé à dénoncer Jabes Branderham comme ayant commis le péché qu'aucun chrétien n'est tenu de pardonner.

— Monsieur, m'écriai-je, assis entre ces quatre murs, j'ai supporté d'un seul trait et pardonné les quatre cent quatre-vingt-dix parties de votre sermon. Septante fois sept fois, j'ai repris mon chapeau et j'ai été sur le point de partir. Septante fois sept fois vous m'avez mal à propos obligé à reprendre ma place. La quatre cent quatre-vingt-onzième est de trop. Frères martyrs, sus à lui ! Jetez-le par terre et réduisez-le en poussière afin que l'endroit où il se trouve ne le connaisse plus. »

« *Tu es l'homme !* cria Jabes après une pause solennelle, se penchant par-dessus son coussin. Septante fois sept fois, ton visage a été tordu par un bâillement... septante fois sept fois, j'ai délibéré en moi-même. Bah ! ce n'est que faiblesse humaine, cela aussi peut être pardonné. Mais tu as commis le Premier de la Septante et unième. Mes frères, appliquez-lui le jugement qui est écrit. Un tel honneur appartient à toutes les vraies créatures de Dieu. »

Sur ce dernier mot, les fidèles, brandissant leurs bâtons de pèlerins, se ruèrent sur moi en masse. Et moi, qui n'avais pas de gourdin pour me protéger, je m'en pris à Joseph, mon plus proche et plus féroce assaillant, pour m'emparer du sien. Dans le désordre de cette foule, plusieurs cannes se croisèrent, des coups dirigés vers moi tombèrent sur d'autres têtes. Bientôt la chapelle entière résonna sous les assauts et les contre-assauts. On ne voyait que des mains dressées en l'air et aux prises. Branderham, ne voulant pas rester oisif, manifestait son zèle en une grêle de tapes sonores sur le bord de la chaire. Et celles-ci retentissaient si furieusement qu'à la fin, pour mon indicible soulagement, elles me réveillèrent. Et qu'était-ce qui avait provoqué ce terrible vacarme ? Qu'est-ce qui avait tenu le rôle de Jabes dans la bataille ? Simplement une branche de sapin, voisine de ma fenêtre et qui, poussée sous la rafale, cognait, de ses petites pommes sèches, contre les carreaux. J'écoutai un instant dans l'incertitude. Lorsque j'eus reconnu l'origine du bruit, je me retournai, m'endormis, et eus un nouveau rêve, plus désagréable encore si c'est possible.

Cette fois, je me souvenais que j'étais couché à l'intérieur du cabinet de chêne et j'entendais distinctement le vent souffler en rafales et la neige tomber dru. J'entendais aussi la branche de pin répéter son bruit irritant et attribuais celui-ci à sa véritable cause ; mais il me gênait tellement que je décidai de le faire cesser si j'en étais capable. Je crus que je me levais et essayais d'ouvrir la croisée. La poignée était soudée au crampon, particularité que j'avais remarquée étant éveillé, mais que j'avais oubliée. « Il faut absolument que cela cesse ! » murmurai-je, et, passant mon poing au travers de la vitre, j'étendis le bras pour saisir cette odieuse branche. Mais, au lieu de cela, mes doigts se refermèrent sur les doigts d'une petite main glacée ! L'affreuse horreur du cauchemar m'oppressa, j'essayais de retirer mon bras, mais la main s'y accrochait, et une voix déchirante sanglotait : « Laissez-moi entrer... laissez-moi entrer !... – Qui êtes-vous ? » demandai-je tout en me débattant pour me dégager. « Catherine Linton », répondit la voix en grelottant (pourquoi pensai-je à *Linton*, nom que j'avais lu une fois pour vingt fois *Earnshaw*), « je rentre à la maison, j'avais perdu mon chemin dans la lande ! » Tandis qu'elle parlait, je distinguais obscurément une figure enfantine regardant à travers la fenêtre. La terreur me rendit inhumain et, voyant l'inutilité de mes efforts pour me défaire de cette créature, j'attirai son poignet contre le carreau cassé et le frottai en tous sens jusqu'à ce que le sang vînt inonder les draps. Cependant elle gémissait : « Laissez-moi entrer », sans desserrer une étreinte tenace qui me rendait presque fou de peur. « Comment le pourrais-je ? dis-je à la fin. Lâchez-moi si vous voulez que je vous fasse entrer ! » Les doigts cédèrent, je dégageai vite les miens, me hâtai de placer devant l'ouverture une pyramide de livres, et me bouchai les oreilles pour chasser la douloureuse prière. Il me sembla rester ainsi un bon quart d'heure ; malgré cela, lorsque je prêtai l'oreille de nouveau, la voix plaintive continuait à se lamenter. « Allez-vous-en ! criai-je. Je ne vous laisserai jamais entrer même si vous suppliez pendant vingt ans. – Il y a vingt ans ! gémit la voix. Vingt ans... Je suis une épave depuis vingt ans ! » À ce moment un faible grattement se fit entendre à l'extérieur et la pile de livres bougea comme si elle était poussée par-derrière. J'essayai de me lever, mais ne pus remuer un membre. Alors, dans une transe de frayeur, je poussai un hurlement.

À ma confusion, je découvris que mon cri était

réel, des pas rapides s'approchèrent de la porte de ma chambre, quelqu'un l'ouvrit d'une main vigoureuse, et une lumière se montra par les carrés découpés au sommet du lit. Je m'assis, frissonnant encore et essuyant la sueur de mon front. L'intrus sembla hésiter et se murmura quelque chose. À la fin, il dit dans un demi-chuchotement qui n'escomptait manifestement pas de réponse : « Y a-t-il quelqu'un là ? » Je jugeai préférable d'avouer ma présence, car j'avais reconnu l'intonation de Heathcliff et je craignais qu'il ne poussât plus loin ses recherches si je restais muet. Cette attitude adoptée, je me tournai de son côté, fis glisser les panneaux. Je ne suis pas près d'oublier l'effet que produisit ce geste.

Heathcliff se tenait près de l'entrée, en chemise et en pantalon. La chandelle coulait sur ses doigts et sa figure était aussi blanche que le mur derrière lui. Le premier craquement du panneau de bois le fit tressaillir comme sous une décharge électrique. La lumière, entre ses mains, sauta en l'air d'un pied et son agitation était telle qu'il put difficilement empêcher le bougeoir de tomber.

— Ce n'est que votre visiteur, monsieur, m'écriai-je vite, voulant lui épargner l'humiliation d'une poltronnerie trop évidente. J'ai eu le malheur de pousser un cri dans mon sommeil à cause d'un horrible cauchemar. Je suis désolé de vous avoir dérangé.

— Oh ! Dieu vous confonde, Mr. Lockwood ! Je souhaiterais vous voir au… commença mon hôte, plaçant la chandelle sur une chaise, car il était incapable de la tenir droite. Et qui vous a intro-

duit dans cette chambre ? continua-t-il, enfonçant
ses ongles dans ses paumes et grinçant des dents
pour maîtriser le tremblement de sa mâchoire.
Dites, qui est-ce ? J'ai bien envie de renvoyer cet
individu à l'instant même de la maison !

— C'est votre servante Zillah, répondis-je sautant à terre et reprenant rapidement mes vêtements. Vous pouvez le faire, cela m'est égal,
Mr. Heathcliff, elle le mérite bien. Je suppose
qu'elle a voulu prouver une fois de plus et à mes
dépens que cette pièce était hantée. Eh bien ! elle
l'est... toute remplie de fantômes et de mauvais
génies ! Vous avez raison de la laisser fermée, je
vous assure. Qui pourrait vous remercier de lui
ouvrir un tel repaire !

— Que voulez-vous dire ? demanda Heathcliff,
et qu'est-ce que vous faites ? Couchez-vous et
finissez la nuit puisque vous êtes ici, mais, pour
l'amour de Dieu ! ne recommencez pas ce vacarme
épouvantable. Rien ne pourrait l'excuser à moins
que l'on ne fût en train de vous couper la gorge !

— Si la petite diablesse avait pu entrer par
la fenêtre, elle m'aurait probablement étranglé !
répondis-je. Je ne vais pas m'exposer davantage
aux persécutions de vos ancêtres si hospitaliers.
Est-ce que le Révérend Jabes Branderham ne vous
était pas parent du côté de votre mère ? Et cette
péronnelle de Catherine Linton, ou Earnshaw,
ou n'importe quel autre nom... ce devait être une
jolie girouette... Quelle méchante petite âme ! Elle
m'a dit qu'elle parcourait la terre depuis vingt ans,
juste punition, je n'en doute pas, pour les péchés
commis de son vivant !

J'avais à peine prononcé ces mots que je me rappelai l'association des noms de Heathcliff et de Catherine dans le livre ; cela m'était complètement sorti de la mémoire depuis que j'étais éveillé. Je rougis de mon étourderie, mais, sans montrer davantage que j'avais conscience de mon offense, je me hâtai d'ajouter :

— La vérité, monsieur, est que j'ai passé la première partie de la nuit à…

Là je m'arrêtai de nouveau. J'allais dire « à examiner ces vieux volumes », ce qui aurait révélé ma connaissance de leur contenu, tant écrit qu'imprimé. De sorte que je continuai en me corrigeant :

— … à épeler le nom tracé sur le rebord de cette fenêtre. Occupation monotone, destinée à m'endormir, comme compter ou…

— Qu'est-ce que vous voulez bien dire en me parlant de cette sorte, à *moi* ? tonna Heathcliff avec une véhémence sauvage. Comment… comment l'osez-vous, sous mon toit ? Dieu ! Il est fou pour parler ainsi !

Et il se frappa le front avec rage.

Je ne savais s'il fallait relever ce langage ou poursuivre mon explication ; mais il semblait si fortement ému que je le pris en pitié et continuai à raconter mon rêve. Je déclarai que je n'avais jamais entendu jusque-là le nom de Catherine Linton, mais qu'à force de le lire, l'impression visuelle avait pris corps lorsque je n'avais plus contrôlé mon imagination. Heathcliff, tandis que je parlais, s'enfonça petit à petit à l'abri du lit et finalement s'assit derrière, presque caché. Je devinai cepen-

dant, par son souffle coupé et irrégulier, qu'il lut-
tait pour vaincre une émotion violente. Ne tenant
pas à lui montrer que je percevais le combat, je
continuai à m'habiller assez bruyamment, regardai ma montre et monologuai sur la longueur de
la nuit :

— Pas encore trois heures ! J'aurais juré qu'il en
était six. Le temps n'avance pas ici. Nous sommes
sûrement allés nous coucher à huit heures !

— Toujours à neuf en hiver et debout à quatre,
dit mon hôte avec un gémissement étouffé et,
je le présumais d'après l'ombre de son bras, en
essuyant une larme de ses yeux. Mr. Lockwood,
continua-t-il, vous pouvez aller dans ma chambre,
vous ne feriez que gêner en descendant si tôt, et
vos absurdes vociférations ont envoyé au diable
mon sommeil.

— Et le mien aussi, répondis-je. Je vais marcher
dans la cour jusqu'au jour, puis je m'en irai et
vous n'aurez pas à craindre une nouvelle intrusion
de ma part. Je suis tout à fait guéri maintenant
de chercher des distractions dans la société des
autres, que ce soit en ville ou à la campagne. Un
homme sensé doit trouver en lui-même une compagnie suffisante.

— Délicieuse compagnie ! murmura Heathcliff.
Prenez la chandelle et allez où vous voulez. Je
vous rejoins. Cependant ne vous aventurez pas
dans la cour, les chiens ne sont pas enchaînés.
Quant à la salle... Juno y monte la garde et... non,
vous ne pouvez vous promener que dans les esca-
liers et les couloirs. Mais, partez ! Je viens dans
deux minutes !

J'obéis, du moins pour quitter la chambre ; mais, ne sachant où menaient les étroits corridors, je restai immobile, et je surpris involontairement une scène de superstition qui s'opposait curieusement à l'attitude sensée, habituelle à mon propriétaire. Il monta sur le lit, ouvrit de force la fenêtre et, tandis qu'il la tirait à lui, éclata en une crise de larmes passionnée. « Entre, entre, disait-il en sanglotant, Cathy, viens ! Oh ! viens… une fois encore ! Oh ! amour de mon cœur, écoute-moi enfin cette fois, Catherine ! » Le spectre montra le caractère capricieux de ses pareils et ne donna pas signe de vie. Mais la neige et le vent s'engouffrèrent en tourbillons, arrivant même jusqu'à moi et soufflant la lumière.

Il y avait une telle angoisse dans l'explosion de douleur qui accompagnait cette extravagance que je pris en pitié sa folie et m'en allai, presque fâché d'avoir écouté, et regrettant le récit de mon cauchemar ridicule, maintenant que je voyais, sans bien en comprendre la cause, le désespoir qu'il avait provoqué. Je descendis avec précaution et arrivai à l'arrière-cuisine où quelques débris du feu me permirent de rallumer ma chandelle. Rien ne bougeait, excepté un chat gris tacheté qui sortit en rampant des cendres et me salua d'un miaulement plaintif.

Deux bancs, de forme incurvée, faisaient presque le tour du foyer ; je m'étendis sur l'un d'eux et Raminagrobis sauta sur l'autre. Nous commencions à nous assoupir tous deux sans que personne ait envahi notre retraite lorsque Joseph apparut, traînant la jambe sur une échelle en bois

qui se perdait dans le toit par une trappe, l'entrée
de son galetas, je suppose. Il jeta un regard sinistre
à la petite flamme que j'avais réussi à faire monter
d'entre les tisons, balaya le chat de l'endroit où
il s'était juché et, s'installant à la place, se mit à
bourrer de tabac une pipe de trois pouces. Ma présence dans son sanctuaire était évidemment jugée
une impudence trop éhontée pour être critiquée. Il
porta silencieusement le tuyau à ses lèvres, croisa
les bras et souffla la fumée. Je le laissai jouir de
ce plaisir sans le troubler, et, après avoir lâché sa
dernière bouffée et poussé un profond soupir, il se
leva et partit aussi solennellement qu'il était venu.

Un pas plus souple se fit entendre ensuite ;
j'ouvris la bouche pour dire un bonjour, mais la
refermai sans achever mon salut, car Hareton
Earnshaw faisait ses oraisons *sotto voce*. C'était un
chapelet de malédictions lancées contre chaque
objet qu'il touchait, cependant qu'il fourrageait
dans un coin à la recherche d'une pelle pour creuser un chemin à travers la neige.

Il jeta un regard par-dessus le dossier du banc,
fronçant les narines et songeant aussi peu à
échanger des politesses avec moi qu'avec mon
compagnon le chat. Je devinai, à ses préparatifs,
qu'il était permis de sortir et, quittant ma rude
couche, je fis un mouvement pour le suivre. Il le
remarqua et heurta une porte avec le bout de sa
bêche, me donnant à entendre que c'était par là
que je devais passer si je changeais de place.

Cette porte ouvrait dans la salle où les femmes
étaient déjà en mouvement. Tandis que Zillah précipitait dans la cheminée des flammèches ardentes

à l'aide d'un énorme soufflet, Mrs. Heathcliff, à genoux devant l'âtre, lisait un livre à la lueur du feu. Elle tenait sa main en écran pour abriter ses yeux contre le rougeoiement du foyer et, absorbée dans son occupation, s'interrompait seulement pour reprocher à la servante de la couvrir d'étincelles, ou pour repousser un chien qui, de temps en temps, venait renifler avec trop d'empressement contre sa figure. Je fus surpris de voir Heathcliff là aussi. Il se tenait près du feu, me tournant le dos, et il venait de terminer une sortie orageuse contre la pauvre Zillah qui lâchait à tout bout de champ son travail pour lever un coin de son tablier et pousser un gémissement indigné.

— Et vous, vous, méprisable…, criait-il à sa belle-fille, ajoutant une épithète aussi innocente que canard ou mouton, mais généralement remplacée par des points de suspension. Vous voilà plongée de nouveau dans vos méchantes sornettes ! Les autres gagnent leur pain… vous, vous vivez de ma charité ! Mettez tout ce fatras de côté et trouvez quelque chose à faire. C'est une plaie de vous avoir éternellement sous les yeux. Vous me le paierez, entendez-vous, maudite coquine ?

— Je mettrai ce fatras de côté parce que vous pouvez m'obliger à le faire si je refuse, répondit la jeune femme refermant son livre et le jetant sur une chaise. Mais, dussiez-vous perdre votre langue à jurer, je ne ferai rien, à moins que ça ne me plaise !

Heathcliff leva la main, et l'oratrice, en connaissant manifestement le poids, se réfugia à distance respectueuse. Peu désireux d'assister à un combat entre chien et chat, j'avançai rapidement, comme si j'étais impatient de partager la chaleur du foyer et ignorais tout de la dispute interrompue. Chacun eut assez de dignité pour suspendre les hostilités. Heathcliff mit ses poings dans ses poches à l'abri de tentations, Mrs. Heathcliff serra les lèvres et se dirigea vers un siège éloigné, où, tenant parole, elle imita une statue pendant le reste de ma visite. Ce ne fut pas long. Je refusai de prendre part à leur déjeuner et, aux premières lueurs du jour, je saisis une occasion de m'élancer dehors, dans un air libre et clair, calme et gelé, qui faisait croire à une glace impalpable.

Mon propriétaire me cria de m'arrêter avant que j'eusse atteint le fond du jardin et offrit de m'accompagner à travers la lande. Ce fut heureux, car toute la descente de la colline n'était qu'un océan blanc et moutonnant, dont la surface ondulée ne correspondait nullement aux élévations et aux dépressions du sol. Plusieurs creux, du moins, étaient comblés uniformément ; les lignes des remblais, édifiés avec les pierres de rebut provenant des carrières, étaient partout effacées de la carte que ma promenade de la veille avait dessinée dans ma tête. J'avais remarqué, sur un côté de la route, une ligne de pierres espacées de six ou sept mètres et dressées tout le long de la lande ; elles avaient été barbouillées de chaux et placées là pour guider soit à travers l'obscurité, soit lorsqu'une chute de neige comme celle-ci ne permettait plus de distinguer le fossé marécageux à droite et à gauche du bon passage. Mais, à part quelques points faisant tache çà et là, toute trace de leur présence avait

disparu, et mon compagnon dut m'avertir fréquemment d'obliquer d'un côté ou de l'autre alors
que je croyais suivre correctement les méandres
de la route. Nous échangeâmes peu de paroles
et il fit halte à l'entrée du parc de Thrushcross,
me disant que, là, je ne pourrais plus me tromper. Nos adieux se bornèrent à un salut hâtif, et
je poursuivis mon chemin, me confiant à mes
propres ressources, car la maison du concierge est
inhabitée jusqu'à présent. La distance de la grille à
la Grange est de deux milles, je crois bien que j'en
fis quatre, cela en me perdant sous les arbres et en
tombant jusqu'au cou dans la neige, situation que
seuls ceux qui l'ont connue peuvent apprécier. En
tout cas, quoi qu'il en soit de ces aventures, l'horloge sonnait midi lorsque j'entrai dans la maison,
ce qui donnait exactement une heure pour chaque
mille parcouru depuis Hurlevent.

Mrs. Dean, la Providence du lieu, se précipita
avec ses satellites pour m'accueillir, tous déclarant
à grand bruit qu'ils avaient complètement perdu
espoir à mon sujet. Croyant que j'avais péri la nuit
précédente, ils se demandaient comment se mettre
à la recherche de ma dépouille. Je les engageai à
se calmer maintenant qu'ils me voyaient de retour,
et, glacé jusqu'aux os, je me traînai en haut. Là,
après avoir mis des vêtements secs et marché de
long en large pendant trente ou quarante minutes
pour rétablir la circulation, je me retirai dans mon
bureau, faible comme l'animal qui vient de naître,
presque trop faible, en vérité, pour jouir du bon
feu et du café fumant que la servante avait préparés afin de me remonter.

IV

Quelles vaines girouettes nous sommes ! Moi, qui avais décidé d'échapper à tous liens sociaux et qui avais remercié mon étoile de m'avoir fait échouer dans un endroit où il était presque impossible de s'en créer... Moi, lâche créature que je suis, je fus finalement contraint à baisser pavillon, après avoir lutté jusqu'à la chute du jour contre l'abattement et la solitude. Sous prétexte d'obtenir des renseignements sur les besoins de mon installation, je demandai à Mrs. Dean, lorsqu'elle me porta le dîner, de me tenir compagnie pendant mon repas, avec l'espoir secret qu'elle se montrerait commère dûment stylée, et, ou bien réveillerait mes esprits, ou bien me ferait glisser au sommeil par son bavardage.

— Vous avez vécu ici pendant très longtemps, commençai-je. N'avez-vous pas dit seize ans ?

— Dix-huit, monsieur. Je suis venue pour le service de la maîtresse quand elle s'est mariée. Après sa mort, le maître m'a gardée comme femme de charge.

— Vraiment ?

Une pause suivit. Je soupçonnai que ce n'était pas une commère, sauf au sujet de ses propres affaires, et celles-ci m'auraient difficilement intéressé. Cependant, après avoir réfléchi un moment, un poing sur chaque genou, et sa face rubiconde légèrement assombrie par la méditation, elle soupira :

— Ah ! les temps ont bien changé depuis !

— Oui ! dis-je. Vous avez vu pas mal de bouleversements, j'imagine ?

— Des bouleversements et des malheurs, répondit-elle.

« Bon, pensai-je en moi-même, voilà le moyen d'aiguiller la conversation sur la famille de mon propriétaire ! Quel excellent point de départ ! Et cette jolie petite veuve, comme j'aimerais à entendre son histoire ! Peut-être est-elle née ici ou, ce qui est plus probable, est-elle une étrangère, que ces authentiques gens du pays refusent cruellement de reconnaître comme parente. »

Et, sans hésiter davantage, je demandai à Mrs. Dean pourquoi Heathcliff louait Thrushcross Grange tandis qu'il adoptait pour lui-même une habitation et un genre de vie bien inférieurs.

— N'est-il pas assez riche pour entretenir comme il faut le domaine ? demandai-je.

— Riche, monsieur ! répondit-elle. Personne ne sait tout l'argent qu'il a, et chaque année cela augmente. Oui, oui, il est assez riche pour vivre dans une plus belle maison que celle-ci, mais il est très avare... un vrai grippe-sou. Et s'il avait eu envie de s'installer à Thrushcross Grange, du jour où il aurait entendu parler d'un bon locataire, il n'aurait pas laissé échapper ces quelques centaines d'écus de plus. C'est curieux que des gens puissent être si âpres quand ils sont seuls au monde !

— Il a eu un fils, il paraît ?

— Oui, un fils... il est mort.

— Et cette jeune femme, Mrs. Heathcliff, est sa veuve ?

— Oui.

— D'où vient-elle ?

— Mais, monsieur, elle est la fille de mon maître précédent. Son nom de jeune fille est Catherine Linton. Je l'ai élev   petite ! J'espérais que Mr. Heathcliff   te façon nous aurions   au.

— Quoi, Catherine   onné.

Mais, après une min   compris qu'il ne pouvait s'agir d   fantôme.

— Donc, continuai-je,   on prédécesseur était Linton ?

— Parfaitement, monsi

— Et qui est cet Earnsha   Hareton Earnshaw, qui vit avec Mr. Heathcliff ? Sont-ils parents ?

— Non, il est le neveu de la défunte Mrs. Linton.

— Le cousin de la jeune femme, alors ?

— Oui. Et son mari était son cousin aussi ; l'un du côté de sa mère, l'autre de son père. Heathcliff avait épousé la sœur de Mr. Linton.

— J'ai vu que la maison de Hurlevent portait le nom « Earnshaw », gravé sur la porte d'entrée. Sont-ils d'une vieille famille ?

— Très vieille, monsieur, et Hareton est le dernier de cette lignée, comme notre Miss Cathy l'est de la nôtre... je veux dire celle des Linton. Êtes-vous allé à Hurlevent ? Je vous demande pardon de vous poser cette question, mais j'aimerais savoir comment elle va !

— Mrs. Heathcliff ? Elle paraissait très bien et

elle était très belle, mais n'avait pas l'air très heureux, je crois.

— Ah ! mon Dieu, cela ne m'étonne pas ! Et comment avez-vous trouvé le maître ?

— Un homme d'aspect plutôt rude, Mrs. Dean. N'est-ce pas là son caractère ?

— Rude comme le tranchant d'une scie et dur comme roc. Moins vous avez affaire à lui, mieux cela vaut.

— Il a dû avoir des hauts et des bas dans sa vie pour être devenu un tel sauvage. Connaissez-vous quelque chose de son histoire ?

— C'est quasiment celle d'un coucou, monsieur. Je connais tout à son sujet, sauf l'endroit où il est né, qui étaient ses parents et comment il s'est procuré son premier argent. Et Hareton a été chassé du nid comme un oisillon. Le pauvre garçon est le seul de tout le pays à ignorer jusqu'à quel point il a été joué.

— Eh bien ! Mrs. Dean, ce serait une bonne action de me raconter quelque chose sur mes voisins. Je sens que je ne reposerai pas si je vais au lit ; ainsi, ayez la complaisance de vous asseoir et de bavarder une heure avec moi.

— Oh ! certainement, monsieur ! Je vais seulement aller chercher un peu de couture et ensuite je resterai aussi longtemps qu'il vous plaira. Mais vous avez attrapé froid. Je vous ai vu frissonner, je vais vous préparer du gruau qui vous fera du bien.

La brave femme sortit vivement et je m'approchai tout contre le feu. Je sentais ma tête chaude et le reste de mon corps glacé. De plus, une excitation nerveuse provoquait presque un grain de folie dans mon cerveau. Ceci fit naître en moi non un sentiment de malaise, mais une crainte (que je ressens encore) des suites fâcheuses que pourraient avoir les incidents d'hier et d'aujourd'hui.

Mrs. Dean revint, portant une bassine fumante et un panier à ouvrage ; et, après avoir placé la première sur la grille de la cheminée, elle avança son siège, visiblement heureuse de me trouver si sociable.

Avant de venir habiter ici – commença-t-elle sans attendre d'autre invitation pour raconter son histoire –, j'étais presque toujours à Hurlevent. Ma mère avait élevé Mr. Hindley Earnshaw qui était le père de Hareton, et j'avais l'habitude de jouer avec les enfants ; je faisais aussi les commissions, j'aidais aux foins et rôdais autour de la ferme, prête à rendre tous les services qu'on m'aurait demandés. Par une belle matinée d'été (je me rappelle que c'était le commencement de la moisson), Mr. Earnshaw, l'ancien maître, descendit en costume de voyage, et, après avoir donné à Joseph le travail de la journée, il se tourna vers Hindley, Cathy et moi – car j'étais assise, prenant mon déjeuner avec eux – et il dit à son fils :

— Mon garçon, je pars pour Liverpool aujourd'hui. Que vais-je te rapporter ? Tu peux choisir ce qui te fait envie, mais à condition que ce ne soit pas trop grand, car je vais aller et revenir à pied. Soixante milles pour chaque voyage, cela fait une longue course !

Hindley choisit un violon. Il demanda alors à Miss Cathy ce qu'elle voulait. Elle avait à peine six ans, mais elle pouvait monter n'importe quel cheval de l'écurie et elle réclama un fouet. Il ne m'oublia pas, car il avait bon cœur, tout en étant quelquefois assez sévère. Il me promit de me rapporter un sac plein de pommes et de poires, puis il embrassa ses enfants, nous dit au revoir et s'en alla.

Le temps nous parut long à tous pendant ces trois jours d'absence, et souvent la petite Cathy nous demanda quand il serait de retour. Mrs. Earnshaw comptait sur lui à l'heure du dîner le troisième soir et elle retarda le repas d'heure en heure. Cependant rien ne signalait son arrivée et les enfants se lassèrent finalement de courir à la grille pour regarder. Puis, la nuit tombant, elle aurait voulu les envoyer au lit, mais ils demandèrent d'une voix plaintive la permission de veiller ; et, juste vers onze heures, le loquet se soulevant doucement, le maître entra. Il tomba sur une chaise et nous ordonna, riant et grondant, de le laisser un peu, car il était à moitié mort... il ne recommencerait pas un semblable voyage pour un empire.

— Et, en plus de tout cela, être chargé à rendre l'âme ! dit-il, ouvrant son pardessus qu'il tenait en paquet entre ses bras. Regarde, femme ! Rien au monde ne m'a jamais épuisé autant, mais il faut tout de même l'accepter comme un don de Dieu, quoiqu'il soit presque aussi noir que s'il venait du diable.

Nous nous pressâmes en cercle et, par-dessus la tête de Miss Cathy, j'aperçus un enfant aux cheveux noirs, sale et déguenillé, assez grand pour

parler et marcher. Au vrai, sa figure semblait en
faire l'aîné de Catherine. Cependant, quand il fut
mis sur ses pieds, il ne fit qu'écarquiller les yeux et
répéter sans fin un baragouin que personne ne put
comprendre. Je fus prise de peur et Mrs. Earnshaw faillit le mettre dehors. Elle s'emporta brusquement, demandant au maître comment il avait
fait son compte pour ramener chez lui ce marmot
de Bohémien alors qu'ils avaient leurs propres
enfants à nourrir et à élever ? Que comptait-il
en faire ? N'était-il pas fou ? Le maître essaya de
s'expliquer, mais il était réellement à moitié mort
de fatigue, et tout ce que je pus comprendre de
cette histoire, entre les gronderies de sa femme,
fut qu'il avait vu le gamin mourant de faim, sans
gîte et tout comme muet dans les rues de Liverpool. Alors, il l'avait recueilli et s'était enquis de
son patron. Pas une âme ne savait à qui il appartenait, nous dit-il, et, comme son argent et son
temps étaient limités, qu'il était résolu à ne pas
le laisser où il l'avait trouvé, il avait pensé qu'il
serait préférable de le ramener tout de suite à la
maison plutôt que de se lancer là-bas dans des
dépenses inutiles. Eh bien ! la conclusion fut que
ma maîtresse, tout en bougonnant, se calma. Et
Mr. Earnshaw me dit de le laver, de lui donner
des affaires propres et de le faire dormir avec les
enfants.

Hindley et Cathy s'étaient contentés de regarder
et d'écouter jusqu'à ce que la paix fût rétablie. À
ce moment, ils commencèrent tous deux à fouiller
dans les poches de leur père, à la recherche des
cadeaux qu'il leur avait promis. Lui était déjà un

garçon de quatorze ans, mais, quand il sortit du pardessus les morceaux brisés de ce qui avait été un violon, il se mit à pleurer comme un bébé ; et lorsque Cathy apprit que le maître avait perdu son fouet tandis qu'il s'occupait de l'inconnu, elle montra sa colère en grimaçant et en crachant à la figure du stupide petit être, ce qui lui valut, pour apprendre de meilleures manières, une gifle retentissante de son père. Ils refusèrent net de le prendre dans leur lit et même dans leur chambre. Je n'eus pas plus de cœur et je le laissai sur le palier de l'escalier, espérant qu'il serait parti le lendemain. Par hasard, ou bien attiré par le son de sa voix, il se glissa vers la porte de Mr. Earnshaw, qui le trouva en sortant de sa chambre. On rechercha comment il était arrivé là. Je dus faire des aveux et, en punition de ma poltronnerie et de mes mauvais sentiments, je fus renvoyée de la maison.

Telle fut la première introduction de Heathcliff dans la famille. Revenant quelques jours après (car je ne considérais pas mon bannissement comme définitif), j'appris qu'ils l'avaient baptisé Heathcliff. C'était le nom d'un de leurs enfants mort en bas âge, et il lui a servi depuis, à la fois comme nom de famille et comme prénom. Miss Cathy et lui étaient maintenant très bons amis, mais Hindley le détestait. Et, pour dire la vérité, je faisais de même. Nous le tourmentions et le traitions indignement, car je n'avais pas encore assez de raison pour comprendre mon injustice ; quant à la maîtresse, elle ne le défendait jamais lorsqu'elle le voyait mis à mal.

Il paraissait un enfant triste, résigné, endurci sans doute aux mauvais traitements. Il supportait les coups de Hindley sans broncher ni verser une larme, et mes pinçons n'avaient d'autre résultat que de le faire retenir son souffle et ouvrir de grands yeux, comme si la douleur était accidentelle et que personne ne fût à blâmer. Cette attitude courageuse aggrava la fureur du vieux Earnshaw lorsqu'il s'aperçut que son fils persécutait le pauvre orphelin, comme il l'appelait. Il s'attacha à Heathcliff d'une façon extraordinaire, croyant tout ce qu'il lui entendait dire (l'autre d'ailleurs, ne parlant guère, ne s'écartait généralement pas de la vérité) et le cajolant bien plus que Cathy, trop espiègle et trop capricieuse pour être sa préférée.

Ainsi, dès les premiers jours, Heathcliff fit naître de mauvais sentiments dans la maison, et, à la mort de Mrs. Earnshaw qui se produisit moins de deux ans après, le jeune maître avait appris à considérer son père comme un tyran plutôt que comme un ami, et Heathcliff comme l'usurpateur d'une affection et de privilèges qui lui appartenaient. Il s'aigrit à force de ruminer ces idées d'injustice. Pendant quelque temps je m'alliai avec lui, mais, quand les enfants tombèrent malades de la rougeole, que j'eus à les soigner et à prendre brusquement les responsabilités d'une femme, je changeai d'avis. Heathcliff fut dangereusement atteint et, tandis qu'il était au plus mal, il voulut m'avoir constamment à son chevet. Je pense qu'il sentait que je faisais beaucoup pour lui et il n'était pas assez fin pour deviner que j'y étais obligée.

Quoi qu'il en soit, je peux dire qu'il était l'enfant le plus tranquille qu'une garde-malade ait jamais eu à veiller. La différence entre lui et les autres m'ôta de ma partialité. Cathy et son frère me fatiguaient terriblement, tandis qu'il ne se plaignait pas plus qu'un agneau ; il est vrai que ce fut sa dureté au mal, et non sa gentillesse, qui simplifia ma tâche.

Il s'en tira. Le docteur affirma que cela m'était dû dans une grande mesure et me loua de mes soins. Fière de ces compliments, je me rapprochai de l'être grâce auquel je les avais mérités, et ce fut ainsi que Hindley perdit son dernier appui. Cependant je ne raffolais pas de Heathcliff et me demandais souvent ce que mon maître admirait si fort en ce garçon morose qui, jamais, à mon souvenir, ne le paya du moindre signe de gratitude en retour de ses bontés. Il n'était pas insolent envers son bienfaiteur, il était seulement insensible ; et pourtant, il connaissait parfaitement son pouvoir sur le cœur du maître et savait qu'il lui suffisait de parler pour que toute la maison fût obligée de se plier à ses désirs. Par exemple, je me rappelle que Mr. Earnshaw, ayant acheté une paire de poulains à la foire de la paroisse, en donna un à chacun des garçons. Heathcliff prit le plus beau, mais peu après il le vit boiter et alla aussitôt dire à Hindley :

— Il faut que tu changes de cheval avec moi, je n'aime pas le mien. Et si tu refuses, je raconterai à ton père que tu m'as donné des coups à trois reprises cette semaine. Je lui montrerai même mon bras qui est noir jusqu'à l'épaule.

Hindley lui tira la langue et lui donna une gifle.

— Il vaudrait mieux pour toi que tu le fasses

tout de suite, insista Heathcliff en se sauvant sous le porche (ils étaient dans l'écurie). Tu y seras forcé et si je parle de ces coups, on te les rendra avec les intérêts.

— Va-t'en, chien, cria Hindley, le menaçant d'un poids en fonte qui servait à peser les pommes de terre et le grain.

— Lance-le, répondit Heathcliff se tenant immobile, et alors je dirai que tu t'es vanté de me chasser aussitôt après la mort de ton père. Tu verras si ce n'est pas toi qui seras immédiatement chassé.

Hindley lança le poids, qui atteignit l'autre en pleine poitrine et le jeta par terre. Mais Heathcliff se releva aussitôt en chancelant, tout blanc et le souffle coupé. Sans moi, il aurait couru ainsi vers le maître et aurait obtenu vengeance en révélant ce qui l'avait mis dans cet état.

— Allez ! Prends mon cheval, espèce de bohémien ! dit le jeune Earnshaw. Et je vais faire des prières pour qu'il te casse le cou. Prends-le et que le diable t'emporte, misérable vagabond ! Tu peux flatter mon père pour le dépouiller de tout ce qu'il a, seulement montre-lui ensuite qui tu es, suppôt de Satan... Allez, prends cela avec, j'espère qu'il te brisera la tête d'une bonne ruade !

Heathcliff s'apprêtait à détacher le cheval pour le faire changer de box et passait derrière lui, lorsque Hindley termina sa phrase en le poussant sous les sabots de l'animal ; puis sans regarder si ses espérances étaient réalisées, il se sauva aussi vite qu'il put.

Je fus étonnée de voir avec quel calme l'enfant

se remit debout et continua de faire ce qu'il avait
en tête, changeant les selles et tout le reste. Après
quoi il s'assit sur une botte de foin pour surmonter
la défaillance provoquée par la violente commo-
tion. Je le persuadai aisément de me laisser attribuer ses contusions au cheval. Il se souciait peu
de donner cette raison ou une autre, du moment
qu'il avait ce qu'il voulait. En vérité, il se plaignait
si rarement des batailles de ce genre que je ne le
croyais pas rancunier du tout. Je me trompais,
comme vous allez l'apprendre.

V

Sur ces entrefaites, Mr. Earnshaw commença
à décliner. Il avait été actif et de santé robuste,
cependant ses forces l'abandonnèrent subitement,
et, quand il dut rester au coin du feu, il devint irritable à l'excès. Un rien l'agitait et, dès qu'il croyait
voir la moindre atteinte à son autorité, il en avait
presque une crise. Cela se remarquait particulièrement lorsque quelqu'un essayait d'imposer respect
à son favori ou de lui commander. Il vivait avec la
crainte pénible qu'on adressât un mot trop vif à
celui-ci, et il semblait s'imaginer que, du moment
qu'il aimait Heathcliff, tout le monde le détestait
et désirait ardemment lui jouer un mauvais tour.
Cette circonstance desservit le garçon, car le meilleur de notre nature ne désirait en rien contrarier
le maître ; nous nous prêtâmes donc à ses désirs,

concession qui aggrava l'orgueil de Heathcliff et
ses fâcheuses dispositions. Toutefois il était nécessaire pour nous d'agir ainsi. Deux ou trois fois, les
traitements méprisants de Hindley furent surpris
par son père et mirent le vieil homme en fureur. Il
saisit sa canne pour battre son fils et fut pris d'un
tremblement de rage quand il se sentit impuissant
à le faire.

À la fin, notre ministre (la paroisse avait alors
un desservant qui avait résolu le problème de
sa subsistance en donnant des leçons aux petits
Linton et Earnshaw et en faisant valoir lui-même
son bout de terrain) conseilla de mettre le jeune
homme au collège. Mr. Earnshaw y consentit,
mais à contrecœur, car, disait-il, « Hindley était
une nullité et ne ferait jamais son chemin où
qu'on l'envoyât ».

J'espérais de tout cœur que nous aurions la
paix désormais. Cela me peinait de songer que
le maître viendrait à souffrir de sa bonne action.
Je m'imaginais que l'aigreur de l'âge et la maladie provenaient de ce désaccord avec sa famille,
comme il aurait voulu le faire croire. En réalité,
vous savez, monsieur, c'était l'affaiblissement
de sa constitution. Nous aurions pu néanmoins
continuer à vivre d'une manière supportable sans
deux personnes, Miss Cathy et Joseph, le domestique. Je présume que vous avez vu celui-ci là-
haut. C'était, et c'est encore très probablement,
le Pharisien le plus sombre et le plus content
de lui qui ait jamais fouillé au fond d'une Bible
pour en tirer à son usage les espérances et jeter
les anathèmes sur ses voisins. Par son adresse à

sermonner et à pérorer sur la piété, il parvint à faire une grande impression sur Mr. Earnshaw, et plus le maître s'affaiblissait, plus son influence augmentait. Il ne cessait de le tourmenter au sujet de son âme et exigeait qu'il gouvernât ses enfants avec rigueur. Il le poussait à considérer Hindley comme un vaurien, et chaque soir il débitait en grommelant une longue suite d'histoires contre Heathcliff et Catherine, essayant toujours de flatter la faiblesse de Earnshaw en entassant toutes les fautes sur cette dernière.

Assurément elle avait des manières à elle que je n'ai jamais vues chez d'autres enfants, et elle dépassait cinquante fois par jour, et même davantage, les bornes de notre patience à tous. De la minute où elle descendait jusqu'à celle où elle allait au lit, nous étions toujours à craindre qu'elle ne nous jouât quelque mauvais tour. Sa vivacité ne se relâchait jamais, sa langue était toujours en mouvement… elle chantait, riait, et tourmentait tous ceux qui ne voulaient faire de même. Au total, une petite sauvage étourdie et méchante… mais avec les plus jolis yeux, le sourire le plus charmant, la démarche la plus légère de toute la paroisse. Et après tout, je crois qu'elle ne pensait pas à nuire ; si par hasard elle vous faisait pleurer tout de bon, il était rare qu'elle ne restât auprès de vous et ne vous forçât à être calme pour que vous la consoliez à son tour. Elle était beaucoup trop attachée à Heathcliff et la plus grande punition que nous puissions inventer pour elle était de les séparer. Cependant elle était grondée, plus qu'aucun de nous, à cause de lui. Quand elle jouait, elle adorait poser à la petite maîtresse, ayant la main leste et donnant des ordres à ses compagnons. Elle essaya aussi de me commander et de m'employer à ses commissions, mais je ne voulus pas le supporter et le lui dis.

À ce moment, Mr. Earnshaw n'admettait plus les plaisanteries de ses enfants. Il avait toujours été sévère et strict avec eux, et Catherine, de son côté, ne comprenait pas que son père, devenu malade, fût plus grondeur et moins patient qu'auparavant. Devant ses réprimandes hargneuses, elle éprouvait un malin plaisir à le provoquer. Elle n'était jamais aussi heureuse que lorsque nous étions tous ensemble à la réprimander et qu'elle nous défiait de son regard hardi et impertinent, accompagné de vives répliques. Elle tournait en ridicule les sermons de Joseph, elle me taquinait et faisait juste ce qui déplaisait le plus à son père en lui montrant comment elle, avec sa prétendue insolence, avait plus de pouvoir sur Heathcliff que lui avec sa bonté ; comment le garçon exécutait ses ordres quels qu'ils fussent, et ceux de son père seulement quand ils lui convenaient. Après s'être conduite aussi mal que possible tout le long du jour, elle arrivait parfois le soir avec des mines câlines pour se faire pardonner.

— Non, Cathy, disait le vieillard. Je ne peux t'aimer, tu es encore pire que ton frère. Va, dis tes prières, mon enfant, et demande pardon à Dieu. Ta mère et moi, je le crains, aurons à nous repentir de t'avoir mise au monde !

Au début, cela la faisait pleurer, puis, à force d'être continuellement repoussée, elle devint

insensible et se mettait à rire lorsque j'essayais
de l'amener à regretter ses fautes et à demander
pardon.

Mais enfin l'heure vint qui termina les souffrances de Mr. Earnshaw sur cette terre. Il mourut
tranquillement dans son fauteuil, assis près du
feu, par un soir d'octobre. Un grand vent soufflait
avec fureur autour de la maison et hurlait dans la
cheminée. C'était un tumulte d'orage et cependant
il ne faisait pas froid. Nous étions tous réunis,
moi un peu éloignée de l'âtre, absorbée par mon
tricot, et Joseph en train de lire sa Bible près de la
table (car les serviteurs s'asseyaient alors dans la
salle quand leur travail était terminé). Miss Cathy
avait été malade, ce qui la rendait tranquille. Elle
était appuyée contre les genoux de son père et
soutenait la tête de Heathcliff qui était allongé à
ses pieds. Je me rappelle que le maître, avant de
s'assoupir, passa la main sur ses beaux cheveux
– il avait rarement le plaisir de la voir aussi gentille – et lui dit :

— Pourquoi ne peux-tu pas toujours être une
bonne fille, Cathy ?

Elle leva la figure vers lui, se mit à rire et répondit :

— Pourquoi ne pouvez-vous pas toujours être
un bon père ?

Mais aussitôt qu'elle le vit de nouveau fâché,
elle lui baisa la main et lui dit qu'elle allait chanter
pour l'endormir. Elle commença à chanter très
doucement jusqu'au moment où les doigts de son
père lâchèrent les siens tandis que sa tête retom-
bait sur sa poitrine. Je lui dis alors de se taire

et de ne pas bouger de peur de l'éveiller. Nous restâmes tous silencieux comme des souris craintives pendant une demi-heure, et aurions continué plus longtemps si Joseph, qui avait terminé son chapitre, ne s'était levé, disant qu'il fallait réveiller le maître pour dire les prières et aller au lit. Il avança, l'appela et lui toucha l'épaule, mais, comme le maître ne bougeait pas, il prit la chandelle et le regarda. Je compris qu'il y avait quelque chose d'insolite à la façon dont il reposa la lumière et s'empara des enfants, chacun par un bras, leur chuchotant de « se débrouiller en haut, de ne pas faire de bruit... de dire leurs prières tout seuls ce soir... car il serait occupé ailleurs ».

— Je veux d'abord souhaiter une bonne nuit à papa, dit Catherine, lui entourant le cou de ses bras avant que nous ayons pu l'en empêcher.

Alors la pauvre petite découvrit immédiatement le malheur et s'écria :

— Oh ! il est mort, Heathcliff, il est mort !

Et tous deux se mirent à pousser un cri à fendre l'âme.

À ces gémissements, j'en joignis d'autres, bruyants et douloureux. Mais Joseph nous demanda à quoi nous pensions de hurler ainsi parce qu'un saint était entré au ciel. Il me dit de mettre mon manteau et de courir à Gimmerton chercher le docteur et le pasteur. Je ne pouvais comprendre de quelle utilité ils seraient maintenant, l'un comme l'autre. Néanmoins j'y allai dans le vent et la pluie, et ramenai l'un d'eux, le docteur. L'autre dit qu'il viendrait dans la matinée. Laissant Joseph expliquer l'événement, je montai vite à la chambre des enfants ; leur porte était entrebâillée et je vis qu'ils ne s'étaient pas couchés, quoi qu'il fût plus de minuit, mais ils étaient plus calmes et n'avaient pas besoin de mes consolations. Les deux petits êtres se réconfortaient mutuellement avec de meilleures pensées que je n'en aurais jamais pu inventer. Pas un pasteur au monde n'a jamais décrit le paradis aussi merveilleusement qu'ils le faisaient dans leur naïf langage. Et tout en les écoutant avec des sanglots, je ne pouvais m'empêcher de désirer que nous fussions tous réunis là-haut en sûreté.

VI

Mr. Hindley revint pour l'enterrement et, chose qui nous plongea dans l'étonnement et fit marcher les racontars de droite et de gauche, il ramena une femme avec lui. Ce qu'elle était et d'où elle venait, il ne nous le dit jamais. Elle n'avait probablement ni nom ni fortune qui pussent la recommander, car sans cela il n'aurait eu aucune raison de cacher son mariage à son père.

Elle n'était pas femme à apporter par sa présence un grand dérangement dans la maison. Le moindre objet qu'elle vît, à peine eut-elle franchi le seuil, sembla l'enchanter et même les faits qui se déroulaient autour d'elle, sauf, toutefois, les préparatifs de l'enterrement et l'apparition des veilleurs mortuaires. À voir comment

elle se comporta alors, je la crus presque simple
d'esprit. Elle courut se réfugier dans sa chambre
et m'obligea à la suivre quand j'aurais dû habiller les enfants. Là elle s'assit, toute frissonnante,
les doigts crispés, et me demandant sans cesse :
« Sont-ils enfin partis ? » Puis elle commença à
me décrire avec une agitation hystérique l'effet
produit sur elle par la vue du noir. Et elle fré-
missait, et elle tremblait jusqu'au moment où,
pour finir, elle fondit en larmes. Lorsque je lui
en demandai la raison, elle me répondit qu'elle
ne la savait pas, mais oh ! qu'elle avait peur de
mourir ! Je l'imaginais aussi peu près de mourir
que moi-même. Elle était assez frêle, mais jeune,
avec un teint frais, et ses yeux brillaient d'un éclat
de diamant. J'avais bien remarqué, naturellement,
que monter un escalier lui donnait une respiration
précipitée, que le plus petit bruit, si elle en était
frappée à l'improviste, la mettait en transes, et
qu'elle toussait parfois de manière inquiétante.
Mais je ne savais rien de ce que ces symptômes
présageaient et n'étais pas tentée de m'intéresser
à elle. En général, ici, nous n'allons pas volontiers
aux étrangers, Mr. Lockwood, à moins qu'ils ne
viennent à nous d'abord.

Le jeune Earnshaw avait changé considérablement pendant ces trois années d'absence. Il
était plus maigre, avait perdu ses couleurs, et son
langage, comme sa façon de s'habiller, était tout
différent. Le jour même de son retour, il nous
ordonna, à Joseph et moi, d'installer nos quartiers
dans l'arrière-cuisine afin de lui laisser la salle. Il
aurait même voulu mettre des tapis et tendre du

papier dans une petite pièce vide afin d'en faire un salon. Mais sa femme paraissait si contente du sol en pierres blanches, de la grande cheminée où le feu resplendissait, des rangées de faïence, de la meute de chiens, et de la vaste pièce où ils se tenaient généralement, qu'il jugea le projet sans agrément pour elle et y renonça.

Elle parut contente aussi de trouver une sœur dans sa nouvelle famille. Elle caquetait en compagnie de Catherine, l'embrassait, courait partout avec elle, et la couvrit de cadeaux au début. Toutefois son affection se fatigua bien vite et, quand elle se montra plus revêche, Hindley devint tyrannique. Quelques mots d'elle, trahissant son antipathie envers Heathcliff, suffirent à réveiller chez Hindley toute sa vieille haine pour celui-ci. Il le rejeta de leur société et l'envoya avec les domestiques ; il supprima les leçons du pasteur, exigeant à la place qu'il travaillât hors de la maison, et il le contraignit à faire des besognes aussi dures que n'importe quel valet de ferme.

Au début, Heathcliff supporta passablement sa déchéance parce que Cathy lui enseignait ce qu'elle avait appris, et qu'elle travaillait ou jouait dans les champs avec lui. Tous deux promettaient assez bien de pousser en petits sauvages, le jeune maître ne s'occupant ni de leur conduite ni de leurs actes, pourvu qu'ils restassent loin de lui. Il n'aurait même pas veillé qu'ils se rendissent à l'église le dimanche, si Joseph et le pasteur ne lui avaient reproché son insouciance lorsque les enfants manquaient le service, ce qui lui mettait en mémoire d'infliger le fouet à Heathcliff et une pri-

vation de déjeuner ou de dîner à Catherine. Mais
c'était un de leurs amusements préférés que de se
sauver le matin dans la lande et d'y rester toute la
journée, si bien que la punition à venir n'était plus
qu'un petit incident qui les faisait rire. Le pasteur
pouvait donner à Catherine autant de pensums
qu'il voulait, et Joseph avait beau battre Heathcliff
jusqu'à ce qu'il en eût mal au bras, ils oubliaient
tout dès l'instant où ils étaient réunis de nouveau ;
ou, du moins, dès l'instant où ils avaient combiné
quelque méchant plan de revanche. Bien souvent
je déplorais à part moi de les voir devenir chaque
jour plus indisciplinés, et pourtant je n'osais dire
un mot, de crainte de perdre le peu de pouvoir
que je conservais encore sur ces petits êtres privés d'appui. Un dimanche soir il leur arriva d'être
chassés du salon pour avoir fait du bruit ou pour
quelque autre peccadille de ce genre, et, quand je
les appelai pour le dîner, je ne les trouvai nulle
part. Nous fouillâmes la maison de haut en bas,
puis la cour et les écuries, mais en vain. À la fin,
Hindley, très en colère, nous dit de verrouiller la
porte et défendit qu'on les laissât rentrer de la
nuit. Tout le monde alla se coucher, mais moi,
trop inquiète pour faire de même, j'ouvris ma
croisée et mis ma tête dehors pour guetter leur
retour, malgré la pluie qui tombait. Et j'étais bien
décidée à leur ouvrir en dépit de l'interdiction de
Hindley. Après un moment, je perçus des pas sur
la route, et la lueur d'une lanterne brilla à travers
la grille. Je jetai un châle sur ma tête et courus
pour les empêcher de réveiller Mr. Earnshaw en

frappant. C'était Heathcliff et je tressaillis en le
voyant sans sa compagne.

— Où est Miss Catherine ? m'écriai-je avec précipitation. Pas d'accident, j'espère ?

— Elle est à Thrushcross Grange, répondit-il,
et j'y serais bien resté aussi, mais ils n'ont pas eu
la politesse de me le demander.

— Eh bien ! vous allez attraper quelque chose !
dis-je. Vous ne serez content que lorsqu'on vous
aura renvoyé d'ici. Qu'est-ce qui a donc pu vous
donner l'idée de vous en aller jusqu'à Thrushcross
Grange ?

— Laissez-moi ôter mes vêtements mouillés, et
je vais tout vous raconter, Nelly, répondit-il.

Je le suppliai de prendre bien garde de ne pas
réveiller le maître, et, tandis qu'il se déshabillait
et que j'attendais avant d'éteindre la lumière, il
continua :

— Nous nous sommes échappés par la buan-
derie, Cathy et moi, pour courir un peu à notre
aise. Alors nous avons aperçu les lumières de la
Grange et nous avons eu l'idée d'aller voir si les
petits Linton passaient leur dimanche après-midi
à grelotter dans un coin pendant que leur père
et leur mère restaient assis à manger, à boire, à
chanter, à rire et à se couver des yeux devant le
feu. Est-ce que vous croyez que cela se passe ainsi
chez eux ? Et qu'ils lisent des sermons, et qu'ils
sont catéchisés par leur domestique, et qu'on les
force à apprendre une colonne de noms dans la
Bible s'ils ne répondent pas bien ?

— Probablement pas, répliquai-je. Je suis sûre
que ce sont de bons enfants, qui ne méritent pas

d'être traités comme vous pour votre mauvaise
conduite.

— Pas de prêche, Nelly, vous dites des bêtises.
Nous avons fait une course depuis Hurlevent
jusqu'au parc, sans nous arrêter. Catherine a été
battue à plate couture, elle est même arrivée nu-
pieds et il faudra que vous cherchiez ses souliers
demain dans la boue. Nous nous sommes glissés
par la brèche d'une haie, et, après avoir avancé à
tâtons le long du sentier, nous sommes restés plan-
tés sur un pot de fleurs sous la fenêtre du salon.
Il y avait de la lumière, ils n'avaient pas fermé les
volets et les rideaux n'étaient qu'à moitié tirés.
Nous pouvions tous deux regarder à l'intérieur en
montant sur une pierre et en nous accrochant au
rebord. Et nous vîmes... Ah ! que c'était beau !...
une pièce magnifique avec un tapis rouge, des
tables et des sièges recouverts de rouge, un pla-
fond d'un blanc éclatant, bordé d'or, au centre
duquel une pluie de gouttes de cristal, suspen-
dues par des chaînes d'argent, brillaient à la douce
lueur de petites bougies. Ni le vieux Linton ni sa
femme n'étaient là, Edgar et sa sœur avaient tout
cela pour eux seuls. Est-ce qu'ils n'auraient pas
dû être heureux ? Bien sûr nous nous serions crus
au paradis ! Et maintenant, devinez ce que faisaient vos bons enfants ? Isabelle (je crois qu'elle
a onze ans, un an de moins que Cathy) était couchée par terre, au fin fond de la pièce, poussant
des cris comme si des sorcières la piquaient partout avec des aiguilles rougies au feu. Edgar se
tenait devant l'âtre, pleurant silencieusement, et
au milieu de la table était installé un petit chien

qui secouait sa patte en glapissant, et qui, nous le
comprîmes à leurs accusations réciproques, avait
presque été mis en pièces par eux. Les idiots !
Voilà leurs distractions ! Se quereller pour savoir
à qui appartiendrait un tas de poils chauds et se
mettre ensuite à pleurer parce que tous deux,
après avoir lutté pour l'avoir, refusaient de le
prendre ! Nous éclatâmes de rire à la vue de ces
petits trésors, et en les méprisant, je vous assure.
Quand me verrez-vous désirer quelque chose que
désire Catherine ? Et quand nous trouverez-vous,
alors que nous sommes seuls, en train de crier, de
pleurer, et de nous rouler par terre, à chaque bout
de la pièce ? Je ne changerais pas, pour un million
de vies, ma place ici contre celle d'Edgar Linton
à Thrushcross Grange. Et même pas si j'avais la
permission de jeter Joseph du haut du pignon le
plus élevé et de peindre la façade de la maison
avec le sang de Hindley !

— Chut, chut, interrompis-je. Vous ne m'avez
pas encore dit comment Catherine est restée en
arrière, Heathcliff ?

— Je vous ai dit que nous avions éclaté de rire.
Les Linton nous entendirent et, d'un même mouvement, ils s'élancèrent comme des flèches vers la
porte. Il y eut un moment de silence, puis un cri :
« Oh ! maman, maman ! Oh ! papa. Oh ! maman,
venez vite. Oh ! papa. Oh ! » Ils poussèrent vraiment des hurlements de ce genre. Nous fîmes
un bruit terrible pour les terrifier davantage,
puis nous lâchâmes le rebord de la fenêtre, car
quelqu'un tirait les barres et nous pensâmes qu'il
valait mieux fuir. Je tenais Cathy par la main et

l'entraînais rapidement lorsque tout à coup elle
tomba par terre. « Cours, Heathcliff, cours ! »
souffla-t-elle. « Ils ont lâché le bouledogue et il
m'a attrapée ! » Le diable de chien l'avait prise à
la cheville, Nelly, et j'entendais son abominable
reniflement. Elle ne cria pas... oh ! non, elle en
aurait eu honte même si elle avait été embrochée
par les cornes d'un taureau furieux. Moi, je le fis
cependant ! Je vociférai des malédictions suffi-
santes pour anéantir tous les démons de la chré-
tienté. Je pris une pierre, l'enfonçai entre les crocs
de l'animal et essayai de toutes mes forces de la
pousser au fond de sa gorge. À la fin, une brute
de domestique apparut avec une lanterne, criant :
« Tiens bon, Skulker, tiens bon ! » Il changea de
ton, cependant, quand il vit quel gibier tenait
Skulker. Le chien fut serré à la gorge à étouffer,
son énorme langue rouge pendait d'un demi-pied
hors de sa gueule et ses lèvres tombantes étaient
souillées d'une bave sanguinolente. L'homme
souleva Cathy. Elle était évanouie, non de peur,
j'en suis sûr, mais de douleur. Il la porta dans la
maison. Je suivis, grondant des imprécations et
des paroles de vengeance. « Qu'est-ce qu'il a pris,
Robert ? – Skulker a pris une petite fille, monsieur, répondit-il, et voilà un garçon, ajouta-t-il en
m'empoignant, qui avait bien l'air de faire le guet.
Très probablement les voleurs avaient l'intention
de les faire passer par la fenêtre pour ouvrir les
portes à toute la bande, de manière à nous massacrer à leur aise pendant notre sommeil. Taisez-
vous, petit gredin ! Vous irez à la potence pour
cela. Mr. Linton, ne lâchez pas votre fusil ! – Non,

non, Robert, dit le vieux fou, les bandits savaient que c'était hier l'échéance de mes loyers, et ils pensaient me dépouiller sans mal. Entrez, je vais bien les recevoir. Et vous, John, mettez la chaîne. Jenny, donnez un peu d'eau à Skulker. Venir défier un magistrat jusque dans sa demeure, et le jour du Sabbat encore ! Où s'arrêtera leur impudence ? Oh ! ma chère Mary, regardez ! N'ayez pas peur, ce n'est qu'un petit garçon... et pourtant l'infamie a déjà marqué son visage. Ne serait-ce pas un bienfait pour le pays de le pendre dès maintenant avant que sa nature se soit dévoilée par ses actes encore mieux que par ses traits ? » Il me poussa sous le lustre, et Mrs. Linton, ayant mis ses lunettes sur son nez, leva les mains d'horreur. Les petits peureux avancèrent avec précaution et Isabelle balbutia : « Qu'il est affreux, papa ! Mettez-le à la cave. Il ressemble tout à fait au fils de la bohémienne qui a volé mon faisan apprivoisé. N'est-ce pas, Edgar ? » Pendant qu'ils m'examinaient, Cathy reprit ses sens. Elle entendit la dernière remarque et se mit à rire. Edgar Linton, après un coup d'œil scrutateur, fut assez fin pour la reconnaître. Ils nous voient à l'église, vous savez, mais nous les rencontrons rarement ailleurs. « C'est Miss Earnshaw, chuchota-t-il à sa mère. Et regardez comme Skulker l'a mordue... comme son pied saigne ! – Miss Earnshaw ? Quelle sottise ! cria la dame. Miss Earnshaw courant la campagne en compagnie d'un bohémien ! Et cependant, mon Dieu ! l'enfant est en deuil... Sûrement c'est elle... et elle est peut-être estropiée pour la vie ! »

« – Quelle coupable négligence de la part de son

frère », s'écria Mr. Linton se détournant de moi
pour s'adresser à Catherine. « J'ai compris par
Shielders » (c'était le pasteur, monsieur) « qu'il la
laisse grandir comme une vraie païenne. Mais qui
est celui-là ? Où a-t-elle ramassé ce compagnon ?
Oh ! oh ! je suis sûr que c'est l'étrange acquisition
que fit mon défunt voisin, pendant son voyage à
Liverpool... un petit métis, un vagabond échoué
d'Amérique ou d'Espagne. »

« – Un vilain garçon, en tout cas, répliqua la
vieille dame, et tout à fait déplacé dans une honnête maison ! Avez-vous remarqué sa façon de
parler, Linton ? Je suis scandalisée de penser que
mes enfants l'ont entendu. »

« Je recommençai à jurer – ne vous fâchez pas,
Nelly – si bien qu'on ordonna à Robert de me
mettre dehors. Je refusai de m'en aller sans Cathy.
Alors, il m'entraîna dans le jardin, me mit de force
la lanterne à la main, m'assura que Mr. Earnshaw
serait informé de ma conduite, et, m'enjoignant de
me mettre aussitôt en route, barricada de nouveau
la porte. Un coin du rideau était encore soulevé et
je repris mon poste d'observation, car si Catherine
avait désiré rentrer, j'étais résolu, au cas où ils
ne l'auraient pas laissée partir, à faire voler leurs
vitres en éclats. Elle était assise tranquillement sur
le canapé. Tout en hochant la tête et en la répri-
mandant, je suppose, Mrs. Linton lui enleva des
épaules la pèlerine grise de la laitière que nous
avions empruntée pour notre expédition. Cathy
était une jeune dame qu'ils traitaient autrement
que moi. Puis la servante apporta une bassine d'eau
chaude et lui lava les pieds. Mr. Linton lui prépara

un grog. Isabelle lui vida une assiette de gâteaux
sur les genoux et Edgar resta bouche bée un peu
plus loin. Ensuite ils séchèrent et peignèrent ses
beaux cheveux, lui donnèrent une paire d'énormes
pantoufles et poussèrent son fauteuil près du feu.
Je la laissai après l'avoir vue aussi joyeuse qu'elle
pouvait l'être ; elle partageait ses provisions entre
le petit chien et Skulker, auquel elle pinçait le nez
tandis qu'il mangeait ; et ce spectacle projetait une
lueur de vivacité dans les yeux bleus et vides des
Linton, faible reflet de sa figure enchanteresse. Je
vis qu'ils étaient figés dans une admiration stupide.
Elle leur est tellement supérieure !... à n'importe
qui au monde, n'est-ce pas, Nelly ?

— Il va arriver plus de choses de cette histoire
que vous ne vous y attendez, répondis-je, remon-
tant sa couverture et éteignant la lumière. Vous
êtes incorrigible, Heathcliff, et Mr. Hindley sera
obligé de se fâcher, vous allez voir !

Mes paroles se trouvèrent plus vraies que je ne
le désirais. La malencontreuse aventure rendit
Earnshaw furieux. Puis Mr. Linton, pour arranger l'affaire, vint en personne le lendemain ; il
fit au jeune maître un tel sermon sur la voie où
il conduisait sa famille que celui-ci fut poussé à
regarder les choses avec plus d'attention. Heathcliff ne reçut pas de correction, mais on l'avertit
que, s'il adressait la parole à Miss Catherine, il
serait chassé aussitôt. Et Mrs. Earnshaw, lorsque
sa belle-sœur rentra à la maison, entreprit de la
remettre dans le droit chemin. Elle employa la
ruse plutôt que la force ; avec la force cela lui
aurait été impossible.

VII

Cathy resta cinq semaines à Thrushcross Grange, c'est-à-dire jusqu'au moment de Noël. À ce moment sa cheville était complètement guérie et ses manières avaient beaucoup gagné. La maîtresse alla souvent la voir pendant ce temps et commença son plan de réforme en essayant d'éveiller chez elle le sentiment de la dignité par de jolis vêtements et des flatteries que Cathy accepta avec satisfaction. Si bien qu'au lieu de la jeune sauvageonne qui, d'ordinaire, bondissait toute décoiffée dans la maison et se précipitait sur nous en nous étouffant presque de ses embrassements, voici que nous vîmes apparaître, juchée sur un superbe poney noir, une personne à l'air important, coiffée d'un chapeau de castor empanaché d'où s'échappaient des boucles brunes, et vêtue d'un manteau de drap qu'elle était obligée de tenir à deux mains pour avancer. Hindley l'enleva de cheval et s'écria avec joie :

— Eh ! Cathy, que te voilà devenue belle ! Je t'aurais à peine reconnue, tu as l'air d'une dame maintenant. Isabelle Linton ne peut lui être comparée, n'est-ce pas, Frances ?

— Isabelle n'a pas sa séduction naturelle, répondit sa femme, mais il ne faut pas qu'elle se laisse aller et redevienne ici une petite sauvage. Ellen, aidez Miss Cathy à enlever ses affaires... Ne bou-

gez pas, chérie, vous allez défaire vos boucles...
laissez-moi retirer votre chapeau.

J'enlevai le manteau et vis chatoyer sur des pan-
talons blancs et des souliers vernis une grande
robe écossaise en soie. Bien que son regard brillât
de joie à la vue des chiens qui bondissaient vers
elle pour lui souhaiter la bienvenue, elle osait à
peine les toucher de peur que leurs caresses ne
salissent ses beaux vêtements. Elle m'embrassa
avec retenue, car, étant en train de faire le gâteau
de Noël, j'étais tout enfarinée, et il n'aurait pas
fallu qu'elle me serrât dans ses bras. Puis elle se
retourna, cherchant Heathcliff. Mr. et Mrs. Earnshaw attendaient avec anxiété cette première rencontre qui leur permettrait de juger si leur espoir
de séparer les deux amis était fondé.

Heathcliff fut d'abord difficile à trouver. S'il était
sans soin et négligé avant l'absence de Catherine,
il l'était devenu dix fois plus depuis. Personne, à
part moi, n'avait même la bonté de lui reprocher
sa saleté et de lui dire de se laver une fois par
semaine. Les enfants de son âge n'aiment guère
l'eau et le savon. C'est pourquoi, sans parler de ses
vêtements qui avaient fait trois mois de service
dans la boue et la poussière, ni de sa chevelure
tout emmêlée, sa figure et ses mains étaient d'une
sombre et vilaine teinte. Il pouvait bien, en effet,
se cacher derrière le banc en voyant entrer dans la
salle une demoiselle aussi belle et aussi gracieuse
au lieu de la tête ébouriffée, assortie à la sienne,
qu'il s'attendait à retrouver.

— Heathcliff n'est pas là ? demanda-t-elle, ôtant
ses gants et montrant avec ostentation des doigts

extraordinairement blanchis par l'oisiveté et la vie de salon.

— Heathcliff, tu peux avancer, cria Mr. Hindley, jouissant de sa déconfiture et heureux de l'obliger à paraître sous les traits d'un jeune gamin mal tenu. Tu peux venir, comme les autres domestiques, souhaiter la bienvenue à Miss Cathy.

Cathy, apercevant son ami dans sa cachette, vola vers lui pour l'embrasser. Elle lui donna sept ou huit baisers sur chaque joue en une seconde, puis s'arrêta, recula et s'écria en éclatant de rire :

— Comme tu parais noir et en colère... et comme... comme tu es drôle et laid ! Mais c'est parce que je suis habituée à Edgar et à Isabelle Linton ! Eh bien ! Heathcliff, m'as-tu oubliée ?

Cette question s'expliquait, car la honte et l'orgueil accumulaient des ombres sur le visage de Heathcliff qui se tenait immobile.

— Donne-lui la main, Heathcliff, dit Mr. Earnshaw avec condescendance. Une fois en passant, c'est permis.

— Je ne le ferai pas, répondit le garçon retrouvant enfin sa langue. Je ne veux pas qu'on se moque de moi. Je ne le supporterai pas !

Et il se serait échappé du cercle si Miss Cathy ne l'avait saisi de nouveau.

— Je ne voulais pas rire, dit-elle, mais je n'ai pas pu m'en empêcher. Heathcliff, donne-moi la main, au moins ! Pourquoi es-tu fâché ? C'était seulement parce que tu paraissais tout drôle. Quand tu auras lavé ta figure et brossé tes cheveux, tout sera bien, mais tu es si sale !...

Elle jeta un coup d'œil inquiet sur les doigts

noirâtres qu'elle tenait dans les siens, et aussi sur
sa robe qui, elle le craignait, n'avait pas dû gagner
à ce contact.

— Vous n'aviez pas besoin de me toucher !
répondit-il, suivant son regard et retirant brusquement sa main. Je serai aussi sale que j'en aurai
envie, et j'aime à être sale, et je veux être sale !

Sur ces mots, il se précipita, tête baissée, hors
de la pièce, à la grande joie du maître et de la
maîtresse, tandis que Catherine, dans une visible
confusion, ne comprenait pas comment ses
remarques avaient produit une telle manifestation d'humeur.

Après avoir servi de femme de chambre à la
nouvelle venue, je mis mes gâteaux au four et
illuminai joyeusement la maison par de grands
feux dignes de la veille de Noël ; puis je m'assis et
songeai à me distraire en chantant toute seule des
cantiques, indifférente aux déclarations de Joseph
qui traitait de chansonnettes impies les airs joyeux
que je choisissais. Il s'était retiré pour prier dans
sa chambre, et Mr. et Mrs. Earnshaw amusaient
Miss Cathy en lui montrant divers petits présents
destinés aux jeunes Linton en reconnaissance de
leurs attentions. On les avait invités à passer la
journée du lendemain à Hurlevent, ce qui avait été
accepté à une condition : Mrs. Linton priait que
ses chéris fussent tenus soigneusement éloignés
« de ce vilain garçon et de ses jurons ».

Je restai donc seule. Je sentais le fort parfum
des épices échauffées, j'admirais les ustensiles de
cuisine qui reluisaient, l'horloge brillante, ornée
de houx, les pichets d'argent rangés sur un plateau

pour le souper, prêts à être remplis d'ale chaude et
aromatisée ; et, éclipsant tout cela par une netteté
immaculée, due à un culte particulier, le sol bien
lavé et bien balayé. Je décernai en moi-même à
chaque objet la récompense qu'il méritait, puis
je me rappelai la façon du vieil Earnshaw venant
me voir quand tout était nettoyé, m'appelant une
bonne fille et glissant un shilling dans ma main
comme cadeau de Noël. Cela me conduisit à penser à son attachement pour Heathcliff et à sa
crainte qu'après sa mort celui-ci n'eût à essuyer le
mépris des autres. Et naturellement j'en arrivai à
considérer la situation présente du pauvre garçon ;
alors, des chants, je passai aux pleurs. Cependant
l'idée me vint bientôt qu'il vaudrait mieux essayer
de corriger quelques-uns de ses défauts plutôt que
de se lamenter à leur propos, je me levai et allai
dans la cour à sa recherche. Il n'était pas loin, je
le trouvai dans l'écurie en train de lisser la robe
brillante du nouveau poney et de donner à manger
aux autres bêtes, suivant son habitude.

— Dépêchez-vous, Heathcliff ! dis-je. Il fait
bien bon dans la cuisine, et Joseph est en haut.
Dépêchez-vous et laissez-vous habiller proprement
avant que Miss Cathy arrive. Alors vous pourrez
rester ensemble, toute la place devant le feu sera
pour vous, et vous bavarderez jusqu'au moment
d'aller au lit.

Il continua son ouvrage et ne tourna pas la tête.

— Venez... allez-vous venir ? continuai-je. Il y
a un petit gâteau pour chacun de vous, et il vous
faut une demi-heure pour vous habiller.

J'attendis cinq minutes, mais n'obtenant pas

de réponse, je le quittai. Catherine dîna avec son frère et sa belle-sœur. Un repas fort peu cordial, assaisonné de reproches d'un côté et d'insolences de l'autre, nous réunit Joseph et moi. Quant au gâteau et au fromage de Heathcliff, ils restèrent toute la nuit sur la table, comme un souper pour les fées. Lui-même s'arrangea pour continuer son travail jusqu'à neuf heures, puis monta dans sa chambre, muet et renfrogné. Cathy veilla tard, ayant une masse de choses à préparer pour la réception de ses nouveaux amis. À un moment elle vint à la cuisine pour parler à son ancien compagnon, mais il n'était pas là ; elle demanda seulement ce qu'il avait, puis elle repartit.

Le lendemain matin, Heathcliff se leva de bonne heure, et, comme c'était fête, il alla promener sa mauvaise humeur dans la lande, n'apparaissant qu'après le départ de la famille pour l'église. Le jeûne et la réflexion semblaient l'avoir amené à de meilleures dispositions. Il rôda autour de moi un instant, puis, ayant pris son courage à deux mains, il s'écria soudain :

— Nelly, rendez-moi présentable. J'ai décidé d'être sage.

— Il est grand temps, Heathcliff, dis-je. Vous avez peiné Catherine, et je suis sûre qu'elle regrette d'être revenue à la maison. On dirait que vous êtes jaloux de l'attention qu'on lui porte.

L'idée de jalouser Catherine lui était incompréhensible, mais le sentiment de l'avoir peinée frappa son esprit.

— A-t-elle dit qu'elle avait de la peine ? interrogea-t-il d'un air grave.

— Elle a pleuré quand je lui ai dit que vous étiez de nouveau parti ce matin.

— Eh bien ! moi, j'ai pleuré la nuit dernière, répondit-il, et j'avais plus de raisons qu'elle n'en avait.

— Oui... Être allé au lit le cœur gonflé d'orgueil et l'estomac vide, voilà cette belle raison ! Les orgueilleux se créent de pénibles tracas. Mais si vous vous repentez de votre accès d'humeur, il faut que vous lui demandiez pardon quand elle rentrera, ne l'oubliez pas. Il faut que vous alliez à elle, que vous lui offriez de l'embrasser et que vous lui disiez... vous savez mieux que moi ce que vous avez à dire. Seulement, faites-le de bon cœur et non comme si vous jugiez que sa belle robe l'a transformée en étrangère. Et maintenant, bien que j'aie mon déjeuner à préparer, je vais prendre un moment pour vous apprêter de telle façon qu'Edgar Linton ne paraîtra plus qu'une poupée à côté de vous. Vous êtes plus jeune, et cependant je parierais que vous êtes plus grand et deux fois aussi large d'épaules. Vous pourriez le jeter par terre en un clin d'œil ! Ne vous en sentez-vous pas capable ?

La figure de Heathcliff s'éclaira un instant, puis elle s'assombrit de nouveau et il soupira :

— Mais, Nelly, si je le jetais vingt fois par terre, il n'en serait pas moins beau, et ça ne m'embellirait pas non plus. Je voudrais avoir des cheveux blonds, une jolie peau, être élégant, avec d'aussi bonnes manières et avoir une chance d'être aussi riche qu'il le sera !

— Et appeler « maman » à tout propos, conti-

nuai-je, et trembler si un garçon de la campagne lève le poing contre vous, et rester assis
dans la maison toute la journée à cause d'une
averse. Oh ! Heathcliff, quelle faible nature vous
montrez ! Venez devant la glace et je vais vous
faire voir ce que vous devriez désirer. Regardez
ces deux lignes entre vos yeux... Et ces sourcils
épais qui, au lieu d'être arqués, plongent juste
au milieu, et cette paire de sombres diablotins,
profondément enfouis, qui n'ouvrent jamais leurs
lucarnes hardiment, mais luisent par en dessous,
comme les espions de Lucifer ! Ayez la volonté
d'effacer ces rides moroses, apprenez à lever franchement les paupières et à changer les démons en
anges confiants et innocents, qui ne suspectent
personne, ne doutent de rien et voient toujours
des amis là où ils ne sont pas sûrs de voir des
ennemis. Ne prenez pas l'expression d'un roquet
hargneux qui, tout en sachant mériter les coups
qu'il attrape, hait cependant celui qui les lui donne
et le monde entier avec, pour ce qu'il endure.

— Autrement dit, je dois souhaiter d'avoir les
grands yeux bleus et le front uni d'Edgar Linton,
répondit-il. Eh bien ! je le souhaite, mais cela ne
rendra pas l'affaire plus facile.

— Un bon cœur vous aidera à avoir une jolie
figure, mon garçon, continuai-je, et même si vous
étiez un parfait négrillon. Tandis qu'un mauvais
cœur changerait la plus jolie figure en quelque
chose de pire que la laideur. Et maintenant que
vous voilà propre et peigné, que vous avez fini
de bouder, dites-moi si vous ne vous trouvez pas
assez joli garçon ? Moi, je vous le dis, c'est mon

avis. On pourrait vous prendre pour un prince
déguisé. Qui sait si votre père n'était pas empereur de Chine, et votre mère une reine indienne,
chacun capable d'acheter avec son revenu d'une
semaine Hurlevent et Thrushcross Grange réunis ?
Et vous avez été enlevé par des pirates et amené
en Angleterre. Si j'étais à votre place, je me ferais
une haute idée de ma naissance et la pensée de ce
que je suis me donnerait courage et dignité pour
supporter les brimades d'un petit fermier !

Je continuai à bavarder ainsi, et Heathcliff perdait peu à peu son air renfrogné. Il commençait
même à paraître assez aimable, lorsque notre
conversation fut interrompue tout à coup par le
roulement d'une voiture qui avançait sur la route
et entrait dans la cour. Il courut à la fenêtre, j'en
fis autant vers la porte, juste à temps pour voir
les deux Linton, enfouis sous des manteaux et des
fourrures, sortir de la calèche de famille, tandis
que les Earnshaw, qui allaient souvent à l'église à
cheval en hiver, descendaient de monture. Catherine prit chaque enfant par la main, les fit entrer
dans la maison et les installa devant le feu, ce qui
amena rapidement des couleurs sur leurs joues
pâles. J'engageai mon protégé à se dépêcher maintenant et à montrer sa gracieuse humeur. Il obéit
de bon cœur, mais la mauvaise chance voulut
qu'au moment où il ouvrait d'un côté la porte de
la cuisine, Hindley l'ouvrit de l'autre. Ils se ren-
contrèrent et le maître, irrité de le voir tout propre
et tout joyeux, ou peut-être par désir de tenir la
promesse faite à Mrs. Linton, le repoussa d'un
coup brusque et ordonna avec vivacité à Joseph

« d'éloigner le garçon et de l'envoyer au grenier jusqu'à ce que le repas soit fini. Il fourrerait ses doigts dans les tartes et volerait le dessert si on le laissait seul une minute ».

— Non, monsieur, ne pus-je m'empêcher de répondre, il ne touchera à rien. Et je trouve qu'il doit avoir sa part de ces bonnes choses tout comme nous.

— C'est ma main qui lui distribuera sa part si je le surprends en bas avant ce soir, cria Hindley. Sauve-toi, vagabond ! Ah ! tu veux poser au gandin, n'est-ce pas ? Attends que j'attrape une de ces jolies boucles... tu vas voir si je ne les allonge pas en tirant dessus.

— Elles sont assez longues déjà, remarqua le jeune Linton, qui observait furtivement la scène sur le seuil de la porte. Je me demande comment elles ne lui font pas mal à la tête. On dirait une crinière qui retombe sur ses yeux !

Il lança cette remarque sans aucune intention désagréable, mais la nature violente de Heathcliff n'était pas faite pour tolérer un semblant d'impertinence chez quelqu'un qu'il paraissait déjà détester comme un rival. Il saisit une soupière pleine de jus de pommes brûlant (la première chose qui tomba sous sa main) et en lança le contenu en plein dans la figure et le cou du beau parleur. Celui-ci se mit à pousser des cris plaintifs qui attirèrent en hâte Isabelle et Catherine. Mr. Earnshaw empoigna aussitôt le coupable et le conduisit dans sa chambre où, sans nul doute, il lui administra un remède énergique, propre à calmer les crises de colère, car il revint rouge et essoufflé. Je pris un torchon et me mis à frotter sans trop de ménagement la bouche et le nez d'Edgar, tout en lui déclarant qu'il l'avait bien mérité pour s'être mêlé des affaires des autres. Sa sœur assura en larmoyant qu'elle voulait rentrer à la maison, tandis que Cathy assistait, rougissante et interdite, à tout cela.

— Vous n'auriez pas dû lui parler ! dit-elle avec un reproche à Mr. Linton. Il était de mauvaise humeur et maintenant votre visite est gâtée. Puis il va être battu et je déteste qu'on le batte ! Cela va m'empêcher de manger. Pourquoi lui avez-vous parlé, Edgar ?

— Je ne lui ai pas parlé, dit le jeune homme d'une voix entrecoupée, s'échappant de mes mains et achevant son nettoyage avec son mouchoir de batiste. J'avais promis à maman de ne pas lui dire un mot et je l'ai fait.

— Eh bien ! ne pleurez pas, reprit Catherine avec un air de mépris, vous n'êtes pas mort. Ne continuez pas vos histoires. Voilà mon frère, restez tranquille ! Assez, Isabelle, vous a-t-on fait mal à vous ?

— Allons, allons, mes enfants... à vos places ! s'écria Hindley entrant précipitamment. Cet animal de garçon m'a donné bien chaud. La prochaine fois, maître Edgar, imposez votre droit par vos propres poings... cela vous donnera de l'appétit !

La petite assemblée retrouva le calme à la vue d'un festin qui embaumait. La promenade leur avait donné faim et ils se consolèrent facilement, du moment qu'il ne leur était rien arrivé de sérieux.

Mr. Earnshaw servit d'abondantes portions et la maîtresse les égaya de propos amusants. Je restai derrière sa chaise et fus peinée de voir Catherine découper, l'air indifférent et les yeux secs, l'aile d'oie devant elle. « Enfant insensible ! » pensai-je en moi-même. « Comme les malheurs de son ancien compagnon de jeux glissent sur elle ! Je ne l'aurais pas crue aussi égoïste. » Elle porta un morceau à sa bouche, puis le reposa ; ses joues rougirent subitement, ses larmes jaillirent. Elle laissa tomber par terre sa fourchette et plongea avec hâte sous la nappe pour cacher son émoi. Je ne la traitai plus longtemps d'égoïste, car je m'aperçus qu'elle fut au supplice tout le long de la journée et chercha par tous les moyens à être seule ou à se rendre auprès de Heathcliff. Celui-ci avait été enfermé par le maître ; je le découvris en essayant de lui porter en cachette un plat de victuailles.

Dans la soirée on dansa. Cathy demanda qu'il fût relâché à ce moment, Isabelle Linton n'ayant pas de partenaire. Ses supplications demeurèrent vaines et je fus chargée de prendre la place vacante. L'animation de la danse chassa toute notre tristesse, et bientôt notre plaisir fut encore accru par l'arrivée de l'orchestre de Gimmerton et de ses quinze musiciens : trompette, trombone, clarinettes, bassons, cors de chasse et violoncelle, sans compter les chanteurs. C'est leur usage, chaque Noël, de faire la tournée des maisons importantes ; on leur donne quelque argent et nous considérions comme une grande fête de les entendre. Lorsqu'ils eurent chanté les cantiques habituels, nous leur demandâmes des chansons et des chœurs. Mrs. Earnshaw aimait beaucoup la musique et ils nous en donnèrent en abondance.

Catherine l'aimait aussi, mais elle déclara que les sons étaient plus agréables à entendre du haut de l'escalier et elle monta dans le noir. Je la suivis. En bas, on ferma la porte sans s'apercevoir de notre absence, tant il y avait de monde ! Elle ne s'arrêta pas sur le palier, continua jusqu'au grenier où Heathcliff était enfermé et l'appela. Pendant quelque temps il refusa avec obstination de répondre ; elle insista et obtint, par sa persévérance, qu'il communiquât avec elle à travers les planches. Je laissai les pauvres petits causer librement ensemble jusqu'au moment où je présumai que les chanteurs allaient s'arrêter pour prendre quelques rafraîchissements. Je grimpai alors à l'échelle afin d'avertir Catherine. Au lieu de la trouver à l'extérieur, j'entendis sa voix à l'intérieur. Le petit singe, s'étant glissé sur le toit par la lucarne d'une mansarde, avait atteint la lucarne de l'autre mansarde, et ce fut avec la plus grande difficulté que je pus l'engager à ressortir. Quand elle se décida à venir, Heathcliff l'accompagnait, et elle me demanda instamment de le ramener avec moi à la cuisine, puisque mon compagnon de travail était allé chez un voisin pour échapper aux sons de ce qu'il avait appelé « nos cantiques de Satan ». Je leur dis que je n'avais nullement l'intention d'encourager leurs manèges ; cependant, comme le prisonnier jeûnait depuis la veille, je fermai les yeux pour cette fois sur cette tromperie envers Mr. Hindley. Il descendit, je lui installai un tabouret devant le feu et lui offris une quantité de bonnes choses. Mais il manquait d'entrain, mangea peu, et je dus renoncer à le distraire. Les deux coudes sur les genoux, le menton entre les mains, il resta plongé dans une profonde méditation. Comme je lui demandai à quoi il pensait, il répondit gravement :

— Je cherche de quelle façon je ferai payer cela à Hindley. Je me moque du temps qu'il me faudra attendre pourvu que j'y arrive un jour. J'espère qu'il ne m'échappera pas en mourant avant !

— Quelle honte, Heathcliff ! dis-je. C'est à Dieu de punir les méchants tandis que nous autres devons apprendre à pardonner.

— Non. Dieu n'aurait pas le même plaisir que moi, répliqua-t-il. Je voudrais seulement connaître le meilleur moyen ! Laissez-moi seul et je vais y réfléchir. Pendant que je songe à cela, je ne sens pas mes peines.

« Mais, voyez-vous, Mr. Lockwood, j'oublie que ces histoires ne peuvent vous intéresser. Je suis confuse d'avoir été entraînée à bavarder à ce point. Votre gruau est froid et le sommeil vous gagne. J'aurais pu raconter l'histoire de Heathcliff, ou du moins ce que vous aviez besoin de connaître, en une demi-douzaine de mots.

S'interrompant ainsi, la femme de charge se leva et se disposa à mettre de côté son ouvrage ; mais je me sentais incapable de bouger du foyer et j'étais très loin de m'assoupir.

— Ne bougez pas, Mrs. Dean, m'écriai-je, restez encore une demi-heure ! Vous avez très bien fait de raconter l'histoire sans hâte. C'est la méthode que j'aime, et il faut la terminer de la même façon. Tous les personnages que vous me présentez m'intéressent à des points de vue différents.

— L'horloge est près de sonner onze heures, monsieur.

— Aucune importance... Je n'ai pas l'habitude d'aller au lit avant les premières heures du jour. Une ou deux heures, cela convient à quelqu'un qui reste couché jusqu'à dix.

— Vous ne devriez pas rester couché aussi tard. À cette heure, le moment le plus agréable de la matinée est passé depuis longtemps. Si on n'a pas fait la moitié de son travail du jour à dix heures, on risque de laisser l'autre à moitié faite.

— Malgré cela, Mrs. Dean, reprenez votre siège, car demain j'ai l'intention de prolonger la nuit jusqu'à l'après-midi. Je sens venir un rhume tenace, pour le moins.

— J'espère que non, monsieur. Eh bien ! permettez-moi de sauter quelque trois années. Durant cet intervalle, Mrs. Earnshaw...

— Non, non, je ne permettrai rien de semblable ! Imaginez le sentiment que vous éprouveriez si, étant toute seule avec une chatte en train de lécher devant vous ses petits, vous suiviez cette opération avec tant d'intérêt qu'il vous suffirait de voir la chatte négliger un petit bout d'oreille pour que cela vous mît sérieusement en colère ?

— Un sentiment qui ne tient guère en éveil, m'est avis.

— Au contraire, qui vous persécute. C'est le mien en ce moment, et par conséquent, conti-

nuez avec minutie votre histoire. Je m'aperçois
que les gens de ces régions offrent plus de relief
que les gens des villes ; ainsi, dans une cellule,
une araignée prend plus d'importance que dans
une simple maison aux yeux de qui l'observe. Et
cependant cet intérêt renforcé n'est pas entièrement dû à la situation de l'observateur. C'est
qu'on vit par ici avec plus de sérieux et plus en
soi-même, moins en surface et sans être déformé
par des contingences frivoles. Je pourrais juger
possible ici un amour qui durerait toute une
vie. Alors que j'avais toujours cru qu'il n'en est
aucun qui puisse tenir au-delà d'une année. De
ces gens, les uns ressemblent à un homme affamé
qu'on mettrait devant un plat unique auquel il
ferait honneur de tout son appétit. Les autres, à
ce même homme installé à une table dressée par
des cuisiniers français. L'ensemble du repas lui
procurera sans doute autant de jouissance, mais
les portions resteront éparpillées dans son souvenir comme devant son regard.

— Oh ! nous sommes bien ici les mêmes gens
que partout ailleurs, une fois qu'on nous connaît,
prononça Mrs. Dean quelque peu déroutée par
mon discours.

— Pardon, lui répondis-je. Vous êtes, ma
bonne dame, la preuve frappante du contraire.
Excepté quelques provincialismes insignifiants,
vos manières ne sont aucunement celles que j'ai
toujours remarquées chez les personnes de votre
classe. Je suis sûr que vous avez réfléchi beaucoup
plus que ne le font en général les serviteurs. Vous
avez été amenée à cultiver vos facultés d'observa-

tion parce que les occasions de gaspiller votre vie
en futilités vous ont manqué.

Mrs. Dean se mit à rire.

— Oh ! je suis certainement d'une espèce rassise
et raisonnable, dit-elle, mais non, je crois, pour
avoir vécu au milieu des montagnes et observé
d'un bout de l'année à l'autre le même lot d'individus et une même manière d'agir. Seulement, je
me suis imposé une règle de conduite sévère qui
m'a appris la sagesse, et j'ai lu plus que vous ne
le pensez, Mr. Lockwood. Vous ne pourriez trouver, dans cette bibliothèque, un livre que je n'aie
ouvert et dont je n'aie tiré quelque profit. Sauf
sur le rayon des Grecs et des Latins, et celui des
Français. Là encore, je sais distinguer entre chacun d'eux. C'est tout ce qu'on peut demander à la
fille d'un pauvre homme. Quoi qu'il en soit, s'il
me faut défiler mon histoire en bonne commère,
je ferai mieux de continuer, et, au lieu de sauter
trois années, je me contenterai de passer à l'été
suivant, c'est-à-dire l'été de 1778, il y a environ
vingt-trois ans.

VIII

Par un beau matin de juin, mon premier nour-
risson, un joli enfant, dernier de la vieille famille
Earnshaw, vint au monde. Nous étions occupés
aux foins dans un champ éloigné, quand la petite
fille qui nous portait d'ordinaire nos déjeuners

apparut une heure plus tôt, courant de toutes ses jambes sur le sentier, puis à travers la prairie, et m'appelant en même temps.

— Oh ! quel grand beau bébé, dit-elle toute haletante. Le plus joli petit garçon qui ait jamais existé. Mais le docteur dit que la maîtresse ne vivra pas. Il dit qu'elle s'est affaiblie de la poitrine depuis plusieurs mois, et maintenant que plus rien ne la retient, elle mourra avant l'hiver. Il faut que vous rentriez tout de suite à la maison. Vous allez élever le poupon, Nelly, lui donner du sucre et du lait, et veiller sur lui jour et nuit. Je voudrais bien être à votre place, car il sera tout à fait à vous quand il n'y aura plus de maîtresse !

— Mais est-elle très malade ? demandai-je, jetant mon râteau et nouant mon bonnet.

— Je le crois, et pourtant elle semble courageuse, répondit la fille. Elle parle comme si elle pensait vivre assez pour le voir devenir un homme. Le bonheur lui fait perdre la tête. Il est si joli ! Si j'étais elle, je suis sûre que je ne mourrais pas, je me porterais mieux rien qu'à le regarder, quoi qu'en dise Kenneth. J'étais bien furieuse contre celui-là ! Mrs. Archer venait de descendre le chérubin au maître, dont la figure s'était tout illuminée, quand ce vieux grognon de docteur s'avança et dit : « Earnshaw, c'est une bénédiction que votre femme ait été épargnée pour vous laisser ce fils. Quand elle est arrivée, j'ai cru fermement que nous ne la garderions pas longtemps, et maintenant je dois vous dire qu'il est très probable que l'hiver l'achèvera. Inutile de vous agiter et de vous désoler, nous n'y pouvons rien. Et puis vous auriez mieux fait de ne pas choisir ce petit brin de fille. »

— Et qu'est-ce que le maître a répondu ? demandai-je.

— Je crois qu'il s'est mis à jurer, mais je ne m'occupais pas de lui, tant j'avais envie de voir le bébé.

Et elle recommença à le décrire avec ravissement. Aussi curieuse qu'elle, je me précipitai vers la maison, impatiente d'admirer l'enfant par moi-même. Cependant le sort de Hindley m'attristait. Il n'y avait place dans son cœur que pour deux idoles : sa femme et lui-même. Il raffolait des deux, adorait la première, et je ne concevais pas qu'il se résignât à la perdre.

Quand nous arrivâmes à Hurlevent, il était là, devant la grande porte, et dès le seuil, je lui demandai comment était le bébé.

— Presque en état de courir, Nell, répondit-il avec un joyeux sourire.

— Et la maîtresse ? me hasardai-je à demander, le docteur dit qu'elle...

— Maudit docteur ! interrompit-il en rougissant. Frances va très bien, elle sera parfaitement rétablie d'ici la semaine prochaine. Montez-vous ? Dites-lui que je viendrai la voir si elle promet de ne pas parler. Je l'ai quittée parce qu'elle ne voulait pas se taire, et il le faut... Dites-lui que Mr. Kenneth a ordonné qu'elle reste tranquille.

Je transmis ce message à Mrs. Earnshaw, qui me parut très bien disposée et répondit gaiement :

— J'ai à peine dit un mot, Ellen, et pourtant il est parti à deux reprises en pleurant. Mais c'est bon, dites que je promets de ne pas parler. Cela ne m'empêchera pourtant pas de lui rire au nez !

Pauvre petit être ! Même une semaine avant sa mort, cette gaieté ne l'avait pas abandonnée et son mari persistait à affirmer avec acharnement, avec fureur même, que sa santé s'améliorait chaque jour. Quand Kenneth l'avertit que les médicaments, à ce degré de la maladie, étaient devenus inutiles, et qu'il ne désirait pas l'engager dans de plus grandes dépenses par ses soins, il répondit :

— Je sais que c'est inutile... elle va bien... elle n'a plus besoin de vous. Elle n'a jamais été poitrinaire. C'était de la fièvre, qui est finie maintenant. Son pouls est aussi calme que le mien et ses joues sont aussi fraîches.

Il racontait la même histoire à sa femme et elle paraissait le croire ; mais, une nuit, tandis qu'elle reposait sur son épaule, disant qu'elle pourrait se lever le lendemain, elle eut une crise de toux... Oh ! une crise très légère... Il la souleva dans ses bras, alors elle lui mit les deux mains autour du cou, sa figure changea... elle était morte.

Ainsi que la servante l'avait prévu, le petit Hareton me fut confié entièrement. Mr. Earnshaw était satisfait de tout à son sujet, du moment qu'il ne l'entendait pas pleurer et le savait en bonne santé. Quant à lui, il était resté désespéré. Mais sa peine n'était pas de celles qui s'expriment par des plaintes. Jamais il ne pleurait ni ne priait ; révolté, jurant facilement, il abominait Dieu et tous les hommes, et se plongea dans une dissipation effrénée. Les serviteurs ne purent supporter longtemps ses manières tyranniques et méchantes. Joseph et moi furent les deux seuls à tenir. Je n'avais pas le courage d'abandonner ma charge ; en outre, vous savez que j'étais sa sœur de lait, et j'avais ainsi pour sa conduite plus d'indulgence qu'un étranger. Joseph demeura pour malmener les fermiers et les hommes de peine, et aussi parce que c'était sa vocation de vivre là où il y avait beaucoup d'impiété à réprouver.

Les mauvaises habitudes du maître et ses déplorables compagnons donnaient de jolis exemples à Catherine et à Heathcliff. Ses façons à l'égard de ce dernier auraient suffi à transformer un saint en démon. Et vraiment, à cette époque, on aurait dit que le jeune garçon était possédé de quelque esprit malin. Il triomphait de voir Hindley se dégrader sans rémission et laissait paraître chaque jour davantage sa sauvagerie sombre et cynique. Je ne pourrais vous décrire, même à demi, l'enfer de notre maison. Le pasteur cessa de venir, et bientôt personne de convenable ne nous approcha. Seules faisaient exception les visites d'Edgar Linton à Miss Cathy.

À quinze ans, celle-ci était la reine de la contrée. N'ayant pas d'égale, quelle créature hautaine et obstinée elle devint ! J'avoue que je cessai de l'aimer lorsqu'elle ne fut plus une enfant, et bien souvent je la faisais enrager en rabaissant son arrogance. Cependant, elle ne me prit jamais en aversion. Elle se montrait fort constante en ses anciens attachements. Le pouvoir de Heathcliff même ne céda jamais devant d'autres affections ; et le jeune Linton, malgré toute sa supériorité, eut de la peine à produire sur elle une impression aussi profonde. J'ai eu celui-ci comme maître et ce portrait au-dessus de la cheminée est le sien. Autrefois, il était accroché d'un côté, celui de sa femme de l'autre, mais ce dernier a été enlevé, sans quoi vous auriez pu juger un peu ce qu'elle était. Est-ce que vous y voyez quelque chose ?

Mrs. Dean leva la chandelle et je discernai une figure aux traits extrêmement doux, ressemblant beaucoup à celle de la jeune femme de Hurlevent, mais avec une expression plus pensive et plus agréable. C'était un joli portrait. Les longs cheveux blonds bouclaient légèrement sur les tempes, les yeux étaient grands et sérieux, l'ensemble était presque trop gracieux. Je ne m'étonnais pas que Catherine Earnshaw ait pu oublier son premier ami pour une semblable figure. Je m'étonnai davantage qu'il ait pu, lui, avec un esprit en rapport avec son physique, s'enflammer pour Catherine Earnshaw telle que je me l'imaginais.

— Une très jolie peinture, dis-je à la femme de charge. Est-ce ressemblant ?

— Oui, répondit-elle, mais il était mieux quand il s'animait ; c'est là son air ordinaire et qui manquait un peu d'entrain.

Catherine avait conservé des relations avec les Linton depuis son séjour chez eux. Comme elle n'était pas tentée, en leur compagnie, de laisser voir sa nature emportée et qu'elle avait assez de finesse et de décence pour ne pas répondre par de la brusquerie à la constante courtoisie qu'elle recevait, elle abusa involontairement le vieux monsieur et la vieille dame par ses effusions ingénues, gagna l'admiration d'Isabelle, puis le cœur et l'âme de son frère. Elle fut flattée de ces conquêtes dès le début, car elle ne manquait pas d'ambition, et fut amenée ainsi à une certaine duplicité sans vouloir tromper personne. Dans la maison où elle entendait traiter Heathcliff de « jeune coquin » et de « brute accomplie », elle prenait soin de ne pas agir comme lui, mais elle était peu disposée à adopter chez elle des manières élégantes dont chacun aurait ri, et à brimer sa nature sauvage, du moment qu'elle n'en tirait ni profit ni louange.

Il était rare que Mr. Edgar se sentît assez d'audace pour venir ouvertement à Hurlevent. Effrayé par la réputation d'Earnshaw, il tremblait de le rencontrer. Cependant nous le recevions toujours avec notre meilleure politesse ; le maître lui-même, sachant ce qui l'amenait, évitait de le choquer, et, s'il se sentait incapable d'un effort de courtoisie, il restait à l'écart. Je crois que ces visites d'Edgar étaient quelque peu désagréables à Catherine, elle ne savait feindre, ne faisait jamais la coquette, et de toute évidence elle ne désirait point de rencontre entre ses deux amis. Car lorsque Heathcliff exprimait son mépris à Linton, elle ne pouvait, même à moitié, l'approuver comme elle le faisait en l'absence de l'autre ; et quand Linton manifestait son antipathie et son dégoût pour Heathcliff, elle n'osait rester impassible et laisser croire qu'elle se souciait peu qu'on dénigrât son compagnon de jeux. J'ai eu souvent envie de rire en observant sa perplexité et son trouble intérieur qu'elle s'efforçait en vain de dissimuler à mes moqueries. Cela paraît une méchanceté de ma part, mais elle était si orgueilleuse qu'il devenait réellement

impossible de prendre en pitié son embarras, à
moins de la voir ramenée à plus d'humilité. Elle
se décida finalement à se raconter et à se confier
à moi. Qui d'autre eût-elle pu prendre comme
conseiller ?

Un après-midi, Mr. Hindley ayant quitté la
maison, Heathcliff décida aussitôt de se donner
congé. Il était alors âgé de seize ans, je crois, et
sans avoir de vilains traits, sans être dénué d'intelligence, il provoquait, tant par son physique que
par son moral, une répulsion que ne produit aucunement son aspect actuel. D'abord il avait perdu
à ce moment tout le bienfait de sa première éducation ; le travail rude, ininterrompu, commencé
à l'aube et terminé à la nuit, avait éteint toute
la curiosité d'apprendre qu'il possédait au début,
l'amour des livres et de l'étude. Le sentiment
de supériorité que lui avait inculqué dans son
enfance la faveur du vieux Mr. Earnshaw s'était
effacé. Il lutta longtemps pour ne pas être distancé
par Catherine dans ses études, et, lorsqu'il dut
céder, il en eut un regret poignant, bien qu'il n'en
montrât rien. Cependant il renonça tout à fait et
ne fit plus aucune tentative pour s'élever lorsqu'il
comprit qu'il était destiné à retomber au-dessous
du rang qu'il avait atteint. À ce moment, l'apparence physique rejoignit l'abaissement moral, il
prit une démarche lourde et un aspect grossier.
De renfermé qu'il était, il devint brutalement insociable et goûta, sembla-t-il, un affreux plaisir à
provoquer l'aversion plutôt que l'estime de son
entourage.

Catherine et lui demeuraient pourtant de fidèles

camarades lorsqu'il s'échappait de son travail ;
mais il ne s'abandonnait plus à aucune déclaration de tendresse et repoussait avec une méfiance
irritée ses caresses enfantines, ne se faisant point
d'illusions sur l'agrément qu'elle éprouvait à lui
prodiguer de telles marques d'affection.

Ce jour-là, donc, il arriva à la maison en annonçant son intention de ne rien faire, tandis que
j'aidais Miss Cathy à se parer. Elle n'avait pas
prévu ce mouvement de paresse et, croyant avoir
le champ libre, elle s'était arrangée pour avertir
Mr. Edgar de l'absence de son frère et se préparait
à le recevoir.

— Cathy, êtes-vous occupée cet après-midi ?
demanda Heathcliff. Allez-vous quelque part ?

— Non, il pleut, répondit-elle.

— Pourquoi avez-vous mis cette robe de soie,
alors ? dit-il. Personne ne vient ici, j'espère ?

— Pas que je sache, balbutia Miss Cathy, mais
vous devriez être aux champs à présent, Heathcliff. Il y a une heure que nous avons déjeuné, je
croyais que vous étiez parti.

— Hindley ne nous libère pas si souvent de sa
maudite présence, observa le garçon. Je ne tra-
vaillerai pas plus longtemps aujourd'hui, je vais
rester avec vous.

— Oh ! mais Joseph le dira, insinua-t-elle. Vous
feriez mieux de partir !

— Joseph charge de la chaux au-delà de la butte
de Pennistow. Ça lui prendra jusqu'à la nuit et il
n'en saura rien.

Sur quoi, il alla nonchalamment vers le feu et
s'assit. Après avoir réfléchi un instant, les sourcils

froncés, Catherine jugea nécessaire d'annoncer l'invasion.

— Isabelle et Edgar Linton avaient parlé de venir cet après-midi, dit-elle après une minute de silence. Comme il pleut, je ne les attends pas trop, mais ils peuvent arriver et, dans ce cas, vous risqueriez d'être grondé sans profit.

— Faites-leur dire par Ellen que vous n'êtes pas là, Cathy, reprit-il avec insistance. Ne me renvoyez pas pour vos idiots d'amis ! Quelquefois, j'ai envie de me plaindre de ce qu'ils... mais je ne le ferai pas...

— De ce qu'ils quoi ?... cria Catherine en le regardant d'un air troublé. Oh ! Nelly, ajouta-t-elle avec vivacité et en retirant sa tête de mes mains, vous avez défrisé mes boucles en me peignant ! Ça suffit, laissez-moi continuer toute seule. De quoi avez-vous envie de vous plaindre, Heathcliff ?

— Oh ! de rien... regardez seulement le calendrier sur le mur, dit-il en désignant le carton pendu près de la fenêtre. Les croix indiquent les soirées que vous avez passées avec les Linton, les points, celles que vous m'avez données. Voyez-vous ? J'ai marqué chaque jour.

— Oui... que c'est bête ! Comme si je faisais attention ! répondit Catherine d'un ton maussade. Et pourquoi marquer cela ?

— Pour vous montrer que moi, je fais attention, dit Heathcliff.

— Et dois-je rester toujours avec vous ? demanda-t-elle, avec une irritation croissante. À quoi cela me sert-il ? De quoi parlez-vous ? Vous ne trouvez pas plus de choses à dire ou à faire que n'en trouverait un muet ou un enfant.

— Vous ne m'aviez jamais dit jusqu'ici que je ne parlais pas assez ou que vous vous ennuyiez en ma compagnie, Cathy ! s'exclama Heathcliff dans un grand trouble.

— Ce n'est pas une compagnie, des gens qui ne savent rien et ne disent rien, murmura-t-elle.

Heathcliff se leva, mais il n'eut pas le temps d'exprimer davantage ses sentiments, car on entendit le pas d'un cheval sur les pavés, et, après avoir frappé timidement, le jeune Linton entra, la figure rayonnante d'avoir reçu cette convocation inattendue. Assurément, Catherine remarqua combien ses amis étaient différents, tandis que l'un entrait et que l'autre s'en allait. Imaginez le contraste qui vous saisirait si vous passiez d'un pays de mine, hérissé et enfumé, dans une vallée belle et fertile. Et entre leurs voix et leurs façons de saluer, le contraste était aussi grand. Linton avait une manière de parler douce et modérée, il prononçait les mots comme vous le faites, c'est-à-dire avec moins de rudesse que nous n'en avons l'habitude, et un accent plus harmonieux.

— Je ne suis pas venu trop tôt, n'est-ce pas ? dit-il en jetant un regard vers moi.

J'avais commencé à essuyer la vaisselle et à ranger des tiroirs quelconques dans le bas du buffet.

— Non, répondit Catherine. Que faites-vous là, Nelly ?

— Mon travail, mademoiselle. (Mr. Hindley m'avait donné des ordres pour que je sois toujours en tiers dans les visites où Linton était seul.)

Elle avança derrière moi et siffla méchamment :

— Allez-vous-en, vous et vos torchons. Quand il y a des visiteurs, les domestiques ne commencent pas à nettoyer et à récurer dans la pièce où l'on se tient.

— C'est là une bonne occasion en l'absence du maître, repris-je à voix haute. Il déteste que je remue toutes ces affaires en sa présence. Je suis sûre que Mr. Edgar m'excusera.

— Et moi je déteste que vous les remuiez en ma présence, s'écria impérativement la jeune fille, coupant la parole à son hôte.

Elle était encore agitée par sa petite dispute avec Heathcliff.

— J'en suis désolée, Miss Catherine, dis-je tout en continuant mon ouvrage avec ardeur.

Croyant qu'Edgar ne la verrait pas, elle arracha la serviette de mes mains et me pinça le bras en tordant longuement et sournoisement la chair. J'ai dit que je ne l'aimais pas et je ressentais un certain plaisir à mortifier sa vanité de temps en temps ; en outre, elle m'avait fait extrêmement mal. Aussi je me relevai et m'écriai :

— Oh ! mademoiselle, voilà un méchant tour ! Vous n'avez pas le droit de me pincer et je ne le supporterai pas.

— Je ne vous ai pas touchée, menteuse, cria-t-elle, les doigts brûlant de recommencer et rougissant de rage jusqu'aux oreilles.

Elle n'avait jamais pu cacher sa colère qui la rendait écarlate.

— Alors, qu'est-ce que c'est que cela ? ripostai-je, montrant, pour la confondre, la preuve toute visible encore.

Elle frappa du pied, hésita un instant, puis, sous l'empire de ses mauvais instincts, elle m'appliqua une gifle sur la joue, une gifle cinglante qui m'emplit les yeux de larmes.

— Catherine chérie ! Catherine, intervint Linton, grandement scandalisé devant la double faute de mensonge et de violence, commise par son idole.

— Quittez la pièce, Ellen ! répéta-t-elle toute tremblante.

Le petit Hareton, qui me suivait partout et était assis par terre à côté de moi, commença à pleurer, lui aussi, en voyant mes larmes, et, au milieu de ses sanglots, il accusa « la méchante tante Cathy », ce qui rejeta la fureur de celle-ci sur la malheureuse tête. Elle prit l'enfant par les épaules et le secoua si fort qu'Edgar, voyant le pauvre petit devenir livide, voulut le délivrer et la retint inconsidérément par les mains. En un instant, une de celles-ci se dégagea et le jeune homme, ahuri, la sentit appliquée contre sa propre joue d'une façon qu'on ne pouvait prendre pour une plaisanterie. Il recula, consterné. Je soulevai Hareton dans mes bras et l'emportai à la cuisine, laissant la porte de communication ouverte, car j'étais curieuse de voir comment la scène finirait. Le visiteur outragé se dirigea, tout pâle et les lèvres tremblantes, vers l'endroit où il avait laissé son chapeau.

« Très bien, me dis-je en moi-même, tirez-en votre profit et partez ! C'est bien bon à elle de vous avoir donné un aperçu de sa vraie nature. »

— Où allez-vous ? demanda Catherine en lui barrant la porte.

Il fit un détour et essaya de passer.

— Vous ne partirez pas ! s'écria-t-elle avec force.

— Je dois partir et je partirai ! répondit-il d'un ton découragé.

— Non, reprit-elle en se précipitant sur la poignée de la porte. Attendez, Edgar Linton, restez un peu. Vous ne pouvez pas me quitter sur cet accès de mauvaise humeur. Je serais malheureuse toute la nuit et je ne veux pas être malheureuse à cause de vous.

— Puis-je rester après que vous m'avez frappé ? demanda Linton.

Catherine ne répondit pas.

— Vous m'avez effrayé et rendu honteux pour vous, continua-t-il. Je ne reviendrai plus ici !

Les yeux de Catherine s'humectèrent et ses paupières battirent.

— Et vous avez menti consciemment, dit-il.

— Non ! s'écria-t-elle, retrouvant la parole, je n'ai rien fait consciemment. Et puis, partez si vous voulez... allez-vous-en ! Maintenant je vais pleurer... je vais pleurer jusqu'à en être malade !

Elle tomba agenouillée près d'une chaise et ses larmes commencèrent à couler tout de bon. Edgar persista dans sa résolution jusqu'à la cour. Arrivé là, il hésita. Je décidai de l'encourager.

— Miss Cathy est terriblement capricieuse, monsieur, lui criai-je. Méchante comme peut l'être une enfant gâtée. Vous feriez mieux de rentrer chez vous, ou bien elle se rendra malade uniquement pour nous mettre en peine.

La faible créature jeta un regard du côté de la fenêtre ; il était aussi incapable de partir qu'un chat devant une souris à moitié tuée ou un oiseau à moitié dévoré. « Ah ! pensai-je, rien ne le sauvera, il est condamné et roule vers son destin ! » Et il en fut ainsi. Il se retourna brusquement, rentra dans la maison et ferma la porte derrière lui. Lorsque je vins plus tard les prévenir qu'Earnshaw était de retour, exaspéré par l'ivresse et prêt à tout nous jeter à la figure (c'était sa disposition ordinaire dans cet état), je vis que la querelle n'avait fait que resserrer leurs liens, qu'elle avait même emporté les derniers retranchements de leur jeune timidité et, chassant leur simulacre d'amitié, les avait menés à l'aveu de leur amour.

L'arrivée de Mr. Hindley fit fuir Linton vers son cheval et Catherine vers sa chambre. J'allai mettre à l'abri le petit Hareton et décharger le fusil avec lequel le maître jouait volontiers dans ses crises de fureur pour le plus grand danger de qui le provoquait ou même attirait trop son attention. Et je m'étais dit qu'une fois la charge enlevée, le mal serait moindre s'il venait à tirer.

IX

Il entra, proférant des jurons abominables à entendre et me surprit au moment où j'enfermais son fils dans le placard de la cuisine. Hareton était pénétré d'une terreur salutaire à la pensée d'affronter sa tendresse de bête sauvage comme sa colère de fou. Avec l'une, il risquait d'être pressé et embrassé à en mourir ; avec l'autre, d'être jeté dans le feu ou précipité contre le mur. Aussi le pauvre petit restait-il parfaitement tranquille là où je décidais de le mettre.

— Voilà enfin que je le découvre, cria Hindley, me saisissant par la peau du cou comme un chien et me repoussant en même temps. Par le ciel et l'enfer, vous avez tous juré de tuer cet enfant ! Je vois maintenant pourquoi je ne le trouve jamais sur mon chemin. Mais avec l'aide de Satan, je vous ferai avaler le couteau à découper, Nelly ! Je ne vous conseille pas de rire, car je viens de pré-cipiter Kenneth la tête la première dans la mare du Cheval Noir. Et deux, ce n'est.pas plus difficile qu'un... Il faut que je tue l'un de vous, je n'aurai pas de repos avant !

— Oh ! je n'aime guère le couteau à découper, Mr. Hindley, répondis-je, il a servi à ouvrir les harengs. Si vous avez envie de me tuer, je préfère que vous preniez votre fusil.

— Je préfère que vous soyez damnée ! Et vous le serez. Aucune loi en Angleterre ne s'oppose à ce qu'un homme ait une maison convenable et la mienne est répugnante. Ouvrez la bouche.

Il brandissait le couteau et en poussait la pointe entre mes dents, mais au fond de moi-même je n'étais jamais très effrayée par ses excentricités. Je crachai, déclarai qu'il avait un goût détestable et que je ne le prendrais sous aucun prétexte.

— Ah ! ah ! dit-il en me relâchant, je vois que
ce hideux petit gredin n'est pas Hareton. Je vous
demande pardon, Nelly. Si c'était lui, il mériterait d'être écorché vif pour ne pas avoir couru
à ma rencontre et pour hurler comme si j'étais
un croquemitaine. Arrive ici, petit animal dénaturé ! Je vais t'apprendre à te moquer d'un bon
père trop confiant. Mais ne croyez-vous pas que
ce garçon serait plus beau si on lui raccourcissait
les oreilles ? Cela rend les chiens féroces et j'aime
ce qui a l'air féroce... Donnez-moi les ciseaux...
Féroce et bien troussé !... Et puis, quelle est cette
prétention insensée... cette vanité diabolique de
tenir à nos oreilles... nous sommes bien assez
ânes sans ça. Là, là, petit... Eh bien ! alors, tu
es mon chéri ! Essuie tes yeux... Quel bijou ! Et
embrasse-moi ! Quoi, tu ne veux pas ? Embrasse-
moi, Hareton ! Maudit sois-tu, embrasse-moi !
Bon Dieu, comme si je devais élever un pareil
monstre ! Aussi sûr que je vis, je romprai le cou
de ce marmot.

Le pauvre Hareton qui braillait et se débattait
de toutes ses forces dans les bras de son père
redoubla ses hurlements lorsque celui-ci le porta
au haut de l'escalier et le balança au-dessus de la
rampe. Je lui criai que la frayeur donnerait des
convulsions à l'enfant et accourus pour le protéger. Au moment où j'arrivai, Hindley, oubliant
presque ce qu'il avait dans les mains, se pencha
sur la rampe pour écouter un bruit venu d'en bas.

— Qui est là ? demanda-t-il, entendant
quelqu'un approcher des marches de l'escalier.

Je me penchai aussi pour faire signe à Heathcliff, dont j'avais reconnu le pas, de ne pas aller plus loin, et, à l'instant où mes yeux quittaient Hareton, celui-ci, faisant un mouvement brusque, échappa à la main négligente qui le tenait, et tomba.

Nous eûmes à peine le temps d'éprouver un frisson d'horreur avant de voir que le petit malheureux était sauf. Heathcliff arrivait en dessous juste à l'instant critique. Par un réflexe naturel, il l'arrêta au vol et, le mettant sur ses pieds, leva la tête pour découvrir l'auteur de l'accident. Un avare qui a lâché un ticket de loterie pour cinq shillings et découvre, le jour suivant, qu'il lui en coûte quelque cinq mille livres, n'aurait pas montré un visage plus déconfit que Heathcliff lorsqu'il découvrit au-dessus de lui Mr. Earnshaw. Ce visage exprimait plus clairement que les mots le regret aigu d'avoir servi à détourner une belle vengeance. S'il avait fait nuit, j'ose affirmer qu'il aurait essayé de réparer sa méprise en fracassant le crâne de Hareton sur les marches, mais nous assistions au sauvetage, et déjà j'étais en bas, pressant mon précieux fardeau contre ma poitrine. Hindley descendit plus lentement, dégrisé et honteux.

— C'est votre faute, Ellen, dit-il, vous n'auriez pas dû le laisser en ma présence, vous auriez dû me le retirer ! Est-il blessé ?

— Blessé !... criai-je avec colère. S'il n'est pas tué, il restera idiot ! Oh ! je m'étonne que ma mère ne sorte pas de sa tombe pour voir comment vous agissez envers lui. Vous êtes pire qu'un païen... Traiter votre chair et votre sang de cette manière !

Il avança la main vers l'enfant qui, se sentant avec moi, avait aussitôt arrêté ses sanglots. Cependant, au premier doigt que son père étendit vers lui, il se mit à crier de plus belle et se débattit comme s'il allait tomber en convulsions.

— Ne vous occupez plus de lui ! continuai-je. Il vous déteste, tout le monde vous déteste, pour dire vrai ! Quelle belle famille et à quel joli degré êtes-vous tombé !

— J'arriverai bientôt à mieux encore, Nelly, ricana le pauvre inconscient, retrouvant sa grossièreté. Maintenant, transportez-vous ailleurs, vous et lui. Et toi, Heathcliff, écoute-moi ! Mets-toi hors de ma portée et à distance de mes oreilles. Je m'en voudrais de te massacrer cette nuit ; à moins, peut-être, que je ne mette le feu à la maison. Mais tout cela dépend de mon humeur.

En même temps, il prit un cruchon de cognac dans le buffet et en remplit un gobelet.

— Non, ne buvez plus, suppliai-je. Mr. Hindley, prenez garde ! Ayez au moins pitié de cet enfant infortuné si vous n'avez souci de vous-même.

— N'importe qui, pour lui, vaudra mieux que moi, répondit-il.

— Alors ayez pitié de votre âme ! dis-je en essayant d'arracher le verre de sa main.

— Non !... au contraire, j'aurais grand plaisir à la pousser à sa perdition pour punir Celui qui me l'a donnée, s'exclama le blasphémateur. Et voilà pour sa joyeuse damnation !

Il but l'eau-de-vie et nous mit dehors avec impatience, ajoutant à son geste une suite d'imprécations grossières, trop horribles pour que je les répète ou que je m'en souvienne.

— Quel malheur qu'il n'arrive pas à se tuer à force de boire, observa Heathcliff, murmurant des malédictions en écho lorsque la porte fut refermée. Il fait tout ce qu'il peut mais sa constitution s'en moque. Mr. Kenneth est prêt à parier sa jument qu'il survivra à n'importe qui de ce côté de Gimmerton, et que c'est un pêcheur blanchi par l'âge qui descendra dans sa tombe, à moins qu'un hasard heureux ne survienne.

J'allai m'asseoir à la cuisine pour endormir mon petit agneau. Heathcliff, croyais-je, était parti vers la grange. Je découvris, ensuite, qu'il n'était allé que de l'autre côté du banc et, couché près du mur, loin de la lumière du feu, était resté là silencieux.

J'étais en train de bercer Hareton sur mes genoux, fredonnant une chanson qui commençait ainsi :

Lorsque le bébé pleure au milieu de la nuit
À l'abri du plancher le guettent les souris...

quand Miss Cathy, qui avait entendu de sa chambre le vacarme, montra sa tête et chuchota :

— Êtes-vous seule, Nelly ?

— Oui, mademoiselle, répondis-je.

Elle entra et s'approcha du feu. Je levai les yeux, croyant qu'elle allait dire quelque chose. Son expression était anxieuse et troublée. Ses lèvres s'entrouvraient, comme sur le point de parler, et elle prit son souffle, mais au lieu d'une phrase, ce fut un soupir qui s'échappa. Je continuai ma chanson, n'ayant pas oublié comment elle venait de se comporter.

— Où est Heathcliff ? dit-elle en m'interrompant.

— À son travail dans l'écurie, fut ma réponse.

Il ne me démentit pas ; d'ailleurs il s'était peut-être assoupi. Il y eut alors une nouvelle pause durant laquelle je vis une larme ou deux couler sur les joues de Catherine. « Regrette-t-elle sa honteuse conduite ? » me demandai-je. « Ce serait étonnant, mais elle l'exprimera toute seule… je ne vais pas l'aider !… » Non, elle ne se tourmentait que de ses propres histoires.

— Oh ! mon Dieu, s'écria-t-elle enfin. Je suis bien malheureuse !

— C'est dommage ! répliquai-je. Vous êtes difficile à contenter. Tant d'amis, si peu de soucis, et vous n'êtes pas satisfaite !

— Nelly, pouvez-vous me garder un secret ? continua-t-elle en se mettant à genoux près de moi.

En même temps, elle me regarda avec des yeux brillants et un air capable de vaincre toute mauvaise humeur, eût-on les meilleures raisons de s'y tenir.

— Vaut-il la peine d'être gardé ? demandai-je sur un ton moins boudeur.

— Oui, cela me tourmente et il faut que je m'en débarrasse. Je veux savoir ce que je dois faire. Aujourd'hui Edgar Linton m'a demandé de l'épouser et je lui ai donné une réponse. Maintenant, avant que je vous dise si cette réponse est oui ou non, vous allez me dire ce qu'elle aurait dû être.

— Vraiment, Miss Catherine, comment puis-je le savoir ? Bien sûr, après le spectacle que vous lui avez donné tout à l'heure, je crois qu'il serait prudent de refuser car, pour qu'il se soit proposé ensuite, il doit être d'une bêtise désespérante ou d'une folie dangereuse.

— Si vous parlez ainsi, je ne continuerai pas, dit-elle en se mettant debout. J'ai accepté, Nelly. Dites-moi si j'ai eu tort !

— Vous avez accepté ? Alors, à quoi bon discuter là-dessus ? Vous avez donné votre parole et ne pouvez plus vous rétracter.

— Mais dites-moi si j'aurais dû le faire... dites ! s'exclama-t-elle en frappant ses mains avec irritation, les sourcils froncés.

— Il y a beaucoup de choses à considérer avant de répondre comme il faut, dis-je sentencieusement. D'abord, et avant tout, aimez-vous Mr. Edgar ?

— Qui pourrait ne pas l'aimer ? Naturellement, je l'aime.

Je lui fis subir alors l'interrogatoire suivant, qui n'était pas déplacé envers une jeune fille de vingt-deux ans.

— Pourquoi l'aimez-vous, Miss Cathy ?

— Quelle sottise... je l'aime et c'est suffisant.

— En aucune manière... Il faut que vous disiez pourquoi.

— Eh bien ! parce qu'il est beau et d'une compagnie agréable.

— Mauvais, dis-je en guise de commentaire.

— Et parce qu'il est jeune et gai.

— Mauvais encore.

— Et parce qu'il m'aime.

— Ça ne compte guère après ce que vous venez de dire.

— Et il sera riche. Je serai heureuse d'être la plus grande dame des environs et fière d'un tel mari.

— Pire que tout. Et maintenant, dites comment vous l'aimez ?

— Comme tout le monde aime... Vous êtes bête, Nelly.

— Pas du tout. Répondez.

— J'aime le sol que ses pieds foulent, et l'air qui caresse son visage, et tout ce qu'il touche, et chaque mot qu'il prononce. J'aime tous ses regards, et tous ses mouvements, et je l'aime lui, point par point et absolument. Voilà.

— Et pourquoi ?

— Ah ! non, vous tournez ça en plaisanterie. C'est très mal à vous. Moi, je ne plaisante pas, dit la jeune fille, se détournant vers le feu d'un air mécontent.

— Je suis bien loin de plaisanter, Miss Catherine, répondis-je. Vous aimez Mr. Edgar parce qu'il est beau, jeune, gai, riche, et qu'il vous aime. La dernière raison, cependant, ne compte pas. Vous l'aimeriez probablement même sans cela et ça ne suffirait pas à vous le faire aimer s'il n'était pourvu des quatre premières qualités.

— Non, évidemment pas. Je le plaindrais seulement.. et peut-être le détesterais-je s'il était laid et ridicule.

— Mais il y a d'autres jeunes gens beaux et riches dans le monde. Plus beaux et plus riches que lui, même. Qu'est-ce qui vous empêcherait de les aimer ?

— S'il y en a, ils ne sont pas sur ma route. Je n'ai rencontré personne comme Edgar.

— Vous pourriez en rencontrer. Puis, il ne sera pas toujours beau, ni jeune, ni peut-être toujours riche.

— Il l'est maintenant, et je ne m'occupe que du présent. Parlez donc raisonnablement.

— Eh bien ! cela décide tout. Si vous ne vous occupez que du présent, épousez Mr. Linton.

— Je n'ai pas besoin de votre permission… je vais l'épouser. Et cependant vous ne m'avez pas dit si j'avais raison.

— Parfaitement raison, si, dans le mariage, on ne considère que le moment présent. Et maintenant, dites-nous un peu pourquoi vous êtes malheureuse. Votre frère sera heureux, les vieux parents ne feront pas d'objection, je pense ; vous sortirez d'une maison mal tenue et désagréable pour entrer dans une autre, opulente et digne ; en plus, vous aimez Edgar et il vous aime. Tout semble uni et facile, où est l'obstacle ?

— Là ! et là ! répondit Catherine, frappant d'une main son front et de l'autre sa poitrine. Partout où l'âme existe. Dans mon cœur et dans mon esprit, je sens que j'ai tort.

— Voilà qui est étrange ! Je ne comprends pas pourquoi.

— C'est mon secret. Mais, si vous ne vous moquez pas de moi, je vous l'expliquerai. Je ne peux le faire clairement, mais je vous donnerai une idée de ce que je ressens.

Elle s'assit de nouveau près de moi. Sa figure s'assombrit encore et ses mains jointes se mirent à trembler.

— Nelly, ne faites-vous jamais de rêves bizarres ? dit-elle subitement après quelques minutes de réflexion.

— Oui, de temps en temps, répondis-je.

— Moi aussi. J'ai fait dans ma vie des rêves qui ne m'ont jamais quittée et qui ont agi sur mes pensées. Ils se sont mélangés à mon être comme le vin à l'eau et ont modifié mes inclinations. En voici un que je vais vous raconter… Mais, surtout, n'en souriez pas.

— Oh ! ne le racontez pas, Miss Catherine ! m'écriai-je. Nous sommes déjà assez tristes ici sans nous tourmenter avec des évocations de fantômes et des visions. Allez, allez, soyez gaie et naturelle. Regardez le petit Hareton ! Il ne rêve à rien de terrifiant. Comme il sourit gentiment dans son sommeil !

— Oui, et comme son père jure gentiment dans sa solitude ! Vous vous souvenez de lui, je pense, alors qu'il était pareil à ce petit être joufflu, à peine plus âgé et aussi innocent. Alors, Nelly, je vous obligerai à m'écouter, ce ne sera pas long et je suis incapable d'être gaie ce soir.

— Je n'écouterai pas, je n'écouterai pas, répétai-je précipitamment.

J'ai toujours eu une superstition au sujet des rêves. Or, il y avait sur le visage de Catherine une mélancolie insolite qui annonçait un récit d'où je n'eusse pas manqué de tirer quelque prophétie ou la prédiction d'une terrible catastrophe. Elle fut contrariée, mais ne continua pas. Passant en apparence à un autre sujet, elle repartit peu après.

— Si j'étais au ciel, Nelly, je serais extrêmement malheureuse.

— Parce que vous n'êtes pas digne d'y aller, répondis-je. Tous les pécheurs seraient malheureux au ciel.

— Mais ce n'est pas pour cela. J'ai rêvé une fois que j'y étais.

— Je vous ai dit que je n'allais pas écouter vos rêves, Miss Catherine ! Je vais me coucher, interrompis-je de nouveau.

Elle rit et me retint, car j'avais fait un mouvement pour quitter mon siège.

— Mais ce n'est pas ça, s'écria-t-elle. J'allais seulement dire que le ciel ne m'avait jamais paru être un asile fait pour moi ; j'avais le cœur brisé, je pleurais pour redescendre sur la terre, et les anges, furieux, me jetaient au milieu des bruyères sur le toit de Hurlevent. À ce moment je m'éveillai en sanglotant de joie. Ce rêve explique aussi bien que l'autre mon secret. Je ne suis pas plus faite pour épouser Edgar Linton que pour aller au ciel, et si l'affreux homme qui vit avec nous n'avait pas rejeté Heathcliff à un rang si bas, je n'y aurais jamais songé. Maintenant ce serait me dégrader qu'épouser Heathcliff, aussi ne saura-t-il jamais combien je l'aime. Je l'aime non parce qu'il est beau, Nelly, mais parce qu'il est plus moi-même que je ne le suis. Je ne sais de quoi l'âme est faite, mais la sienne et la mienne sont pareilles, tandis que celle de Linton est aussi différente qu'un rayon de lune d'un éclair ou que la neige du feu.

Au milieu de ce discours, je m'aperçus de la présence de Heathcliff. Ayant surpris un léger bruit, je tournai la tête et le vis se lever du banc, puis se glisser dehors. Il avait écouté jusqu'au moment où Catherine avait dit qu'elle se dégraderait en l'épousant et il n'avait pas voulu entendre la suite. Ma compagne, assise par terre et séparée de lui par le haut dossier du banc, n'avait pu remarquer sa présence ni son départ, mais je tressaillis et lui fis « chut ! ».

— Quoi ? demanda-t-elle, regardant nerveusement autour d'elle.

— Voilà Joseph, répondis-je, percevant bien à propos le bruit de sa charrette sur la route. Et Heathcliff va rentrer avec lui. Je me demande s'il n'était pas à la porte à l'instant.

— Oh ! il n'aurait pu m'entendre de la porte. Confiez-moi Hareton pendant que vous préparez le dîner, et quand ce sera prêt, laissez-moi dîner avec vous autres. J'ai besoin de rassurer ma conscience inquiète en me convainquant que Heathcliff n'a aucun sentiment de ces choses. C'est vrai, n'est-ce pas ? Il ne sait pas ce que c'est que d'aimer ?

— Je ne vois pas pourquoi il ne le saurait pas aussi bien que vous. Et, si vous êtes celle qu'il a choisie, il sera l'être le plus malheureux qui soit ! Du jour où vous deviendrez Mrs. Linton, il perdra amie, amour et tout ! Avez-vous pensé comment vous supporterez la séparation et comment lui-même supportera d'être seul sur la terre ? Parce que, Miss Catherine...

— Lui, seul sur terre ! Nous, séparés ! s'exclama-t-elle d'un ton indigné. Qui va nous séparer, je vous prie ? Celui-là subirait le sort de Milon de Crotone ! Tant que je vivrai, cela ne sera pas. Il n'est personne humaine qui puisse y parvenir ! Tous les Linton à la surface du monde pourraient se consumer avant que je consente à abandonner Heathcliff. Oh ! ce n'est pas ainsi que je l'entends... ce n'est pas ce que je veux ! Je n'accepterais pas de devenir Mrs. Linton à ce prix ! Il sera autant pour moi qu'il l'a toujours été. Il faudra qu'Edgar se débarrasse de son antipathie et le tolère pour le moins. Il le fera quand il connaîtra mes vrais sentiments envers Heathcliff. Nelly, je le sens bien, vous me considérez comme une abominable égoïste, mais avez-vous jamais pensé que si Heathcliff et moi venions à nous marier, nous serions réduits à la mendicité ? Tandis que si j'épouse Linton, je peux aider Heathcliff à s'élever et le soustraire à l'autorité de mon frère.

— Avec l'argent de votre mari, mademoiselle ? demandai-je. Vous ne le trouverez pas aussi malléable que vous y comptez, et quoique je ne sois pas bon juge, je crois que c'est là le plus mauvais motif que vous ayez donné pour devenir la femme du jeune Linton.

— Pas du tout, répliqua-t-elle, c'est le meilleur. Les autres s'accordaient avec mes caprices tout en servant le bonheur d'Edgar. Tandis que ce motif-là vise au bonheur d'un être qui réunit en lui et mes sentiments pour Edgar et mes propres sen-

timents envers moi-même. C'est difficile à expliquer, mais sûrement vous vous êtes dit parfois,
comme tout le monde, qu'il y a, ou qu'il peut
y avoir, une autre part de votre être au delà de
votre personne. À quoi bon avoir été créée si j'étais
tout entière contenue ici ? Mes grands chagrins
en ce monde ont été les chagrins de Heathcliff
et je les ai tous observés et sentis depuis le principe. Il est la grande pensée de ma vie. Si tous
les autres périssaient et que *lui* seul demeurât, je
continuerais encore d'exister, et si tous les autres
demeuraient et que lui pérît, l'univers se transfor-
merait en un vaste monde étranger ; je n'aurais
plus l'impression d'en faire partie. Mon amour
pour Linton est comme le feuillage des bois : le
temps l'altérera, je n'en doute pas, comme l'hiver
altère les arbres. Mon amour pour Heathcliff est
semblable au roc immuable qui est au-dessous de
nous : il ne procure guère de plaisir à nos yeux,
mais il est nécessaire. Nelly, j'existe par Heathcliff.
Il est toujours présent à mon esprit. Non comme
une joie – et moi-même suis-je toujours une joie
à mon esprit ? – mais comme mon être véritable.
Ainsi, ne parlez plus de notre séparation, elle est
impossible et...

Elle s'interrompit et cacha sa figure dans les
plis de ma robe, mais je la repoussai avec force.
Sa folie avait mis ma patience à bout.

— S'il y a un sens à vos insanités, mademoiselle, cela me convainc de plus en plus que vous
ignorez les devoirs assumés en vous mariant, ou
bien que vous êtes une fille perverse et sans principes. Mais ne m'ennuyez pas davantage avec vos

confidences, je ne promettrais pas de les garder pour moi.

— Vous garderez celle-ci, dites ? demanda-t-elle vivement.

— Non, je ne promets rien, répétai-je.

Elle allait insister, lorsque l'entrée de Joseph mit un terme à notre conversation. Catherine s'assit dans un coin et berça Hareton tandis que je préparais le repas. Quand il fut à point, nous commençâmes à nous quereller, mon compagnon de travail et moi, pour savoir qui le porterait à Mr. Hindley, si bien que nous laissâmes tout refroidir avant de nous décider. Nous tombâmes alors d'accord pour le laisser réclamer lui-même quelque chose s'il en avait envie, car nous craignions particulièrement de paraître en sa présence quand il était resté seul un certain temps.

— Et comment ça se fait que ce sacripant soit pas 'core revenu des champs ? Où qu'il se trouve, ce feignant de malheur ? demanda le vieil homme, cherchant Heathcliff des yeux.

— Je vais l'appeler, dis-je. Il est sans doute dans la grange.

J'allai de ce côté et criai, mais n'obtins pas de réponse. En revenant, je dis à l'oreille de Catherine que Heathcliff avait sûrement entendu une bonne partie de ses propos et je lui racontai que je l'avais vu quitter la cuisine au moment où elle avait commencé à réprouver la conduite de son frère envers lui.

Elle se leva d'un bond dans une belle frayeur, jeta Hareton sur le banc et courut chercher elle-même son ami, sans prendre le temps de se demander pourquoi elle était si émue ou en quoi ses paroles avaient pu le troubler. Elle fut absente si longtemps que Joseph proposa de ne pas attendre davantage. Il émit la fine supposition qu'ils ne restaient dehors que pour éviter ses longs bénédicités. Ils étaient « assez mauvais pour avoir c'te vilaine pensée », affirma-t-il. Et il prolongea d'une prière spéciale à leur intention l'ordinaire quart d'heure de dévotion qui ouvrait le repas. Il en aurait encore ajouté une, si sa jeune maîtresse n'était entrée précipitamment et ne lui avait ordonné de courir aussitôt sur la route à la recherche de Heathcliff, et de le ramener immédiatement !

— Je veux lui parler, je dois le faire avant de monter, dit-elle. La grille est ouverte, il est trop loin pour entendre puisqu'il n'a pas répondu. J'ai pourtant crié aussi fort que j'ai pu du haut de la prairie.

Joseph fit d'abord des objections, mais elle était dans une trop grande agitation pour le supporter, et, à la fin, mettant son chapeau sur sa tête, il obéit en bougonnant. Pendant ce temps, Catherine, marchant de long en large, s'exclamait :

— Je me demande où il est... je me demande où il peut être ? Qu'est-ce que j'ai dit, Nelly ? J'ai oublié. A-t-il été fâché de ma mauvaise humeur cet après-midi ? Chère Nelly, dites-moi ce que j'ai pu faire qui l'ait peiné ? Je voudrais qu'il revienne. Oh ! oui, je le voudrais !

— Que de bruit pour rien ! m'écriai-je, quoique assez mal à l'aise moi-même. Comme une bagatelle vous met en émoi ! Il n'y a pas de quoi s'alar-

mer si Heathcliff est allé flâner au clair de lune
à travers la lande, ou même s'il s'est couché dans
le grenier à foin et qu'il boude trop pour nous
répondre. Je parierais qu'il est caché là. Attendez
que j'aille le dénicher.

Je partis pour recommencer mes recherches ;
elles restèrent sans succès et l'exploration de
Joseph se termina de même.

— Ce jeune homme va de pire en pire, dit-il en
rentrant. Il a laissé la grille grande ouverte, et le
poney de Mademoiselle s'est ensauvé dans le blé
en couchant par terre deux rangs, pour retrouver son pré. Acré, le maître va faire une musique
de tous les diables demain matin, et il fera ben.
Il est la patience en personne avec une pareille
engeance désordonnée et capable de tout. Oui, la
patience en personne. Mais il ne sera pas toujours
comme ça, vous verrez bien, vous tous. Faut pas le
faire sortir de son tempérament pour rien.

— Avez-vous trouvé Heathcliff, âne que vous
êtes ? interrompit Catherine. L'avez-vous cherché
comme je vous l'ai ordonné ?

— Vaudrait mieux chercher après le cheval. Ça
aurait plus de raison. Mais je peux point davantage trouver un cheval qu'un homme par c'te nuit
noire comme un fond de cheminée. Et Heathcliff
va pas venir si je le siffle, moi. Peut-être ben qu'il
aura l'oreille moins dure si c'est vous.

C'était en effet une nuit très noire pour l'été.
Les nuages semblaient chargés de foudre et j'émis
l'avis de nous tenir tranquilles, car la pluie qui
était proche le ramènerait sûrement à la maison
sans autre peine. Mais Catherine ne voulut pas

se calmer. Elle continua à aller de côté et d'autre, de la grille à la porte, dans un état d'agitation qui ne lui laissait pas de repos. Enfin elle se posta en attente le long du mur vers la route, et, sans se soucier de mes exhortations ni des grondements de tonnerre, ni des grosses gouttes de pluie qui commençaient à tomber, elle resta là, appelant par intervalles, puis écoutant et éclatant en pleurs sans discontinuer. Hareton ni aucun autre enfant n'auraient pu pleurer avec cette force et cette facilité.

Vers minuit, tandis que nous étions encore tous à veiller, l'orage s'abattit furieusement sur Hurlevent. L'ouragan était aussi fort que le tonnerre, et l'un ou l'autre fit se fendre un arbre à l'angle du bâtiment ; une énorme branche tomba en travers du toit et renversa plusieurs cheminées à l'est, précipitant un assourdissant amas de pierres et de suie dans le foyer de la cuisine. Nous crûmes que la foudre du ciel était tombée au milieu de nous, et Joseph, vacillant jusqu'à terre, invoqua auprès du Seigneur les patriarches Noé et Loth, Le suppliant d'épargner les bons comme alors et de frapper les simples. Moi aussi, j'eus un peu le sentiment d'un châtiment dirigé contre nous. Jonas, dans mon esprit, était Mr. Earnshaw et j'ébranlai la porte de son repaire pour m'assurer qu'il était en vie. Il répondit d'une manière qu'on entendit bien et qui redoubla les cris de mon compagnon sur la distinction nécessaire entre des saints comme lui et des pécheurs comme son maître. Mais vingt minutes après, l'ouragan s'éloigna, nous laissant tous indemnes. Seule Cathy fut trempée de part en part, en raison de son obstination à ne pas s'abriter et à rester nu-tête, sans châle, pour mieux exposer à la pluie ses cheveux et ses vêtements. Elle rentra enfin et, mouillée comme elle l'était, s'allongea sur le banc, la figure tournée contre le dossier et recouverte de ses mains.

— Voyons, mademoiselle, m'écriai-je en lui touchant l'épaule, vous ne voulez tout de même pas attraper la mort ? Savez-vous l'heure qu'il est ? Minuit et demi. Allez, montez vous coucher. Inutile d'attendre davantage ce fou de garçon. Il a dû aller à Gimmerton et y restera maintenant. Il s'est dit que nous ne l'attendrions pas aussi tard ou du moins que Mr. Hindley serait seul à le faire, et il préfère ne pas être reçu par lui.

— Non, non, il est point à Gimmerton, déclara Joseph. Ça m'étonnerait pas qu'il soit au fond d'une crevasse. Ce présage du ciel n'est pas venu pour rien, et vous devriez prendre garde, mademoiselle, que le prochain soit pas pour vous. Tout ce que le Seigneur fait est bien. Tout s'accomplit pour le bénéfice de ceux qu'Il a élus et séparés du rebut. Vous savez ce que disent les Écritures.

Et il commença à citer plusieurs textes, nous renvoyant aux chapitres et aux versets où nous pourrions les trouver.

Après avoir supplié en vain la jeune entêtée de se lever et d'ôter ses vêtements mouillés, je les laissai tous deux, lui prêchant, elle grelottant, et pris le parti de gagner mon lit en compagnie du petit Hareton qui dormait aussi profondément que si nous en eussions tous fait autant. J'entendis Joseph continuer à lire un moment, puis son pas pesant grimpant sur l'échelle, et enfin le sommeil me prit.

Comme je descendais un peu plus tard que d'habitude, je vis grâce aux rayons de soleil qui pénétraient par les fentes des volets Miss Cathy toujours installée dans la cuisine près de la cheminée. La porte de la grande salle, où le jour passait par les fenêtres ouvertes, était entrebâillée ; Hindley, qui venait d'en franchir le seuil, se tenait aussi contre la cheminée, l'air hagard et endormi.

— Qu'est-ce que tu as, Cathy ? disait-il au moment où j'entrai, tu parais aussi pitoyable qu'un jeune chien noyé. Pourquoi frissonnes-tu comme ça et es-tu si pâle, ma petite ?

— J'ai été mouillée, répondit-elle après une hésitation, et j'ai froid, c'est tout.

— Oh ! elle n'a pas été sage ! criai-je, voyant que le maître était à peu près dégrisé. Elle a été trempée hier soir par l'averse, et elle a passé là toute la nuit sans que j'aie pu la décider à bouger.

Mr. Earnshaw nous regarda avec surprise.

— Toute la nuit ! répéta-t-il. Qu'est-ce qui l'a empêchée d'aller au lit ? Sûrement pas la peur du tonnerre ? Il a cessé depuis longtemps.

Aucune de nous ne voulait dévoiler l'absence de Heathcliff, tant qu'il serait possible de la cacher. Aussi je répondis que je ne savais pourquoi elle s'était mis en tête de veiller et elle n'ajouta rien. La matinée était fraîche, j'ouvris la croisée et aussitôt la pièce s'emplit des agréables odeurs du jardin, mais Catherine me cria d'un ton aigre :

— Fermez la fenêtre, Ellen. Je meurs de froid.

Ses dents claquaient et elle se pencha sur les braises presque éteintes.

— Elle est malade, dit Hindley en prenant son poignet. Je pense que c'est pourquoi elle n'a pas voulu aller au lit. Bon Dieu ! Je ne tiens pas à être encore ennuyé ici par la maladie. Qu'est-ce qui t'a fait aller sous la pluie ?

— Elle a couru après ce gamin, comme d'habitude, croassa Joseph, profitant opportunément de notre hésitation pour glisser un propos venimeux. Si j'étais vous, maître, je leur fermerais la boutique au nez, à tous, uniment et gentiment. Pas un jour, si vous n'êtes là, que ce jeune chat de Linton ne se faufile chez nous. Et mamzelle Nelly, en voilà une gaillarde ! Elle vous surveille, de la cuisine, et si vous entrez par une porte, elle sort par l'autre. Et pis, not' grande demoiselle qui s'en va courir de son côté. C'est une jolie conduite de rôder par les champs après minuit avec ce diable de bohémien, Heathcliff de malheur ! On croit que je suis aveugle ! Mais je le suis point. Ah ! non, point du tout. J'ai bien vu le jeune Linton entrer puis sortir, et je vous ai vue, vous – il s'adressa à moi –, bonne à rien, sorcière éhontée, sauter et courir dans la salle à la minute que vous avez entendu le cheval du maître sur la route.

— Taisez-vous, espèce de mouchard ! cria Catherine. Je ne tolérerai pas vos insolences ! Edgar Linton est venu hier par hasard, Hindley, et c'est moi qui lui ai dit de s'en aller, parce que je savais que tu n'aurais pas aimé le rencontrer dans l'état où tu étais.

— Il est clair que tu mens, Cathy, répondit

son frère, et vous, vous êtes un imbécile achevé ! Mais peu importe Linton pour l'instant. Dis-moi si tu étais avec Heathcliff la nuit dernière ? Dis la vérité. Tu n'as pas besoin de craindre pour lui. Je le hais tout autant, mais il a agi de telle sorte que j'aurais scrupule à lui rompre le cou. Et pour ne pas me laisser tenter, je vais le renvoyer à ses affaires ce matin même. Et après son départ, je vous conseille à tous de marcher droit, je n'en aurai que moins de patience pour vous.

— Je n'ai jamais vu Heathcliff la nuit dernière, répondit Catherine entre des sanglots naissants, et si tu le mets vraiment à la porte, je m'en irai avec lui. Mais peut-être n'en auras-tu jamais l'occasion, peut-être est-il parti ?

À ces mots, elle ne put contenir davantage son chagrin et le reste de ses paroles fut inintelligible.

Hindley lui lança avec mépris un torrent d'injures et lui enjoignit de monter immédiatement dans sa chambre, ou bien elle ne pleurerait pas pour rien. Je la forçai à obéir et je n'oublierai jamais la scène qu'elle fit lorsque nous arrivâmes dans sa chambre. J'en fus terrifiée. Je crus qu'elle devenait folle et je demandai à Joseph de courir chercher le docteur. C'était le délire qui commençait. Mr. Kenneth, aussitôt qu'il la vit, déclara qu'elle était dangereusement malade et qu'elle avait attrapé une mauvaise fièvre. Il la saigna et me dit de la nourrir seulement de petit-lait et d'eau de gruau, de prendre garde aussi qu'elle ne se jetât par la fenêtre ou dans l'escalier. Là-dessus il s'en alla car il avait pas mal à faire dans le district où les habitations étaient généralement distantes de deux ou trois milles.

Je dois avouer que je ne fus pas une garde très douce, non plus que Joseph ou le maître. Quant à notre malade, elle se montra aussi difficile et mauvaise tête qu'une malade peut l'être. Malgré cela, elle s'en tira. La vieille Mrs. Linton vint nous voir plusieurs fois et naturellement régenta partout, gronda et nous plia à ses ordres. Elle insista, quand Catherine entra en convalescence, pour la transporter à Thrushcross Grange, délivrance dont nous lui sûmes gré. Mais la pauvre dame eut lieu de regretter sa bonté, car elle et son mari prirent tous deux la fièvre et moururent à peu de jours d'intervalle.

Notre jeune demoiselle nous revint plus insolente, plus irascible et plus hautaine que jamais. On n'avait plus entendu parler de Heathcliff depuis le soir de l'orage, et un jour, alors qu'elle m'avait exaspérée, j'eus le malheur de lui imputer cette disparition dont elle avait sa part, elle le savait bien. À partir de ce jour et pendant plusieurs mois, elle cessa toute relation avec moi, sauf celles qu'on entretient avec une simple servante. Joseph fut mis à l'écart également. Il prétendait lui donner son avis et la sermonner tout comme si elle était une petite fille ; elle, au contraire, se jugeait une femme, notre maîtresse qui plus est, et estimait que sa récente maladie lui donnait le droit d'être traitée avec considération. Puisque le docteur avait dit qu'elle ne supporterait pas la contrariété elle entendait agir à sa guise. À ses yeux, ce n'était rien de moins qu'un meurtre d'oser lui tenir tête ou de la contredire. Pour ce qui est de Mr. Earnshaw et de ses compagnons, elle les tenait à distance. Son frère, raisonné par Kenneth et alarmé par les menaces de crises qui accompagnaient souvent ses colères, lui passait toutes ses fantaisies et évitait généralement de heurter son caractère farouche. Il se prêtait à ses caprices avec presque trop d'indulgence, non par affection, mais par orgueil. Il souhaitait ardemment qu'elle apportât de l'honneur à la famille par une alliance avec les Linton et tant qu'elle le laissait tranquille, elle pouvait bien nous piétiner comme des esclaves, il ne s'en souciait pas ! Edgar Linton, comme tant d'autres l'ont été avant lui et le seront encore, était envoûté. Et il se crut l'être le plus heureux du monde le jour où il la conduisit à la chapelle de Gimmerton, trois ans après la mort de son père.

Bien contre mon gré, on m'obligea à quitter Hurlevent et à accompagner ici Catherine. Le petit Hareton avait presque cinq ans et je commençais à lui apprendre ses lettres. Nous nous séparâmes tristement, mais les larmes de ma maîtresse avaient eu plus de pouvoir que les nôtres. Lorsque j'avais refusé de partir et qu'elle m'avait vue insensible à ses supplications, elle était allée se lamenter auprès de son mari et de son frère. Le premier m'offrit des gages magnifiques, le dernier m'ordonna de faire mes paquets, ne voulant pas, dit-il, de femmes dans la maison, du moment qu'il n'y avait plus de maîtresse ; et quant à Hareton, le pasteur le prendrait bientôt en main. Ainsi je n'eus pas à choisir et dus faire ce qui m'était ordonné.

Je déclarai qu'en se débarrassant de toutes les personnes convenables, il courait un peu plus vite à sa perte. J'embrassai Hareton, lui dis adieu, et depuis lors il est devenu un étranger. Chose singulière, je suis sûre qu'il a tout oublié d'Ellen Dean, lui qui était son univers comme elle était le sien.

À ce point de son histoire, la femme de charge hasarda un coup d'œil vers l'horloge et fut stupéfaite de voir que la grande aiguille était sur la demie d'une heure. Elle ne voulut pas rester une seconde de plus et, à vrai dire, je me sentais disposé moi-même à ajourner la suite de son récit. Et maintenant qu'elle s'est sauvée dans sa chambre et que je viens de rêvasser une heure ou deux, je vais rassembler mon courage pour aller aussi me coucher, malgré un douloureux engourdissement du cerveau et des membres.

X

Charmante introduction à une vie d'ermite ! Quatre semaines de torture, d'agitation, de maladie ! Oh ! ces vents glacés et ces climats mordants du Nord, ces routes impraticables, ces médecins de campagne toujours en retard ! Oh ! cette absence de visages humains ! Et, pire que tout, l'implacable déclaration de Kenneth ne me laissant pas l'espoir de sortir avant le printemps !

Mr. Heathcliff vient de me faire l'honneur de sa visite. Il y a à peu près une semaine, il m'a envoyé une paire de grouses, les dernières de la saison. Le misérable ! Il n'est pas entièrement étranger à ma maladie, et ceci, j'avais bien envie de le lui dire. Mais, mon Dieu ! comment aurais-je pu offenser un homme assez charitable pour s'asseoir à mon chevet pendant une bonne heure et pour parler d'autres choses que de pilules et de potions, de vésicatoires et de sangsues ? C'est là un reposant intermède. Je suis trop faible pour lire et cependant j'ai l'impression que je pourrais m'intéresser à quelque chose. Pourquoi ne pas faire monter Mrs. Dean afin qu'elle termine son histoire ? Je peux me souvenir de tous les faits principaux qu'elle m'a racontés jusqu'à présent. Oui, je me rappelle que son héros s'était sauvé, qu'on était sans nouvelles de lui depuis trois ans et que l'héroïne était mariée. Je vais sonner, elle va être enchantée de me voir en aussi bonnes dispositions. Et, en effet, elle est arrivée aussitôt.

— Il y a encore vingt minutes, monsieur, avant de prendre le médicament, commença-t-elle.

— Assez, assez de cela, répondis-je. Je veux…

— Le docteur a dit que vous deviez cesser les poudres.

— De grand cœur ! Ne m'interrompez pas. Approchez et asseyez-vous là. Ne touchez pas à cette dangereuse armée de fioles. Tirez votre tricot de votre poche… c'est cela… maintenant continuez l'histoire de Mr. Heathcliff du point où vous l'avez laissée jusqu'à ce jour. A-t-il achevé son éducation sur le continent et en est-il revenu un monsieur ? Ou a-t-il obtenu une bourse de col-lège ? Ou a-t-il fui en Amérique et s'est-il fait là

un grand nom en versant le sang de ses compa-
triotes ? À moins qu'il ne se soit enrichi par des
méthodes plus promptes sur les grands chemins
de l'Angleterre ?

— Il est possible qu'il ait fait un peu de tous
ces métiers, Mr. Lockwood, mais je ne certifie
rien. J'ai commencé par déclarer que j'ignorais
comment il avait fait sa fortune et quels moyens
il avait employés pour tirer son esprit de la grossièreté inculte où il s'enfonçait. Mais, avec votre
permission, je vais continuer à ma manière, si cela
doit vous distraire sans vous fatiguer. Vous sentez-
vous mieux ce matin ?

— Beaucoup mieux.

— Quelle bonne nouvelle !... Nous nous ren-
dîmes donc, Miss Cathy et moi, à Thrushcross
Grange, et, surprise agréable, elle se conduisit
infiniment mieux que je n'osais l'espérer. Elle
semblait presque adorer Mr. Linton, et même à
la sœur de celui-ci, elle témoigna beaucoup d'affection. Il est certain que tous deux étaient très
attentionnés pour elle. Ce n'était pas la ronce
qui tendait vers le chèvrefeuille, mais le chèvrefeuille qui venait enlacer la ronce. Il n'y avait pas
de réciprocité dans les concessions : l'une restait
inflexible et les autres s'inclinaient. Qui pourrait
faire montre d'un mauvais caractère s'il ne rencontre ni opposition ni indifférence ? Je remarquai que Mr. Edgar craignait profondément de
l'irriter. Il le lui cachait, mais si jamais il m'entendait lui répondre vivement, ou s'il voyait un autre
domestique se rebiffer contre un ordre trop impé-
ratif, il exprimait son mécontentement par un

froncement des sourcils qui n'apparaissait jamais lorsque lui seul était visé. À plus d'une reprise, il me reprocha avec dureté mon impertinence, déclarant qu'un coup de couteau ne pourrait lui infliger une douleur plus poignante que celle qu'il éprouvait devant les moindres contrariétés de sa femme. Pour ne pas peiner un bon maître, j'appris à être moins susceptible, et durant une demi-année, la poudre explosive, maintenue loin de toute flamme, demeura aussi inoffensive que du sable. Catherine passait fréquemment par des périodes de tristesse et de silence. Son mari les respectait avec une sympathie muette, et les attribuait à un reste de sa grave maladie, puisqu'elle n'avait jamais été sujette auparavant à de telles crises de mélancolie. Le retour du beau temps était accueilli par lui avec un rayonnement égal. Je crois pouvoir affirmer qu'ils possédaient un bonheur profond et sans cesse croissant. Cela prit fin. C'est que, voyez-vous, dans la longue course qu'est la vie, on est toujours forcé de revenir à soi. Une nature douce et généreuse a seulement un égoïsme plus équitable qu'une nature despotique. Et cela prit fin parce qu'ils comprirent un beau jour que l'intérêt de l'un n'était pas la principale considération de l'autre.

Par une molle soirée de septembre, je revenais du jardin avec un panier plein de pommes que j'avais ramassées. La nuit était tombée et la lune postée au-dessus du mur de la cour dessinait de vagues ombres qui se nichaient entre toutes les saillies du bâtiment. Je déposai ma charge sur les marches devant la porte de la cuisine, et là je restai un instant à respirer une dernière bouffée de la douce brise. Je regardais la lune, le dos tourné à l'entrée, lorsque j'entendis une voix derrière moi :

— Nelly, est-ce vous ?

C'était une voix grave, au timbre étranger ; cependant, quelque chose dans la manière de prononcer mon nom lui donnait un son familier. Je me retournai craintivement pour découvrir qui avait parlé, car les portes étaient fermées et je n'avais vu personne en m'approchant des marches. Quelque chose bougea sous le porche et, en avançant, je distinguai un homme grand, vêtu sombrement, dont la figure et les cheveux étaient également sombres. Il s'appuyait contre le mur et tenait sa main sur le loquet comme s'il allait entrer. « Qui cela peut-il être ? pensai-je. Mr. Earnshaw ? Oh ! non, la voix ne ressemble pas à la sienne. »

— J'attends ici depuis une heure, reprit-il tandis que je continuai à le dévisager, et un silence de mort m'a entouré pendant ce temps. Je n'ai pas osé pénétrer. Vous ne me reconnaissez pas ? Regardez, je ne suis pas un étranger.

Un rayon de lune éclaira sa figure ; les joues étaient blêmes et à moitié envahies par des favoris noirs, les sourcils tombants, les yeux profondément enfoncés et avec un regard très particulier. Je me rappelai ces yeux.

— Quoi ! m'écriai-je, ne sachant si je devais le considérer comme un fantôme, et, dans mon ahurissement, je levai les bras au ciel. Quoi ! Vous voilà revenu ? Est-ce vraiment vous ? Est-ce vous ?

— Oui, moi, Heathcliff, répondit-il, détachant

ses yeux de ma personne pour les lever vers les fenêtres qui reflétaient une vingtaine de lunes brillantes mais ne décelaient aucune lumière à l'intérieur. Sont-ils à la maison ? Où est-elle ? Nelly, vous ne paraissez pas à l'aise. Ne soyez pas si troublée. Est-elle là ? Répondez. J'ai besoin de lui parler... oui, à votre maîtresse. Allez lui dire que quelqu'un de Gimmerton désire la voir.

— Comment prendra-t-elle ça ? m'exclamai-je. Que fera-t-elle ? Si la surprise me met en cet état, elle, pour le moins, en perdra la tête ! Vous êtes bien Heathcliff ! Mais si changé ! Non, c'est incompréhensible. Avez-vous été soldat ?

— Allez lui faire ma commission, interrompit-il avec impatience. Vous me faites bouillir en attendant.

Il souleva le loquet et j'entrai. Mais lorsque j'arrivai au seuil du salon où se trouvaient Mr. et Mrs. Linton, je ne pus me décider à aller plus loin. Enfin je songeai, en guise d'excuse, à leur demander s'il fallait allumer les bougies et j'ouvris la porte.

Tous deux se tenaient assis devant une fenêtre dont les volets étaient repliés contre le mur. Ils contemplaient, au-delà des arbustes du jardin, au-delà des bois sauvages et verts, la vallée de Gimmerton où serpentait jusqu'à la crête une longue traînée de brouillard, car sitôt passé la chapelle, comme vous avez pu le remarquer, le canal qui sort des marais rejoint un ruisseau et suit les coudes de la vallée. Hurlevent se dressait au-dessus de cette vapeur argentée, mais notre ancienne demeure était invisible, elle plonge plutôt sur l'autre versant. Une tranquillité admirable paraissait régner chez les occupants de la pièce comme dans le spectacle qui les absorbait. J'éprouvais tant de répugnance à m'acquitter de ma mission que déjà je m'en allais sans l'avoir fait, après avoir parlé des bougies, lorsque, prenant conscience de ma sottise, je revins sur mes pas et murmurai :

— Quelqu'un de Gimmerton désire vous voir, madame.

— Que veut-il ? demanda Mrs. Linton.

— Je ne l'ai pas questionné, répondis-je.

— Eh bien ! fermez les rideaux, Nelly, dit-elle, et apportez le thé. Je reviens tout de suite.

Elle quitta la pièce. Mr. Edgar demanda négligemment qui c'était.

— Quelqu'un que la maîtresse n'attend pas, dis-je. Ce Heathcliff... Vous vous rappelez, monsieur... qui vivait chez Mr. Earnshaw.

— Quoi ! le bohémien, le valet de ferme ! s'écriat-il. Pourquoi ne l'avez-vous pas dit à Catherine ?

— Chut ! Il ne faut pas le traiter de ces noms-là, maître, dis-je. Elle serait très peinée de vous entendre. Elle a été au désespoir lorsqu'il s'est sauvé. Je crois que son retour lui procurera une grande joie.

Mr. Linton se dirigea de l'autre côté de la pièce vers une fenêtre qui donnait sur la cour. Il l'ouvrit et se pencha dehors. Je pense qu'ils étaient en dessous car il s'écria rapidement :

— Ne restez pas là, mon amour ! Faites entrer cette personne si nous la connaissons.

Peu après j'entendis le bruit du loquet et Cathe-

rine vola en haut, essoufflée, l'air égaré, trop saisie
pour exprimer sa joie. Au vrai, à sa figure, vous
auriez plutôt supposé quelque terrible calamité.

— Oh ! Edgar, Edgar ! s'écria-t-elle haletante,
jetant ses bras autour de son cou. Oh, Edgar
chéri ! Heathcliff est revenu... il est revenu !

Et elle resserra son embrassement en une
étreinte.

— Bien, bien, répondit son mari avec humeur,
ne m'étranglez pas pour cela ! Il ne m'a jamais
paru un trésor si merveilleux. Il n'y a aucun besoin
d'être dans une telle agitation !

— Je sais que vous ne l'aimiez pas, dit-elle,
réprimant quelque peu son exubérance. Cependant, si vous voulez me faire plaisir, il faut que
vous deveniez amis maintenant. Vais-je lui dire
de monter ?

— Ici ? dit-il. Dans le salon ?

— Dans quelle autre pièce ? demanda-t-elle.

Il parut mécontent et suggéra que la cuisine
était un endroit qui lui conviendrait mieux.
Mrs. Linton le regarda avec un drôle d'air, mi-
fâché, mi-moqueur, lui et son dédain.

— Non, dit-elle après un moment, je ne peux
m'installer à la cuisine. Mettez deux tables ici,
Ellen, une pour votre maître et Miss Isabelle qui
sont de l'aristocratie, l'autre pour Heathcliff et
moi qui sommes d'une classe inférieure. Cela vous
conviendra-t-il, chéri ? Ou dois-je faire allumer du
feu ailleurs ? S'il en est ainsi, donnez vos ordres.
Je cours en bas m'assurer de mon hôte. J'ai peur
que ma joie soit trop grande pour être réelle !

Et elle allait s'élancer de nouveau lorsque Edgar l'arrêta.

— C'est vous qui allez lui demander de monter, dit-il en s'adressant à moi, et vous, Catherine, essayez d'être heureuse sans commettre d'extravagance ! Il est inutile que toute la maison vous voie fêter comme un frère un domestique qui a pris la fuite.

Je descendis et trouvai sous le porche Heathcliff qui s'attendait visiblement à être invité. Il me suivit sans gaspiller ses paroles et je l'introduisis auprès du maître et de la maîtresse, dont les joues empourprées trahissaient une chaude discussion. Mais un autre sentiment enflamma la jeune femme quand son ami parut à la porte ; elle se précipita à sa rencontre, lui prit les deux mains, le conduisit vers Linton, puis elle saisit les doigts récalcitrants de celui-ci et les unit à ceux du visiteur. Alors, à la lumière du feu et des bougies, je fus encore plus frappée par la transformation de Heathcliff. Il était devenu un homme grand, athlétique, bien découplé, et auprès de lui, mon maître paraissait un frêle adolescent. Son port raide laissait croire qu'il avait été dans l'armée. Sa physionomie et ses traits avaient une expression plus mûre que celle de Mr. Linton, elle montrait l'intelligence et n'accusait plus trace de son ancienne bassesse. Une sauvagerie à peine apprivoisée était encore tapie sous les sourcils tombants et dans les yeux chargés d'un feu sombre, mais elle était domptée. Ses manières même s'étaient ennoblies, elles avaient dépouillé leur rudesse, quoiqu'elles fussent trop rigides pour être avenantes. La surprise de mon maître égalait la mienne, si elle ne la dépassait pas. Il eut une minute d'hésitation avant d'adresser la parole au valet de ferme, ainsi qu'il l'avait appelé. Heathcliff laissa retomber la main fluette et le dévisagea froidement jusqu'à ce que l'autre se décidât à parler.

— Asseyez-vous, monsieur, dit-il enfin. Ma femme, se souvenant du vieux temps, m'a demandé de vous recevoir ici en ami, et naturellement, je suis content quand il arrive quelque chose qui lui fait plaisir.

— Et moi aussi, répondit Heathcliff, surtout si c'est quelque chose où j'ai une part. Je resterai volontiers une heure ou deux.

Il prit un siège en face de Cathy qui fixait les yeux sur lui, comme avec la crainte qu'il ne disparût si son regard bougeait. Il ne leva pas souvent le sien vers elle, se contentant d'un rapide coup d'œil de temps à autre ; mais une lueur chaque fois plus hardie reflétait le plaisir indicible qu'il prenait à boire au fond de ce regard. Ils étaient trop bien plongés dans leur joie réciproque pour ressentir de l'embarras. Il n'en était pas ainsi de Mr. Edgar. La simple contrariété l'avait fait pâlir et ce sentiment atteignit au paroxysme lorsque sa femme se leva et, franchissant l'espace qui les séparait, saisit de nouveau les mains de Heathcliff avec un rire presque égaré.

— Demain je croirai avoir rêvé, s'écria-t-elle. Je ne pourrai imaginer que je vous ai vu, touché, que je vous ai parlé. Et pourtant, cruel Heathcliff, vous ne méritez pas cet accueil. Être resté absent et

silencieux pendant trois ans, n'avoir jamais pensé
à moi !...

— Un peu plus que vous n'avez pensé à moi,
murmura-t-il. J'ai appris votre mariage, Cathy,
il n'y a pas longtemps, et tandis que j'attendais
en bas dans la cour, je méditais ceci : apercevoir
juste un instant votre figure, y lire peut-être un
regard de surprise et un semblant de plaisir. Après
quoi j'aurais réglé mon compte avec Hindley, puis
j'aurais devancé la justice en retournant l'arme
contre moi-même. Votre réception a chassé ces
idées de ma tête ; mais gardez-vous de m'accueillir
différemment la prochaine fois ! Non, vous ne me
renverrez pas de nouveau. Vous étiez réellement
inquiète de moi, dites-vous ? Eh bien ! il y avait de
quoi. J'ai mené une dure vie de combats depuis la
dernière fois que j'ai entendu le son de votre voix,
et il faut que vous me pardonniez, car je n'ai lutté
que pour vous !

— Catherine, à moins que vous ne vouliez
prendre un thé froid, ayez la bonté de venir à
table, interrompit Linton, s'efforçant de garder
son ton habituel et une dose convenable de politesse. Mr. Heathcliff aura une longue route à faire,
où qu'il loge cette nuit, et j'ai soif.

Elle prit sa place devant la théière et Miss Isabelle arriva, convoquée par la cloche. Alors, après
avoir avancé leurs chaises, je quittai la pièce. Ils
restèrent attablés à peine dix minutes. Catherine
ne remplit pas sa tasse, incapable de manger
comme de boire. Edgar renversa du thé dans sa
soucoupe et n'avala qu'une gorgée. Leur hôte ne
prolongea pas sa visite, ce soir-là, au-delà d'une

heure. Je lui demandai au moment de son départ s'il allait à Gimmerton.

— Non, à Hurlevent, répondit-il. Mr. Earnshaw m'a invité lorsque je suis allé le voir ce matin.

Mr. Earnshaw l'avait invité ! Et il était allé voir Mr. Earnshaw ! Je retournai cette phrase dans tous les sens lorsqu'il ne fut plus là. Avait-il appris l'hypocrisie, et ne revenait-il dans le pays que pour tramer quelque chose de mal ? Je me mis à rêver... et j'eus au fond de moi-même le pressentiment qu'il aurait mieux fait de rester là où il était.

Vers le milieu de la nuit, je fus tirée de mon premier sommeil par Mrs. Linton qui s'était glissée dans ma chambre, avait pris un siège à mon chevet et m'avait tiré les cheveux pour m'éveiller.

— Je ne peux dormir, Ellen, dit-elle en guise d'excuse. Et je veux parler de mon bonheur à quelqu'un. Edgar m'en veut d'être heureuse d'une chose qui ne le concerne pas. Il n'ouvre la bouche que pour me faire aigrement d'absurdes discours, et il me reproche mon égoïsme et mon insensibilité parce que je voudrais bavarder alors qu'il est malade et tombe de sommeil. Il s'arrange toujours pour être malade à la moindre contrariété ! J'avais à peine dit un mot de louange sur Heathcliff qu'il s'est mis à pleurer, mal de tête ou jalousie. Alors je me suis levée et je l'ai laissé.

— Quel besoin de chanter les louanges de Heathcliff ? répondis-je. Comme jeunes gens, ils n'avaient que de l'aversion l'un pour l'autre et Heathcliff détesterait tout autant entendre l'éloge de Mr. Linton. C'est la nature humaine. Ne parlez pas de lui au maître, si vous ne voulez pas provoquer une grave explication entre eux.

— Mais n'est-ce pas un signe de faible caractère ? poursuivit-elle. Je ne suis pas envieuse, moi. Je n'éprouve aucune jalousie à la vue des cheveux éclatants d'Isabelle, de la blancheur de sa peau, de son élégance recherchée et de l'affection que tout son entourage lui témoigne. Même vous, Nelly, si une dispute survient parfois entre nous, vous prenez aussitôt le parti d'Isabelle, et je cède avec une indulgence maternelle ; je l'appelle chérie et je la cajole jusqu'à ce qu'elle redevienne de bonne humeur. Son frère est heureux de voir une bonne harmonie entre nous, et moi aussi par conséquent. Mais ils sont bien pareils : ce sont des enfants gâtés qui s'imaginent que le monde a été créé pour eux. Quoique je leur passe toutes leurs fantaisies, je crois qu'une bonne leçon leur ferait tout de même du bien.

— Vous vous trompez, Mrs. Linton, dis-je. Ce sont eux qui vous passent vos fantaisies. Je me doute de ce qui arriverait s'ils ne le faisaient pas. Vous pouvez bien contenter leurs rares caprices du moment que leur seule préoccupation est de prévenir tous vos désirs. Il se peut, néanmoins, qu'un sujet de désaccord s'élève entre vous, d'une égale importance pour l'un et l'autre, et alors, ceux que vous traitez de faibles caractères sont bien capables de se montrer aussi obstinés que vous-même.

— Et nous lutterons à mort, n'est-ce pas, Nelly ? répondit-elle en riant. Non, j'ai une telle foi dans l'amour de Linton que je pourrais le blesser à mort, me semble-t-il, sans qu'il tente de se venger.

Je l'engageai à ne l'en estimer que davantage pour son affection.

— C'est ce que je fais, dit-elle, mais il ne devrait pas se mettre à gémir pour des riens. C'est enfantin. Et au lieu de fondre en larmes parce que j'ai dit que Heathcliff méritait maintenant la considération de qui que ce soit et que les plus grands messieurs du pays seraient honorés d'être de ses amis, il aurait dû penser comme moi et se réjouir par sympathie. Il faudra qu'il s'habitue à lui et même pourquoi ne l'aimerait-il pas ? Il est certain que Heathcliff s'est comporté admirablement si l'on songe à toutes les raisons qu'il aurait de lui en vouloir.

— Que pensez-vous de sa visite à Hurlevent ? demandai-je. Il a l'air de s'être amendé à tous égards. Le voilà qui, en bon chrétien, tend à tous ses ennemis la main de l'amitié.

— Il m'en a parlé, répondit-elle, et j'en suis aussi étonnée que vous. Il m'a dit qu'il espérait obtenir par vous des renseignements sur moi, supposant que vous habitiez toujours là. Joseph prévint Hindley qui sortit et se mit à le questionner sur ce qu'il avait fait, comment il avait vécu et finalement exprima le désir qu'il entre. Il y avait là quelques personnes jouant aux cartes. Heathcliff s'assit à leur table. Mon frère perdit de l'argent contre lui, et voyant qu'il ne manquait pas de ressources, il lui demanda de revenir dans la soirée, ce que Heathcliff accepta. Hindley est trop indifférent pour choisir ses amis avec discernement. Il ne s'inquiète pas des raisons qui devraient lui faire suspecter un homme qu'il a indignement offensé. Mais Heathcliff affirma que son principal but en renouant des relations avec son ancien bourreau est de s'installer à portée de la Grange, sans compter l'attachement qu'il a conservé à la maison où nous avons vécu ensemble. Il a aussi l'espoir que j'aurai plus d'occasions de le voir là que je n'en aurais eu s'il avait choisi Gimmerton. Il compte faire une offre très large pour obtenir de loger à Hurlevent et il n'est pas douteux que mon frère, par esprit de lucre, n'accepte ses propositions. Il s'est toujours montré avide bien que tout ce qu'il saisit d'une main, il le laisse envoler de l'autre.

— Un joli endroit pour un jeune homme ! dis-je. N'avez-vous pas peur des conséquences, Mrs. Linton ?

— Pas pour mon ami, répondit-elle, sa tête solide le préservera du danger. Un peu pour Hindley, mais moralement il ne peut tomber plus bas qu'il n'est, et, s'il s'agit des conséquences physiques, je suis entre eux pour le préserver des violences. L'événement de ce soir m'a réconciliée avec Dieu et l'humanité ! Je me dressais en révoltée contre la Providence. Oh ! j'ai beaucoup, beaucoup souffert, Nelly ! Si l'être avec qui je vis savait jusqu'à quel point, il serait honteux d'accueillir ma délivrance par une vaine exaspération. C'est par bonté pour lui que je me suis repliée en moi-même. Si j'avais exprimé l'agonie qui m'étreignait par instants, il aurait souhaité ma guérison aussi ardemment que moi. Enfin tout cela est passé, et je ne veux pas me venger de sa sottise. Je peux

souffrir n'importe quoi dorénavant. Si la créature
la plus abjecte qui soit me frappait la joue, je ne
présenterais pas seulement l'autre, mais je deman-
derais pardon de l'avoir provoquée. Et comme
preuve, je vais aller immédiatement faire la paix
avec Edgar. Bonsoir ! Je suis un ange !

Et je la vis partir avec cette flatteuse certitude.
On s'aperçut dès le lendemain qu'elle avait mené
à bien sa résolution. Non seulement Mr. Linton avait perdu son air maussade (bien que son
humeur contrastât encore avec l'exubérance
joyeuse de Catherine) mais il ne s'opposa pas à
ce qu'elle emmenât Isabelle avec elle à Hurlevent
dans l'après-midi. Elle le récompensa par un vrai
printemps de douceur et de tendresse, qui fit de
la maison un paradis pendant plusieurs jours,
maîtres et domestiques profitant de ce rayonnement continu.

Au début, Heathcliff – Mr. Heathcliff devrais-
je dire à l'avenir – mit à profit discrètement la
liberté de venir à Thrushcross Grange. Il désirait,
semble-t-il, prendre la mesure du maître et voir
jusqu'à quel point on supporterait son intrusion.
Catherine, elle aussi, jugea adroit de modérer ses
transports quand elle le recevait, et peu à peu on
trouva naturel de l'attendre. Il avait conservé cette
froideur si remarquable pendant son enfance et
elle l'aida à réprimer toute démonstration trop
vive. La susceptibilité de mon maître connut une
accalmie, d'autant que certains faits la détour-
nèrent provisoirement vers une autre voie.

Ses nouvelles préoccupations naquirent d'un
accident tout à fait imprévu : Isabelle Linton

se prit d'une soudaine et irrésistible attraction
pour le visiteur qu'il tolérait. C'était à ce moment
une charmante jeune fille de dix-huit ans, aux
manières enfantines, quoique d'esprit vif, de sentiments vifs aussi, et de caractère non moins vif,
quand on l'irritait. Son frère qui l'aimait tendrement fut consterné de ce choix ahurissant. Laissant de côté le déshonneur d'une alliance avec un
homme sans nom et le fait possible que la fortune
des Linton, à défaut d'héritier mâle, passât en de
telles mains, il était assez sensé pour comprendre
la nature de Heathcliff et pour savoir que, malgré la métamorphose apparente, le caractère de
celui-ci était inchangeable et inchangé. Et avec ce
caractère redoutable, il ne pouvait faire sa paix ;
l'idée de confier Isabelle à la garde d'un tel être le
faisait frémir d'avance. Il l'aurait repoussée davantage encore s'il avait su que le sentiment de sa
sœur était né sans sollicitations et se développait
sans obtenir de réciprocité. Car dès l'instant où
Linton s'était aperçu de la chose il avait cru à un
plan concerté de Heathcliff.

Nous avions tous remarqué depuis quelque
temps que Miss Linton était inquiète et languis-
sante. Elle devenait irritable et nous lassait tous,
brusquant Catherine et la taquinant sans trêve,
au risque de pousser à bout une patience limitée. Nous l'excusions jusqu'à un certain point, la
croyant en mauvaise santé, car elle dépérissait et
maigrissait à vue d'œil. Mais un jour, alors qu'elle
avait été particulièrement capricieuse, refusant de
déjeuner, se plaignant de ce que les domestiques
ne faisaient pas ce qu'elle leur disait, que la maî-

tresse ne lui laissait aucun rôle dans la maison, qu'Edgar la négligeait, qu'elle avait attrapé froid parce que les portes étaient restées ouvertes et que nous avions laissé s'éteindre exprès le feu du salon pour l'ennuyer, et une centaine d'autres accusations encore plus futiles, Mrs. Linton lui ordonna d'une manière impérative d'aller au lit, et, après l'avoir réprimandée sans ménagements, elle la menaça de faire venir le docteur. Au nom de Kenneth, elle s'écria aussitôt que sa santé était excellente et que seule la dureté de Catherine la rendait malheureuse.

— Comment pouvez-vous dire que je suis dure, méchante enfant gâtée ? s'écria la maîtresse, stupéfaite d'un pareil langage. Vous perdez la tête ! Quand ai-je été dure, dites-moi ?

— Hier, sanglota Isabelle, et maintenant !

— Hier ? dit sa belle-sœur. À quel moment ?

— Pendant que nous étions dans la lande. Vous m'avez dit de m'en aller où je voudrais, tandis que vous vous promèneriez avec Mr. Heathcliff !

— Et voilà ce que vous prenez pour de la dureté ? dit Catherine en riant. Je ne voulais pas insinuer que vous étiez de trop, il nous était indifférent que vous restiez ou non avec nous. J'ai simplement cru que la conversation de Heathcliff n'avait rien de distrayant pour vous.

— Non, non, larmoya la jeune fille, vous vouliez que je m'éloigne parce que vous saviez que j'avais envie de rester !

— A-t-elle son bon sens ? demanda Mrs. Linton en se retournant vers moi. Je vais répéter mot à mot notre conversation, Isabelle, et vous me direz quel charme elle aurait pu avoir pour vous.

— Peu m'importe la conversation, répondit-elle. Je voulais être avec...

— Eh bien ? dit Catherine, remarquant son hésitation à poursuivre.

— Avec lui, et je ne veux pas être toujours renvoyée ! continua-t-elle en s'échauffant. Vous êtes comme un chien devant sa pâtée, Catherine, et personne n'a le droit d'être aimé sauf vous !

— Quelle impertinente petite guenon ! s'exclama Mrs. Linton toute déconcertée. Mais je ne vais pas m'attarder à cette idiotie ! Il est impossible que vous cherchiez à conquérir l'admiration de Heathcliff... que vous le considériez comme quelqu'un que vous puissiez aimer ! J'espère que je vous ai mal comprise, Isabelle ?

— Non, pas du tout, dit la jeune fille, ne se contenant plus. Je l'aime plus que vous n'avez jamais aimé Edgar et il pourrait m'aimer si vous le lui permettiez.

— Eh bien ! alors, je ne voudrais pas être à votre place pour un empire ! déclara Catherine avec emphase, et elle semblait parler avec sincérité. Nelly, aidez-moi à la convaincre de sa folie. Dites-lui ce qu'est Heathcliff, un enfant abandonné, sans finesse, sans culture, vrai chardon poussé entre les pierres. Je préférerais lâcher ce petit canari dans le parc par un jour d'hiver, plutôt que de vous engager à lui accorder votre cœur ! Ma pauvre enfant, ce ne peut être que par une dangereuse ignorance de sa nature que ce rêve s'est logé dans votre tête. Je vous en prie, n'allez

pas croire qu'il abrite des trésors de bienveillance
et de tendresse sous ce sombre extérieur. Ce n'est
pas un diamant brut... ni une perle cachée, c'est
un homme impitoyable, aussi cruel qu'un loup.
Je ne lui dis jamais : « Laissez en paix tel ou tel
ennemi, parce qu'il serait peu généreux de vous
venger. » Je dis : « Laissez-le, car j'aurais horreur
de le voir mis à mal. » Et, Isabelle, si un beau jour
il vous jugeait une charge encombrante, il vous
écraserait comme une coquille d'œuf. Il ne pourrait aimer une Linton, je le sais, et cependant, il
serait tout à fait capable d'épouser votre fortune
et vos espérances ! L'avarice est en passe de devenir son péché favori. Voilà le tableau que je fais
de lui, et je suis son amie... son amie à tel point
que, s'il avait songé sérieusement à vous séduire,
je n'aurais pas parlé ainsi et je vous aurais laissée
tomber dans le piège.

Miss Linton regarda sa belle-sœur avec indignation.

— Quelle honte ! quelle honte ! répéta-t-elle
avec colère. Une amie aussi venimeuse que vous
est pire que vingt ennemis.

— Ah ! vous ne voulez pas me croire, alors ?
dit Catherine. Vous imaginez que c'est l'égoïsme
et l'envie qui me font parler ?

— J'en suis sûre, répliqua Isabelle, et vous me
faites horreur.

— À votre aise ! cria l'autre. Tentez l'expérience
vous-même si cela vous plaît. Je n'ai plus rien
à dire et j'abandonne la discussion devant vos
méchantes insolences.

— Et il faut que je me sacrifie à son égoïsme !

sanglota Isabelle tandis que Mrs. Linton quittait
la pièce. Tout, tout est contre moi. Elle veut flé-
trir mon seul espoir. Mais elle n'a proféré que des
mensonges, n'est-ce pas ? Mr. Heathcliff n'est pas
un monstre, il a une belle âme capable de fidélité
pour s'être ainsi souvenu d'elle.

— Non, mademoiselle, dis-je, chassez-le de vos
pensées. C'est un oiseau de mauvais augure, ce
n'est pas un parti pour vous. Mrs. Linton a parlé
durement et cependant je ne peux la contredire.
Elle connaît mieux son cœur que moi ou n'importe
qui d'autre. Et elle ne le chargera jamais autant
qu'il le mérite. Les honnêtes gens ne cachent
pas leurs actes. Comment a-t-il vécu ? Comment
s'est-il enrichi ? Pourquoi reste-t-il à Hurlevent ?
Mr. Earnshaw tourne de plus en plus mal depuis
qu'il est là. Ils passent toutes leurs nuits à veiller,
Hindley a emprunté de l'argent sur ses terres et ne
fait rien que jouer et boire. J'ai rencontré Joseph à
Gimmerton, il y a une semaine, et il m'a dit ceci :
« Nelly, nous allons avoir maintenant une enquête
de coroner autour de nos gens. Y en a un qu'a eu
ses doigts quasiment coupés pendant que l'autre
saignait comme un veau. Le maître, vous savez, en
voilà un qu'est près d'aller aux grandes Assises. Il
n'a pas plus peur des juges que de Paul, de Pierre,
de Jean, de Mathieu, ou d'aucun autre. Il aurait
plutôt envie... oui, on dirait qu'il les cherche, avec
sa figure d'impudent. Et ce bon jeune homme de
Heathcliff, en v'là une espèce rare, capable de rire
mieux que personne à une plaisanterie du diable.
Est-ce qu'il raconte qué'que chose de sa jolie vie
avec nous, quand il s'en va à la Grange ? V'là com-

ment ça marche... on se lève au coucher du soleil,
et tout de suite les dés, le cognac, les volets fermés
avec la lumière des chandelles jusqu'au midi du
lendemain. Alors, v'là le fou qui monte dans sa
chambre en criant et en sacrant tant et si bien
que les honnêtes gens se bouchent les oreilles de
honte. Pendant ce temps, le coquin, i' se prive pas
de ramasser ses sous et de manger, et de dormir,
et d'aller chez le voisin faire un brin de causette
à la dame. Sûrement qu'il dit à Mrs. Catherine
comment l'or de son père file dans sa poche, et
comment le fils de son père dégringole la pente et
qu'il l'aide bien gentiment. » Ceci dit, Miss Linton,
Joseph est un vieux coquin, mais pas un menteur ;
et si ce qu'il rapporte de la conduite de Heathcliff
est exact, vous ne songeriez jamais à un semblable
mari, n'est-ce pas ?

— Vous êtes liguée avec les autres, Ellen,
répondit-elle. Je n'écouterai pas vos calomnies.
C'est mal à vous de vouloir me convaincre qu'il
n'y a pas de bonheur en ce monde !

Je ne sais si, livrée à elle-même, Isabelle aurait
renoncé à cette lubie ou aurait continué à s'y
abandonner ; en tout cas, elle eut peu de temps
pour réfléchir. Le jour suivant il y eut une assemblée de justice à la ville voisine ; mon maître était
obligé d'y assister, et Mr. Heathcliff, averti de son
absence, arriva pas mal plus tôt que d'habitude.
Catherine et Isabelle étaient assises dans la bibliothèque, toujours en froid, et ne s'adressaient pas
la parole. La jeune fille s'inquiétait de la récente
confidence qui lui avait échappé dans un transport
de colère, l'autre qui lui gardait encore rancune

s'absorbait dans ses pensées, et si elle riait toujours de la prétention de sa compagne, elle n'était
pas tentée d'en rire avec elle. Toutefois, elle rit
vraiment lorsqu'elle vit Heathcliff passer devant
la fenêtre. Je balayai le foyer et je remarquai son
expression malicieuse. Isabelle, soit qu'elle rêvât,
soit qu'elle lût, ne bougea pas jusqu'à ce que la
porte s'ouvrît ; il était trop tard alors pour essayer
de s'échapper, ce qu'elle aurait fait avec joie si
c'eût été possible.

— Entrez, entrez ! cria la maîtresse gaiement,
avançant une chaise près du feu. Voici deux personnes qui ont grandement besoin qu'une troisième vienne faire fondre la glace entre elles ; et
vous êtes justement celui que nous aurions choisi
l'une et l'autre. Heathcliff, je suis fière de vous
montrer quelqu'un qui raffole de vous encore plus
que moi. J'espère que vous vous sentirez flatté.
Non, ce n'est pas Nelly, inutile de la regarder !
Ma pauvre petite belle-sœur a le cœur broyé rien
qu'à contempler votre beauté morale et physique.
Il ne tient qu'à vous de devenir le frère d'Edgar !
Non, non, Isabelle, vous ne vous sauverez pas,
continua-t-elle en arrêtant avec un feint enjoue-
ment la jeune fille confondue qui s'était levée
avec indignation. Nous nous sommes querellées
comme des chattes à votre sujet, Heathcliff, et
j'ai dû m'avouer vaincue en fait d'admiration et
de dévotion. En outre, je me suis entendu dire
que si j'avais la bonté de rester à l'écart, ma rivale
(c'est ainsi qu'il faut la considérer désormais) vous
décocherait une flèche au cœur qui vous fixerait

pour toujours et repousserait mon image dans un éternel oubli.

— Catherine ! dit Isabelle, rassemblant sa dignité et dédaignant de lutter contre l'étreinte qui la retenait. Je vous serais reconnaissante de rester véridique et de ne pas me calomnier, même en plaisantant ! Mr. Heathcliff, voulez-vous prier votre amie de me libérer. Elle oublie que nous ne sommes pas de vieilles connaissances, vous et moi, et ce jeu qui l'amuse m'est pénible au-delà de toute expression.

Comme le visiteur, sans rien répondre, prenait un siège et semblait parfaitement indifférent au sentiment qu'il lui avait inspiré, elle se retourna vers son bourreau, lui demandant instamment de la laisser.

— Sous aucun prétexte ! s'écria Mrs. Linton en réponse. Je ne veux plus être traitée de chien devant sa pâtée. Vous resterez maintenant ! Heathcliff, pourquoi ne manifestez-vous pas de plaisir en apprenant ces agréables nouvelles ? Isabelle jure que l'amour qu'Edgar a pour moi n'est rien en comparaison de celui qu'elle entretient pour vous. Je suis sûre qu'elle a dit quelque chose de ce genre, n'est-ce pas, Ellen ? Et elle jeûne depuis notre promenade d'avant-hier, par chagrin et par fureur de ce que je l'aie expédiée loin de votre compagnie que je jugeais sans intérêt pour elle.

— Je crois que vous la représentez faussement, dit Heathcliff en tournant sa chaise de leur côté. En tout cas, pour l'instant, elle voudrait bien fuir cette compagnie !

Et il dévisagea cyniquement celle qui faisait l'objet de la conversation, comme on pourrait regarder un animal inconnu et repoussant, quelque reptile exotique, par exemple, que la curiosité vous amène à examiner en dépit de l'aversion qu'il soulève. La pauvre enfant ne put supporter cela ; elle pâlit et rougit tour à tour, et, tandis que les larmes perlaient à ses cils, elle rassembla toute la force de ses petits doigts pour échapper à la griffe de Catherine. Mais voyant qu'à peine un doigt enlevé, un autre se refermait sur elle et qu'elle ne pouvait les desserrer tous à la fois, elle employa ses ongles effilés dont les pointes incrustèrent bientôt des croissants rouges dans la chair de sa persécutrice.

— C'est une tigresse ! s'écria Mrs. Linton, lui rendant la liberté et secouant sa main endolorie. Allez-vous-en, pour l'amour de Dieu, et cachez votre tête de mégère ! Quelle folie de lui révéler vos griffes, à lui. Pouvez-vous imaginer les conclusions qu'il en tirera ? Regardez, Heathcliff ! Voilà des instruments qui feront des ravages... Attention à vos yeux.

— Je les arracherais de ses doigts, s'ils me menaçaient jamais, répondit-il brutalement après que la porte se fut refermée sur la jeune fille. Mais pourquoi avez-vous taquiné de la sorte cette malheureuse, Cathy ? Vous ne disiez pas la vérité, n'est-ce pas ?

— Je vous assure que si, répondit-elle. Elle se meurt d'amour pour vous depuis plusieurs semaines. Et ce matin encore, c'était un délire à propos de vous, avec un déluge d'injures pour moi qui lui représentais vos défauts en pleine lumière afin de modérer son adoration. Mais n'y faites plus attention, je voulais la punir de son insolence, voilà tout. Je l'aime trop, mon cher Heathcliff, pour vous permettre de la saisir et de la dévorer.

— Et je l'aime trop peu pour essayer, dit-il, à moins que ce ne soit à la manière d'un vampire. Vous apprendriez de curieuses choses si je vivais seul avec cette insipide figure de cire. Les plus inoffensives seraient de faire apparaître sur cette blancheur les couleurs de l'arc-en-ciel, et de noircir ces yeux bleus tous les jours ou tous les deux jours. Ils ressemblent d'une hideuse manière à ceux des Linton.

— D'une manière charmante, répondit Catherine. Ce sont des yeux de colombe... d'ange !

— Elle est l'héritière de son frère, n'est-ce pas ? demanda-t-il après un court silence.

— Je serais désolée de le penser, dit sa compagne. Une demi-douzaine de neveux effaceront son titre, plaise à Dieu ! Maintenant, détournez votre esprit de ce sujet. Vous êtes trop enclin à convoiter le bien de votre voisin. Rappelez-vous que le bien de ce voisin-là est le mien.

— S'il était à moi, il n'en serait pas moins à vous pour cela, dit Heathcliff. Mais quoique Isabelle Linton puisse être sotte, elle n'est pas folle et, en conclusion, nous écarterons ce sujet, comme c'est votre avis.

Ils l'écartèrent en effet de leur entretien, et Catherine, probablement, de son esprit. L'autre, j'en eus la certitude, s'en souvint fréquemment dans le cours de la soirée. Je le vis sourire tout seul – grimacer plutôt – et tomber dans une rêve-

rie de fâcheux augure chaque fois que Mrs. Linton
sortait de la pièce.

Je décidai de le surveiller. Ma sympathie allait
toujours au maître, de préférence à Catherine.
Avec raison, pensais-je, car il était bon, loyal et
honorable ; tandis qu'elle... on ne pouvait pas
la situer à l'opposé, cependant elle semblait se
permettre de telles libertés que j'avais peu de
confiance en ses principes et encore moins d'indulgence pour ses sentiments. Je souhaitais que
quelque chose survînt qui débarrassât, sans éclat,
à la fois Hurlevent et la Grange, de Mr. Heathcliff,
nous laissant tels que nous étions avant son arrivée. Ses visites étaient un perpétuel cauchemar
pour moi, et, je le crains, pour mon maître aussi.
Sa présence à Hurlevent amenait une oppression
inexplicable. Il me semblait que Dieu avait abandonné la brebis égarée à ses coupables errements,
et une bête diabolique grondait entre elle et le
troupeau, attendant son moment pour bondir et
l'engloutir.

XI

Quelquefois, alors que je pensais toute seule à
ces choses, je me levais dans une brusque terreur
et mettais mon bonnet pour aller voir ce qui se
passait à Hurlevent. Je me persuadais qu'il était de
mon devoir de mettre Hindley en garde contre ce
que les gens disaient de lui ; puis je me souvenais

de ses mauvaises habitudes invétérées et, déses-
pérant de le convertir, je renonçais à pénétrer de
nouveau dans la sinistre maison, craignant de ne
pas être écoutée.

Un jour, allant à Gimmerton, je fis un détour
et franchis la vieille barrière. C'était à peu près
l'époque atteinte par mon récit ; l'après-midi était
clair et glacial, la terre dénudée, la route dure et
sèche. J'arrivai à une borne où la grande route
bifurque vers les landes sur la gauche. C'était un
gros pilier de pierre friable qui portait les lettres
W. H. entaillées dans la direction du nord, G. à
l'est, et T. G. au sud-est. Il sert de poteau indicateur pour la Grange, Hurlevent et le village. Le
soleil dorait sa tête grise, et, je ne sais pourquoi,
cette image de l'été fit affluer à mon cœur de
vieilles sensations de mon enfance. Hindley et moi
avions une prédilection pour cet endroit vingt ans
plus tôt. Je contemplai longuement ce bloc usé
par le temps et, comme je me penchais, j'aperçus
à la base un creux encore plein de coquilles d'es-
cargots et de cailloux que nous aimions mettre là
en réserve avec d'autres menues choses. Soudain,
je crus voir apparaître, avec toute la force de la
réalité, mon jeune compagnon de jeux d'alors ; il
était assis sur l'herbe desséchée, sa tête brune et
carrée penchait en avant, et sa petite main creu-
sait la terre avec un morceau d'ardoise. « Pauvre
Hindley ! » m'exclamai-je involontairement. Je
tressaillis. Mes yeux abusés avaient devant eux, ils
en étaient sûrs, l'enfant qui levait sa figure et me
regardait fixement ! Cette vision s'évanouit en un
clin d'œil, mais je me sentis aussitôt le désir irré-

sistible d'aller à Hurlevent. Une idée superstitieuse
me pressait de suivre cette impulsion... S'il était
mort ! me disais-je... ou s'il allait mourir bientôt
et que ce fût un présage de mort !... Plus j'approchais de la maison, plus mon trouble grandissait,
et, quand elle fut en vue, je me mis à trembler de
tous mes membres. L'apparition m'avait devancée
et se tenait là, regardant à travers la barrière. Ce
fut du moins ma première idée en voyant un petit
garçon aux cheveux comme frisés par la main des
fées, aux yeux foncés, qui appuyait son frais visage
contre le bois. Après une minute de réflexion, je
songeai que ce devait être Hareton, mon petit
Hareton, pas très changé depuis que je m'étais
séparée de lui, dix mois plus tôt.

— Dieu te bénisse, mon chéri, criai-je, oubliant
aussitôt mes craintes. Hareton, c'est Nelly, Nelly,
ta nourrice.

Il recula et ramassa un gros caillou.

— Je suis venue pour voir ton père, Hareton,
continuai-je, devinant à ce geste que, s'il avait
gardé quelque peu Nelly en mémoire, il ne me
reconnaissait pas pour elle.

Il s'apprêta à lancer son projectile. Je commençai un discours pour l'apprivoiser, mais ne pus
arrêter sa main et la pierre frappa mon bonnet.
Puis un chapelet d'injures jaillit des lèvres à peine
exercées du petit bonhomme, injures qu'il ne comprenait peut-être pas, mais qui furent débitées
avec une force d'expression consommée, cependant qu'une repoussante grimace de méchanceté
défigurait ses traits enfantins. Vous pouvez être
sûr que j'en fus plus peinée que fâchée. Prête à

pleurer, je sortis une orange de ma poche et la
lui offris pour le calmer. Il hésita, puis me l'arracha, comme s'il imaginait que je voulais le tenter
pour le désappointer ensuite. Je lui en montrai
une autre, la tenant hors de sa portée.

— Qui t'a appris ces jolis mots, mon petit ?
demandai-je. Le pasteur ?

— Au diable le pasteur et toi. Donne-moi ça,
répondit-il.

— Dis-moi qui te donne des leçons et tu l'auras.
Qui est ton maître ?

— Mon diable de papa.

— Et qu'apprends-tu de ton papa ? continuai-je.

Il sauta vers le fruit que j'élevai.

— Que t'enseigne-t-il ? demandai-je.

— Rien. Seulement de ne pas être sur son chemin. Papa ne peut pas me souffrir parce que je
jure contre lui.

— Ah ! et c'est le diable qui t'apprend à jurer
contre ton papa ?

— Oui... non, dit-il d'une voix traînante.

— Qui alors ?

— Heathcliff.

Je lui demandai s'il aimait Mr. Heathcliff.

— Oui, répondit-il.

Désirant savoir pour quelles raisons il l'aimait,
je pus seulement comprendre ces phrases :

— Je ne sais pas... il rend à papa ce que je
reçois... Il injurie papa parce qu'il m'injurie. Il
dit que je dois faire ce que je veux.

— Le pasteur ne t'apprend donc pas à lire et à
écrire ? continuai-je.

— Non. On m'a dit que le pasteur aurait la

mâchoire défoncée si jamais il passait la porte...
Heathcliff l'a promis !

Je lui mis l'orange dans la main et lui demandai
d'aller prévenir son père qu'une femme du nom de
Nelly Dean était là et voulait lui parler. Au lieu de
Hindley, ce fut Heathcliff qui apparut sur le seuil
de la porte. Je tournai aussitôt les talons et me
mis à redescendre la route en courant de toutes
mes forces ; je ne m'arrêtai que devant le poteau
indicateur, aussi terrifiée que si j'avais éveillé un
mauvais esprit. Ceci n'a pas grand rapport avec
l'histoire de Miss Isabelle, sinon que je résolus
de monter une garde vigilante et de faire de mon
mieux pour éloigner de la Grange une si mauvaise
influence, eussé-je dû soulever un orage intérieur
en contrariant la volonté de Mrs. Linton.

Le jour où Heathcliff nous fit une nouvelle visite,
notre jeune demoiselle était en train de donner du
grain aux pigeons dans la cour. Elle n'avait pas dit
un mot à sa belle-sœur depuis trois jours, mais ses
récriminations et ses plaintes avaient cessé, ce qui
était un grand soulagement pour nous. Je savais
qu'il n'était pas dans les habitudes de Heathcliff
de s'attarder par des politesses inutiles auprès de
Miss Linton. Cette fois-ci, sa première précaution,
dès qu'il l'aperçut, fut d'inspecter soigneusement
du regard la façade de la maison. Je me tenais
près de la fenêtre de la cuisine, mais je reculai
pour ne pas être vue. Il traversa alors la cour, se
dirigeant vers elle, et lui dit quelque chose. Elle
parut embarrassée et désireuse de s'en aller. Pour
l'en empêcher, il avança la main sur son bras. Puis
elle détourna la figure, évitant apparemment de

répondre à quelque question qu'il lui posait. Il lança un autre coup d'œil rapide vers la maison, et croyant qu'il n'était pas vu, le misérable eut l'impudence de l'embrasser.

— Judas ! Traître ! m'écriai-je. Seriez-vous donc un hypocrite en plus ? Quel fourbe accompli !

— Qui, Nelly ? dit Catherine à mon côté.

Trop occupée à surveiller le couple, je n'avais pas remarqué son entrée.

— Votre indigne ami ! répondis-je avec feu. Voyez là-bas ce vil coquin. Ah ! il nous a aperçues... il entre ! Je me demande s'il aura le front d'expliquer comment il fait la cour à Mademoiselle, alors qu'il vous a dit qu'il la haïssait ?

Mrs. Linton vit Isabelle se dégager brusquement et s'enfuir dans le jardin ; et une minute après, Heathcliff ouvrit la porte. Je ne pus m'empêcher de manifester mon indignation, mais Catherine m'ordonna avec colère de me taire et menaça de me renvoyer de la cuisine si j'étais assez effrontée pour laisser échapper des paroles insolentes.

— Ne croirait-on, à vous entendre, que vous êtes la maîtresse ? dit-elle. Vous avez besoin qu'on vous remette à votre vraie place ! Heathcliff, à quoi pensez-vous de faire une histoire pareille ? Je vous ai dit qu'il fallait laisser Isabelle tranquille !... Je vous prie de m'écouter à moins que vous n'ayez assez d'être reçu ici et que vous souhaitiez voir Linton vous fermer sa porte.

— Que Dieu le préserve d'essayer ! répondit le sombre gredin. – Je le détestai vraiment à cet instant. – Que Dieu lui conseille douceur et patience !

Je suis chaque jour un peu plus possédé par le désir de l'expédier au ciel !

— Chut ! dit Catherine en fermant la porte. Ne me fâchez pas. Pourquoi ne m'avez-vous pas obéi ? Est-ce elle qui est venue au-devant de vous ?

— Qu'est-ce que cela vous fait ? grommela-t-il. J'ai le droit de l'embrasser si cela lui plaît, et vous n'avez pas le droit de l'empêcher. Je ne suis pas votre mari, vous ne devez pas être jalouse de moi.

— Je ne suis pas jalouse de vous, répondit la maîtresse. Je suis jalouse pour vous. Déridez-vous un peu, vous n'allez pas me faire cette mine renfrognée ! Si vous aimez Isabelle, vous l'épouserez. Mais l'aimez-vous ? Dites la vérité, Heathcliff. Là... vous ne voulez pas répondre. Je suis sûre que vous ne l'aimez pas !

— Et est-ce que Mr. Linton approuverait le mariage de sa sœur avec cet homme ? demandai-je.

— Mr. Linton approuverait, répondit ma maîtresse avec décision.

— Il pourrait s'en épargner la peine, dit Heathcliff. Je me passerai aussi bien de son approbation. Et, quant à vous, Catherine, je veux vous dire quelques mots dès à présent, puisque j'en ai l'occasion. Je sais, je vous en préviens, que vous m'avez traité d'une manière diabolique... diabolique ! entendez-vous ? Et si vous vous flattez de ce que je ne m'en suis pas aperçu, vous êtes une sotte ; et si vous pensez que je puis être amadoué par de bonnes paroles, vous êtes une idiote ; et si vous imaginez que je le tolérerai sans me venger, je vous convaincrai du contraire en très peu

de temps ! En attendant, merci de m'avoir fait
connaître le secret de votre belle-sœur, je jure que
j'en tirerai tout ce que je pourrai. Et mêlez-vous
de vos affaires.

— Quelle est cette nouvelle lubie ! s'écria Mrs. Linton stupéfaite. Je vous ai traité d'une manière diabolique... Et vous prendrez votre revanche ! Comment
la prendrez-vous, ingrat que vous êtes ? Comment
vous ai-je traité diaboliquement ?

— Je ne cherche pas à me venger sur vous,
répondit Heathcliff avec moins de véhémence.
Ce n'est pas là mon plan. Les esclaves broyés
par le tyran ne se retournent pas contre lui : ils
écrasent ceux qui sont au-dessous. Libre à vous
de me supplicier pour votre amusement, seulement permettez-moi de m'amuser aussi de la
même façon et gardez-vous de m'insulter autant
que cela vous sera possible. Après avoir détruit
mon palais, ne construisez pas une chaumière et
ne vantez pas complaisamment votre charité en
me l'offrant pour demeure. Si je pouvais croire
que vous souhaitez vraiment mon mariage avec
Isabelle, je me trancherais la gorge !

— Oui, vous trouvez dommage que je ne sois
pas jalouse, n'est-ce pas ? cria Catherine. Eh bien !
je ne vous offre plus une femme, c'est aussi vain
que d'offrir à Satan une âme perdue. Votre félicité
consiste, comme la sienne, à infliger la souffrance.
Tout le prouve. Edgar est guéri de la mauvaise
humeur qu'il a manifestée à votre arrivée, je commence à être tranquille et confiante. Et vous, tourmenté de nous savoir en paix, vous arrivez, bien
décidé à soulever une dispute. Querellez-vous avec

Edgar, si vous en avez envie, Heathcliff, et abusez
de sa sœur, vous aurez trouvé ainsi le moyen le
plus efficace pour vous venger de moi.

La conversation cessa. Mrs. Linton, dans une
sombre excitation, s'assit près du feu. Le mauvais génie qui l'animait devenait ingouvernable,
elle ne pouvait ni l'apaiser ni le maîtriser. Lui se
tenait près de l'âtre, les bras croisés, roulant ses
mauvaises pensées. Je les laissai dans cette attitude pour chercher le maître qui s'étonnait que
Catherine restât en bas si longtemps.

— Ellen, dit-il, tandis que j'entrais, avez-vous
vu votre maîtresse ?

— Oui, elle est dans la cuisine, monsieur,
répondis-je. Elle est toute bouleversée par la
conduite de Mr. Heathcliff ; et, en vérité, je crois
qu'il est temps de mettre ses visites sur un autre
pied. Il n'est pas bon de trop employer la douceur
car maintenant voilà ce qui arrive...

Je racontai la scène de la cour et, aussi fidèlement que je l'osai, toute la dispute qui avait suivi.
Je pensais que cela ne pouvait nuire à Mrs. Linton, à moins qu'elle ne commît la faute de prendre
la défense de son invité. Edgar Linton eut de la
peine à m'écouter jusqu'au bout. Ses premiers
mots révélèrent qu'il ne dispensait pas sa femme
de tout blâme.

— C'est insupportable ! s'écria-t-il. Il est désho-
norant qu'elle l'ait pour ami et qu'elle m'impose
sa compagnie ! Faites venir deux hommes en bas,
Ellen. Catherine ne restera pas davantage à discuter avec ce bandit... J'ai eu assez d'indulgence
pour elle.

Il descendit et, après avoir ordonné aux domestiques d'attendre à la porte, il entra dans la cuisine, suivi par moi. Une chaude discussion avait recommencé. Mrs. Linton, du moins, criait avec une nouvelle ardeur. Heathcliff s'était dirigé vers la fenêtre et courbait la tête, visiblement ébranlé par cette violente attaque. Il fut le premier à voir le maître et fit hâtivement signe à Catherine de se taire. Elle obéit net lorsqu'elle comprit ce signe.

— Comment ? dit Linton en s'adressant à elle. Quel sens des convenances avez-vous donc pour rester ici après le langage que vous a tenu ce drôle ? Je suppose que vous ne vous en inquiétez pas, puisque ce sont là ses façons ordinaires. Vous êtes habituée à sa grossièreté et vous imaginez peut-être que je vais m'y accoutumer aussi !

— Est-ce que vous écoutiez à la porte, Edgar ? demanda la maîtresse d'un ton qui visait à irriter son mari et décelait tout à la fois l'insouciance et le mépris.

Heathcliff, qui avait levé les yeux pendant le premier discours, ricana à ces mots, désireux, semblait-il, d'attirer sur lui l'attention de Mr. Linton. Il y réussit, mais Edgar ne tenait pas à se mettre trop en colère contre lui.

— Jusqu'à présent, monsieur, dit-il avec calme, j'ai été indulgent à votre égard, non parce que j'ignorais votre caractère méprisable et vil, mais parce que je sentais que vous n'en étiez que partiellement responsable, et Catherine ayant désiré continuer ses relations avec vous, j'y ai consenti... bien imprudemment. Votre présence est un poison moral qui corromprait les plus vertueux. Pour cette raison et pour empêcher des suites plus graves, je vous refuserai à l'avenir l'entrée de cette maison et je vous avertis maintenant que j'exige votre départ immédiat. Trois minutes de retard le rendraient involontaire et ignominieux.

Heathcliff mesura d'un œil moqueur la taille et la carrure de l'orateur.

— Cathy, voilà votre agneau qui menace comme un taureau, dit-il. Il court le risque de se briser le crâne contre mes poings. Dieu ! Mr. Linton, je suis profondément désolé que vous ne valiez pas la peine d'être envoyé à terre !

Mon maître jeta un regard vers la porte et me fit signe d'aller chercher les hommes, car il n'avait pas l'intention de se lancer dans un combat singulier. J'obéis à son geste, mais Mrs. Linton, se doutant de quelque chose, me suivit et, lorsque j'essayai de les appeler, elle me repoussa, ferma bruyamment la porte et tourna la clef.

— Jolies manières ! dit-elle en réponse au regard surpris et irrité de son mari. Si vous n'avez pas le courage de l'attaquer, faites-lui vos excuses ou acceptez d'être battu. Cela vous corrigera de feindre plus de bravoure que vous n'en possédez. Non, j'avalerai la clef avant que vous me la preniez ! Me voilà merveilleusement récompensée de ma bonté envers vous deux ! Après avoir constamment passé sur la faible nature de l'un et la mauvaise nature de l'autre, je reçois en retour deux exemples d'ingratitude aveugle et absurde. Edgar, je vous défendais, vous et les vôtres, et je souhaite maintenant de vous voir défaillir sous les poings de Heathcliff pour m'avoir injustement soupçonnée.

Il ne fut pas nécessaire d'en venir aux coups pour produire cet effet sur le maître. Il tenta d'arracher la clef à Catherine, mais pour plus de sûreté elle la jeta au milieu du feu. Là-dessus, Mr. Edgar fut pris d'un tremblement nerveux et sa figure devint mortellement pâle. Sa vie en eût-elle dépendu, il n'aurait pu maîtriser cette crise de faiblesse et il fut complètement paralysé par une angoisse physique que le sentiment de son humiliation aggravait. Il s'appuya contre le dossier d'un siège et se couvrit la figure.

— Oh ! Ciel, ceci vous aurait valu, autrefois, le titre de chevalier ! s'écria Mrs. Linton. Nous sommes vaincus, nous sommes vaincus ! Heathcliff ne lèverait pas plus un doigt sur vous qu'un roi ne dirigerait son armée contre une colonie de souris. Allons, calmez-vous ! On ne vous fera pas de mal ! Vous n'avez pas le tempérament d'un agneau, mais d'un levraut à la mamelle.

— Je vous souhaite du bonheur, Cathy, avec ce poltron au sang de navet ! dit son ami. Je vous félicite de votre choix. Et voilà l'être tremblant et bavant que vous m'avez préféré ! Ce n'est pas mon poing que je voudrais lui appliquer, mais mon pied, et j'en aurais grande satisfaction. Pleure-t-il ou va-t-il s'évanouir de peur ?

Il s'avança et secoua la chaise sur laquelle s'appuyait Linton. Il aurait mieux fait de se tenir à distance. Mon maître se redressa brusquement et lui assena en pleine poitrine un coup qui aurait renversé un homme moins fort. Sa respiration en fut coupée pendant une minute et, tandis qu'il suffoquait, Edgar passa dans la cour par la porte de derrière et, de là, se dirigea vers l'entrée principale.

— Voilà ! vos visites ici sont terminées, cria Catherine. Allez-vous-en maintenant. Il va revenir avec une paire de pistolets et une demi-douzaine de gens pour l'aider. S'il nous a entendus, naturellement il ne vous pardonnera jamais. Vous l'avez joliment traité, Heathcliff ! Mais partez... dépêchez-vous ! Je préfère voir Edgar malmené plutôt que vous.

— Croyez-vous que je vais m'en aller avec ce coup qui m'étouffe le gosier ? dit-il en grondant. Non, par l'enfer ! Je le broierai comme une noisette pourrie avant de franchir ce seuil. Si je ne le vois pas à terre à l'instant, je suis capable de le tuer plus tard. Ainsi, pour peu que vous vouliez lui sauver la vie, laissez-moi aller le retrouver.

— Il ne viendra pas, dis-je inventant un léger mensonge. Voilà le cocher et les deux jardiniers, vous n'allez pas attendre qu'ils vous jettent sur la route. Ils sont armés de gourdins et c'est sûrement de la fenêtre du salon que le maître surveillera l'exécution de ses ordres.

Les jardiniers et le cocher étaient bien là, mais Linton les accompagnait. Ils se trouvaient déjà dans la cour. Heathcliff, après réflexion, résolut d'éviter une lutte avec les trois subalternes. Il saisit le tisonnier, brisa la serrure de la porte intérieure et se sauva alors qu'ils entraient.

Mrs. Linton, qui était hors d'elle, me demanda de l'accompagner en haut. Elle ne savait pas que

j'étais un peu à l'origine de tout ce désordre, et
j'étais désireuse de la laisser dans cette ignorance.

— Je suis presque folle, Nelly, s'écria-t-elle en
se jetant sur le canapé. Un million de marteaux
battent dans ma tête. Dites à Isabelle de s'écarter
de mon chemin, elle est la cause de ce bouleversement, et si maintenant elle ou un autre ajoutait
à ma colère, je deviendrais enragée. Et, Nelly,
dites à Edgar, si vous le revoyez ce soir, que je
cours le risque de tomber gravement malade. Je
souhaite que cela soit vrai. Sa conduite m'a péniblement affectée. Je veux lui faire peur. De plus,
il serait bien capable d'entamer une suite d'invectives ou de plaintes, je suis sûre que je riposterais
et Dieu sait où cela nous mènerait ! Ferez-vous
ce que je vous demande, ma bonne Nelly ? Vous
savez que je ne suis blâmable en rien dans cette
affaire. Qu'est-ce qui lui a pris de nous espion-
ner ? Heathcliff m'a dit des paroles outrageantes
après que vous nous avez quittés, mais je l'aurais
bientôt détourné d'Isabelle et le reste n'était rien.
Maintenant tout est ruiné par l'absurde curiosité
d'entendre dire du mal de soi, qui habite certaines gens comme un démon. Si Edgar n'avait
pas surpris notre conversation, ça n'en aurait été
que mieux pour lui. Vraiment, quand il s'est mis
à me parler sur ce ton de mécontentement stupide, alors que je venais de prendre sa défense
devant Heathcliff jusqu'à m'en briser la voix, je
ne me suis plus souciée de ce qu'ils pouvaient se
faire l'un à l'autre. De plus, je sentais bien que,
quoi qu'il arrivât, nous serions tous séparés pour
Dieu sait combien de temps ! Enfin, si je ne peux

conserver Heathcliff comme ami... si Edgar doit
être mesquin et jaloux, j'essaierai de leur briser le
cœur en brisant le mien. Ce sera un moyen rapide
d'en finir, quand je serai poussée à bout ! Mais
c'est une résolution à n'employer que lorsqu'il n'y
aura plus d'espoir. Je ne veux pas prendre Linton
par surprise. Jusqu'à présent il a été prudent et a
craint de me provoquer. Il faut que vous lui repré-
sentiez le danger d'adopter une autre tactique et
que vous lui rappeliez que mes emportements
frisent la folie quand on m'exaspère. Et j'aimerais
aussi que vous abandonniez cet air d'indifférence
et que vous montriez un peu plus d'inquiétude à
mon sujet.

Le grand calme avec lequel j'accueillais ces instructions devait, sans nul doute, être quelque peu
irritant, car elles étaient données en parfaite sincérité. Mais je trouvais qu'une personne si habile
à calculer le profit futur de ses accès de colère
était aussi bien capable de les maîtriser par la
force de sa volonté, dans le moment même qu'elle
les subissait. Je jugeais donc inutile d'« effrayer »
son mari, comme elle l'avait dit, et de lui apporter
de nouveaux ennuis pour le seul plaisir de servir l'égoïsme de ma maîtresse. Je ne dis rien à
Mr. Linton lorsque je le vis se diriger vers le salon,
mais je me permis de retourner sur mes pas pour
écouter s'ils reprenaient leur querelle. Ce fut lui
qui parla le premier.

— Ne bougez pas, Catherine, dit-il sans aucune
colère dans la voix, mais d'un ton triste et découragé. Je ne vais pas rester. Je ne suis venu ni pour
un reproche ni pour une réconciliation, je veux

seulement savoir si, après les événements de tout à l'heure, vous avez l'intention de garder des relations avec...

— Oh ! pour l'amour de Dieu... interrompit ma maîtresse en frappant du pied... pour l'amour de Dieu, que je n'entende plus parler de cela maintenant ! Votre sang tiède ne pourra jamais s'échauffer, c'est un liquide glacé qui coule dans vos veines. Mais le mien bout et bondit au spectacle d'une telle froideur.

— Si vous voulez être débarrassée de moi, répondez à ma question, dit Mr. Linton en insistant. Il faut que vous me répondiez, et votre excitation ne m'inquiète pas. Je me suis aperçu que vous pouviez maîtriser vos nerfs autant que n'importe qui, quand cela vous plaît. Allez-vous renoncer à Heathcliff dorénavant, ou renoncez-vous à moi ? Il est impossible pour vous que vous soyez son alliée et ma femme en même temps, et je demande instamment à savoir ce que vous choisissez.

— Et moi je demande qu'on me laisse tranquille ! cria Catherine avec fureur. Je l'exige ! Ne voyez-vous pas que je suis à bout ? Edgar, allez-vous-en... allez-vous-en !

Elle se mit à secouer la sonnette, qui finit par se casser avec un son aigu. Je pénétrai sans me hâter. Il y aurait eu de quoi mettre à l'épreuve la patience d'un saint par de semblables crises de folie et de méchanceté ! Elle était couchée là, jetant sa tête contre le bras du canapé, et grinçant des dents à croire qu'elle les briserait en éclats. Mr. Linton, debout devant elle, la regardait saisi de crainte et d'un brusque repentir. Il me demanda d'aller chercher un peu d'eau. Elle n'avait plus de souffle pour parler. Je rapportai un verre plein, et comme elle ne voulait pas le boire, je le lui répandis sur la figure. En l'espace de quelques secondes elle se raidit, ses yeux se révulsèrent, tandis que ses joues, devenues blanches et livides, prenaient l'apparence de la mort. Linton semblait terrifié.

— Ce n'est rien du tout, murmurai-je.

Je ne voulais pas qu'il faiblît, quoique je ne pusse m'empêcher d'être effrayée en moi-même.

— Elle a du sang sur les lèvres, dit-il avec un frisson.

— Cela n'a pas d'importance ! répondis-je durement.

Et je lui racontai comment elle avait résolu, avant son arrivée, de lui offrir le spectacle d'une crise de nerfs. J'eus l'imprudence de faire ce rapport à haute voix, et elle m'entendit, car elle se redressa subitement, les cheveux flottant sur les épaules, les yeux lançant des éclairs, les muscles de son cou et de ses bras tendus à l'extrême. Je me résignai à avoir quelques os brisés, pour le moins, mais elle se contenta de regarder un instant alentour, puis elle se précipita hors de la pièce. Le maître m'ordonna de la suivre, ce que je fis jusqu'à la porte de la chambre, car elle m'empêcha d'aller plus loin en la verrouillant à mon nez.

Le lendemain matin, comme elle ne se décidait pas à descendre pour le déjeuner, j'allai lui demander si elle voulait que je lui monte quelque chose.

— Non ! répondit-elle d'un ton péremptoire.

La même question, répétée pour le thé et le

dîner, reçut, ainsi que le jour suivant, une réponse
identique. Mr. Linton, de son côté, passa son
temps dans la bibliothèque et ne s'informa pas des
occupations de sa femme. Isabelle et lui avaient
eu un entretien d'une heure, durant lequel il avait
essayé d'éveiller chez elle un mouvement naturel
d'horreur pour les avances de Heathcliff ; mais
il n'obtint que des réponses évasives et dut clore
l'interrogatoire sans plus de satisfaction. Il termina néanmoins en l'avertissant solennellement
que si elle était assez folle pour encourager ce
prétendant indigne, tous les liens de parenté entre
lui et elle seraient rompus sans rémission.

XII

Tandis que Miss Linton errait tristement à travers le parc et le jardin, toujours silencieuse et
presque toujours en larmes ; tandis que son frère
s'enfermait en compagnie de livres qu'il n'ouvrait
jamais, continuellement absorbé, j'imagine, par
le vague espoir que Catherine, repentante, viendrait de son plein gré demander pardon et ébau-
cher une réconciliation ; tandis que Catherine
elle-même s'obstinait à jeûner, probablement
avec l'idée qu'à chaque repas Edgar ne pouvait
plus manger devant la place vide et que l'orgueil
l'empêchait seul de courir se jeter à ses pieds, je
continuais, pour ma part, à vaquer aux devoirs de
la maison, fermement convaincue que la Grange

n'abritait qu'une créature sensée entre ses murs et que cette créature, c'était moi.

Je ne perdais mon temps ni à consoler Miss Isabelle, ni à gourmander ma maîtresse, je ne prêtais pas grande attention non plus aux soupirs de mon maître qui aurait bien voulu entendre le nom de sa femme, à défaut d'entendre sa voix. Je décidai qu'ils viendraient me chercher quand ils en auraient envie ; et, bien que ce fût adopter là une méthode désespérément lente, je pus me réjouir enfin d'un léger succès, ou plutôt de ce que je pris pour tel au début.

Mrs. Linton, le troisième jour, ouvrit sa porte, disant qu'elle avait fini l'eau de la cruche et de la carafe, et demanda une nouvelle provision ainsi qu'une assiettée de soupe, car elle croyait qu'elle allait mourir ; assertion que je jugeai destinée aux oreilles d'Edgar et que je gardai pour moi, n'y ajoutant pas foi. Je lui portai du thé et du pain grillé. Elle mangea et but avec avidité, puis retomba sur son oreiller, serrant les mains en gémissant :

— Oh ! je veux mourir, puisque personne ne s'occupe de moi. Je voudrais bien ne pas avoir pris cela.

Puis, un long moment après, je l'entendis murmurer :

— Non, je ne mourrai pas... il en serait content... Il ne m'aime pas du tout... Je ne lui manquerai jamais !

— Désirez-vous quelque chose, madame, demandai-je, conservant extérieurement mon calme, en dépit de son apparence de spectre et de son étrange excitation d'esprit.

— Que fait cet être insensible ? demanda-t-elle en rejetant ses boucles épaisses qui s'emmêlaient autour de sa figure épuisée. Est-il tombé en léthargie, est-il mort ?

— Ni l'un ni l'autre, répondis-je, si vous parlez de Mr. Linton. Il se porte assez bien, je crois, quoique ses travaux l'absorbent plus que de raison. Il est continuellement au milieu de ses livres, depuis qu'il n'a pas d'autre compagnie.

Je n'aurais pas parlé sur ce ton si j'avais eu connaissance de son état réel, mais je ne pouvais m'ôter de la tête qu'elle simulait une partie de ce désordre d'esprit.

— Au milieu de ses livres ! s'écria-t-elle confondue. Tandis que je suis mourante, au bord de la tombe ! Oh ! Dieu. Sait-il combien j'ai changé ? continua-t-elle, regardant son visage dans une glace pendue au mur opposé. Est-ce là Catherine Linton ? Il s'imagine que c'est un accès de mauvaise humeur... une comédie peut-être. Ne pouvez-vous l'informer que c'est horriblement grave ? Nelly, si ce n'est pas trop tard, dès que je connaîtrai ses sentiments, je choisirai entre ces deux résolutions : ou bien me laisser mourir de faim tout de suite – ce qui ne le punirait que s'il avait du cœur – ou bien me rétablir et quitter le pays. Avez-vous dit la vérité en ce qui le concerne ? Faites attention ! Est-il en ce moment aussi complètement indifférent à mon existence ?

— Mais, madame, le maître n'a pas idée que vous soyez malade, et naturellement, la crainte que vous vous laissiez mourir de faim ne lui vient pas.

— Croyez-vous ? Ne pouvez-vous lui dire que je le ferai ? demanda-t-elle. Tâchez de le persuader. Parlez comme si cela venait directement de vous. Dites que vous êtes sûre que je vais le faire.

— Non, Mrs. Linton. Vous oubliez, insinuai-je, que vous venez de prendre avec plaisir quelque nourriture, et que demain vous en ressentirez les bons effets.

— Si seulement j'étais sûre qu'il en mourrait, interrompit-elle, je me tuerais aussitôt ! Pendant ces trois affreuses nuits, je n'ai pas fermé les paupières... Et quelle persécution ! J'ai été hantée, Nelly ! Mais je commence à croire que vous ne m'aimez pas. Comme c'est curieux ! Je m'imaginais que tous ceux qui vivent avec moi, bien qu'ils soient tous à se haïr et à se mépriser, ne pouvaient pas s'empêcher de m'aimer. Et ils se sont tous changés en ennemis en quelques heures. Oui, vous tous ici, je l'affirme. Quelle terrible chose que d'approcher de la mort entourée de ces visages glacés ! Isabelle, terrifiée et que la répulsion arrête au seuil de la chambre... Ce serait si horrible de voir mourir Catherine !... Et Edgar, restant là, solennel, pour assister à la fin, puis adressant à Dieu des prières pour Le remercier d'avoir rétabli la paix dans sa maison, et retournant à ses livres ! Au nom de tout ce qui a un sentiment ici-bas, qu'a-t-il à faire de livres tandis que je meurs ?

Elle ne pouvait accepter l'idée d'un mari philosophe et résigné, tel que je lui avais représenté Mr. Linton. À force de ressasser cela, son délire s'accrut jusqu'à la folie, elle se mit à déchirer son oreiller avec ses dents, puis, se dressant toute brûlante, elle me demanda d'ouvrir la fenêtre. Nous étions au milieu de l'hiver, le vent du nord-est soufflait avec violence, et je m'y opposai. Les expressions qui se succédaient sur sa figure et la mobilité de son humeur commencèrent à m'alarmer grandement et me remirent en mémoire sa maladie précédente ainsi que l'ordre du docteur de ne pas la contrarier. Alors qu'une minute auparavant, elle était en pleine excitation, maintenant, appuyée sur un bras et indifférente à mon refus de lui obéir, elle semblait trouver un amusement enfantin à arracher des plumes par les déchirures de l'oreiller et à les ranger sur le drap suivant leurs différentes espèces. D'autres visions avaient envahi son esprit.

— Voilà une plume de dindon, se murmura-t-elle à elle-même, en voilà une de canard sauvage, une autre de pigeon. Ah ! on met des plumes de pigeons dans les oreillers... ce n'est pas étonnant que je n'aie pu mourir ! Faites-moi souvenir de la jeter par terre quand je m'allongerai de nouveau. En voilà une de coq, et une autre de vanneau... je la reconnaîtrais entre mille... Quel bel oiseau lorsqu'il tournoie au-dessus de nos têtes dans la lande ! Il voulait regagner son nid, car les nuages enveloppaient les montagnes et il sentait que la pluie venait. Cette plume a été ramassée dans les bruyères, l'oiseau n'a pas été tué. Nous avons vu son nid en hiver, plein de petits squelettes. Heath-cliff avait dressé un piège par-dessus, et les vieux n'ont plus osé revenir. Je lui ai fait promettre, après cela, de ne plus jamais tuer de vanneau et il m'a écoutée. Mais en voilà encore ! Est-ce qu'il a tué mes vanneaux, Nelly ? Laissez-moi voir.

— Cessez ce jeu d'enfant ! interrompis-je, lui retirant l'oreiller, et tournant les trous du côté du matelas, car elle le vidait à poignées. Couchez-vous et fermez les yeux, vous divaguez. En voilà un gâchis ! Le duvet vole partout comme des flocons de neige.

Je me penchai de tous côtés pour le ramasser.

— Nelly, continua-t-elle d'une voix qui rêvait, je vous vois comme une vieille femme... Vous avez des cheveux gris et les épaules voûtées. Ce lit est la grotte ensorcelée qui se trouve sous le Rocher de Pennistow, et vous ramassez les flèches des elfes pour en cribler nos troupeaux. Vous préten-dez, tant que je suis là, que ce ne sont que des flocons de laine. Voilà ce que vous serez dans cin-quante ans... Je sais qu'il n'en est pas ainsi main-tenant, je ne divague pas, vous vous trompez... Si je divaguais, je croirais que vous êtes vraiment cette vieille sorcière desséchée et j'imaginerais que je suis dans la grotte de Pennistow. Or, j'ai conscience qu'il fait nuit. Il y a deux bougies sur la table, et elles font reluire comme du jais le bois noir de l'armoire.

— L'armoire ? demandai-je. Où est-elle ? Vous parlez en dormant !

— Elle est contre le mur, comme toujours, répondit-elle. Et quel aspect étrange !... J'y vois une figure !

— Il n'y a pas d'armoire ici, et il n'y en a jamais

eu, dis-je en regagnant mon siège après avoir soulevé le rideau afin de la surveiller.

— Ne voyez-vous pas cette figure ? demanda-
t-elle, les yeux grands ouverts dans la direction
de la glace.

Et, malgré mes protestations, je ne pus lui faire
comprendre que cette figure était la sienne. Je me
levai et posai un châle sur la glace.

— Elle est encore derrière ! continua-t-elle avec
inquiétude. Et elle a bougé. Qui est-ce ? J'espère
qu'elle ne sortira pas quand vous serez partie. Oh !
Nelly, la chambre est hantée. J'ai peur de rester
seule !

Je lui pris la main et lui recommandai le calme,
car un accès de frissons secouait tout son corps et
son regard restait tendu vers la glace.

— Il n'y a personne là ! dis-je avec assurance.
C'était vous-même, Mrs. Linton, vous le saviez il
y a un instant.

— Moi-même, soupira-t-elle, et la pendule
sonne douze coups ! C'est donc vrai ! C'est affreux !

Ses doigts serrèrent le drap et le ramenèrent sur
sa figure. Je tentai de gagner furtivement la porte
dans l'intention de prévenir son mari, mais je fus
rappelée par un cri perçant... le châle avait glissé
du cadre de la glace.

— Quoi ? qu'est-ce qu'il y a ? m'écriai-je. Qui
est peureuse maintenant ? Réveillez-vous ! C'est
la glace... le miroir, Mrs. Linton, vous vous voyez
dedans, et je suis là aussi, à côté de vous.

Tremblante et égarée, elle me serrait avec force.
Mais l'effroi disparut petit à petit de son visage, et
à sa pâleur succéda une rougeur de honte.

— Ô Dieu ! je croyais que j'étais à la maison,
murmura-t-elle. Oui, couchée dans mon ancienne
chambre à Hurlevent. Je suis si faible que mes
idées s'embrouillent et j'ai crié inconsciemment.
Ne dites rien, mais restez avec moi, je redoute le
sommeil, mes rêves m'épouvantent.

— Un bon moment de sommeil vous ferait du
bien, madame, répondis-je, et je souhaite que ce
malaise vous ôte l'envie de jeûner à nouveau.

— Oh ! si seulement j'étais dans mon lit d'autrefois, là-bas, dans la vieille maison ! continua-t-elle
plaintivement et en tordant ses mains. Ce vent qui
sifflait dans les pins et passait par les persiennes.
Laissez-moi le sentir... il vient droit de la lande...
laissez-moi en respirer une bouffée !

Pour l'apaiser, je tins la fenêtre entrouverte
quelques secondes, puis je la fermai et retournai
à mon poste. Elle était couchée plus tranquillement, la figure baignée de larmes. Son corps
épuisé avait tout à fait vaincu son esprit, notre
fougueuse Catherine ne valait pas mieux qu'un
enfant gémissant.

— Il y a combien de temps que je me suis enfermée ici ? demanda-t-elle dans un sursaut.

— C'était lundi après-midi, répondis-je, et nous
sommes jeudi soir ou plutôt vendredi matin maintenant.

— Quoi ! de la même semaine ? s'écria-t-elle. Si
peu de temps seulement ?

— Suffisamment long quand on ne vit que
d'eau froide et de mauvaise humeur, dis-je.

— Eh bien ! pour moi c'est une suite interminable d'heures, murmura-t-elle d'un air incré-

dule. Il doit y avoir plus longtemps. Je me vois au
salon, après leur dispute, puis venant me réfugier
dans cette chambre lorsque Edgar a commencé
son horrible scène. Je me souviens qu'à peine la
porte fermée, une complète obscurité m'a englou-
tie et je suis tombée sur le sol. Je ne pouvais pas
expliquer à Edgar que j'allais avoir une crise de
nerfs, que je risquais même la folie, s'il persistait
à me tourmenter ! Impossible de commander à
mes paroles, à mon cerveau, et sans doute n'a-
t-il rien deviné de cette angoisse. Seul subsistait
en moi l'instinct de le fuir, lui et sa voix. Avant
que j'aie repris suffisamment mes sens pour voir
et entendre, la nuit a commencé à tomber, et,
écoutez, Nelly, je vais vous dire la vision que j'ai
eue et qui a travaillé dans ma tête jusqu'à me
faire craindre pour ma raison. J'ai cru, tandis
que j'étais couchée là par terre, la tête contre le
pied de la table, et ayant devant les yeux la faible
lueur des carreaux gris de la fenêtre, j'ai cru que
j'étais enfermée dans mon vieux lit à panneaux de
bois. Je ressentais une peine vague et poignante,
dont je ne pus me souvenir lorsque je m'éveillai.
Je m'appliquai de mon mieux à en retrouver la
cause, je me tracassai longtemps, mais, chose
étrange, tout l'espace des sept dernières années
de ma vie n'était qu'un vide ! Je ne me rappelais
pas qu'elles eussent jamais compté. J'étais redevenue une enfant, nous venions d'enterrer mon père,
et la raison de ma souffrance indéfinissable était
la séparation ordonnée par Hindley entre moi et
Heathcliff. J'étais couchée seule pour la première
fois, et, sortant d'un sommeil agité après une nuit

passée à pleurer, je levai la main pour repousser les panneaux du lit, mais je ne rencontrai que le dessus de la table ! J'étais encore à promener ma main sur le tapis, lorsque la mémoire me revint. Alors mon angoisse atteignit le paroxysme du désespoir. Je ne peux dire pourquoi je me sentis si violemment malheureuse, il n'y a d'autre explication qu'une folie passagère. Imaginez cependant qu'à douze ans j'aie été arrachée de Hurlevent, de mon entourage habituel, et de celui qui représentait tout pour moi, comme Heathcliff alors, et que j'aie été brusquement transformée en Mrs. Linton, la maîtresse de Thrushcross Grange, femme d'un étranger, exilée, proscrite de ce qui avait été mon univers jusque-là... Imaginez cela et vous pourrez avoir une idée de l'abîme dans lequel j'ai sombré. Secouez votre tête, Nelly, autant que vous voudrez, vous avez contribué à ce bouleversement. Vous auriez dû parler à Edgar, oui, vous auriez dû lui dire de me laisser tranquille ! Oh ! que je brûle ! Je voudrais aller dehors ! Je voudrais être de nouveau une jeune fille encore sauvage, insouciante et libre... qui rirait des injustices au lieu de se désespérer ! Quoi ! ai-je tant changé ?... Pourquoi quelques simples paroles font-elles bouillir mon sang avec un bruissement infernal ? Je suis sûre que je redeviendrais moi-même si je me retrempais dans la bruyère des montagnes. Ouvrez la fenêtre toute grande et fixez-la. Vite ! Pourquoi ne bougez-vous pas ?

— Parce que je ne veux pas vous faire mourir de froid, répondis-je.

— Dites plutôt que vous ne voulez pas m'accor-

der une chance de vivre, reprit-elle sombrement.
N'importe ! j'ai encore assez de force pour l'ouvrir
moi-même.

Et, se glissant hors de son lit avant que j'aie pu
l'en empêcher, elle traversa la chambre d'un pas
incertain, repoussa la fenêtre et se pencha dehors,
sans se soucier de l'air glacial qui appliquait sur
ses épaules le tranchant d'un couteau. Je la suppliai de reculer, puis, finalement, j'essayai de l'y
contraindre. Mais je m'aperçus bien vite que sa
force, accrue par le délire (elle avait vraiment le
délire, ses actes et ses paroles incohérentes m'en
donnèrent la preuve ensuite), surpassait de beaucoup la mienne. Il n'y avait pas de lune, et tout
était plongé dans une obscurité brumeuse. Aucune
lumière ne brillait dans les maisons proches
ou éloignées... Toutes s'étaient éteintes depuis
longtemps ; celles de Hurlevent n'étaient jamais
visibles, et pourtant elle affirma qu'elle distinguait
leur lueur.

— Regardez ! cria-t-elle ardemment, voilà ma
chambre, celle où l'on voit une chandelle et devant
laquelle les arbres s'agitent. L'autre lumière est
dans la mansarde de Joseph. Joseph veille tard,
n'est-ce pas ? Il attend que je rentre pour fermer
la barrière. Eh bien ! il attendra encore un certain
temps. La course est pénible, et mon cœur est
bien las pour l'entreprendre. Et puis il faudrait
passer devant la chapelle de Gimmerton, l'endroit
où nous avons souvent, tous les deux, bravé les
fantômes, l'un défiant l'autre de rester au milieu
des tombes pour leur demander d'apparaître. Ah !
ah ! Heathcliff, si je vous défie aujourd'hui, vous

y risquerez-vous ? Si vous le faites, je vous garde.
Je ne veux pas me coucher là toute seule... On
aurait beau m'enterrer à douze pieds de profon-
deur et renverser l'église sur moi, que je ne resterais jamais tranquille tant que vous ne serez avec
moi. Non, jamais !

Elle s'arrêta, puis continua avec un sourire
étrange :

— Il hésite... il préférerait que j'aille vers lui !
Trouvez un chemin alors ! Et qui ne passe pas
par le champ des morts. Oh ! que vous êtes lent !
Soyez content, vous qui m'avez toujours suivie !

M'apercevant qu'il était vain de discuter avec
sa folie, je cherchais à atteindre quelque chose
pour l'envelopper sans lâcher prise (car je n'osais
la laisser seule près de la fenêtre ouverte) lorsque,
à ma stupéfaction, j'entendis remuer la poignée
de la porte, et Mr. Linton entra. Il sortait de la
bibliothèque et, passant dans le couloir, il avait
surpris notre conversation. Crainte ou curiosité,
il venait voir ce que signifiait cette agitation à une
heure aussi tardive.

— Oh ! monsieur, m'écriai-je, arrêtant l'exclamation provoquée par le spectacle de la chambre
et sa température glaciale. Ma pauvre maîtresse
est malade et elle est plus forte que moi. Je ne
peux en venir à bout. Je vous en prie, persuadez-
la de se recoucher. Oubliez votre colère, car il est
difficile de lui faire accepter une autre volonté
que la sienne.

— Catherine est malade ? dit-il, accourant vers
nous. Fermez la fenêtre, Ellen ! Catherine ! pourquoi...

Il se tut. L'air hagard de Mrs. Linton le laissa
muet et il put seulement me regarder avec un
étonnement horrifié.

— Elle est restée à se tourmenter ici, continuai-je,
elle n'a rien mangé, rien réclamé. Elle n'a voulu
laisser entrer personne jusqu'à ce soir et c'est
pourquoi nous n'avons pu vous informer de son
état que nous ignorions nous-mêmes. Mais ce
n'est rien.

Je sentis que je rapportais maladroitement les
choses. Le maître fronça les sourcils.

— Ce n'est rien, Ellen Dean ? dit-il sévèrement.
Il faudra pourtant que vous m'expliquiez mieux
pourquoi vous m'avez laissé ignorer cela !

Il prit sa femme dans ses bras et la considéra
avec angoisse.

Au début, elle ne sembla pas le reconnaître, il
était comme invisible à son regard absent. Cependant, son délire n'était pas constant, et, après avoir
détaché les yeux de la nuit obscure, elle ramena
progressivement son attention sur lui et découvrit
qui la tenait.

— Ah ! vous voilà, Edgar Linton ? dit-elle avec
vivacité. Vous êtes de ceux qu'on trouve toujours
quand on en a le moins envie, et jamais quand on
en a besoin. Je présume que nous allons maintenant en entendre, des plaintes !... Je les sens
venir... Mais elles ne m'empêcheront pas d'aller
dans mon étroite demeure qui est là-bas, refuge
où je serai sûrement avant la fin du printemps.
Mais, faites attention, ma demeure ne se trouve
pas entre les Linton, sous le toit de la chapelle, elle

est à l'air libre sous une dalle, ainsi vous pourrez choisir entre eux et moi !

— Catherine, qu'avez-vous fait ? commença le maître. Ne suis-je plus rien pour vous ? Aimez-vous ce misérable Heath...

— Taisez-vous ! cria Mrs. Linton. Taisez-vous à l'instant ! Si vous prononcez ce nom, je termine tout en me jetant par la fenêtre ! Ce que vous touchez à présent, vous l'aurez peut-être, mais mon âme sera là-haut sur la colline avant que vous ne portiez de nouveau la main sur moi. Je n'ai pas envie de vous voir, Edgar, je n'ai plus besoin de vous. Retournez à vos livres. Je suis heureuse que vous possédiez une consolation, car tout ce que vous aviez en moi n'existe plus.

— Son esprit divague, monsieur, interrompis-je. Elle a déraisonné toute la soirée, mais laissez-la prendre un peu de repos, se soigner convenablement, et elle se rétablira. À l'avenir, nous devrons prendre garde de ne pas l'irriter.

— Je ne veux plus suivre vos avis, répondit Mr. Linton. Vous connaissez la nature de votre maîtresse et pourtant vous m'avez encouragé à lui tenir tête. Et ne pas me souffler mot de son état durant ces trois jours ! C'est inhumain ! Des mois de maladie n'auraient pu opérer un tel changement !

Je commençai à me disculper, trouvant injuste d'être blâmée pour la mauvaise obstination d'une autre.

— Je connaissais la nature dominatrice et entêtée de Mrs. Linton, criai-je, mais je ne savais pas que vous vouliez lui passer tous ses désirs. Je

ne savais pas que, pour lui plaire, je devais fermer les yeux sur Mr. Heathcliff. J'ai accompli le
devoir d'une servante fidèle en vous informant des
choses, et je reçois la récompense d'une servante
fidèle ! Eh bien ! cela m'apprendra à être prudente
la prochaine fois. La prochaine fois, vous pourrez
recueillir vous-même vos informations !

— La prochaine fois que vous me raconterez
des histoires, vous quitterez mon service, Ellen
Dean, répondit-il.

— Vous préféreriez ne rien savoir, je suppose,
Mr. Linton ? C'est donc que vous permettez à
Heathcliff de courtiser Miss Isabelle et de profiter
de vos absences pour venir ici et monter contre
vous ma maîtresse ?

Si flottant que fût l'esprit de Catherine, elle saisit aussitôt le sens de notre entretien.

— Ah ! Nelly m'a trahie ! s'écria-t-elle avec
emportement. Nelly est mon ennemie secrète !
Sorcière que vous êtes, c'est pour nous faire
du mal que vous ramassez les flèches des elfes.
Lâchez-moi, elle va s'en repentir ! Je la forcerai à
hurler une rétractation !

Une fureur frénétique s'alluma sous ses sourcils et elle lutta désespérément pour se dégager
des bras de Linton. Je ne me sentais pas disposée
à attendre la suite des événements et, résolue à
aller de ma propre autorité chercher des secours
médicaux, je quittai la chambre.

Comme je traversais le jardin pour rejoindre
la route, je vis à un endroit où un crochet était
enfoncé dans le mur quelque chose de blanc qui
s'agitait à intervalles irréguliers, sans que le vent

en fût cause. Malgré ma hâte, je m'arrêtai devant l'objet, ne voulant pas garder à l'esprit l'impression d'un fantôme. Ma surprise et ma perplexité furent grandes lorsque je découvris, par le toucher plutôt que par la vue, Fanny, la petite chienne de Miss Isabelle, suspendue par un mouchoir et presque à l'agonie. Je délivrai rapidement l'animal et le portai dans le jardin. Je l'avais vu monter avec sa maîtresse lorsque celle-ci était allée se coucher, aussi je me demandais comment il avait pu venir jusque-là et qui avait pu être assez cruel pour le traiter ainsi. Tandis que je défaisais le nœud autour du crochet, il me sembla entendre à quelque distance le frappement répété d'un cheval au galop ; mais tant de choses me passaient par la tête que je ne pris garde à l'incident. Et pourtant, c'était là un bruit singulier à cet endroit et à deux heures du matin.

Heureusement, Mr. Kenneth sortait juste de sa maison pour aller chez un malade du village, tandis que je montais la rue. Le rapport que je lui fis sur l'état de Catherine Linton le décida à m'accompagner immédiatement. C'était un homme simple et bourru, et il me dit sans ménagements qu'il ne répondait pas d'elle après cette seconde attaque si elle ne se soumettait pas mieux que la première fois à ses instructions.

— Nelly Dean, dit-il, je ne peux m'empêcher de penser qu'il y a là quelque chose d'extraordinaire. Que s'est-il passé à la Grange ? On nous rapporte de curieux bruits. Un beau brin de fille comme Catherine ne tombe pas malade pour un rien. Ce n'est pas l'habitude de gens ainsi faits. Il faut une grave circonstance pour leur donner la fièvre ou un autre malaise. Comment ça a-t-il commencé ?

— Le maître vous l'expliquera, répondis-je, mais vous connaissez le tempérament violent des Earnshaw, et Mrs. Linton les surpasse tous. Je peux dire ceci : c'est venu d'une dispute. Elle a été prise d'une sorte de crise de nerfs en plein accès de colère. Du moins, c'est ce qu'elle prétend, car elle s'est enfuie au plus fort de la crise et s'est enfermée. Après cela, elle refusa toute nourriture, et maintenant elle passe tour à tour du délire à une demi-inconscience, reconnaissant les personnes à côté d'elle, mais la raison égarée par toutes sortes de bizarreries.

— Mr. Linton sera très peiné ? interrogea Kenneth.

— Peiné ? Si quelque chose arrivait, il en aurait le cœur brisé ! répondis-je. Ne l'effrayez pas plus qu'il n'est utile.

— Soit, mais je lui avais recommandé de prendre des précautions, et il supportera les suites de sa négligence. N'a-t-il pas vu très souvent Mr. Heathcliff ces temps-ci ?

— Heathcliff vient fréquemment à la Grange, répondis-je, mais poussé plutôt par l'intimité qui existait entre la maîtresse et lui dans leur enfance que par la sympathie que le maître lui témoigne. D'ailleurs il est à présent dispensé de ces visites en raison d'une ambition quelque peu présomptueuse qu'il a manifestée à l'égard de Miss Linton. Je ne pense pas qu'on le reçoive de nouveau.

— Et est-ce que Miss Linton l'a accueilli froidement ? demanda le docteur.

— Elle ne me fait pas ses confidences, répondis-je, ne voulant pas continuer sur ce sujet.

— Non, c'est une personne renfermée, dit-il en hochant la tête. Elle ne prend conseil que d'elle ! Mais c'est une vraie folle. Je sais, de source certaine, que, la nuit dernière (et quelle jolie nuit c'était !), elle et Heathcliff se sont promenés deux heures durant, dans le petit bois derrière votre maison. Là, il a insisté pour qu'elle ne rentre pas, il voulait la prendre en croupe sur son cheval et partir avec elle. Mon informateur m'a dit qu'Isabelle n'avait pu se dégager qu'en donnant sa parole de le suivre à leur prochain rendez-vous. Quand cela doit-il être ? On ne l'a pas entendu, mais vous pouvez engager Mr. Linton à ouvrir l'œil !

Ce récit me donna de nouvelles frayeurs. Je devançai Kenneth et courus pendant la plus grande partie du trajet. La petite chienne gémissait et jappait encore dans le jardin. Je lui ouvris la grille, mais, au lieu de se diriger vers la porte de la maison, elle courut de tous côtés, flairant la pelouse, et aurait gagné la route si je ne l'avais saisie et emportée avec moi. Je montai à la chambre d'Isabelle et là mes soupçons se confirmèrent : elle était vide. Si j'étais arrivée quelques heures plus tôt, la maladie de Mrs. Linton aurait pu retarder cette action téméraire, mais que faire à présent ? La seule chance de les rattraper était de se mettre aussitôt à leur poursuite. Cependant je ne pouvais, moi, me lancer dans cette poursuite, et je n'osais réveiller la maison ni semer l'agitation partout. J'osais encore moins révéler l'histoire

à mon maître, absorbé comme il l'était par son
malheur présent et probablement sans ressources
pour supporter ce nouveau coup ! Je ne vis rien
d'autre à faire que me taire et laisser les choses
suivre leur cours. Et, Kenneth arrivant, j'allai
l'annoncer d'un air impassible. Catherine dormait
d'un sommeil agité, son mari avait réussi à apaiser
le délire et, maintenant, penché sur l'oreiller, il
surveillait chaque ombre et chaque altération qui
passaient sur les traits douloureusement marqués
de sa femme.

Le docteur, après avoir examiné le cas, laissa
espérer au maître une issue favorable si nous
pouvions assurer à la malade un calme total et
continu. À moi, il déclara que le danger le plus
menaçant n'était pas tant la mort qu'une complète
aliénation mentale.

Je ne fermai pas les yeux de la nuit, pas plus
que Mr. Linton ; au vrai, nous ne nous couchâmes
même pas. Les domestiques étaient tous debout
longtemps avant l'heure habituelle, marchant à
travers la maison d'un pas furtif et chuchotant
entre eux lorsqu'ils se rencontraient dans leur
service. Tout le monde était affairé, sauf Miss
Isabelle. On commença à trouver qu'elle dormait
bien profondément ; son frère lui-même demanda
si elle était levée ; il paraissait désirer sa présence
et le peu d'inquiétude qu'elle témoignait envers sa
belle-sœur le blessait. Je tremblais qu'il ne m'envoyât l'appeler, mais la peine d'être la première
à dévoiler sa fuite me fut épargnée. Une des servantes, fille étourdie, qui avait été de bonne heure

faire une commission à Gimmerton, monta, toute haletante, et fit irruption dans la chambre.

— Oh ! mon Dieu ! mon Dieu ! cria-t-elle. Qu'est-ce qui va nous arriver encore ? Maître, maître, notre jeune demoiselle...

— Cessez ce tapage, dis-je vivement, exaspérée par ses clameurs.

— Parlez plus bas, Marie... Qu'y a-t-il ? demanda Mr. Linton. Qu'est-il arrivé à votre jeune demoiselle ?

— Elle est partie... elle est partie... Ce Heathcliff s'est enfui avec elle ! souffla la servante.

— Ce n'est pas vrai ! s'écria Linton, se levant d'un mouvement. C'est impossible... Comment cette idée a-t-elle pu vous entrer dans la tête ? Ellen Dean, allez la chercher. C'est incroyable, ce ne peut pas être.

Tout en parlant, il attira la servante près de la porte et, là, lui demanda des explications.

— Eh bien ! j'ai rencontré sur la route un garçon qui vient chercher du lait ici, dit-elle en balbutiant, et il m'a demandé si nous étions ennuyés à la Grange. Je croyais qu'il parlait de la maladie de Madame, et j'ai répondu oui. « Il y a quelqu'un qui court derrière eux, je pense ? » qu'il m'a dit. Je l'ai regardé avec étonnement. Alors, voyant que je ne savais rien, il m'a raconté qu'un monsieur et une dame s'étaient arrêtés, à deux milles de Gimmerton, chez le maréchal-ferrant pour qu'on remette un fer à leur cheval, peu après minuit. La fille du maréchal-ferrant s'était levée pour les voir et elle les a reconnus bien vite tous les deux. Elle a remarqué que l'homme – c'était Heathcliff,

elle en est sûre, et d'ailleurs personne ne pourrait le confondre avec un autre – a mis un souverain dans la main de son père pour le payer. La
dame avait une mante rabattue sur la figure, mais,
comme elle désirait une gorgée d'eau et que son
voile a glissé tandis qu'elle buvait, on l'a vue très
distinctement. Heathcliff tenait les deux brides
lorsqu'ils sont repartis. Ils tournaient le dos au village et se sont élancés aussi vite que les mauvaises
routes le leur permettaient. La fille n'a rien dit à
son père, mais depuis ce matin elle le raconte par
tout Gimmerton.

Je courus, par contenance, jeter un coup d'œil
dans la chambre d'Isabelle et, au retour, je confir-
mai la nouvelle donnée par la servante. Mr. Linton avait repris sa place près du lit, il leva les yeux
à mon entrée et, après avoir compris la vérité à
mon air déconfit, il les abaissa de nouveau sans
donner un ordre ni proférer un mot.

— Devons-nous prendre des mesures pour les
rattraper et la ramener ? demandai-je. Comment
pourrions-nous faire ?

— Elle est partie de son plein gré, répondit le
maître, elle en avait le droit si cela lui plaisait. Ne
me dérangez plus à son propos. Dorénavant, elle
ne sera plus ma sœur que de nom, et cela, non
parce que je la désavoue, mais parce qu'elle m'a
désavoué.

Et ce fut tout ce qu'il dit sur ce sujet. Il ne fit
pas d'autres recherches et ne parla plus d'elle,
excepté pour me recommander d'envoyer tout ce
qu'elle possédait ici dans sa nouvelle demeure où
que ce fût, lorsque je la connaîtrais.

XIII

On resta deux mois sans nouvelles des fugitifs. Durant ces deux mois, Mrs. Linton eut à subir et à vaincre l'assaut le plus violent d'une maladie qu'on nomma fièvre cérébrale. Aucune mère n'aurait pu soigner son enfant unique avec autant de dévouement qu'Edgar le fit. Il la veilla jour et nuit, supportant patiemment toutes les tracasseries que des nerfs irrités et une raison ébranlée peuvent infliger. Et, bien que Kenneth lui eût répété qu'en la sauvant de la tombe il n'aurait d'autre récompense que de garder auprès de lui un sujet de constante inquiétude, qu'en fait il risquait force et santé pour prolonger un organisme en ruine, Linton ressentit une gratitude et une joie sans bornes lorsque la vie de Catherine fut déclarée hors de danger. Heure après heure il restait assis à son chevet, surveillant les progrès de sa convalescence, et se berçant de l'illusion téméraire que son esprit retrouverait aussi l'équilibre et qu'elle redeviendrait bientôt ce qu'elle était avant.

Elle quitta la chambre pour la première fois au commencement du mois de mars. Dès le matin, Mr. Linton avait mis sur son oreiller une brassée de crocus jaunes. Son regard depuis longtemps privé de tout rayon de joie les aperçut en s'éveillant et se mit à briller de plaisir tandis qu'elle les pressait.

— Ce sont les premières fleurs de Hurlevent, s'écria-t-elle. Elles me rappellent l'air tiède du dégel, le soleil qui s'échauffe et la neige presque fondue. Edgar, le vent ne vient-il pas du Sud et la neige n'a-t-elle pas presque entièrement disparu ?

— La neige a tout à fait disparu ici, chérie, répondit son mari, et je ne vois que deux endroits blancs sur tout l'espace de la lande. Le ciel est bleu, les alouettes chantent et les cours d'eau débordent. Catherine, l'an dernier, à cette époque, je désirais vous avoir sous ce toit ; maintenant je souhaiterais vous voir à un ou deux milles d'ici, au sommet de ces montagnes où la brise est si douce qu'elle vous guérirait certainement.

— Je n'irai plus là qu'une fois, dit la malade, et alors vous m'y laisserez pour toujours. Le printemps prochain vous désirerez de nouveau m'avoir sous ce toit, et, regardant en arrière, vous penserez que vous étiez heureux aujourd'hui.

Linton lui prodigua les plus tendres caresses et essaya de la remonter, de lui rendre courage par les mots les plus aimants ; mais, promenant un vague regard sur les fleurs, elle laissa ses larmes s'amasser au bord de ses cils et ruisseler le long de ses joues. Elle allait réellement mieux, nous le savions, aussi pensâmes-nous que cet abattement était dû en grande partie à sa longue réclusion dans le même endroit, et qu'il pourrait être dissipé si on la mettait en face de choses nouvelles. Le maître me donna l'ordre d'allumer du feu dans le salon déserté depuis plusieurs semaines et de placer une chaise longue au soleil, près de la fenêtre. Puis il porta Catherine en bas et elle resta là longtemps, jouissant de la chaleur bienfaisante et ranimée, comme nous nous y attendions, par la vue de tout ce qui l'entourait. Spectacle ordinaire, assurément, mais où elle ne retrouvait pas les pénibles images qui hantaient de façon affreuse sa chambre de malade. Vers le soir elle parut épuisée ; cependant aucune raison ne put la décider à retourner en haut et je dus arranger en lit le sofa du salon, en attendant de la transporter ailleurs. Pour lui épargner la fatigue de monter et de descendre l'escalier, nous installâmes au même étage que le salon cette chambre dans laquelle vous êtes couché, et elle eut bientôt assez de forces pour aller d'une pièce à l'autre en s'appuyant sur le bras d'Edgar. Ah ! je croyais moi-même qu'elle se rétablirait, dorlotée comme elle l'était. Il y avait une double raison pour le désirer, car une autre existence dépendait de la sienne : nous entretenions en effet l'espoir que dans peu de temps le cœur de Mr. Linton se réjouirait et que ses biens seraient sauvés de la griffe d'un étranger par la naissance d'un héritier.

J'aurais dû mentionner qu'Isabelle envoya à son frère, quelque six semaines après son départ, un court billet annonçant son mariage avec Heathcliff. Il était sec et froid en apparence, mais, au bas, elle avait griffonné au crayon des excuses embarrassées, le désir de recevoir un souvenir affectueux et même un souhait de réconciliation si son procédé l'avait offensé. Elle ajoutait qu'elle n'avait pu agir autrement, et, maintenant que c'était fait, elle ne pouvait plus revenir en arrière. Linton ne répondit pas, je crois, et une quinzaine de jours plus tard je reçus une longue lettre que je trouvai étrange de la part d'une jeune mariée sortant à peine de sa lune de miel. Je vais la lire car je la conserve encore. Toutes les reliques des morts sont précieuses quand on les a aimés de leur vivant. La voici :

« Chère Ellen,

« Je suis arrivée la nuit dernière à Hurlevent et j'ai appris pour la première fois que Catherine avait été et est encore très malade. Je suppose qu'il vaut mieux que je ne lui écrive pas, et mon frère doit être ou trop fâché, ou trop alarmé, pour me répondre. Cependant il faut que j'écrive à quelqu'un et je ne puis le faire qu'à vous.

« Dites à Edgar que je donnerais tout au monde pour le revoir, que mon cœur est retourné à Thrushcross Grange vingt-quatre heures après que je l'ai quitté et qu'il y est en ce moment, plein de tendres sentiments pour lui et Catherine. Je ne peux l'accompagner, hélas ! (ces mots sont soulignés), et ils ne doivent pas compter sur moi. Qu'ils en tirent les conclusions qu'il leur plaît, en prenant soin toutefois de ne pas en rejeter la cause sur ma faible volonté ou mon manque d'affection.

« Le reste de cette lettre est pour vous seule. Je veux vous poser deux questions. La première est celle-ci : comment avez-vous pu, lorsque vous habitiez ici, alimenter cette faculté de sympathie qui est au fond de la nature humaine ? Je ne trouve en moi aucun sentiment que je puisse partager avec ceux qui m'entourent.

La seconde question, qui m'intéresse particulièrement, la voici : Mr. Heathcliff est-il un être humain ? Si oui, est-il fou ? Et si non, est-il un démon ? Je ne dirai pas mes raisons pour vous le demander, mais je vous supplie de m'expliquer, si vous le pouvez, qui j'ai épousé. Cela quand vous viendrez me voir, et il faut, Ellen, que vous veniez très prochainement. N'écrivez pas, mais venez et apportez-moi un message d'Edgar.

« Maintenant vous allez savoir comment j'ai été reçue dans ma nouvelle demeure, car je suis amenée à croire que Hurlevent le deviendra. C'est en passant que je mentionnerai des sujets tels que le manque de confort. Cela ne me préoccupe jamais, sauf au moment où j'en pâtis. Je rirais et danserais de joie si je découvrais que ces désagréments forment tous mes malheurs et que le reste n'est qu'un mauvais songe.

« Le soleil se couchait derrière la Grange lorsque nous arrivâmes sur la lande. Je jugeai à cela qu'il était six heures. Mon compagnon s'arrêta une demi-heure pour inspecter, autant qu'il le put, le parc, les jardins et probablement la maison elle-même, de sorte qu'il faisait nuit lorsque nous descendîmes de cheval dans la cour pavée de la ferme. Joseph, votre ancien compagnon de travail, sortit pour nous recevoir à la lueur d'une grosse chandelle ; il le fit avec une courtoisie digne de sa réputation. Son premier geste fut d'élever la lumière à hauteur de ma figure, puis il loucha méchamment, avança sa lèvre inférieure et tourna le dos. Après quoi il prit les deux chevaux, les conduisit à l'écurie et revint pour fermer la barrière, comme si nous habitions un château fort.

« Heathcliff resta pour lui parler et j'entrai dans la cuisine, un trou sombre et en désordre. Je crois bien que vous ne la reconnaîtriez pas tant elle a changé depuis que vous n'en avez plus la charge. Près du feu se tenait un jeune chenapan aux membres solides, malproprement vêtu, qui ressemblait à Catherine par quelque chose dans le regard et dans la bouche.

« – Voici le neveu par alliance d'Edgar, pensai-je, le mien en quelque sorte. Il faut lui dire bonjour et... oui... il faut que je l'embrasse. Il convient d'établir la bonne harmonie dès le début.

« Je m'approchai et, essayant de saisir ses gros doigts, je lui dis :

« – Comment allez-vous, mon mignon ?

« Il répondit dans un jargon que je ne pus comprendre.

« – Allons-nous être de bons amis tous les deux, Hareton ? demandai-je, faisant une seconde tentative.

« Un juron et la menace de lâcher Throttler sur moi si je ne « décarrais pas » récompensèrent ma persévérance.

« – Hé ! Throttler, mon beau ! souffla le petit misérable, faisant sortir de son repaire un bouledogue à moitié sauvage. Maintenant, vas-tu aller voir ailleurs ? me demanda-t-il avec autorité.

« L'amour de la vie me fit obéir. Je repassai le seuil pour attendre l'arrivée des autres. Je ne vis nulle part Mr. Heathcliff, et Joseph, que j'étais

allée rejoindre à l'écurie pour lui demander de
m'accompagner dans la maison, grommela un
moment après m'avoir dévisagée, plissa son nez
et me répondit :

« – Mim ! mim ! mim !... Est-ce qu'un chrétien
a jamais entendu parler comme ça ? Vous mangez
les mots les uns après les autres. Comment c'est-il
que je saurais ce que vous dites ?

« – Je dis que je voudrais être accompagnée
dans la maison ! criai-je, croyant qu'il était sourd
et indignée pourtant par sa grossièreté.

« – Ce sera toujours pas par moi ! J'ai qué'que
chose d'autre à faire, répondit-il.

« Et il continua son ouvrage tout en remuant
ses joues creuses et en examinant avec un mépris
suprême ma robe et mon attitude (la première
beaucoup trop élégante, mais la dernière, je suis
sûre, aussi triste qu'il pouvait le désirer).

« Je fis le tour de la cour, passai un portillon et
arrivai à une autre porte où je pris la liberté de
frapper avec l'espoir de voir apparaître quelque
serviteur plus poli. Un instant après, cette porte
fut ouverte par un homme grand et décharné,
sans cravate et d'ailleurs sans aucun soin dans sa
tenue. Sa figure disparaissait entre des cheveux
hirsutes qui pendaient sur ses épaules, et ses yeux
aussi évoquaient ceux de Catherine, malgré leur
beauté détruite.

« – Que venez-vous faire ici ? demanda-t-il d'un
air farouche. Qui êtes-vous ?

« – Mon nom était Isabelle Linton, répondis-
je. Vous me connaissez déjà, monsieur. Je suis

mariée depuis peu à Mr. Heathcliff et il m'a emmenée ici... avec votre permission, je suppose.

« – Il est revenu, alors ? demanda le solitaire, dont les yeux brillèrent comme ceux d'un loup affamé.

« – Oui... nous venons d'arriver, dis-je. Mais il m'a quittée à la porte et, lorsque j'ai voulu entrer, votre petit garçon montait la garde et m'a fait reculer avec l'aide d'un bouledogue.

« – Ce damné gredin a bien fait de tenir sa parole ! grommela mon futur hôte tout en scrutant l'obscurité pour découvrir Heathcliff.

« Puis il se lança dans un monologue chargé d'imprécations et de menaces, sur ce qu'il aurait fait si « le démon » n'était pas revenu.

« Je me repentais d'avoir frappé à cette autre porte et j'avais presque envie de m'esquiver sans attendre la fin de ses jurons, mais, avant que j'aie pu mettre ce projet à exécution, il m'enjoignit d'entrer et poussa le verrou.

« Je vis devant moi un grand feu. C'était la seule lumière dans la vaste pièce dont le sol avait pris uniformément une teinte grise. Les plats d'étain, autrefois si brillants et qui attiraient mon regard quand j'étais petite fille, se fondaient dans la même couleur ternie et poudreuse. Je demandai si je pouvais appeler la servante et être conduite à ma chambre. Mr. Earnshaw ne m'octroya pas de réponse. Il marchait de long en large, les mains dans les poches, ayant manifestement oublié ma présence. Et si profonde était son inattention, si hargneuse toute son attitude, que je tremblai à l'idée de le déranger de nouveau.

« Vous ne serez pas surprise, Ellen, de ce que je me sois sentie grandement accablée dans ce foyer inhospitalier, plus affreux que la solitude, tandis qu'à quatre milles d'ici se trouvait ma délicieuse demeure, abritant les seuls êtres que j'aime au monde. Ces quatre milles, c'était l'océan entre nous, car je ne pouvais les franchir. Je me demandais de quel côté chercher un réconfort. Et – surtout ne le dites pas à Edgar ni à Catherine – il était un chagrin qui surpassait tous les autres : le désespoir de ne trouver personne qui puisse ou veuille être mon allié contre Heathcliff. J'avais cherché refuge à Hurlevent presque avec joie, parce que j'étais sauvée ainsi de vivre seule avec lui. Mais il savait parmi quels gens nous allions vivre et il ne craignait pas leur intervention.

« Je passai là un triste moment à réfléchir. La pendule sonna huit coups, puis neuf, et mon compagnon continuait ses allées et venues, la tête inclinée sur la poitrine et ne sortant de son silence que pour faire entendre un grognement ou une exclamation sifflante. Je tendais l'oreille parfois, dans l'espoir de surprendre une voix de femme à travers la maison, et mon attente était remplie de regrets si cruels et de pressentiments si lugubres qu'ils provoquèrent à la fin des soupirs et des sanglots que je ne pus réprimer. Je n'eus conscience de cet état que lorsque Earnshaw arrêta devant moi sa marche méthodique et me considéra avec une surprise fraîchement éveillée. Ne laissant pas échapper cette marque d'attention, je m'écriai :

« – Mon voyage m'a fatiguée et je voudrais me

mettre au lit. Où est la servante ? Dites-moi où je puis la trouver puisqu'elle ne vient pas !

« – Nous n'en avons pas, répondit-il, vous vous servirez vous-même.

« – Où dois-je me coucher, alors ?

« Et, abandonnant tout amour-propre, je me mis à pleurer, accablée par ma fatigue et mes malheurs.

« – Joseph vous montrera la chambre de Heathcliff, dit-il. Ouvrez cette porte... il est là.

« J'allais obéir lorsqu'il m'arrêta brusquement et ajouta d'un ton étrange :

« – Ayez la bonté de tourner votre clef dans la serrure et de pousser votre verrou... n'oubliez pas !

« – Bien ! dis-je. Mais pourquoi, Mr. Earnshaw ?

« L'idée de m'enfermer avec Heathcliff ne me souriait guère.

« – Regardez ! répondit-il. (Et il sortit de son gilet un pistolet curieusement fabriqué, dont le canon était pourvu d'un couteau à cran d'arrêt et à double tranchant.) Hein ! quelle tentation pour un homme qui n'a plus rien à espérer ! Chaque nuit je ne peux m'empêcher de monter jusqu'à sa chambre et j'essaie d'ouvrir la porte. Si un jour je ne la trouve pas fermée, c'en est fait de lui ! J'accomplis cela invariablement, même lorsque je me suis souvenu, une minute plus tôt, de toutes les raisons qui devraient m'arrêter. C'est comme un démon qui me pousserait à le tuer pour contrarier mes plans. Par amour pour lui, luttez contre ce démon aussi longtemps que vous pourrez, mais,

le moment venu, tous les anges du ciel ne le sau-
veront pas !

« Je considérai l'engin avec curiosité. Une idée
affreuse me traversa : comme je serais forte si je
possédais une telle arme ! Je la lui pris des mains
et touchai la lame. Il parut étonné de l'expression
que prit ma physionomie pendant une seconde ;
ce n'était pas de l'horreur, mais de la convoitise.
Il m'arracha jalousement le pistolet, ferma le couteau et le remit dans sa poche.

« – Peu m'importe que vous lui racontiez cela !
dit-il. Mettez-le en garde et veillez pour lui. Je vois
que vous savez en quels termes nous sommes, le
danger qu'il court ne vous surprend pas.

« – Que vous a fait Heathcliff ? demandai-je.
En quoi vous a-t-il nui pour justifier cette haine
effrayante ? Ne vaudrait-il pas mieux lui ordonner
de quitter la maison ?

« – Non ! gronda Earnshaw. S'il songeait à me
quitter, il serait un homme mort. Persuadez-le de
partir et vous serez une meurtrière. Dois-je perdre
tout mon argent sans espoir de revanche ? Hareton sera-t-il condamné à mendier ? Oh ! malédiction ! Je regagnerai et je prendrai son or aussi,
puis son sang, et l'enfer aura son âme ! Avec un
tel hôte, il y fera dix fois plus noir !

« Vous m'aviez éclairée, Ellen, sur les manières
de votre ancien maître. Il est visiblement au bord
de la folie, ou du moins il l'était la nuit dernière.
Je frissonnais de me sentir près de lui et je jugeai
que l'accueil sombre et bourru du domestique
était presque préférable. Comme il reprenait sa
morne promenade, je soulevai le loquet et me sau-

vai à la cuisine. Joseph était penché sur le feu, lorgnant une grande marmite qui se balançait, et une écuelle de bois, remplie de gruau d'avoine, était posée à côté de lui sur le banc. Le contenu de la marmite commença à bouillir et il se retourna pour plonger la main dans l'écuelle. Je pensai que ces préparatifs étaient destinés à notre dîner et, comme j'avais faim, je voulus que celui-ci fût mangeable. Aussi je criai vivement : « Je ferai la soupe moi-même », et, plaçant le récipient hors de son atteinte, je me débarrassai de mon chapeau ainsi que de mon manteau d'amazone.

« – Mr. Earnshaw, continuai-je, m'a annoncé que je devrais me servir moi-même et je le ferai. Je ne vais pas jouer à la dame parmi vous, car je craindrais de mourir de faim !

« – Bon Dieu ! marmotta-t-il en s'asseyant – et il passa la main sur ses bas côtelés depuis le genou jusqu'à la cheville –, si y a maintenant des ordres nouveaux juste quand je viens de m'habituer à deux maîtres, et puis si je dois avoir une maî-tresse qui reste derrière moi, c'est grand temps que je déménage ! J'ai jamais pensé que je verrais le jour où je m'en irais de la vieille maison... mais il s'peut qu'i soit pas loin.

« Ces lamentations n'amenèrent aucune obser-vation de ma part. Je me mis vivement à l'ou-vrage, soupirant au souvenir du temps où tout cela n'aurait été qu'un joyeux amusement. Mais je me hâtai d'écarter cette pensée. Le rappel de ce bonheur enfui me torturait, et plus il se faisait pressant, plus la cuiller tournait et plus vite tom-baient dans l'eau les poignées de farine. Joseph considérait avec une indignation croissante mes méthodes culinaires.

« – Allez ! proféra-t-il. Hareton, t'auras du mal à avaler ta soupe ce soir. Y aura dedans rien que des boules grosses comme ma tête. Allez-y encore ! Je jetterais le bol et tout dedans, à vot' place. Voilà, et ce sera fini. Vlan ! Vlan !… c'est une chance que le fond soit solide.

« C'était en effet un mets assez grossier, je le reconnais, lorsqu'il fut versé dans les bols. Il y en avait quatre de préparés et l'on avait apporté de la ferme un grand pot de lait frais. Hareton s'empara de ce pot et se mit à boire directement au bec, répandant le lait partout. Je lui fis des reproches et voulus qu'il le versât dans une tasse, déclarant que je ne pourrais goûter à ce liquide souillé ainsi. Le vieux grognon imagina de se montrer grandement offusqué de ce raffinement. Il me dit à plusieurs reprises que « le p'tit était tout aussi bon que moi » et « tout aussi sain pareillement », et qu'il ne comprenait pas comment je pouvais être aussi fière. Pendant ce temps le jeune galopin continuait de boire et de baver dans le pot, tout en me regardant d'un air de défi.

« – Je dînerai dans une autre pièce, dis-je. Y a-t-il un endroit que vous appeliez salon ?

« – Un salon ! répéta-t-il en ricanant. Un salon !… Non, nous n'en avons pas, des salons. Si vous n'aimez pas not' compagnie, y a celle du maître, et si celle du maître vous déplaît, y a la nôt'.

« – Eh bien ! j'irai en haut, répondis-je. Conduisez-moi à une chambre.

« Je posai mon bol sur un plateau et allai moi-même prendre un peu de lait. L'homme se leva en maugréant et monta devant moi. Nous arrivâmes au grenier. De temps en temps il ouvrait une porte, regardait dans la pièce et passait.

« – V'là une chambre, dit-il enfin, repoussant de simples planches qui pivotaient sur des gonds. Ça suffit bien pour y manger un peu de soupe. Y a un sac de grain dans l'coin qu'est assez propre. Si vous craignez de salir vot' belle robe de soie, étendez vot' mouchoir dessus.

« La « chambre » était un genre de débarras empestant une odeur d'orge et de grain. Divers sacs étaient empilés contre le mur, laissant un grand espace nu au milieu.

« – Dites donc ! m'écriai-je en me tournant vers lui avec colère, ce n'est pas ici un endroit pour dormir. Je veux voir ma chambre à coucher.

« – Chambre à coucher, répéta-t-il d'un ton moqueur. Vous avez vu toutes les chambres à coucher de la maison… V'là la mienne.

« Il me désigna le second galetas, différent du premier seulement par ses murs débarrassés de sacs et par un grand lit bas, dépourvu de rideaux et recouvert d'une courtepointe indigo.

« – Que peut me faire votre chambre ? répondis-je. Je suppose que Mr. Heathcliff ne loge pas au grenier, n'est-ce pas ?

« – Oh ! c'est celle de Mr. Heathcliff que vous voulez ? s'exclama-t-il comme s'il faisait une nouvelle découverte. Est-ce que vous auriez pas pu le dire tout de suite ? Et alors je vous aurais répondu, sans me donner tout ce mal, que c'est

justement celle que vous ne pouvez pas visiter... Il
la tient toujours fermée et personne n'y va jamais
voir, sauf lui.

« – Vous avez là une jolie demeure, Joseph,
ne pus-je m'empêcher de remarquer, et quels
agréables habitants ! Je crois que toute la folie
du monde s'était nichée dans mon cerveau le jour
où j'ai lié ma destinée à celle de gens pareils ! Mais
il ne s'agit pas de cela... il y a d'autres chambres.
Pour l'amour de Dieu, dépêchez-vous et laissez-
moi m'installer quelque part.

« Il ne répondit pas à cette objurgation, mais
il descendit, en clopinant, les marches de bois et
s'arrêta de mauvais gré devant une pièce que je
supposai à cela et à la supériorité de son ameublement être la meilleure. Elle était garnie d'un
tapis qui semblait joli, mais dont le dessin disparaissait sous la poussière ; devant la cheminée
était tendu un papier peint qui tombait en lam-
beaux ; on voyait aussi un beau lit de chêne, orné
de rideaux cramoisis, amples et luxueux, mais
qui avaient visiblement supporté un dur traitement. Les bandeaux supérieurs, arrachés de leurs
anneaux, pendaient en festons, et la tige de fer
qui les supportait, pliant comme un arc, laissait
traîner d'un côté la draperie sur le sol. Les chaises
étaient également endommagées, plusieurs d'entre
elles hors d'usage, et les panneaux du mur étaient
marqués de profondes fissures. Je m'armais de
courage pour entrer et prendre possession de la
pièce lorsque mon cruel guide annonça : « Et v'là
celle du maître. » À ce moment, mon dîner était
froid, mon appétit envolé et ma patience à bout.

J'insistai pour qu'on me donnât à l'instant même un refuge et le moyen de me reposer.

« – Où diable ça ? repartit le saint vieillard. Avec toutes les bénédictions et les indulgences du Seigneur, où, par l'enfer ! voudriez-vous aller ? Vous êtes assommante, à c'te heure. Vous avez tout vu sauf le bout d'chambre d'Hareton. Y a p'us d'autre trou où coucher dans la maison.

« J'étais tellement irritée que je jetai par terre le plateau et ce qu'il portait, puis je m'assis sur le palier, cachai ma figure dans mes mains et me mis à pleurer.

« – Ah ! ah ! fit Joseph. C'est tout comme mam'zelle Cathy. Bravo ! bravo ! Je souhaite que le maître tombe juste dans c'te débris de vaisselle ; et alors, on entendra qué'que chose. On va voir comment il le prendra. Quelle folie ! Vous devriez vous repentir jusqu'à la Noël pour jeter par terre, dans vos crises de rage, les précieux dons du Seigneur. Mais je me tromperais bien si vous montrez longtemps la même humeur. Croyez-vous que Heathcliff va accepter ces jolies manières ? Je voudrais bien qu'il vous attrape à ces malices. Oui, je le voudrais que ça arrive !

« Et là-dessus il descendit dans sa tanière, emportant la chandelle et me laissant dans l'obscurité. M'étant mise à réfléchir sur ma sotte action, je dus admettre la nécessité de vaincre mon amour-propre, d'étouffer ma colère et d'en effacer rapidement les traces. Une aide inattendue se présenta sous la forme de Throttler que je reconnus alors comme le fils de notre vieux Skulker. Il avait été élevé à la Grange et mon père l'avait donné à Mr. Hindley. Je crois qu'il se souvint de moi, il avança son nez contre ma figure en guise de salut, puis se hâta de dévorer la soupe tandis que je tâtonnais de marche en marche, ramassant les débris de vaisselle et essuyant avec mon mouchoir les éclaboussures qui étaient sur la rampe. Notre tâche était à peine terminée lorsque j'entendis le pas d'Earnshaw dans le corridor. Mon aide abaissa la queue et s'aplatit contre le mur. Je me glissai dans l'embrasure de la porte la plus proche. La manœuvre du chien devant son maître n'eut pas de succès, comme je le devinai à une galopade et à un aboiement prolongé et pitoyable. J'eus plus de chance. Il passa près de moi, pénétra dans sa chambre et ferma la porte. Aussitôt après, Joseph monta avec Hareton pour le mettre au lit. J'avais trouvé refuge dans la chambre de Hareton, et le vieil homme, en me voyant, me dit :

« – Y a maintenant assez de place dans la grande salle pour vous et votre orgueil. Elle est vide. Vous pouvez l'avoir pour vous toute seule, sans compter le Seigneur qui est toujours présent et qui sera là en bien mauvaise compagnie !

« Je profitai avec joie du renseignement, et, à l'instant où je me jetai sur une chaise près du feu, ma tête s'inclina et je m'endormis. Mon sommeil fut profond et réparateur quoique je fusse bientôt éveillée par Mr. Heathcliff. Il venait de rentrer et il me demanda de son aimable manière ce que je faisais là. Je lui répondis que si j'avais veillé si tard c'était qu'il avait dans sa poche la clef de notre chambre. Ce possessif *notre* l'offensa mortellement. Il jura que ce n'était pas ma chambre et ne le serait jamais, et il... mais je ne répéterai pas ses paroles, pas plus que je ne rapporterai sa conduite ordinaire. Il déploie un génie infatigable à éveiller ma haine ! Je le contemple quelquefois avec un étonnement qui atténue ma crainte. Cependant je vous assure qu'un tigre ou un serpent venimeux ne pourrait soulever en moi une terreur plus grande que celle que j'éprouve devant lui. Il m'a informée de la maladie de Catherine et accuse mon frère de l'avoir provoquée. Il a ajouté qu'il saurait me faire souffrir pour Edgar jusqu'à ce qu'il puisse mettre la main sur lui.

« Je le hais... je suis bien malheureuse... j'ai agi comme une folle ! Mais ne soufflez mot de tout ceci à qui que ce soit à la Grange. Je vous attendrai chaque jour... ne me décevez pas.

« ISABELLE. »

XIV

Sitôt cette épître lue, j'allai trouver le maître. Je lui dis que sa sœur était arrivée à Hurlevent et m'avait écrit pour m'exprimer son chagrin de l'état de Mrs. Linton et son désir ardent de voir son frère ; elle espérait qu'il lui enverrait par mon entremise, le plus tôt possible, un message de pardon.

— De pardon ! dit Linton. Je n'ai rien à lui pardonner, Ellen. Vous pouvez aller à Hurlevent cet après-midi, si vous voulez, et vous lui direz que je ne suis pas fâché, mais triste de l'avoir perdue, d'autant que je ne pourrai jamais croire à son bonheur. Cependant il ne peut être question pour moi d'aller la voir, nous sommes séparés pour toujours, et, si elle veut vraiment faire quelque chose pour moi, qu'elle persuade au misérable qu'elle a épousé de quitter le pays.

— Et ne lui écrirez-vous pas un petit mot, monsieur ? demandai-je d'un ton suppliant.

— Non, répondit-il, c'est inutile. Mes relations avec la famille de Heathcliff seront aussi rares que les siennes avec moi. Elles n'existeront pas !

La froideur de Mr. Edgar me consterna et, pendant tout le chemin, je me tracassai pour savoir comment je mettrais plus de cœur dans ce message et aussi comment j'adoucirais le refus d'écrire à Isabelle quelques lignes de consolation. Je crois que celle-ci me guettait depuis le matin. Je la vis regarder derrière la fenêtre tandis que je montais l'allée du jardin, et je lui fis un signe de tête ; mais elle recula comme si elle craignait d'être observée. J'entrai sans frapper. Je n'avais jamais vu un spectacle plus sombre, plus lugubre, que celui qui s'offrit dans cette salle si gaie autrefois. Je dois avouer qu'à la place de la jeune femme, j'aurais au moins balayé le devant de la cheminée et passé un torchon sur les tables. Mais la négligence des autres avait déjà déteint sur elle. Sa jolie figure était pâle et insensible, ses cheveux n'étaient pas frisés, quelques mèches pendaient paresseusement et d'autres s'enroulaient sans soin autour de sa tête. Elle n'avait probablement pas touché à sa

toilette depuis la veille au soir. Hindley n'était pas
là. Mr. Heathcliff était assis devant une table et
parcourait quelques papiers tirés de son portefeuille, mais il se leva à mon entrée, me demanda
comment j'allais et m'offrit une chaise. Lui seul
avait un aspect convenable dans la pièce et je me
dis qu'il n'avait jamais été mieux. Les circonstances avaient tellement changé leurs situations
qu'aux yeux d'un étranger il eût certainement
passé pour un homme de bonne naissance et sa
femme pour un vrai petit souillon. Elle se précipita à ma rencontre et tendit la main pour prendre
la lettre espérée. Je secouai la tête. Elle ne voulut
pas comprendre mon signe et me suivit vers un
buffet, où j'allai poser mon chapeau ; en même
temps elle me pressa à voix basse de vite lui donner ce que j'avais apporté. Heathcliff comprit cette
mimique et dit :

— Nelly, si, comme je n'en doute pas, vous avez
quelque chose pour Isabelle, donnez-le-lui. Il n'y
a pas besoin d'en faire un mystère ! Nous n'avons
pas de secrets entre nous.

— Oh ! je n'ai rien, répondis-je, pensant qu'il
valait mieux établir la vérité dès le début. Mon
maître m'a chargé de prévenir sa sœur qu'elle
ne devait espérer ni lettre ni visite de lui pour
l'instant. Il vous envoie ses affections, madame,
avec ses vœux de bonheur et son pardon pour le
chagrin que vous lui avez causé. Mais il pense
qu'à partir de maintenant, sa famille et la vôtre
doivent rompre tous rapports puisqu'il ne peut
rien en advenir.

Les lèvres de Mrs. Heathcliff tremblèrent légèrement et elle regagna son siège près de la fenêtre. Son mari reprit son poste devant l'âtre, près de moi, et commença à me questionner au sujet de Catherine. Je ne lui dis de sa maladie que ce que je crus bon, et il m'arracha, grâce à un interrogatoire en règle, la plupart des faits qui avaient pu la provoquer. Je reprochai à Catherine, comme il était juste, d'en avoir été elle-même la cause, et je terminai en exprimant l'espoir qu'il suivrait l'exemple de Mr. Linton et éviterait à l'avenir toutes relations avec la famille de sa femme, qu'il lui veuille du bien ou du mal.

— Mrs. Linton commence seulement à se rétablir, dis-je. Elle ne redeviendra jamais ce qu'elle était, mais sa vie est sauve. Et, si vous avez vraiment quelque égard pour elle, vous vous écarterez de son chemin ; bien mieux, vous devriez quitter tout à fait le pays. Pour que vous n'ayez pas de regrets, je peux vous dire que Catherine Linton est aussi différente maintenant de votre ancienne amie Catherine Earnshaw que cette jeune dame est différente de moi. Son physique a beaucoup changé, son caractère davantage encore, et celui qui est contraint par la destinée à rester auprès d'elle n'aura dorénavant pour entretenir son affection que le souvenir de ce qu'elle a été un jour, le sentiment de la bonté et le sens du devoir !

— C'est bien possible, dit Heathcliff, se forçant à paraître calme. Il est bien possible que votre maître n'ait d'autres ressources que le sentiment de la bonté et le sens du devoir. Mais croyez-vous que je laisserai Catherine soumise à ce devoir et à cette bonté ? Et pouvez-vous comparer mes

sentiments à l'égard de Catherine avec les siens ?
Avant que vous quittiez cette maison, j'exige de
vous une promesse, c'est de m'obtenir une entrevue avec elle. Acceptez ou refusez, je la verrai !
Qu'en dites-vous ?

— Je dis, Mr. Heathcliff, que vous ne devez pas
la voir et que ce n'est pas par moi que vous y
arriverez. Une nouvelle altercation entre vous et
le maître la tuerait tout à fait.

— Avec votre aide, cela pourrait être évité,
continua-t-il. Et s'il y avait à craindre quelque
chose de pareil... si Linton était cause du plus léger
trouble dans l'existence de Catherine... eh bien !
je m'estimerais le droit de recourir aux extrêmes !
Je voudrais que vous soyez assez franche pour
me dire si Catherine souffrirait beaucoup de la
disparition d'Edgar. C'est cette crainte qui me
retient. Et là vous voyez la différence entre nos
sentiments : s'il avait été à ma place et moi à la
sienne, bien que je le haïsse d'une haine qui a
rempli ma vie d'amertume, je n'aurais jamais levé
la main sur lui. Vous pouvez paraître sceptique,
si vous voulez. Je ne l'aurais jamais éloigné d'elle
tant qu'elle aurait désiré sa présence. Mais, du
jour où ce désir aurait disparu, je lui aurais arraché le cœur et j'aurais bu son sang ! Jusque-là,
– si vous ne me croyez pas, c'est que vous ne me
connaissez pas –, jusque-là, je serais mort à petit
feu avant de toucher à un cheveu de sa tête !

— Et pourtant, dis-je, vous n'hésitez pas maintenant à ruiner tout espoir de guérison en vous
imposant à son souvenir, alors qu'elle vous a

presque oublié, et en ressuscitant autour d'elle
des causes de discorde et de souffrance.

— Vous croyez qu'elle m'a presque oublié ?
répondit-il. Oh ! Nelly, vous savez que ce n'est pas
vrai. Vous savez bien qu'elle pense mille fois plus
à moi qu'à Linton. À l'époque la plus misérable
de ma vie, j'ai imaginé ce que vous me dites, cette
crainte m'a hanté lors de mon retour dans le pays
l'été dernier. Mais seule une assurance venue d'elle
aurait pu me faire admettre cet horrible soupçon.
Alors Linton n'eût pas compté, ni Hindley, ni tous
les rêves que j'avais jamais faits. Deux mots seuls
renfermaient mon avenir : la mort et l'enfer, car
l'existence après avoir perdu Catherine ne serait
qu'un enfer. Cependant j'étais bien sot d'avoir pu
croire, ne fût-ce qu'un moment, qu'elle donnait
plus de prix à l'attachement d'Edgar Linton qu'au
mien. S'il l'aimait de toutes les forces de sa chétive personne, il ne pourrait l'aimer autant en un
siècle que moi en un jour. Et le cœur de Catherine ressent les choses aussi profondément que
le mien ; il est aussi impossible à cette auge de
contenir la mer qu'à Linton d'absorber toute l'affection de sa femme. Allez ! il lui est à peine plus
cher que son chien ou son cheval. Il n'est pas au
pouvoir de Linton de se faire aimer comme moi,
comment aimerait-elle en lui ce qui n'existe pas ?

— Catherine et Edgar sont aussi amoureux l'un
de l'autre qu'on peut l'être, cria Isabelle avec une
vivacité soudaine. Personne n'a le droit de parler
de cette sorte et je ne permettrai pas qu'on dimi-
nue ainsi mon frère !

— Votre frère a pour vous aussi une affection

extrême, n'est-ce pas ? remarqua ironiquement Heathcliff. Il vous envoie promener au diable avec un empressement surprenant.

— Il ne sait pas combien je souffre, répondit-elle. Je ne le lui ai pas dit.

— Vous lui avez donc dit quelque chose ? Vous lui avez écrit, sans doute ?

— Pour lui apprendre mon mariage, en effet, j'ai écrit... vous avez vu la lettre.

— Et rien depuis ?

— Non.

— Ma jeune maîtresse paraît tristement déprimée par son changement de vie, fis-je observer. De toute évidence il lui manque l'affection de quelqu'un. De qui ? Je puis le deviner, mais je ne le dirai peut-être pas.

— Je croirais que c'est d'elle-même, dit Heathcliff. Elle se laisse aller et n'est plus qu'un souillon ! Elle s'est fatiguée bien vite de ses tentatives pour me plaire. Le croiriez-vous ? le lendemain même de notre mariage, elle demandait en pleurant à retourner chez elle. D'ailleurs, son manque d'élégance n'en ira que mieux avec cette maison et je prendrai soin qu'elle ne me fasse pas honte en vagabondant au-dehors.

— Oh ! monsieur, répondis-je, j'espère que vous considérerez que Mrs. Heathcliff est habituée à être entourée et servie, et qu'elle a été élevée comme une fille unique aux ordres de qui chacun se pliait. Il faut que vous lui donniez une femme de chambre pour ranger ses affaires et il faut que vous la traitiez avec gentillesse, quelle que soit votre opinion sur Mr. Edgar. Vous ne pouvez douter qu'elle ne soit capable, elle, d'un attachement sérieux, car sans cela elle n'aurait pas abandonné son raffinement, son confort et ses amis passés pour venir vivre avec vous de plein gré dans un si triste endroit !

— C'est par une illusion qu'elle a abandonné tout cela, dit-il. J'étais à ses yeux un héros de roman et elle attendait de moi, après mon empressement chevaleresque, une indulgence illimitée. Je ne peux croire qu'elle ait toute sa raison, tant elle s'entête à se former une notion chimérique de mon caractère et à agir suivant la fausse impression qu'elle a laissé grandir. Mais, enfin, je crois qu'elle commence à me connaître. Je ne vois plus les sourires stupides et les grimaces qui m'ont agacé au début et je ne remarque plus cette sotte incapacité de me prendre au sérieux lorsque je lui dis ce que je pense d'elle et de sa folle passion. Il lui a fallu un admirable effort de perspicacité pour découvrir que je ne l'aimais pas. J'ai cru quelque temps que rien ne pourrait le lui apprendre. Et encore l'a-t-elle médiocrement appris, car, ce matin, elle m'a annoncé comme une nouvelle effarante que j'étais arrivé actuellement à me faire haïr d'elle ! Un vrai travail d'Hercule, je vous assure. S'il était acquis, j'en rendrais grâces. Puis-je croire votre affirmation, Isabelle ? Êtes-vous sûre de me détester ? Si je vous laisse seule une demi-journée, ne viendrez-vous pas de nouveau à moi avec des soupirs et des cajoleries ? J'ai idée qu'elle aurait préféré que je me montre tendre devant vous, car cela blesse sa vanité de voir la vérité divulguée. Mais peu m'importe si l'on sait que l'amour était d'un

seul côté, je ne lui ai jamais menti à ce sujet. Elle
ne peut m'accuser d'avoir simulé la plus petite
marque de tendresse. La première chose qu'elle
m'a vu faire en quittant la Grange a été de pendre
sa petite chienne, et, lorsqu'elle m'a supplié de
l'épargner, mes premiers mots ont été pour souhaiter de pendre tous les êtres qui l'entouraient, à
l'exception d'un seul. Il est possible qu'elle ait pris
pour son compte cette exception. Mais aucune
brutalité ne l'éloignait de moi. Je suppose que cela
excitait en secret son admiration, du moment que
sa précieuse personne était à l'abri. Et dites-moi
si ce n'était pas le comble de l'absurdité, une pure
idiotie de la part de cette créature pâle et falote de
croire que je pourrais l'aimer ? Que votre maître
le sache, Nelly, je n'ai jamais rencontré de toute
ma vie quelque chose de si abject qu'elle. Elle désho-
nore même le nom de Linton et quelquefois j'ai
dû arrêter, par simple manque d'invention, les
expériences que je faisais sur son écœurante pas-
sivité et sa lâcheté.

« Qu'il sache aussi, pour mettre à l'aise son
cœur de frère et de conseiller, que je reste stric-
tement dans les limites de la loi. J'ai évité jusqu'à
présent de donner à Isabelle le moindre droit de
réclamer une séparation ; et, bien plus, elle ne
saurait gré à personne de nous désunir. Si elle
désirait s'en aller, elle le pourrait, l'ennui de sa
présence l'emporte sur l'agrément qu'on peut tirer
en la tourmentant.

— Mr. Heathcliff, dis-je, vous tenez là le langage d'un dément. Votre femme, très probablement, est convaincue de votre folie et c'est pour

cela qu'elle vous a supporté jusqu'ici. Mais maintenant que vous lui avez donné la permission de s'en aller, elle en profitera sans aucun doute. Vous n'êtes pas envoûtée au point de rester avec lui de votre plein gré, n'est-ce pas, madame ?

— Ne l'écoutez pas, Ellen, s'écria Isabelle, dont les yeux brillants de colère ne laissaient aucun doute sur la haine que son compagnon avait réussi à lui inspirer. Ne croyez pas un mot de ce qu'il dit. C'est un menteur fieffé, un monstre et non un être humain. Il m'a déjà dit que je pouvais le quitter, j'en ai fait l'essai, mais je n'oserais pas le renouveler ! Ellen, je vous en prie, ne rapportez pas un mot de cette infâme conversation à mon frère ou à Catherine. Quoi qu'il puisse prétendre, il veut mettre Edgar hors de lui. Il m'a épousée, il me l'a dit, à seule fin de le tenir en son pouvoir... Mais il n'y arrivera pas... Je mourrai d'abord ! Je fais seulement des vœux et des prières pour qu'il oublie un jour sa prudence diabolique et qu'il me tue ! La plus grande joie que je puisse imaginer est de mourir ou de le voir mort !

— Là... cela suffit pour l'instant ! dit Heathcliff. Si vous êtes appelée en cour de justice, vous vous souviendrez de ce langage, Nelly ! Et regardez bien l'expression de sa figure : elle en est presque arrivée là où je voudrais. Non, Isabelle, vous n'êtes pas en état de vous diriger vous-même, vous le montrez en ce moment. Et, comme je suis votre protecteur légal, il faut que je vous garde sous ma surveillance, si désagréable qu'en soit l'obligation. Maintenant, allez en haut, j'ai quelque chose à dire à Ellen Dean en particulier. Non, ce n'est pas

par là. En haut, vous ai-je dit ! Et voilà le chemin,
ma fille.

Il la saisit et la poussa hors de la pièce, puis il
revint en murmurant :

— Je n'ai pas de pitié, je n'ai pas de pitié ! Plus
je vois un ver de terre se tortiller sous ma semelle,
plus j'ai envie de lui écraser les entrailles ! C'est
comme une rage de dents qui gagne le cerveau et
me fait broyer avec d'autant plus d'énergie que la
douleur est plus vive.

— Ce mot de pitié, savez-vous seulement ce
qu'il signifie ? dis-je, reprenant en hâte mon chapeau. L'avez-vous jamais ressentie au cours de
votre vie ?

— Posez cela ! dit-il vivement, ayant compris
mon intention de partir, et ne vous en allez pas
encore. Venez un peu ici, Nelly. Que je vous
convainque ou que je vous y force, il faut que vous
m'aidiez à voir Catherine, et cela sans tarder. Je
jure que je ne trame rien de mal. Je ne serai cause
d'aucun drame, je ne veux pas exciter la colère
de Mr. Linton ni l'outrager. Je désire seulement
apprendre d'elle-même comment elle se sent,
quelle a été la cause de sa maladie et lui demander
si je ne peux rien faire qui lui soit utile. La nuit
dernière, je suis resté six heures dans le jardin de
la Grange et j'y retournerai ce soir. Chaque nuit
je rôderai par là et chaque jour, jusqu'à ce que
je trouve l'occasion d'entrer. Si Edgar Linton me
découvre, je n'hésiterai pas à l'arranger de telle
façon qu'il ne me gênera plus pendant le temps
que je resterai. Si ses domestiques interviennent,
je leur montrerai ces pistolets. Mais ne vaudrait-

il pas mieux prévenir cette rencontre avec eux ou leur maître ? Et vous pourriez le faire si facilement ! Je vous avertirais de ma venue et vous me laisseriez entrer dès qu'elle serait seule, vous veilleriez jusqu'à mon départ et votre conscience serait en paix, car vous éviteriez un malheur.

Je m'élevai contre l'idée de trahir mon patron et, de plus, je montrai la cruauté et l'égoïsme qu'il y aurait à ruiner pour son plaisir personnel la tranquillité présente de Mrs. Linton.

— Un rien l'épouvante, dis-je. Elle vit avec ses nerfs et je l'affirme, elle ne pourrait supporter une telle surprise. N'insistez pas, monsieur, ou bien je serai obligée d'informer mon maître de vos desseins. Et il prendra des mesures pour mettre sa maison et ceux qui l'habitent à l'abri d'une intrusion aussi injustifiable !

— Dans ce cas je prendrai des mesures pour que ce soit vous, ma bonne femme, qui soyez mise à l'abri ! s'écria Heathcliff. Vous ne quitterez pas Hurlevent avant demain matin. C'est une absurdité de me raconter que Catherine ne pourrait pas supporter ma vue, et, quant à la surprendre, je ne le désire pas. Il faut que vous la prépariez... que vous lui demandiez si je peux venir. Vous dites qu'elle n'a jamais prononcé mon nom et qu'on ne le prononce jamais devant elle. À qui parlerait-elle de moi si je suis un sujet de conversation banni dans la maison ? Elle vous croit tous des espions appartenant à son mari. Oh ! je ne doute pas qu'elle ne soit au supplice au milieu de vous ! Je devine à son silence, mieux que par autre chose, ce qu'elle ressent. Vous parlez de son agitation, de son air inquiet, est-ce là une preuve de tranquillité ? Et son cerveau dérangé ! Comment diable pourrait-il en être autrement dans son isolement effroyable ? Et ce pâle et pitoyable pantin qui la soigne par *devoir* et par *humanité* ! Par *pitié* et par *charité* ! Il pourrait aussi bien planter un chêne dans un pot de fleurs et espérer qu'il grandira, plutôt que de croire qu'il la rendra à la santé dans le climat préparé par ses faibles mains ! Décidons cela tout de suite, et dites-moi si vous voulez rester ici et m'obliger à me battre avec Linton et ses gens pour approcher Catherine... ou si vous allez être mon amie, comme vous l'avez été jusqu'ici, et faire ce que je vous demande. Répondez !... Car il n'y a pas de raison pour que je tarde une minute de plus si vous persistez dans votre méchanceté obstinée !

« Eh bien ! Mr. Lockwood, je discutai, je me lamentai, je refusai positivement plus de cinquante fois, mais, après ce long débat, je fus forcée d'accepter un arrangement. Je m'engageai à porter une lettre de lui à ma maîtresse, et promis que, si elle y consentait, il serait averti de la prochaine absence de Linton et pénétrerait dans la maison comme il pourrait. Je ne me trouverais pas là, non plus que les autres domestiques. Était-ce bien ou mal ? Je crois que c'était mal, en dépit des avantages, car je pensais grâce à cette complaisance éviter un nouvel éclat ; et je me disais aussi que cela pourrait amener un choc favorable dans la maladie mentale de Catherine. Puis je me souvins du sévère avertissement de Mr. Edgar m'ordonnant de ne plus lui raconter d'histoires, et j'essayai de chasser toute inquiétude à ce sujet en me répétant avec force que cette trahison, si cela méritait une aussi grave appellation, serait la dernière. Néanmoins le trajet me parut plus triste au retour qu'à l'aller et j'eus bien des hésitations avant de me décider à remettre la missive à Mrs. Linton.

« Mais voilà Kenneth ! je vais descendre et lui apprendre que vous allez mieux. Mon récit a la vie longue, comme nous disons ici, et nous aidera à passer le temps une autre matinée.

« ... La vie longue et plutôt tragique ! pensai-je tandis que la brave femme descendait pour recevoir le docteur. Et pas tout à fait de ceux que j'aurais choisis pour me distraire. Mais tant pis ! Des herbes amères de Mrs. Dean, je vais extraire une salutaire médecine. Et, premièrement, prenons garde de ne pas succomber à la fascination exercée par les yeux brillants de Catherine Heath-cliff. Je serais dans un curieux embarras si j'abandonnais mon cœur à cette jeune personne et que la fille se montrât la réplique de sa mère ! »

XV

Encore une semaine passée... dont chaque jour m'a rapproché de la santé et du printemps ! Je connais à présent l'histoire entière de mon voisin apprise en plusieurs séances, suivant le temps que la femme de charge pouvait me consacrer entre de plus importantes occupations. Je continuerai le récit selon ses propres mots, en le résumant à peine çà et là. Elle est somme toute une très bonne narratrice et je ne crois pas que je pourrais embellir son style.

Dans la soirée qui suivit ma visite à Hurlevent, dit-elle, je sus, comme si je l'avais vu de mes yeux, que Mr. Heathcliff n'était pas loin de là et je me gardai de sortir, car sa lettre était encore dans ma poche et je ne tenais pas à être de nouveau tourmentée ou menacée par lui. J'avais décidé de ne pas la remettre avant que mon maître se fût absenté, car je ne pouvais prévoir de quelle façon elle serait accueillie par Catherine. C'est ainsi que je la gardai pendant trois jours. Le quatrième était un dimanche et je la lui portai dans sa chambre lorsque tout le monde fut parti pour l'église. Il y avait un domestique qui restait pour garder la maison avec moi et nous avions généralement l'habitude de fermer les portes pendant le temps que durait l'office. Mais ce jour-là, il faisait si beau et si chaud que je les ouvris toutes grandes et, pour tenir ma promesse, car je savais qui viendrait, je dis à mon compagnon que ma maîtresse avait grande envie d'oranges et l'envoyai au village en chercher quelques-unes qu'on paierait le lendemain.

Mrs. Linton, vêtue d'une robe blanche et flottante, un léger châle sur les épaules, était assise, suivant son habitude, dans le renfoncement de la fenêtre ouverte. Sa chevelure longue et fournie avait été en partie allégée au début de sa maladie et elle la portait maintenant simplement peignée en boucles naturelles sur ses tempes et son cou. Elle avait beaucoup changé, comme je l'avais dit à Heathcliff, mais, dans ses moments de calme, une beauté surnaturelle s'alliait à ce changement. La flamme de son regard avait fait place à une douceur mélancolique et rêveuse ; il ne donnait plus l'impression de considérer les objets environnants, et semblait toujours fixé au-delà... on aurait dit hors de ce monde. La pâleur de sa figure – dont l'aspect hagard avait disparu depuis qu'elle avait repris des chairs – et l'expression particulière due à son état mental, malgré la tristesse de leur origine évidente, ajoutaient à l'intérêt pathétique qu'elle éveillait. Et chose indubitable à mes yeux, comme aux yeux de quiconque la voyait, j'en jurerais, c'étaient là des signes qui réfutaient les preuves plus ou moins tangibles de sa convalescence et la marquaient comme un être condamné à décliner.

Un livre était ouvert sur le rebord de la fenêtre devant elle, et la brise à peine perceptible en faisait par moments voler les pages. Je crois que c'était Linton qui l'avait placé là, car elle ne tentait jamais de se distraire par la lecture ou quelque autre occupation, et il avait perdu des heures à essayer d'attirer son attention vers des choses dont elle s'amusait autrefois. Elle comprenait l'intention, et, dans ses meilleures périodes, elle tolérait avec résignation ces tentatives, montrant seulement de temps à autre leur inutilité par un soupir d'ennui, jusqu'au moment où elle arrêtait son mari par le plus triste des sourires ou des bai-

sers. D'autres fois, elle se détournait précipitamment et cachait sa tête dans ses mains, ou même
le repoussait avec colère ; alors il ne manquait
pas de la laisser seule, car il était certain de ne
lui faire aucun bien.

Les cloches de la chapelle de Gimmerton son-
naient encore et le ruissellement harmonieux du
cours d'eau au fond de la vallée venait caresser
l'oreille. Cette douce musique se substituait au
bruissement encore absent du feuillage d'été qui
l'étouffe autour de la Grange quand les arbres ont
reverdi. À Hurlevent on l'entendait toujours par
les journées calmes qui suivaient un grand dégel
ou une période de pluies continues. Et c'était à
Hurlevent que Catherine pensait en l'écoutant, si
toutefois elle écoutait ou pensait ; car elle avait ce
regard vague et lointain dont j'ai déjà parlé, qui
ne révélait aucun lien avec les choses matérielles,
ni par les yeux, ni par l'ouïe.

— Voilà une lettre pour vous, Mrs. Linton, dis-
je en la lui glissant dans la main qui était posée
sur ses genoux. Il faut que vous la lisiez tout de
suite, car il y a une réponse à donner. Voulez-vous
que je brise le cachet ?

— Oui, répondit-elle sans modifier la direction
de son regard.

Je l'ouvris ; elle était très courte.

— Maintenant, continuai-je, lisez-la.

Elle retira sa main et laissa tomber la lettre. Je
replaçai celle-ci sur ses genoux et attendis qu'il lui
plût d'y jeter les yeux. Mais elle resta si longtemps
immobile que je repris :

— Dois-je la lire, madame ? C'est de Mr. Heath-cliff.

Il y eut chez elle un tressaillement, la vague lueur d'un souvenir, et un effort pour coordonner ses pensées. Elle prit la lettre et sembla la parcourir. Lorsqu'elle arriva à la signature, elle soupira. Cependant je découvris qu'elle n'en avait pas saisi le sens, car, lorsque j'exprimai le désir de connaître sa réponse, elle désigna seulement le nom et me jeta un regard ardent, à la fois désolé et interrogateur.

— Eh bien, il voudrait vous voir, dis-je, devinant son besoin d'éclaircissement. Il est actuellement dans le jardin et il est impatient de savoir quelle réponse je lui rapporterai.

Tandis que je parlais, je vis couché, au soleil sur l'herbe, un gros chien qui, après avoir dressé les oreilles comme s'il allait aboyer, les rabaissait, annonçant par des frétillements de la queue l'approche de quelqu'un qu'il ne considérait pas comme un étranger. Mrs. Linton se pencha dehors et écouta sans respirer. Un instant après, on entendit le bruit d'un pas qui traversait l'entrée. La vue de la maison ouverte avait été une tentation trop forte pour que Heathcliff résistât à l'envie de pénétrer à l'intérieur ; de plus, il devait croire que je manquerais à ma promesse et avait ainsi décidé de ne se fier qu'à son audace. Catherine tendit un regard éperdu vers le seuil de la chambre. Il ne trouva pas tout de suite le bon chemin et elle me fit signe de l'introduire ; mais, avant que j'eusse atteint la porte, il l'avait ouverte et, s'étant élancé auprès d'elle en une ou deux enjambées, il l'avait saisie dans ses bras.

Il ne parla ni ne desserra son étreinte pendant cinq minutes, durant lesquelles il la couvrit de plus de baisers que, j'en jurerais, il n'en avait donné avant cela de toute sa vie. Mais c'était ma maîtresse qui l'avait embrassé la première et je vis clairement qu'il ne pouvait, sans ressentir une angoisse mortelle, regarder sa figure ! La même conviction que la mienne l'avait saisi dès qu'il l'avait aperçue, lui ôtant tout espoir de guérison... elle était sûrement condamnée à mourir.

— Oh ! Cathy... Oh ! ma vie... Comment puis-je supporter cela !

Tels furent les premiers mots qu'il prononça sur un ton qui ne cherchait pas à déguiser son désespoir. Puis il la regarda avec une telle insistance que je m'attendais à voir l'intensité de ce regard amener des larmes dans ses yeux. Mais ils brûlaient d'angoisse et ne fléchirent pas.

— Comment ! dit Catherine en se rejetant en arrière et ripostant à cette flamme par un front soudainement courroucé, car son humeur était à la merci de tels caprices. Edgar et vous avez brisé mon cœur, Heathcliff ! Et vous venez tous deux vous lamenter à moi, comme si c'était vous qui étiez à plaindre ! Je ne vous plaindrai pas. Vous m'avez tuée... et cela vous a profité, il me semble. Que vous êtes vigoureux ! Combien d'années comptez-vous vivre quand je ne serai plus là ?

Heathcliff s'était agenouillé pour la serrer dans ses bras. Il tenta de se lever, mais elle le retint par les cheveux et le fit rester à terre.

— Ah ! je voudrais vous tenir jusqu'à ce que nous soyons morts tous les deux, continua-t-elle d'une voix amère. Je ne prendrai pas garde à vos souffrances. Pourquoi souffririez-vous ? Moi je souffre ! M'oublierez-vous ? Direz-vous dans vingt ans d'ici : « Voilà la tombe de Catherine Earnshaw. Je l'ai aimée, il y a longtemps, et j'ai été désespéré de la perdre, mais cela est passé. J'en ai aimé beaucoup d'autres depuis, mes enfants me sont plus chers qu'elle, et à ma mort je ne me réjouirai nullement de la rejoindre, je serai désolé de les quitter ! » Direz-vous cela, Heathcliff ?

— Allez-vous me torturer jusqu'à ce que je devienne fou à mon tour ? cria-t-il, libérant sa tête et grinçant des dents.

Tous deux formaient un étrange et terrible spectacle pour un observateur de sang-froid. On comprend que Catherine pensât au ciel comme à une terre d'exil si, en quittant sa dépouille mortelle, elle ne devait pas rejeter son âme en même temps. Tout son visage en cet instant exprimait une rancune sauvage, visible à ses joues pâles, à ses lèvres exsangues et à ses yeux étincelants ; ses doigts crispés retenaient encore quelques-unes des boucles qu'elle avait serrées. Quant à Heathcliff, s'étant aidé d'une main pour se lever, il lui avait, de l'autre, saisi le bras, et ses ressources de douceur étaient si mal appropriées à ce que réclamait l'état de Catherine, que, lorsqu'il l'eut lâchée, je vis quatre marques imprimées bien nettement en bleu sur la peau livide.

— Êtes-vous possédée du démon, continua-t-il âprement, pour me parler de cette façon alors que vous êtes mourante ? Avez-vous pensé que tous ces mots vont rester marqués en moi comme au fer rouge et qu'ils me rongeront chaque jour plus profondément lorsque vous m'aurez quitté ? Vous savez que vous mentez en disant que je vous ai tuée, et vous savez, Catherine, que je ne pourrai pas plus vous oublier que moi-même ! Ne suffit-il pas à votre égoïsme pervers de penser que lorsque vous serez en paix je me tordrai dans les tourments de l'enfer ?

— Je ne serai pas en paix, dit Catherine en gémissant, rappelée à la notion de sa faiblesse physique par les palpitations intermittentes de son cœur qu'une agitation extrême précipitait et soulevait.

Elle ne dit rien de plus jusqu'à ce que la crise fût passée, puis elle reprit avec plus de bonté :

— Je ne vous souhaite pas de pires tortures que les miennes, Heathcliff. Je souhaite seulement que nous ne soyons jamais désunis, et si une de mes paroles vous affligeait un jour, pensez que je ressens le même chagrin sous terre, et, pour mon bien, pardonnez-moi ! Venez ici et agenouillez-vous de nouveau. Vous ne m'avez jamais fait de mal dans votre vie. De plus, si vous restez avec ce ressentiment, ce sera pour vous un souvenir plus pénible que mes paroles dures ! Ne voulez-vous pas revenir ici ? Je vous en prie !

Heathcliff approcha du fauteuil et se pencha par-dessus le dossier, mais pas assez pour qu'elle pût voir sa figure que l'émotion rendait livide. Elle fit un mouvement pour le regarder, mais il ne le lui permit pas et, se dérobant brusquement, il se dirigea vers la cheminée où il se tint silencieux, nous tournant le dos. Les yeux de Mrs. Linton s'attachaient à lui avec crainte ; chacun de ses gestes éveillait en elle un sentiment nouveau. Après une longue contemplation en silence, elle reprit, s'adressant à moi avec un accent de désespoir indigné :

— Oh ! voyez, Nelly, il ne désarmerait pas un seul instant pour m'épargner la tombe. Voilà comment je suis aimée ! Eh bien ! tant pis. Ce n'est pas *mon* Heathcliff. Je continuerai à aimer le mien et je l'emporterai avec moi, il est dans mon âme. Et après tout, ajouta-t-elle d'un air rêveur, ce qui m'est le plus insupportable, c'est cette prison délabrée. Je suis fatiguée d'être enfermée ici-bas. J'aspire à m'échapper vers ce monde de gloire pour y rester toujours : ne plus l'entrevoir seulement à travers mes larmes, ne plus soupirer après lui derrière les murailles d'un cœur malade, mais me sentir vraiment avec lui et en lui. Nelly, vous croyez que vous êtes plus heureuse et plus favorisée que moi. En pleine santé et en pleine force, vous me plaignez... mais bientôt ce sera différent. Je vous plaindrai à mon tour. Je me tiendrai incomparablement au-delà et au-dessus de vous tous. Je m'étonne qu'il ne veuille pas être auprès de moi ! – et elle continua pour elle-même – je croyais qu'il le souhaitait. Cher Heathcliff, vous ne devriez plus bouder maintenant. Venez près de moi, Heathcliff !

Dans son impatience, elle se leva et s'appuya sur le bras du fauteuil. À cet appel pressant, il se tourna vers elle, offrant l'image même du désespoir. Enfin ses yeux largement ouverts et tout humides la fixèrent avec des éclairs farouches, sa poitrine se souleva convulsivement. Un instant encore ils restèrent séparés, puis, comment ils s'unirent, je le vis à peine, mais, Catherine ayant fait un bond, il la saisit et ils se trouvèrent serrés dans une étreinte dont je crus que ma maîtresse ne se dégagerait pas vivante. En fait, elle me semblait déjà sans vie. Il se jeta dans le siège le plus proche et, comme je m'approchai précipitamment pour voir si elle était évanouie, il se mit à gronder, une véritable écume de chien enragé aux lèvres, et il la ramena contre lui avec une jalousie vorace. Je ne croyais plus me trouver en face d'une créature de mon espèce. Il semblait qu'il ne comprendrait pas si je lui parlais. Aussi m'éloignai-je et restai-je silencieuse, plongée dans une grande perplexité.

Bientôt un mouvement de Catherine soulagea quelque peu mon inquiétude : elle éleva la main pour étreindre le cou de Heathcliff et approcher sa joue de la sienne. Alors lui, en retour, la couvrant de caresses frénétiques, dit comme un fou :

— Vous m'apprenez maintenant combien vous avez été cruelle... cruelle et déloyale. Pourquoi m'avez-vous dédaigné ? Pourquoi avez-vous trahi votre propre cœur, Cathy ? Je ne trouve aucun mot pour vous consoler. Vous méritez ce qui vous arrive. Vous vous êtes tuée vous-même. Oui, vous pouvez m'embrasser et pleurer, vous pouvez me tirer des larmes et des baisers, vous n'en serez que flétrie... damnée. Vous m'aimiez... quel droit aviez-vous alors de m'abandonner ? Quel droit ?... répondez-moi... Pour le pauvre caprice que vous inspirait Linton ? Ni la misère, ni la déchéance, ni la mort, ni aucune peine venue de Dieu ou de Satan n'auraient pu nous séparer... et vous, de votre plein gré, vous l'avez fait. Ce n'est pas moi qui ai brisé votre cœur... c'est vous, et, en le brisant, vous avez brisé le mien. Tant pis pour moi si je suis en pleine santé. Ai-je envie de vivre ? Quel genre d'existence sera la mienne quand vous... oh ! Dieu ! A-t-on envie de vivre quand votre âme est enfermée dans une tombe ?

— Laissez-moi... Laissez-moi, sanglotait Catherine. Si j'ai mal agi, j'en meurs. C'est suffisant ! Vous aussi m'avez abandonnée, mais je ne veux pas vous le reprocher ! Je vous pardonne, pardonnez-moi !

— Il est difficile de pardonner quand on voit ces yeux, quand on sent ces mains si faibles, répondit-il. Embrassez-moi de nouveau et ne me laissez pas voir vos yeux ! Je vous pardonne ce que vous m'avez fait. J'aime mon meurtrier... mais le vôtre ! Comment le pourrais-je ?

Ils restèrent silencieux, leur visage caché l'un par l'autre et baigné de leurs larmes. Du moins je suppose que des deux côtés, l'on pleurait, car Heathcliff pouvait pleurer, je crois, dans un tel cas.

Cependant je commençais à me sentir très mal à l'aise, car l'après-midi passait, l'homme que j'avais éloigné était revenu de sa course, et dans les derniers rayons de lumière qui atteignaient la vallée, je pouvais distinguer la foule qui se pressait hors de la chapelle de Gimmerton.

— Le service est fini, annonçai-je. Mon maître sera ici dans une demi-heure.

Heathcliff grommela un juron et pressa davantage Catherine qui ne bougea pas.

Peu après j'aperçus le groupe des domestiques sur la route menant à l'aile de la cuisine. Mr. Linton n'était pas loin derrière. Il ouvrit lui-même la barrière et avança sans hâte, jouissant probablement de cette merveilleuse journée qui avait un doux parfum d'été.

— Maintenant le voilà ! m'écriai-je. Pour l'amour de Dieu, sauvez-vous vite ! Vous ne rencontrerez personne par l'escalier de devant. Courez vous cacher sous les arbres jusqu'à ce qu'il soit rentré.

— Il faut que je parte, Cathy, dit Heathcliff cherchant à se soustraire aux bras de sa compagne. Mais si je vis encore, je reviendrai vous voir avant que vous soyez endormie. Je n'irai pas à plus de cinq mètres de votre fenêtre.

— Il ne faut pas que vous partiez ! répondit-elle, le tenant aussi serré que ses forces le lui permettaient. Vous ne partirez pas, je vous dis.

— Pour une heure, dit-il avec insistance.

— Pas pour une minute, répondit-elle.

— Il le faut... Linton sera ici dans un instant, implora l'intrus qui commençait à s'alarmer.

Il s'apprêtait à se lever, à détacher de force les doigts de Catherine... mais elle le maintenait, haletante, le visage empreint d'une volonté éperdue.

— Non ! cria-t-elle. Oh ! ne partez pas, ne partez

pas. C'est la dernière fois ! Edgar ne vous fera rien. Heathcliff, je vais mourir, je vais mourir !

— Le voilà ! Maudit imbécile ! cria Heathcliff, retombant sur son siège. Chut ! ma chérie, chut, chut, Catherine ! Je reste là. S'il me tuait ainsi, j'expirerais avec une bénédiction sur les lèvres.

Et de nouveau, ils s'enlacèrent. J'entendis mon maître monter l'escalier... Une sueur froide me coulait du front, j'étais horrifiée.

— Allez-vous obéir à ses divagations ? m'écriai-je avec colère. Elle ne sait ce qu'elle dit. Voulez-vous assurer sa perte parce qu'elle n'a plus assez de jugement pour se défendre ? Levez-vous ! Il ne tient qu'à vous de vous dégager. Vous agissez en ce moment plus mal que jamais. C'en est fait de nous... maître, maîtresse et servante.

Je me tordais les mains et criais si fort que Mr. Linton accourut au bruit. Dans mon affolement, je vis avec une joie sincère que les bras de Catherine avaient lâché prise et que sa tête pendait.

« Elle est évanouie ou morte, pensai-je, et c'est tant mieux. Tant mieux qu'elle meure plutôt que de languir dans cet état, fardeau et source de douleurs pour tous ceux qui l'entourent. »

Edgar, blanc d'étonnement et de rage, bondit vers le visiteur exécré. Ce qu'il voulait faire, je ne puis le dire, car l'autre arrêta aussitôt toute démonstration en lui mettant dans les bras le corps qui paraissait inanimé.

— Regardez ! dit-il, s'il y a en vous quelque chose d'humain, secourez-la d'abord... puis vous me parlerez !

Il alla au salon et s'assit. Mr. Linton demanda mon aide et, à grand-peine, après avoir recouru à tous les moyens possibles, nous arrivâmes à la ranimer, mais sans lui faire retrouver ses esprits ; elle soupirait, gémissait, et ne reconnaissait personne. Edgar, dans son tourment, oublia celui qu'il abhorrait. Moi, je ne l'oubliai pas. J'allai, dès que je pus, le supplier de partir, en lui affirmant que Catherine était mieux et qu'il aurait par moi, le lendemain matin, des nouvelles sur la nuit.

— Je ne refuse pas de sortir, répondit-il, mais je resterai dans le jardin, et gardez-vous, Nelly, de manquer à votre parole. Je serai sous ces mélèzes. Oui, prenez garde, ou je reviendrai, que Linton soit là ou non.

Il jeta un coup d'œil rapide dans la pièce par la porte entrouverte, et constatant que mes informations étaient vraies en apparence, il délivra la maison de sa présence malencontreuse.

XVI

Vers minuit, ce même soir, naquit cette Catherine que vous avez vue à Hurlevent, une enfant chétive qui vint au monde deux mois avant terme. La mère mourut deux heures après, sans avoir retrouvé assez de connaissance pour regretter Heathcliff ou faire attention à Edgar.

Celui-ci fut plongé par cette perte dans un égarement trop pénible pour que je m'y attarde, et la

répercussion de ce coup prouva combien sa douleur était profonde. Elle fut aggravée à mon avis
par le fait d'être privé d'héritier mâle. Je déplorais
la chose tandis que je considérais la frêle orphe-
line et je maudissais en moi-même le vieux Linton qui, simplement par une inclination naturelle,
avait assuré sa fortune à sa propre fille plutôt
qu'à son fils. Pauvre petite ! Quelle enfant mal
accueillie ! Durant les premières heures de son
existence, elle aurait bien pu geindre jusqu'à en
trépasser sans que personne s'en souciât. Nous
réparâmes cette négligence par la suite, mais ses
débuts furent aussi privés d'affection que la fin de
sa vie le sera probablement.

Le lendemain matin – un matin splendide et
gai au-dehors – la lumière se glissa doucement à
travers les persiennes de la chambre silencieuse,
baignant d'un éclat adouci la couche et celle qui
l'occupait. Edgar Linton avait la tête posée sur
l'oreiller, les yeux fermés. Ses traits jeunes et purs
représentaient l'image de la mort presque aussi
parfaitement que ceux de la forme qu'il veillait.
Ils gardaient autant d'immobilité, mais ce calme,
chez lui, signifiait l'épuisement de la douleur,
celui de Catherine était la paix définitive. Devant
son front lisse, ses paupières closes, ses lèvres
conservant l'expression d'un sourire, on pensait
qu'aucun ange du ciel n'aurait pu être plus beau.
Je me sentis envahie par cette tranquillité infinie
où elle reposait. J'éprouvais, en voyant l'image de
cette sérénité divine, une disposition sainte que
mon esprit n'avait jamais connue. Je retrouvais
inconsciemment les mots qu'elle avait prononcés

quelques heures plus tôt : « Incomparablement
au-delà et au-dessus de nous tous ! Qu'elle soit
encore sur terre ou au ciel maintenant, son âme
est au foyer de Dieu ! »

Je ne sais si c'est une particularité de ma part,
mais il est rare que je ne sois heureuse quand je
veille dans une chambre mortuaire, pourvu qu'il
n'y ait pas auprès de moi quelqu'un qui accom-
plisse le même devoir avec des lamentations frénétiques. Je pressens un repos que ni la terre ni
l'enfer ne pourraient rompre, je vois l'assurance
d'un autre monde sans fin et sans ombre – l'Éternité qui a recueilli les morts – monde où l'existence n'est pas bornée dans sa durée, pas plus que
l'amour dans son élan, ni la joie dans sa plénitude. J'ai remarqué à cette occasion combien il y
a d'égoïsme même dans un amour comme celui de
Mr. Linton lorsqu'il regretta si fort la délivrance
bénie de Catherine ! Il est certain qu'on aurait pu
se demander si elle méritait un havre de paix après
sa vie dramatique et déréglée. On pouvait se le
demander lorsqu'on réfléchissait froidement, mais
non, comme alors, en présence de son cadavre.
Par sa seule tranquillité cette forme semblait avoir
apaisé tout ce qui l'habitait naguère.

— Croyez-vous que de semblables êtres sont
vraiment heureux dans l'autre monde, monsieur ?
Je donnerais beaucoup pour le savoir.

J'évitai de répondre à la question de Mrs. Dean
qui me parut quelque peu hétérodoxe. Elle reprit :

— En retraçant la vie de Catherine Linton, je
crains que nous n'ayons pas le droit de croire

qu'elle l'est, mais remettons-la aux mains du Créateur.

Le maître semblait s'être endormi et je me risquai, peu après l'aube, à quitter la chambre et à chercher dehors un peu d'air pur et frais. Les domestiques crurent que je sortais pour secouer l'engourdissement dû à ma veillée prolongée ; en réalité, mon principal motif était de voir Mr. Heathcliff. S'il était resté toute la nuit dans le bois de mélèzes, il n'avait rien pu entendre de l'agitation qui avait bouleversé la Grange, à moins peut-être qu'il n'eût surpris le galop du messager envoyé à Gimmerton. S'il s'était approché, il avait probablement compris, aux allées et venues des lumières, au bruit des portes ouvertes et refermées, que tout n'allait pas bien à l'intérieur. Je désirais le trouver et je le craignais en même temps. Je me disais qu'il fallait lui annoncer la terrible nouvelle et je souhaitais ardemment en avoir fini. Mais comment m'y prendre, je ne le savais. Il était là... du moins à quelques mètres plus loin, dans le parc, appuyé contre un vieux frêne, le chapeau enlevé et les cheveux trempés par la rosée qui s'était amassée sous les branches bourgeonnantes et qui tombait avec un léger bruit autour de lui. Il se tenait depuis longtemps dans cette position, car je vis un couple de merles passer et repasser à peine à trois pieds de lui, occupés à construire leur nid et aussi indifférents à son voisinage qu'à une pièce de bois. À mon approche ils s'envolèrent. Alors Heathcliff leva les yeux et dit :

— Elle est morte... Je ne vous ai pas attendue

pour le savoir. Faites disparaître votre mouchoir...
ne pleurnichez pas devant moi. Maudits soyez-
vous tous, elle ne veut pas de vos larmes !

Je pleurais autant pour lui que pour elle. Nous
prenons parfois en pitié des créatures incapables
d'éprouver ce sentiment, aussi bien envers elles-
mêmes qu'envers autrui. Lorsque j'étais arrivée en
face de lui, ayant compris à son visage qu'il était
au courant de la catastrophe, j'avais été traversée
par la sotte pensée que son cœur s'était apaisé et
qu'il priait, car ses lèvres remuaient et son regard
était abaissé vers le sol.

— Oui, elle est morte ! répondis-je, arrêtant mes
sanglots et essuyant mes joues. Elle est au ciel,
j'espère. Nous pouvons tous l'y rejoindre, si nous
prenons cela comme un sage avertissement et si
nous abandonnons nos mauvais penchants pour
en suivre de meilleurs !

— A-t-elle suivi ce sage avertissement, alors ?
demanda Heathcliff, ébauchant un ricanement.
Est-elle morte comme une sainte ? Allons, faites-
moi un récit exact de l'événement. Comment...

Il tenta de prononcer le nom, mais ne put y
parvenir, et, serrant les lèvres, il lutta en silence
contre son désespoir intérieur, tandis que son
regard résolu et féroce défiait en même temps
ma sympathie.

— Comment est-elle morte ? reprit-il enfin,
contraint malgré son courage à s'appuyer en
arrière, car cet effort le faisait trembler malgré
lui des pieds à la tête.

« Pauvre malheureux ! pensai-je. Vous avez un
cœur et des nerfs semblables à ceux de vos frères

les hommes ! Pourquoi vous obstiner à les dissimuler ? Votre orgueil ne trompera pas Dieu ! Vous
le provoquez à vous torturer jusqu'à ce qu'il vous
arrache un cri d'humilité. »

— Aussi calmement qu'un agneau ! repris-
je tout haut. Elle a poussé un soupir, s'est éti-
rée comme un enfant qui s'éveille et retombe de
nouveau dans le sommeil. Cinq minutes après
j'ai senti distinctement un petit battement de son
cœur, puis plus rien !

— Et... est-ce qu'elle a parlé de moi ? demanda-
t-il en hésitant, comme s'il craignait que la réponse
n'amenât des détails qu'il ne pourrait supporter.

— Elle n'a jamais repris ses sens, dis-je. Elle
n'a reconnu personne depuis le moment où vous
l'avez quittée. Elle est étendue avec une douce
expression sur le visage, et ses dernières pensées
ont tourné autour des heureux jours d'autrefois.
Sa vie s'est terminée dans un rêve sans passion...
Puisse-t-elle s'éveiller aussi favorablement dans
l'autre monde !

— Puisse-t-elle s'éveiller au milieu des tourments ! cria-t-il avec une véhémence terrible,
grondant et frappant du pied dans une colère
brusque et effrénée. Quoi ! elle a menti jusqu'au
bout ! Où est-elle ? Pas ici... pas dans le ciel...
pas anéantie... Où alors ? Oh ! vous avez dit que
vous ne vous inquiétiez pas de mes souffrances !
Eh bien ! je fais une prière, une seule que je
répéterai jusqu'à ce que ma langue soit paraly-
sée... Catherine Earnshaw, puissiez-vous ne pas
connaître le repos aussi longtemps que je vivrai !
Vous avez dit que je vous avais tuée... Revenez

pour me hanter alors ! Les victimes hantent leur
meurtrier et je sais que des fantômes ont erré sur
la terre. Restez toujours auprès de moi... prenez la
forme que vous voudrez... rendez-moi fou ! Seulement ne me laissez pas dans cet abîme où je ne
peux vous trouver ! Oh ! Dieu, c'est indicible ! Je
ne peux vivre sans ma vie ! Je ne peux vivre sans
mon âme !

Il frappa sa tête contre le tronc noueux et, éle-
vant le regard, il se mit à hurler, non comme un
homme, mais comme une bête sauvage, lardée à
mort de couteaux et d'épieux. J'aperçus plusieurs
éclaboussures de sang sur l'écorce de l'arbre et des
taches sur ses mains et son front. La scène qui se
déroulait devant moi n'était probablement que la
répétition d'autres scènes qui avaient eu lieu pendant la nuit. Elle éveilla à peine ma compassion,
elle m'épouvanta plutôt... Cependant j'hésitais à
le quitter dans cet état. Mais à l'instant où il se
ressaisit suffisamment pour se rendre compte que
je l'observais, il m'ordonna d'une voix tonnante
de m'en aller, et j'obéis. Il était au-dessus de ma
science de l'apaiser ou de le consoler.

L'enterrement de Mrs. Linton fut fixé au vendredi qui suivit son décès et jusque-là son cercueil
ouvert, jonché de fleurs et de feuilles odorifé-
rantes, resta dans le grand salon. Linton passa
là ses jours et ses nuits, gardien sans sommeil et
– chose ignorée de tous sauf de moi – Heathcliff
passait dehors au moins les nuits, privé pareillement de repos. Je n'eus aucune communication
avec lui, cependant j'avais conscience de son des-

sein d'entrer s'il le pouvait. Tant de persévérance me toucha, et, le mardi, un peu après la tombée de la nuit, alors que mon maître, sous le coup de la fatigue, avait été obligé de se retirer pendant deux heures, j'allai ouvrir une des fenêtres, lui donnant ainsi une chance d'adresser un dernier adieu à l'image pâlie de son idole. Il ne manqua pas d'en profiter avec prudence et sans s'attarder, avec trop de prudence même pour faire connaître sa présence par le plus léger bruit. Au vrai, je n'aurais pas découvert qu'il était venu sans le désordre du drap autour de la figure de la morte. J'aperçus aussi par terre une boucle de cheveux blonds, attachée par un fil d'argent, et, après l'avoir examinée, je constatai qu'elle provenait d'un médaillon qui pendait au cou de Catherine. Heathcliff avait ouvert le bijou et jeté son contenu pour le remplacer par une boucle noire de ses propres cheveux. J'enroulai les deux et les refermai ensemble.

Mr. Earnshaw fut naturellement invité à accompagner le corps de sa sœur jusqu'à la tombe. Sans s'excuser aucunement, il ne vint pas, de sorte que, en dehors de Mr. Linton, le deuil fut entièrement composé des fermiers et des domestiques. Isabelle ne fut pas priée.

Le lieu où l'on inhuma Catherine ne fut, à la grande surprise des villageois, ni la chapelle sous le monument sculpté des Linton, ni l'enclos réservé à ses parents. On creusa une fosse dans un talus verdoyant, vers un coin du cimetière où le mur est si bas que la bruyère et les airelles de la lande ont passé par-dessus et qu'il est presque recouvert de terre tourbeuse. Son mari repose maintenant au même endroit. Et chacun d'eux a une simple pierre droite à hauteur de la tête, et une dalle grise et unie à ses pieds, pour marquer sa tombe.

XVII

Ce vendredi fut le dernier de nos beaux jours pour un mois. Dans la soirée le temps se gâta, le vent passa du Sud au Nord-Est, amenant d'abord la pluie, puis la grêle et la neige. Le lendemain, on pouvait à peine croire que nous avions eu trois belles semaines. Les primevères et les crocus étaient cachés sous une couche blanche, les alouettes se taisaient, les jeunes pousses des arbres précoces mouraient et noircissaient. La journée s'écoula, triste, lugubre et glaciale. Mon maître resta dans sa chambre. Je pris possession du salon abandonné pour le convertir en chambre d'enfant, et ce fut là que je me tins assise, les genoux chargés de cette poupée gémissante que je berçais tout en contemplant la chute incessante des flocons qui s'amassaient devant la fenêtre sans rideaux. Soudain la porte s'ouvrit et quelqu'un entra, essoufflé et riant. Ma colère fut pendant un instant plus grande que mon étonnement. Je crus que c'était une des servantes et je criai :

— Avez-vous fini ? Comment vous laissez-vous aller à autant de légèreté ? Que dirait Mr. Linton s'il vous entendait ?

— Pardon ! me répondit une voix familière. Mais je sais qu'Edgar est au lit et je ne peux m'arrêter.

En même temps la nouvelle venue avança vers le feu, toute haletante et la main posée sur le côté.

— J'ai couru depuis Hurlevent ! continua-t-elle après un moment, si même je n'ai pas volé. Je n'aurais pu compter le nombre de mes chutes. Oh ! je suis tout endolorie. Ne soyez pas inquiète ! Je vous expliquerai tout dès que je le pourrai. Mais allez commander la voiture pour qu'elle me conduise à Gimmerton et dites à une des femmes de chercher quelques vêtements dans mon placard.

C'était Mrs. Heathcliff. Elle avait un aspect qui ne semblait guère s'accommoder avec son rire. Ses cheveux flottaient sur ses épaules, dégouttant de neige fondue. Elle portait sa robe ordinaire de jeune fille, ce qui convenait mieux à son âge qu'à sa situation, puisque c'était une petite robe à manches courtes. Et elle n'avait rien sur la tête ni autour du cou. L'étoffe était une soie légère que l'humidité collait à ses membres, ses pieds étaient simplement protégés par de minces pantoufles. Ajoutez à cela une profonde coupure sous une oreille, que seul le froid empêchait de saigner, une figure pâle, égratignée, meurtrie, un corps que la fatigue empêchait presque de se soutenir, et vous pourrez imaginer que ma première frayeur ne fut guère apaisée lorsque j'eus le loisir de l'examiner.

— Ma chère petite dame, m'écriai-je, je ne bougerai pas et n'écouterai rien tant que vous n'aurez remplacé tout votre habillement par des vêtements secs. Et vous n'irez certainement pas

à Gimmerton ce soir, il est donc inutile de commander la voiture.

— Certainement si, j'irai, dit-elle, à pied ou en
voiture. Cependant je veux bien m'habiller convenablement. Et... oh ! regardez comme ça coule
dans mon cou maintenant ! La chaleur du feu en
fait de belles !

Elle insista pour que j'exécute ses ordres avant
de la toucher. Ce fut seulement lorsque j'eus averti
le cocher de se préparer et que j'eus envoyé une
femme faire un paquet de quelques vêtements
indispensables qu'elle consentit à me laisser pan-
ser sa blessure et à retirer ses vêtements.

— Maintenant, Ellen, dit-elle lorsque j'eus terminé et qu'elle fut installée dans un fauteuil près
du feu avec une tasse de thé devant elle, vous
allez vous asseoir en face de moi et porter ailleurs le pauvre bébé de Catherine, je ne tiens pas
à le voir. N'allez pas croire, parce que vous m'avez
vue entrer si gaiement tout à l'heure, que je sois
indifférente à la perte de Catherine. J'ai pleuré
moi aussi, amèrement... et avec plus de raison
que quiconque. Nous nous sommes séparées sans
nous réconcilier, vous rappelez-vous ? et je ne me
le pardonnerai jamais. Cependant je n'allais pas,
à cause de tout cela, pleurer avec lui... la brute !
Oh ! donnez-moi le tisonnier. Ceci est la dernière
chose de lui que j'aie sur moi.

Elle fit glisser l'anneau d'or qu'elle avait à son
troisième doigt et le jeta par terre.

— Je le briserai ! continua-t-elle, tapant dessus
avec une irritation enfantine, puis je le brûlerai !
– elle saisit l'exécrable objet et le lança au milieu

des braises. – Voilà ! il en achètera un autre s'il arrive à me reprendre. Il serait capable de venir me chercher ici uniquement pour me persécuter. Je n'ose pas rester, de peur que cette idée ne soit entrée dans sa tête malfaisante ! Et puis, Edgar n'a pas été bon pour moi, n'est-ce pas ? Je ne veux pas venir implorer son aide, pas plus que je ne veux lui occasionner de nouveaux soucis. La nécessité m'a obligée à chercher abri chez lui, mais si je n'avais pas su qu'il était monté, je me serais arrêtée à la cuisine. Après m'être lavé la figure, réchauffée un peu et vous avoir demandé de me porter ce que je désirais, je serais repartie n'importe où, pourvu que ce fût hors de l'atteinte de mon maudit... de ce démon incarné ! Ah ! il était dans une telle fureur ! S'il m'avait attrapée ! C'est dommage qu'Earnshaw ne soit pas aussi fort que lui ! Je ne me serais pas sauvée avant de l'avoir vu mis à mal par Hindley, si celui-ci en avait été capable !

— Allons, ne parlez pas si vite, mademoiselle, dis-je en l'interrompant. Ou bien vous allez déplacer le mouchoir que je viens de vous attacher autour de la figure et la coupure va se remettre à saigner. Buvez ce thé, reprenez votre souffle et cessez de rire. Le rire est tristement déplacé sous ce toit et dans votre condition.

— C'est une vérité indéniable, répondit-elle. Écoutez cet enfant ! Il gémit sans arrêt... Éloignez-le de mes oreilles pendant une heure, je ne resterai pas davantage.

Je sonnai et confiai le poupon à la garde d'une servante. Je questionnai alors Mrs. Heathcliff sur ce qui l'avait poussée à se sauver de Hurlevent dans une toilette aussi invraisemblable. Et où avait-elle l'intention d'aller puisqu'elle refusait de rester avec nous ?

— Je devrais et je voudrais rester, répondit-elle, afin de réconforter Edgar et de soigner le bébé. Pour ces deux choses et parce que la Grange est ma vraie demeure. Mais je vous dis qu'il ne me laisserait pas le faire ! Pensez-vous qu'il supporterait de me savoir gaie et bien portante... qu'il accepterait la pensée de notre tranquillité, sans prendre aussitôt la résolution d'empoisonner notre bien-être ? Maintenant, à ma grande satisfaction, je suis sûre qu'il me déteste à tel point qu'il lui est intolérable de m'avoir sous les yeux ou d'entendre le son de ma voix. J'ai remarqué que lorsque j'arrive devant lui, tous les muscles de son visage se contractent involontairement en une expression de haine. Cela vient en partie du même sentiment qu'il devine en moi, et en partie d'une aversion instinctive. Cette haine est assez forte pour m'assurer qu'il ne me poursuivrait pas à travers l'Angleterre si je savais m'arranger pour fuir, et c'est pourquoi il faut que je m'éloigne tout à fait. Je me suis guérie de mon ancien désir d'être tuée par lui, je préfère qu'il se tue lui-même ! Il a détruit radicalement mon amour, aussi suis-je libérée. Je peux me rappeler, cependant, combien je l'ai aimé, et je peux obscurément imaginer que je l'aimerais encore si... Non, non ! Même s'il avait été fou de moi, sa nature diabolique se serait révélée d'une façon ou d'une autre. Il fallait que Catherine eût un esprit bien pervers pour le chérir si tendrement, elle qui le connaissait si bien. Le monstre ! S'il pouvait être aboli de la face du monde et de mon souvenir !

— Chut, chut ! c'est un être humain, dis-je. Soyez plus charitable, il y a des hommes encore pires que lui !

— Ce n'est pas un être humain, répliqua-t-elle, il n'a pas droit à ma charité. Je lui ai donné mon cœur, il l'a supplicié, puis l'a rejeté. C'est par le cœur que nous éprouvons la pitié, Ellen, et du moment qu'il a détruit le mien, je ne saurais plus jamais en éprouver pour lui, même s'il gémissait jusqu'à sa mort et pleurait Catherine avec des larmes de sang ! Non, vraiment, vraiment, je ne le pourrais pas.

Alors Isabelle commença à pleurer, mais, essuyant aussitôt les larmes de ses cils, elle continua :

— Vous m'avez demandé ce qui m'a enfin déterminée à fuir. J'y fus contrainte lorsque la rage que j'eus provoquée fut plus forte que sa méchanceté calculée. Torturer les nerfs de quelqu'un avec des pinces chauffées à blanc, cela réclame plus de sang-froid que de grands coups assénés sur la tête. Il était exaspéré au point d'oublier l'abominable prudence dont il se vantait et de se laisser aller à une violence meurtrière. J'éprouvai une certaine jouissance en me sentant capable de le mettre à bout. Cette jouissance a éveillé en moi mon instinct de préservation et je me suis sauvée tout de bon. Si jamais je retombe entre ses mains, il s'empressera de prendre une éclatante revanche.

« Hier, vous savez, Mr. Earnshaw devait aller à

l'enterrement. Il n'avait pas bu exprès pour cela... pas trop bu, rompant son habitude de se coucher à moitié fou vers six heures et de se lever encore ivre à midi. Aussi s'était-il réveillé dans un état d'esprit très sombre, sur la pente du suicide et pas plus préparé à aller à l'église qu'au bal. Et, au lieu de le faire, il s'assit près du feu, avalant gin et brandy à pleins verres.

« Heathcliff – je frissonne en le nommant ! – s'était laissé ignorer dans la maison depuis le dimanche précédent jusqu'à ce jour-là. Est-ce que ce sont les anges qui ont pourvu à sa subsistance, ou son acolyte des ténèbres ? Mais il n'a pris aucun repas en notre compagnie pendant près d'une semaine. Il rentrait juste à l'aube et montait dans sa chambre où il s'enfermait... Comme si jamais personne eût désiré le rejoindre ! Et il restait là à prier avec l'ardeur d'un Méthodiste. Seulement la divinité qu'il implorait n'était que froide poussière, et Dieu, lorsqu'il l'invoquait, se confondait singulièrement avec le diable, qui est bien le père de Heathcliff. Après avoir terminé ces belles oraisons – et elles duraient généralement jusqu'à ce que sa voix enrouée s'étranglât dans sa gorge – il repartait de nouveau et allait toujours droit à la Grange ! Je m'étonne qu'Edgar n'ait pas envoyé chercher un homme de la police pour le faire arrêter ! Quant à moi, j'avais beau être en peine au sujet de Catherine, il m'était impossible de ne pas considérer comme des vacances cette période où j'étais délivrée de son avilissante tyrannie.

« Je repris assez de courage pour supporter sans

verser de larmes les éternels sermons de Joseph et pour aller de haut en bas de la maison sans prendre, comme autrefois, les précautions d'un voleur sur ses gardes. Vous n'auriez sans doute jamais cru que rien de ce que dit Joseph pût me tirer des larmes ? C'est que lui et Hareton sont une détestable compagnie. Je préfère rester avec Hindley et entendre son affreux langage plutôt qu'avec « le petit maître » et son fidèle partenaire qui est cet odieux vieillard ! Quand Heathcliff est là, je suis souvent obligée de me réfugier à la cuisine en leur société ou bien de jeûner dans les chambres inhabitées et humides. Quand il n'est pas là, comme c'était le cas cette semaine, je m'installe une table et une chaise auprès du feu dans la grande salle, je ne m'inquiète pas de ce que fait Mr. Earnshaw, et il ne se mêle pas davantage de mes occupations. Maintenant il est plus calme qu'il n'était, pourvu que personne ne le contredise ; plus sombre et plus morne aussi, et moins prompt à la fureur. Joseph affirme que c'est un autre homme, que le Seigneur a touché son cœur et qu'il est sauvé « pour ce qui est du feu éternel ». Je suis bien embarrassée pour reconnaître les signes de ce changement favorable, mais ce n'est pas mon affaire.

« Hier soir, assise dans mon coin, je lus quelques vieux livres assez tard, jusque vers minuit. Il me semblait sinistre de monter à ma chambre avec la tempête de neige qui soufflait dehors et l'obsédante pensée du cimetière et de la tombe nouvellement creusée. Dès que j'osais lever les yeux de la page, je voyais cette scène lugubre se représenter.

Hindley était assis en face de moi, la tête appuyée sur la main, pensant peut-être à la même chose. Il s'était arrêté de boire peu avant l'ivresse et n'avait ni bougé, ni parlé depuis deux ou trois heures. Les seuls bruits dans la maison étaient le gémissement du vent qui secouait les fenêtres à tout instant, le faible craquement des tisons et le cliquetis de mes mouchettes lorsque j'enlevais de temps à autre la longue mèche de la chandelle. Hareton et Joseph dormaient sans doute profondément dans leur lit. Une grande tristesse régnait, et je soupirais au milieu de ma lecture, car il semblait que toute joie avait disparu du monde pour ne jamais revenir.

« Ce lugubre silence fut enfin rompu par le bruit du loquet de la cuisine. Heathcliff rentrait de sa veillée plus tôt que d'habitude, sans doute à cause du brusque orage. Cette porte était fermée et nous l'entendîmes faire le tour pour pénétrer par l'autre. Je me levai et manifestai si bien mon sentiment que mon compagnon, qui avait fixé des yeux la porte, se retourna et me regarda.

« – Je vais le laisser dehors cinq minutes, s'écria-t-il. Vous ne vous y opposez pas ?

« – Non, répondis-je. Vous pourriez le laisser dehors toute la nuit quant à moi. Faites-le donc ! Donnez un tour de clef et poussez les verrous.

« Earnshaw eut le temps d'exécuter cela avant que son hôte atteignît le devant de la maison. Puis il revint, mit sa chaise de l'autre côté de la table et regarda mes yeux, en quête d'une sympathie pour la haine brûlante qui brillait dans les siens. Comme il avait à la fois l'aspect et les pensées d'un assassin, il ne put en trouver autant dans

mon regard, mais y découvrit quelque chose de
suffisant pour l'encourager à parler.

« – Nous avons vous et moi, dit-il, une grosse
dette à régler avec l'homme qui est dehors ! Si
nous n'étions pas des poltrons, nous pourrions
nous mettre d'accord pour en finir. Avez-vous
autant de mollesse que votre frère ? Supporterez-
vous tout jusqu'au bout, sans tenter une seule fois
de vous venger ?

« – Je suis lasse de ma patience, répondis-je,
et j'userais volontiers de représailles si cela ne
devait pas retomber sur moi. Mais la traîtrise et
la violence sont des armes à deux tranchants, elles
blessent plus profondément ceux qui les emploient
que leurs ennemis.

« – Traîtrise et violence sont un juste retour
de la traîtrise et de la violence ! s'écria Hindley.
Mrs. Heathcliff, je ne vous demanderai rien, rien
que de ne pas bouger et de rester muette. Le
pouvez-vous ? Dites-le-moi. Je suis sûr que vous
auriez autant de plaisir que moi à voir disparaître
ce démon. Il sera votre mort à vous, si vous ne le
devancez, et il sera ma ruine. Maudit soit-il, cet
infernal coquin ! Il frappe à la porte comme s'il
était déjà le maître ici. Promettez de vous taire et
avant que cette pendule sonne – l'aiguille était à
trois minutes de l'heure – vous êtes une femme
libre !

« Il tira de sa poitrine l'instrument que je vous
ai décrit dans ma lettre et allait éteindre la chandelle. Mais je la lui arrachai et arrêtai son bras.

« – Je ne me tairai pas ! Vous ne le toucherez
pas. Laissez la porte fermée et restez tranquille !

« – Non, ma résolution est prise et, par Dieu, je l'exécuterai ! cria cet être poussé au désespoir. Je vous rendrai service en dépit de vous-même et je rendrai justice à Hareton. Inutile de vous inquiéter pour me mettre à l'abri. Catherine est morte, aucun être vivant ne me regrettera ou n'aura honte de mon acte si je me tranche la gorge l'instant d'après... et il est temps d'en finir !

« J'aurais pu aussi bien lutter avec un ours ou raisonner avec un fou. La seule ressource qui me restait était de courir à une fenêtre et d'avertir de son sort la victime désignée.

« – Vous feriez mieux de chercher ailleurs un abri pour la nuit ! criai-je sur un ton passablement content. Mr. Earnshaw pourrait bien vous tirer dessus si vous persistez à vouloir entrer.

« – Vous feriez mieux d'ouvrir la porte, espèce de... répondit-il en m'appliquant un terme élégant que je ne me soucie pas de répéter.

« – Je ne veux pas me mêler de cette affaire, repris-je. Entrez si vous voulez, et vous serez tué ! J'ai fait mon devoir.

« Sur ces mots, je fermai la fenêtre et retournai à ma place près du feu, n'ayant pas assez d'hypocrisie pour feindre de l'anxiété au sujet du danger qui le menaçait. Earnshaw se mit à jurer avec colère contre moi, déclarant que j'étais encore éprise du misérable, et me traitant de toutes sortes de noms pour le peu de caractère que je montrais. Et moi, dans le fond de mon cœur – et sans que ma conscience m'en fît un reproche –, je pensais au bienfait que ce serait pour lui si Heathcliff lui ôtait sa misérable vie, et au bienfait que ce serait pour moi, si l'autre renvoyait Heathcliff à sa vraie demeure ! Tandis que je réfléchissais à ces choses, un coup donné par ce dernier fit voler en éclats la lucarne placée derrière moi et la farouche figure apparut avec un regard haineux. Les appuis de l'ouverture étaient trop rapprochés pour permettre à ses épaules de passer, et je me mis à sourire, heureuse de ma sécurité imaginaire. Ses cheveux et ses vêtements étaient blancs de neige et ses dents aiguisées, qui se découvraient sous la sensation du froid et l'effet de la rage, luisaient dans l'ombre comme celles d'un cannibale.

« – Isabelle, laissez-moi entrer, ou je vous en ferai repentir ! « grogna-t-il », comme dit Joseph.

« – Je ne peux commettre un crime, répondis-je. Mr. Hindley monte la garde avec un couteau et un pistolet chargé.

« – Faites-moi entrer par la porte de la cuisine, dit-il.

« – Hindley y sera avant vous. Et quel pauvre amour est le vôtre s'il ne peut supporter une tempête de neige ! Vous nous laissiez en paix dans nos lits tant que brillait une lune d'été, mais dès que survient une rafale de vent, il faut que vous couriez à l'abri ! Heathcliff, si j'étais vous, j'irais m'étendre sur sa tombe et je mourrais comme un chien fidèle. Maintenant le monde ne vaut sûrement pas la peine d'y vivre, n'est-ce pas ? Vous m'aviez clairement convaincue que Catherine était la seule joie de votre vie, comment croire que vous puissiez survivre à cette perte ?

« – Il est là, n'est-ce pas ? cria Hindley, courant

vers l'ouverture. Que je passe mon bras dehors et je pourrai le frapper.

« Je crains, Ellen, que vous ne me trouviez bien mauvaise, mais vous ne savez pas tout, donc ne jugez pas. Pour rien au monde, je ne contribuerais à un attentat contre une vie humaine, même la sienne. Quant à souhaiter sa mort, je le dois. Aussi fus-je cruellement déçue et plutôt terrifiée des conséquences qu'auraient mes moqueries lorsque je le vis se jeter sur l'arme d'Earnshaw et la lui arracher des mains.

« Le coup partit et la lame, lancée en arrière, pénétra profondément dans le poignet de son possesseur. Heathcliff l'en retira brutalement, tailladant la chair au passage, et il le jeta tout sanglant dans sa poche. Puis il prit une pierre, démolit le bois qui séparait les deux carreaux et entra d'un bond. Son adversaire était tombé sans connaissance sous l'effet de la douleur et du flot de sang qui avait jailli d'une artère ou d'une grosse veine. Le bandit se précipita sur lui en le piétinant et lui frappa la tête à plusieurs reprises contre les dalles, tout en me maintenant moi-même pour que je n'aille pas appeler Joseph. Il montra une extraordinaire domination de soi-même en s'abstenant de l'achever ; il s'arrêta enfin, à bout de souffle, puis il traîna vers le banc le corps en apparence inanimé. Alors, il déchira la manche de la veste d'Earnshaw et banda la blessure avec une dureté cruelle, crachant et jurant pendant cette opération avec autant d'énergie qu'il avait frappé auparavant. Profitant de ma liberté, je ne perdis pas de temps et allai chercher le vieux domestique. Celui-ci, ayant compris peu à peu le sens de mon récit précipité, s'empressa de descendre en sautant les marches deux par deux et arriva tout essoufflé.

« – Qu'est-ce qu'y a à c't'heure ? Qu'est-ce qu'y a à c't'heure ?

« – Il y a, tonna Heathcliff, que votre maître est fou, et s'il est encore en vie dans un mois, je le ferai enfermer. Et comment diable m'avez-vous laissé dehors, chien édenté que vous êtes ? Ne restez pas là à grommeler et à marmotter. Venez, ce n'est pas moi qui vais le soigner. Essuyez-moi tout ça et prenez garde à la flamme de votre chandelle… c'est plus qu'à moitié du brandy !

« – Et ainsi, vous l'avez assassiné, s'écria Joseph, levant les yeux et les mains au ciel avec horreur. C'est-y possible de voir pareil spectacle ! Puisse le Seigneur…

« Heathcliff lui donna un coup qui le fit tomber à genoux dans le sang et lui jeta une serviette, mais au lieu de commencer le nettoyage, Joseph joignit les mains et entama une prière dont l'étrange phraséologie provoqua mon rire. J'étais dans un tel état d'esprit que rien ne pouvait plus m'intimider ; en fait, j'étais aussi insouciante que le sont certains condamnés au pied de la potence.

« – Oh ! je vous avais oubliée, dit le tyran. C'est vous qui allez faire cela. Par terre ! Vous avez conspiré avec lui contre moi, n'est-ce pas, serpent ? Eh bien ! voilà de l'ouvrage pour vous !

« Il me secoua jusqu'à me faire claquer des dents et me jeta contre Joseph qui, après avoir continué sa supplique sans broncher, se leva et déclara qu'il partait sur-le-champ pour la Grange. Mr. Linton était un magistrat, et même si cinquante de ses femmes étaient mortes, il faudrait bien qu'il ouvrît une enquête. Il paraissait si résolu à le faire que Heathcliff jugea utile de m'obliger à raconter ce qui s'était passé. Penché sur moi, il haletait de colère tandis que je répondais à contrecœur à ses questions. Il ne fut pas facile de convaincre le vieil homme que Heathcliff n'était pas l'agresseur, d'autant que les réponses m'étaient péniblement arrachées. Cependant, Mr. Earnshaw lui prouva bientôt lui-même qu'il était encore en vie. Joseph s'empressa de lui administrer une dose d'alcool, et, grâce à ce secours, son maître reprit mouvement et connaissance. Heathcliff, s'apercevant que son adversaire ignorait quel traitement il avait subi pendant son évanouissement, lui persuada qu'il était en proie aux délires de l'ivresse. Il consentait, ajouta-t-il, à oublier son infâme conduite, mais il l'engageait à aller se coucher. Sur ce judicieux conseil, il nous quitta à ma grande joie, et Hindley s'étendit devant l'âtre. Quant à moi, je me retirai dans ma chambre, m'émerveillant de m'en être tirée à si bon compte.

« Ce matin, lorsque je suis descendue environ une heure avant midi, Mr. Earnshaw était assis près du feu, en piteux état. Son mauvais génie, presque aussi efflanqué et aussi décomposé que lui, était appuyé contre la cheminée. Aucun des deux ne paraissait disposé à déjeuner et, après avoir patienté jusqu'au moment où tout fut froid sur la table, je commençai seule. Rien ne m'empêchait de manger avec appétit, et j'éprouvais un certain sentiment de satisfaction et de supériorité lorsque, jetant par instants un regard vers mes compagnons, je me sentais la conscience en repos. Après avoir terminé, je m'aventurai près du feu, et, liberté inusitée, faisant le tour du siège d'Earnshaw, je m'agenouillai dans le coin à côté de lui.

« Heathcliff ne s'aperçut pas de ma manœuvre et je levai les yeux vers lui, contemplant ses traits avec presque autant de hardiesse que s'il eût été changé en statue. Son front, que j'avais autrefois jugé si énergique et où je vois à présent la marque du démon, était assombri par un pli accablant ; ses yeux de basilic étaient presque éteints par l'insomnie, par les pleurs peut-être, car on remarquait ses cils humectés ; ses lèvres, débarrassées de leur féroce ricanement, étaient scellées dans une expression de tristesse intraduisible. Eût-il été quelqu'un d'autre, je me serais caché la figure à la vue d'une telle douleur. Mais du moment que c'était lui, j'étais comblée et, si vil que cela paraisse d'insulter un ennemi abattu, je ne pus manquer cette occasion de le percer d'une flèche. Sa faiblesse était le seul instant où je pouvais goûter le plaisir de rendre le mal pour le mal.

— Fi, mademoiselle, dis-je. On croirait que vous n'avez jamais ouvert une Bible de votre vie. Si Dieu afflige vos ennemis, cela devrait vous suffire. C'est à la fois méprisable et présomptueux d'ajouter vos tortures aux siennes !

— Oui, Ellen, continua-t-elle, j'avoue que ce le serait en général, mais quel supplice infligé à Heathcliff pourrait me contenter à moins que je n'y aie une part ? Je préférerais qu'il souffrît moins si je pouvais provoquer ses souffrances et qu'il sût que j'en suis la cause. Oh ! quelle dette j'ai envers lui ! Il ne me sera possible de lui pardonner qu'à la condition de lui rendre œil pour œil, dent pour dent, torture pour torture, afin de le réduire à mon état. Comme il a été le premier à nuire, lui faire demander grâce le premier, et alors... alors, Ellen, je pourrai faire acte de générosité. Mais il est impossible que j'obtienne ma revanche et par conséquent que je lui pardonne.

« Hindley désirait un peu d'eau, je lui tendis un verre et lui demandai comment il allait.

« – Pas aussi mal que je le voudrais, répondit-il. Mais sans parler de mon bras, tous les points de mon corps sont aussi douloureux que si je m'étais battu avec une légion de démons.

« – Oh ! ce n'est pas étonnant, repris-je. Catherine se vantait souvent d'être entre vous et vos souffrances physiques. Elle voulait dire par là que certaines personnes ne vous toucheraient pas, de peur de lui déplaire. C'est heureux qu'on ne puisse sortir réellement d'une tombe, car sans cela, la nuit dernière, elle aurait assisté à une scène abominable. N'êtes-vous pas meurtri et contusionné à la poitrine et aux épaules ?

« – Je ne sais pas, répondit-il, mais que voulez-vous dire ? Aurait-il osé me frapper tandis que j'étais par terre ?

« – Il vous a piétiné, donné des coups, il a cogné votre tête contre le sol, murmurai-je. Il avait envie de vous déchirer à pleines dents, parce qu'il n'est qu'à moitié homme... même pas... et le reste est d'un monstre.

« Mr. Earnshaw leva les yeux comme moi vers

notre ennemi. Absorbé dans sa douleur, celui-ci semblait insensible à tout ce qui l'entourait. Plus il restait ainsi et plus la noirceur de ses réflexions ressortait au travers de ses traits.

« – Oh ! si Dieu me donnait la force de l'étrangler dans mon agonie suprême, j'irais avec joie en enfer, gémit le pauvre égaré, essayant de se lever et retombant, désespéré de se reconnaître incapable de lutter.

« – Non, il suffit qu'il ait tué l'un de vous, dis-je à haute voix. Tout le monde sait à la Grange que votre sœur vivrait encore sans Mr. Heathcliff. Après tout, il vaut mieux être haï qu'aimé par lui. Lorsque je me souviens combien nous étions heureux… combien Catherine était heureuse avant qu'il arrive, je suis prête à maudire ce jour.

« Très probablement, Heathcliff fut plus frappé par la vérité de ces paroles que par l'intention qui les avait dictées. Son attention fut éveillée, je le vis, car des larmes coulèrent de ses yeux et il poussa de profonds soupirs. Je le regardai en face et me mis à rire dédaigneusement. Les deux brumeuses lucarnes de l'enfer lancèrent brusquement des éclairs dans ma direction, mais le démon qui veillait là généralement était si submergé, si vacillant, que je ne craignis pas de risquer un autre sarcasme.

« – Levez-vous et disparaissez de ma vue, dit cet homme accablé.

« Du moins je devinai ces mots, car sa voix était à peine intelligible.

« – Je vous demande pardon, répondis-je. Mais, moi aussi j'aimais Catherine, et son frère réclame

des soins que, par amour pour elle, je lui donnerai. Maintenant qu'elle est morte, je la vois en
Hindley : Hindley a exactement les mêmes yeux,
ou les aurait, si, en essayant de les lui arracher,
vous ne les aviez pas rendus de toutes les couleurs. Et sa...

« – Levez-vous, misérable idiote, avant que je
vous broie comme un fétu ! cria-t-il en faisant un
mouvement qui m'en fit faire un aussitôt.

« – Mais alors, continuai-je avant de m'enfuir,
si la pauvre Catherine avait cru en vous et avait
accepté le titre ridicule, méprisable, dégradant, de
Mrs. Heathcliff, elle aurait bientôt offert le même
spectacle ! Mais elle n'aurait pas supporté tranquillement votre abominable conduite, elle, et sa
haine et son dégoût auraient sûrement éclaté un
jour.

« Le dossier du banc et la personne d'Earnshaw nous séparaient. C'est pourquoi, au lieu de
chercher à m'attraper, il saisit un couteau sur la
table et il me le lança à la tête. Atteinte derrière
l'oreille, je fus arrêtée net dans ma phrase, mais,
après avoir arraché la lame, je me précipitai vers
la porte et débitai une autre vérité, qui, je l'espère,
pénétra encore plus profondément que son projectile. La dernière vision que j'eus de lui fut un
élan furieux arrêté par l'étreinte de son hôte et qui
se termina par la chute des deux hommes enlacés
devant le feu. Dans ma fuite à travers la cuisine,
j'ordonnai à Joseph de courir au secours de son
maître. Je me cognai contre Hareton qui était en
train de pendre une portée de jeunes chiens au
dossier d'une chaise dans l'embrasure de la porte.

Et heureuse comme une âme s'échappant du purgatoire, je m'élançai, je bondis, je volai tout le long
du chemin escarpé. Puis, quittant les lacets de
la route, je coupai directement au milieu de la
lande, roulant sur les talus, pataugeant dans les
marécages, me précipitant littéralement vers le
fanal sauveur de la Grange. Et je préférerais de
beaucoup être condamnée à habiter éternellement
les régions infernales plutôt que de retourner, ne
serait-ce que pour une nuit, sous le toit de Hurlevent. »

Isabelle se tut et prit une gorgée de thé, puis
elle se leva et me demanda de lui mettre son chapeau et un grand châle que j'avais apporté. Après
quoi, sourde à ma prière de rester une heure de
plus, elle monta sur une chaise, baisa les portraits
d'Edgar et de Catherine, revint vers moi pour faire
de même, et courut à la voiture, escortée de Fanny
qui aboyait de joie d'avoir retrouvé sa maîtresse.

Le cheval l'emmena et on ne la revit plus jamais
dans nos parages. Une correspondance régulière
s'établit entre elle et mon maître lorsque les choses
furent devenues stables. Je crois que sa nouvelle
demeure était dans le Sud, près de Londres. Là
naquit un fils quelques mois après sa fuite. Il fut
baptisé Linton et, dès le début, elle nous le dépei-
gnit comme un être souffreteux et maussade.

Mr. Heathcliff, me rencontrant un jour dans le
village, me demanda où elle vivait. Je refusai de le
lui dire. Il ajouta que cela n'avait pas d'importance
pourvu qu'elle se gardât de revenir chez son frère.
Il lui défendait d'habiter là et la prendrait plutôt à
sa charge. Bien que je ne lui eusse fourni aucune

indication, il découvrit, par d'autres domestiques, à la fois le lieu de résidence et l'existence de l'enfant. Cependant, il ne la tourmenta pas, faveur dont elle fut redevable, je pense, à l'aversion qu'il lui gardait. Il me demandait souvent des nouvelles de l'enfant quand il me voyait et, lorsqu'il apprit son nom, il dit avec un sourire sinistre :

— Ils veulent donc que je le haïsse lui aussi, hein ?

— Ils veulent, je crois bien, que vous ne sachiez rien de lui, répondis-je.

— Mais je le reprendrai quand j'en aurai envie. Ils peuvent y compter !

Ce fut presque une chance pour la mère de mourir avant ce moment, quelque treize ans après le décès de Catherine, alors que Linton avait douze ans ou un peu plus.

Le lendemain de la visite faite à l'improviste par Isabelle, je n'eus pas l'occasion de parler à mon maître. Il fuyait les conversations et était incapable de raisonner sur quoi que ce fût. Lorsque je pus me faire écouter, je compris qu'il était heureux de savoir que sa sœur avait quitté un homme qu'il détestait avec une force que sa douce nature n'eût pas laissé supposer. Sa haine était si profonde et si vive qu'il s'interdisait tous les endroits où il eût risqué de voir et d'entendre Heathcliff. Cette conduite, s'ajoutant à son chagrin, le transforma en un véritable ermite. Il abandonna sa charge de magistrat, cessa même de fréquenter l'église, évita le village autant qu'il le put et mena, à l'intérieur de son parc et de ses terres, une vie de réclusion complète, à laquelle il n'apporta d'autre variété que des promenades solitaires dans la lande et des visites à la tombe de sa femme. Encore les faisait-il le plus souvent le soir ou de bonne heure le matin, avant que nul ne fût dehors. Mais il était trop bon pour être longtemps malheureux à ce point. Il ne pria pas, lui, pour que l'esprit de Catherine vînt le hanter. Le temps lui apporta la résignation et une mélancolie plus douce que la joie ordinaire. Il évoquait son souvenir avec un amour ardent et tendre, et il mettait tout son espoir dans un monde meilleur où il ne doutait pas qu'elle ne fût allée.

Il eut aussi des consolations et des affections terrestres. Je vous ai dit que, pendant quelques jours, il ne parut accorder aucune attention à la chétive créature laissée par la disparue. Sa froideur fondit aussi vite que neige en avril, et, avant que la petite chose eût balbutié un mot ou risqué un pas chancelant, elle régna en despote sur le cœur de son père. Elle fut baptisée Catherine, mais il ne l'appela jamais de son nom entier, de même qu'il n'avait jamais donné de diminutif à la première Catherine, probablement parce que Heathcliff avait l'habitude de le faire. La petite fille fut toujours pour lui Cathy, ce qui la distinguait de sa mère tout en établissant un lien entre elles. Et son attachement provenait de cette ascendance bien plus que de son droit paternel.

J'établissais souvent des parallèles entre lui et Hindley Earnshaw, et j'étais embarrassée d'expliquer pourquoi leur conduite était aussi dissemblable dans des circonstances identiques. Tous deux avaient été des maris aimants, attachés à leur enfant, et je ne pouvais comprendre pourquoi ils n'avaient pas suivi tous deux la même voie, en bien ou en mal. Mais, pensais-je, Hindley, avec sa tête plus solide en apparence, s'est montré, c'est triste à dire, le plus indigne et le plus faible. Son bateau ayant échoué, le capitaine a abandonné son poste ; et l'équipage, au lieu de chercher à sauver l'infortuné navire, s'est précipité dans la mutinerie et le désordre. Linton, au contraire, a montré le vrai visage d'une âme droite et croyante : il eut confiance en Dieu et Dieu le réconforta. L'un espéra et l'autre désespéra. Ils choisirent leur sort et furent avec raison contraints de le subir. Mais vous n'avez pas besoin de mes réflexions morales, Mr. Lockwood ; vous jugerez aussi bien que moi toutes ces choses, du moins vous le croirez et c'est le principal.

La fin d'Earnshaw fut ce qu'on pouvait attendre ; il suivit de près sa sœur, à peine à six mois d'intervalle. Nous autres, à la Grange, n'avons jamais rien su au juste des jours qui précédèrent sa mort. Tout ce que j'appris me fut rapporté tandis que j'aidais à la préparation des obsèques. Mr. Kenneth était venu annoncer l'événement à mon maître.

— Eh bien ! Nelly, dit-il, se montrant un matin à cheval, de trop bonne heure pour que le pressentiment d'une mauvaise nouvelle ne vînt pas me frapper aussitôt, c'est votre tour et le mien d'être en deuil à présent. Qui nous a faussé compagnie cette fois, à votre avis ?

— Qui ?

— Eh bien ! devinez, répondit-il en descendant de cheval et en suspendant la bride à un cochet près de la porte. Et apprêtez le coin de votre tablier, je suis sûr que vous en aurez besoin.

— Sûrement pas Mr. Heathcliff ? m'écriai-je.

— Quoi ! Verseriez-vous des larmes pour lui ? Non, Heathcliff est un individu jeune et résistant. Il a l'air florissant aujourd'hui. Je viens de le voir. Il reprend rapidement des chairs depuis que sa moitié n'est plus auprès de lui.

— Qui est-ce, alors, Mr. Kenneth ? répétai-je avec impatience.

— Hindley Earnshaw ! Votre vieil ami Hindley, et mon diable de compagnon, bien qu'il eût depuis longtemps adopté une vie un peu trop déréglée pour moi. Là ! j'avais bien dit que nous verserions des larmes. Mais remettez-vous. Il est mort fidèle à lui-même, ivre comme un lord. Pauvre garçon ! Je suis bien triste, moi aussi. On ne peut s'empêcher de regretter un ancien voisin, quoiqu'il ait eu dans son sac plus de mauvais tours qu'on en puisse inventer et qu'il m'ait fait plus d'une canaillerie. Il avait à peine vingt-sept ans, je crois. C'est votre âge ! Qui aurait pu croire que vous étiez nés la même année !

J'avoue que ce coup fut plus sensible pour moi que la mort de Mrs. Linton. D'anciens souvenirs m'envahirent. Je m'assis sous le porche, pleurant comme s'il s'agissait d'un parent, et je suppliai Mr. Kenneth de trouver une autre servante pour l'introduire auprès du maître. Je ne pouvais m'empêcher de me poser cette question : « Est-ce que ça s'est passé normalement ? » J'avais beau faire,

cette idée me tourmentait et elle m'obséda à un
tel point que je demandai la permission d'aller
à Hurlevent pour rendre les derniers devoirs au
mort. Mr. Linton fit beaucoup de difficultés pour
me l'accorder, mais je mis en avant l'abandon où
devait se trouver Hindley et je déclarai que mon
ancien maître et frère de lait avait autant que lui
droit à mes services. De plus, je lui rappelai que le
petit Hareton était le neveu de sa femme et qu'en
l'absence de parents plus rapprochés, il devait en
assumer la charge. Il fallait aussi qu'il s'enquît du
sort de la propriété et qu'il prît en main les intérêts
de son beau-frère. Incapable de s'occuper par lui-
même de semblables questions à ce moment-là, il
me demanda d'en parler à son homme d'affaires.
Et il finit par m'autoriser à partir.

Son homme d'affaires avait été aussi celui
d'Earnshaw. J'allai le voir au village et le priai de
m'accompagner. Il secoua la tête et me conseilla
de laisser Heathcliff en paix, prétendant que si la
vérité était connue, on découvrirait que Hareton
était presque réduit à la mendicité.

— Son père est mort endetté, dit-il, et toute la
propriété est hypothéquée. La seule chance qu'on
puisse souhaiter à l'héritier naturel est d'éveiller la
sympathie dans le cœur de son créancier afin que
celui-ci soit enclin à plus de générosité.

Lorsque j'atteignis Hurlevent, j'expliquai ma
venue par le souci de veiller à ce que tout s'ac-
complît décemment. Joseph, qui paraissait passablement affecté, exprima sa satisfaction de me
voir là. Mr. Heathcliff me dit qu'il ne sentait pas
la nécessité de ma présence, mais que je pouvais

rester et régler les dispositions à prendre pour
l'enterrement, si je le voulais.

— Pour être juste, dit-il, le corps de ce fou
devrait être enterré à la croisée des chemins, sans
cérémonie d'aucune sorte. Je l'ai par hasard laissé
seul dix minutes hier après-midi, et il en a profité pour barricader les deux portes de la maison
afin que je ne puisse rentrer, puis il a passé la
nuit à s'enivrer de sang-froid jusqu'à en mourir !
Ce matin, nous avons pénétré de force, car nous
l'entendions ronfler comme un cheval. Il était
là, couché sur le banc, on aurait pu le scalper et
l'écorcher sans l'éveiller. J'envoyai chercher Kenneth qui est arrivé, mais pas avant que la brute
ne fût plus qu'une charogne. Il était à la fois mort
et froid, et même raide. Vous conviendrez donc
qu'il était inutile de s'agiter davantage à son sujet !

Le vieux domestique confirma ce récit, mais il
marmotta :

— Dommage qu'il soit pas allé, lui, chercher le
docteur ! J'aurais pris soin du maître mieux qu'il
n'a fait... C'est qu'il était point mort quand je suis
parti, point du tout.

J'insistai pour que les funérailles fussent honorables. Mr. Heathcliff me dit que sur ce point
aussi je pouvais agir comme il me plairait ; il me
priait seulement de me souvenir que, dans toute
cette affaire, l'argent sortait de sa poche.

Il conserva une attitude dure et indifférente, qui
n'exprimait ni joie, ni affliction, à peine, si on l'eût
voulu y lire quelque chose, l'impitoyable satisfaction d'avoir mené à bien un ouvrage difficile. Une
seule fois je remarquai clairement sur sa figure

une lueur de triomphe, ce fut au moment où le cercueil sortit de la maison. Il avait eu l'hypocrisie de se mettre en deuil et, avant de suivre le convoi avec Hareton, il hissa l'infortuné enfant sur la table et murmura avec une expression singulière :

— Maintenant, mon bonhomme, tu es à moi ! Et nous verrons si un arbre peut résister mieux qu'un autre quand le même vent les fait plier.

L'innocent petit être parut enchanté de ce discours ; il se mit à jouer avec les favoris de Heathcliff et à caresser ses joues. Mais moi, qui en avais deviné le sens, je repartis durement :

— Il faut que cet enfant rentre avec moi à Thrushcross Grange, monsieur. Il n'est rien sur terre qui nous appartienne moins que lui.

— Est-ce l'avis de Linton ?

— Naturellement... il m'a donné l'ordre de le ramener, répondis-je.

— Bien, reprit le misérable, nous n'allons pas discuter cela maintenant, mais j'ai envie de faire mon apprentissage comme éducateur. Aussi faites comprendre à votre maître que s'il veut me l'enlever, je le remplacerai par mon propre enfant. Je ne m'engage pas à laisser partir Hareton sans lutte, mais je suis bien sûr de faire venir l'autre ! N'oubliez pas de le lui dire.

Cet avis suffisait à nous lier les mains. Je rapportai ces propos à Edgar Linton, et, comme dès le début il s'était peu intéressé à la chose, il ne parla plus d'intervenir. Du reste, je ne suis pas persuadée qu'il eût pu le faire utilement, même s'il en avait eu le désir.

L'intrus était devenu le maître de Hurlevent

par une possession dûment établie ; il prouva à l'avoué, qui à son tour le prouva à Mr. Linton, qu'Earnshaw avait hypothéqué chaque parcelle de ses terres pour trouver l'argent nécessaire à sa passion du jeu, et le prêteur, c'était lui, Heathcliff. Grâce à ce moyen, Hareton, qui serait aujourd'hui le premier notable du pays, fut réduit à un état de complète dépendance par l'ennemi invétéré de son père. Il vit comme un domestique dans sa propre demeure, n'ayant même pas l'avantage de recevoir un salaire et parfaitement incapable de se faire rendre justice, car il manque d'amis et ignore qu'il a été lésé.

XVIII

Les douze années qui suivirent cette lugubre période, continua Mrs. Dean, furent les plus heureuses de ma vie. Mes principales préoccupations furent causées par les petites maladies que notre jeune demoiselle dut supporter, comme tous les enfants, riches ou pauvres. En dehors de cela, les six premiers mois écoulés, elle poussa comme un bel arbuste, et fut capable de parler et de marcher à sa façon avant que la bruyère eût fleuri deux fois sur la tombe de Mrs. Linton. Jamais une maison désolée ne reçut le rayonnement d'une créature aussi charmante. Au physique, une réelle beauté, avec les splendides yeux noirs des Earnshaw, mais la peau claire, les traits fins, les cheveux dorés et ondulés des Linton. Son caractère était turbulent, mais sans rien de rude, et tempéré par un cœur sensible qui se donnait tout entier à ses affections. Cette grande faculté d'attachement me rappelait sa mère, cependant elle ne lui ressemblait pas, car elle pouvait être douce et tendre comme une colombe et avait une voix agréable, une expression pensive. Sa colère n'était jamais violente, son amour jamais farouche, mais profond et caressant. Toutefois, il faut reconnaître que certains défauts nuisaient à ces qualités. L'un était un penchant à l'impertinence, l'autre, une volonté obstinée que tous les enfants gâtés acquièrent invariablement, qu'ils aient bon ou mauvais caractère. S'il arrivait qu'un domestique la contrariât, c'était toujours : « Je le dirai à papa ! » Et si celui-ci la réprimandait, ne fût-ce que d'un regard, vous auriez cru qu'elle en avait le cœur brisé. Je ne crois pas qu'il lui ait jamais adressé un mot vif. Il se chargea entièrement de son éducation, tout en considérant cela comme un amusement. Par chance, la curiosité et une intelligence éveillée la rendirent parfaite élève ; elle apprenait rapidement et avec passion ; et elle fit honneur à son enseignement.

Jusqu'à treize ans, elle n'avait jamais franchi seule les limites du parc. Mr. Linton l'emmenait parfois avec lui un mille environ au-dehors, mais il ne la confiait à personne d'autre. Gimmerton était pour elle un nom sans signification, l'église, le seul bâtiment dont elle se fût approchée et où elle eût pénétré, sa propre demeure exceptée. Hurlevent et Mr. Heathcliff n'existaient pas pour elle ; elle vivait parfaitement recluse et, en apparence, parfaitement satisfaite. Quelquefois, il est vrai, alors qu'elle contemplait la campagne de la fenêtre de sa chambre, elle demandait :

— Ellen, dans combien de temps pourrai-je aller au haut de ces montagnes ? Je voudrais savoir ce qu'il y a de l'autre côté... Est-ce la mer ?

— Non, Miss Cathy, ce sont encore des montagnes pareilles à celles-ci.

— Et à quoi ressemblent ces roches d'or quand on est au pied ? demanda-t-elle une fois.

La pente abrupte des roches de Pennistow attirait particulièrement son attention, surtout lorsque le soleil couchant brillait là et sur les autres sommets, et que l'ombre baignait tout le paysage alentour. Je lui expliquai que c'étaient de simples masses de pierres dénudées, dont les crevasses contenaient à peine assez de terre pour nourrir un arbre rabougri.

— Et pourquoi sont-ils brillants alors qu'il fait nuit depuis longtemps ici ? continua-t-elle.

— Parce qu'ils sont beaucoup plus hauts que nous, répondis-je. Vous ne pourriez pas y grimper, ils sont trop élevés et trop escarpés. En hiver, il y gèle toujours plus tôt qu'ici, et en plein été j'ai trouvé de la neige dans ce trou noir, sur le versant nord-est !

— Oh ! vous y êtes montée, cria-t-elle joyeusement. Alors je pourrai y aller aussi quand je serai grande. Papa y est allé, Ellen ?

— Papa vous dirait qu'ils n'en valent pas la peine, mademoiselle, répondis-je avec précipitation. La lande où vous vous promenez avec lui est beaucoup plus jolie. Et le parc de Thrushcross est le plus bel endroit du monde.

— Mais je connais le parc et je ne connais pas ces montagnes, murmura-t-elle. Et ce serait si amusant de regarder autour de soi du sommet le plus élevé ! J'irai un jour sur mon petit poney Minny.

Une servante acheva de lui faire perdre la tête en parlant devant elle de la Grotte des Fées, et elle n'eut plus qu'une envie : mettre ce projet à exécution. Elle en tourmenta si bien Mr. Linton qu'il lui promit de lui laisser faire cette excursion lorsqu'elle serait plus âgée. Mais Miss Catherine comptait son âge tous les mois, et cette question : « Maintenant suis-je assez grande pour aller à la Roche de Pennistow ? » ne quittait pas ses lèvres. La route qu'il eût fallu suivre passait tout près de Hurlevent. Edgar n'avait pas le courage de la prendre. Aussi recevait-elle perpétuellement la même réponse : « Pas encore, mon amour, pas encore. »

Je vous ai dit que Mrs. Heathcliff vécut encore une douzaine d'années après avoir quitté son mari. Sa famille était de constitution délicate, Edgar et elle manquaient tous deux de cette belle santé qu'on voit généralement par ici. Je ne sais trop quelle fut sa dernière maladie. Je présume qu'ils moururent de la même façon, après une sorte de fièvre, faible au début, mais inguérissable et qui, vers la fin, vous consume rapidement. Elle écrivit à son frère pour lui apprendre le dénouement probable du mal qui la faisait souffrir depuis quatre

mois, et elle le supplia de venir la rejoindre, s'il le
pouvait, car, outre qu'elle avait plusieurs choses
à régler, elle souhaitait lui dire adieu et mettre
Linton en sécurité entre ses mains. Elle espérait
que Linton pourrait rester avec lui comme il était
resté avec elle. Le père de l'enfant, aimait-elle à se
persuader, n'avait nul désir d'assumer la charge
de son entretien et de son éducation. Mon maître,
sans hésiter, se rendit à son appel. Bien qu'il répu-
gnât ordinairement à quitter sa maison, il accourut auprès d'elle, me recommandant de surveiller
particulièrement Catherine en son absence. Il
donna des ordres réitérés pour qu'elle ne vagabon-
dât pas hors du parc, même sous mon escorte ;
il ne songeait pas, cela va sans dire, qu'elle pût
sortir seule.

Il fut absent trois semaines. Les deux premiers
jours, ma jeune maîtresse resta assise dans un
coin du bureau, trop triste pour lire ou pour jouer.
Durant cette période de tranquillité, elle me causa
peu de soucis, mais bientôt vint l'impatience, et
avec elle l'agitation et la maussaderie. Comme
j'étais trop occupée et trop vieille aussi pour courir de tous côtés afin de l'amuser, je dus lui chercher des distractions hors de ma compagnie. Je
pris l'habitude de l'envoyer en promenade dans le
parc, tantôt à pied, tantôt à cheval ; et au retour, je
la récompensais en prêtant une attention patiente
à toutes ses aventures réelles ou imaginaires.

L'été resplendissait dans toute sa beauté, et elle
prit un tel goût à ces sorties solitaires qu'il lui
arrivait souvent de rester dehors du déjeuner au
goûter ; la soirée passait ensuite à inventer des his-

toires. Je ne craignais pas qu'elle n'allât hors de la limite permise, car les grilles étaient généralement fermées et je pensais qu'elle se serait difficilement risquée au-delà, eussent-elles été grandes ouvertes. Malheureusement, ma confiance se trouva mal placée. Un matin, à huit heures, Catherine vint à moi, déclarant qu'elle était ce jour-là un marchand arabe qui allait traverser le désert avec sa caravane. Il fallait que je lui donne beaucoup de provisions pour elle et ses bêtes, un cheval et trois chameaux, lesquels étaient personnifiés par un chien de chasse et deux chiens d'arrêt. Je mis ensemble une bonne quantité de friandises dans un panier que je suspendis d'un côté de la selle. Et, gaie comme un elfe, elle sauta à cheval, protégée du soleil de juin par un chapeau à larges bords et un voile de gaze. Elle partit avec un rire joyeux, qui raillait mes conseils de ne pas galoper et de rentrer de bonne heure. La petite délurée ne parut pas au goûter. Un des voyageurs, le chien de chasse, étant un vieil animal qui aimait ses aises, revint. Quant à Cathy, son poney, ses deux autres chiens, on ne les apercevait d'aucun côté. Je dépêchai des émissaires sur ce chemin-ci, puis sur cet autre, et finis par aller moi-même à sa recherche. Un paysan travaillait à une clôture en bordure du domaine. Je lui demandai s'il avait vu notre jeune demoiselle.

— Je l'ai vue au matin, répondit-il, elle m'a dit de lui couper une baguette de coudrier, puis elle a fait sauter sa bête par-dessus la haie que voilà, à l'endroit où c'est le plus bas, et elle a disparu au galop.

Vous pouvez deviner dans quel état je fus en apprenant cette nouvelle. Il me vint aussitôt à l'esprit qu'elle était allée aux rochers de Pennistow. « Que va-t-il lui arriver ? », dis-je en me précipitant à travers la brèche que l'homme était en train de réparer et en me dirigeant vers la grande route. J'abattais mille après mille, comme si un enjeu était au bout. Enfin un tournant m'amena en vue de Hurlevent, mais je ne découvris Catherine nulle part. Les rochers se trouvent à un mille et demi de la maison de Mr. Heathcliff, celle-ci est elle-même à quatre milles de la Grange, aussi commençai-je à craindre que la nuit ne vînt à tomber avant que j'y arrive. « Et si elle a glissé en grimpant, pensai-je, et qu'elle s'est tuée ou qu'elle s'est brisé quelque membre ? » Mon inquiétude était réelle, aussi ce fut avec un grand soulagement que j'aperçus, en passant précipitamment devant la ferme, Charlie, le plus sauvage des deux chiens, couché sous une fenêtre et une oreille en sang. J'ouvris la barrière et courus à la porte, frappant avec force pour me faire ouvrir. Ce fut une femme que je connaissais, et qui habitait autrefois Gimmerton, qui répondit. Elle était là en service depuis la mort de Mr. Earnshaw.

— Ah ! dit-elle, vous êtes venue chercher votre petite maîtresse ! N'ayez pas peur. Elle est en sûreté ici, mais je suis heureuse que ce ne soit pas le maître qui arrive.

— Alors, il n'est pas là ? demandai-je, tout essouflée par la marche rapide et l'anxiété.

— Non, non, répondit-elle, lui et Joseph sont partis et je crois qu'ils ne reviendront pas avant

une heure ou davantage. Entrez et reposez-vous
un peu.

J'entrai et aperçus devant le feu ma brebis égarée, assise et se balançant dans un petit fauteuil
qui avait été celui de sa mère au temps de son
enfance. Son chapeau était pendu au mur et elle
semblait tout à fait chez elle, riant et bavardant de
la meilleure humeur avec Hareton – maintenant
un grand et vigoureux garçon de dix-huit ans –
qui la considérait avec une forte dose de curiosité
et d'étonnement, sans rien comprendre à la suite
abondante de remarques et de questions qu'elle
ne cessait de faire.

— Très bien, mademoiselle, m'écriai-je, cachant
ma joie sous un air fâché. C'est votre dernière promenade à cheval jusqu'au retour de votre père.
Je ne vous laisserai plus franchir le seuil de la
maison, méchante, méchante enfant !

— Ah ! Ellen ! cria-t-elle gaiement, se mettant
debout et courant à moi. J'aurai une bien jolie
histoire à vous raconter ce soir. Vous m'avez donc
trouvée ! Est-ce que vous étiez déjà venue ici ?

— Mettez ce chapeau et rentrons tout de suite.
Je suis très mécontente contre vous, Miss Cathy.
Vous avez mal agi. Ce n'est pas la peine de faire
la moue et de pleurer, cela ne me dédommagera
pas des inquiétudes que j'ai eues en parcourant
toute la campagne à votre recherche. Quand je
pense que Mr. Linton m'avait recommandé de ne
pas vous laisser sortir et que vous prenez ainsi
la fuite ! Cela prouve que vous êtes un rusé petit
renard et personne n'aura plus confiance en vous.

— Qu'est-ce que j'ai fait ? dit-elle en sanglo-

tant, subitement décontenancée. Papa ne m'a rien
défendu, il ne me grondera pas, Ellen... Il n'est
jamais fâché comme vous !

— Venez, venez ! répétai-je. J'attacherai votre
ruban. Et ne soyons pas aussi agitée. Quelle
honte ! Avoir treize ans et être un pareil bébé !

Mon exclamation était venue de ce qu'elle avait
reculé vers la cheminée hors de ma portée, après
avoir arraché son chapeau de sa tête.

— Non, Mrs. Dean, ne soyez pas sévère avec la
gentille demoiselle, dit la servante. C'est nous qui
l'avons retenue ; elle voulait repartir de crainte
que vous ne fussiez inquiète. Hareton lui avait
proposé de l'accompagner et c'était sage, à mon
avis, car cette route de montagne est bien déserte.

Pendant cette discussion, Hareton se tenait
debout, les mains dans les poches, trop gauche
pour parler. Cependant, il ne paraissait pas goûter
mon arrivée.

— Combien de temps faudra-t-il que j'attende ?
continuai-je, sans prendre garde à l'intervention
de la femme. Il fera nuit dans dix minutes. Où
est le poney, Miss Catherine ? Et où est Phœnix ?
Je vais vous laisser si vous ne vous dépêchez pas,
ainsi faites comme il vous plaira.

— Le poney est dans la cour, répondit-elle, et
Phœnix est enfermé là. Il a été mordu... et Charlie
aussi. J'allais tout vous raconter, mais vous êtes de
mauvaise humeur et ne le méritez pas.

Je ramassai son chapeau et m'approchai d'elle
pour le lui remettre, mais, voyant que les gens de
la maison prenaient son parti, elle commença à
bondir autour de la pièce ; je lui donnai la chasse,

tandis qu'elle courait comme une souris entre les
meubles, passant par-dessous et par-derrière, ce
qui rendait ma poursuite ridicule. Hareton et
la femme riaient, elle se joignit à eux et devint
plus impertinente encore jusqu'au moment où je
m'écriai, fort irritée :

— Eh bien ! Miss Cathy, si vous saviez à qui
est cette maison, vous seriez contente d'en sortir.

— C'est celle de votre père, n'est-ce pas ?
demanda-t-elle en se tournant vers Hareton.

— Non, répondit-il en regardant par terre et en
rougissant de timidité.

Il ne pouvait supporter le regard hardi de Catherine, bien que les yeux de celle-ci fussent exactement semblables aux siens.

— Celle de qui, alors ?... De votre maître ?

Il rougit davantage, mais avec un sentiment différent, marmotta un juron et tourna le dos.

— Qui est son maître ? demanda la terrible
enfant, s'adressant à moi. Il a dit « notre maison »
et « nos domestiques ». Je croyais qu'il était le fils
du propriétaire. Et il ne m'a jamais appelée Mademoiselle. Il aurait dû le faire, n'est-ce pas, si c'est
un valet ?

À ce discours enfantin, le front de Hareton se
couvrit d'un nuage. Je secouai, sans répondre, la
petite questionneuse et réussis enfin à l'équiper
pour le départ.

— Maintenant allez chercher mon cheval,
ordonna-t-elle à ce cousin ignoré, comme s'il
avait été un des palefreniers de la Grange. Et vous
pouvez venir avec moi. Je veux voir l'endroit où
le chasseur fantôme surgit du marais. Je veux

connaître aussi vos « contes des faî », comme vous
dites, mais dépêchez-vous ! Qu'est-ce qu'il y a ?
Amenez mon cheval, je vous dis.

— Tu pourras bien être damnée avant que je
te serve de domestique ! grogna le jeune garçon.

— Être quoi ?... demanda Catherine tout étonnée.

— Damnée... tu entends, espèce de singesse
effrontée !

— Voilà, Miss Cathy, dis-je vivement. Vous
voyez en quelle belle compagnie vous vous êtes
mise. Jolis mots à employer devant une jeune
demoiselle ! Je vous en prie, ne commencez pas
à vous disputer avec lui. Venez, cherchons nous-
mêmes Minny, et allons-nous-en.

— Mais, Ellen, cria-t-elle, ouvrant de grands
yeux et restant immobile de stupéfaction, comment ose-t-il me parler ainsi ? N'est-il pas obligé
de faire ce que je lui dis ? Vilain homme, je le
raconterai à papa. Et nous verrons...

Cette menace ne troublant pas Hareton, des
larmes d'indignation lui vinrent aux yeux.

— Alors, amenez vous-même mon poney, cria-
t-elle en se tournant vers la femme, et lâchez tout
de suite mon chien.

— Doucement, mademoiselle, répondit l'autre,
vous ne perdez rien à être polie. Quoique Mr. Hareton, qui est là, ne soit pas le fils du maître, il est
votre cousin, et je n'ai pas été engagée pour vous
servir.

— Lui, mon cousin ! s'écria Cathy avec un rire
méprisant.

— Oui, oui, parfaitement, affirma l'adversaire.

— Oh ! Ellen, ne leur laissez pas dire de semblables choses, repartit-elle toute troublée. Papa
est allé chercher mon cousin à Londres. Mon cousin est le fils d'un monsieur. Celui-là, mon cousin !...

Elle s'arrêta et se mit à pleurer à chaudes
larmes, bouleversée par la seule pensée d'avoir
une parenté avec un semblable rustre.

— Chut, chut ! lui dis-je tout bas, on peut avoir
plusieurs cousins et de tous les genres, Miss Cathy,
sans se porter plus mal pour cela. Seulement on
n'a pas besoin de les fréquenter s'ils sont désagréables ou méchants.

— Il n'est pas... il n'est pas mon cousin, Ellen,
continua-t-elle, retrouvant de nouveaux sujets de
chagrin à la réflexion et se réfugiant dans mes
bras pour y échapper.

J'étais très mécontente contre elle et contre la
servante à la suite de leurs révélations mutuelles.
Je ne doutais pas que l'arrivée prochaine de
Linton, annoncée par Cathy, ne fût rapportée à
Mr. Heathcliff. J'étais sûre aussi que la première
pensée de ma jeune maîtresse, dès le retour de
son père, serait d'éclaircir ce qu'elle venait d'apprendre sur ce cousin si grossier.

Hareton, oubliant qu'elle l'avait pris pour un
domestique, sembla ému par sa détresse. Pour
l'apaiser, il alla chercher dans le chenil, après
avoir amené le poney devant la porte, un joli petit
chien de race qu'il lui mit entre les mains avec un
mot à sa façon qui voulait la rassurer. Arrêtant
ses lamentations, elle le contempla avec un regard
d'effroi, puis elle recommença de plus belle.

Je pus difficilement m'empêcher de sourire à la vue de cette antipathie pour le pauvre garçon. Il était bien découplé et vigoureux, avait de jolis traits, une belle taille et une apparence de force et de santé, mais les vêtements étaient appropriés à sa besogne journalière dans la ferme et à son braconnage de lapins et autre gibier dans la lande. Cependant, sa physionomie me paraissait révéler un meilleur cœur que celui de son père. De bonnes graines perdues au milieu d'une forêt de mauvaises herbes qui les empêchaient de germer. Toutefois on se trouvait en présence d'un sol riche qui aurait pu produire de superbes moissons en des circonstances plus favorables. Je crois que s'il n'avait pas subi les mauvais traitements physiques de Mr. Heathcliff, c'était grâce à sa nature qui, n'ayant peur de rien, n'offrait pas d'attrait à ce genre d'oppression ; il n'avait à aucun degré la susceptibilité craintive qui, au jugement de Mr. Heathcliff, eût ajouté du piquant à ces procédés. Celui-ci paraissait avoir dirigé son activité néfaste à le transformer en brute : on ne lui avait jamais appris ni à lire ni à écrire, on ne l'avait jamais réprimandé pour une mauvaise habitude du moment qu'elle ne gênait pas son gardien, on ne l'avait jamais guidé d'un pas vers la vertu ou protégé d'un seul précepte contre le vice.

Et, à ce que je compris, Joseph avait contribué largement à sa dégradation par une partialité bornée qui le portait à le flatter et à le gâter depuis l'enfance parce qu'il était l'héritier de la vieille famille. Et comme il avait eu l'habitude autrefois d'accuser Catherine Earnshaw et Heathcliff de

pousser le maître à bout par ce qu'il nommait leurs
« mauvaises manières », et de l'obliger à chercher
une consolation dans la boisson, de même à présent, il chargeait de tous les défauts de Hareton
celui qui avait usurpé son bien. Quand le gamin
jurait, il ne le corrigeait pas, ni en aucune occasion d'ailleurs, si blâmable que fût sa conduite.
On eût dit que Joseph le voyait avec joie s'engager dans la plus mauvaise voie. Il admettait que
le garçon était perdu et son âme vouée à l'enfer ;
mais alors il considérait que Heathcliff en serait
responsable et s'entendrait réclamer le rachat de
Hareton, et cette pensée lui apportait une puissante consolation.

Joseph lui avait inspiré l'orgueil de son nom et
de sa lignée. S'il l'avait osé, il aurait alimenté la
haine qui dressait Hareton contre le possesseur
de Hurlevent, mais la frayeur qu'il éprouvait de
celui-ci allait jusqu'à la superstition, et il s'arrêtait
à des insinuations obscures et à des malédictions
intérieures. Je ne prétends pas être entièrement au
courant de la vie ordinaire à Hurlevent pendant
cette période. Je ne parle que par ouï-dire, car je
n'ai pas vu grand-chose. Les gens du village affir-
maient que Mr. Heathcliff était « pingre » et très
dur comme propriétaire envers ses fermiers ; mais
la maison avait repris, à l'intérieur, son ancien
air de confort grâce à une direction féminine ;
et les scènes de scandale qui étaient courantes
du temps de Hindley ne se reproduisaient plus
entre ces murs. Le maître était trop sombre pour
rechercher une compagnie bonne ou mauvaise.
Et il l'est encore.

Mais ceci ne fait pas progresser mon histoire.
Miss Catherine repoussa l'offre de paix représentée
par le petit chien et réclama les deux qui lui appartenaient, Charlie et Phœnix. Ils se présentèrent en
boitant, la tête basse, et nous nous mîmes tous en
route de très méchante humeur. Je ne pus savoir
de ma jeune maîtresse comment elle avait passé la
journée. J'appris seulement que le but de son pèlerinage avait été, comme je le supposais, le Rocher
de Pennistow. Elle était arrivée sans aventure
jusqu'à la barrière de la ferme, lorsque Hareton
sortit à l'improviste, accompagné par une meute
de chiens qui attaquèrent le convoi de Catherine.
Il y avait eu une jolie bataille avant que leurs propriétaires aient réussi à les séparer, et cela avait
servi de présentation. Catherine apprit à Hareton
qui elle était, où elle allait, et elle lui demanda de
lui indiquer la route, puis le charma si bien qu'il
finit par l'accompagner. Il lui dévoila les mystères
de la Grotte des Fées et d'une vingtaine d'autres
endroits curieux. Mais, comme j'étais en disgrâce,
je ne fus pas favorisée d'une description de toutes
les choses intéressantes qu'elle avait vues. Je compris cependant qu'elle s'était bien entendue avec
son guide jusqu'au moment où elle l'avait blessé
en lui parlant comme à un domestique et où la
servante l'avait blessée, elle, en appelant Hareton
son cousin. Le langage tenu par lui alors ulcé-
rait son cœur. Elle qui était toujours « amour » et
« chérie », « reine » et « ange » pour tout le monde
à la Grange, être insultée aussi insolemment par
un étranger ! Elle n'en revenait pas et j'eus fort à
faire pour qu'elle me promît de ne pas exposer ses

griefs à son père. Je lui expliquai que celui-ci était
très monté contre les habitants de Hurlevent et
qu'il serait extrêmement contrarié de savoir qu'elle
y était allée. Mais j'insistai encore plus sur le fait
que, si elle lui apprenait que j'avais négligé les
ordres qu'il m'avait donnés, il se pourrait que sa
colère fût telle que je fusse congédiée. Catherine
ne put supporter cette pensée. Elle me donna sa
parole et la tint, par égard pour moi. Après tout,
c'était une gentille petite fille.

XIX

Une lettre bordée de noir annonça le retour de
mon maître. Isabelle était morte ; il me demandait
de préparer le deuil de sa fille et d'installer une
chambre ainsi que tout ce qui serait nécessaire
à son jeune neveu. Catherine fut ivre de joie à la
pensée de revoir son père et elle se laissa aller aux
plus confiantes espérances sur les innombrables
perfections de son « vrai cousin ». Le jour de leur
arrivée tant attendue vint enfin. Depuis l'aube elle
avait été occupée à disposer ses propres petites
affaires, et maintenant, vêtue de sa nouvelle robe
noire – pauvre enfant ! la mort de sa tante ne
lui avait laissé aucun chagrin bien défini –, elle
m'avait obligée, à force de tracasseries, à aller à
leur rencontre au bout de la propriété.

— Linton a juste six mois de moins que moi,
dit-elle gaiement, tandis que nous avancions sans

nous presser entre les bosses gazonnées et les creux moussus, à l'ombre des arbres. Que ça va être agréable de l'avoir pour compagnon de jeux ! Tante Isabelle avait envoyé à papa une très jolie boucle de ses cheveux. Ils étaient plus clairs que les miens... plus blonds et tout aussi fins. Je les ai gardés, je les ai rangés soigneusement dans une petite boîte de verre et j'ai souvent pensé à la joie que j'aurais à voir celui qui les possède. Oh ! que je suis heureuse !... Et papa, mon cher, cher papa ! Allons, Ellen, courons ! Courons !

Elle se mit à courir, revint, repartit plusieurs fois avant que mon pas plus calme ne m'ait menée à la grille. Elle s'assit alors sur le talus couvert d'herbe, à côté du sentier, et elle essaya d'attendre patiemment, mais c'était impossible, elle ne pouvait rester immobile une seconde.

— Comme c'est long ! s'écria-t-elle. Ah ! je vois de la poussière sur la route... Ils arrivent ? Non ! Quand seront-ils là ? Ne pouvons-nous avancer un peu ?... un demi-mille, Ellen, un demi-mille seulement ? Dites oui... Jusqu'à ce bouquet de bouleaux au tournant !

Je refusai catégoriquement. Enfin, son attente cessa, la voiture des voyageurs apparut au tournant. Miss Cathy poussa un cri et tendit les bras dès qu'elle aperçut la figure de son père qui regardait par la portière. Il descendit, presque aussi impatient qu'elle, et un long moment s'écoula sans qu'ils s'occupent des autres. Tandis qu'ils échangeaient des caresses, je jetai un rapide coup d'œil sur Linton. Il était endormi dans un coin, enroulé dans un épais manteau doublé de fourrure, comme si on avait été en hiver. C'était un jeune garçon pâle et délicat, qui aurait pu être pris pour un frère cadet de mon maître, tant la ressemblance entre eux était forte, mais il y avait dans toute sa personne un air de mauvaise humeur maladive qu'Edgar Linton n'avait jamais eue. Celui-ci me vit contempler l'enfant, et, après m'avoir dit bonjour, il me recommanda de fermer la portière et de ne pas le déranger, car le voyage l'avait fatigué. Cathy aurait bien voulu le regarder, mais son père lui dit de venir et ils remontèrent ensemble à travers le parc, tandis que je courais en avant prévenir les domestiques.

— Maintenant, chérie, dit Mr. Linton à sa fille, tandis qu'ils s'arrêtaient au bas du grand escalier, ton cousin n'est ni aussi fort, ni aussi gai que toi. Souviens-toi qu'il a perdu sa mère il y a très peu de temps, aussi ne faut-il pas t'attendre à ce qu'il joue et coure partout le premier jour. Ne le fatigue pas par tes paroles. Laisse-le tranquille ce soir au moins, veux-tu ?

— Oui, oui, papa, répondit Catherine, mais je voudrais le voir, il n'a pas encore regardé dehors une seule fois !

La voiture s'arrêta et le dormeur, ayant été réveillé, fut déposé à terre par son oncle.

— Voici ta cousine Cathy, Linton, dit-il réunissant leurs petites mains. Elle t'aime déjà beaucoup et tâche de ne pas lui faire de la peine en pleurant cette nuit. Essaie maintenant d'être gai. Le voyage est terminé et tu n'as rien d'autre à faire que te reposer et t'amuser comme il te plaira.

— Laissez-moi aller au lit alors, répondit le

jeune garçon, reculant devant les embrassades de Catherine, et portant la main à ses yeux pour essuyer les larmes qui s'y amassaient.

— Allons, allons, soyez gentil, chuchotai-je en le conduisant dans la maison. Vous allez la faire pleurer aussi... Regardez comme vous la rendez triste !

Je ne sais si c'était parce qu'elle partageait sa peine, mais sa cousine avait une aussi piteuse figure que la sienne et elle retourna près de son père. Tous trois entrèrent et montèrent dans la bibliothèque où le thé était déjà préparé. J'enlevai le chapeau et le manteau de Linton, et l'installai sur une chaise près de la table. Mais à peine fut-il assis qu'il recommença à pleurer. Mon maître lui demanda ce qu'il avait.

— Je ne peux pas m'asseoir sur une chaise, dit le petit garçon en sanglotant.

— Va sur le divan alors, et Ellen t'apportera du thé, répondit son oncle avec patience.

Je suis sûre qu'il avait dû être mis à rude épreuve pendant le voyage par cet enfant souffreteux et grognon. Linton se traîna lentement vers le divan et s'allongea. Cathy apporta un tabouret et mit sa tasse près de lui. Elle resta un instant silencieuse, mais cela ne pouvait pas durer. Elle avait résolu de faire de son petit cousin le compagnon favori dont elle rêvait. Et elle se mit à caresser ses boucles, à l'embrasser sur les joues, à lui offrir du thé dans sa soucoupe comme s'il avait été un bébé. Cela lui plut, car il n'était guère autre chose. Il essuya ses yeux et sa figure s'éclaira d'un faible sourire.

— Oh ! cela ira très bien, me dit mon maître après les avoir observés une minute. Très bien... si nous pouvons le garder, Ellen. La compagnie d'une enfant de son âge lui inspirera bientôt une nouvelle disposition d'esprit, et, souhaitant d'être fort, il le deviendra.

« Oui, si nous pouvons le garder ! » pensai-je en moi-même. Je fus envahie de pénibles pressentiments, me disant qu'il y avait peu d'espoir à cela. Et, dans ce cas, je me demandais comment cet être chétif vivrait à Hurlevent ? Entre son père et Hareton, quels seraient ses compagnons de jeu et ses professeurs ? Nos doutes furent bientôt résolus... même plus tôt que je ne m'y attendais. Je venais de faire monter les enfants après le thé et j'avais attendu que Linton s'endormît – il ne m'aurait pas laissée partir avant –, j'étais redescendue et me trouvais dans l'entrée, près de la table, en train d'allumer une bougie pour la chambre de Mr. Edgar, lorsqu'une femme de chambre sortit de la cuisine et m'informa que le domestique de Mr. Heathcliff, Joseph, était à la porte et désirait parler au maître.

— Je vais d'abord lui demander ce qu'il veut, dis-je avec précipitation. Bien mauvaise heure pour venir déranger les gens, surtout quand ils rentrent d'un long voyage. Je ne crois pas que le maître puisse le recevoir.

Joseph avait pénétré dans la cuisine tandis que je prononçais ces mots et il s'avança dans le hall. Il était vêtu de ses habits du dimanche, avait pris sa figure la plus dévote et la plus revêche, et, tenant son chapeau d'une main et sa canne de l'autre, il se mit à frotter ses chaussures sur le paillasson.

— Bonsoir, Joseph, dis-je froidement. Qu'est-ce qui vous amène ici ce soir ?

— C'est à Mr. Linton que j'ai à parler, dit-il, me repoussant d'un geste dédaigneux.

— Mr. Linton est allé se coucher. À moins que vous n'ayez quelque chose de spécial à lui dire, je suis sûre qu'il ne vous recevra pas maintenant, continuai-je. Vous feriez mieux de vous asseoir ici et de me confier votre message.

— Où est sa chambre ? dit le drôle en examinant la rangée de portes fermées.

Je vis qu'il était décidé à refuser mon entremise. Je montai donc à contrecœur dans la bibliothèque et annonçai le visiteur inopportun, tout en conseillant de le renvoyer au lendemain. Mr. Linton n'eut pas le temps de m'y autoriser, car Joseph était monté sur mes talons et, entrant brusquement, il se planta au bout le plus éloigné de la pièce, les deux poings serrés sur la tête de sa canne. Là il commença à parler sur un ton élevé, comme s'il prévoyait une certaine opposition.

— Heathcliff m'a envoyé chercher son gars, et je ne peux pas m'en retourner sans lui.

Edgar Linton resta un moment sans parler. Une expression de profond chagrin recouvrit son visage. Sa nature le portait à s'apitoyer sur le sort du pauvre enfant, mais, se souvenant de l'espérance et de la crainte exprimées par Isabelle, de ses souhaits anxieux au sujet de son fils, de sa recommandation suprême, il souffrait d'autant plus cruellement et cherchait du fond du cœur le moyen de ne pas l'abandonner. Malheureusement nul plan ne se présentait. S'il avait manifesté le plus simple désir de le garder, le ravisseur n'en aurait montré que plus d'insistance. Il n'y avait rien d'autre à faire que de le laisser aller. Cependant il ne voulait pas le tirer de son sommeil.

— Dites à Mr. Heathcliff, répondit-il avec calme, que son fils ira à Hurlevent demain. Il est dans son lit, et trop fatigué pour entreprendre maintenant le trajet. Vous pourrez aussi lui dire que la mère de Linton désirait qu'il restât sous ma garde. Et en ce moment sa santé est très précaire.

— Non, dit Joseph en frappant le plancher de sa canne et en prenant un air d'autorité. Non ! Tout ça ne veut rien dire. Heathcliff se moque de la mère et de vous pareillement. Mais il veut son gars et y faut que je l'emmène. Donc, maintenant, vous voilà renseigné !

— Vous ne l'emmènerez pas ce soir ! répondit Linton avec fermeté. Redescendez à l'instant et répétez à votre maître ce que je vous ai dit. Ellen, conduisez-le en bas. Allez...

Et, poussant du bras le vieux, indigné, il débarrassa la pièce de sa présence et ferma la porte.

— Très bien, cria Joseph en s'en allant lentement. Demain, c'est lui-même qui viendra, et on verra bien si vous osez le mettre dehors !

XX

Pour empêcher que cette menace ne fût mise à exécution, Mr. Linton me chargea de conduire de bonne heure, le matin, le jeune garçon à Hurlevent, sur le poney de Catherine.

— Comme nous n'aurons plus d'influence maintenant sur sa destinée, bonne ou mauvaise, il ne faut pas que vous disiez à ma fille où il est allé. Elle ne pourra plus le fréquenter à l'avenir et le mieux pour elle est d'ignorer son voisinage, de peur qu'elle ne désire aller à Hurlevent. Dites-lui seulement que le père de Linton l'a envoyé chercher subitement et qu'il a été obligé de nous quitter.

Linton se montra très peu disposé à sortir de son lit à cinq heures du matin et il fut surpris d'apprendre qu'il devait se préparer à voyager de nouveau. Mais j'adoucis la chose en lui expliquant qu'il allait passer quelque temps avec son père, Mr. Heathcliff. Celui-ci désirait tellement le voir qu'il ne voulait pas différer ce plaisir jusqu'à ce que son fils se fût remis de sa dernière expédition.

— Mon père ! s'écria-t-il, avec un air étonné et curieux. Maman ne m'avait jamais dit que j'avais un père. Où habite-t-il ? J'aurais préféré rester avec mon oncle.

— Il n'habite pas loin de la Grange, répondis-je, juste derrière ces montagnes, et ce n'est pas assez loin pour que vous ne puissiez venir en promenade jusqu'ici lorsque vous serez bien portant.

Vous devriez être content d'aller chez vous et de le
voir. Il faut que vous essayiez de l'aimer, comme
vous aimiez votre mère, et alors il vous le rendra.

— Mais pourquoi n'ai-je pas entendu parler de
lui avant ? demanda Linton. Pourquoi maman et
lui ne vivaient-ils pas ensemble comme les autres
personnes ?

— Ses affaires le retenaient dans le Nord, et
la santé de votre mère l'obligeait à habiter dans
le Sud.

— Et pourquoi maman ne m'a-t-elle jamais
parlé de lui ? insista l'enfant. Elle parlait souvent
de mon oncle et il y a longtemps que j'avais appris
à l'aimer. Comment pourrai-je aimer mon père ?
Je ne le connais pas.

— Oh ! tous les enfants aiment leurs parents,
dis-je. Votre mère pensait peut-être que vous
voudriez aller avec lui si elle vous en avait parlé
trop souvent. Dépêchons-nous. Une promenade
matinale à cheval par un si beau temps est bien
préférable à une heure de sommeil en plus.

— Viendra-t-elle avec nous, la petite fille que
j'ai vue hier ?

— Pas maintenant, répondis-je.

— Et mon oncle ? continua-t-il.

— Non, c'est moi qui vous conduirai là-bas.

Linton retomba sur son oreiller et sombra dans
une profonde méditation.

— Je ne partirai pas sans mon oncle, cria-t-il
enfin. Je ne peux pas savoir où vous voulez me
mener.

J'essayai de lui démontrer combien c'était mal
à lui de manifester une telle répugnance à retrou-

ver son père. Malgré cela il refusa obstinément de
se préparer et je dus avoir recours à mon maître
pour le décider, à force de ruses, à sortir de son lit.
Le pauvre petit partit finalement, après des assu-
rances nombreuses et illusoires que son absence
serait courte, que Mr. Edgar et Cathy iraient le
voir, et autres promesses aussi peu fondées que
j'inventai et que je renouvelai tout le long du
chemin. L'air pur qui sentait la bruyère, le soleil
resplendissant et le trot agréable de Minny adou-
cirent bientôt son désespoir. Il commença à me
questionner sur sa nouvelle demeure et ses habitants, avec plus d'intérêt et d'animation.

— Est-ce qu'à Hurlevent c'est aussi joli qu'à
Thrushcross Grange ? demanda-t-il en se retournant pour jeter un dernier regard sur la vallée d'où
une légère brume montait et formait un nuage
floconneux sur le bord du ciel bleu.

— Ce n'est pas aussi enfoui dans les arbres,
répondis-je, et ce n'est pas aussi grand, mais on a
une vue merveilleuse sur toute la campagne alentour et l'air y sera plus fortifiant pour vous… il est
plus frais et plus sec. Vous trouverez peut-être, au
début, que la construction est vieille et sombre,
mais c'est pourtant la plus belle demeure du voisinage, ou presque. Et vous pourrez faire de si jolies
promenades dans la lande ! Hareton Earnshaw
– c'est l'autre cousin de Miss Cathy, et en quelque
sorte le vôtre – vous montrera les endroits les plus
agréables, et, quand il fera beau, vous pourrez
emporter un livre et faire d'un creux de verdure
votre salle de travail. Puis, de temps en temps,

votre oncle vous rejoindra pendant vos sorties ; il va souvent se promener sur ces montagnes.

— Et comment est mon père ? demanda-t-il. Est-il aussi jeune et aussi bien que mon oncle ?

— Il est aussi jeune, mais il a des cheveux noirs et des yeux noirs, et il a l'air plus sévère. Il est aussi plus grand et plus fort. Peut-être, au début, ne vous paraîtra-t-il pas aussi doux et aussi bon, parce que ce n'est pas son genre. Pourtant ayez soin d'être ouvert et affectueux envers lui, et naturellement il vous aimera plus qu'aucun oncle, puisque vous êtes son enfant.

— Des cheveux noirs, des yeux noirs ! dit Linton rêveur. Je ne peux me le représenter. Je ne lui ressemble pas alors, n'est-ce pas ?

— Pas beaucoup, répondis-je.

« Pas du tout », pensai-je en contemplant avec regret le teint pâle, la frêle charpente de mon compagnon, ses grands yeux languissants. C'étaient les yeux de sa mère, mais ils n'en avaient la vivacité étincelante qu'aux rares instants où son irritabilité maladive les faisait briller.

— Comme c'est curieux qu'il ne soit jamais venu nous voir, maman et moi ! murmura-t-il. Est-ce qu'il ne m'a jamais vu ? S'il m'a vu, je devais être tout petit. Je ne me souviens pas du tout de lui !

— Mais, Mr. Linton, trois cents milles sont une grande distance, et dix années paraissent très différentes de durée à une grande personne en comparaison de ce que c'est pour vous. Il est probable que Mr. Heathcliff avait, chaque année, l'intention d'y aller ; mais il n'a jamais trouvé une bonne occasion et maintenant c'est trop tard. Ne l'ennuyez pas de vos questions à ce sujet, cela l'irriterait bien inutilement.

L'enfant, pendant le reste du trajet, fut tout occupé par ses pensées. Quand nous nous arrêtâmes devant la barrière de la ferme, je tâchai de découvrir ses impressions sur son visage. Il examina avec une attention soutenue et grave la façade sculptée, les fenêtres à linteaux abaissés, les touffes éparses des groseilliers et les sapins tordus, puis il secoua la tête : tout en lui désapprouvait l'aspect de sa nouvelle demeure. Mais il eut la sagesse de retenir son blâme. Ne pouvait-il y avoir des compensations à l'intérieur ? Avant qu'il eût mis pied à terre, j'allai ouvrir la porte. Il était six heures et demie ; tous les habitants de la maison venaient de terminer leur petit déjeuner, la servante était en train de débarrasser et d'essuyer la table ; Joseph se tenait près du siège de son maître, racontant quelque histoire à propos d'un cheval boiteux, et Hareton se préparait à aller aux foins.

— Eh bien ! Nelly, dit Mr. Heathcliff en me voyant, je me demandais s'il me faudrait aller chercher moi-même ce qui m'appartient. Vous l'avez amené, n'est-ce pas ? Voyons ce que nous pourrons en faire.

Il se leva et se dirigea à grands pas vers la porte. Hareton et Joseph le suivirent, la bouche béante de curiosité. Le regard du pauvre Linton sauta avec frayeur d'une figure à l'autre.

— Sûr et certain, dit Joseph après une grave inspection, qu'y vous a triché, maître, et que c'est sa fille qu'il vous envoie !

Heathcliff, ayant dévisagé son fils d'une façon propre à le bouleverser, lança un rire méprisant.

— Dieu ! Quelle beauté ! Quel joli, quel charmant petit être ! s'écria-t-il. On a dû ne le nourrir que de laitage ou encore de limaces, hein ! Nelly ? Oh ! malheur ! mais c'est encore pire que je ne m'y attendais... et Dieu sait si je n'étais pas présomptueux !

Je dis à l'enfant, ahuri et tout tremblant, de descendre et d'entrer. Il ne comprenait pas clairement le discours de son père et ne savait s'il lui était adressé. Au vrai, il n'était pas tout à fait sûr que cet étranger hideux et ricanant fût son père. Il s'accrocha à moi avec une terreur grandissante et, lorsque Mr. Heathcliff prit un siège et lui lança : « Arrive ici ! » il cacha sa figure dans mon épaule et se mit à pleurer.

— Assez ! assez ! dit Heathcliff qui étendit la main, l'attira brutalement entre ses genoux et lui fit lever la tête en le prenant par le menton. Pas de ces bêtises ! Nous n'allons pas te faire de mal, Linton... n'est-ce pas là ton nom ? Tu es bien entièrement l'enfant de ta mère. Où est ma part en toi, poulet piailleur ?

Il enleva le chapeau de l'enfant, rejeta en arrière ses épaisses boucles blondes et tâta ses bras minces et ses petits doigts. Durant cet examen, Linton cessa de pleurer et leva ses grands yeux bleus sur celui qui l'inspectait.

— Me connais-tu ? demanda Heathcliff, après s'être convaincu que ses membres étaient tous également frêles et faibles.

— Non, dit Linton avec un regard éperdu de crainte.

— Tu as entendu parler de moi, je pense ?

— Non, répéta-t-il.

— Non ? Quelle honte pour ta mère de n'avoir jamais éveillé en toi un sentiment filial à mon égard ! Tu es mon fils, donc, et je te l'apprendrai. Ta mère a été une gredine de t'avoir laissé dans l'ignorance de ton père ! Et maintenant ne tremble pas ainsi et ne rougis pas, bien que je sois heureux de constater que ton sang n'est pas blanc. Sois un bon garçon et nous nous entendrons. Nelly, si vous êtes fatiguée, vous pouvez vous asseoir, sinon, rentrez chez vous. Je parie que vous allez raconter au pauvre individu qui habite la Grange tout ce que vous avez vu et entendu ici. Et ce petit être ne se calmera pas tant que vous traînerez autour de lui.

— Très bien, répondis-je. J'espère que vous serez bon pour l'enfant, Mr. Heathcliff, ou bien vous ne le conserveriez pas longtemps. Et c'est la seule famille que vous ayez sur terre, et que vous connaîtrez jamais... Souvenez-vous-en !

— Je serai très bon pour lui, n'ayez pas peur, dit-il en riant. Seulement personne autre ne doit être bon pour lui. Je suis jaloux et veux accaparer son affection. Et, pour commencer mes bontés, Joseph, apportez à déjeuner à ce garçon. Hareton, brute infernale, va-t'en à ton travail.

« Oui, Nelly, ajouta-t-il lorsqu'ils furent partis, mon fils est le futur propriétaire de la Grange et je ne voudrais pas qu'il meure avant d'avoir la certitude de lui succéder. En outre, il est à *moi*, et je veux avoir le triomphe de voir mon des-

cendant régner en maître sur *leurs* propriétés :
mon fils louant leurs enfants à gages afin de leur
faire cultiver la terre de leur père ! C'est la seule
considération qui puisse me faire supporter ce
petit drôle, car je le méprise en lui-même et je le
hais pour la mémoire qu'il ressuscite ! Mais cette
considération est suffisante, il est aussi en sécurité
avec moi et j'aurai autant soin de lui que votre
maître a soin de son enfant. J'ai une chambre en
haut, meublée de très belle manière à son intention. J'ai engagé aussi un précepteur qui viendra
trois fois par semaine de vingt milles d'ici pour
lui enseigner ce qu'il lui plaira d'apprendre. J'ai
ordonné à Hareton de lui obéir, et, en fait, j'ai tout
arrangé avec la pensée de le rendre supérieur à ses
compagnons. Je regrette cependant qu'il mérite
si peu cette peine. Si je désirais un bienfait en ce
monde, c'était de trouver en lui un objet digne
d'orgueil et je suis cruellement désappointé par
ce petit geignard à figure blême.

Tandis qu'il parlait, Joseph revint, portant un
bol de soupe au lait qu'il plaça devant Linton.
Celui-ci se détourna de ce plat grossier et déclara
qu'il ne le mangerait pas. Je vis que le vieux serviteur partageait largement le mépris de son maître
pour l'enfant, bien qu'il fût obligé de refouler ce
sentiment, car Heathcliff avait clairement signifié
à ses serviteurs de le respecter.

— Vous pouvez pas le manger ? répéta-t-il,
jetant un coup d'œil furtif sur la figure de Linton
et baissant la voix de crainte d'être entendu. Mais
Mr. Hareton a jamais rien mangé d'autre quand il

était petit, et ce qui était assez bon pour lui doit être assez bon pour vous aussi, je croirais bien !

— Je ne le mangerai pas ! répondit Linton d'un air hargneux. Emportez cela !

Joseph saisit le bol avec indignation et nous le porta.

— Y a-t-il quéqu' chose de mauvais dans c'te nourriture-là ? demanda-t-il, poussant le plateau sous le nez de Heathcliff.

— Qu'est-ce qui rendrait cela mauvais ? dit celui-ci.

— Eh bien ! votre délicat petit monsieur dit qu'il peut pas manger ça. C'est pas étonnant, bien sûr ! Sa mère était juste la même chose... Nous étions presque trop malpropres pour semer le blé qui devait faire son pain.

— Ne parlez pas de sa mère devant moi, dit le maître avec colère. Donnez-lui quelque chose qu'il puisse manger, voilà tout. Quelle est sa nourriture habituelle, Nelly ?

Je suggérai du lait bouilli ou du thé, et la femme de charge reçut l'ordre d'en faire. « Allons, pensai-je, l'égoïsme de son père contribuera peut-être à son bien-être. Il a compris qu'il était de faible constitution et qu'il fallait le traiter avec ménagements. Je vais apporter un soulagement à Mr. Edgar en lui faisant connaître le tour pris par l'humeur de Heathcliff. » N'ayant plus d'excuse pour m'attarder davantage, je me glissai dehors pendant que Linton était occupé à repousser timi-dement les avances d'un chien de berger. Mais il était trop sur le qui-vive pour qu'on pût le trom-

per ; tandis que je fermais la porte, j'entendis un
cri et ces paroles précipitées :

— Ne me laissez pas ! Je ne veux pas rester ici !
Je ne veux pas rester ici !

Puis le loquet se souleva et retomba. On ne lui
permettait pas de sortir. Je montai sur Minny et
lui fis prendre le trot. Ainsi finit ma brève tutelle.

XXI

Nous eûmes bien du tourment avec la petite
Cathy ce jour-là. Elle s'était levée gaiement, tout
impatiente de rejoindre son cousin, et des larmes
et des lamentations si passionnées accueillirent
la nouvelle de son départ, qu'Edgar lui-même dut
la consoler en affirmant qu'il reviendrait bientôt.
Il ajouta cependant : « s'il m'est possible de le
reprendre », et, de cela, il n'y avait pas d'espoir.
Cette promesse n'apaisa que médiocrement l'enfant, mais le temps fut plus efficace. Bien qu'elle
s'enquît encore par instants, auprès de son père,
du retour de Linton, les traits de celui-ci s'estom-
pèrent si bien dans sa mémoire que, lorsqu'elle le
revit, elle ne le reconnut pas.

Quand je rencontrais par hasard la femme de
charge de Hurlevent en faisant des courses à Gimmerton, je ne manquais pas de lui demander des
nouvelles du jeune maître, car il vivait presque
aussi à l'écart que Catherine et on ne le voyait
jamais. J'appris par elle que la santé de Linton

était toujours délicate et qu'il était bien lassant de le servir. Elle me dit que Mr. Heathcliff semblait le détester de plus en plus, bien qu'il essayât de le dissimuler. Le son même de sa voix lui était antipathique et il ne supportait pas de rester long-temps dans la même pièce. Il était rare qu'une conversation s'établît entre eux, et Linton passait ses soirées et apprenait ses leçons dans une petite pièce qu'on appelait le salon. Ou bien il restait couché toute la journée, car il ne cessait d'attra-per des bronchites, des rhumes, des maux et des douleurs de toutes sortes.

— Et je n'ai jamais vu créature aussi craintive et aussi occupée de soi, ajouta la femme. On en entend, si je laisse une fenêtre ouverte un peu tard le soir ! Oh ! c'est mortel, un souffle d'air la nuit ! Et il lui faut du feu en plein été, et il veut tout le temps des bonbons et des friandises, et toujours du lait, du lait en toute saison, sans s'inquiéter le moins du monde si, en hiver, nous sommes obligés de nous priver. Et il reste assis près du feu, enroulé dans son manteau de fourrure, avec une tartine, de l'eau, ou quelque autre médecine qui tiédit sur la grille de la cheminée. Et si Hare-ton, pris de pitié, vient l'amuser – Hareton n'a pas une mauvaise nature malgré sa rudesse –, ils se quittent toujours, l'un jurant et l'autre pleu-rant. Je crois que le maître serait assez content qu'Earnshaw le rosse à plate couture, s'il n'était pas son fils. Je suis bien persuadée, du reste, qu'il le jetterait dehors s'il savait la moitié des petits soins qu'il prend pour lui-même. Mais il n'y a pas de danger que cette tentation lui vienne : il n'entre jamais dans le salon, et si Linton exhibe ces façons dans la salle où il se trouve, il le renvoie aussitôt en haut.

Je devinai, à ce récit, que le manque total d'affection avait rendu le jeune Heathcliff égoïste et désagréable, s'il ne l'était déjà à l'origine. Mon intérêt pour lui en fut diminué bien que son sort m'émût toujours et que j'eusse encore du regret de son départ. Mr. Edgar m'encouragea à m'informer de lui ; il songeait souvent à l'enfant, je crois, et aurait volontiers pris le risque de le revoir. Il me dit un jour de demander à la femme de charge s'il n'allait jamais au village. Elle répondit qu'il n'y était allé que deux fois, à cheval, accompagné de son père, et il avait prétendu, pendant les trois ou quatre jours suivants, qu'il était complètement épuisé. La femme de charge quitta Hurlevent, si je me souviens bien, deux ans après son arrivée, et une autre que je ne connaissais pas lui succéda. Elle est encore là.

Le temps continua de s'écouler aussi agréablement qu'autrefois à la Grange, jusqu'à ce que Miss Cathy atteignît ses seize ans. Le jour de son anniversaire ne donnait jamais lieu à de grandes réjouissances, car c'était aussi l'anniversaire de la mort de ma précédente maîtresse. Son père passait invariablement ce jour-là seul dans la bibliothèque, et, à la tombée de la nuit, il allait jusqu'au cimetière de Gimmerton où il restait souvent passé minuit. Catherine en était donc réduite à ses propres ressources pour se distraire. Le 20 mars, cette année-là, fut une merveilleuse journée de

printemps. Lorsque son père se fut retiré, ma
jeune maîtresse descendit, habillée pour sortir,
et me dit qu'elle lui avait demandé la permission
d'aller se promener en bordure de la lande avec
moi. Mr. Linton l'avait accordée, à condition de
ne pas trop nous éloigner et de rentrer tôt.

— Alors dépêchez-vous, Ellen ! cria-t-elle. Je
sais où je veux aller, c'est à l'endroit où une bande
de coqs de bruyère s'est installée. Je veux voir s'ils
ont déjà fait leurs nids.

— Cela doit être assez loin, répondis-je, car ils
ne couvent pas sur le bord de la lande.

— Non, ce n'est pas loin. Je suis allée tout près
avec papa.

Je mis mon chapeau et sortis sans réfléchir
davantage. Elle bondissait devant moi comme un
jeune lévrier, revenait à mes côtés et repartait de
nouveau. Au début, je pris un grand plaisir à écouter les alouettes qui chantaient de toutes parts,
à jouir du beau soleil chaud, et à la contempler,
elle, ma petite gâtée, ma chérie, avec ses boucles
blondes flottant librement en arrière, ses joues
éclatantes, aussi délicates et pures dans leur fraîcheur qu'une églantine, et ses yeux rayonnant
d'une joie sans nuage. Elle était heureuse, alors,
c'était véritablement un ange. Quel dommage
qu'elle n'ait pu se contenter de ce bonheur !

— Eh bien ! Miss Cathy, où sont vos coqs de
bruyère ? demandai-je. Nous devrions être arrivées. La haie du parc de la Grange est à une
grande distance maintenant !

— Oh ! c'est un peu plus loin... à peine un peu
plus loin, Ellen, répondait-elle continuellement.

Montez sur ce tertre, passez ce remblai, et, avant que vous soyez arrivée de l'autre côté, j'aurai fait lever les oiseaux.

Mais il y avait tant de tertres et de remblais à franchir que je commençai à être fatiguée, et je lui dis qu'il fallait revenir sur nos pas. Je l'appelai en criant, car elle m'avait devancée de beaucoup. Elle ne m'entendit pas ou n'y prit pas garde, car je la vis courir en avant et je fus obligée de la suivre. Finalement elle disparut dans un creux et, quand je l'aperçus de nouveau, elle était deux milles plus près de Hurlevent que de sa propre demeure. Je distinguai alors deux personnes qui l'arrêtaient, dont l'une était Mr. Heathcliff, j'en étais sûre.

Cathy avait été prise en train de braconner ou, du moins, de chercher des nids d'oiseaux. Hurlevent étant la propriété de Mr. Heathcliff, celui-ci réprimandait la petite pillarde.

— Je n'en ai pris ni trouvé aucun, disait-elle, ouvrant les mains pour confirmer son récit, tandis que je me hâtai d'accourir. Je n'avais pas l'intention d'en prendre, mais papa m'avait dit qu'il y en avait des masses par ici, et je voulais voir leurs œufs.

Heathcliff me jeta un coup d'œil accompagné d'un mauvais sourire, me marquant par là qu'il savait à qui il avait affaire et que sa malveillance s'apprêtait. Il demanda qui était « papa » ?

— Mr. Linton, de Thrushcross Grange, répondit-elle. Je pensais bien que vous ne me connaissiez pas, sans quoi vous ne m'auriez pas parlé de cette façon.

— Vous supposez donc que votre père est gran-

dement estimé et respecté ? dit-il d'un ton sarcastique.

— Et vous, qui êtes-vous ? demanda Catherine,
regardant avec curiosité son interlocuteur. J'ai
déjà vu cet homme. Est-ce votre fils ?

L'autre individu ainsi désigné était Hareton, que
deux années avaient rendu plus épais et plus fort,
et qui paraissait aussi gauche et aussi grossier que
jamais.

— Miss Cathy, interrompis-je, cela va faire trois
heures au lieu d'une que nous sommes dehors. Il
faut absolument que nous rentrions.

— Non, cet homme n'est pas mon fils, répondit
Heathcliff en m'écartant. Mais j'en ai un et vous
l'avez déjà vu, lui aussi. Eh, bien que votre gouvernante ait l'air très pressée, je crois qu'un petit
repos vous serait salutaire à toutes deux. Voulez-
vous dépasser ce tertre couvert de bruyères et
venir jusque chez moi ? Vous rentrerez plus vite
chez vous après cette halte et vous serez la bienvenue.

Je dis tout bas à Catherine qu'elle ne devait à
aucun prix accepter cette proposition, qu'il ne
pouvait en être question.

— Pourquoi ? s'écria-t-elle à haute voix. Je suis
fatiguée de courir et, comme le sol est humide, je
ne peux m'asseoir ici. Allons-y, Ellen. De plus, il
dit que j'ai déjà vu son fils. Il se trompe, je crois,
mais je devine où il habite : c'est à la ferme où je
suis allée en revenant des Rochers de Pennistow.
N'est-ce pas ?

— Oui, j'habite là. Allons, Nelly, taisez-vous...
Ce sera une fête pour elle de nous voir dans notre

intérieur. Hareton, va en avant avec la jeune fille. Vous, Nelly, restez avec moi.

— Non, elle n'ira pas dans un endroit pareil, criai-je en me débattant pour dégager mon bras qu'il avait saisi.

Mais Cathy était déjà presque sur le seuil de la porte, après avoir contourné le monticule en courant à toute allure. Le compagnon qu'on lui avait désigné ne prit pas la peine de l'accompagner, il quitta brusquement la route et disparut.

— Mr. Heathcliff, ce que vous faites là est très mal, continuai-je, et aura les pires conséquences, vous le savez. Elle va voir Linton et tout sera répété dès que nous rentrerons. Et c'est moi qu'on blâmera.

— Je veux qu'elle voie Linton, répondit-il. Il est mieux portant ces jours-ci et il est rare qu'il puisse recevoir des visites. Nous la persuaderons facilement de ne rien raconter. Où est le mal là-dedans ?

— Le mal est que son père m'en voudrait beaucoup s'il découvrait que je lui ai permis d'entrer dans votre maison, et je suis convaincue que vous avez une mauvaise intention en la poussant à cela.

— Mon intention est aussi honnête que possible. Je vais vous la faire connaître entièrement. C'est que les deux cousins tombent amoureux l'un de l'autre et se marient. J'agis généreusement envers votre maître : son rejeton n'a aucune espérance et, si elle seconde mes désirs, elle partagera la succession de Linton.

— Mais si Linton mourait, et sa vie est tout à fait incertaine, Catherine hériterait de toute façon.

— Non, dit-il. Il n'y a pas de clause dans le testament qui garantisse cela. Sa propriété me reviendrait. Mais, pour prévenir des discussions, je souhaite leur union et je suis résolu à tout faire pour cela.

— Et je suis résolue à ne plus jamais la laisser approcher de votre maison en ma compagnie, répondis-je tandis que nous atteignions la grille où Miss Cathy nous attendait.

Heathcliff m'ordonna de rester tranquille, et, nous précédant le long de l'allée, il se hâta pour nous ouvrir la porte. Ma jeune demoiselle le regardait de temps en temps comme si elle ne pouvait pas exactement définir ce qu'il fallait penser de lui. Mais, lorsqu'il rencontrait son regard, il souriait et adoucissait sa voix pour lui parler. Je fus assez folle pour croire que le souvenir qu'il gardait à la mère de Cathy pourrait le désarmer et l'empêcher de lui vouloir du mal. Linton se tenait devant la cheminée. Il était allé se promener dans les champs, car il avait son chapeau, et il demandait à Joseph de lui porter des chaussures sèches. Il était grand pour son âge, n'ayant pas tout à fait seize ans. Ses traits étaient encore jolis, ses yeux et son teint étaient plus éclatants que je n'en avais gardé le souvenir, mais c'était un éclat passager dû à l'air salubre et au soleil bienfaisant.

— Et maintenant, qui est-ce ? demanda Heathcliff en se tournant vers Cathy. Pouvez-vous le dire ?

— Votre fils, répondit-elle après avoir examiné avec doute d'abord l'un, puis l'autre.

— Oui, oui, mais est-ce la première fois que

vous le voyez ? Réfléchissez ! Ah ! vous avez la
mémoire courte ! Linton, te rappelles-tu ta cousine ? Tu nous as assez tracassés pour la revoir !

— Quoi ! c'est Linton ! s'écria Cathy, joyeusement surprise à ce nom. Est-ce Linton ? Il est plus
grand que moi ! Êtes-vous vraiment Linton ?

Le jeune homme avança et se fit reconnaître.
Elle lui sauta au cou, puis ils considérèrent avec
étonnement le changement apporté par le temps
dans leur apparence respective. Catherine avait la
plénitude de sa taille ; sa silhouette était à la fois
ferme et élancée, souple comme de l'acier, et tout
son aspect respirait la santé et l'entrain. Le regard
et les mouvements de Linton étaient très languissants, et son corps était extrêmement mince. Mais
il y avait une grâce dans ses manières qui atténuait ce défaut et ne le rendait pas déplaisant.
Après lui avoir prodigué de nombreuses marques
de tendresse, sa cousine alla à Mr. Heathcliff,
qui était resté près de la porte, partageant son
attention entre ce qui se passait à l'intérieur et
à l'extérieur, ou plutôt prétendant regarder au-
dehors, alors qu'il n'observait en réalité que ce qui
se passait au-dedans.

— Et alors vous êtes mon oncle ? s'écria-t-elle,
se haussant pour l'embrasser. J'ai bien senti que
je vous aimais malgré votre mauvaise humeur du
début. Pourquoi ne venez-vous pas à la Grange
avec Linton ? Avoir vécu tant d'années si près de
nous sans jamais nous voir, n'est-ce pas singulier ?
Pour quelle raison ?

— Je suis allé là-bas une ou deux fois de trop,
avant votre naissance, répondit-il. Là... là... au

diable ! Si vous avez des embrassades à distribuer, faites-en profiter Linton. Pour moi, c'est peine perdue.

— Méchante Ellen ! cria Catherine, volant vers moi pour m'assaillir à mon tour de ses caresses désordonnées. Méchante Ellen ! Avoir voulu m'empêcher d'entrer ! Mais, à l'avenir, je ferai cette promenade tous les matins. Le permettrez-vous, mon oncle ? Et quelquefois j'amènerai papa. Ne serez-vous pas heureux de nous voir ?

— Naturellement, répondit l'oncle avec une grimace qui dissimulait mal son aversion pour les deux visiteurs en question. Mais attendez... continua-t-il en se tournant vers la jeune fille. À la réflexion, il vaut mieux que je vous en informe. Mr. Linton a une prévention contre moi. Nous nous sommes disputés à une certaine époque de notre vie, avec une férocité peu digne de chrétiens. Et si vous lui dites votre intention de venir ici, il s'opposera formellement à toutes ces visites. C'est pourquoi il ne faut pas lui en parler, à moins que vous ne teniez pas à revoir votre cousin. Vous pouvez venir, si vous le voulez, mais il ne faut pas qu'il le sache.

— Pourquoi vous êtes-vous disputés ? demanda Catherine consternée.

— Il me trouvait trop pauvre pour épouser sa sœur, répondit Heathcliff. Il s'est jugé offensé quand je l'ai fait et, blessé dans son orgueil, il ne me le pardonnera jamais.

— C'est mal ! dit la jeune fille. Je le lui dirai un jour. Mais Linton et moi n'avons rien à voir à votre querelle. Je ne viendrai pas ici, mais c'est lui qui ira à la Grange.

— Ce sera trop loin pour moi, murmura son cousin, une promenade de quatre milles me tuerait. Non, venez ici de temps en temps, Miss Catherine. Pas tous les matins, mais une ou deux fois par semaine.

Le père jeta sur son fils un regard d'amer mépris.

— Je crains de perdre mon temps, Nelly, me souffla-t-il. Miss Catherine, comme l'appelle ce nigaud, découvrira ce qu'il vaut et l'enverra au diable. Ah ! si ç'avait été Hareton ! Savez-vous que, vingt fois par jour, je regrette Hareton avec toute sa bassesse ? Oui, j'aurais aimé ce garçon s'il n'avait été qui il est. Je crois qu'il y a peu de chances qu'elle s'éprenne de lui. Mais je saurai bien le poser en rival, si l'être pitoyable qu'est Linton manque d'ardeur. Il est peu probable que celui-ci vive au-delà de dix-huit ans. Oh ! voyez-moi la pauvre chose ! Il est tout occupé à sécher ses souliers et ne la regarde même pas. Linton !

— Oui, père, répondit le garçon.

— N'as-tu rien à montrer à ta cousine, ici ou dehors ? Pas même un lapin ou un terrier de belette ? Emmène-la dans le jardin avant de changer de souliers, puis dans l'écurie pour qu'elle voie ton cheval.

— Ne préférez-vous pas rester ici ? demanda Linton, s'adressant à Cathy sur un ton qui n'exprimait aucun désir de se remettre en mouvement.

— Je ne sais pas, répondit-elle avec un vif regard d'envie vers la porte.

Il ne quitta pas son siège et se rapprocha du feu. Alors Heathcliff se leva, passa dans la cuisine, de là dans la cour, et appela Hareton. Celui-ci répondit et ils rentrèrent bientôt tous deux. Le jeune homme s'était lavé, ce qu'on voyait au brillant de ses joues et de ses cheveux mouillés.

— Oh ! c'est à vous, mon oncle, que je vais demander cela, cria Miss Cathy, se rappelant l'affirmation de la femme de charge. Lui n'est pas mon cousin, n'est-ce pas ?

— Si, c'est le neveu de votre mère. Ne vous plaît-il pas ?

Catherine prit une mine singulière.

— N'est-il pas beau garçon ? continua-t-il.

L'impertinente petite créature se dressa sur la pointe des pieds et chuchota une phrase à l'oreille de Heathcliff, qui se mit à rire. La figure de Hareton se rembrunit. Je compris qu'il était très prompt à se formaliser et qu'il avait certainement une obscure notion de son infériorité. Mais son maître ou tuteur chassa le froncement de sourcils en s'exclamant :

— Elle va te préférer à nous tous, Hareton. Elle dit que tu es un... qu'est-ce que c'était ? Eh bien ! quelque chose de très flatteur. Allons ! va faire le tour de la ferme avec elle. Et veille à te conduire comme un garçon bien élevé. Ne dis pas de gros mots, ne la contemple pas avec de grands yeux quand elle ne te regarde pas et, si elle le fait, ne cache pas ta figure. Quand tu parles, articule doucement tes mots et ne mets pas tes mains dans tes poches. Allez-vous-en, et distrais-la aussi agréablement que tu le pourras.

Il suivit des yeux le couple qui passait devant la fenêtre. Earnshaw avait l'air parfaitement détaché de sa compagne. Il semblait considérer avec l'attention d'un étranger ou d'un artiste le paysage qui lui était pourtant familier. Catherine lui jeta un rapide coup d'œil, dépourvu d'admiration. Après quoi elle se mit en quête de sujets d'amusements pour elle seule et partit en dansant joyeusement, remplaçant la conversation par une chanson.

— J'ai lié sa langue, remarqua Heathcliff. Il n'osera pas dire une syllabe de toute la promenade. Nelly, vous souvenez-vous de moi à son âge... non, quelques années plus jeune ? Ai-je jamais eu l'air aussi stupide, aussi « balourd », comme dit Joseph ?

— Pire, répondis-je, car, avec ça, vous étiez plus sombre.

— J'ai plaisir à le voir, continua-t-il, pensant tout haut. Il a comblé mes espérances. S'il avait été idiot de naissance, la satisfaction aurait été moitié moindre. Mais il n'est pas idiot et je peux comprendre tous les sentiments qu'il éprouve, les ayant ressentis moi-même. Ainsi je mesure exactement ce qu'il souffre en ce moment et pourtant ce n'est là que le début de ses souffrances. Il ne pourra jamais sortir de sa fondrière de grossièreté et d'ignorance. J'en suis venu à bout plus rapidement que son gredin de père n'y est arrivé pour moi, et je l'ai fait s'enfoncer plus bas aussi, car il tire vanité de son abrutissement. Je lui ai appris à mépriser comme des niaiseries ou des marques d'impuissance tout ce qui n'est pas purement animal. Ne croyez-vous pas que Hindley serait fier de son fils, s'il le voyait ? Presque autant que je le suis du mien. Mais il y a cette différence que l'un est un lingot d'or rabaissé à un vil usage, et l'autre, du fer-blanc frotté pour imiter l'argent. Le mien n'a aucune valeur en soi, cependant j'aurai le mérite d'avoir obtenu de lui tout ce qu'un si pauvre fonds peut produire. Le sien avait des qualités précieuses, et elles sont ruinées, rendues mieux que stériles, néfastes. Je n'ai rien à regretter alors que lui en aurait toutes les raisons. Et la chose admirable est que Hareton me garde un attachement obstiné. Vous conviendrez que là, j'ai battu Hindley. Si le misérable défunt sortait de sa tombe et venait me demander compte des vices de son rejeton, j'aurais la joie de voir ledit rejeton le repousser sous la pierre, indigné qu'on ait osé attaquer le seul ami qu'il ait au monde !

Cette idée fit partir Heathcliff d'un rire satanique. Je ne fis aucune réponse, car je vis qu'il n'en attendait pas. Pendant ce temps, notre jeune compagnon, qui était assis trop loin de nous pour entendre nos paroles, commença à s'agiter. Sans doute se repentait-il d'avoir, par crainte d'une légère fatigue, refusé la joie qu'il eût trouvée auprès de Catherine. Son père remarqua les regards qu'il dirigeait vers la fenêtre, la main qu'il avançait timidement du côté de son chapeau.

— Lève-toi, petit paresseux ! cria-t-il avec une feinte jovialité. Va donc les rejoindre ! Ils sont juste au coin, près du rucher.

Linton, rassemblant ses forces, s'éloigna de la cheminée. La fenêtre était ouverte et, comme il

sortait, j'entendis Catherine demander à son peu
sociable compagnon ce que voulait dire l'inscription au-dessus de la porte. Hareton regarda en
l'air et se gratta la tête avec un vrai geste de pitre.

— C'est une de ces damnées choses écrites,
répondit-il. Je ne peux pas la lire.

— Vous ne pouvez pas la lire ? s'écria Catherine. Moi, je peux, c'est de l'anglais. Mais je veux
savoir pourquoi c'est là.

Linton se mit à ricaner ; c'était la première
marque de gaieté qu'il eût montrée.

— Il ne connaît pas ses lettres, dit-il à sa cousine. Pouviez-vous imaginer l'existence d'un tel
âne bâté ?

— Est-il tout à fait comme on doit être ?
demanda Miss Cathy avec sérieux, ou est-il simple
d'esprit, pas normal ? Je viens de lui poser deux
questions, et chaque fois il a pris un air si stupide
que j'ai cru qu'il ne m'avait pas comprise. Quant à
moi, il est sûr que je le comprends à peine !

Linton rit de nouveau et jeta un regard moqueur
à Hareton, qui certainement ne paraissait pas tout
à fait dénué de compréhension à ce moment.

— Ce n'est rien que de la paresse, n'est-ce pas,
Earnshaw ? dit-il. Ma cousine croit que vous êtes
idiot. Voilà les conséquences de votre mépris pour
ce « qu'on trouve dans les bouquins », comme
vous dites. Catherine, avez-vous remarqué son
horrible accent campagnard ?

— Dis-moi donc à quoi diable c'est utile ? grommela Hareton, répondant plus aisément à son
compagnon de tous les jours.

Il allait continuer, mais les deux complices

partirent d'un bruyant éclat de rire. Ma jeune écervelée était enchantée de découvrir un sujet d'amusement dans cette étrange prononciation.

— Et quelle est l'utilité du diable dans cette phrase ? demanda Linton sur un ton sarcastique. Papa vous a dit de ne pas prononcer de vilains mots et vous ne pouvez ouvrir la bouche sans en laisser échapper un. Tâchez d'être un garçon bien élevé, voyons !

— Si tu n'étais pas plutôt une fille qu'un garçon, je te jetterais par terre à l'instant, oui, je le ferais, pauvre efflanqué ! répliqua le rustre avec colère.

Et il se retira, la figure rouge de rage et d'humiliation, car, tout en ayant conscience de l'insulte, il ne savait comment se venger.

Mr. Heathcliff avait entendu aussi bien que moi le dialogue et il sourit lorsqu'il le vit partir. Mais aussitôt après il lança un regard haineux sur le couple enjoué qui restait à bavarder devant la porte. Le jeune homme s'était en effet animé en raillant les défauts et les bévues de Hareton et en racontant des anecdotes sur sa manière d'être ; et la jeune fille goûtait cette cruelle malveillance sans songer à la vilaine nature qu'elle révélait. Je commençai à détester Linton plus que je ne le plaignais, et j'excusai son père, dans une certaine mesure, d'avoir si peu d'estime pour lui.

Nous restâmes jusqu'à midi passé. Je ne pus arracher Miss Cathy plus tôt, mais, par bonheur, mon maître n'avait pas quitté ses appartements et ne fut pas instruit de notre longue absence. Tandis que nous rentrions à la maison, j'aurais volontiers ouvert les yeux de ma protégée sur les particularités de ceux que nous venions de quitter, mais elle s'était mis en tête que j'étais prévenue contre eux.

— Ah ! ah ! Ellen, s'exclama-t-elle, vous êtes du côté de papa. Vous êtes partiale, je le sais, sans quoi vous ne m'auriez pas trompée pendant des années en me racontant que Linton vivait très loin d'ici. J'en éprouve une vraie colère, seulement j'ai tant de plaisir que je ne la montre pas. Mais tenez votre langue au sujet de mon oncle, souvenez-vous qu'il est mon oncle. Et je vais gronder papa de s'être disputé avec lui.

Elle continua de la sorte et je dus renoncer à la convaincre de son erreur. Elle ne parla pas de sa visite ce soir-là, car elle ne vit pas Mr. Linton. Mais, le lendemain, tout fut découvert, pour ma plus grande infortune. Et pourtant je ne le regrettai pas entièrement. Je me dis que le soin de la guider et de la mettre en garde serait plus efficacement assumé par son père que par moi. Seulement il choisit des arguments trop faibles lorsqu'il lui exprima le désir qu'elle évitât toute relation avec les gens de Hurlevent. Or, Catherine réclamait de bonnes raisons chaque fois qu'un obstacle se dressait devant sa volonté d'enfant gâtée.

— Papa, s'écria-t-elle aussitôt après le bonjour matinal, devinez qui j'ai vu hier en me promenant dans la lande ? Ah ! papa, vous sursautez ! Vous n'avez pas bien agi, n'est-ce pas ? J'ai vu... mais écoutez comment j'ai tout découvert. Et Ellen qui était liguée avec vous, alors qu'elle faisait mine de me plaindre quand je continuais à espérer le retour de Linton et que j'étais toujours déçue !

Elle fit un récit exact de sa promenade et de ce qui avait suivi. Mon maître, tout en me jetant plus d'un regard réprobateur, ne dit rien jusqu'à la fin. Alors il l'attira vers lui et lui demanda si elle savait pourquoi il lui avait caché la présence de Linton dans le voisinage. Croyait-elle que c'était pour lui refuser un plaisir qu'elle aurait pu goûter impunément ?

— C'est parce que vous n'aimiez pas Mr. Heathcliff, répondit-elle.

— Tu crois donc que je me soucie plus de mes propres sentiments que des tiens ? Non, ce n'était pas parce que je n'aimais pas Mr. Heathcliff, mais bien parce que Mr. Heathcliff ne m'aimait pas. Et cet homme diabolique trouve son plaisir à confondre et à perdre ceux qu'il hait, dès que la plus petite occasion lui en est offerte. Je savais que tu ne pourrais avoir de relations avec ton cousin sans te trouver en rapport avec lui, et je savais qu'à cause de moi il te détesterait. Aussi, pour ton propre bien et pour rien autre, je t'ai empêchée de revoir Linton. J'avais l'intention de t'expliquer cela un jour, lorsque tu serais plus âgée, et je regrette d'avoir tardé à le faire.

— Mais Mr. Heathcliff a été très gentil, papa, repartit Catherine, nullement convaincue. Et lui ne s'oppose pas du tout à ce que nous nous voyions. Il a dit seulement qu'il valait mieux vous le cacher parce que vous vous étiez disputé avec lui et ne lui pardonniez pas d'avoir épousé tante Isabelle. Et il a raison. C'est vous qui avez tort. Il voudrait, au moins, nous laisser devenir amis, Linton et moi, et vous, vous ne le voulez pas.

Mon maître, voyant qu'elle refusait de croire aux mauvais sentiments de son oncle, lui raconta en quelques mots comment celui-ci avait agi envers Isabelle et s'était approprié Hurlevent. Ce sujet lui était pénible, car, bien qu'il y revînt rarement, l'horreur et la haine que lui inspirait son ancien ennemi n'avaient pas diminué depuis la mort de Mrs. Linton. « Sans lui elle serait peut-être encore en vie », se répétait-il douloureusement. Et Heathcliff était un meurtrier à ses yeux.

Miss Cathy – qui, en fait de mauvaises actions, avait seulement l'expérience de ses petits péchés de désobéissance, de mensonge ou de colère, tous dus à son caractère vif et étourdi, et dont elle se repentait le jour même où ils étaient commis – était stupéfaite par une noirceur d'esprit, capable d'entretenir en secret, pendant des années, une idée de vengeance, et de poursuivre de sang-froid ses plans sans être effleurée par le remords. Elle parut si profondément ébranlée et indignée par ce nouvel aspect de la nature humaine – absent jusqu'alors de son champ d'observation – que Mr. Edgar jugea inutile de poursuivre sur ce sujet. Il ajouta simplement :

— Tu sauras dorénavant, chérie, pourquoi je désirais que tu évites et sa maison et son entourage. Maintenant retourne à tes occupations ordinaires, amuse-toi et ne pense plus à cela.

Catherine embrassa son père et se mit tranquillement à apprendre ses leçons pendant deux heures, selon la règle. Puis elle l'accompagna dans la propriété, et toute la journée se passa comme d'habitude. Mais, le soir, lorsque je montai dans

sa chambre pour l'aider à se déshabiller, je la trouvai en train de pleurer, à genoux près de son lit.

— Oh ! fi ! la petite sotte ! m'écriai-je. Si vous
aviez un vrai sujet de peine, vous seriez honteuse
de gaspiller vos larmes pour une aussi mince
contrariété. Vous n'avez jamais eu l'ombre d'un
chagrin réel, Miss Catherine. Supposez un instant
que le maître et moi soyons morts et que vous restiez seule au monde. Que ressentiriez-vous alors ?
Comparez le cas présent avec une telle affliction,
et remerciez le ciel des amis que vous avez au lieu
d'en désirer d'autres.

— Je ne pleure pas pour moi, Ellen, répondit-
elle, mais pour lui. Il espérait me voir de nouveau
demain et il sera tellement déçu ! Il m'attendra et
je n'irai pas !

— Quelle bêtise ! dis-je. Comme s'il avait pensé
à vous autant que vous à lui ! Personne ne pleurerait à l'idée de perdre un cousin à peine entrevu
deux fois. Linton devinera ce qu'il en est et ne
s'occupera pas davantage de vous.

— Mais ne puis-je lui écrire un mot pour lui
dire qu'il m'est impossible de venir ? demanda-
t-elle en se levant. Et aussi lui envoyer des livres
que j'avais promis de lui prêter ? Les siens ne sont
pas aussi jolis que les miens et, lorsque je lui ai dit
comme ils étaient intéressants, il en a eu grande
envie. Est-ce que je peux, Ellen ?

— Non, non ! Absolument pas ! répliquai-je avec
décision. Il vous répondrait ensuite et cela n'en
finirait plus. Non, Miss Catherine, les relations
doivent entièrement cesser ; votre père l'exige et
je veillerai que cela soit.

— Mais comment un simple petit mot... recommença-t-elle, prenant une attitude implorante.

— Taisez-vous ! interrompis-je. Nous n'allons pas commencer avec vos petits mots. Mettez-vous au lit.

Elle me lança un regard courroucé à tel point que, tout d'abord, je ne voulus pas l'embrasser pour lui dire bonsoir. Je remontai la couverture et fermai la porte, fort mécontente ; mais, me ravisant à mi-chemin, je revins doucement sur mes pas, et, croyez-vous ?... voilà ma demoiselle installée à sa table, un morceau de papier blanc devant elle et un crayon en main, qu'elle fit disparaître d'un air coupable à mon arrivée.

— Vous ne trouverez personne pour porter cette lettre si vous l'écrivez, Catherine, dis-je. Et maintenant je vais éteindre votre bougie.

Je mis l'éteignoir sur la flamme et en même temps je reçus une tape sur la main, accompagnée de l'impertinente exclamation « méchante créature ! ». Je la quittai de nouveau et elle tira le verrou dans un de ses pires accès d'humeur.

La lettre fut achevée et portée à destination par un garçon laitier qui venait du village, mais je ne l'appris que quelque temps plus tard. Les semaines passèrent et Cathy retrouva sa gaieté. Pourtant elle aimait à s'en aller furtivement dans un coin, toute seule ; et, souvent, si je m'approchais brusquement tandis qu'elle lisait, elle tressaillait, se penchait sur son livre, avec l'évident désir de le cacher, ce qui ne m'empêchait pas de distinguer, entre les pages, des feuilles de papier

détachées. Elle prit aussi l'habitude de descendre
de bonne heure le matin et de s'attarder près de
la cuisine, comme si elle attendait l'arrivée de
quelque chose ; enfin il y avait, dans le secrétaire
de la bibliothèque, un petit tiroir devant lequel
elle musait pendant des heures et dont elle prenait
grand soin d'enlever la clef lorsqu'elle s'en allait.

Un jour, tandis qu'elle rangeait ce tiroir, je
remarquai que les jouets ou menues reliques qu'il
avait renfermés jusqu'alors s'étaient transformés
en feuilles pliées. Ma curiosité et mes soupçons
s'éveillèrent. Je décidai de jeter un coup d'œil sur
ces mystérieux trésors, et, le soir, dès que mon
maître et elle furent en haut, je cherchai et trouvai
rapidement, parmi mon trousseau de clefs, celle
qui pouvait convenir à la serrure. Ayant ouvert, je
vidai tout le contenu dans mon tablier et l'emportai dans ma chambre pour l'examiner. Quoique
j'eusse plus que des soupçons, je fus toutefois très
surprise de découvrir la longue correspondance
– presque journalière, me sembla-t-il – établie
entre Linton Heathcliff et elle. La première lettre
était courte et embarrassée, mais, peu à peu, les
autres devenaient des épîtres amoureuses, exu-
bérantes et désordonnées, comme il était naturel
à l'âge de leur auteur, offrant toutefois, çà et là,
certaines touches que je crus empruntées à une
main plus expérimentée. Quelques-unes me frap-
pèrent par un singulier mélange d'ardeur et de
platitude ; elles commençaient par des sentiments
très forts et se terminaient dans le style prolixe et
affecté qu'un écolier pourrait employer envers une
bien-aimée imaginaire. Je ne sais si elles conten-

taient Cathy, mais elles me parurent, à moi, sans le moindre prix. Après en avoir parcouru autant que je le crus nécessaire, je les rassemblai dans un mouchoir et les mis de côté, puis refermai le tiroir vide.

Suivant son habitude, ma jeune demoiselle descendit de bonne heure le lendemain et se rendit à la cuisine. Je la vis guetter à la porte l'arrivée d'un certain petit garçon ; et, tandis qu'il faisait remplir son pot de lait par la fille de ferme, elle lui enfonça quelque objet dans la poche de sa veste et y prit autre chose. Je fis le tour par le jardin et attendis le messager. Celui-ci lutta vaillamment pour défendre son bien, et le lait se répandit entre nous. Je réussis néanmoins à soustraire l'épître et, le menaçant de conséquences sérieuses s'il ne se dépêchait pas de rentrer, je restai derrière le mur à lire la tendre composition de Miss Cathy. Elle était plus simple et plus éloquente que celles de son cousin, très fine et très sotte à la fois. Je secouai la tête et rentrai à la maison en réfléchissant. La journée étant pluvieuse, Cathy ne pouvait s'amuser à vagabonder dans le parc, et, après ses études de la matinée, elle recourut au tiroir consolateur. Son père lisait près de la table, et moi j'avais trouvé, à dessein, quelques franges à recoudre au rideau de la fenêtre. Je ne la quittais pas des yeux.

Jamais un oiseau, retrouvant entièrement dépouillé le nid qu'il avait quitté plein de vie et de souffle, n'exprima autant de désespoir par ses cris angoissés et ses palpitations d'ailes, que ma jeune maîtresse ne le fit par son simple « oh ! » et le changement qui altéra son visage tout à l'heure si heureux. Mr. Linton leva les yeux.

— Qu'y a-t-il, mon amour ? T'es-tu fait mal, demanda-t-il.

Le ton de ces mots et le regard qui les accompagnait prouvèrent à Cathy que ce n'était pas lui qui avait découvert son trésor.

— Non, papa, dit-elle d'une voix éteinte. Ellen ! Ellen ! montez avec moi… je ne me sens pas bien.

J'obéis à son appel et l'accompagnai hors de la pièce.

— Oh ! Ellen, vous les avez prises, commença-t-elle dès que nous fûmes seules et en tombant à genoux. Oh ! rendez-les-moi et jamais, jamais plus je ne recommencerai ! Ne le dites pas à papa. Vous ne le lui avez pas raconté, Ellen ? Dites que vous ne l'avez pas fait ! J'ai très mal agi, mais cela ne se répétera plus !

Gardant un air sévère, je lui ordonnai de se lever.

— Eh bien ! Miss Catherine, m'écriai-je, vous voilà en bon chemin, il me semble. Vous devriez être honteuse de ces lettres. Quel joli paquet de sottises vous étudiez pendant vos heures de loisir ! Vraiment, c'est digne d'être imprimé ! Et, à votre avis, qu'est-ce que le maître pensera lorsque je les lui mettrai sous les yeux ? Je ne l'ai pas encore fait, mais n'allez pas croire que je garderai pour moi vos ridicules secrets. Quelle indignité ! Et c'est vous qui avez dû commencer à écrire de telles sornettes. Il n'y aurait pas songé, lui, je suis sûre.

— Ce n'est pas moi ! Ce n'est pas moi ! sanglota

Cathy, près de défaillir. Je n'ai jamais pensé à l'aimer jusqu'à ce que...

— Aimer ! criai-je avec autant de mépris que
je pus en mettre. Aimer ! A-t-on jamais entendu
quelque chose de semblable ? Je pourrais aussi
bien parler d'aimer le meunier qui vient une
fois par an pour acheter notre blé. Bel amour,
en vérité ! En deux fois vous avez tout juste vu
Linton pendant quatre heures ! Quant à ces stupi-
dités enfantines, je vais les apporter dans la bibliothèque et nous allons voir ce que votre père dira
d'un amour pareil.

Elle bondit sur ses précieuses lettres, mais je
les tenais au-dessus de ma tête. Elle se répandit
alors en supplications éperdues pour que je les
brûle... que je fasse n'importe quoi plutôt que
de les montrer à son père. Et moi qui étais en
vérité aussi près de rire que de gronder – car je
considérais tout cela comme une légèreté de petite
fille –, je finis par céder dans une certaine mesure
et demandai :

— Si je consens à les brûler, promettez-vous, en
toute sincérité, de n'envoyer ni de recevoir aucune
lettre, aucun livre (car j'ai découvert que vous lui
en avez envoyé) pas plus que des boucles de cheveux, des bagues ou des jouets ?

— Nous ne nous envoyons pas de jouets, cria
Catherine, dont l'orgueil était plus fort que la
confusion.

— Enfin, absolument rien, mademoiselle. Sans
cela, j'y vais aussitôt.

— Je promets, Ellen ! cria-t-elle en saisissant

ma robe. Oh ! jetez-les au feu, je vous en prie, je vous en prie !

Mais, quand je me mis à tisonner l'âtre, le sacrifice fut trop pénible à supporter. Elle me supplia instamment d'en épargner une ou deux.

— Une ou deux, Ellen, que je garderai en souvenir de Linton !

Je dénouai le mouchoir et commençai à les faire glisser. La flamme s'éleva le long de la cheminée.

— J'en garderai une, odieuse femme, glapit-elle, avançant la main dans le feu et retirant sans se soucier de ses doigts quelques fragments à moitié consumés.

— Très bien… et moi je vais en garder que je montrerai à votre père, répondis-je, refermant le mouchoir et me tournant vers la porte.

Elle rejeta son butin noirci dans les flammes et me fit signe d'achever le sacrifice. Ce fut fait. Je remuai les cendres et les enterrai sous une pelletée de charbon. Et elle, sans dire un mot, avec le sentiment d'une blessure extrême, se retira dans sa chambre. Je descendis pour dire à mon maître que le malaise de ma jeune demoiselle était presque passé, mais que je jugeais préférable pour elle de rester allongée quelque temps. Elle ne voulut pas déjeuner, mais elle reparut pour le thé, pâle, les yeux rouges et admirablement soumise en apparence. Le lendemain matin, je répondis à la lettre par un morceau de papier où j'écrivis ces mots : « Mr. Heathcliff est prié de ne plus envoyer de lettres à Miss Linton, car elle ne les recevra pas. » Et, à partir de ce jour, le petit garçon arriva les poches vides.

XXII

L'été avait pris fin, remplacé par un automne précoce. La Saint-Michel était passée, mais la moisson avait été tardive cette année-là et quelques-uns de nos champs n'étaient pas encore dégarnis. Mr. Linton et sa fille allaient souvent se mêler aux moissonneurs ; ils assistaient à la rentrée des dernières gerbes, restant jusqu'à la tombée de la nuit ; et, comme les soirées furent fraîches et humides, mon maître attrapa un refroidissement qui se porta sur les bronches et le retint à la maison pendant tout l'hiver, presque sans interruption.

La pauvre Cathy, qui avait été toute remuée par son petit roman, s'était considérablement assombrie depuis qu'elle avait dû y renoncer, à tel point que son père insista pour qu'elle lût moins et prît plus d'exercice. Comme il ne pouvait l'accompagner, je jugeai de mon devoir de le remplacer autant que possible. Faible compensation, car je ne pouvais disposer, pour la suivre, que de deux ou trois heures entre les nombreuses occupations de mes journées, et, de plus, ma société était évidemment moins agréable que l'autre.

Par un après-midi d'octobre ou des premiers jours de novembre – après-midi frais et pluvieux, où les feuilles mortes, imprégnées d'eau, frémissaient sur l'herbe et dans les sentiers, où le ciel bleu et froid était à moitié caché par les bandes gris sombre des nuages qui s'amoncelaient vers l'ouest et faisaient présager une pluie abondante – je demandai à ma jeune maîtresse de renoncer à sa sortie qui serait sûrement gâtée par des averses. Elle refusa. Je revêtis à contrecœur un manteau et pris mon parapluie pour l'accompagner jusqu'au bout du parc. Elle se dirigeait toujours de ce côté lorsqu'elle était préoccupée par une aggravation dans l'état de Mr. Edgar, chose qu'il ne confessait jamais, mais que nous devinions, elle et moi, à ses silences plus fréquents et à sa physionomie plus sombre.

Elle avançait tristement, sans courir ni gambader, bien que l'air glacial eût pu l'inciter au mouvement. Et souvent, du coin de l'œil, je la voyais lever une main et essuyer quelque chose sur sa joue. Je cherchai alentour ce qui pourrait la distraire de ses pensées. Il y avait d'un côté de la route un haut talus où des noisetiers et des chênes rabougris poussaient tant bien que mal, les racines presque à nu. Le sol était trop mou pour les chênes, et la violence du vent en avait couché quelques-uns presque horizontalement. En été, Miss Catherine aimait beaucoup à grimper sur le tronc de ces arbres. Elle s'asseyait entre les branches, se balançait à vingt pieds au-dessus du sol ; et moi, heureuse de son adresse et de sa joyeuse gaminerie, je jugeais cependant convenable de la gronder chaque fois que je la surprenais ainsi ; mais je le faisais de telle façon qu'elle ne croyait pas utile de descendre. Du déjeuner jusqu'au goûter, elle restait dans ce berceau qui oscillait sous la brise. Là elle ne faisait rien que se chanter de vieilles chansons – tout mon répertoire de nourrice – ou regarder les oiseaux, ses plus proches compagnons, donner la becquée et des leçons de vol à leurs petits, ou, enfin, rêvasser simplement sur elle-même, les paupières closes, plus heureuse que les mots ne peuvent l'exprimer.

— Regardez, mademoiselle ! m'écriai-je en désignant un creux sous les racines d'un arbre tordu. L'hiver n'est pas encore arrivé. Voyez là, au fond, cette petite fleur, dernier bouton des campanules qui, en juillet, tapissaient de lilas les pentes gazonnées. Ne voulez-vous pas grimper pour la cueillir et la rapporter à votre père ?

Cathy regarda longuement la fleur solitaire, qui tremblotait dans son abri, et répondit enfin :

— Non, je ne la toucherai pas, mais elle paraît bien mélancolique, n'est-ce pas, Ellen ?

— Oui, dis-je, presque aussi faible et pitoyable que vous. Vos joues n'ont pas une goutte de sang. Donnez-moi la main et courons. Vous êtes si mal en point que je vous tiendrai tête, j'en suis sûre.

— Non, dit-elle de nouveau.

Elle continua à avancer nonchalamment, s'arrêtant par instants pour rêver devant un morceau de mousse, une touffe d'herbe pâlie, ou un champignon perçant de son éclat orange la couche des feuilles brunes. Et, à tout bout de champ, sa main se portait à sa figure qu'elle détournait furtivement.

— Catherine, mon amour, pourquoi pleurez-vous ? demandai-je en m'approchant et en mettant mon bras autour de son épaule. Ce n'est pas la peine de pleurer parce que votre père souffre d'un refroidissement. Rendez grâce au ciel que ce ne soit pas plus grave.

Elle ne retenait plus ses larmes maintenant et sa respiration était coupée par les sanglots.

— Oh ! ce sera plus grave, dit-elle. Et que deviendrai-je lorsque papa et vous m'aurez quittée et que je serai toute seule ? Je ne peux oublier vos paroles, Ellen ; elles sont restées à mes oreilles. Comme la vie sera changée, comme le monde sera lugubre lorsque papa et vous serez morts !

— Personne ne peut savoir si vous ne mourrez pas avant, répondis-je. C'est mal de songer aux catastrophes. Il faut espérer qu'il se passera des années et des années avant qu'aucun de nous disparaisse. Le maître est jeune, quant à moi, je suis robuste, j'ai à peine quarante-cinq ans. Ma mère a atteint quatre-vingts ans et est restée une femme alerte jusqu'à la fin. Supposez seulement que Mr. Linton atteigne la soixantaine, et cela ferait plus d'années que vous n'en avez vécu, mademoiselle. Et ne serait-ce pas absurde de se lamenter sur une calamité plus de vingt ans à l'avance ?

— Mais tante Isabelle était plus jeune que papa, remarqua-t-elle, levant les yeux avec l'espoir d'obtenir un nouvel encouragement.

— Votre tante Isabelle ne vous avait pas, vous et moi, pour la soigner, dit-elle. Elle était loin d'être aussi heureuse que le maître, elle n'avait pas autant de raisons pour être attachée à la vie. Contentez-vous de bien soigner votre père, de le distaire en lui montrant votre gaieté et d'éviter de lui donner la moindre inquiétude sous aucun prétexte. Rappelez-vous cela, Cathy ! Je ne vous le cacherai pas, vous pourriez le tuer par des caprices ou des inconséquences, et si vous poursuiviez d'une folle et chimérique affection le fils de quelqu'un qui serait heureux de le voir dans la tombe. Ou encore s'il s'apercevait que vous êtes troublée par la séparation qu'il a jugé bon d'ordonner.

— Je ne suis troublée par rien au monde, si ce n'est la maladie de papa, répondit ma compagne. Rien ne compte, comparé à lui. Et jamais... jamais... oh ! jamais, tant que j'aurai ma raison, je ne ferai une chose ou ne dirai un mot qui le contrarie. Je l'aime plus que moi-même, Ellen, et je le sais à cela : chaque soir je prie pour que je lui survive, car je préfère être malheureuse plutôt qu'il ne le soit. Cela prouve que je l'aime plus que personne.

— Bonnes paroles, dis-je. Mais que vos actes le prouvent aussi, et, lorsqu'il sera rétabli, n'oubliez pas les résolutions prises aux heures de danger.

Tout en parlant, nous étions arrivées près d'une porte qui ouvrait sur la route ; et ma jeune demoiselle, dans un brusque accès de gaieté, grimpa d'un bond sur le mur pour cueillir quelques baies écarlates aux plus hautes branches des églantiers qui ombrageaient le chemin. Les fruits des branches inférieures avaient disparu, et seuls les oiseaux et Cathy, dans la position qu'elle occupait, pouvaient atteindre les autres. En se haussant pour les attraper, son chapeau tomba de l'autre côté, et, comme la porte était fermée, elle proposa de se laisser glisser par terre pour le rechercher. Je lui recommandai d'être prudente, de prendre garde à la chute, et elle disparut lestement. Mais le retour ne fut pas chose aussi simple ; les pierres étaient lisses et cimentées sans défaut ; ni les églantiers ni les branches éparses des ronces ne pouvaient lui servir d'appui pour remonter. Moi, comme une sotte, je ne me souvins de cela qu'en l'entendant crier dans un éclat de rire :

— Ellen, il faut que vous alliez chercher la clef, ou bien je serai obligée de faire le tour par la maison du gardien. Je ne peux escalader ce rempart !

— Restez où vous êtes, répondis-je. Mon trousseau de clefs est dans ma poche et peut-être pourrai-je ouvrir. J'irai la chercher si je n'y arrive pas.

Catherine se mit à danser devant la porte, tandis que j'essayais successivement toutes les grosses clefs. J'arrivai à la dernière et m'aperçus qu'aucune n'allait. Alors, lui renouvelant ma recommandation de ne pas bouger, je m'apprêtais à courir vers la maison, lorsque je fus arrêtée par un bruit qui approchait. C'était le trot d'un cheval. La danse de Catherine s'arrêta aussi.

— Qui est-ce ? chuchotai-je.

— Ellen, comme je voudrais que la porte s'ouvre ! me répondit ma compagne sur le même ton et avec anxiété.

— Oh ! Miss Linton ! s'écria une voix grave (celle du cavalier). Je suis heureux de vous rencontrer. Ne vous en allez pas, car j'ai une explication à vous demander.

— Je ne vous parlerai pas, Mr. Heathcliff, répondit Catherine. Papa dit que vous êtes un méchant homme et que vous nous détestez tous les deux. Et Ellen assure la même chose.

— Là n'est pas la question, dit Heathcliff. Je ne déteste pas mon fils, que je sache, et c'est à son sujet que je vous demande de m'écouter. Oui, vous avez raison de rougir. N'aviez-vous pas pris l'habitude, il y a deux ou trois mois, d'écrire à Linton ? De jouer au grand amour, hein ? Vous méritiez tous deux le fouet pour cela ! Vous principalement, l'aînée, et la moins sensible, à ce qu'il me semble. J'ai vos lettres entre les mains et, à la première insolence, je les enverrai à votre père. Je suppose que vous vous êtes lassée de votre amusement et que vous y avez renoncé, n'est-ce pas ? Eh bien, vous avez en même temps jeté Linton dans un abîme de désespoir. Il avait pris la chose au sérieux, lui, il vous aimait réellement. Aussi vrai que j'existe, il est en train de mourir pour vous. Il dépérit de votre légèreté, non pas au figuré, mais à la lettre. Bien que Hareton, depuis six semaines, l'accable de ses sarcasmes, et que moi-même, adoptant des mesures plus sérieuses, j'aie essayé de lui ouvrir les yeux sur les dangers de sa sottise, son état empire chaque jour. Et il sera sous terre avant l'été, à moins que vous ne lui rendiez la vie !

— Comment pouvez-vous tromper aussi manifestement la pauvre enfant ? criai-je de l'autre côté du mur. Continuez votre promenade, je vous prie. Quelle audace d'inventer délibérément d'aussi pitoyables histoires ! Miss Cathy, je vais faire sauter la serrure de la porte à coups de pierre. Ne croyez pas ce conte indigne. Vous pouvez en juger par vous-même, est-il possible que quelqu'un meure d'amour pour une personne inconnue ?

— Je ne savais pas qu'il y eût des espions, murmura le misérable en se sentant découvert. Digne Mrs. Dean, je vous aime bien, mais je n'aime pas votre double jeu, ajouta-t-il tout haut. Comment pouvez-vous mentir aussi ouvertement en affirmant à la pauvre enfant que je la détestais ? Et imaginer des histoires de croquemitaine pour lui donner la terreur de ma demeure ? Catherine Linton – il m'est doux de prononcer ce nom –, ma jolie, je serai absent de la maison toute cette semaine. Allez voir si je n'ai pas dit vrai ; allez-y, cher ange. Figurez-vous seulement votre père à ma place et Linton à la vôtre, et pensez alors combien votre amoureux vous paraîtrait indifférent s'il refusait de faire un pas pour vous consoler, même si votre père l'en suppliait. Et ne soyez pas assez cruelle pour agir ainsi. Je jure sur ma tête qu'il va à la tombe et que vous seule pouvez le sauver.

Le verrou céda et je me montrai.

— Je jure que Linton se meurt, répéta Heathcliff en me regardant durement. Le chagrin et la déception précipitent sa fin. Nelly, si vous ne la laissez pas venir, du moins venez en personne. Je ne rentrerai pas à la maison avant huit jours et je crois que votre maître lui-même ne s'opposerait guère à ce qu'elle aille voir son cousin !

— Venez, dis-je, en prenant Cathy par le bras et en la forçant presque à rentrer.

Elle hésitait, en effet, et considérait avec des yeux incertains l'expression de son interlocuteur, trop dure pour rien livrer de sa duplicité.

Il poussa son cheval près de nous et ajouta en se penchant :

— Miss Catherine, je vous avouerai que j'ai peu de patience avec Linton. Hareton et Joseph en ont encore moins. Je reconnais qu'il est dans un milieu sévère. Il aspire à la gentillesse autant qu'à un sentiment amoureux, et un mot tendre serait le meilleur remède. N'écoutez pas les avis insensibles de Mrs. Dean, soyez généreuse et arrangez-vous pour le voir. Il rêve de vous jour et nuit, et vit avec l'idée que vous le haïssez, puisque vous n'écrivez plus ni n'allez le voir.

Je repoussai la porte et roulai une pierre pour maintenir le pêne arraché. Puis j'ouvris mon parapluie et attirai près de moi ma jeune maî-tresse, car la pluie commençait à tomber entre les branches bruissantes des arbres et nous avertis-sait de ne pas nous attarder. Notre hâte empêcha tout commentaire sur la rencontre de Heathcliff pendant le retour à la maison ; mais je devinai instinctivement que le cœur de Catherine était maintenant doublement affligé. Sa figure était si triste qu'elle était méconnaissable. Elle considérait évidemment comme la pure vérité tout ce qu'elle venait d'entendre.

Le maître s'était retiré pour se reposer un peu avant notre retour. Cathy entra furtivement dans sa chambre pour savoir comment il allait. Il s'était endormi. Elle revint et me pria de l'accompagner dans la bibliothèque. Nous prîmes le thé ensemble, puis elle s'allongea sur le tapis et me dit de ne pas parler, car elle était fatiguée. Je m'emparai d'un livre et fis semblant de lire. Dès qu'elle me crut absorbée dans mon occupation, elle recommença à pleurer silencieusement. Cela semblait être devenu le meilleur moyen pour elle de se divertir. Je la laissai en jouir un moment, puis entamai les reproches, raillant et ridiculisant toutes les affirmations de Mr. Heathcliff à propos de son fils, comme si j'étais sûre qu'elle allait être de mon avis. Hélas ! Je n'étais pas assez habile pour effacer l'impression que son récit avait produite sur elle et qui était exactement ce qu'il espérait.

— Vous avez peut-être raison, Ellen, répondit-elle, mais je ne serai rassurée que quand je saurai ce qu'il en est. Il faut que je dise à Linton que ce n'est pas ma faute si je n'écris pas, et que je le persuade que je ne changerai pas.

À quoi auraient servi la colère et les protestations contre cette sotte crédulité ? Nous nous séparâmes ce soir-là en ennemies ; mais le jour suivant me vit sur la route de Hurlevent, à côté du poney de ma jeune maîtresse si fort obstinée. Je ne pouvais pas supporter la vue de son chagrin et j'avais cédé avec le faible espoir que Linton lui-même nous prouverait, à la manière dont il nous recevrait, combien toute cette histoire était peu fondée.

XXIII

Les pluies de la nuit avaient préparé une matinée brumeuse – entre la rosée glacée et la bruine – et des ruisseaux accidentels, dont le gazouillement descendait des hauteurs, traversaient notre sentier. J'avais les pieds trempés, j'étais de mauvaise humeur et fatiguée, conditions qui me faisaient ressentir plus vivement ces choses désagréables. Nous entrâmes à la ferme par la cuisine, pour nous assurer si Mr. Heathcliff était réellement absent, car j'accordais peu de foi à ses affirmations.

Joseph était seul et, sa courte pipe toute culottée à la bouche, il semblait installé au centre du Paradis, entre un feu ronflant et une table pourvue d'une pinte d'ale et des reliefs d'un gâteau grillé. Catherine courut à la cheminée pour se chauffer. Je demandai si le maître était là. Ma question resta si longtemps sans réponse que je crus le vieil homme devenu sourd et la répétai plus haut.

— Non... non ! fit-il entendre par un grognement, ou plutôt par un son qui descendait du nez. Non... non ! Faut vous en retourner d'où vous venez.

— Joseph, cria de l'intérieur, en même temps que moi, une voix acariâtre. Combien de fois faudra-t-il que je vous appelle ? Il ne reste plus que de la braise. Joseph ! Venez à l'instant.

Des bouffées vigoureuses de sa pipe et un regard déterminé sur la grille du foyer montrèrent que son oreille était morte à cet appel. La femme de charge et Hareton étaient absents, l'une en courses et l'autre à son travail probablement. Nous reconnûmes la voix de Linton et entrâmes.

— Oh ! je souhaite que vous mouriez de froid dans une mansarde, dit le jeune garçon qui avait

pris notre pas pour celui de son négligent serviteur.

Reconnaissant son erreur, il s'arrêta. Sa cousine
vola vers lui.

— Est-ce vous, Miss Linton ? dit-il, soulevant
sa tête du grand fauteuil où il reposait... Non...
ne me serrez pas trop fort, cela me coupe la respiration. Mon Dieu ! Papa avait dit que vous viendriez – continua-t-il, se remettant peu à peu des
embrassades de Catherine qui se tenait près de
lui, l'air contrit. Voulez-vous fermer la porte, s'il
vous plaît ? Vous l'avez laissée ouverte et ces...
horribles créatures ne veulent pas mettre de charbon dans le feu. Il fait pourtant si froid !

Je remuai les cendres et allai chercher moi-
même un seau de charbon. Le malade se plaignit
alors d'être couvert de suie, mais, comme il avait
une toux épuisante, qu'il paraissait fiévreux et
faible, je ne lui fis pas grief de son humeur.

— Eh bien ! Linton ! murmura Catherine
lorsqu'il se fut un peu déridé. Êtes-vous content
de me voir ? Puis-je vous être utile ?

— Pourquoi n'êtes-vous pas venue plus tôt ?
demanda-t-il. Vous auriez dû, au lieu d'écrire.
Cela me fatiguait terriblement d'écrire ces longues
lettres. J'aurais préféré de beaucoup vous parler.
Maintenant je suis incapable de le faire, incapable
de quoi que ce soit. Je me demande où est Zillah ?
Allez la chercher à la cuisine, voulez-vous ? ajouta-
t-il en se tournant vers moi.

Je n'avais pas reçu de remerciements pour ma
première aide et, me souciant peu de courir partout sur son ordre, je répondis :

— Il n'y a personne, sauf Joseph.

— Je veux boire, s'écria-t-il avec irritation en tournant le dos. Depuis que papa est parti, Zillah s'en va continuellement courir la prétentaine à Gimmerton. C'est affreux ! Et je suis obligé de descendre ici... ils ont résolu de ne jamais m'entendre quand je reste en haut.

— Est-ce que votre père a des attentions pour vous, Mr. Heathcliff ? demandai-je en voyant le peu de succès obtenu par les avances amicales de Catherine.

— Dés attentions ? Du moins il les oblige, eux, à en avoir un peu plus, cria-t-il. Les misérables ! Savez-vous, Miss Linton, que cette brute de Hareton ose se moquer de moi ! Je le hais ! D'ailleurs, je les hais tous, ce sont des êtres odieux.

Cathy se mit à la recherche d'un peu d'eau ; elle découvrit une cruche dans le buffet, remplit un gobelet et le lui porta. Il lui demanda d'ajouter une cuillerée de vin d'une bouteille qui était sur la table, puis, ayant bu une faible gorgée, il parut plus calme et lui dit qu'elle était très bonne.

— Et êtes-vous content de me voir ? questionna-t-elle de nouveau, tout heureuse de discerner la faible lueur d'un sourire.

— Oui, je suis content. C'est une chose rare d'entendre une voix comme la vôtre. Mais j'étais bien fâché lorsque vous n'avez plus voulu venir. Papa jurait que c'était ma faute, il me traitait de pauvre et pitoyable créature. Il disait que vous me méprisiez, et que, s'il avait été à ma place, il serait, à l'heure actuelle, le vrai maître de la Grange, au lieu de votre père. Mais vous ne me méprisez pas, n'est-ce pas, mademoiselle...

— J'aimerais que vous m'appeliez Catherine ou Cathy, interrompit ma jeune maîtresse. Vous mépriser ? Oh ! non ! Je vous préfère à n'importe qui au monde après papa et Ellen. Mais je n'aime pas Mr. Heathcliff et je n'oserai pas revenir lorsqu'il sera rentré. Restera-t-il absent plusieurs jours ?

— Non, pas longtemps, répondit Linton, mais il se promène souvent dans la lande maintenant que la saison de la chasse a commencé, et vous pourriez passer une heure ou deux avec moi pendant ce temps. Dites que vous le ferez. Je crois bien que je ne me montrerai pas trop irritable en votre compagnie. Vous ne me contrarierez jamais et vous serez toujours prête à me venir en aide, n'est-ce pas ?

— Oui, dit Catherine en caressant ses longs cheveux soyeux. Si je pouvais seulement obtenir la permission de papa, je passerais la moitié de mon temps avec vous. Mon joli Linton ! Je voudrais que vous fussiez mon frère.

— Et alors vous m'aimeriez autant que votre père, poursuivit-il plus gaiement. Mais papa dit que vous m'aimeriez encore davantage et plus que tout au monde si vous étiez ma femme. Donc, voilà ce que je préférerais.

— Non, je n'aimerai personne plus que papa, répondit-elle gravement. Et l'on se déteste quelquefois entre mari et femme, mais jamais entre frères ou sœurs. Si vous étiez mon frère, vous vivriez avec nous et papa vous aimerait autant que moi.

Linton nia qu'il y eût des hommes détestant leurs femmes, mais Catherine affirma que si, et, forte de son expérience, donna en exemple l'aversion du propre père de Linton pour sa femme. J'essayai d'arrêter ces paroles imprudentes. Je n'y réussis que lorsqu'elle eut raconté tout ce qu'elle savait. Le jeune Mr. Heathcliff, très irrité, affirma que son récit était faux.

— Papa me l'a dit, et papa ne dit jamais de mensonges, repartit-elle avec vivacité.

— Mon père méprise le vôtre, cria Linton. Il le traite de pauvre imbécile.

— Le vôtre est un méchant homme, riposta Catherine, et c'est très mal à vous de répéter ce qu'il dit. Il devait être bien méchant pour que tante Isabelle ait été forcée de le quitter comme elle l'a fait.

— Elle ne l'a pas quitté ! Vous n'allez pas me contredire.

— Elle l'a quitté, cria ma jeune maîtresse.

— Eh bien ! je vais vous apprendre quelque chose, dit Linton, votre mère haïssait votre père... et voilà.

— Oh ! s'écria Catherine, trop en colère pour continuer.

— Et elle aimait le mien, ajouta-t-il.

— Petit menteur ! Je vous déteste maintenant, dit-elle en haletant et la figure rouge de fureur.

— Elle l'aimait, elle l'aimait, nargua Linton.

Et il se rejeta à la renverse pour jouir du trouble de son adversaire qui se tenait derrière le fauteuil.

— Taisez-vous, Mr. Heathcliff, dis-je. C'est sans doute votre père qui vous a encore raconté cette histoire ?

— Non, et vous, tenez votre langue, répondit-il. Elle l'aimait, elle l'aimait, Catherine ! Oui, oui, elle l'aimait...

Alors Cathy, hors d'elle, donna au fauteuil un coup si violent que Linton fut repoussé contre un des bras. Une crise de toux qui le fit suffoquer termina rapidement son triomphe. Cela dura tant et si bien que j'en fus effrayée. Quant à sa cousine, elle pleurait abondamment, effarée du mal qu'elle avait fait, et pourtant ne disait pas un mot. Je le soutins jusqu'à ce que la crise fût passée. Alors il m'éloigna de lui et pencha la tête silencieusement. Catherine, elle aussi, réprima ses lamentations, prit un siège et regarda le feu d'un air digne.

— Comment vous sentez-vous maintenant, Mr. Heathcliff ? demandai-je après avoir attendu quelques minutes.

— Je voudrais qu'elle se sente dans l'état où je suis, répondit-il. Malfaisante, cruelle créature ! Hareton ne me touche jamais, lui, il ne m'a jamais frappé de sa vie. J'allais mieux aujourd'hui, et maintenant...

Sa voix mourut dans un sanglot.

— Je ne vous ai pas frappé ! murmura Catherine, mordant sa lèvre pour empêcher les larmes de revenir.

Il soupira et gémit comme quelqu'un en proie à une grande souffrance. Il continua ainsi pendant un quart d'heure, probablement avec l'intention de faire impression sur sa cousine, car, chaque

fois qu'il surprenait un sanglot étouffé, il ajoutait un soupir et une note plus douloureuse aux
inflexions de sa voix.

— Je regrette de vous avoir fait mal, Linton, dit-
elle enfin, à bout de forces. Mais un si petit choc
ne m'aurait rien fait et je n'avais pas idée qu'il
en irait autrement pour vous. Ce n'est pas grave,
n'est-ce pas, Linton ? Ne me laissez pas rentrer à
la maison avec l'idée que je vous ai blessé. Répondez ! Parlez-moi !

— Je ne peux pas vous parler, murmura-t-il.
Vous m'avez donné un tel coup que je ne dormirai de la nuit, succombant sous cette toux. Si
vous l'aviez aussi, vous sauriez ce que c'est. Mais
vous, vous allez dormir tranquillement tandis que
je passerai ces affreux moments sans personne
auprès de moi. Je me demande ce que vous feriez
pendant ces terribles nuits !

Et il commença à se lamenter tout haut, fon-
dant de pitié sur lui-même.

— Du moment que vous avez l'habitude de
passer de mauvaises nuits, dis-je, ce ne sera pas
mademoiselle qui aura troublé votre repos. Vous
auriez été dans le même état si elle n'était pas
venue. De toute façon elle ne vous dérangera plus
et peut-être serez-vous plus calme lorsque nous
vous aurons quitté.

— Faut-il que je parte ? demanda plaintivement
Catherine, se penchant sur lui. Linton, voulez-
vous que je m'en aille ?

— Vous ne pouvez changer ce que vous avez
fait, répondit-il d'un ton aigre et en se reculant. À

moins que vous n'aggraviez mon état en m'irritant
jusqu'à me donner la fièvre.

— Eh bien ! alors, il faut que je m'en aille ?
répéta-t-elle.

— Laissez-moi tranquille, au moins, dit-il. Je
ne peux supporter votre bavardage.

Elle hésitait et repoussa un bon moment mes
invitations à partir, mais, comme il restait sans
lever les yeux ni parler, elle fit enfin un mouvement vers la porte et je la suivis. Nous fûmes
rappelées par un cri. Linton avait glissé de son
siège sur le devant de l'âtre et se roulait par terre ;
simple perversité d'enfant gâté, décidé à être aussi
exaspérant qu'il le peut. Je compris clairement
son jeu et vis bien vite que ce serait folie de lui
céder. Il n'en fut pas ainsi de ma compagne. Elle
revint sur ses pas en courant, toute terrifiée, elle
s'agenouilla, pleura, le caressa, le supplia, jusqu'à
ce qu'il se calmât par manque de souffle et nullement par le repentir de l'avoir plongée dans la
désolation.

— Je vais le mettre sur le banc, dis-je, et il
pourra se rouler autant qu'il lui plaira. Nous n'allons pas rester ici à le veiller. Vous êtes convaincue, j'espère, que vous n'êtes pas la personne qui
puisse lui faire du bien, Miss Cathy, et que le mauvais état de sa santé n'est dû en rien à son attachement pour vous. Le voilà installé ! Venez. Dès qu'il
verra qu'il n'y a plus personne pour s'occuper de
ses simagrées, il sera content de rester tranquille.

Elle mit un coussin sous sa tête et lui offrit un
peu d'eau. Il repoussa l'eau et s'agita avec gêne
sur le coussin, comme si c'était une pierre ou un

morceau de bois. Elle essaya de le placer plus confortablement.

— Cela ne va pas, dit-il, ce n'est pas assez haut.

Catherine en apporta un autre et le mit par-dessus.

— C'est trop haut, murmura l'irritant personnage.

— Comment faut-il que je l'arrange, alors ? demanda-t-elle au désespoir.

Tandis qu'elle s'agenouillait à demi près du banc, il l'enlaça et se servit de son épaule comme soutien.

— Non, cela ne va pas non plus ainsi, dis-je. Il faut vous contenter du coussin, Mr. Heathcliff. Miss Linton a déjà perdu trop de temps avec vous. Nous ne pouvons pas rester cinq minutes de plus.

— Si, si, nous pouvons ! répondit Catherine. Il est gentil et plus calme maintenant. Il commence à comprendre que je serai beaucoup plus malheureuse que lui cette nuit et que je n'oserai plus revenir si je crois que ma visite n'a pas été bonne pour lui. Dites la vérité, Linton, car vous ne me verrez plus si je vous ai fait du mal.

— Il faut que vous veniez pour me guérir, répondit-il. C'est justement parce que vous m'avez fait du mal que vous devez revenir, et vous savez que vous m'en avez fait beaucoup. Je n'étais pas aussi malade quand vous êtes arrivée, n'est-ce pas ?

— Mais vous vous êtes rendu malade à force de pleurer et de vous mettre en colère, dis-je.

— Non, ce n'est pas du tout moi, protesta sa cousine. Enfin, soyons amis maintenant. Et vous voulez me revoir, vous souhaitez vraiment avoir quelquefois ma compagnie ?

— Je vous ai dit que oui, répondit-il avec impatience. Asseyez-vous sur le banc et laissez-moi m'appuyer sur vos genoux. C'est ce que maman avait l'habitude de faire pendant des journées entières. Restez tout à fait immobile et ne parlez pas, mais vous pouvez chanter une chanson si vous en savez une. Ou vous pouvez réciter une jolie poésie... une de celles que vous avez promis de m'apprendre, ou une histoire. Je préférerais une poésie, cependant. Commencez.

Catherine récita la plus longue qu'elle eût en mémoire. Ce passe-temps les charma grandement tous deux. Linton en demanda une autre et une autre encore, malgré mes récriminations répétées. Ils continuèrent ainsi jusqu'à ce que la pendule sonnât midi, et nous entendîmes Hareton dans la cour, qui rentrait pour le déjeuner.

— Et demain, Catherine, viendrez-vous demain ? demanda le jeune Heathcliff, la retenant par sa robe tandis qu'elle se levait à contrecœur.

— Non, déclarai-je, ni demain ni le jour suivant.

Cependant Catherine donna évidemment une autre réponse, car, lorsqu'elle se pencha vers lui et lui chuchota quelque chose à l'oreille, le front de Linton s'éclaira.

— Vous ne viendrez pas demain, rappelez-vous bien cela, Miss Linton ! dis-je lorsque nous fûmes hors de la maison. Inutile d'y rêver, n'est-ce pas ?

Elle sourit.

— Oh ! je prendrai mes précautions, continuai-je. Je ferai arranger cette serrure et il n'y a pas d'autre moyen de vous échapper.

— Je peux passer par-dessus le mur, dit-elle en riant. La Grange n'est pas une prison, Ellen, et vous n'êtes pas mon geôlier. De plus, j'ai presque dix-sept ans, je suis une femme. Et je suis sûre que Linton se remettrait vite s'il avait quelqu'un qui l'entourât de soins. Je suis plus âgée que lui, vous savez, et plus sérieuse, moins enfant aussi, n'est-il pas vrai ? Et il suivra vite mes conseils à l'aide de quelques petites cajoleries. C'est un véritable ange quand il est gentil. Je le gâterais tellement s'il était avec moi ! Nous ne nous disputerions jamais, n'est-ce pas, lorsque nous serions habitués l'un à l'autre ? Ne l'aimez-vous pas, Ellen ?

— L'aimer ! m'écriai-je. C'est le plus mal venu et le plus bilieux rejeton qui ait jamais lutté pour arriver à l'âge d'homme. Heureusement, comme l'a prévu Mr. Heathcliff, il n'atteindra pas sa vingtième année. Je doute, en vérité, qu'il voie le printemps. Et sa mort sera une perte légère pour sa famille. C'est fort heureux pour nous que son père s'en soit chargé. Mieux il aurait été traité, plus il nous aurait lassés par son égoïsme. Je suis bien contente qu'il n'ait aucune chance de devenir votre mari, Miss Catherine.

Ma compagne prit un air sérieux en entendant ces mots. Parler aussi légèrement de la mort de Linton lui poignait le cœur.

— Il est plus jeune que moi, répondit-elle après une longue réflexion, et il devrait vivre davantage. Il vivra… il faut qu'il vive autant que moi. Il est aujourd'hui en aussi bonne santé que lorsqu'il est arrivé dans nos pays du Nord, j'en suis convaincue. Sa maladie n'est qu'un simple refroidissement, le même que papa. Vous dites que papa se remettra, et pourquoi pas lui ?

— Bien ! bien ! Après tout, nous n'avons pas besoin de nous tracasser. Écoutez, Miss Catherine, et prenez garde, car je tiendrai parole... Si vous essayez d'aller de nouveau à Hurlevent, avec ou sans moi, j'informerai Mr. Linton et, à moins qu'il ne le permette, l'intimité avec votre cousin ne doit pas reprendre.

— Elle a repris, murmura Cathy d'un air boudeur.

— Ne doit pas continuer, alors, dis-je.

— Nous verrons... fut sa réponse.

Et elle partit au galop, me laissant peiner loin derrière.

Nous atteignîmes toutes deux la maison avant l'heure du déjeuner. Mon maître crut que nous nous étions promenées dans le parc et, en conséquence, ne demanda pas d'explication au sujet de notre absence. À peine arrivée, je me hâtai d'ôter mes souliers trempés et mes bas, mais ma longue station à Hurlevent avait fait le mal. Le lendemain matin, je fus forcée de rester au lit, et, pendant trois semaines, je me trouvai dans l'incapacité d'assurer mon service ; calamité que je n'avais jamais connue auparavant et qui n'est jamais revenue depuis, je suis heureuse de le dire.

Ma petite maîtresse se conduisit comme un ange, venant me soigner et égayer ma solitude. Je souffris beaucoup de la réclusion. C'est une chose déprimante pour toute personne remuante

et active, pourtant aucune n'aurait eu moins que
moi le droit de se plaindre. À la minute où Catherine quittait la chambre de Mr. Linton, elle apparaissait à mon chevet. Sa journée était partagée
entre nous, aucun amusement n'en usurpait un
instant, elle négligeait repas, études et jeux ; elle
était la garde-malade la plus affectueuse qui ait
jamais existé. Elle devait posséder de grandes
ressources de dévouement pour se consacrer si
bien à moi, alors qu'elle aimait tant son père. Je
dis que ses journées étaient partagées entre nous,
mais le maître se couchait de bonne heure, et
généralement je n'avais plus besoin de rien après
six heures. Ainsi sa soirée lui appartenait. Pauvre
petite ! Je n'ai jamais songé à quoi elle s'occupait
toute seule après le thé. Et cela, bien que j'aie
souvent remarqué, lorsqu'elle entrait pour me
dire bonsoir, la vive fraîcheur de ses joues et la
rougeur de ses doigts minces. Au lieu d'imaginer
que ces couleurs étaient dues à l'excitation d'une
course à cheval en pleine lande, j'en attribuai la
cause au feu brûlant de la bibliothèque.

XXIV

Au bout de trois semaines, je pus quitter ma
chambre et circuler dans la maison. Le premier
soir où je fus sur pied, je demandai à Catherine
de me faire la lecture, mes yeux étant fatigués.
Nous étions dans la bibliothèque et le maître était

allé se coucher. Elle consentit d'assez mauvaise grâce, me sembla-t-il, et, pensant que mes livres ne lui plaisaient pas, je lui dis de faire elle-même son choix. Elle prit un de ses ouvrages préférés et lut avec constance pendant près d'une heure. Puis vinrent des questions répétées.

— Ellen, n'êtes-vous pas fatiguée ? Ne feriez-vous pas mieux de vous coucher ? Vous retomberez malade en veillant si tard.

— Non, non, chérie, je ne suis pas fatiguée, répondais-je chaque fois.

Voyant que je ne bougeais pas, elle essaya de me montrer autrement qu'elle avait assez de cette occupation. Elle se mit à bâiller, s'étira, et dit finalement :

— Ellen, je suis fatiguée.

— Laissez cela, alors, et parlons, répondis-je.

Ce fut bien pis. Elle s'agita, soupira, consulta sa montre, et enfin, à huit heures, se retira dans sa chambre, accablée de sommeil, à en juger par son regard maussade et lourd, et par l'incessant frottement qu'elle infligeait à ses paupières.

Le lendemain soir, elle parut encore plus impatiente, et, à la troisième veillée, elle se plaignit d'une migraine pour se délivrer de ma compagnie, et me quitta. Je trouvai sa conduite étrange ; et, après être restée seule un long moment, je résolus d'aller prendre de ses nouvelles, pensant qu'il serait bon qu'elle s'allongeât sur le divan au lieu de rester là-haut dans l'obscurité. Mais je ne pus découvrir de Catherine ni en haut ni en bas. Les domestiques affirmèrent qu'ils ne l'avaient pas vue. À la porte de Mr. Edgar où j'écoutai, tout

était silencieux. Alors je retournai à sa chambre,
éteignis ma bougie et m'assis dans l'embrasure
de la fenêtre.

La lune brillait, une légère couche de neige cou-
vrait le sol et je pensai qu'elle avait peut-être eu
l'idée de se promener à l'air frais dans le parc.
J'aperçus une silhouette qui se faufilait le long de
la clôture intérieure, mais ce n'était pas celle de
ma jeune maîtresse, et, à la lumière, je reconnus
un des palefreniers. Il resta un long moment à
regarder la route qui traversait le domaine, puis
partit d'un pas rapide, comme s'il avait découvert
quelque chose et reparut, conduisant le poney de
Miss Cathy. Elle aussi était là, qui venait de mettre
pied à terre et marchait à côté de lui.

L'homme mena la bête à l'écurie, en la faisant
passer sans bruit sur la pelouse. Cathy entra par
la porte du salon et se glissa avec précaution là
où je l'attendais. Elle ferma doucement la porte,
retira ses chaussures recouvertes de neige, défit
son chapeau et commençait à enlever son manteau, sans se douter de mon espionnage, lorsque
je me levai soudain et me montrai. La surprise la
pétrifia, et, après avoir murmuré une exclamation
inarticulée, elle resta immobile un bon moment.

— Ma chère Miss Catherine, prononçai-je, trop
émue de ses récentes gentillesses pour débuter par
une gronderie, où êtes-vous allée à cheval à cette
heure ? Et pourquoi songez-vous à me tromper
en me racontant une histoire ? D'où venez-vous ?
Répondez.

— Du bout du parc, balbutia-t-elle. Je ne
raconte pas une histoire.

— Et de nulle part ailleurs ? demandai-je.

— Non, me répondit-elle à voix basse.

— Oh ! Catherine, m'écriai-je avec chagrin. Vous savez que vous avez mal agi, sans quoi vous ne seriez pas obligée de me mentir à moi. Cela me peine. Je préférerais être malade pendant trois mois plutôt que de vous entendre inventer délibérément un mensonge.

Elle se précipita vers moi, et, éclatant en sanglots, jeta ses bras autour de mon cou.

— Oh ! Ellen, je crains par-dessus tout de vous fâcher, dit-elle. Promettez-moi de ne pas vous mettre en colère, et vous saurez l'exacte vérité ; j'ai horreur de la cacher.

Nous nous assîmes sur la banquette dans l'embrasure de la fenêtre. Je l'assurai que je ne la gronderais pas, quel que pût être son secret, que naturellement je devinai. Alors elle commença.

— J'ai été à Hurlevent, Ellen, et je n'ai pas manqué d'y aller chaque jour depuis que vous êtes tombée malade, excepté trois fois avant que vous ayez quitté votre chambre et deux fois après. J'ai donné des livres et des images à Michel pour qu'il selle Minny chaque soir et la reconduise à l'écurie. Surtout ne le grondez pas, je vous en prie. J'arrivais à Hurlevent vers six heures et demie, et restais généralement jusqu'à huit heures et demie, puis je galopais jusqu'à la maison. Ce n'était pas pour m'amuser que j'allais là-bas, cela m'était souvent pénible d'un bout à l'autre. Il m'arrivait pourtant d'éprouver du bonheur, une fois par semaine, peut-être. Au début, j'ai pensé qu'il me faudrait batailler avec vous pour que je tienne ma parole envers Linton, car je m'étais engagée, en le quittant, à aller le voir de nouveau le jour suivant. Mais, comme vous êtes restée dans votre chambre ce jour-là, cette discussion a été évitée. L'après-midi, tandis que Michel réparait la serrure à la porte du parc, je m'emparai de la clef et lui racontai que mon cousin, qui était malade et ne pouvait venir à la Grange, désirait que j'aille le voir, mais que papa s'y opposait. J'arrangeai alors l'affaire du poney. Il aime à lire et il a l'intention de nous quitter bientôt pour se marier. Il offrit donc de faire ce que je lui demandais si je lui prêtais des livres de la bibliothèque ; mais je préférai lui donner les miens, et cela lui plut davantage.

« À ma seconde visite, je trouvai Linton dans de meilleures dispositions. Zillah (c'est leur femme de charge) nettoya la pièce et nous alluma un bon feu. Elle nous dit que nous pouvions faire ce qu'il nous plairait, Joseph étant allé à un service religieux. Quant à Hareton, il était sorti avec ses chiens et dépeuplait nos bois de faisans, comme je l'appris plus tard. Elle me porta un peu de vin chaud, du pain d'épices, et me témoigna beaucoup de prévenances. Linton s'assit dans le fauteuil, moi dans la petite chaise à bascule auprès de la cheminée, et, riant et parlant gaiement, que nous trouvâmes de choses à nous dire ! Nous imaginions l'endroit où nous irions cet été, et tout ce que nous ferions. Je n'ai pas besoin de répéter cela, que vous jugeriez des enfantillages.

« À un moment, toutefois, nous fûmes sur le point de nous disputer. Il avait prétendu que la manière la plus agréable de passer une chaude journée de juillet était de rester étendu du matin au soir dans les bruyères sur un coin de la lande, cependant que les abeilles bourdonnent comme en rêve autour des fleurs, que les alouettes chantent haut par-dessus votre tête et qu'un soleil éclatant brille dans un ciel bleu et pur. Telle était son idée du parfait bonheur. La mienne était de se balancer dans un arbre au feuillage bien vert et bruissant, alors qu'on sent souffler le vent d'ouest et que de beaux nuages blancs passent rapidement dans l'espace. Et comme oiseaux, non seulement des alouettes, mais des grives, des merles, des linottes, des coucous, qui font de la musique de toute part ; au loin, la lande qu'on aperçoit, coupée de vallons sombres et frais, de crêtes couvertes d'herbes hautes qui ondulent comme des vagues sous la brise ; et des bois, avec de l'eau qui chante et le monde entier en éveil et fou de joie... Il voulait que tout repose dans une extase tranquille, et moi, je voulais que tout vibre dans une gloire étincelante. Je lui dis que son paradis ne serait qu'à moitié en vie, et il me dit que le mien serait ivre. Je lui dis que je m'endormirais dans le sien, il me dit qu'il ne pourrait respirer dans l'autre, et il commença à montrer du mécontentement. À la fin, nous décidâmes de goûter des deux, quand le temps s'y prêterait, puis nous étant embrassés, nous redevînmes amis.

« Après être restée tranquille pendant une heure, je regardai la grande pièce, son carrelage glissant et nu, et j'imaginais l'agrément d'y jouer après avoir repoussé la table. Je demandai à Linton d'appeler Zillah à l'aide, et ainsi nous aurions fait une partie de colin-maillard, elle aurait essayé de nous attraper comme vous le faisiez, Ellen, vous rappelez-vous ? Il ne voulut pas, disant que ce ne serait pas amusant, mais il consentit à jouer à la balle avec moi. Nous en trouvâmes deux dans une armoire, entre des montagnes de vieux jouets, toupies, fouets, raquettes et volants. L'une était marquée C et l'autre H ; je voulus prendre le C parce que cela correspondait à Catherine et que le H pouvait aller à son nom de Heathcliff. Mais celle-ci perdait du son et Linton n'en voulut pas. Je le battis constamment, alors il se fâcha de nouveau, toussa et retourna sur son fauteuil. Ce même soir, pourtant, il retrouva facilement sa bonne humeur, il écouta avec plaisir deux ou trois jolies chansons, les vôtres, Ellen, et, lorsque je fus obligée de partir, il me supplia de revenir le lendemain, ce que je promis. Minny et moi rentrâmes à la maison aussi vite que le vent, et toute la nuit je rêvai de Hurlevent et de mon gentil cousin.

« Le lendemain, je me sentis triste, en partie parce que vous n'alliez pas bien et en partie parce que j'aurais voulu que mon père connût et approuvât mes visites. Mais, après le thé, le clair de lune fut si beau que toute ma mélancolie se dissipa lorsque je fus à cheval. Je vais passer une autre bonne soirée, pensai-je, et ce qui me fait plus de plaisir encore, c'est que mon cher Linton en jouira aussi. Je traversais leur jardin au trot et allais faire le tour par-derrière, lorsque ce nommé Earnshaw vint à ma rencontre, prit ma bride et me demanda d'entrer par la porte de devant. Il caressa le cou de Minny, déclara que c'était une belle bête et chercha, me parut-il, à engager la conversation. Je me bornai à lui dire de laisser mon cheval tranquille, sinon il recevrait des coups de pied. Il répondit avec son accent vulgaire : « Ça ne me ferait pas grand mal », et considéra en souriant les membres de mon poney. J'eus bien envie de faire l'expérience, mais il s'éloigna pour ouvrir la porte. Tout en manœuvrant le loquet, il leva les yeux vers l'inscription et dit avec un stupide mélange de gaucherie et d'orgueil :

« – Miss Catherine ! je peux lire ça maintenant.

« – Admirable, m'écriai-je. Je vous en prie, faites-moi voir comme vous êtes devenu savant !

« Il épela et lut, en traînant syllabe par syllabe, le nom de Hareton Earnshaw.

« – Et les chiffres ? demandai-je d'une manière encourageante, voyant qu'il s'arrêtait court.

« – Je ne peux pas encore les lire.

« – Oh ! nigaud ! dis-je en riant franchement de cet aveu.

« Le sot me regarda fixement, la bouche prête à sourire et la mine à se renfrogner, se demandant si c'était là une familiarité spirituelle dont il devait s'égayer aussi, ou bien, au contraire, une marque de mépris, comme ce l'était réellement. Je dissipai ses doutes en retrouvant soudain mon sérieux et en le priant de s'en aller, car je venais voir Linton et non lui. Il rougit – je le vis à la clarté de la lune –, lâcha le loquet et s'éloigna avec sa vanité mortifiée. Je pense qu'il s'imaginait en savoir autant que Linton parce qu'il pouvait épeler son propre nom, et il fut très déconfit de ne pas me voir juger de même.

— Arrêtez, Miss Catherine, ma chérie ! inter-rompis-je. Je ne vous gronderai pas, mais ici je n'aime pas la manière dont vous avez agi. Si vous vous étiez souvenue que Hareton était votre cousin autant que le jeune Heathcliff, vous auriez senti combien il était mal de vous conduire de la sorte. N'était-ce pas une ambition louable que de vouloir être aussi savant que Linton ? Et sans doute n'était-ce pas uniquement pour faire l'im-portant qu'il avait appris cela. Vous l'aviez rendu honteux de son ignorance et il a voulu en sortir afin de vous plaire. Tourner en dérision cette ten-tative imparfaite a été une marque de mauvaise éducation. Si vous aviez été élevée dans les mêmes conditions que lui, seriez-vous moins ignorante ? C'était un enfant aussi éveillé et aussi intelligent que vous le fûtes jamais, et je souffre de le voir méprisé aujourd'hui, parce que ce vil Heathcliff l'a traité si injustement.

— Allons ! Ellen, vous n'allez pas pleurer pour cela, n'est-ce pas ? dit Cathy, surprise de mon ardeur. Mais attendez et vous allez voir s'il avait appris son alphabet pour me plaire et si c'était la peine d'être polie avec cette brute. J'entrai. Linton était couché sur le banc et se souleva à moitié pour m'accueillir.

« – Je suis malade ce soir, Catherine aimée, dit-il. Il faudra que vous parliez et que je vous écoute seulement. Venez et asseyez-vous près de moi. J'étais sûr que vous tiendriez votre promesse, et, avant que vous me laissiez, je vous demanderai de m'en faire une autre.

« Je savais maintenant qu'il ne fallait pas le

taquiner quand il était malade, et je me mis à parler doucement, sans poser de questions et en évitant de l'irriter d'aucune façon. Je lui avais apporté quelques-uns de mes plus jolis livres ; il me demanda de lui faire la lecture et j'allais commencer, lorsque Earnshaw ouvrit brusquement la porte. Son venin s'était amassé dans la réflexion, et, s'étant dirigé droit sur nous, il saisit Linton par le bras et d'une secousse le jeta bas de son siège.

« – Va-t'en dans ta chambre ! dit-il d'une voix que la colère rendait presque inarticulée et avec une figure qu'on eût dite gonflée par la fureur. Emmène-la en haut si elle vient pour te voir, tu ne me feras pas sortir d'ici. Partez tous les deux !

« Il se mit à jurer à notre adresse et, sans laisser à Linton le temps de répondre, il le poussa dans la cuisine. Tandis que je suivais celui-ci, il serra les poings et parut près de me frapper. J'eus un instant de frayeur et laissai tomber un livre ; il le lança d'un coup de pied derrière moi et referma la porte. J'entendis un ricanement fêlé du côté de la cheminée et, me retournant, j'aperçus, debout, cet odieux Joseph qui frottait ses mains osseuses en tremblotant.

« – J'étais sûr et certain qu'il vous flanquerait dehors. C't'un fameux gaillard. Il a la vue juste. I' sait... ah ! oui ! i' sait qui devrait être le maître ici... Eh ! Eh ! Eh ! I vous a fait passer dehors proprement. Eh ! Eh ! Eh !

« – Où pouvons-nous aller ? demandai-je à mon cousin, dédaignant les impertinences du vieux misérable.

« Linton était blême et tremblant. Il n'était pas

joli à regarder à ce moment, Ellen, oh! non. Il était effrayant même, car sa figure chétive et ses grands yeux étaient torturés par une expression de fureur impuissante. Il saisit la poignée de la porte et la secoua. Elle était fermée de l'autre côté.

« – Si tu ne me laisses pas entrer, je te tuerai !... Oui, je vais te tuer si tu ne me laisses pas entrer, disait-il ou plutôt hurlait-il. Démon ! Démon... je te tuerai... je te tuerai !

« Joseph poussa de nouveau un rire croassant.

« – À la bonne heure ! s'écria-t-il. V'là le père... V'là le père qui apparaît... On a toujours en soi quéqu' chose des deux côtés. Bronche pas, Hareton, mon garçon. Rien à craindre... I peut pas t'approcher.

« Je pris les mains de Linton et essayai de le tirer en arrière, mais il criait si fort que je n'osai pas continuer. À la fin, ses clameurs furent arrêtées par un terrible accès de toux, le sang jaillit de sa bouche, et il tomba sur le sol. Je courus dans la cour, malade de peur, et j'appelai Zillah de toutes mes forces. Elle était occupée à traire les vaches dans un hangar derrière la grange et m'entendit bientôt. Abandonnant en hâte son travail, elle me demanda ce qu'il y avait. Je manquais de souffle pour lui expliquer la chose et, l'ayant amenée à l'intérieur, je cherchai Linton des yeux. Earnshaw, après être sorti pour regarder le mal qu'il avait causé, était en train de transporter en haut le pauvre garçon. Zillah et moi montâmes à la suite, mais, au haut de l'escalier, il m'arrêta, me dit qu'il ne fallait pas que j'entre et que je devais retourner chez moi. Je répliquai qu'il avait tué Linton et que

je voulais entrer. Joseph ferma la porte, déclara
que je n'avais pas à faire « des vacarmes comme
ça », et me demanda « si j'avais, des fois, l'intention d'être aussi folle que lui ». Je restai à pleurer
jusqu'à ce que la femme de charge reparût. Elle
assura qu'il irait mieux dans un instant, que ce
tintamarre et ces criailleries ne lui valaient rien
et elle m'emporta presque de force jusqu'à la salle.

« Ah ! Ellen, j'avais envie de m'arracher les cheveux. Je sanglotais et pleurais si fort que mes yeux
n'y voyaient presque plus. Le goujat pour qui vous
avez tant de sympathie se tenait en face de moi, et,
de temps en temps, il se permettait de me lancer
un « chut ! » et de nier que ce fût sa faute. À la fin,
effrayé de m'entendre répéter que je raconterais
tout à papa, qu'il serait mis en prison et pendu,
il se mit à pleurer à chaudes larmes et se hâta de
sortir pour cacher sa peur. Cependant, je n'étais
pas débarrassée de lui. Lorsqu'on m'eut contrainte
à partir et que j'eus fait une centaine de mètres,
il sortit soudain de l'ombre, sur un bas-côté de la
route, arrêta Minny et me saisit par la main.

« – Miss Catherine, j'ai beaucoup de chagrin,
commença-t-il, mais c'est vraiment trop méchant...

« Je lui donnai un coup de cravache et me dis
aussitôt qu'il allait peut-être me tuer. Mais il
me lâcha, lançant un de ses horribles jurons, et,
presque à moitié folle, je rentrai au grand galop.

« Ce soir-là, je n'allai pas vous dire bonsoir et,
le lendemain, je ne retournai pas à Hurlevent. J'en
avais envie pourtant, mais j'étais dans un grand
émoi : parfois je redoutais d'apprendre que Linton
était mort, parfois je tremblais à la pensée de ren-

contrer Hareton. Le troisième jour, je rassemblai
mon courage, ou du moins, je me sentais incapable de supporter plus longtemps cette incertitude et je sortis de nouveau en cachette. Je partis
à pied, à cinq heures, imaginant que je pourrais
me faufiler dans la maison et monter jusqu'à la
chambre de Linton sans être vue. Cependant les
chiens donnèrent l'éveil. Zillah me reçut et, après
m'avoir appris que « le garçon se rétablissait
bien », me fit entrer dans une petite pièce parfaitement en ordre, au sol tendu de tapis, où, à
mon inexprimable joie, je vis Linton couché sur
un divan et lisant un de mes livres. Mais, Ellen,
il ne voulut ni me parler, ni me regarder durant
une heure ! Il a un si mauvais caractère ! Et ce qui
me confondit tout à fait, lorsqu'il ouvrit la bouche,
ce fut de l'entendre soutenir que c'était moi la
cause de toute la bataille et que Hareton n'était
pas fautif ! Incapable de répondre sans colère, je
me levai et sortis de la pièce. Il me rappela d'un
faible « Catherine ! ». Il ne s'attendait pas à une
telle attitude, mais je ne retournai pas la tête.

« Le lendemain fut le second jour où je restai à
la maison ; j'étais presque décidée à ne plus aller
le voir. Mais c'était si triste de se coucher et de
se lever en ignorant tout de lui que ma résolution fondit avant d'être clairement formée. Tout
d'abord cela m'avait semblé mal de prendre ce
chemin, maintenant il me semblait mal de ne pas
continuer. Comme Michel venait me demander
s'il devait seller Minny, je dis « oui » et, tandis
que la bête me menait sur la colline, il me parut
que j'accomplissais là un devoir. J'étais obligée

de passer devant les fenêtres de la façade pour
pénétrer dans la cour, il était donc vain d'essayer
de cacher ma présence.

« – Le jeune maître est dans la salle, dit Zillah,
me voyant prendre la direction du petit salon.

« J'entrai. Earnshaw était là aussi, mais il quitta
immédiatement la pièce. Linton somnolait dans
le grand fauteuil. J'avançai vers la cheminée et
dis sur un ton sérieux, tout en n'y croyant qu'à
moitié :

« – Puisque vous ne m'aimez pas, Linton, et que
vous m'accusez de venir simplement pour vous
faire du mal, puisque vous prétendez qu'il en est
chaque fois ainsi, ce sera notre dernier entretien.
Disons-nous adieu. Prévenez Mr. Heathcliff que
vous ne désirez plus me voir et qu'il ne faut plus
qu'il invente de mensonges à ce sujet.

« – Asseyez-vous et enlevez votre chapeau,
Catherine, répondit-il. Vous êtes tellement plus
favorisée que moi que vous devriez être meilleure.
Papa me reproche assez mes défauts et montre
assez de dédain à mon égard pour que je sois
excusable de douter de moi-même. J'en arrive
à me demander si je ne suis pas vraiment aussi
nul qu'il me le répète, et alors je ressens tant de
colère et d'amertume que je hais tout le monde !
Je suis un incapable et j'ai mauvais caractère, je
suis de mauvaise humeur presque tout le temps et,
si vous en avez envie, vous pouvez me dire adieu,
vous serez débarrassée d'un fardeau. Seulement,
Catherine, faites-moi la grâce de croire que si je
pouvais être aussi doux, aussi aimable et aussi
bon que vous, je le serais, et avec autant de joie,

sinon davantage, que si je possédais votre bonheur et votre santé. Et croyez que votre bonté a
rendu mon amour plus profond que si j'avais réellement mérité le vôtre. Et, bien que je n'aie pu et
ne puisse m'empêcher de vous montrer ma nature,
je le regrette et m'en repens ; et, jusqu'à mon dernier jour, je le regretterai et m'en repentirai.

« Je sentis qu'il était sincère, que je devais lui
pardonner et que, même si nous nous disputions
l'instant d'après, je devrais lui pardonner de nouveau. Nous nous réconciliâmes, mais pendant
toute ma visite nous pleurâmes ensemble, peut-
être pas uniquement de chagrin ; toutefois j'étais
triste de voir à Linton une nature aussi difficile.
Il ne rendra jamais ses amis heureux et lui-même
ne le sera jamais !

« À partir de ce soir-là, je suis toujours allée
dans son petit salon, car son père revint le lendemain. Trois fois, il me semble, nous avons été
joyeux et confiants, comme nous l'avions été le
premier soir. Mes autres visites furent tristes et
houleuses, tantôt en raison de son égoïsme et
de sa mauvaise humeur, tantôt en raison de ses
souffrances ; mais j'ai appris à supporter l'une et
l'autre cause avec la même patience, ou presque.
Mr. Heathcliff m'évite à dessein, je l'ai à peine vu.
Dimanche dernier, pour dire vrai, arrivant plus
tôt que de coutume, je l'ai entendu injurier violemment le pauvre Linton sur son attitude de la
veille. Je ne saurais dire comment il en avait eu
connaissance, à moins qu'il n'eût écouté. Linton,
assurément, s'était montré très irritant, mais ce
n'était l'affaire de personne autre que moi. J'inter-

rompis le sermon de Mr. Heathcliff en entrant dans la pièce pour le lui dire. Il éclata de rire et s'en alla, déclarant qu'il était heureux que je prenne la chose de cette manière. Depuis lors, j'ai conseillé à Linton de ne pas crier trop fort ses paroles les plus pénibles à entendre. Maintenant, Ellen, vous savez tout. Si l'on m'empêche d'aller à Hurlevent, on infligera une torture à deux êtres, tandis que si vous ne dites rien à papa, mes visites ne troubleront la tranquillité de personne. Vous ne le direz pas, n'est-il pas vrai ? Ce serait sans cœur de votre part.

— Je déciderai cela demain, Miss Catherine, répondis-je. Cela demande de la réflexion. Je vais vous laisser reposer et j'y penserai de mon côté.

J'y pensai tout haut en présence de mon maître, après être allée directement de la chambre de Catherine dans la sienne. Je racontai toute l'histoire, sauf les conversations avec son cousin Hareton. Mr. Linton s'inquiéta plus qu'il ne voulut me le montrer. Dans la matinée, Catherine apprit la trahison de ses confidences et elle apprit aussi que ses visites clandestines devaient cesser. En vain elle pleura et se débattit contre l'interdiction, implorant son père d'avoir pitié de Linton. Tout ce qu'elle obtint de lui, en guise de consolation, fut la promesse qu'il écrirait à Linton pour l'autoriser à venir à la Grange, mais en lui expliquant qu'il ne devait plus espérer voir désormais Catherine à Hurlevent. Et peut-être que, s'il avait connu la nature et l'état de santé de son neveu, il se serait senti enclin à refuser jusqu'à cette légère compensation.

XXV

— Ces choses se sont passées l'hiver dernier, monsieur, dit Mrs. Dean, il y a à peine plus d'un an. Et cet hiver-là, je ne pensais pas que, douze mois plus tard, je serais en train de distraire quelqu'un d'étranger à la famille en les lui racontant ! Cependant qui sait si vous resterez longtemps un étranger ! Vous êtes trop jeune pour vous contenter toujours d'une vie solitaire et j'ai une vague idée que personne ne peut voir Catherine Linton sans l'aimer. Vous souriez... Mais pourquoi paraissez-vous si gai et si curieux quand je parle d'elle ? Et pourquoi m'avez-vous demandé d'accrocher son portrait au-dessus de votre cheminée ? Et pourquoi...

— Arrêtez, ma bonne amie ! m'écriai-je. Il serait très possible que je l'aime, mais est-ce qu'elle m'aimerait ? Je n'en suis pas assez sûr pour risquer ma tranquillité sur une simple tentation. De plus, mon point d'attache n'est pas ici. Je vis dans l'agitation du monde et je dois y retourner. Continuez. Catherine obéit-elle aux ordres de son père ?

— Oui, continua la femme de charge. Son affection pour lui dominait encore tous les autres sentiments de son cœur. Il lui avait parlé sans colère, avec la profonde tendresse de quelqu'un sur le point d'abandonner son trésor entre des dangers et des convoitises, et il s'était dit que le souvenir de ses paroles était la seule aide qu'il pût lui léguer pour la guider. Il me confia quelques jours plus tard : « Ellen, je veux que mon neveu écrive ou vienne ici. Dites-moi sincèrement ce que vous pensez de lui. Avez-vous remarqué un changement chez lui ou peut-on espérer une amélioration lorsqu'il sera devenu un homme ? »

— Il est très délicat, monsieur, et il est peu probable qu'il atteigne l'âge d'homme. Mais ce que je peux affirmer, c'est qu'il ne ressemble pas à son père ; et si Miss Catherine avait le malheur de l'épouser, elle réussirait à le dominer, à moins qu'elle n'ait l'absurdité de montrer trop de faiblesse. Quoi qu'il en soit, maître, vous aurez tout le temps nécessaire pour le connaître et pour juger s'il lui convient ; ce n'est pas avant quatre ans, sinon davantage, qu'il sera majeur.

Edgar soupira, et, allant à la fenêtre, il regarda vers l'église de Gimmerton. C'était un après-midi brumeux, mais le faible soleil de février éclairait les deux sapins du cimetière et les dalles éparses des tombes.

— J'ai souvent prié, dit-il à mi-voix, pour hâter ce que je sens venir aujourd'hui. Et voilà que je commence à trembler et à redouter cette approche. Je croyais que le souvenir du jour où, nouvellement marié, j'ai descendu ce vallon, serait moins doux que l'espérance d'y être transporté bientôt... dans quelques mois, dans quelques semaines peut-être... et de reposer dans ce creux solitaire ! Ellen, j'ai été très heureux avec ma petite Cathy. Durant les nuits d'hiver et les jours d'été, elle a été un vivant espoir à mes côtés. Mais j'ai aussi été heureux quand je rêvais tout seul parmi ces pierres, au pied de cette vieille église, étendu pendant les longues veillées de juin sur la sépulture de sa mère et soupirant après l'heure où je serais couché au-dessous. Que puis-je faire pour ma fille ? Quelles dispositions prendre avant de la quitter ? Que Linton soit le fils de Heathcliff, et même qu'il l'éloigne de moi, cela ne m'inquiéterait pas un instant s'il pouvait la consoler de ma perte. Je ne me soucierais pas davantage de ce que Heathcliff triomphe et parvienne à me frustrer de mon dernier bonheur ! Mais si Linton n'était pas digne d'elle, s'il n'était qu'un faible instrument entre les mains de son père, je ne pourrais la lui donner ! Et, si dur que cela soit de retenir une nature aussi vive, mon devoir est de contrarier son désir tant que je vivrai et de la laisser seule lorsque je mourrai. Pauvre chérie ! Je préférerais la confier à Dieu, et la coucher sous terre avant moi.

— Confiez-la à Dieu telle qu'elle est, monsieur, répondis-je, et si nous vous perdions – puisse-t-Il l'empêcher –, avec son aide, je la chérirais et la conseillerais jusqu'au bout. Miss Catherine est une bonne enfant, je ne crains pas qu'elle prenne délibérément un mauvais chemin, et les gens qui font leur devoir sont toujours récompensés finalement.

Le printemps avançait ; cependant mon maître n'en récoltait rien de réellement salutaire pour ses forces, bien qu'il eût repris ses promenades dans le domaine avec sa fille. Celle-ci, grâce à son inexpérience, voyait là un signe de convalescence ; et comme il avait souvent les pommettes rouges et les yeux brillants, elle était persuadée qu'il guéri-

rait. Le jour où elle eut dix-sept ans, il n'alla pas
au cimetière. La pluie tombait, et je dis :

— Vous n'allez pas sortir ce soir, monsieur.

Il répondit :

— Non, je ferai ma visite un peu plus tard dans
l'année.

Il écrivit de nouveau à Linton, exprimant son
grand désir de le voir, et, si le malade avait été
en état de venir, je ne doute pas que son père ne
l'eût autorisé à le faire. Quoi qu'il en soit, obéissant à des instructions, il envoya une réponse qui
donnait à entendre que Mr. Heathcliff s'opposait
à ce qu'il allât à la Grange ; il ajoutait que le bon
souvenir de son oncle lui faisait grand plaisir et
qu'il espérait le rencontrer quelquefois dans ses
promenades, particulièrement pour solliciter de
lui qu'il ne restât pas aussi complètement séparé
de sa cousine.

Cette partie de la lettre, développée naïvement,
était probablement de son cru. Heathcliff le savait
sans doute capable de réclamer avec chaleur la
compagnie de Catherine.

« Je ne demande pas, disait-il, l'autorisation
pour elle de venir ici ; mais ne dois-je jamais la
voir parce que mon père me défend d'aller dans
votre demeure et que vous lui défendez de venir
dans la nôtre ? Venez à cheval, de temps en temps,
avec elle, du côté de Hurlevent, et laissez-nous
échanger quelques paroles en votre présence !
Nous n'avons rien fait qui mérite cette séparation,
et vous n'êtes pas fâché contre moi, vous n'avez
aucune raison de ne pas m'aimer, vous-même le
reconnaissez. Cher oncle ! envoyez-moi demain

un mot affectueux et permettez-moi de vous rencontrer où il vous plaira, excepté à Thrushcross Grange. Je crois qu'une entrevue vous convaincrait que mon caractère ne ressemble pas à celui de mon père ; il affirme que je suis plus votre neveu que son fils et, si j'ai des défauts qui me rendent indigne de Catherine, du moment qu'elle les a excusés, vous devez, par amour pour elle, les excuser à votre tour. Vous me demandez des nouvelles de ma santé. Je vais mieux, mais tant que je reste privé de tout espoir, condamné à la solitude ou à la société de gens qui ne m'aiment pas et ne m'aimeront jamais, comment pourrais-je être gai et bien portant ? »

Edgar, malgré son faible pour le jeune garçon, n'accueillit pas cette requête, car il n'était pas en état d'accompagner Catherine. Il répondit qu'en été, peut-être, ils pourraient se rencontrer ; en attendant, il lui demandait de continuer à écrire de temps à autre, et il s'engageait à lui donner par lettre tous les conseils et les encouragements en son pouvoir, connaissant sa triste situation de famille. Linton se soumit à ce désir, et, s'il avait été livré à lui-même, il aurait probablement tout gâté en remplissant ses épîtres de plaintes et de lamentations ; mais son père exerçait sur lui une surveillance étroite et, naturellement, insista pour que chaque ligne envoyée par mon maître lui fût montrée. Bref, au lieu de dépeindre longuement ses souffrances particulières et ses propres malheurs, thèmes qui prédominaient toujours dans ses pensées, Linton s'étendit sur la cruelle obligation de rester éloigné de son amie chérie. Il

demanda gentiment que Mr. Linton ne tardât pas
trop à autoriser une entrevue, ou bien il se croirait
trompé à dessein par de vaines promesses.

Cathy était, chez nous, une puissante alliée pour
lui ; et, à eux deux, ils finirent par obtenir de mon
maître la permission de faire ensemble, une fois
par semaine, une promenade à pied ou à cheval
sous ma surveillance ; et cela, sans quitter la lande
qui entourait la Grange, car, dès le mois de juin,
les forces de mon maître déclinèrent encore.

Quoiqu'il eût mis de côté chaque année une
part de son revenu pour la fortune de ma jeune
demoiselle, il avait le désir légitime qu'elle pût
garder la maison de ses ancêtres, ou du moins y
revenir dans peu de temps. Et il estimait que la
seule chance d'y parvenir résidait dans une union
avec l'héritier de cette maison. Il ne soupçonnait
pas que ce dernier s'affaiblissait presque aussi vite
que lui ; nul ne le soupçonnait d'ailleurs. Aucun
docteur n'allait à Hurlevent et personne ne pouvait nous renseigner sur l'état du jeune Mr. Heathcliff. Pour ma part, je commençais à croire que
mes premiers pressentiments étaient faux et qu'il
devait réellement reprendre des forces, puisqu'il
parlait maintenant de promenades à cheval ou à
pied dans la lande et montrait tant d'ardeur dans
la conduite de ses projets.

Je ne pouvais imaginer un père assez volontaire
et assez cruel pour obliger un enfant mourant à
feindre cette ardeur ; car, je l'appris plus tard, c'est
là ce que sut machiner Heathcliff ; et ses efforts
redoublaient à mesure que son plan cupide et
inhumain risquait d'être déjoué par la mort.

XXVI

Ce n'étaient déjà plus les premiers jours de l'été lorsque, Edgar ayant cédé à contrecœur à tant de supplications, nous partîmes à cheval, Catherine et moi, pour notre premier rendez-vous avec son cousin. La journée était lourde et étouffante, sans rayons de soleil, mais le ciel était trop pommelé et trop brumeux pour présager la pluie. Notre lieu de rencontre avait été fixé à la borne placée au croisement des routes. Mais, à notre arrivée, nous trouvâmes un petit berger, envoyé pour nous apprendre que « Mr. Linton était juste à la lisière de Hurlevent et qu'il nous serait bien obligé de marcher encore un petit peu ».

— Alors Mr. Linton a oublié la première recommandation de son oncle, fis-je remarquer. Nous avions ordre de rester sur les terres de la Grange et en allant plus loin nous en sortons.

— Eh bien ! nous ferons faire demi-tour à nos chevaux quand nous l'aurons rejoint, répondit ma compagne, et nous continuerons notre promenade en reprenant le chemin de la maison.

Mais quand nous l'eûmes rejoint, et cela à un quart de mille de sa porte, nous vîmes qu'il n'avait pas de cheval et nous fûmes obligées de descendre, laissant les nôtres brouter l'herbe. Il nous attendait, allongé sur la bruyère, et ne se leva pas avant que nous fussions à quelques mètres de lui. Puis il marcha avec tant de précautions et le visage recouvert d'une telle pâleur, que je m'écriai aussitôt :

— Oh ! Mr. Heathcliff, vous n'êtes guère en état de faire une promenade ce matin. Comme vous paraissez mal à l'aise !

Catherine l'observait avec un étonnement douloureux ; l'exclamation de joie formée sur ses lèvres s'était changée en un cri de frayeur ; et, au lieu de fêter cette rencontre si longtemps remise, elle lui demanda anxieusement s'il se sentait plus mal que d'habitude.

— Non... mieux... mieux, dit-il d'une voix défaillante.

Il lui avait pris la main comme s'il avait besoin d'appui, ses grands yeux bleus erraient timidement sur elle, la maladie les avait entourés d'un cerne qui transformait en une expression égarée la mélancolie qu'ils reflétaient autrefois.

— Mais vous êtes moins bien, reprit sa cousine, moins bien qu'à ma dernière visite. Vous avez maigri et...

— Je suis fatigué, interrompit-il précipitamment. Il fait trop chaud pour marcher, reposons-nous ici. Et le matin, je me sens souvent incommodé. Papa dit que je grandis trop vite.

Peu satisfaite de l'explication, Cathy s'assit et il s'étendit près d'elle.

— Ceci se rapproche un peu de votre paradis, dit-elle, faisant un effort pour être gaie. Nous avions décidé, vous rappelez-vous, de passer deux journées dans un endroit et suivant un emploi du temps choisis par chacun de nous d'après son

rêve. Cette journée-ci est sûrement la vôtre. Il y a
des nuages, c'est vrai, mais ils sont si doux et si
légers qu'ils valent mieux que le soleil. La semaine
prochaine, si vous le pouvez, nous irons jusqu'au
parc de la Grange et nous essaierons mon paradis.

Linton ne parut pas se rappeler ce dont elle parlait ; il avait évidemment une grande difficulté à
soutenir une conversation quelconque. Son peu
d'intérêt pour les sujets qu'elle abordait ainsi que
son incapacité à la distraire étaient si manifestes
qu'elle ne put cacher son désappointement. Une
transformation indéfinissable s'était produite en la
personne de Linton comme en ses attitudes. Son
humeur morose, qui s'attendrissait souvent sous
des caresses, n'était plus qu'une apathie indifférente. Il y avait moins en lui de l'enfant gâté qui
se rend insupportable par besoin de tendresse, et
plus du malade conscient de son état et irrémédia-
blement affligé qui repousse toute consolation et
va jusqu'à considérer la gaieté des autres comme
une insulte.

Catherine sentit aussi bien que moi qu'il supportait notre compagnie comme une punition plutôt qu'une récompense, et elle n'hésita pas à parler
de partir. Cette proposition, chose inattendue, tira
Linton de sa léthargie et le jeta dans une étrange
agitation. Il regarda craintivement du côté de Hurlevent, la suppliant de rester encore au moins une
demi-heure.

— Mais je crois, dit Cathy, que vous seriez
mieux chez vous qu'ici. Et je vois bien qu'aujourd'hui je n'arrive pas à vous distraire par mes
histoires, mes chansons ni mon bavardage. Ces six

mois vous ont rendu plus sérieux, vous vous intéressez peu maintenant à mes amusements. Sans
cela je resterais volontiers.

— Restez pour vous reposer, répondit-il. Et ne
croyez pas, Catherine, ou ne dites pas que je ne
vais pas bien. C'est ce temps lourd et cette chaleur qui m'accablent, et, avant de vous retrouver,
j'ai marché beaucoup trop pour moi. Dites à mon
oncle que ma santé est bonne, voulez-vous ?

— Je lui dirai que vous le dites, Linton. Je ne
pourrais pas affirmer que cela est, ajouta ma jeune
maîtresse, étonnée de l'obstination avec laquelle il
soutenait un mensonge aussi manifeste.

— Et revenez jeudi prochain, continua-t-il en
fuyant ce regard intrigué. Remerciez-le pour
la permission qu'il vous donne, Catherine...
remerciez-le beaucoup. Et... et si vous rencontriez
mon père et qu'il vous questionne à mon sujet, ne
lui laissez pas croire que j'ai été aussi silencieux
et stupide. Ne prenez pas cet air triste et abattu...
il se mettrait en colère.

— Je me moque de sa colère, s'écria Cathy,
imaginant que ce serait elle qui en serait l'objet.

— Mais moi je ne m'en moque pas, dit son cousin en frissonnant. Ne le montez pas contre moi,
Catherine, car il est très dur.

— Est-il sévère avec vous, Mr. Heathcliff ?
demandai-je. A-t-il eu assez de son indifférence,
et une haine active a-t-elle succédé à sa haine pas-
sive ?

Linton me regarda, mais ne répondit pas. Cathy
resta encore dix minutes à côté de lui. Il penchait
la tête sur sa poitrine, comme à moitié endormi,

et seuls l'épuisement ou la douleur lui arrachaient des gémissements plaintifs. Alors, pour se distraire, elle partit à la recherche d'airelles qu'elle vint partager ensuite avec moi ; elle ne lui en offrit pas, car elle voyait que d'autres attentions ne feraient que le fatiguer et l'excéder.

— Y a-t-il une demi-heure, maintenant, Ellen ? me demanda-t-elle à l'oreille. Je ne vois pas pourquoi nous resterions. Il s'est endormi et papa va s'inquiéter de notre retour.

— Bien, mais il ne faut pas le quitter pendant qu'il dort, répondis-je. Attendez qu'il se réveille et soyez calme. Vous qui étiez si désireuse de retrouver le pauvre Linton, l'envie vous en a vite passé.

— Pourquoi a-t-il voulu me voir ? répondit Catherine. Je l'aimais mieux dans ses pires accès d'humeur que dans cet étrange état. On dirait que cette entrevue est un devoir qu'il est obligé d'accomplir de peur que son père ne le gronde. Mais je n'entends pas venir pour complaire à Mr. Heathcliff, quelles que soient ses raisons d'imposer à son fils cette pénitence. Et, bien que je sois heureuse de le voir en meilleure santé, je regrette fort qu'il soit si peu empressé et me témoigne bien moins d'affection.

— Vous croyez alors que sa santé est meilleure ? dis-je.

— Oui, répondit-elle, car vous savez comme il s'est toujours occupé de ses moindres souffrances. Il n'est pas aussi bien portant qu'il voudrait que je le fasse croire à papa, mais il va mieux, assurément.

— Eh bien ! nous ne sommes pas du même avis,
Miss Cathy, je pense qu'il va beaucoup plus mal.

À ce moment, Linton sortit brusquement de son
sommeil et demanda avec une expression de terreur si quelqu'un avait prononcé son nom.

— Non, dit Catherine, si ce n'est dans votre
rêve. Je me demande comment vous arrivez à
dormir dehors, au milieu de la matinée.

— Il m'a semblé entendre mon père, dit-il avec
un soupir et le regard levé vers le sombre paysage
qui nous dominait. Êtes-vous sûre que personne
n'a appelé ?

— Tout à fait sûre, répondit sa cousine. Ellen
et moi nous discutions au sujet de votre santé.
Êtes-vous vraiment plus solide que lorsque nous
nous sommes séparés cet hiver, Linton ? En tout
cas, je suis sûre qu'il y a une chose moins solide…
c'est votre sentiment pour moi. Répondez… est-
ce vrai ?

Des larmes jaillirent des yeux de Linton tandis
qu'il répondait :

— Oui, Catherine, oui, je me porte mieux.

Et encore sous l'impression de la voix imaginaire, il promenait partout son regard pour découvrir celui qu'il avait cru entendre. Cathy se leva.

— Aujourd'hui, il faut nous séparer, dit-elle.
Et je ne vous cache pas que j'ai été cruellement
déçue par notre entrevue. Je ne le dirai à personne
autre que vous, non que je vive dans la terreur de
Mr. Heathcliff.

— Chut, murmura Linton, pour l'amour de
Dieu, taisez-vous ! Il arrive.

Et, s'accrochant au bras de Catherine, il s'ef-

força de la retenir. Mais, en entendant cela, elle
se dégagea promptement et siffla Minny qui lui
obéissait comme un chien.

— Je reviendrai jeudi prochain, cria-t-elle, sautant en selle. Au revoir. Vite, Ellen !

Et nous le laissâmes ainsi, à peine conscient de
notre départ, tant il était sous le coup de l'arrivée
qu'il pressentait.

Avant d'être de retour à la maison, le ressentiment de Catherine s'adoucit en un mélange de
pitié et de regret ; elle éprouvait aussi de l'embarras et de l'inquiétude en pensant aux circonstances
dans lesquelles vivait Linton, au physique comme
au moral ; appréhensions que je partageai tout en
lui conseillant de ne pas en dire grand-chose, car
une seconde visite nous rendrait meilleurs juges.
Mon maître demanda un récit de notre expédition. Les remerciements de son neveu lui furent
transmis fidèlement, Miss Cathy glissant légèrement sur le reste. Pour ma part, je répondis plutôt
brièvement à ses questions, car je ne savais trop
ce qu'il fallait cacher ou révéler.

XXVII

Sept jours s'écoulèrent, apportant l'un après
l'autre une rapide altération dans l'état d'Edgar
Linton. L'aggravation qui se produisit au début en
l'espace d'un mois était dépassée maintenant par
le ravage accompli en une heure. Nous aurions

volontiers accepté de tromper encore Catherine, mais son esprit perspicace s'y refusait ; elle avait deviné obscurément les choses et retournait sans cesse à la terrible éventualité qui prenait graduellement l'apparence d'une certitude.

Lorsque le jeudi suivant arriva, elle n'eut pas le courage de rappeler sa promenade. J'en parlai pour elle et obtins la permission de lui faire prendre l'air, car la bibliothèque où son père se tenait pendant le court instant de la journée qu'il passait debout formait, avec la chambre du malade, tout son univers. Elle regrettait les plus brefs moments où elle n'était pas penchée sur son oreiller ou assise à son chevet. Les veilles et le tourment avaient pâli son visage ; si bien que mon maître prit plaisir à lui accorder ce qu'il pensait être un heureux changement de lieu et de compagnie. Et il était réconforté aussi par l'espoir qu'elle ne serait pas entièrement seule après sa mort.

Il avait une idée fixe que je devinai à plusieurs remarques qu'il laissa échapper. Il pensait que, puisque son neveu lui ressemblait au physique, il lui ressemblerait aussi au moral ; les lettres de Linton, en effet, ne révélaient que peu ou point du tout les imperfections de son caractère. Et moi, par une faiblesse excusable, je m'abstins de lui ouvrir les yeux, me demandant quel serait l'avantage de troubler ses derniers moments par un avertissement dont il n'aurait ni le pouvoir ni l'occasion de faire son profit.

Nous retardâmes notre excursion jusqu'à l'après-midi, un après-midi d'août éclatant de lumière. Chaque souffle d'air qui venait des mon-

tagnes était si vivifiant que quiconque le respirait,
même mourant, en eût été ressuscité. La figure de
Catherine reflétait exactement le paysage où les
ombres et les rayons se succédaient avec rapidité ;
mais là les ombres demeuraient plus longtemps,
les rayons étaient plus fugitifs, et son pauvre petit
cœur se reprochait même ce léger oubli de ses
soucis.

Nous aperçûmes Linton, qui nous attendait à
l'endroit déjà choisi la dernière fois. Ma jeune
maîtresse mit pied à terre et me dit qu'il valait
mieux que je tienne le poney sans descendre de
monture, car elle était résolue à rester très peu
de temps. Mais ce ne fut pas mon avis, je ne voulais pas perdre de vue une seule minute celle qui
m'était confiée. Nous escaladâmes donc ensemble
la pente couverte de bruyère. Le jeune Heathcliff
nous reçut cette fois avec plus d'animation, non
toutefois l'animation causée par la bonne humeur
ni même par la joie ; cela ressemblait plutôt à de
la peur.

— Il est tard ! dit-il, le souffle court et la parole
difficile. Est-ce que votre père n'est pas plus
malade ? Je croyais que vous ne viendriez pas.

— Pourquoi ne pas être franc ? s'écria aussitôt Catherine, retenant le bonjour préparé sur
ses lèvres. Pourquoi ne pas dire tout de suite que
vous n'avez pas envie de me voir ? Il est étrange,
Linton, que pour la seconde fois, vous m'ayez fait
venir ici apparemment sans autre but que de nous
torturer tous les deux. Rien de plus.

Linton frissonna et lui jeta un regard moitié
suppliant, moitié honteux. Mais sa cousine n'avait

pas assez de patience pour supporter cette attitude énigmatique.

— Mon père est *très* malade, dit-elle, et pourquoi suis-je appelée ici, loin de son chevet ? Pourquoi ne m'avez-vous pas fait dire de ne pas tenir
ma promesse, alors que vous le désiriez ? Allons !
Je veux une explication, je n'ai pas l'esprit à ce
petit jeu ni à ces enfantillages et je ne saurai admirer plus longtemps toute votre comédie.

— Ma comédie ! murmura-t-il. Quelle est-elle ?
Pour l'amour de Dieu, Catherine, n'ayez pas l'air
si fâché ! Méprisez-moi autant qu'il vous plaît, ce
ne le sera jamais assez, car je suis un misérable,
un lâche ; mais je suis trop peu de chose pour
votre colère. Haïssez mon père et réservez-moi
le mépris.

— Sottises ! cria Catherine hors d'elle. Quel garçon imbécile et stupide ! Et le voilà qui tremble
comme si j'allais vraiment le toucher ! Vous
n'avez pas besoin de demander le mépris, Linton, n'importe qui vous l'offrirait spontanément.
Allez-vous-en ! Je vais rentrer à la maison, c'est de
la folie de vouloir vous arracher du coin du feu
et de prétendre… au fait, que prétendez-vous ?
Lâchez ma robe ! Si je vous prenais en pitié pour
vos larmes et votre mine effrayée, vous devriez
repousser cette pitié. Ellen, dites-lui combien
sa conduite est honteuse. Mettez-vous debout et
tâchez de ne pas ressembler à une pauvre larve…

La face ruisselante, Linton s'était laissé tomber
sur le sol avec une expression désespérée. Il semblait en proie à une terreur extrême.

— Oh ! sanglota-t-il, cela ne peut pas continuer !

Catherine, Catherine, je suis un traître aussi et je
n'ose pas vous l'avouer ! Mais si vous me laissez,
je serai tué ! Chère Catherine, ma vie est entre
vos mains. Vous avez dit que vous m'aimiez...
eh bien ! si c'est vrai, vous n'en souffririez pas
trop. Ne partez pas... Ma gentille, ma douce, ma
bonne Catherine ! Et peut-être voudrez-vous bien
consentir... Alors il me laissera mourir avec vous !

Ma jeune maîtresse, à la vue de cette angoisse
éperdue, se pencha pour le relever. Son ancien
sentiment d'indulgente tendresse vainquit son
dépit et elle parut tout émue.

— Consentir à quoi ? demanda-t-elle. À rester ?
Expliquez-moi le sens de cet étrange discours et
je resterai. Vous vous contredisez tout le temps
et vous me rendez folle ! Soyez calme, sincère,
et avouez ce qui vous pèse sur le cœur. Vous ne
feriez rien de mal contre moi, n'est-ce pas, Linton ? Et vous ne laisseriez pas un ennemi m'en
faire si vous pouviez l'empêcher ? Je crois que
vous êtes lâche envers vous-même, mais que vous
ne le seriez pas envers votre meilleure amie !

— Mais mon père me menace, s'écria le jeune
homme en joignant ses doigts amaigris, et j'ai
peur de lui... j'ai peur ! Je n'ose rien dire !

— Oh ! alors, déclara Catherine avec une compassion dédaigneuse, gardez votre secret, je ne
suis pas lâche, moi. Mettez-vous en sûreté, je ne
crains rien !

Cette déclaration généreuse provoqua les larmes
de Linton. Il se mit à pleurer d'abondance, baisant
les mains qui le soutenaient et manquant pourtant de courage pour parler. Je me demandais

ce que pouvait être ce mystère, bien décidée à empêcher Catherine de jamais souffrir pour son profit à lui ou à un autre, lorsque j'entendis un bruissement dans le taillis. Je levai les yeux et vis Mr. Heathcliff descendant de Hurlevent et presque au-dessus de nos têtes. Il ne jeta pas un regard vers mes compagnons, bien qu'il fût assez près pour entendre les sanglots de Linton, mais, me hélant de ce ton presque cordial qu'il n'employait qu'avec moi et dont je ne pouvais m'empêcher de mettre en doute la sincérité, il dit :

— C'est rare de vous voir si près de ma maison, Nelly. Comment ça va-t-il à la Grange ? Racontez-moi un peu. Le bruit court, ajouta-t-il plus bas, qu'Edgar Linton est en danger de mort. Peut-être exagère-t-on ?

— Non, c'est malheureusement trop vrai, mon maître se meurt, répondis-je. Ce sera une triste chose pour nous tous, mais une bénédiction pour lui !

— Combien de temps vivra-t-il encore, à votre avis ? demanda-t-il.

— Je ne sais pas.

— Parce que, continua-t-il en regardant les deux jeunes gens qui restaient figés devant lui (Linton semblait incapable de dresser ou de bouger la tête, et empêchait ainsi Catherine de remuer), parce que ce garçon-là m'a tout l'air de vouloir ruiner mes plans, et je serais reconnaissant à son oncle de se presser et de partir avant lui. Holà ! Y a-t-il longtemps que le drôle joue cette comédie ? Je lui ai pourtant donné quelques leçons à propos de ses pleurnicheries. Est-il d'ordinaire un peu vif en compagnie de Miss Linton ?

— Vif ? Non... il montre le plus grand accablement, répondis-je. À le voir, on penserait qu'au lieu de se promener dans les bois avec sa bien-aimée, il devrait être dans son lit entre les mains d'un docteur.

— Il y sera dans un jour ou deux, murmura Heathcliff. Mais d'abord, lève-toi, Linton ! Lève-toi ! cria-t-il. Ne te vautre pas par terre ici. Debout à l'instant !

Linton était retombé, paralysé de peur, je présume, sous le regard que son père lui avait lancé. Il fit des efforts répétés pour obéir, mais ses faibles ressources étaient annihilées pour le moment, et il se laissa aller avec un gémissement. Mr. Heathcliff, avançant, le souleva et l'appuya contre un talus.

— Maintenant, dit-il avec une froide férocité, je vais commencer à me fâcher. Si tu ne domines pas cette poltronnerie... Que le diable... Allez ! Debout à l'instant !

— Oui, père, gémit-il. Seulement, laissez-moi, ou je vais m'évanouir. J'ai fait ce que vous souhaitiez, je vous le promets. Catherine va vous dire que... que... j'ai été gai. Ah ! restez près de moi, Catherine, donnez-moi votre main...

— Prends la mienne, dit son père, et tiens-toi sur tes pieds. Là... Maintenant, elle va te prêter son bras. C'est bien. Regarde-la. Ne croirait-on pas que je suis le diable en personne, Miss Linton, pour lui inspirer une horreur semblable ? Soyez assez bonne pour rentrer avec lui à la maison, voulez-vous ? Il frissonne quand je le touche.

— Cher Linton ! souffla Catherine, je ne peux aller à Hurlevent, papa me l'a défendu. On ne vous fera pas de mal, pourquoi êtes-vous si effrayé ?

— C'est trop pénible de rentrer dans cette maison, répondit-il. Je ne veux pas y aller sans vous !

— Assez ! cria son père. Respectons l'amour filial de Catherine. Nelly, aidez-le à rentrer. Je suivrai sans retard votre avis au sujet du docteur.

— Vous ferez bien, répondis-je. Mais je dois rester avec ma maîtresse, ce n'est pas mon affaire de m'occuper de votre fils.

— Vous êtes très entêtée, je le sais, dit Heathcliff, mais vous allez me forcer à pincer le bébé et à le faire crier jusqu'à ce que cela vous rende charitable. Viens, alors, mon héros. Veux-tu rentrer sous mon escorte ?

Il approcha de nouveau et fit mine de saisir la frêle créature, mais Linton, se dérobant par un tremblement, s'accrocha à sa cousine et la supplia de l'accompagner avec un acharnement qui n'admettait pas de refus. Malgré mon désaveu, je ne pouvais pas la retenir, et, en vérité, comment elle-même aurait-elle pu refuser ? Qu'est-ce qui le frappait ainsi de terreur ? Nous n'avions pas le moyen de le savoir, mais il était là, anéanti par ce sentiment, et il semblait qu'à un degré de plus c'eût été la folie. Nous atteignîmes le seuil. Catherine entra et je restai à attendre qu'elle eût conduit le malade vers une chaise, pensant qu'elle sortirait aussitôt après, lorsque Mr. Heathcliff, me poussant en avant, s'écria :

— Ma maison n'est pas contaminée par la peste, Nelly, et il me prend aujourd'hui l'envie d'être accueillant. Asseyez-vous et permettez-moi de fermer la porte.

Il la ferma et même la verrouilla. Je tressaillis.

— Vous prendrez du thé avant de rentrer chez vous, ajouta-t-il. Je suis seul. Hareton est allé à Lees avec quelques bêtes. Quant à Zillah et à Joseph, c'est leur journée de congé. Bien que je sois habitué à être seul, je ne déteste pas avoir une compagnie intéressante, si je le peux. Miss Linton, asseyez-vous près de lui. Je vous donne ce que j'ai, le cadeau est à peine acceptable, mais je n'ai rien d'autre à offrir. C'est de Linton que je parle. Comme elle ouvre de grands yeux ! Quel curieux sentiment de férocité j'éprouve pour tout ce qui paraît avoir peur de moi ! Si j'étais né dans un pays où les lois sont moins sévères et les goûts moins raffinés, je me donnerais le plaisir d'une lente vivisection sur ces deux êtres-là pour passer la soirée.

Il s'interrompit afin de respirer, donna un coup sur la table et jura à voix basse : « Par l'enfer, je les hais ! »

— Je n'ai pas peur de vous ! s'écria Catherine, qui n'avait pu entendre la dernière partie du discours.

Elle avança de quelques pas. Ses yeux noirs étincelaient de colère et de résolution.

— Donnez-moi cette clef, dit-elle, je veux l'avoir. Je ne mangerai, ni ne boirai ici, dussé-je mourir de faim.

Heathcliff tenait la clef dans sa main qui était

restée sur la table. Il regarda ma jeune maîtresse,
saisi par cette hardiesse, ou peut-être par le souvenir de celle qui la lui avait transmise et qu'il
retrouvait dans la voix et dans le regard. Cathy
fit un brusque mouvement vers la clef et réussit
presque à la lui arracher de ses doigts, inattentifs
un instant. Mais ce geste le rappela à la réalité et
il s'en ressaisit vivement.

— Maintenant, Catherine Linton, dit-il, éloignez-vous ou bien vous allez rouler par terre, et
cela rendra folle Mrs. Dean.

Méprisant cet avertissement, elle se jeta de
nouveau sur la main fermée afin de reprendre
l'objet. « Nous réussirons à partir ! » répétait-elle,
déployant tous ses efforts pour vaincre les muscles
de fer. Et, voyant l'inefficacité de ses ongles, elle se
servit de ses dents avec un bel entrain. Heathcliff
me lança un tel regard que je restai un moment
sans oser intervenir. Catherine ne remarqua rien,
acharnée à desserrer l'étreinte des doigts. Alors
il les ouvrit tout d'un coup et abandonna l'objet
disputé, mais, avant qu'elle eût mis celui-ci définitivement à l'abri, il la saisit de sa main libre et,
la serrant entre ses genoux, il lui administra sur
la tête une grêle de terribles tapes dont chacune
aurait suffi à réaliser sa menace, si Catherine avait
pu tomber.

À la vue de cet acte sauvage, je me précipitai
sur lui en criant avec fureur : « Misérable ! Misérable ! » Un coup dans la poitrine me fit taire.
Je suis plutôt corpulente, je perds facilement
le souffle, et la colère aidant, je chancelai, tout

étourdie, près de suffoquer ou de succomber à un coup de sang.

La scène prit fin en l'espace de deux minutes. Une fois libérée, Catherine porta les deux mains à ses tempes et eut l'air de se demander si elle avait encore ses oreilles ou non. Elle tremblait comme une feuille, la pauvre petite, et dut s'appuyer à la table tant la tête lui tournait.

— Vous voyez que je sais comment on corrige les enfants, dit le gredin d'un air farouche, tout en se baissant pour reprendre possession de la clef qui était tombée par terre. Maintenant, allez rejoindre Linton comme je vous l'ai dit, et pleurez tout à votre aise ! À partir de demain je serai votre père – le seul père qui vous restera dans quelques jours – et ce qui vient de se passer se reproduira souvent. Comme vous n'êtes pas chétive, vous supporterez cela sans mal et vous y goûterez chaque jour si je vois reparaître dans vos yeux cette lueur de révolte.

Au lieu d'aller vers Linton, Cathy courut de mon côté et, se laissant tomber à terre sans retenir ses larmes, elle mit ses joues brûlantes contre moi. Son cousin avait reculé jusqu'au bout du banc, aussi muet qu'une souris, se félicitant intimement, je crois, que la correction fût tombée sur une autre personne. Mr. Heathcliff, nous voyant tous atterrés, se leva et se mit en devoir de faire le thé lui-même. Les tasses étaient déjà préparées. Il en emplit une et me la tendit.

— Quittez cet air dramatique, me dit-il, et servez ces deux méchants enfants gâtés. Le thé n'est

pas empoisonné, bien que je l'aie préparé moi-
même. Je vais aller à la recherche de vos chevaux.

Notre première pensée, dès qu'il eut tourné les
talons, fut de trouver une sortie quelconque. Nous
tentâmes de forcer la porte de la cuisine, mais elle
était verrouillée de l'extérieur. Nous inspectâmes
les fenêtres... Elles étaient trop étroites, même
pour le mince corps de Cathy.

— Mr. Linton, criai-je, voyant que nous étions
vraiment emprisonnées, vous savez ce que votre
démon de père a en tête et vous allez nous le dire,
sans quoi je vous battrai de la même façon qu'il a
battu votre cousine.

— Oui, Linton, il faut que vous nous le disiez,
implora Catherine. C'est pour vous que je suis
venue et ce serait d'une abominable ingratitude
si vous refusiez.

— Donnez-moi du thé, j'ai soif, et vous le saurez ensuite, répondit-il. Mrs. Dean, éloignez-vous.
Je n'aime pas que vous vous teniez si près de moi.
Et attention, Catherine, vos larmes coulent dans
ma tasse. Je ne boirai pas cela. Donnez-m'en une
autre.

Catherine obéit et essuya sa figure. J'étais indignée de voir l'indifférence de ce malheureux,
depuis qu'il ne tremblait plus pour lui-même.
Cette frayeur qu'il avait éprouvée dans la lande
était tombée à peine étions-nous entrés à Hurlevent, ce qui me fit deviner qu'il avait été menacé
d'un terrible châtiment s'il ne réussissait pas à
nous attirer dans ce piège. Et la chose accomplie,
il ne ressentait plus de craintes immédiates.

— Papa veut nous marier, continua-t-il après

avoir bu une petite gorgée. Il sait que votre
père n'y consentirait pas maintenant, et, si nous
attendons, il a peur que je meure avant. Aussi le
mariage aura-t-il lieu dans la matinée et il faut
que vous passiez la nuit ici. Si vous acceptez, vous
retournerez chez vous demain et vous m'emmènerez.

— Vous emmener, pitoyable créature ? m'écriai-
je. Vous marier, vous ? Mais cet homme est donc
fou, ou il nous croit tous fous ! Imaginez cette
belle jeune fille, pleine de santé et de force, allant
s'unir au petit singe à moitié mort que vous
êtes ! Est-ce que vous croyez, par hasard, qu'une
femme, n'importe laquelle, et sans parler de Miss
Linton, voudrait de vous pour mari ? Vous méritez
le fouet pour nous avoir fait entrer ici grâce à vos
simagrées et à vos lâches tromperies. Et... inutile
de prendre cet air nigaud... j'ai grande envie de
vous secouer un brin pour votre vile hypocrisie et
votre imbécile suffisance.

Je le poussai légèrement, mais cela provoqua sa
toux ; il recourut alors à sa ressource habituelle,
pleurs et gémissements, si bien que Catherine me
gronda.

— Passer la nuit ici ? Jamais, dit-elle en regardant lentement autour d'elle. Ellen, je brûlerai
cette porte, mais je sortirai.

Et elle aurait mis son projet à exécution si Linton ne s'était de nouveau alarmé pour sa chère
petite personne. Il entoura Cathy de ses bras frêles
et dit d'une voix entrecoupée de sanglots :

— Ne voulez-vous pas de moi ? Ne voulez-vous
pas me sauver ?... Me laisser aller à la Grange ?

Oh ! Catherine chérie, vous ne devez pas vous en aller et m'abandonner. Il faut que vous obéissiez à mon père... il le faut !

— Il faut que j'obéisse au mien, répliqua-t-elle, et que je le délivre de cette cruelle incertitude. Toute la nuit ! Que croirait-il ? Il doit être déjà dans la désolation. Pour sortir de cette maison, je vais brûler ou briser une porte. Tranquillisez-vous ! Vous n'êtes pas en danger, mais si vous m'en empêchez... Linton, j'aime mon père plus que vous !

La frayeur mortelle que lui inspirait la colère de Mr. Heathcliff délia la langue du poltron. Catherine était presque folle. Cependant elle persistait à vouloir rentrer chez elle, et usant de supplications à son tour, elle lui demanda de surmonter sa terreur égoïste. Au milieu de cette scène, notre geôlier rentra.

— Vos bêtes se sont sauvées, dit-il, et... Quoi, Linton, encore des pleurnicheries ? Que t'a-t-elle fait ? Là, là... arrête-toi et va te coucher. Dans un mois ou deux, mon garçon, tu pourras lui faire payer d'une main vigoureuse la tyrannie que tu subis aujourd'hui. Tu brûles d'amour pour elle, n'est-ce pas ? Aucune autre raison au monde pour tes larmes ?... Eh bien ! elle voudra de toi. Maintenant, au lit ! Zillah n'est pas là ce soir, il faudra que tu te déshabilles tout seul. Chut ! Assez de ces cris ! Quand tu seras dans ta chambre, je te laisserai tranquille, ne crains rien. Par extraordinaire, tu n'as pas mal manœuvré. Je veillerai au reste.

Tout en prononçant ces mots, il tenait la porte ouverte pour le passage de son fils, et celui-ci exécuta sa sortie exactement comme l'aurait fait un petit chien redoutant que la personne qui lui parle ne prémédite de l'écraser traîtreusement. Le verrou fut repoussé. Heathcliff approcha du feu où ma maîtresse et moi nous tenions silencieuses. Catherine le regarda et instinctivement porta la main à sa joue, car ce voisinage réveillait un souvenir cuisant. N'importe qui se fût adouci à la vue de ce geste enfantin, mais il fronça les sourcils d'un air menaçant et murmura :

— Ah ! vous n'avez pas peur de moi ? Eh bien ! votre courage sait se dissimuler, car vous avez pourtant l'air d'avoir une peur de tous les diables.

— J'ai peur maintenant, répondit-elle, parce que si je reste, mon père sera malheureux et je ne peux supporter qu'il soit malheureux quand il... quand il.. Oh ! Mr. Heathcliff, laissez-moi rentrer à la maison ! Je promets d'épouser Linton. Papa en sera heureux, et moi, je l'aime. Pourquoi m'obliger à faire par contrainte ce que je ferai volontiers de moi-même ?

— Qu'il ose employer la contrainte ! criai-je. Il y a des lois sur la terre, Dieu merci, il y en a, bien que nous vivions dans un endroit perdu. Je protesterais contre un tel... eût-il été commis par mon propre fils. C'est un crime sans rémission !

— Silence ! dit le misérable. Allez au diable avec vos cris ! Je ne vous demande pas de parler. Miss Linton, je me réjouis singulièrement de savoir que votre père est malheureux, je n'en dormirai pas de plaisir. Vous n'auriez pu trouver plus sûr moyen pour fixer votre résidence sous mon toit pendant les vingt-quatre heures à venir, qu'en

m'apprenant les conséquences de votre disparition. Quant à votre promesse d'épouser Linton, je
veillerai que vous la teniez. Et vous ne quitterez
pas cet endroit-ci que ce ne soit fait.

— Envoyez Ellen, alors, pour que mon père me
sache en sûreté ! s'écria Catherine tout en pleurs.
Ou mariez-moi tout de suite. Pauvre papa ! Ellen,
il doit nous croire perdues. Qu'allons-nous faire ?

— Mais non ! Il croira que vous en avez assez
de le soigner et que vous êtes partie vous amuser un peu, répondit Heathcliff. Vous ne pouvez
nier que vous ne soyez entrée dans ma maison de
plein gré et au mépris de son interdiction. N'est-il
pas naturel que vous ayez envie de quelques distractions à votre âge, et que vous soyez lasse de
soigner un homme malade, un homme qui n'est
pour vous qu'un père ? Catherine, son bonheur a
pris fin lorsque vos jours ont commencé. Il vous
a maudite, j'ose le dire, quand vous êtes venue au
monde (moi, du moins, je l'ai fait), il peut donc
vous maudire encore quand lui-même le quitte. Je
me joindrai volontiers à lui. Je ne vous aime pas.
Comment vous aimerais-je ? Assez pleuré. Autant
que je puisse prévoir les choses, ce sera désormais
votre principale distraction, à moins que Linton
ne vous dédommage, ce que votre père avisé
semble croire. Ses lettres, toutes en conseils et en
consolations, m'ont bien diverti. Dans la dernière,
il recommandait à mon bijou de veiller sur le sien
et d'être bon lorsqu'il l'aurait en sa possession.
Veiller, être bon... c'est paternel ! Mais Linton a
besoin pour lui-même de toute sa provision de
soins et de bonté. Il peut très bien jouer au tyran.

Il serait capable de torturer tous les petits chats de la terre, si leurs dents étaient arrachées et leurs griffes rognées. Je vous assure que vous pourrez rapporter de beaux exemples de sa bonté à son oncle quand vous rentrerez chez vous.

— En cela vous avez raison, dis-je. Dévoilez le caractère de votre fils. Montrez sa ressemblance avec le vôtre, et j'espère alors que Miss Cathy y regardera à deux fois avant de s'unir à ce beau produit !

— Je ne tiens pas spécialement à dévoiler maintenant ses aimables qualités, répondit-il, car ou bien elle doit l'accepter, ou bien elle restera prisonnière, et vous avec elle, jusqu'à la mort de votre maître. Je suis en mesure de vous garder toutes deux ici dans le plus profond secret. Si vous en doutez, conseillez-lui de reprendre sa parole, et vous serez à même d'en juger !

— Je ne reprendrai pas ma parole, dit Catherine. Je l'épouserai sur l'heure, si je peux rentrer ensuite à Thrushcross Grange. Mr. Heathcliff, vous êtes un homme cruel, mais vous n'êtes pas un démon et vous n'allez pas, par simple méchanceté, détruire irrévocablement tout mon bonheur. Si papa croyait que je l'ai abandonné volontairement et s'il venait à mourir avant mon retour, pourrais-je continuer de vivre ? Je ne pleure plus, mais je vais m'agenouiller là, devant vous, et je ne me lèverai pas, je ne quitterai pas des yeux votre figure jusqu'à ce que vous m'ayez regardée aussi ! Non, ne vous détournez pas ! Regardez-moi ! Vous ne verrez rien qui puisse vous irriter. Je ne vous hais pas. Je ne vous en veux pas de m'avoir bat-

tue. Avez-vous jamais aimé dans votre vie, aimé
quelqu'un, mon oncle ? Jamais ? Ah ! regardez-
moi un instant seulement. Je suis si malheureuse
qu'il faudra bien que vous me preniez en pitié.

— Enlevez vos doigts de lézard et levez-vous,
sinon je vous y forcerai à coups de pied ! cria
Heathcliff en la repoussant brutalement. Je préférerais être enlacé par un serpent. Comment, par le
diable, espérez-vous m'attendrir ! Je vous exècre !

Ses épaules se soulevèrent et, secoué par un vrai
frisson de répulsion charnelle, il éloigna sa chaise.
Je me levai et ouvris la bouche pour donner libre
cours à un flot d'invectives, lorsque je fus rendue
muette, au beau milieu de ma première phrase,
par la menace d'être conduite toute seule dans
une chambre si je prononçais une syllabe. La nuit
commençait à tomber. Nous entendîmes un bruit
de voix à la grille du jardin. Notre hôte, qui avait
toute sa raison, lui, tandis que nous avions perdu
la nôtre, se précipita aussitôt dehors. Après une
conversation de deux ou trois minutes, il revint
seul.

— J'ai cru que c'était votre cousin Hareton, fis-
je observer à Catherine. Je voudrais bien le voir
arriver ! Qui sait s'il ne prendrait pas notre parti !

— C'étaient trois domestiques de la Grange
envoyés à votre recherche, dit Heathcliff qui
m'avait entendue. Vous auriez dû ouvrir une
fenêtre et appeler. Mais je parierais que cette
enfant est contente que vous ne l'ayez pas fait. Elle
est contente d'être obligée de rester, je suis sûr.

À l'annonce de la chance que nous avions laissée échapper, nous nous abandonnâmes toutes

deux au désespoir. Il nous permit de nous lamenter jusqu'à neuf heures. Alors il nous ordonna de monter et de gagner la chambre de Zillah. Je chuchotai à ma compagne d'obéir, pensant que là nous pourrions peut-être trouver le moyen de sortir par la fenêtre ou de passer au grenier et de nous échapper par une lucarne. Mais la fenêtre n'était pas plus large que celles d'en bas, la trappe du grenier était inaccessible, et nous nous trouvâmes enfermées tout comme auparavant. Nous ne nous couchâmes ni l'une ni l'autre. Catherine se posta près de la fenêtre et attendit anxieusement le matin, répondant par de profonds soupirs aux fréquentes prières que je lui faisais de se reposer. Je m'assis sur une chaise, en proie à une vive agitation, et jugeant avec sévérité mes manquements répétés à mon devoir, d'où, j'en avais alors la conviction, découlaient tous les malheurs de mes maîtres. Je sais maintenant que ce n'était nullement le cas ; mais mon imagination m'accusa durant cette terrible nuit, et je trouvai Heathcliff lui-même moins coupable que moi.

À sept heures, notre gardien apparut et demanda si Miss Linton était levée. Elle courut immédiatement à la porte et répondit oui. « Venez, alors », dit-il en ouvrant et en la tirant dehors. Comme je me levai pour la suivre, il tourna de nouveau la clef. Je réclamai ma liberté.

— Soyez patiente, répondit-il. Je vais vous envoyer votre déjeuner dans un instant.

Je donnai des coups de poing contre la cloison et secouai furieusement la serrure. Catherine demanda pourquoi il me tenait toujours enfermée.

Il répondit qu'il me faudrait accepter cela une heure encore, et ils s'en allèrent. Je dus l'accepter deux ou trois heures. À la fin j'entendis un pas, qui n'était pas celui de Heathcliff.

— Je vous apporte quelque chose à manger, dit une voix, ouvrez-moi !

Obéissant promptement, je vis Hareton chargé d'assez de nourriture pour toute la journée.

— Prenez ça, ajouta-t-il, me mettant le plateau dans les mains.

— Restez une minute, commençai-je.

— Non, cria-t-il.

Et il se retira sans se soucier de mes prières.

Je restai enfermée ainsi toute la journée, toute la nuit suivante, une autre et encore une autre. Cinq nuits et cinq jours, je restai seule, ne voyant personne, à part Hareton une fois chaque matin. C'était un geôlier modèle, intraitable, muet et sourd à toutes mes tentatives pour émouvoir son sentiment de justice ou de compassion.

XXVIII

Le matin, ou plutôt l'après-midi du cinquième jour, un pas différent approcha, plus léger et plus précipité, et, cette fois, la personne entra dans la pièce. C'était Zillah, parée de son châle rouge, d'un bonnet de soie noire, et balançant à son bras un panier d'osier.

— Oh ! mon Dieu, Mrs. Dean ! s'écria-t-elle.

Eh bien ! on en raconte des histoires sur vous à Gimmerton. Je croyais que vous étiez tombée dans le marais du Cheval Noir et mademoiselle avec vous. Mais voilà que le maître me dit qu'on vous a retrouvée et que vous êtes logée ici ! Alors vous avez pu atteindre un îlot ? Et combien de temps êtes-vous restée dans la fondrière ? Est-ce le maître qui vous a sauvée, Mrs. Dean ? Mais vous n'êtes pas si maigre... vous n'avez pas été trop éprouvée, il me semble ?

— Votre maître est un vrai scélérat ! répondis-je. Mais il aura à en répondre. Cela ne lui servira à rien d'avoir forgé cette histoire. Tout sera dévoilé !

— Que voulez-vous dire ? demanda Zillah. Cette histoire n'est pas de lui, c'est ce qu'on raconte dans tout le village. On dit que vous vous êtes perdue dans le marais, et quand je suis rentrée, j'en ai parlé à Earnshaw. « Eh bien ! Mr. Hareton, que je lui dis, il s'en est passé de belles depuis mon départ ! N'est-ce pas une pitié pour cette jolie fille et cette bonne Mrs. Dean ? » Il m'a regardée d'un air étonné. Comprenant qu'il n'avait entendu parler de rien, je lui rapportai le bruit qui courait. Le maître écouta, sourit en lui-même et dit : « Si elles étaient dans le marais, elles en sont sorties maintenant, Zillah. À l'heure actuelle, Nelly Dean est logée dans votre chambre. Quand vous monterez, vous pourrez lui dire de déguerpir. Voici la clef. L'eau du marais lui a porté à la tête, si bien qu'elle aurait couru chez elle en plein délire. Mais je l'ai retenue jusqu'à ce qu'elle reprenne ses esprits. Vous pouvez lui dire d'aller immédiatement à la Grange, si elle en est capable, et ajoutez que sa jeune demoiselle la suivra à temps pour assister à l'enterrement du maître. »

— Mr. Edgar est-il donc mort ? dis-je, le souffle coupé. Oh ! Zillah, Zillah !

— Non, non, restez assise ma bonne dame, répondit-elle, vous êtes vraiment malade encore. Non, il n'est pas mort. Le docteur Kenneth croit qu'il peut durer encore un jour. Je l'ai rencontré sur la route et l'ai questionné.

Au lieu de m'asseoir, je saisis mes affaires pour sortir et me précipitai en bas, car le chemin était libre. Dans la salle, je cherchai des yeux quelqu'un qui pût me donner des nouvelles de Catherine. Le soleil emplissait la pièce, la porte était grande ouverte, mais personne ne semblait être dans les parages. Tandis que j'hésitais à partir tout de suite ou à revenir sur mes pas pour chercher ma jeune maîtresse, une légère toux attira mon attention vers la cheminée. Étendu sur le banc, Linton, qui était tout seul dans la salle, suivait mes mouvements d'un œil apathique en suçant un morceau de sucre candi.

— Où est Miss Catherine ? demandai-je sur un ton sévère, espérant que, dans cette solitude opportune, j'obtiendrais des renseignements de lui par la frayeur.

Il continua de sucer son sucre comme un bébé.

— Est-elle partie ? dis-je.

— Non, répondit-il. Elle est en haut et elle ne va pas partir parce que nous ne le lui permettrons pas.

— Vous ne le lui permettrez pas, petit idiot !

m'écriai-je. Conduisez-moi à l'instant dans sa chambre où je vous ferai chanter de la belle façon.

— C'est papa qui vous ferait chanter si vous essayiez d'y aller. Il dit que je n'ai pas à être doux avec Catherine. Elle est ma femme et il est honteux qu'elle ait envie de me quitter. Il dit qu'elle me hait et souhaite que je meure, de manière à avoir mon argent. Mais elle ne l'aura pas, et elle ne retournera pas davantage chez elle ! Jamais !... Qu'elle pleure et se rende malade autant qu'il lui plaira !

Il reprit son occupation, fermant ses paupières comme s'il voulait s'endormir.

— Mr. Heathcliff, continuai-je, avez-vous oublié toute la bonté de Catherine à votre égard l'hiver dernier, lorsque vous affirmiez que vous l'aimiez, et qu'elle vous portait des livres, qu'elle vous chantait des chansons, bravant plus d'une fois la neige et le vent pour vous voir ? Un soir elle pleura d'y avoir manqué, pensant à votre déception. Vous avez reconnu alors qu'elle était cent fois trop bonne pour vous. Et voilà que, maintenant, vous croyez aux mensonges que vous débite votre père, bien que vous n'ignoriez pas qu'il vous déteste tous les deux. Et vous vous liguez avec lui contre elle. Belle gratitude, en vérité !

Les coins de la bouche de Linton s'abaissèrent et il laissa son bâton de sucre.

— Est-elle venue à Hurlevent parce qu'elle vous détestait ? continuai-je. Réfléchissez à cela. Quant à votre argent, elle ne sait même pas que vous en aurez. Vous dites qu'elle est malade, et cependant vous la laissez seule là-haut dans une maison étrangère. Vous avez pourtant senti ce que c'était que d'être abandonné ainsi ! Quand vous vous répandiez en plaintes sur vos propres souffrances, elle aussi vous plaignait, mais aujourd'hui qu'elle souffre à son tour, vous ne l'en plaignez pas. Voyez, Mr. Heathcliff, je verse des larmes, moi... une vieille femme, et rien qu'une servante... Et vous, après avoir simulé cette affection, vous, qui avez toutes les raisons au monde de l'adorer, vous réservez toutes vos larmes pour votre personne, et restez étendu là, bien à votre aise. Ah ! vous êtes un garçon égoïste et sans cœur !

— Il m'est impossible de rester seul auprès d'elle, répondit-il avec mauvaise humeur. Je ne veux pas. Elle pleure d'une façon exaspérante. Elle n'a même pas cessé lorsque je lui ai dit que j'appellerais mon père. Ce que j'ai fait, une fois, d'ailleurs, et il l'a menacée de l'étrangler si elle ne se calmait pas. Mais dès qu'il a quitté la chambre, elle a recommencé à gémir et à se lamenter la nuit durant, m'empêchant de dormir malgré mes cris de protestation.

— Mr. Heathcliff est-il sorti ? demandai-je, voyant l'incapacité du pauvre être à compatir aux tortures morales de sa cousine.

— Il est dans la cour en conversation avec Kenneth, qui assure que mon oncle est vraiment cette fois-ci en train de mourir. J'en suis heureux parce que je deviendrai après lui le maître de la Grange. Catherine en parle toujours comme de *sa* maison. Ce n'est pas la sienne ! C'est la mienne. Papa dit que tout ce qu'elle a est à moi. Tous ses beaux livres sont à moi. Elle m'a proposé de

me les donner, ainsi que ses jolis cadeaux et son
poney Minny, si j'allais lui chercher la clef de
sa chambre et l'aidais à se sauver. Mais je lui ai
répondu qu'elle n'avait rien à me donner puisque
tout m'appartenait déjà. Alors elle s'est mise à
pleurer, et m'a offert une petite miniature suspendue à son cou. C'étaient deux portraits à l'intérieur
d'un médaillon d'or : d'un côté sa mère, de l'autre
mon oncle lorsqu'ils étaient jeunes. Cela se passait
hier... je lui ai dit que c'était aussi ma propriété
et j'ai voulu m'en emparer. La méchante créature
ne l'a pas entendu ainsi et m'a repoussé en me
faisant mal. J'ai jeté des cris qui l'ont effrayée et,
entendant papa qui venait, elle a brisé la char-
nière du médaillon et m'a donné le portrait de sa
mère. Elle a bien essayé de cacher l'autre partie,
mais papa lui a demandé des explications et lui
a ordonné de me la remettre. Elle a refusé et...
et après l'avoir jetée par terre, il lui a arraché le
portrait et l'a écrasé sous son pied.

— Et vous avez été content de la voir battue
ainsi ? demandai-je afin de l'encourager à parler.

— J'ai fermé les yeux, répondit-il. Je ferme toujours les yeux lorsque mon père frappe un chien
ou un cheval. Il le fait si fort !... Cependant cela
m'a tout d'abord fait plaisir... Elle méritait d'être
punie pour m'avoir brutalisé. Mais, après le départ
de papa, elle m'a fait venir à la fenêtre, m'a montré
sa joue coupée à l'intérieur, contre ses dents, et sa
bouche pleine de sang ; puis elle est allée ramasser
les débris de la miniature, et, s'asseyant en face
du mur, elle ne m'a plus parlé. Je me demande si
ce n'est pas la douleur qui l'empêche de parler. Je

n'aime pas y penser, mais je trouve que c'est une mauvaise fille de pleurer continuellement, et puis elle a l'air si pâle et si bizarre que j'ai peur d'elle.

— Et vous pourriez vous procurer la clef si vous en aviez envie ? demandai-je.

— Oui, quand je suis en haut, répondit-il, mais je ne peux monter maintenant.

— Dans quelle pièce est-elle ?

— Oh ! je ne vous dirai pas où elle est ! C'est notre secret. Personne, ni Hareton ni Zillah, ne doit le savoir. Et voilà, vous m'avez fatigué... allez-vous-en, allez-vous-en !

Il mit son bras sur sa figure et ferma de nouveau les yeux.

Je jugeai préférable de partir sans voir Mr. Heathcliff et d'aller chercher à la Grange du secours pour ma jeune maîtresse. Lorsque j'arrivai, l'étonnement des autres domestiques fut intense et leur joie aussi. Ayant appris que leur jeune maîtresse était sauve, deux ou trois firent mine de courir en haut afin de crier la nouvelle à la porte de Mr. Edgar. Mais je voulus l'annoncer moi-même. Combien je le trouvai changé en l'espace de ces quelques jours ! Dans l'attente de la mort, il était l'image de la tristesse et de la résignation. Il avait un air très jeune, et quoiqu'il eût alors trente-neuf ans, on l'aurait cru de quelque dix ans moins âgé. Il pensait à Catherine, car il murmurait son nom. Je touchai sa main et me mis à parler.

— Catherine va venir, mon bon maître. Elle est en vie et en bonne santé. Elle sera ici ce soir, j'espère.

J'appréhendai le premier effet de cette nouvelle. Il se souleva à demi, regarda vivement tout autour de la chambre, puis retomba en arrière, évanoui. Dès qu'il fut revenu à lui, je lui racontai notre visite forcée et notre détention à Hurlevent. Je dis que Heathcliff m'avait contrainte à entrer, ce qui n'était pas tout à fait vrai. Je chargeai le moins possible Linton, pas plus que je ne m'étendis sur la conduite brutale du père, mon intention étant de ne pas ajouter de nouvelles amertumes, si je le pouvais, à sa coupe déjà pleine.

Il devina que l'un des objectifs de notre ennemi était de s'assurer pour son fils, ou plutôt pour lui-même, des terres et de la fortune qu'il possédait. Cependant mon maître, qui ignorait que son neveu quitterait le monde presque en même temps que lui, se demandait pourquoi Heathcliff n'attendait pas qu'il eût disparu. Enfin il comprit qu'il valait mieux changer son testament et, au lieu de laisser à Catherine la disposition de sa fortune, il décida de la mettre entre les mains d'un administrateur pour les besoins de sa fille et de ses enfants, si elle en avait. Par ce moyen, rien ne pourrait revenir à Mr. Heathcliff si Linton mourait.

Ayant reçu ses ordres, j'envoyai en messager un homme chez le procureur, et en dépêchai quatre autres pourvus d'armes solides afin de réclamer ma jeune maîtresse à son geôlier. Les deux détachements ne purent faire vite et arrivèrent très tard. Le domestique parti seul revint le premier. Il dit que Mr. Green, l'avoué, était sorti et qu'il avait fallu l'attendre deux heures ; après quoi, Mr. Green avait dû terminer une petite affaire

dans le village, mais avait promis d'être à Thrushcross Grange avant le matin. Les quatre hommes
aussi revinrent sans personne. Ils apportaient un
mot déclarant que Catherine était malade, trop
malade pour quitter sa chambre, et Heathcliff ne
leur avait pas permis de la voir. Je grondai de
la belle façon les stupides individus qui avaient
cru cette histoire, que je me gardai de rapporter
à mon maître. Je résolus d'emmener dès le lever
du jour toute une troupe à Hurlevent et d'assié-
ger littéralement la maison, si la prisonnière ne
nous était pas rendue de bonne grâce. Son père la
verrait, j'en faisais et refaisais le serment, dût ce
démon être tué sur son propre seuil s'il s'y opposait !

Heureusement cette marche et ce drame me
furent épargnés. J'étais descendue à trois heures
du matin pour chercher une cruche d'eau et traversais le vestibule, lorsqu'un coup frappé vivement
à la porte me fit sursauter. « Ah ! c'est Green »,
me dis-je en me rappelant les choses, « Ce n'est
que Green », et je continuais avec l'intention d'envoyer quelqu'un d'autre pour lui ouvrir. Mais on
frappa de nouveau, pas très fort et pourtant avec
insistance. Je posai la cruche sur la rampe et me
hâtai pour le faire entrer moi-même. La lune de
la moisson brillait dehors. Ce n'était pas l'avoué.
Ma gentille petite maîtresse sauta à mon cou en
sanglotant :

— Ellen, Ellen ! Papa vit-il encore ?

— Oui, criai-je, oui, mon ange, il vit. Dieu soit
loué, vous voici de nouveau en sûreté avec nous !

Elle voulut courir, essoufflée comme elle l'était,

jusqu'à la chambre de Mr. Linton ; mais je la forçai à s'asseoir, lui préparai à boire, et lavai sa
figure pâle en la frottant avec mon tablier pour
lui donner un peu de couleurs. Puis je lui dis qu'il
valait mieux que j'aille la première pour annoncer
son arrivée et lui demandai instamment de déclarer qu'elle serait heureuse avec le jeune Linton.
Elle s'étonna, mais comprenant vite pourquoi je
lui conseillai ce mensonge, elle m'assura qu'elle
ne se plaindrait pas.

Je me sentis incapable d'assister à leur entrevue.
Je restai un quart d'heure derrière la porte de la
chambre, puis osai enfin avancer vers le lit. Pourtant tout se passait tranquillement : la douleur
de Catherine était aussi silencieuse que la joie de
son père. Elle le soutenait avec un grand calme
apparent tandis qu'il élevait vers elle des yeux qui
semblaient se dilater de ravissement.

Il mourut dans cette extase bienheureuse, oui,
vraiment, Mr. Lockwood. Comme il lui baisait la
joue, il dit :

— Je vais la rejoindre, et toi, mon enfant chérie,
tu viendras nous rejoindre !

Après quoi il ne bougea ni ne parla plus, mais
il continua à la regarder avec le même air rayonnant de félicité jusqu'au moment où son pouls,
ayant imperceptiblement cessé de battre, son âme
s'envola. Nul n'aurait pu dire exactement l'instant
de sa mort, car elle vint sans aucune lutte.

Soit que Catherine eût déjà prodigué ses larmes,
soit que son désespoir fût trop accablant pour les
laisser couler, elle se tint à cette place, les yeux
secs, jusqu'à l'aube. Elle y resta jusqu'à midi et

serait restée encore à méditer devant ce lit de
mort, si je n'avais insisté pour qu'elle allât prendre
un peu de repos. Je réussis, heureusement, à la
faire bouger, car, à l'heure du dîner, l'homme de
loi apparut. Il était allé à Hurlevent pour prendre
des instructions sur la manière dont il devait agir,
car il était à la solde de Mr. Heathcliff, et telle était
la cause de son retard. Par chance, aucun souci
d'affaires n'avait traversé l'esprit de mon maître
et rien ne l'avait troublé après le retour de sa fille.

Mr. Green prit sur lui de commander tout et
tout le monde dans la maison. Il congédia tous
les domestiques sauf moi. Il aurait voulu étendre
l'autorité qu'on lui avait conférée jusqu'à décider
qu'Edgar Linton ne fût pas enterré auprès de sa
femme, mais dans la chapelle avec sa famille. Le
testament était là, cependant, pour empêcher cela,
et j'y joignis de véhémentes protestations contre
toute transgression des volontés exprimées par le
défunt. On se hâta de faire l'enterrement. Catherine, désormais Mrs. Linton Heathcliff, eut la permission de rester à la Grange tant que le corps de
son père y serait.

Elle me raconta que son angoisse avait fini par
agir sur Linton et lui avait donné le courage de la
remettre en liberté. Elle avait entendu les hommes
envoyés par moi discuter à la porte et elle avait
surpris la réponse de Heathcliff, ce qui l'avait mise
au comble du désespoir. Linton, qu'on avait installé dans le petit salon peu après mon départ, en
fut terrifié, au point d'aller chercher la clef avant
que son père remontât. Il eut la finesse d'ouvrir
la porte puis de donner un tour de clef sans la

refermer, et, lorsqu'il dut se coucher, il demanda à dormir dans la chambre de Hareton, ce qui lui fut accordé par exception. Catherine se glissa dehors avant l'aube. Elle n'osa pas ouvrir les portes de peur que les chiens ne donnent l'alarme. Elle parcourut les chambres inoccupées et examina leurs fenêtres. Par bonheur, elle arriva dans la chambre de sa mère, passa facilement par la fenêtre, et se glissa à terre grâce au sapin tout proche. Son complice fut puni de la part qu'il avait prise à cette évasion, malgré la timidité de son concours.

XXIX

Le soir de l'enterrement, nous étions assises dans la bibliothèque, ma jeune dame et moi ; tantôt nous rêvions silencieusement à notre perte, et l'une de nous avec désespoir, tantôt nous faisions des conjectures sur notre morne avenir.

Nous étions arrivées à la conclusion que la destinée la plus favorable pour Catherine serait qu'elle obtînt la permission d'habiter la Grange, du moins pendant la vie de Linton, celui-ci étant autorisé à venir la rejoindre, et moi à rester comme femme de charge. L'arrangement semblait trop beau pour qu'on pût l'espérer. Mais j'espérais quand même et me réjouissais déjà à la perspective de conserver ma demeure, mon emploi, et par-dessus tout, ma jeune maîtresse bien-aimée, lorsqu'un domestique congédié, mais encore en service, entra en courant dans la pièce et annonça que « ce démon de Heathcliff » traversait la cour. Devait-il lui fermer la porte à la figure ?

Si nous avions été assez folles pour en donner l'ordre, il n'aurait eu le temps de l'exécuter. Heathcliff ne prit pas la peine de frapper ou de se faire annoncer. Il était le maître et usa de ce privilège pour entrer tout droit, sans dire un mot. Guidé vers la bibliothèque par les sons de voix, il pénétra dans la pièce et, faisant signe à notre informateur de sortir, il referma la porte.

C'était dans cette pièce qu'il avait été introduit en hôte dix-huit ans auparavant. Une lune semblable brillait à travers la fenêtre et l'on apercevait dehors le même paysage d'automne. Nous n'avions pas encore allumé de bougies, mais on distinguait tout clairement, même les portraits sur le mur, le splendide visage de Mrs. Linton et la gracieuse figure de son mari. Heathcliff s'avança vers la cheminée. Lui non plus n'avait guère changé. C'était le même homme, dont le visage sombre avait légèrement pâli et s'était un peu figé, tandis que le corps s'alourdissait peut-être, sans plus. Catherine, à sa vue, avait fait un mouvement pour se précipiter dehors.

— Arrêtez ! dit-il en la retenant par le bras. Plus d'escapade ! Où iriez-vous ? Je viens pour vous ramener à la maison et j'espère que vous serez une fille de devoir, que vous ne pousserez plus mon fils à la désobéissance. J'ai été plutôt embarrassé pour le punir, lorsque j'ai découvert sa part dans l'affaire. Il est si fragile qu'un souffle risque de l'anéantir, mais vous verrez à son air qu'il a reçu son dû ! Je l'ai descendu un soir, avant-hier, je me suis contenté de l'asseoir sur une chaise et ne l'ai plus touché après. J'avais envoyé Hareton dehors et nous avions la pièce à nous. Deux heures plus tard, j'appelai Joseph pour le remonter et, depuis lors, ma présence a le même pouvoir sur ses nerfs que celle d'un fantôme ; je crois même qu'il me voit quand je ne suis pas là. Hareton dit que, la nuit, il s'éveille en criant et vous appelle pour le protéger contre moi. Et, que vous aimiez ou non votre précieux époux, c'est votre affaire maintenant et je vous abandonne tout l'intérêt que je lui porte.

— Pourquoi ne pas laisser Catherine ici, et envoyer Mr. Linton auprès d'elle ? demandai-je. Comme vous les détestez tous les deux, ils ne vous manqueraient pas. Chez vous ils ne sont qu'un sujet quotidien d'irritation pour votre cœur dénaturé.

— Je cherche un locataire pour la Grange, répondit-il, et naturellement je désire avoir mes enfants auprès de moi. En outre, cette personne me doit ses services en échange du pain qu'elle me coûtera. Linton mort, je ne vais pas continuer à l'élever dans le luxe et l'oisiveté. Préparez-vous, et vite, sans m'obliger à vous y contraindre.

— J'irai, dit Catherine. Linton est le seul être qui me reste à aimer sur la terre, et, quoique vous ayez fait tout ce qu'il vous était possible pour me le rendre haïssable et exciter sa haine contre moi, vous ne parviendrez pas à nous transformer en ennemis l'un pour l'autre. Je vous défie de le battre en ma présence, comme je vous défie de m'effrayer !

— Quelle vaillante championne ! répondit Heathcliff. Mais je ne vous aime pas assez pour l'endommager. Vous jouirez du tourment aussi longtemps que cela durera. Ce n'est pas moi qui ferai de lui votre ennemi, c'est lui-même et son agréable nature. Il juge avec la pire amertume votre désertion et ses conséquences. N'espérez pas de remerciements pour cette noble dévotion. Je l'ai entendu tracer devant Zillah un brillant tableau de ce qu'il ferait s'il était aussi fort que moi. La disposition est en lui, et sa faiblesse même aiguisera son intelligence pour substituer quelque chose à la force.

— Je sais qu'il a une mauvaise nature, dit Catherine, puisqu'il est votre fils. Mais je suis heureuse d'en avoir une meilleure pour lui pardonner. Enfin je sais qu'il m'aime, et, pour cette raison, je l'aime. Vous, Mr. Heathcliff, vous n'avez personne qui vous aime, et si malheureux que vous nous rendiez, nous aurons encore la revanche de penser que votre cruauté vient d'un malheur pire que le nôtre. Vous êtes malheureux, n'est-ce pas ? Isolé comme le diable et envieux comme lui ? Personne ne vous aime... personne ne vous pleurera quand vous mourrez ! Ah ! je ne voudrais pas être à votre place !

Catherine parlait avec une sorte de sombre triomphe. Elle semblait avoir accepté l'esprit de sa future famille et tirait plaisir de l'infortune qui accablait ses ennemis.

— Vous allez bientôt regretter d'être vous-même, dit son beau-père, si vous restez ici une minute de plus. Allez-vous-en, sorcière, et prenez vos affaires !

Elle se retira fièrement. En son absence, je demandai en grâce la place de Zillah à Hurlevent, offrant de céder la mienne en échange, mais il ne le voulut sous aucun prétexte. Il m'ordonna de me taire, puis, jetant pour la première fois un coup d'œil tout autour de la pièce, il regarda les tableaux. Ayant examiné celui de Mrs. Linton, il dit :

— Je le prendrai chez moi. Non que j'en aie besoin mais...

Il se tourna brusquement vers le feu et continua avec ce que, faute d'un mot plus juste, j'appellerai un sourire :

— Je vais vous dire ce que j'ai fait hier ! Comme le fossoyeur était en train de creuser la tombe de Linton, j'ai obtenu qu'il enlève la terre qui était sur son cercueil à elle, et je l'ai ouvert. J'ai cru, un moment, que je resterais là. Quand j'ai revu sa figure (car elle est encore la même), il a eu beaucoup de mal à me faire bouger. Mais il m'a dit qu'elle s'altérerait si l'air venait à souffler sur elle. Alors, avant de refermer le cercueil, j'ai arraché un des panneaux de côté – non du côté de Linton, par tous les diables ! je voudrais même que celui-ci fût en plomb ! – et j'ai soudoyé le fossoyeur pour qu'il enlève cette planche quand je serai couché là à mon tour. Il fera en même temps sauter celle de mon cercueil, qui sera établi en vue de cela. Ainsi, quand le fantôme de Linton viendra nous voir, il ne pourra pas nous distinguer l'un de l'autre !

— Vous avez commis une mauvaise action, Mr. Heathcliff, m'écriai-je. Comment avez-vous osé troubler les morts ?

— Je n'ai troublé personne, Nelly, et cela m'a soulagé. Je me sentirai bien mieux maintenant, et vous, quand je serai là-bas, vous risquerez moins de me voir revenir sur terre. Moi, l'avoir troublée ? Non ! Elle m'a troublé nuit et jour pendant dix-huit ans sans répit, sans remords, jusqu'à la nuit dernière. Et la nuit dernière, j'ai été tranquille. J'ai rêvé que j'étais allongé pour mon dernier sommeil près de ce corps endormi, mon cœur arrêté contre le sien et ma joue glacée contre la sienne.

— Et si vous l'aviez trouvée réduite en poussière, ou pis encore, quel aurait été votre rêve ?

— Que j'étais en train de devenir poussière avec elle, et j'aurais connu un bonheur plus grand encore ! répondit-il. Croyez-vous que je redoute aucunement cette épreuve ? Quand j'ai soulevé le couvercle, je m'attendais à la trouver ainsi, mais je préfère que cela n'ait pas eu lieu avant que je puisse partager ce sort avec elle. De plus, si je n'avais vu ses traits sous cette calme apparence, je n'aurais pu chasser le sentiment inquiet dont je viens de vous parler. Il est né d'une étrange façon. Vous savez que j'étais comme fou après sa mort, et sans cesse, de l'aube jusqu'à l'aube, je la suppliai de m'envoyer son fantôme. Je crois fermement aux fantômes, j'ai la conviction qu'ils peuvent exister et existent parmi nous ! Le jour où elle fut enterrée, il y eut une chute de neige. J'allai au cimetière dans la soirée. Le vent était aussi glacial qu'en hiver... tout alentour était désert. Je ne craignais pas que son idiot de mari s'aventurât si tard dans ce sombre endroit, et nul autre n'avait de raisons d'y venir. Dans cette solitude, sachant que la seule barrière entre nous était ces deux mètres de terre, je songeai tout à coup : « Il faut que je l'aie de nouveau dans mes bras ! Si elle est froide, je me dirai que c'est ce vent du nord qui glace tout mon corps. Et si elle est immobile, je me dirai qu'elle dort. » Je pris une bêche dans le hangar aux outils et je commençai à creuser de toutes mes forces. Quand j'atteignis le cercueil, je m'agenouillai pour travailler de mes mains. Le bois commençait à craquer près des vis, j'étais sur le point de toucher au but lorsqu'il me sembla entendre un soupir, comme si quelqu'un était au-dessus de moi, penché au bord de la tombe. « Si j'arrive à soulever cela, murmurai-je, je souhaite qu'on nous recouvre de terre tous deux ! » et je m'acharnai avec plus de rage encore. J'entendis tout près de mon oreille un nouveau soupir, dont le souffle chaud me parut déplacer le vent chargé de grésil. Je savais qu'aucun être de chair et de sang n'était dans les environs. Mais, aussi sûrement que les sens devinent dans l'obscurité l'approche d'un corps matériel qui reste invisible, je sentis que Catherine était là, non au-dessous de moi, mais sur la terre. Une soudaine impression de soulagement naquit de mon cœur et envahit tous mes membres. Je laissai là mon travail exténuant et me sentis aussitôt consolé, ineffablement consolé. Elle était présente, elle m'assista tandis que je comblais de nouveau la tombe, elle me conduisit à la maison. Riez si vous voulez, mais j'étais sûr que je la reverrais là. J'étais sûr qu'elle m'accompagnait et je ne pouvais m'empêcher de lui parler.

« Arrivé à Hurlevent, je me précipitai sur la porte d'entrée. Elle était fermée, et je me rappelle que ce maudit Earnshaw, aidé de ma femme, voulut s'opposer à mon passage. Je me rappelle qu'après lui avoir allongé un coup en pleine poitrine, je courus à ma chambre et à la sienne. Je regardai fébrilement autour de moi... je la sentais à mes côtés... je pouvais presque la voir, et pourtant, je ne la voyais pas ! Je pensais être couvert d'une sueur de sang, tant le désir d'y parvenir, ne fût-ce qu'un instant, me crucifiait. Mais je ne la vis pas. Elle fut ce qu'elle a été si souvent à mon égard durant sa vie, un démon. Et depuis lors, je n'ai cessé d'être plus ou moins le jouet de cette intolérable torture ! Vraie vision d'enfer qui portait mes nerfs à un tel paroxysme qu'ils doivent sans doute être d'une solidité à toute épreuve, ou bien ils seraient devenus aussi lâches que ceux de Linton. Lorsque j'étais à l'intérieur de la maison avec Hareton, j'espérais la rencontrer en sortant, et lorsque je m'en allais dans la lande, j'imaginais la trouver à mon retour. À peine dehors, je me hâtais de rentrer, car elle doit être quelque part à Hurlevent, me disais-je. Et lorsque je passais la nuit dans sa chambre, j'en étais bien vite chassé. Impossible de dormir là, car dès que je fermais les yeux, je la croyais dehors, derrière la fenêtre, ou bien faisant glisser les panneaux du lit, ou encore arrivant dans la chambre, ou même posant sa tête bien-aimée sur le même oreiller que moi, ainsi qu'elle le faisait parfois dans son enfance. Alors mes paupières s'ouvraient toutes seules pour la voir. Et ainsi cent fois de suite dans la nuit... pour être toujours déçu. Cruel supplice ! Souvent j'ai gémi si fort que ce vieux coquin de Joseph s'est dit, sans nul doute, que ma conscience s'était changée en démon dans mon corps. Maintenant, depuis que je l'ai vue, elle, je suis calmé... un peu calmé. Curieuse façon de me tuer ! Non pas même à petits coups, mais par sensations infimes, fugitives, la perpétuelle poursuite d'un fantôme pendant dix-huit années !

Mr. Heathcliff s'arrêta et essuya son front où ses cheveux étaient collés par la sueur. Son regard était fixé sur les cendres rouges du feu et ses sourcils, au lieu d'être contractés, se relevaient vers les tempes, expression qui atténuait l'aspect sévère de son visage, mais lui donnait un air particulier de trouble et comme l'apparence d'une tension mentale due à une idée fixe. C'était à peine pour moi qu'il avait parlé, et je gardai le silence. Je n'avais pas aimé son récit. Après une pause, il retourna à sa méditation devant le portrait, le décrocha et l'appuya contre le canapé pour le contempler plus à l'aise. Tandis qu'il était ainsi occupé, Catherine entra, annonçant qu'elle serait prête lorsque son poney serait sellé.

— Envoyez-moi cela demain, me dit Heathcliff.

Puis, se tournant vers elle, il ajouta :

— Laissez votre poney, la soirée est belle et il vous sera inutile à Hurlevent, car, pour les promenades que vous ferez, vous pourrez vous contenter de vos jambes. Allons.

— Au revoir, Ellen ! chuchota ma chère petite maîtresse.

Elle m'embrassa et je sentis que ses lèvres étaient comme de la glace.

— Venez me voir, Ellen, n'oubliez pas.

— Ne vous avisez pas de cela, Mrs. Dean ! dit son nouveau père. Lorsque j'aurai envie de vous parler, je viendrai ici. Je n'ai aucun besoin de votre indiscrétion chez moi !

Il lui fit signe de le précéder et, après avoir jeté en arrière un regard qui me brisa le cœur, elle obéit. Je les observai de ma fenêtre, tandis qu'ils traversaient le jardin. Heathcliff attira le bras de Catherine sous le sien, bien qu'elle se débattît manifestement au début, et il l'entraîna à grandes enjambées dans l'allée, où les arbres me les cachèrent.

XXX

Depuis son départ, je suis allée une fois à Hurlevent, mais je ne l'ai pas revue. Joseph tenait la porte et ne m'a pas laissée entrer. Il m'a dit que Mrs. Linton était « point visible » et que le maître n'était pas là. Zillah m'a un peu renseignée sur ce qu'ils deviennent, sans cela je ne saurais qui est mort et qui vit. Elle trouve Catherine hautaine et ne l'aime pas, à ce que j'ai pu démêler. Au début, ma jeune maîtresse lui avait demandé quelques services, mais Mr. Heathcliff lui a dit de veiller

à ses propres affaires et de laisser sa belle-fille
se débrouiller toute seule ; ce que Zillah a volontiers accepté, étant une femme égoïste et bornée. Catherine a éprouvé un dépit enfantin d'être
ainsi négligée, et a répondu à ce traitement par
le mépris, ce qui a fait de mon informatrice une
ennemie aussi sûre que si elle lui avait causé un
grand tort. Il y a environ six semaines, un peu
avant votre arrivée, j'ai eu une grande conversation avec Zillah un jour que nous nous sommes
rencontrées par hasard dans la lande, et voici ce
qu'elle m'a dit :

« – La première chose que fit Mrs. Linton après
son arrivée à Hurlevent fut de courir en haut, sans
même nous dire bonsoir, à Joseph et à moi, pour
s'enfermer dans la chambre de Linton, où elle
resta jusqu'au matin. Puis, alors que le maître et
Earnshaw prenaient leur petit déjeuner, elle entra
dans la salle et demanda, tremblant d'inquiétude,
si on pourrait aller chercher le docteur. Son cousin était très malade.

« – Nous savons cela ! répondit Heathcliff, mais
sa vie ne vaut pas un liard et je ne dépenserai pas
un liard pour lui.

« – Mais je ne sais pas ce qu'il faut faire, dit-elle,
et si personne ne vient m'aider, il va mourir !

« – Sortez de la pièce, cria le maître, et que je
n'entende plus jamais un mot à son sujet ! Nul
ici ne se soucie de son sort. Si ce n'est pas votre
cas, soyez sa garde-malade, ou bien enfermez-le
et laissez-le.

« Alors, comme elle se mettait à me tourmenter,
je lui dis que j'avais eu assez d'ennuis avec un être

aussi difficile. À chacun son travail ; le sien était de s'occuper de Linton, Mr. Heathcliff m'ayant, au surplus, ordonné de lui laisser ce soin.

« Comment s'arrangèrent-ils ensemble ? Je ne saurais le dire. J'imagine qu'il se montra souvent capricieux, gémit nuit et jour, et qu'elle n'eut guère de repos. Cela se voyait à sa figure blanche et à ses yeux lourds. Parfois elle apparaissait dans la cuisine, l'air tout égaré, et prête, auriez-vous dit, à demander de l'aide ; mais je n'allais pas désobéir au maître. Je n'ose jamais lui désobéir, Mrs. Dean, et, tout en jugeant mal de ne pas envoyer chercher Kenneth, je me disais que ce n'était pas mon affaire de donner des conseils ou de blâmer, et je refusai toujours de m'en mêler. Une ou deux fois, lorsque nous étions allés nous coucher, il m'est arrivé de rouvrir ma porte et de la voir assise sur le haut de l'escalier en train de pleurer. Je me suis vite enfermée de nouveau, pour ne pas être tentée d'intervenir. À ces moments-là j'avais pitié d'elle, bien sûr, cependant, vous comprenez, je n'avais pas envie de perdre ma place.

« Enfin, une nuit, elle entra brusquement dans ma chambre et me mit aux cent coups en me criant :

« – Dites à Mr. Heathcliff que son fils est mourant... Cette fois-ci, j'en suis certaine. Levez-vous et allez le lui dire.

« Sur ces mots, elle disparut. Je restai un quart d'heure à écouter et à trembler. Rien ne bougeait... la maison était calme.

« – Elle s'est trompée, me dis-je. Il s'en est tiré. Inutile que je les dérange. » Et je commençai à dormir. Mais mon sommeil fut interrompu une seconde fois par un violent coup de sonnette, de la seule sonnette que nous ayons, installée exprès pour Linton. Le maître m'appela, m'ordonna d'aller voir ce qu'il y avait et de leur dire qu'il ne tolérerait pas que ce bruit se répétât.

« Je lui rapportai la commission de Catherine. Il lança un juron et, quelques minutes après, reparaissant avec une chandelle allumée, il se dirigea vers leur chambre. Je le suivis. Mrs. Heathcliff était assise au pied du lit, les mains jointes sur les genoux. Son beau-père avança, éleva la lumière jusqu'à la figure de Linton, le regarda, le toucha, puis, se tournant vers elle, il lui dit :

« – Maintenant, Catherine, comment vous sentez-vous ?

« – Il est tranquille et je suis libre, répondit-elle après être restée muette. Je devrais être bien... mais – continua-t-elle avec une amertume qu'elle ne pouvait cacher – vous m'avez laissée si longtemps lutter seule contre la mort que je ne sens et ne vois que la mort ! Je me sens comme morte !

« Et ma foi, elle en avait bien l'air ! Je lui donnai un peu de vin. Hareton et Joseph, réveillés par le bruit de la sonnette et des pas, et qui entendaient notre conversation de l'extérieur, entrèrent alors. Joseph, je crois bien, acceptait sans trop de peine la disparition du garçon. Hareton semblait quelque peu ennuyé, mais il était plus occupé à contempler Catherine avec de grands yeux qu'à regretter Linton. Le maître lui ordonna de retourner au lit, disant que nous n'avions pas besoin de son aide. Il fit ensuite porter le corps dans sa chambre par Joseph, me renvoya chez moi, et Mrs. Heathcliff resta seule.

« Le matin, il lui adressa par mon entremise l'ordre de descendre pour le déjeuner. Elle était déshabillée et semblait sur le point de s'endormir. Elle me fit savoir qu'elle était malade, ce qui ne m'étonna pas beaucoup. J'en informai Mr. Heathcliff, et il répondit :

« – Eh bien ! laissez-la être malade jusqu'au lendemain de l'enterrement, et montez de temps à autre pour lui porter ce qui lui est nécessaire. Et aussitôt qu'elle paraîtra mieux, prévenez-moi. »

Cathy resta une quinzaine de jours en haut, d'après Zillah, qui allait la voir deux fois par jour et aurait volontiers été plus affectueuse si ses tentatives de bonté n'eussent été aussitôt repoussées avec orgueil.

Heathcliff était monté sans retard pour lui lire le testament de Linton. Celui-ci avait légué à son père toute sa fortune, plus celle de Catherine. Le pauvre être avait agi ainsi sous les menaces ou les cajoleries lorsque Catherine, à la mort de son père, s'était absentée pendant une semaine. Étant mineur, il ne pouvait disposer des terres. Cependant Mr. Heathcliff les revendiqua et les garda par les droits de sa femme et les siens propres. Je suppose que la chose est légale ; quoi qu'il en soit, Catherine, sans amis et sans argent disponible, ne put s'y opposer.

« Personne ne s'est approché de sa porte, sauf cette fois-là, ajouta Zillah. Et personne ne s'est informé d'elle. C'est un dimanche après-midi qu'elle est enfin descendue dans la salle. Elle

m'avait dit, lorsque je lui portais son dîner, qu'elle
ne pouvait plus vivre dans un froid pareil ; je lui
appris alors que le maître allait à Thrushcross
Grange et qu'Earnshaw et moi ne l'empêchions
pas de descendre. Aussi, dès qu'elle entendit le
cheval de Heathcliff s'éloigner, elle apparut,
vêtue de noir, ayant rejeté derrière ses oreilles,
aussi simplement qu'une quakeresse, ses boucles
blondes qu'elle ne pouvait faire mieux tenir.

« Joseph et moi allons généralement à la chapelle le dimanche. » Vous savez que la paroisse
– expliqua Mrs. Dean – n'a pas de ministre en ce
moment, et que c'est celle de Gimmerton, qui est
méthodiste ou baptiste (je ne sais trop quoi), que
nous appelons chapelle. « Joseph était parti, poursuivit Zillah, mais je jugeai préférable de rester à
la maison. Il vaut toujours mieux que les jeunes
gens soient sous la surveillance de personnes plus
âgées, et Hareton, malgré sa timidité, n'est pas
un modèle de bonne tenue. Je lui appris que sa
cousine allait très probablement nous rejoindre
et qu'elle avait l'habitude de voir respecter le
dimanche ; aussi ferait-il bien de délaisser ses
fusils et ses menus travaux pendant qu'elle serait
là. Il rougit à cette nouvelle et jeta les yeux sur ses
mains et ses vêtements. Les traces d'huile et de
poudre à fusil furent enlevées en une minute. Je
compris qu'il avait l'intention de lui tenir compagnie, et je devinai, à ses manières, qu'il voulait être
présentable. Alors, riant comme je n'oserais pas
rire quand le maître est là, je lui offris de l'aider,
s'il le voulait, et le plaisantai de son embarras. Il
devint sombre et se mit à jurer.

« Maintenant, Mrs. Dean, continua Zillah, remarquant mon air désapprobateur, il est probable que vous estimez votre jeune maîtresse trop bien pour Mr. Hareton, et il est probable que vous avez raison ; mais j'avoue que j'aimerais assez rabaisser son orgueil d'un cran. Et à quoi lui serviront dorénavant tout son savoir et son élégance ? Elle est aussi pauvre que vous ou moi, plus pauvre, j'en jurerais, car vous devez faire des économies, et moi j'amasse tout doucement en chemin. »

Hareton accepta l'aide de Zillah et elle sut le mettre de bonne humeur par des compliments. Aussi, lorsque Catherine arriva, il avait presque oublié la manière insultante dont elle le traitait, et, d'après le récit de la femme de charge, il essaya de lui plaire.

« La jeune dame entra, dit-elle, aussi froide qu'un glaçon et avec l'air pincé d'une princesse. Je me levai et lui offris ma place dans le fauteuil. Non, elle dédaigna ma politesse. Earnshaw se leva aussi et lui proposa un coin sur le banc, près du feu. Il était sûr, dit-il, qu'elle était morte de froid.

« – Je meurs de froid depuis un mois et plus, répondit-elle, appuyant sur les mots avec autant de mépris qu'elle put.

« Et elle prit une chaise qu'elle plaça à une certaine distance de nous deux. Quand elle fut réchauffée, elle se mit à regarder autour d'elle et aperçut un lot de livres sur le buffet. Elle fut aussitôt sur pied et s'efforça de les atteindre. Mais ils étaient trop haut. Alors son cousin, après avoir suivi ces efforts pendant un moment, s'enhardit à l'aider. Elle tendit sa robe et il la remplit des premiers volumes qui étaient sous sa main.

« C'était une grande avance de la part du jeune garçon, et elle ne le remercia pas. Cependant il se sentit récompensé par le simple accueil fait à son offre. Il eut l'audace de rester derrière elle tandis qu'elle feuilletait les livres et même de se pencher pour désigner certaines gravures qui attiraient son attention. Il ne se laissa pas déconcerter par la brusquerie avec laquelle elle tournait la page ; il se contenta de reculer un peu et de la regarder au lieu de regarder le livre. Elle continua à lire ou à chercher quelque chose à lire. Quant à Hareton, il fut bientôt complètement fasciné par les boucles épaisses et soyeuses qui étaient devant lui. Il ne pouvait voir sa figure et elle ne pouvait voir la sienne. Et sans se rendre compte peut-être de ce qu'il faisait, simplement attiré comme un enfant par la lumière, il finit par passer de la contemplation au toucher. Il avança la main et caressa une boucle aussi doucement que si c'eût été un plumage d'oiseau. Catherine aurait senti un couteau enfoncé dans son cou qu'elle n'aurait pas sursauté avec autant de vivacité.

« – Allez-vous-en tout de suite ! Comment osez-vous me toucher ? Pourquoi êtes-vous là ? cria-t-elle sur un ton de profond dégoût. Je ne peux pas vous souffrir ! Si vous vous approchez de moi, je remonte.

« Mr. Hareton recula, montrant sa mine la plus ahurie. Il alla s'asseoir sur le banc où il se tint silencieux. Elle continua à feuilleter ses livres pen-

dant une demi-heure, au bout de laquelle Earnshaw traversa la pièce et me chuchota :

« – Voulez-vous lui demander de nous faire la
lecture, Zillah ? J'en ai assez de ne rien faire et
j'aime... oui, j'aimerais bien l'entendre ! Ne dites
pas que j'en ai envie, mais demandez-le pour
vous...

« – Mr. Hareton voudrait que vous nous fassiez
la lecture, madame, dis-je aussitôt. Il trouverait
cela bien aimable... il vous en serait très obligé.

« Elle fronça les sourcils et, levant les yeux,
répondit :

« – Mr. Hareton et vous tous voudrez bien comprendre que je repousse toutes les prétendues
bontés qu'on a l'hypocrisie de m'offrir ! Je vous
méprise et n'ai rien à dire à aucun de vous ! Au
moment où j'aurais donné ma vie pour un mot
affectueux, pour la simple vue d'un visage, vous
êtes tous restés à l'écart. Mais je ne suis pas ici
pour me plaindre. J'ai été chassée d'en haut par le
froid, et non pour vous amuser ou jouir de votre
société.

« – Qu'aurais-je pu faire ? tenta de dire Earnshaw. En quoi suis-je à blâmer ?

« – Oh ! il n'est pas question de vous, répondit Mrs. Heathcliff. Je n'ai jamais souhaité votre
compagnie.

« – Mais je l'ai offerte plus d'une fois, reprit-il,
échauffé par ce ton insolent, j'ai demandé, oui, j'ai
demandé à Mr. Heathcliff de me laisser veiller à
votre place...

« – Taisez-vous ! J'irai dehors, j'irai n'importe

où plutôt que d'avoir votre voix odieuse dans les oreilles ! lança ma maîtresse.

« Hareton grommela qu'elle pouvait bien aller au diable. Et, décrochant son fusil, il ne renonça pas plus longtemps à ses distractions du dimanche.

« Il s'était remis à parler et même assez librement, si bien qu'elle se crut obligée de retourner à sa solitude. Mais le grand froid s'étant installé, elle a dû s'abaisser, en dépit de son orgueil, à venir de plus en plus longtemps en notre compagnie. Cependant, je me suis arrangée pour qu'elle n'ait plus à dédaigner mes amabilités, et depuis ce jour-là, j'ai été aussi distante qu'elle. Aucun de nous ne l'aime, et elle ne le mérite pas, car, si on lui dit le moindre mot, elle se rebrousse sans égard pour qui que ce soit ! Au maître lui-même elle répond avec aigreur et elle va jusqu'à le mettre au défi de la battre. Et plus elle attrape de coups, plus elle devient venimeuse. »

Lorsque j'eus entendu le récit de Zillah, ma première pensée fut de quitter ma place et de prendre une maison où j'aurais fait venir Catherine pour vivre avec moi. Mais Mr. Heathcliff n'y aurait pas plus consenti qu'il n'eût autorisé Hareton à vivre une vie indépendante. Je ne vois aucun remède pour l'instant, à moins qu'elle puisse se remarier, et c'est là un projet dont la réalisation n'est pas de ma compétence.

Ainsi finit l'histoire de Mrs. Dean. Contrairement aux prédictions du docteur, je retrouve rapidement mes forces, et bien que nous ne soyons qu'à la seconde semaine de janvier, j'ai l'intention de pousser à cheval jusqu'à Hurlevent, dans un

jour ou deux, et d'aller informer mon propriétaire que je passerai à Londres les six mois qui
viennent. Qu'il cherche, s'il le veut, un autre locataire pour me remplacer en octobre. Rien ne me
ferait séjourner ici un second hiver.

XXXI

Hier la journée était belle, calme et froide. Je
suis allé à Hurlevent, comme j'en avais l'intention. Ma femme de charge m'avait supplié de porter un petit mot d'elle à sa jeune maîtresse, et je
n'ai pas refusé, car la digne femme ne se rendait
pas compte de ce qu'il y avait de singulier dans
sa requête. La porte d'entrée était ouverte, mais
la barrière soigneusement fermée comme à ma
dernière visite. Je frappai et appelai à mon aide
Earnshaw qui était du côté des plates-bandes. Il
enleva la chaîne et me fit entrer. Ce garçon est le
plus beau type de paysan qu'on puisse voir. Je l'ai
remarqué incontestablement cette fois-ci, mais il
fait de son mieux pour tirer aussi peu de parti que
possible de ses avantages.

Comme je demandais si Mr. Heathcliff était
chez lui, il me répondit que non, mais qu'il reviendrait à l'heure du déjeuner. Il était onze heures ;
je lui annonçai mon intention d'entrer et de l'attendre ; sur quoi il jeta immédiatement ses outils
et m'accompagna, moins pour remplacer le maître
que pour faire l'office de chien de garde.

Nous pénétrâmes ensemble dans la maison. Catherine était là, se rendant utile en épluchant des légumes pour le repas. Elle paraissait plus morose et moins en verve que lors de ma première visite. Elle leva à peine les yeux pour voir qui j'étais et poursuivit son occupation avec un égal mépris de la politesse usuelle : aucune marque de connaissance ne répondit à mon inclination et à mon bonjour.

« Elle ne paraît pas aussi aimable que Mrs. Dean voudrait m'en persuader, pensai-je. C'est une beauté, il est vrai, mais ce n'est pas un ange. »

Earnshaw lui dit sur un ton désagréable d'emporter ses affaires dans la cuisine.

— Emportez-les vous-même, répliqua-t-elle en les repoussant dès qu'elle eut fini.

Puis elle alla s'asseoir sur un tabouret près de la fenêtre et se mit à tailler en forme d'oiseaux et de bêtes les épluchures de raves qu'elle avait emportées. Je m'approchai d'elle, sous prétexte de regarder le jardin, et crus agir avec adresse, pour ne pas être vu par Hareton, en laissant tomber sur ses genoux le billet de Mrs. Dean. Mais elle demanda à haute voix : « Qu'est-ce que c'est que ça ? » et le jeta par terre.

— C'est une lettre de votre vieille amie, la femme de charge de la Grange, répondis-je, assez ennuyé qu'elle eût dévoilé ma bonne action et craignant qu'on ne m'attribuât personnellement l'origine de la missive.

Elle l'aurait volontiers ramassée, en apprenant cela, mais Hareton, la devançant, saisit la feuille et la mit dans sa veste, disant que Mr. Heathcliff devait la voir en premier. Alors Catherine détourna silencieusement le visage, et, sortant furtivement son mouchoir de sa poche, le porta à ses yeux. Son cousin, après avoir lutté un instant contre ses bons sentiments, tira de nouveau la lettre et la lança vers elle d'aussi mauvaise grâce qu'il le put. Catherine s'en empara et la parcourut avec avidité ; puis elle me posa quelques questions au sujet des humains et autres habitants de son ancienne demeure ; et, le regard errant sur les collines, elle murmura pour elle-même :

— Oh ! comme j'aimerais prendre Minny et aller là-bas ! Comme j'aimerais grimper sur ces collines ! Oh ! je suis lasse !... Je suis à bout d'être enfermée, Hareton !

Sa charmante tête se renversa contre l'appui de la fenêtre ; elle exhala un demi-bâillement et un demi-soupir, et parut sombrer dans la tristesse, sans se soucier ni même s'aviser de nos regards.

— Mrs. Heathcliff, dis-je après être resté un moment silencieux, vous ne savez pas que je vous connais ? Et si intimement qu'il me semble étrange que vous ne veniez pas me parler. Ma femme de charge ne cesse de m'entretenir de vous et de faire votre éloge. Ce sera une grande déception pour elle si je rentre sans rien lui apprendre de vous, sauf que vous avez reçu sa lettre et que vous n'avez rien dit !

Ce discours sembla l'étonner et elle demanda :

— Est-ce qu'Ellen vous aime ?

— Oui, assez, fis-je en hésitant.

— Vous lui direz que j'aurais bien voulu répondre à sa lettre, mais que je n'ai rien pour écrire, même pas un livre dont je puisse arracher une feuille.

— Pas de livres ! m'écriai-je. Permettez-moi de vous demander comment vous pouvez vous en passer ici. Quoique la bibliothèque soit bien fournie à la Grange, il arrive souvent que je m'ennuie. Mais enlevez-les-moi, et je serais au désespoir !

— Quand j'en avais, dit Catherine, je passais mon temps à lire. Seulement Mr. Heathcliff ne lit jamais, aussi s'est-il mis en tête de les détruire. Je n'ai pu en parcourir un depuis des semaines. C'est à peine si, une fois, j'ai fouillé dans la réserve pieuse de Joseph, à sa grande irritation. Et une autre fois, Hareton, j'ai mis la main sur un lot caché dans votre chambre... quelques auteurs latins et grecs, quelques contes et poésies, tous de vieux amis. Je les avais apportés de la Grange, et vous les avez pris comme une pie prend les couverts d'argent, par simple amour du vol ! Ils ne vous sont d'aucune utilité, à moins que vous ne les ayez mis à l'abri avec la mauvaise pensée que, puisque vous ne pouviez en jouir, personne d'autre ne doit le faire. Peut-être est-ce votre jalousie qui a conseillé à Mr. Heathcliff de me dépouiller de mes trésors ? Mais la plupart d'entre eux sont inscrits dans mon cerveau, gravés dans mon cœur, et de cela, vous ne pourrez pas me priver !

Earnshaw devint écarlate lorsque sa cousine parla de cette découverte et se défendit par des balbutiements violents contre ces accusations.

— Mr. Hareton veut accroître ses connaissances, dis-je, venant à son secours. Il n'est pas jaloux de votre savoir, mais désireux de l'égaler.

Dans quelques années, il sera un étudiant accompli.

— Et, en attendant, il veut me réduire à l'état d'une buse, répondit Catherine. Oui, je l'ai surpris qui essaye d'épeler et de lire tout seul à haute voix. Et il en dit de jolies sottises ! Je voudrais que vous répétiez l'histoire de *Chevy Chase* comme vous l'avez fait hier. C'est extrêmement drôle. Je vous ai entendu, et je vous ai entendu aussi feuilleter le dictionnaire pour chercher les mots difficiles, puis jurer parce que vous ne compreniez pas les explications !

Le jeune homme trouvait évidemment injuste qu'on se moquât tout à la fois de son ignorance et de ses efforts pour en sortir. J'éprouvais le même sentiment, et, me rappelant l'histoire de Mrs. Dean sur ses premières tentatives pour dissiper les ténèbres où l'on avait laissé son esprit, je remarquai :

— Mais, Mrs. Heathcliff, chacun de nous a dû commencer, et nous avons tous trébuché et chancelé au début ; si nos maîtres s'étaient moqués de nous au lieu de nous aider, nous en serions encore à trébucher et à chanceler.

— Oh ! répondit-elle, je ne désire pas contrarier son besoin d'instruction, mais il n'a pas le droit de s'approprier ce qui est à moi et de le déprécier à mes oreilles par des fautes grossières et une prononciation incorrecte ! Ces livres, prose ou vers, me sont sacrés par d'autres liens, et il m'est extrêmement pénible d'entendre leur texte profané par sa bouche ! De plus, il a choisi, comme par une

méchanceté voulue, tous mes morceaux préférés,
ceux que j'aimais à répéter.

La poitrine de Hareton se souleva en silence.
Il était envahi par un sentiment d'humiliation et
de colère difficile à réprimer. Je me levai et, avec
l'intention délicate d'atténuer son embarras, j'allai
sur le pas de la porte pour contempler le paysage. Il me suivit, mais pour quitter la pièce, et il
reparut bientôt, les mains chargées d'une demi-
douzaine de volumes qu'il jeta sur les genoux de
Catherine.

— Prenez-les ! s'écria-t-il. Je ne veux plus en
entendre parler, ni les lire, ni jamais y penser.

— Je n'en veux plus maintenant, répondit-elle.
Je ne pourrais les séparer de vous et cela suffit
pour que je les déteste.

Elle en ouvrit un qui avait visiblement été feuil-
leté souvent et elle lut un passage à la manière
traînante d'un débutant, puis elle éclata de rire et
le rejeta au loin.

— Et écoutez, continua-t-elle avec un air provocant, tout en commençant de la même façon les
vers d'une vieille ballade.

Mais l'amour-propre de Hareton ne lui permit pas d'endurer plus longtemps ce traitement.
J'entendis, et sans tout à fait le blâmer, le son
d'une correction manuelle qui le vengeait de la
langue trop bien pendue. La petite peste avait tout
fait pour blesser les sentiments de son cousin, si
peu subtils qu'ils fussent ; et l'argument physique
était le seul moyen qu'il eût de rendre la partie
égale, la seule revanche qu'il pût prendre sur
son bourreau. Ensuite il ramassa les livres et les

précipita dans le feu. Je lus sur sa figure quelle souffrance c'était pour lui d'offrir ce sacrifice à sa mauvaise humeur. J'imaginais, tandis que ces livres se consumaient, qu'il repensait au plaisir que leur lecture lui avait procuré, et au triomphe et aux joies renouvelées qu'il espérait en tirer plus tard ; et je crus voir aussi le mobile de ses études secrètes. Il s'était contenté de son labeur journalier et de ses plaisirs de rustre jusqu'au jour où Catherine avait traversé son chemin. La honte d'essuyer son mépris, l'espoir de recueillir son approbation, lui avaient donné l'ambition de poursuites plus hautes, mais, au lieu de le préserver de l'un et de lui valoir l'autre, ses efforts pour s'élever avaient abouti au résultat contraire.

— Oui, voilà toute l'utilité qu'une brute comme vous peut en tirer ! cria Catherine, promenant sa langue sur sa lèvre endolorie et suivant d'un œil indigné la destruction.

— Maintenant, il vaudra mieux vous taire, répondit-il sur un ton farouche.

Son irritation fit que la discussion tourna court. Il se dirigea vivement vers l'entrée, d'où je m'écartai pour le laisser passer. Mais, avant qu'il eût franchi le seuil, Mr. Heathcliff, qui arrivait par l'allée, se trouva face à face avec lui et, lui mettant la main sur l'épaule, demanda :

— Qu'y a-t-il, mon garçon ?

— Rien, rien, répondit-il, et il s'échappa pour aller savourer dans la solitude son chagrin et sa colère.

Heathcliff le suivit des yeux et poussa un soupir.

— Ce serait une chose étrange si j'en arrivais

à me combattre moi-même, murmura-t-il, ne sachant pas que j'étais derrière lui. Mais quand je cherche à retrouver son père dans sa figure, c'est elle que je retrouve chaque jour davantage. Comment diable, lui ressemble-t-il autant ? Il m'est presque pénible de le regarder !

Il abaissa les yeux vers le sol et entra, l'air pensif. Une expression agitée et anxieuse que je ne lui avais jamais vue était répandue sur son visage, et il paraissait amaigri. Sa belle-fille, l'ayant aperçu par la fenêtre, s'était immédiatement sauvée dans la cuisine, de sorte que je restai seul.

— Je suis heureux de vous voir sur pied, Mr. Lockwood, dit-il en réponse à mon salut. Et cela, en partie pour des motifs égoïstes : je ne crois pas que je pourrais facilement vous remplacer dans ce désert. Je me suis demandé plus d'une fois ce qui a bien pu vous amener en ce lieu.

— Une vraie lubie, je crois, monsieur, répondis-je, et, en tout cas, c'en est une autre qui me pousse à m'en aller. Je pars pour Londres la semaine prochaine, et je dois vous aviser que je ne me sens pas disposé à garder Thrushcross Grange au-delà du bail de douze mois que nous avons conclu. Je crois que je ne reviendrai ici de ma vie.

— Oh ! vraiment ? Vous en avez sans doute assez d'être exilé du monde, n'est-ce pas ? Mais si vous êtes venu me demander une résiliation de contrat, votre déplacement est inutile. Je n'ai jamais renoncé, pour qui que ce fût, à ce qui m'était dû.

— Je ne demande rien de semblable, m'écriai-je, assez fortement irrité. Et si vous le désirez, je vais vous régler mon compte dès maintenant.

Je sortis mon portefeuille.

— Non, non, répondit-il calmement, vous laisserez suffisamment derrière vous pour couvrir vos dettes, si vous ne revenez pas. Je ne suis pas si pressé. Asseyez-vous et déjeunez avec nous. Un visiteur qu'on est assuré de ne pas revoir mérite de recevoir un bon accueil. Catherine, apportez tout... Où êtes-vous ?

Catherine reparut, portant un plateau chargé de couteaux et de fourchettes.

— Vous pourrez dîner avec Joseph, murmura Heathcliff vers elle, et vous resterez dans la cuisine jusqu'à ce qu'il soit parti.

Elle obéit très ponctuellement à ces instructions. Peut-être n'était-elle guère tentée de les transgresser. Vivant avec des êtres grossiers et des demi-sauvages, elle n'était probablement pas à même d'apprécier les gens d'une classe supérieure, lorsqu'elle les rencontrait.

Entre Mr. Heathcliff, sombre et renfrogné, d'un côté, et Hareton, complètement muet, de l'autre, je fis un repas peu joyeux et je pris congé de bonne heure. Je serais bien parti par la porte de derrière pour jeter un dernier regard sur Catherine et ennuyer le vieux Joseph, mais Hareton reçut l'ordre d'amener mon cheval, et mon hôte lui-même m'escorta jusqu'au seuil, si bien que je ne pus réaliser mon désir.

« Comme la vie s'écoule lugubrement dans cette maison ! » pensai-je en avançant sur la route. « N'aurait-ce pas été pour Mrs. Linton Heathcliff

quelque chose de plus romanesque qu'un conte
de fées, si elle et moi avions ébauché une liaison,
comme sa bonne nourrice le souhaitait, et si nous
étions allés vivre tous deux au milieu de l'atmosphère agitée de la ville ! »

XXXII

1802.

En septembre dernier, j'ai été invité à dévaster
la chasse d'un ami, dans le Nord, et en me rendant chez lui, je me trouvai, sans m'y attendre,
à quelque quinze milles de Gimmerton. Le pale-
frenier d'une auberge qui était au bord de la
route était en train de donner un seau d'eau à
mes chevaux, lorsque passa une charrette pleine
d'avoine très verte, nouvellement coupée, à la vue
de laquelle il fit remarquer :

— Voilà qui vient de Gimmerton, bien sûr ! Y
sont toujours trois semaines en retard sur les aut'
avec leur moisson.

— Gimmerton ?... répétai-je (le souvenir de
mon séjour dans cette localité s'était déjà quelque
peu effacé)... Ah ! oui, je sais. À quelle distance
est-ce d'ici ?

— Ça doit faire quatorze milles par la montagne, et avec une mauvaise route, répondit-il.

Une soudaine envie de revoir Thrushcross
Grange me saisit. Il était à peine midi et je pen-

sai que je ferais aussi bien de passer la nuit sous mon propre toit plutôt que dans une auberge. En outre, il m'était indifférent de perdre une journée pour arranger mes affaires avec mon propriétaire et je m'épargnerais ainsi l'ennui de faire une nouvelle excursion dans le pays. Après m'être reposé quelque temps, j'envoyai mon domestique s'enquérir du chemin pour atteindre le village, et, non sans grande fatigue pour nos montures, nous couvrîmes la distance en trois heures.

Je laissai là mon homme et m'engageai seul dans la vallée. La chapelle grise paraissait plus grise encore, et plus abandonné le cimetière solitaire. Je distinguai un mouton qui broutait l'herbe courte entre les tombes. Le temps était doux et chaud, presque trop chaud pour voyager, mais le soleil ne m'empêchait pas d'admirer le splendide paysage au-dessus de ma tête et à mes pieds. Si je l'avais contemplé plus près de l'été, je suis sûr que j'aurais été tenté de passer, sans rien faire, un mois dans cette solitude. En hiver, rien de plus lugubre, en été, rien de plus divin que ces vallons enfermés par des montagnes, et ces libres ondulations recouvertes de bruyère.

J'atteignis la Grange avant le coucher du soleil et frappai pour qu'on m'ouvrît ; mais tout le personnel se trouvait dans les pièces de derrière, à en juger par une mince fumée bleue qui flottait sur la cheminée de la cuisine, et je ne fus pas entendu. J'entrai dans la cour. Sous le porche, une petite fille de neuf ou dix ans était assise, en train de tricoter, et une vieille femme, appuyée contre les marches de l'entrée, fumait une pipe d'un air absorbé.

— Mrs. Dean est-elle là ? lui demandai-je.

— Mrs. Dean ? Non ! répondit-elle.

— Est-ce vous la gardienne, alors ? repris-je.

— Dame, oui, c'est moué qui garde la maison.

— Eh bien ! je suis Mr. Lockwood, le maître. Je pense qu'il y a des chambres où on peut me loger. Je viens passer la nuit.

— Le maître ! cria-t-elle d'un air ahuri. Ben, si j'avais su que vous alliez arriver ! Vous auriez dû prévenir. Y a pas un coin de sec ni d'habitable dans toute la maison. Non, y en a point !

Elle retira sa pipe de sa bouche et se précipita à l'intérieur. La petite fille la suivit et j'entrai aussi. Je m'aperçus bientôt que son rapport était exact et que, de plus, je lui avais presque mis la tête à l'envers par ma fâcheuse apparition. Je lui dis de se calmer, que j'irais faire une promenade et que, pendant ce temps, elle essayerait de m'arranger un coin du salon où je pourrais dîner, et une chambre où je pourrais dormir. Inutile de balayer et d'épousseter, simplement un bon feu et des draps secs. Elle sembla désireuse de faire de son mieux ; toutefois elle introduisit dans la grille du foyer le petit balai pour les cendres au lieu du tisonnier, et employa mal à propos plusieurs autres ustensiles de son service. Je me retirai alors, comptant sur son zèle pour me préparer un abri avant mon retour. Hurlevent était le but de l'excursion que j'avais entreprise. Dans la cour, une pensée me vint après coup et je rebroussai chemin.

— Tout va bien là-haut ? demandai-je à la femme.

— Oui, pour ce que j'en sais, répondit-elle, se hâtant de disparaître avec un poêlon chargé de braises.

J'aurais voulu lui demander pourquoi Mrs. Dean avait quitté la Grange, mais il était impossible de l'arrêter dans une semblable crise d'activité. Je repartis donc, marchant sans me presser. Je tournais le dos aux feux du soleil couchant et avais en face de moi la pleine lune qui se levait timidement. Mais déjà l'éclat des uns se ternissait et l'autre commençait à rayonner lorsque je franchis la clôture du parc et pris le raccourci escarpé qui menait au domaine de Mr. Heathcliff. Avant d'arriver en vue de Hurlevent, il ne restait du jour qu'une faible lueur ambrée qui marquait l'horizon à l'ouest, mais grâce à cette lune splendide, je pouvais voir chaque caillou et chaque brin d'herbe dans le sentier.

Je n'eus ni à escalader la barrière, ni à frapper... elle céda sous ma main. « C'est un progrès ! » pensai-je. Et j'en remarquai un autre, sensible à mes narines : c'était un parfum de giroflées et de ravenelles qui flottait dans l'air à travers les arbres fruitiers du verger.

Portes et fenêtres étaient ouvertes, et cependant, comme cela est souvent le cas dans les contrées charbonnières, un beau feu rougeoyant illuminait la cheminée ; agrément pour l'œil, qui fait passer sur l'excès de chaleur. D'ailleurs la salle de Hurlevent est si vaste que ses occupants peuvent facilement échapper au rayonnement du foyer, ce qu'ils avaient fait ce jour-là en s'installant près d'une fenêtre. Il me fut loisible de les voir et de les entendre avant d'entrer, et, en conséquence, je m'arrêtai, mû par un sentiment de curiosité et d'envie, qui se mit à croître à mesure que je m'attardais.

— Con-*traire* ! dit une voix au timbre aussi clair qu'une clochette d'argent. C'est la troisième fois, grand benêt ! Je ne vous le redirai plus. Tâchez de vous en souvenir ou je vous tire les cheveux !

— Contraire alors, répondit une autre voix au ton grave, mais adouci. Et maintenant embrassez-moi pour m'être si bien souvenu.

— Non, relisez d'abord tout correctement, sans une seule faute.

Le personnage masculin commença à lire. C'était un jeune homme convenablement habillé et assis à une table, un livre ouvert devant lui. Ses beaux traits étaient brillants de plaisir ; son regard allait sans cesse de la page à une petite main pâle qui était posée sur son épaule et se faisait sentir par une légère tape sur la joue chaque fois qu'il laissait surprendre un semblable manque d'attention. Celle qui dirigeait cette main se tenait en arrière, mêlant parfois aux cheveux bruns ses boucles mousseuses et lustrées, lorsqu'elle venait à se pencher pour surveiller son élève. Quant à la figure… il était heureux qu'il ne pût la voir, sans quoi il ne serait jamais resté si tranquille. Moi, je pouvais la voir, et je me mordis les lèvres de dépit à la pensée que j'avais laissé échapper la chance de faire mieux que de contempler sa gracieuse beauté.

La leçon s'acheva, non sans quelques mécomptes, mais l'écolier réclama une récompense et reçut au moins cinq baisers qu'il rendit généreusement, je dois en convenir. Puis ils approchèrent de la porte et je compris à leurs paroles qu'ils allaient faire une promenade dans la lande. Je pensai que le cœur de Hareton Earnshaw, sinon sa bouche, me vouerait aux plus profonds abîmes des régions infernales si le malencontreux visiteur que j'étais apparaissait alors entre eux ; et, ressentant aigrement l'inutilité de ma présence, je me glissai derrière la maison pour chercher refuge à la cuisine. L'entrée était libre de ce côté aussi, et, sur le pas de la porte, était assise ma vieille amie Nelly Dean, qui cousait en chantant. Elle était, il est vrai, fréquemment interrompue de l'intérieur par des propos hargneux et grondeurs, dont l'accent était loin d'être musical.

— Sûr que j'aimerais mieux avoir du matin au soir leurs jurons dans le tympan, plutôt que de vous entendre, vous…, dit l'occupant de la cuisine en réponse à une phrase de Nelly que je n'avais pas perçue… C'est une fière honte que je ne peux pas ouvrir le Livre sacré sans que vous chantiez aussitôt un hymne à Satan et à toute l'immoralité qui règne sur la terre ! Oh ! vous êtes une vraie corrompue, et elle en est une autre. Et ce pauvre garçon – répéta-t-il en se lamentant – il est ensorcelé, c'est plus que certain. Ô Seigneur, Vous les jugerez, car il n'y a plus ni loi ni équité chez ceux qui nous gouvernent.

— Non ! ou bien nous serions assises sur des fagots en flammes, je suppose, répliqua la chan-

teuse. Mais en voilà assez, vieux rabâcheur...
Lisez votre Bible en chrétien, sans vous inquiéter de moi. Ce que vous venez d'entendre est *Le
mariage de la fée Anne...* un assez joli air, ma foi...
et qui conviendrait pour danser.

Mrs. Dean allait recommencer lorsque je
m'avançai. Elle me reconnut aussitôt et, se mettant vite debout, elle s'écria :

— Quoi ! Mr. Lockwood ! Soyez le bienvenu.
Comment avez-vous eu l'idée de repasser par ici ?
Tout est fermé à Thrushcross Grange. Vous auriez
dû nous prévenir !

— Je me suis arrangé pour y loger aussi longtemps que je resterai, répondis-je. Je repars
demain. Et comment avez-vous émigré ici,
Mrs. Dean ? Racontez-moi cela.

— Zillah est partie et, peu après votre départ
pour Londres, Mr. Heathcliff m'a rappelée et
m'a demandé de rester jusqu'à votre retour. Mais
entrez, je vous prie ! Êtes-vous venu à pied de
Gimmerton ?

— De la Grange seulement, répondis-je, et pendant qu'on me prépare une chambre habitable
là-bas, je veux terminer mes comptes avec votre
maître, car je ne crois pas en retrouver prochainement l'occasion.

— Quels comptes, monsieur ? dit Nelly, me
conduisant dans la salle. Il est sorti maintenant,
et ne rentrera pas de sitôt.

— Au sujet du loyer, répondis-je.

— Oh ! alors, c'est à Mrs. Heathcliff qu'il faut
vous adresser, ou plutôt à moi. Elle n'a pas encore

appris à s'occuper de ses affaires et je le fais pour elle. Il n'y a personne d'autre.

Je la regardai avec surprise.

— Oh ! je vois que vous n'avez pas appris la mort de Heathcliff, continua-t-elle.

— Heathcliff est mort ! m'écriai-je avec étonnement. Depuis combien de temps ?

— Il y a trois mois, mais asseyez-vous, laissez-moi vous débarrasser de votre chapeau, je vous raconterai tout. Attendez, vous n'avez rien mangé, n'est-ce pas ?

— Je ne veux rien, j'ai commandé mon dîner à la maison. Asseyez-vous aussi. Je ne me serais jamais imaginé qu'il était mort ! Apprenez-moi comment c'est arrivé. Vous dites que vous ne les attendez pas avant quelque temps... ces jeunes gens ?

— Non... chaque soir je dois les gronder de s'être promenés aussi tard, mais ils ne se soucient pas de moi. Allons, buvez au moins un verre de notre vieille bière, cela vous fera du bien, vous paraissez fatigué.

Elle s'empressa d'aller en chercher avant que j'aie pu refuser, et j'entendis Joseph lui demander « si c'était pas un scandale qu'elle ait encore des soupirants à son âge, et qu'elle les aide à vider la cave du maître. Il se sentait tout honteux de voir ça sans rien y faire ».

Elle ne s'arrêta pas pour répliquer et reparut une minute après, portant un pichet de métal dont je louai le contenu comme il le méritait. Après quoi elle me raconta la suite de l'histoire

de Heathcliff. Il avait eu une « curieuse fin », pour
employer ses propres paroles.

Je fus appelée à Hurlevent une quinzaine de
jours après que vous nous avez quittés, dit-elle,
et j'obéis avec joie, pour le bien de Catherine. Ma
première entrevue avec elle me peina et me blessa,
tant son caractère s'était altéré depuis notre séparation. Mr. Heathcliff ne m'expliqua pas les raisons qui l'avaient déterminé à me rappeler ; il me
dit seulement qu'il avait besoin de moi et qu'il en
avait assez de voir Catherine. Il me fallait donc
m'établir avec elle dans le petit salon. Il trouvait
suffisant de supporter sa présence deux fois par
jour. Elle sembla satisfaite de l'arrangement, et,
peu à peu, j'introduisis en fraude une grande
quantité de livres et d'autres objets qui avaient
été ses distractions à la Grange. Ainsi je me flattai
que nous pourrions mener une existence assez
agréable. L'illusion ne dura pas longtemps. Catherine, après avoir été contente au début, devint
rapidement nerveuse et agitée. D'abord il lui était
défendu de sortir du jardin et elle s'irritait de rester enfermée entre ces limites étroites, alors que
le printemps s'annonçait ; ensuite la surveillance
de la maison m'obligeait à la quitter souvent, et
elle se plaignait d'être abandonnée ; elle préférait
se quereller avec Joseph dans la cuisine plutôt
que de rester seule. Je ne m'occupais pas de leurs
escarmouches. Seulement il arrivait parfois que
Hareton, lui aussi, fût obligé de se réfugier à la
cuisine lorsque le maître voulait être seul dans
la salle. Les premiers temps, elle s'empressa de

quitter la pièce à son arrivée, ou de m'aider dans mon travail, sans s'apercevoir de sa présence ni s'adresser à lui ; et lui-même restait aussi maussade et silencieux que possible. À la longue, toutefois, elle changea d'attitude et fut incapable de le laisser en paix. Elle l'attaquait sur sa stupidité et sa paresse, exprimait son étonnement qu'il pût supporter la vie qu'il menait... et, par exemple, rester assis toute une soirée à sommeiller devant le feu.

— C'est tout à fait un chien, n'est-ce pas, Ellen ? dit-elle une fois. Ou une bête de somme. Il fait son ouvrage, mange sa nourriture, et dort le reste du temps. Quel vide effrayant il doit y avoir dans son cerveau ! Avez-vous jamais rêvé, Hareton ? Et de quoi ? Mais vous n'êtes pas capable de me répondre !

Et elle le regarda, mais il ne voulut ni ouvrir la bouche, ni lever le front.

— Peut-être est-il justement en train de rêver, continua-t-elle. Il vient de tressaillir comme Juno, la chienne, le fait à ces moments. Demandez-le-lui, Ellen.

— Mr. Hareton demandera au maître de vous renvoyer en haut, si vous ne vous conduisez pas mieux ! répondis-je.

Il n'avait pas seulement tressailli, mais il avait aussi serré les poings comme s'il était tenté de s'en servir.

— Je sais pourquoi Hareton ne parle jamais quand je suis dans la cuisine, s'écria-t-elle une autre fois. Il a peur de mes moqueries. Qu'en pensez-vous, Ellen ? Il avait commencé à apprendre à lire

tout seul, et parce que je me suis moquée de lui,
il a brûlé ses livres et tout abandonné. N'était-ce
pas idiot de sa part ?

— N'était-ce pas méchant de la vôtre ? Répondez un peu.

— Peut-être, mais je ne m'attendais pas à ce
qu'il soit aussi bête. Hareton, si je vous donnais
un livre, le prendriez-vous maintenant ? Je vais
essayer !

Elle lui mit entre les mains un livre qu'elle
venait d'achever. Il le regarda et gronda que si
elle ne cessait pas, il lui romprait le cou.

— Eh bien ! dit-elle, je le mets là, dans le tiroir
de la table, et je vais me coucher.

Puis elle me dit tout bas de voir s'il y touchait
et elle partit. Mais il ne s'en approcha même pas,
et j'en informai Catherine le lendemain matin, à
son grand désappointement. Je vis qu'elle était
affectée de cette paresse et de cette mauvaise
humeur persistantes. Sa conscience lui reprochait
d'avoir paralysé les efforts qu'il faisait pour se
perfectionner, et c'était vrai. Mais son ingéniosité
se mit à l'œuvre pour remédier au mal. Pendant
que je repassais ou que j'étais prise par quelque
autre besogne que je n'aurais pu faire au salon,
elle apportait un livre amusant et me le lisait à
haute voix. Quand Hareton était là, elle s'arrêtait
généralement au milieu d'un passage intéressant
et laissait le livre traîner. Elle recommença ces
manèges à plusieurs reprises. Mais il était obstiné
comme une mule et, au lieu de répondre à ces
avances, il prit l'habitude, les jours de pluie, de
fumer en compagnie de Joseph. Tous deux res-

taient assis de part et d'autre du feu, comme des bonshommes de bois, le plus âgé trop dur d'oreille pour entendre ce qu'il eût appelé de dangereuses sottises, le plus jeune faisant de son mieux pour avoir l'air de les mépriser. Lorsque les soirées étaient belles, ce dernier s'en allait chasser. Alors Catherine, bâillant et soupirant, me tourmentait pour que je fasse la conversation avec elle, puis se sauvait dans la cour dès que je commençais ; enfin, en dernier ressort, elle se mettait à pleurer et se disait fatiguée de l'existence, se plaignant de sa vie inutile.

Mr. Heathcliff, qui devenait de plus en plus insociable, avait presque banni Earnshaw des pièces où il se tenait. Au début de mars, Earsnhaw, à la suite d'un accident, dut se réfugier dans la cuisine pendant quelques jours. Alors qu'il était seul dans la montagne, son fusil avait éclaté, et un morceau, ayant pénétré dans son bras, lui avait fait perdre beaucoup de sang avant qu'il pût regagner la maison. Il fut, en conséquence, condamné à l'immobilité au coin du feu jusqu'à sa guérison. Catherine trouva la chose à sa convenance, du moins cela lui fit prendre sa chambre encore plus en horreur, et elle m'obligeait à lui donner quelque besogne en bas qui pût justifier sa présence.

Le lundi de Pâques, Joseph conduisit des bestiaux à la foire de Gimmerton et, dans l'après-midi, je restai à la cuisine pour m'occuper du linge. Earnshaw était assis au coin du feu, aussi sombre que d'habitude, et ma petite maîtresse passait le temps en faisant des dessins sur les vitres. Elle s'interrompait par moments pour

fredonner un air, laisser échapper des exclamations étouffées et jeter de rapides regards d'ennui
et d'impatience vers son cousin, qui fumait avec
constance en fixant des yeux le feu. Comme je lui
faisais remarquer que je ne pourrais continuer
si elle me bouchait ainsi le jour, elle se dirigea
vers la cheminée. Je prêtais peu d'attention à ses
gestes, lorsque je l'entendis prononcer ces mots :

— J'ai découvert, Hareton, que je voudrais...
que je serais heureuse... que j'aimerais bien vous
avoir maintenant comme cousin, si vous n'étiez
pas si méchant ni si brusque envers moi.

Hareton ne répondit pas.

— Hareton, Hareton, Hareton, entendez-vous ?

— Éloignez-vous de là, grogna-t-il avec une
intraitable rudesse.

— Laissez-moi enlever cette pipe, dit-elle en
avançant prudemment la main et la lui ôtant de
la bouche.

Avant qu'il ait pu la reprendre, la pipe était brisée et jetée dans le feu. Il jura et en prit une autre.

— Attendez, cria-t-elle. Écoutez-moi d'abord, je
ne peux parler avec ces nuages qui me viennent
dans la figure.

— Allez au diable ! répliqua-t-il avec colère, et
laissez-moi en paix !

— Non ! Non, je ne m'en irai pas ! Je ne sais
qu'inventer pour que vous me parliez et vous êtes
décidé à ne pas me comprendre. Quand je vous
traite de sot, cela ne signifie rien, et il ne faut pas
croire que je vous méprise. Allons, occupez-vous
de moi, Hareton ! Vous êtes mon cousin et il faut
m'accepter.

— Je ne veux rien avoir à faire avec vous et
votre sale orgueil et vos damnées moqueries !
J'irai en enfer, corps et âme, avant de jeter de
nouveau les yeux sur vous. Et maintenant, filez
de ce coin à l'instant !

Catherine fronça les sourcils et recula vers la
fenêtre. Elle mordait sa lèvre et essaya de cacher
son envie de pleurer en chantonnant un air gai.

— Vous devriez faire la paix avec votre cousine, Mr. Hareton, dis-je, puisqu'elle regrette
ses impertinences. Cela vous ferait grand bien,
vous deviendriez un autre homme si vous l'aviez
comme compagne.

— Comme compagne ! cria-t-il. Quand elle me
déteste et ne me juge pas digne de nettoyer ses
souliers ! Non ! Pour un empire, je ne veux plus
m'attirer son mépris en lui proposant mon amitié.

— Ce n'est pas moi qui vous déteste, c'est vous !
dit Catherine, se mettant à pleurer sans cacher
davantage son désarroi. Vous me détestez autant
que le fait Mr. Heathcliff, et même davantage.

— Vous êtes une belle menteuse ! Pourquoi
alors l'aurais-je mis en colère plus de cent fois
en prenant votre parti ? Et cela, quand vous vous
moquez de moi, que vous me dédaignez, et tout…
Continuez à me tourmenter, et j'irai là-bas lui dire
que vous m'obligez à partir de la cuisine à force
de tracasseries !

— Je ne savais pas que vous aviez pris mon
parti, répondit-elle en essuyant ses yeux. J'ai été
mauvaise et désagréable pour tout le monde. Mais
maintenant, je vous remercie et vous supplie de
me pardonner. Que puis-je faire de plus ?

Elle revint vers le foyer et lui tendit franchement la main. Il garda ses poings résolument fermés, le front assombri par un nuage menaçant, le
regard fixé vers le sol. Catherine dut deviner par
instinct que c'était une méchanceté obstinée, et
non de l'aversion, qui lui inspirait cette attitude
revêche, car, après être restée un instant indécise,
elle se pencha vers lui et posa sur sa joue un léger
baiser. La petite friponne croyait que je ne l'avais
pas vue, et elle alla reprendre sa place près de la
fenêtre avec un air tout à fait solennel. Je secouai
la tête pour la désapprouver, elle se mit à rougir
et chuchota :

— Eh bien ! qu'est-ce que j'aurais pu faire
d'autre, Ellen ? Il ne voulait pas me tendre la
main, il ne voulait pas lever les yeux. Il faut bien
que je lui montre que je l'aime... que je veux que
nous soyons amis.

Ce baiser agit-il sur Hareton ? Je ne saurais le
dire. Il prit grand soin, pendant quelques minutes,
de ne pas montrer sa figure, et lorsqu'il la releva,
il était fort embarrassé pour diriger son regard
d'un côté ou de l'autre.

Catherine se mit alors à envelopper un beau
livre dans un papier fin et, après avoir noué le
paquet avec une faveur, elle inscrivit le nom de
« Mr. Hareton Earnshaw ». Puis elle voulut que je
lui serve d'ambassadrice et que je fasse parvenir
le cadeau à son destinataire.

— Et dites-lui, s'il l'accepte, que je lui apprendrai à lire, et, s'il le refuse, que je remonterai et
ne le tracasserai plus jamais.

Je portai le livre et répétai le message, anxieu-

sement suivie des yeux par celle qui me l'avait
confié. Hareton ne voulut pas desserrer les doigts,
aussi dus-je poser le paquet sur ses genoux. Mais
il ne le rejeta pas non plus, et je retournai à mon
ouvrage. Catherine resta immobile, la tête et les
mains appuyées sur la table, jusqu'à ce qu'elle
entendît le léger bruissement du papier défait.
Alors elle approcha furtivement et s'assit sans mot
dire à côté de son cousin. Il tremblait et tout son
visage était illuminé. Il avait perdu son expression
épaisse et renfrognée.

— Dites que vous me pardonnez, Hareton...
dites-le, murmura-t-elle, accompagnant sa requête
d'un regard interrogateur. Vous pouvez me rendre
si heureuse en prononçant ce simple mot.

Manquant de courage pour articuler une syllabe
de réponse, il marmotta quelque chose d'incompréhensible.

— Et vous serez mon ami ? ajouta Catherine.

— Non, vous auriez honte de moi chaque jour
de votre vie, et plus vous me connaîtriez, plus
vous auriez honte de moi. Et cela, je ne pourrais
pas le souffrir.

— Alors c'est vrai, vous ne voulez pas être mon
ami ? dit-elle avec un sourire doux comme le miel
et en se glissant tout contre lui.

La conversation cessa d'être distincte, mais
quand je me retournai, j'aperçus, penchées sur
une page du livre, deux figures si radieuses que le
traité, je n'en doutai plus, avait été ratifié de part
et d'autre. Et depuis lors les ennemis devinrent
des alliés jurés.

Le livre qu'ils regardaient était orné de belles

images, et ces captivantes visions, auxquelles s'ajoutait sans doute le charme d'être l'un près de l'autre, les retinrent immobiles jusqu'à l'arrivée de Joseph. Lui, le pauvre homme, fut complètement effaré de voir Catherine assise sur le même banc que Hareton Earnshaw et lui caressant l'épaule. Il fut confondu aussi de voir que son favori supportait ce voisinage. Il se sentit trop démonté pour faire de toute la soirée la moindre remarque à ce propos. Son émotion se révéla seulement par les profonds soupirs qu'il poussait tandis qu'il ouvrait solennellement sur la table sa grande Bible et étalait par-dessus des billets de banque malpropres, produit de ses transactions de la journée. Il finit par interpeller Hareton de sa place.

— Porte ça au maître, mon garçon, et reste là-bas. Moi, j'vas monter dans ma chambre. Ce coin-ci n'est ni convenable, ni décent pour nous. Il nous faudra débarrasser la place et en chercher une autre.

— Allons, Catherine, dis-je, nous aussi, il nous faut « débarrasser la place ». J'ai fini mon repassage. Êtes-vous prête à monter ?

— Il n'est pas huit heures ! répondit-elle en se levant à contrecœur. Hareton, je laisse ce livre sur la cheminée et j'en apporterai d'autres demain.

— Ouais ! Tous les livres que vous laisserez, j'les porterai dans la salle, dit Joseph, et espérez un peu que vous les retrouverez. Ainsi, vous pouvez ben faire comme vous voulez.

Catherine menaça le vieil homme de se venger sur sa bibliothèque, et après avoir souri à Hareton au passage elle monta l'escalier en chantant. Elle avait le cœur plus léger, j'ose le dire, qu'elle ne l'avait encore jamais eu sous ce toit, sauf peut-être lors de ses premières visites à Linton.

L'intimité ainsi commencée augmenta rapidement, malgré quelques interruptions momentanées. Earnshaw ne pouvait s'affiner par sa seule volonté, et ma jeune maîtresse n'avait pas l'étoffe d'un philosophe, pas plus qu'elle n'était un modèle de patience. Mais comme tous deux, au fond, souhaitaient les mêmes choses – l'une cherchant à joindre l'estime à l'amour, l'autre désirant par amour inspirer de l'estime – ils touchèrent finalement au but.

Vous voyez, Mr. Lockwood, il était assez facile, somme toute, de gagner le cœur de Mrs. Heathcliff. Mais maintenant, je suis heureuse que vous ne l'ayez pas tenté. L'union de ces deux êtres sera tout l'accomplissement de mes vœux. Je n'envierai personne le jour de leur mariage et il n'y aura pas, dans toute l'Angleterre, une femme plus heureuse que moi.

XXXIII

Le lendemain, Earnshaw étant encore incapable de vaquer à ses travaux habituels, et, par conséquent, ne s'éloignant pas de la maison, je découvris vite qu'il me serait impossible de garder ma jeune maîtresse près de moi, comme je l'avais fait jusque-là. Elle me précéda en bas et sortit dans le

jardin où elle avait aperçu son cousin qui s'occupait à des tâches faciles. Lorsque j'allai les appeler
pour le déjeuner, je vis qu'elle lui avait persuadé
d'enlever les cassis et les groseilliers sur un large
espace de terrain, et tous deux se demandaient
par quelles plantes apportées de la Grange ils les
remplaceraient.

Je fus atterrée à la vue de la dévastation accomplie en cette courte demi-heure. Joseph tenait à
ses cassis comme à la prunelle de ses yeux et
c'était justement là que Cathy avait décidé de faire
un parterre de fleurs.

— Eh bien ! ce beau travail va être montré au
maître à l'instant même où Joseph l'aura découvert, m'écriai-je. Et quelles raisons donnerez-vous
pour agir aussi librement dans le jardin ? Vous
verrez quelle explosion de colère cela nous vaudra. Mr. Hareton, je m'étonne que vous ayez eu
assez peu de raison pour faire tout ce gâchis sur
sa simple demande.

— J'avais oublié que les cassis étaient à Joseph,
répondit Earnshaw plutôt penaud, mais je lui
dirai que c'est moi qui l'ai fait.

Nous prenions tous nos repas avec Mr. Heathcliff. Je remplissais le rôle de maîtresse de maison
pour préparer le thé et pour découper. Aussi ma
présence était-elle nécessaire à table. Catherine
s'asseyait généralement près de moi, mais ce jour-
là elle se rapprocha furtivement de Hareton et je
vis bientôt qu'elle ne mettrait pas plus de discré-
tion dans son amitié qu'elle n'en avait mis naguère
dans son hostilité.

— Écoutez, lui avais-je chuchoté en entrant

dans la pièce, prenez garde de ne pas trop parler à votre cousin ni de trop vous occuper de lui. Cela déplairait sûrement à Mr. Heathcliff et le mettrait en fureur contre vous deux.

— Je ne le ferai sûrement pas, répondit-elle.

L'instant d'après, elle s'était glissée près de lui et lui jetait des primevères dans son assiette de soupe.

Il n'osait pas lui parler en cet endroit, il osait à peine la regarder, et malgré cela, elle continuait à le taquiner, si bien qu'il fut à deux reprises sur le point d'éclater de rire. Je pris une mine sévère qui lui fit jeter un coup d'œil rapide sur le maître, mais l'esprit de celui-ci était ailleurs, ainsi que son attitude en témoignait. Catherine, redevenue sérieuse un moment, l'examina avec une profonde attention. Puis elle se détourna et reprit ses bêtises. Hareton finit par laisser échapper un rire étouffé. Mr. Heathcliff leva la tête. Son regard passa rapidement d'un visage à l'autre. Catherine le soutint, comme à l'ordinaire, avec cet air troublé, mais provocant, qu'il détestait.

— Il est heureux que vous soyez hors de ma portée, s'écria-t-il. Quel démon vous pousse à me regarder continuellement avec ces yeux diaboliques ? Baissez-les ! Et ne me faites plus souvenir de votre existence. Je croyais vous avoir guérie de l'envie de rire.

— C'était moi, murmura Hareton.

— Que dis-tu ? demanda le maître.

Hareton baissa le nez dans son assiette et s'abstint d'une nouvelle déclaration. Mr. Heathcliff, après l'avoir toisé un instant, reprit silencieu-

sement son déjeuner et sa rêverie interrompue.
Nous avions presque fini et les deux jeunes gens
eurent la prudence de se séparer. Je ne prévoyais
donc plus d'autres ennuis pour le moment, lorsque
Joseph apparut sur le seuil, montrant à ses lèvres
tremblantes et à ses yeux furibonds que le crime
perpétré sur ses précieux arbustes était découvert.
Sans doute avait-il aperçu Cathy et son cousin
sur les lieux avant d'y aller lui-même. Branlant de
la mâchoire comme un bœuf qui rumine, ce qui
rendait son discours particulièrement difficile à
comprendre, il commença :

— Y faut qu'on me donne mes gages, pis faut
que je m'en aille ! J'aurais voulu mourir là où
j'avais servi pendant soixante années. Je m'étais
dit comme ça que je monterais mes livres dans ma
soupente avec le reste de mon baluchon, et que je
leur laisserais la cuisine pour eux tout seuls, simplement pour avoir la paix. C'était dur de quitter
mon coin près du feu, mais après tout, je l'aurais
supporté. Mais à c'te heure on me dépouille de
mon jardin, et ça, aussi vrai que je vous le dis,
maître, je peux pas le tolérer. Possible que vous
courbiez la tête sous le joug, et vous le faites, mais
j'y suis pas accoutumé et un vieil homme va pas
se plier à de nouvelles charges. J'aimerais mieux
gagner ma croûte en cassant les pierres du chemin.

— Allons, allons, en voilà assez, vieil idiot !
interrompit Heathcliff. Quels sont vos griefs ? Je
ne veux pas me mêler de vos querelles avec Nelly.
Elle peut bien vous jeter dans le trou à charbon
sans que je m'en soucie.

— C'est pas Nelly ! répondit Joseph. Je m'en irais pas pour Nelly... si mauvaise qu'elle soit et propre à rien. Dieu merci ! elle est pas de force à voler l'âme de quelqu'un. A jamais été assez belle pour que personne prenne garde à ses manigances. C'est votre poison de jeune fille, c'te coquine qui a enjôlé not'gas avec ses mines effrontées et ses avances... au point de... Non ! j'en ai le cœur retourné. Qu'il ait oublié tout ce que j'ai fait pour lui et fait de lui, et qu'il soit allé arracher tout un rang des plus beaux cassis dans le jardin...

Et là il s'abandonna à des lamentations indistinctes, accablé tout à la fois par le dommage causé, l'ingratitude et la perdition d'Earnshaw.

— L'imbécile est-il ivre ? demanda Mr. Heathcliff. Hareton, est-ce à toi qu'il reproche quelque chose ?

— J'ai arraché deux ou trois arbustes, répondit le jeune homme, mais je vais les replanter.

— Et pourquoi les as-tu arrachés ? demanda le maître.

Catherine intervint posément.

— Nous voulions mettre quelques fleurs à cet endroit. Je suis la seule à blâmer, car c'est moi qui lui ai dit de le faire.

— Et qui diable vous a donné le droit de toucher à un brin d'herbe ici ? demanda son beau-père, plus que surpris. Et qui t'a dit de lui obéir à elle ? continua-t-il en se tournant vers Hareton.

Ce dernier resta muet. Sa cousine répondit.

— Vous ne devriez pas me refuser un espace de quelques mètres pour un jardin d'agrément alors que vous avez pris toutes mes terres !

— Vos terres, insolente coquine ! Vous n'en avez jamais eu, dit Heathcliff.

— Et ma fortune avec, continua-t-elle en lui renvoyant son regard furieux et tout en aiguisant ses dents sur une tranche de pain, reste de son déjeuner.

— Silence ! s'écria-t-il. Finissez et allez-vous-en !

— Et les terres de Hareton, et son argent aussi bien, poursuivit la jeune inconsidérée. Hareton et moi sommes alliés maintenant et je lui révélerai tout de vous !

Un instant, le maître parut confondu. Il pâlit et se dressa, la regardant avec une expression de haine mortelle.

— Si vous me frappez, Hareton vous frappera, dit-elle. Aussi feriez-vous bien de rester assis.

— Si Hareton ne vous fait pas sortir instantanément de la pièce, je l'enverrai d'un seul coup en enfer, tonna Heathcliff. Damnée sorcière ! Prétendez-vous le monter contre moi ? Emmène-la ! Entends-tu ? Jette-la dans la cuisine ! Je la tuerai, Ellen Dean, si vous la laissez reparaître.

Hareton, à voix basse, la supplia de partir.

— Mets-la de force dehors ! au lieu de rester à lui parler ! cria sauvagement Heathcliff.

Et il approcha pour agir lui-même.

— Il ne vous obéit plus maintenant, mauvais homme, dit Catherine, et bientôt il vous détestera autant que moi.

— Chut ! chut ! murmura le jeune homme d'un ton de reproche. Je ne puis vous entendre lui parler ainsi. Cessez !

— Mais vous ne le laisserez pas me frapper ?
cria-t-elle.

— Venez alors, pria-t-il instamment.

Il était trop tard. Heathcliff s'était jeté sur elle.

— Toi, maintenant, pars ! dit-il à Earnshaw. La
maudite diablesse ! Aujourd'hui elle m'a provoqué
alors que je ne pouvais le supporter, et je la ferai
s'en repentir pour longtemps !

Il la tenait par les cheveux. Hareton, tout en
suppliant Heathcliff de ne pas lui faire de mal
pour cette fois, tenta de dégager les boucles. Les
yeux sombres de l'agresseur lançaient des éclairs ;
il semblait prêt à mettre Catherine en pièces, et
j'allais me risquer à intervenir, lorsque subitement
ses doigts se desserrèrent ; il lui lâcha la tête, lui
prit le bras et la considéra fixement. Puis il lui mit
la main sur les yeux, se tint un instant immobile,
sans doute pour se ressaisir, et, se tournant de
nouveau vers Catherine, dit avec un calme feint :

— Il faut que vous appreniez à ne plus me
mettre en colère, ou un jour viendra où je vous
tuerai. Allez avec Mrs. Dean et restez avec elle.
Que vos insolences se contentent de cette compagnie. Quant à Hareton Earnshaw, si je le vois
vous écouter, je l'enverrai chercher son pain là où
il pourra le trouver ! Votre amour fera de lui un
déclassé et un mendiant. Nelly, emmenez-la, et
laissez-moi, vous tous ! Laissez-moi !

Je fis sortir ma jeune dame, qui était trop heureuse d'être sauve pour opposer de la résistance.
L'autre suivit et Mr. Heathcliff eut la pièce pour
lui tout seul jusqu'au déjeuner. J'avais conseillé
à Catherine de prendre son repas en haut, mais

dès qu'il vit sa place vide, il m'envoya la chercher.
Il ne parla à aucun de nous, mangea très peu et
sortit aussitôt après, donnant à entendre qu'il ne
rentrerait pas avant le soir.

Les deux nouveaux amis s'installèrent dans la
salle pendant son absence. À un moment, j'entendis Hareton reprendre sévèrement sa cousine qui
avait entrepris de lui révéler la conduite de son
beau-père envers son père, à lui. Il répliqua qu'il
ne souffrirait pas de pareils propos. L'autre eût-il
été le diable, peu lui importait, il le défendrait ;
et il préférait qu'elle l'insultât lui-même, comme
elle en avait l'habitude, plutôt que de s'attaquer à
Mr. Heathcliff.

À ces mots, Catherine fut prise de colère, mais
il trouva moyen de la calmer en lui demandant
comment elle supporterait de l'entendre, lui, dire
du mal de son père à elle ? Alors elle comprit
qu'Earnshaw considérait un peu comme sienne
la réputation de son maître, et qu'il lui était attaché par des liens plus forts que tous les raisonne-
ments, véritables chaînes forgées par l'habitude
qu'il eût été cruel de vouloir briser. À dater de
ce jour, elle prouva son bon cœur en contenant
toutes ses plaintes et toute son antipathie à l'égard
de Heathcliff. Elle me confessa son remords
d'avoir tenté de le brouiller avec Hareton, et, en
vérité, je ne crois pas que, devant ce dernier, elle
ait jamais murmuré depuis lors une parole contre
son oppresseur.

Ce léger désaccord dissipé, ils redevinrent amis
et aussi absorbés que possible dans leurs différentes occupations d'élève et de professeur. J'allai

les rejoindre lorsque j'eus terminé mon ouvrage, et, rien qu'à les regarder, je me sentis apaisée, si réconfortée même, que je ne m'aperçus pas de l'heure qui passait. Vous comprenez, ils me semblaient tous deux, dans une certaine mesure, mes enfants. J'avais été longtemps fière de l'une, et désormais, j'en étais sûre, l'autre me procurerait d'égales satisfactions. Sa nature honnête, ardente, éveillée, se faisait vite jour entre l'épais nuage d'ignorance où il avait été élevé, et les compliments sincères de Catherine servaient d'aiguillon à son zèle. Son esprit, en s'éclairant, éclairait son visage et y ajoutait des traits vifs et nobles. Je pouvais à peine croire que c'était là l'individu que j'avais vu le jour où j'avais découvert ma jeune maîtresse à Hurlevent après son expédition à Pennistow.

Tandis que je les admirais ainsi et qu'ils continuaient à travailler, la nuit approcha, et avec elle revint le maître. Il tomba sur nous à l'improviste, étant entré par la porte du devant, et put nous contempler tous trois à loisir avant que nous ayons levé les yeux vers lui. Eh bien ! pensai-je, jamais spectacle n'a été aussi plaisant et aussi inoffensif que celui-ci, et ce serait une vraie honte de les gronder. La lueur rouge du feu illuminait les deux jolies têtes et montrait leurs figures animées par l'intérêt passionné des enfants, car bien qu'il eût vingt-trois ans et elle dix-huit, ils étaient l'un et l'autre si neufs dans l'art de sentir et d'apprendre les choses que les sentiments d'une maturité plus raisonnable et parfois désenchantée n'avaient point de place dans leur cœur.

Ils levèrent ensemble les yeux sur Mr. Heath-cliff. Peut-être n'avez-vous jamais remarqué que leurs yeux sont exactement semblables et que ce sont ceux de Catherine Earnshaw. La Catherine de maintenant n'a pas d'autre point de ressemblance avec celle qui a disparu, excepté la largeur du front et une certaine courbe des narines qui lui donne l'air assez hautain, qu'elle le veuille ou non. Chez Hareton, la ressemblance va plus loin ; assez remarquable en tous temps, elle était particulièrement frappante à cet instant-là où ses sens étaient en alerte et ses facultés mentales poussées à une acuité inaccoutumée.

Je suppose que cette ressemblance désarma Mr. Heathcliff. Il se dirigea vers la cheminée dans un état d'agitation très manifeste, mais qui s'apaisa bientôt à la vue du jeune homme, ou plutôt, devrais-je dire, qui changea de caractère, car elle subsistait encore. Il lui prit le livre des mains, jeta un coup d'œil sur la page ouverte, puis le rendit sans aucune observation. Il fit seulement signe à Catherine de s'en aller. Son compagnon ne s'attarda pas après ce départ, et j'étais sur le point d'en faire autant, lorsque Heathcliff m'ordonna de rester.

— Triste fin, n'est-ce pas ? dit-il, après avoir médité un moment sur la scène qu'il venait de surprendre. Absurde aboutissement de mes efforts acharnés ! Je prends des pioches et des leviers pour démolir deux maisons, je m'entraîne à un travail d'Hercule et, quand tout est prêt, que j'approche du but, je m'aperçois que je n'ai plus l'envie d'ôter une simple tuile des toits.

« Mes anciens ennemis ne m'ont pas battu, c'est maintenant le moment précis de me venger sur leurs descendants. Je pourrais le faire, et personne ne m'en empêcherait. Mais quelle en serait l'utilité ? Ce n'est pas l'idée de frapper qui m'arrête, mais la peine de lever la main ! On dirait que je n'ai travaillé tout ce temps que pour me permettre un bel acte de magnanimité. Or, c'est loin d'être le cas, j'ai simplement perdu la faculté de jouir de leur destruction et je suis devenu trop paresseux pour détruire sans raison.

« Nelly, je sens venir un changement étrange qui déjà m'enveloppe comme une ombre. Je prends si peu d'intérêt à ma vie de tous les jours que c'est à peine si je me rappelle qu'il me faut manger et boire. Ces deux êtres qui viennent de quitter la pièce sont les seules formes qui conservent distinctement à mes yeux une apparence matérielle, et cette apparence me cause une douleur qui va jusqu'à l'angoisse. D'elle, je ne veux pas parler, je désire même l'écarter de mes pensées, mais je souhaiterais ardemment qu'elle fût invisible, car sa présence évoque des souvenirs qui me rendent fou. Lui m'émeut d'une autre manière, et cependant je ne le reverrais jamais si je pouvais le faire sans qu'on crût ma raison troublée. Vous jugerez peut-être qu'elle l'est, ajouta-t-il, faisant un effort pour sourire, si je tente de vous décrire la légion d'idées, d'images, de visions qu'il éveille ou personnifie en moi. Mais vous ne rapporterez pas ce que je vous dis et je vis dans une telle solitude d'esprit qu'il est bon de me livrer enfin à quelqu'un. Tout à l'heure, Hareton m'a semblé être non un être

humain, mais la personnification de ma jeunesse.
Je me retrouvais en lui par tant et tant de traits
qu'il m'eût été impossible de l'aborder d'accord
avec la raison. En premier lieu, sa ressemblance
saisissante avec Catherine le rattachait à elle d'une
façon indicible. Ne croyez pas, d'ailleurs, que ce
fait soit ce qui frappe le plus mon imagination.
Ce serait plutôt ce que je remarquerais le moins.
Car est-il une chose qui pour moi ne se rattache
à elle ? Une chose qui ne m'oblige à me souvenir d'elle ? Je ne peux diriger les yeux sur le sol
sans apercevoir ses traits dans le dessin de ces
carreaux ! Dans chaque nuage, dans chaque arbre,
son image est là qui m'entoure, emplissant l'air de
la nuit, brillant sur chaque objet à la lumière du
jour. Les figures humaines les plus banales, mon
propre visage, viennent se jouer de moi par cette
ressemblance. Le monde entier est une épuisante
répétition de l'idée qu'elle a existé et que je l'ai
perdue ! Eh bien ! la vue de Hareton était le fantôme de mon amour immortel, de mes sauvages
tentatives pour maintenir mon droit, de ma dégradation, de mon bonheur, de ma souffrance...

« Mais c'est de la folie de vous dire ces choses.
Néanmoins, elles vous feront comprendre pourquoi, malgré ma répugnance à rester toujours
seul, sa compagnie n'est pas un bien et aggrave
même les tourments constants où je me débats.
Cela contribue en partie à me rendre indifférent
à ses relations avec sa cousine. Je ne peux plus
faire attention à eux.

— Mais que voulez-vous dire par un changement, Mr. Heathcliff ? demandai-je alarmée de son attitude.

Je pensais toutefois qu'il ne devait pas être en danger de perdre la raison ni de mourir. N'était-il pas plein de vigueur, et de santé ? Quant à son esprit, depuis l'enfance il avait aimé à tourner autour de sujets lugubres et de visions étranges. Il pouvait être touché d'une sorte de manie à l'égard de son idole disparue, mais, pour le reste, sa tête était aussi solide que la mienne.

— Je ne le saurai que quand il se sera produit, répondit-il. Je n'en ai qu'à moitié conscience maintenant.

— Vous ne vous sentez pas malade, n'est-ce pas ? demandai-je.

— Non, Nelly.

— Vous n'avez pas peur de la mort ? continuai-je.

— Peur ? Non ! La mort n'éveille en moi ni crainte, ni pressentiment, ni même espoir. Comment en serait-il autrement ? Avec ma solide constitution, mon mode de vie calme, mes occupations sans danger, je devrais rester et resterai probablement sur cette terre jusqu'à ce qu'il n'y ait presque plus de cheveux noirs sur ma tête. Et cependant je ne peux continuer à vivre ainsi ! Il faut que je me rappelle la nécessité de respirer... il faut que je rappelle à mon cœur la nécessité de battre ! Et c'est comme si je devais faire ployer un ressort rigide. C'est par contrainte que j'accomplis la plus petite chose, si elle ne vient pas de mon unique pensée, c'est par contrainte que je fixe mon attention sur n'importe quoi de vivant ou d'inanimé, qui ne soit associé à l'idée qui plane sur tout. Je n'ai qu'un but, auquel l'essence de mon être et toutes mes facultés aspirent. Elles y aspirent depuis si longtemps et avec tant de volonté que j'ai la conviction de l'atteindre – et bientôt – parce que toute mon existence s'y est réfugiée. Je suis consumé à l'avance par son accomplissement. Ces aveux ne m'ont pas soulagé, mais ils peuvent expliquer certaines phases de mon humeur qui sont incompréhensibles sans cela. Oh ! Dieu, que cette lutte est longue ! Comme je voudrais qu'elle prît fin !

Il commença à arpenter la pièce, se murmurant à lui-même de terribles choses, si bien que j'inclinais à croire, comme Joseph le déclarait, que sa conscience avait transformé son cœur en un enfer terrestre. Je me demandai avec anxiété comment cela se terminerait. Bien que jusque-là il eût rarement trahi cet état d'esprit, même par des expressions fugitives, c'était, j'en suis sûre, sa disposition constante. Lui-même le reconnaissait, mais nul au monde n'aurait soupçonné la vérité d'après sa façon d'agir. Vous ne l'aviez pas fait, Mr. Lockwood, lorsque vous l'avez vu, et, au moment dont je vous parle, il était exactement le même qu'alors, plus épris encore de sa solitude irrévocable et peut-être encore moins loquace avec les autres.

XXXIV

Plusieurs jours de suite après cette soirée, Mr. Heathcliff évita de nous rencontrer aux repas sans toutefois en exclure Hareton et Cathy. Il n'aimait pas à céder entièrement à un sentiment, préférant plutôt quitter la place. Et manger une seule fois en vingt-quatre heures lui paraissait être un soutien suffisant.

Une nuit, lorsque tout le monde fut allé se coucher, je l'entendis descendre et sortir par la porte de devant. Je ne l'entendis pas rentrer et, le lendemain matin, je m'aperçus qu'il était toujours absent. Nous étions alors en avril, le temps était doux et chaud, les averses et le soleil avaient donné à l'herbe une belle couleur verte, et les deux pommiers nains près du mur au midi étaient en pleine floraison. Après le déjeuner, Catherine me fit apporter une chaise et insista pour que je reste avec mon ouvrage sous les sapins, à l'extrémité de la maison. Puis elle cajola Hareton, tout à fait remis de son accident, afin qu'il bêchât la terre et arrangeât son petit jardin, qui avait été transporté dans ce coin à la suite des plaintes de Joseph. Je jouissais agréablement des effluves printaniers qui m'entouraient et de la douce teinte du ciel bleu, lorsque ma jeune maîtresse, qui avait couru jusqu'à la barrière à la recherche de quelques pieds de primevères pour une bordure, revint, sans avoir toute sa charge de fleurs, pour nous annoncer que Mr. Heathcliff arrivait.

— Et il m'a parlé, ajouta-t-elle, l'air perplexe.

— Que vous a-t-il dit ? demanda Hareton.

— Il m'a dit de me sauver aussi vite que je pourrais. Mais il avait un air si différent de celui qui lui est ordinaire, que je suis restée un moment à le regarder.

— Comment était-il ? continua Hareton.

— Eh bien ! gai et presque rayonnant. Mais non, pas *presque*... très excité, à la fois bizarre et heureux !

— C'est que les promenades nocturnes sont à son goût, dis-je, affectant une attitude insouciante.

En réalité, j'étais aussi surprise qu'elle, et impatiente de vérifier l'exactitude de ses dires, car voir le maître avec un air gai n'était pas un spectacle de tous les jours.

J'inventai une excuse pour rentrer. Heathcliff se tenait sur le pas de la porte, il était pâle et il tremblait. Cependant il y avait certainement dans ses yeux une lueur étrange et joyeuse qui changeait toute sa physionomie.

— Voulez-vous déjeuner ? dis-je. Vous devez avoir faim après avoir vagabondé toute la nuit !

Je voulais savoir où il était allé, mais je ne me souciais pas de l'interroger directement.

— Non, je n'ai pas faim, répondit-il, détournant la tête et parlant d'une manière cassante, comme s'il comprenait que j'essayais de deviner la raison de sa bonne humeur.

Je me sentis indécise et me demandai si ce n'était pas l'occasion de lui faire quelques remontrances.

— Je ne crois pas que ce soit bon d'errer dehors

au lieu d'être dans son lit. Ce n'est pas prudent, en tout cas, en cette saison humide. Je suis sûre que vous attraperez un rhume ou un accès de fièvre. On voit bien que vous avez quelque chose.

— Rien que je ne puisse supporter, répliqua-t-il, et même avec le plus grand plaisir, à condition que vous me laissiez seul. Rentrez et ne m'ennuyez pas.

J'obéis, et, en passant près de lui, je remarquai que sa respiration était précipitée comme celle d'un animal.

« C'est sûr, me dis-je, il va nous faire une maladie. Je me demande où il a bien pu aller. »

À midi, il vint déjeuner avec nous et accepta de mes mains une assiette pleine à déborder, comme s'il voulait compenser le jeûne de la veille.

— Je n'ai pas de fièvre et je n'ai pas pris froid, Nelly, dit-il, faisant allusion à mes propos de la matinée, et je suis prêt à faire honneur à tout ce que vous me donnez là.

Prenant son couteau et sa fourchette, il allait commencer à manger, lorsque son désir sembla disparaître tout d'un coup. Il reposa son couvert sur la table, regarda avec avidité vers la fenêtre, puis se leva et sortit. Nous le vîmes marcher de long en large dans le jardin tandis que nous terminions notre repas. Earnshaw décida d'aller lui demander pourquoi il ne voulait pas déjeuner. Il pensait que nous l'avions heurté de quelque façon.

— Eh bien ! vient-il ? cria Catherine lorsque son cousin fut de retour.

— Non. Mais il n'est pas fâché et paraît même particulièrement bien disposé. Seulement je l'ai

impatienté en lui adressant deux fois la parole.
Alors il m'a ordonné d'aller vous retrouver, s'étonnant que je puisse désirer une autre compagnie.

Je mis son assiette à chauffer sur le garde-
feu. Une heure ou deux après, quand la pièce fut
débarrassée, il rentra. Il n'était pas plus calme. La
même expression tout à fait anormale en vérité
se voyait sous ses sourcils noirs ; il avait le même
teint privé de sang, et ses dents se découvraient
de temps en temps par une sorte de sourire. Son
corps frissonnait, non comme on frissonne de
froid ou de faiblesse, mais comme vibre une corde
tendue à l'extrême, frémissement plutôt que tremblement.

« Je vais lui demander ce qu'il a, pensai-je.
Sinon, qui le ferait ? » Et je m'écriai :

— Avez-vous appris quelque bonne nouvelle,
Mr. Heathcliff ? Vous paraissez singulièrement
surexcité.

— D'où me viendraient les bonnes nouvelles ?
C'est la faim qui me surexcite, et apparemment,
il ne faut pas que je mange.

— Votre repas est là, pourquoi ne voulez-vous
pas le prendre ?

— Je n'en veux pas pour l'instant, murmura-
t-il promptement. J'attendrai jusqu'au dîner. Et,
Nelly, une fois pour toutes, je vous prie d'avertir
Hareton et l'autre de ne pas s'approcher de moi.
Je désire n'être dérangé par personne, je désire
rester seul ici.

— Y a-t-il quelque nouvelle raison qui justifie
ce bannissement ? demandai-je. Mr. Heathcliff,
dites-moi un peu pourquoi vous êtes si nerveux.

Où êtes-vous allé la nuit dernière ? Ce n'est pas une vaine curiosité qui me fait vous questionner, mais...

— Ce n'est qu'une vaine curiosité qui vous fait me questionner, interrompit-il en riant. Cependant, je vais vous répondre. La nuit dernière, j'étais sur le seuil de l'enfer. Aujourd'hui, je suis près d'atteindre mon paradis. Mes yeux l'aperçoivent, à peine trois pieds m'en séparent. Et maintenant vous feriez mieux de vous en aller. Vous ne verrez ni n'entendrez rien qui puisse vous effrayer, si vous vous abstenez de m'épier.

Après avoir balayé le foyer et essuyé la table, je partis, plus perplexe que jamais.

Il ne quitta plus la salle de tout l'après-midi et personne ne troubla sa solitude. Enfin, à huit heures, je jugeai bon, bien qu'il ne m'eût pas appelée, de lui porter une bougie et son dîner. Il était appuyé contre le rebord d'une fenêtre ouverte, mais il ne regardait pas dehors et sa figure était tournée vers l'obscurité de l'intérieur. Le feu s'était réduit en cendres, l'air humide et doux d'une soirée brumeuse emplissait la pièce. Tout était si calme qu'on pouvait distinguer non seulement le murmure du ruisseau coulant vers Gimmerton, mais son clapotis et son gargouillement sur les cailloux ou entre les grosses pierres qu'il ne pouvait noyer. Je poussai une exclamation de mécontentement à la vue du foyer tout sombre, et, fermant les fenêtres l'une après l'autre, j'arrivai à la sienne.

— Dois-je fermer celle-ci ? demandai-je afin de

le tirer de son engourdissement, car je ne le voyais pas bouger.

La lumière éclaira ses traits tandis que je parlais. Oh ! Mr. Lockwood, je ne peux vous décrire le terrible choc que je ressentis à cette vision fugitive ! Ces yeux noirs creusés ! Ce sourire et cette pâleur de spectre ! Il me sembla que ce n'était pas Mr. Heathcliff, mais un fantôme. Dans ma terreur, je laissai la bougie s'incliner vers le mur et je me trouvai dans l'obscurité.

— Oui, fermez-la, répondit-il de sa voix habituelle. Bon, voilà de la pure maladresse ! Pourquoi teniez-vous la bougie horizontalement ? Dépêchez-vous d'en apporter une autre.

Je me hâtai de sortir, en proie à une frayeur folle, et je dis à Joseph :

— Le maître veut que vous lui apportiez de la lumière et que vous ranimiez le feu.

Car je n'osai pas retourner là-bas aussitôt.

Joseph secoua bruyamment quelques tisons dans la pelle et partit, mais il les rapporta aussitôt, ainsi que le plateau sur lequel était le dîner, disant que Mr. Heathcliff allait se coucher et ne voulait rien prendre jusqu'au lendemain matin. Nous l'entendîmes monter l'escalier au même moment. Il ne se dirigea pas vers sa chambre habituelle, mais entra dans celle où était le lit à panneaux de bois. Là, comme je l'ai déjà dit, la fenêtre est assez large pour permettre à quiconque d'y passer, et il me vint à l'esprit qu'il se préparait à une nouvelle expédition nocturne dont il préférait que nous n'ayons pas le soupçon.

« Est-ce un vampire ? » me demandai-je. J'avais

entendu parler de semblables démons incarnés. Puis je me pris à penser que je l'avais soigné dans son enfance, vu grandir, suivi pendant presque toute son existence, et que c'était une vraie sottise de céder à ce sentiment d'effroi.

« Mais d'où venait-il, ce petit être tout noir, qu'un brave homme a recueilli pour son malheur ? » murmura en moi la voix de la superstition, tandis que mon esprit assoupi glissait dans l'inconscience. Et, rêvant à moitié, mon imagination se mit en mouvement pour lui chercher une origine vraisemblable. Reprenant les réflexions que j'avais faites consciemment, je retraçais son existence en y ajoutant quelques touches lugubres ; et, pour terminer, je me représentai sa mort et son enterrement. De tout ceci, j'ai seulement le souvenir de la grande perplexité où je me trouvais au moment de dicter une inscription pour sa tombe. J'allais consulter le fossoyeur, et, comme nous ne lui connaissions pas de nom de famille et que nous ne pouvions indiquer son âge, nous devions nous contenter du simple mot « Heathcliff ». Cela se réalisa, du reste. Nous ne pûmes faire autrement et, si vous entrez dans le cimetière, vous ne lirez sur sa pierre tombale que ce nom et la date de sa mort.

L'aube me rendit mon bon sens. Je me levai et allai dans le jardin dès qu'il fit jour, afin de voir s'il y avait des traces de pas sous sa fenêtre. Je n'en relevai aucune. « Il est resté dans la maison, pensai-je, et il sera tout à fait rétabli aujourd'hui. » Je préparai le déjeuner pour nous tous, suivant mon habitude, mais je conseillai à Hareton et à

Catherine de ne pas attendre que le maître descendît, car il était resté couché tard. Ils préférèrent déjeuner dehors sous les arbres, et je leur installai là une petite table.

Comme je rentrais dans la maison, je trouvai Mr. Heathcliff en bas. Il discutait avec Joseph d'une affaire relative à la ferme et il donnait des instructions claires et minutieuses à ce sujet. Mais il parlait précipitamment, tournait sans cesse la tête de côté, et paraissait aussi surexcité que la veille, sinon davantage. Lorsque Joseph eut quitté la pièce, il s'assit à l'endroit qu'il occupait généralement. Alors je posai un bol de café à sa place. Il l'approcha de lui, puis il appuya les bras sur la table et se mit à examiner de haut en bas le mur opposé, du moins c'est ce que je crus. Ses yeux tout brillants ne cessèrent de remuer. Il paraissait éprouver un intérêt intense et sa respiration s'arrêtait parfois pendant une demi-minute.

— Allons ! m'écriai-je, poussant un morceau de pain contre sa main, mangez et buvez cela pendant que c'est chaud. Il y a presque une heure que c'est prêt.

Il ne fit pas attention à moi et cependant il se mit à sourire. J'aurais préféré un grincement de dents à ce sourire.

— Mr. Heathcliff ! Maître ! criai-je. Pour l'amour de Dieu, n'ouvrez pas ainsi de grands yeux comme si vous aviez devant vous une vision de l'autre monde.

— Pour l'amour de Dieu, ne criez pas si fort, répondit-il. Regardez tout autour de nous et dites-moi si nous sommes bien seuls ?

— Naturellement, nous sommes seuls.

Cependant je lui obéis malgré moi, comme si je n'en étais pas tout à fait sûre. D'un geste de la main, il repoussa les objets du déjeuner placés devant lui et se pencha pour regarder plus commodément.

Je m'aperçus alors que ce n'était pas le mur qu'il fixait du regard, car on eût dit, en l'observant mieux, que ce regard s'arrêtait à quelque chose qui semblait se trouver à deux mètres de lui. Et quoi que ce fût, il en retirait tout à la fois un plaisir et une peine extrêmes ; du moins l'expression poignante et pourtant ravie de sa figure le donnait à penser. La forme imaginaire n'était pas fixe, ses yeux la suivaient avec une vivacité infatigable et, même lorsqu'il me parlait, ne s'en détachaient point. Je perdis mon temps à lui rappeler son jeûne prolongé. Si, obéissant à mes prières, il tentait un mouvement pour toucher à quelque chose, s'il étendait la main pour prendre un morceau de pain, ses doigts se refermaient avant d'avoir rien saisi et restaient là, sur la table, ne sachant plus ce qu'ils désiraient.

Je me tins près de lui avec une grande patience, essayant de ne plus songer à cette vision. À la longue il s'en irrita et se leva, me demandant pourquoi je l'empêchais de prendre ses repas à l'heure qui lui convenait ; et il ajouta que, la prochaine fois, je n'aurais pas besoin d'attendre, je n'aurais qu'à tout préparer et à m'en aller. Ayant prononcé ces paroles, il quitta la maison, descendit lentement le sentier du jardin et disparut par la barrière.

Le temps passa pour nous dans l'inquiétude, et une autre soirée arriva. Je me retirai tard et ne pus dormir. Il était plus de minuit quand Heathcliff rentra, et, au lieu d'aller au lit, il s'enferma dans la pièce en dessous. Je tendis l'oreille, l'esprit en mouvement, et, finalement, je m'habillai et descendis. Il m'était trop pénible de rester couchée là, tourmentée par mille craintes vaines. Je distinguai le pas de Mr. Heathcliff, qui allait et venait sans arrêt ; le bruit de ce pas était fréquemment accompagné d'un profond soupir qui ressemblait à un gémissement. Il murmurait aussi des paroles sans suite, où le seul mot que je pus saisir fut le nom de Catherine, uni à une sauvage épithète de passion ou de souffrance. Et ces paroles semblaient dites à une personne présente, d'une voix basse, fervente, qui montait du fond de l'âme. Je n'eus pas le courage d'entrer directement dans la pièce, mais je voulais à tout prix le tirer de ce cauchemar et, m'en prenant au feu de la cuisine, je remuai bruyamment les charbons éteints. Cela le fit venir plus vite que je ne m'y attendais. Il ouvrit la porte, et dit :

— Nelly, arrivez ici… est-ce que c'est le matin ? Entrez avec votre lumière.

— Quatre heures ont sonné, répondis-je. Il vous faut une bougie pour monter. Vous auriez pu en allumer une à la braise qui est ici.

— Non, je ne veux pas monter. Approchez, allumez-moi du feu, et faites dans la pièce tout ce qui est nécessaire.

— Il faut que je fasse rougir d'abord les charbons, dis-je en avançant une chaise et en prenant le soufflet.

Pendant ce temps, il errait de tous côtés, dans un état voisin de la folie, poussant des soupirs si profonds et si précipités qu'ils étouffaient sa respiration normale.

— Au petit jour, j'enverrai chercher Green, dit-il. Je veux lui poser quelques questions sur des points de droit, tant que je suis en mesure de consacrer une pensée à ces affaires et d'agir avec calme. Je n'ai pas encore fait mon testament, et à qui je laisse mes biens, je n'en sais rien. Que n'est-il en mon pouvoir de les effacer de la surface de la terre !

— Je ne parlerais pas ainsi à votre place, Mr. Heathcliff. Ne vous occupez pas de votre testament pour l'instant. Vous vivrez assez vieux pour vous repentir de vos nombreuses injustices. Je n'aurais jamais cru que vous souffririez des nerfs, et pourtant les voilà aujourd'hui en plein désordre, entièrement par votre faute. La façon dont vous avez passé les trois derniers jours aurait abattu un colosse. Prenez un peu de nourriture, je vous en prie, et reposez-vous. Il suffit que vous vous regardiez dans une glace pour voir combien vous avez besoin de l'un et de l'autre. Vos joues sont creuses et vos yeux injectés de sang, comme chez une personne qui meurt de faim et que le manque de sommeil empêche de voir clair.

— Ce n'est pas ma faute si je ne puis ni manger, ni dormir. Je vous assure que ce n'est pas une résolution arrêtée. Je le ferai dès que je le pourrai. Mais allez donc conseiller le repos à un

homme qui se débat dans l'eau à une brasse de
la rive ! Il faut que je l'atteigne d'abord, puis je
me reposerai. Eh bien ! tant pis pour Mr. Green.
Quant à me repentir de mes injustices, je n'en ai
commis aucune et ne me repens de rien. Je suis
trop heureux, et cependant pas encore assez. La
félicité de mon âme tue mon corps, mais ne se
satisfait pas elle-même.

— Heureux, maître ? m'écriai-je. Curieux bonheur ! Si vous vouliez m'écouter sans vous fâcher,
je pourrais vous donner quelques conseils qui
vous rendraient heureux.

— Quels conseils ? Donnez-les.

— Vous savez, Mr. Heathcliff, que depuis l'âge
de treize ans, vous avez mené une vie de païen
et d'égoïste. Vous n'avez probablement jamais eu
une Bible entre les mains pendant tout ce temps.
Vous avez sûrement oublié ce qui est contenu
dans ce livre et vous n'aurez peut-être plus le loisir
de l'apprendre maintenant. Quel risque y aurait-il
à faire venir quelqu'un – un pasteur de n'importe
quelle secte – pour vous l'expliquer, vous montrer
combien vous vous êtes écarté de ses préceptes,
combien vous êtes mal préparé pour le ciel, à
moins que vous ne changiez avant votre mort ?

— Je vous ai trop de reconnaissance pour me
mettre en colère, Nelly, car vous me faites souvenir de quelle manière je désire être enterré. C'est
le soir qu'il faudra me transporter au cimetière.
Vous et Hareton pourrez me suivre, si vous voulez. Veillez en particulier que le fossoyeur exécute mes instructions au sujet des deux cercueils.
Aucun pasteur n'a besoin de se déranger, pas plus

qu'il n'est nécessaire de prononcer le moindre mot sur ma tombe... Je vous dis que je touche presque à mon paradis... celui des autres est à la fois sans valeur pour moi et hors de ma convoitise.

— Et supposez que vous persévériez dans votre jeûne obstiné, que vous en mouriez, et qu'on refuse de vous enterrer dans l'enceinte du cimetière ? dis-je, indignée par cette indifférence d'impie. Qu'en penseriez-vous ?

— On ne le fera pas. Si cela arrivait, il faudrait que vous m'y fassiez transporter secrètement. Et si vous ne teniez pas compte de cet ordre, vous vous apercevriez vite que les morts ne disparaissent pas entièrement.

Dès qu'il entendit bouger les autres personnes de la maison, il se retira dans sa tanière et je respirai plus librement. Mais, dans l'après-midi, tandis que Joseph et Hareton étaient à leur travail, il entra de nouveau dans la cuisine et, avec un regard égaré, me demanda de venir dans la salle : il désirait quelqu'un auprès de lui. Je refusai, lui disant nettement que ses discours et ses manières étranges m'effrayaient, et que je n'avais ni le courage, ni l'envie de rester seule avec lui.

— Je crois que vous me prenez pour un démon, dit-il avec un rire affreux, oui, pour un monstre indigne de vivre sous un toit honnête.

Puis, se retournant vers Catherine qui était là et s'était cachée derrière moi à son arrivée, il ajouta, raillant à demi :

— Venez donc, ma poulette ! Je ne vous ferai pas de mal. Non ! Je vous parais pire que le diable ? Eh bien ! il y en a une qui, elle, ne fuira

pas ma compagnie ! Dieu ! Elle est implacable !
Oh ! damnation ! C'est beaucoup plus que n'en
peut supporter un être de chair et de sang...
même de ma sorte.

Il ne rechercha plus la compagnie d'aucun de
nous. Quand l'obscurité vint, il alla s'enfermer
dans sa chambre. Pendant toute la nuit, et assez
tard dans la matinée, nous l'entendîmes gémir et
parler tout seul. Hareton manifesta un vif désir
d'entrer, mais je lui dis d'aller chez Mr. Kenneth
pour le prier de venir. Lorsque celui-ci arriva, je
demandai à pénétrer et essayai d'ouvrir la porte.
Je la trouvai fermée. Heathcliff nous envoya au
diable. Il allait mieux, dit-il, et entendait qu'on le
laissât seul. Aussi le docteur s'en alla.

La nuit suivante fut très humide ; on peut dire
qu'il plut à verse jusqu'à l'aube. Comme je faisais
ma promenade matinale autour de la maison, je
remarquai que la fenêtre du maître était grande
ouverte et que la pluie pénétrait avec force à l'intérieur. « Il ne peut être dans son lit, pensai-je, ces
ondées l'auraient trempé jusqu'aux os. Il doit être
levé ou sorti. Mais je ne vais pas m'embarrasser
davantage, entrons hardiment, et nous verrons
bien. »

Ayant réussi à pénétrer grâce à une autre clef, et
voyant la chambre vide, je courus ouvrir les panneaux de bois. Lorsque je les eus repoussés d'un
coup, je me penchai à l'intérieur. Mr. Heathcliff
était là... couché sur le dos. Ses yeux m'opposaient
un regard si perçant et si cruel que je reculai, puis
il me parut qu'il souriait. Je ne pouvais le croire
mort, pourtant sa figure et sa gorge ruisselaient

sous la pluie, ses draps étaient trempés et il restait complètement immobile. La fenêtre qui battait en avant et en arrière avait blessé légèrement une de ses mains posée sur l'appui, le sang ne coulait pas de la coupure et lorsque j'avançai mes doigts, il ne me fut plus possible de douter : il était déjà raidi par la mort.

Je fixai solidement la fenêtre, puis je mis en ordre ses longs cheveux noirs et les écartai de son front. J'essayai d'abaisser ses paupières pour éteindre, s'il était possible, avant que personne d'autre ne pût le voir, cet effroyable regard d'exultation qui donnait encore l'illusion de la vie. Mais ses yeux ne voulurent pas se cacher, ils semblaient se moquer de mes efforts, comme se moquaient ses lèvres entrouvertes et ses dents pointues. Cédant à un nouvel accès de lâcheté, j'appelai Joseph à l'aide. Il monta en traînant la jambe, fit grand tapage, mais refusa résolument de le toucher.

— Le diable s'est jeté sur son âme, dit-il, et i' peut bien prendre la carcasse par-dessus le marché, pour ce que ça me fait ! Pouah ! comme il a l'air méchant avec cette grimace devant la mort !

Et le vieux pêcheur imita le rictus moqueur. Je crus même qu'il allait gambader autour du lit, mais se calmant soudain, il tomba à genoux, éleva les mains et remercia le ciel d'avoir rétabli dans leurs droits le maître légitime et l'ancienne famille.

Ce terrible événement m'avait jetée dans une profonde stupeur et les scènes du passé pesaient

sur mon esprit avec une tristesse écrasante. Mais
le pauvre Hareton, celui qui avait été le plus lésé,
fut en réalité le seul qui souffrit beaucoup. Il resta
près du mort toute la nuit, pleurant abondamment. Il lui pressait les mains, baisait la face rica-
nante et farouche que tout le monde évitait de
contempler. Il le pleurait avec cette douleur poignante qui jaillit naturellement d'un cœur généreux, même s'il a la trempe de l'acier.

Mr. Kenneth éprouva quelque embarras pour se
prononcer sur les troubles qui avaient provoqué la
mort du maître. Je ne lui avouai pas qu'il s'était
privé de toute nourriture depuis quatre jours, de
peur que cela ne crée certaines complications. Et
puis j'avais la conviction qu'il n'avait pas refusé
volontairement les aliments, c'était la conséquence
de son étrange maladie et non la cause.

Nous l'enterrâmes comme il l'avait voulu, au
grand scandale du pays. Earnshaw et moi, le fossoyeur et six hommes qui portaient le cercueil,
formaient tout le cortège. Les six porteurs s'en
allèrent après l'avoir descendu dans la tombe.
Nous restâmes tandis qu'on jetait la terre. Hareton, la figure ruisselante de larmes, prit quelques
mottes de gazon et les plaça lui-même sur le tertre
brun.

À présent, l'endroit est aussi uni et aussi verdoyant que les sépultures environnantes… et
j'espère que celui qui l'occupe dort aussi profondément que ses voisins. Mais les gens d'alentour,
si vous les questionnez, vous jureront sur la Bible
qu'il rôde toujours. Il y en a qui prétendent l'avoir

rencontré près de l'église, sur la lande, et même dans cette maison. Sottises, direz-vous, et je le dis aussi. Cependant le vieil homme qui est là-bas dans la cuisine près du feu affirme que depuis la mort de Heathcliff il les a vus à chaque nuit brumeuse apparaître tous deux à la fenêtre de la chambre. Et une curieuse histoire m'est arrivée, il y a environ un mois. J'allais à la Grange un soir – un soir très sombre où l'orage menaçait – et juste au tournant de Hurlevent, je rencontrai un gamin qui conduisait une brebis et deux agneaux. Il pleurait à chaudes larmes, et je crus que les agneaux étaient indociles et qu'il avait du mal à les conduire.

— Qu'est-ce que tu as, mon petit bonhomme ? demandai-je.

— Il y a Heathcliff avec une dame, là-bas, au pied de la colline, dit-il en larmoyant, et j'ose pas passer près d'eux.

Je ne vis rien, mais ni lui ni les moutons ne voulurent avancer. Aussi lui conseillai-je de prendre la route d'en bas. Il avait probablement créé ses fantômes à force de se répéter, lorsqu'il traversait tout seul la lande, la légende racontée par ses parents et ses compagnons. Malgré tout je n'aime pas maintenant à me trouver dehors la nuit, et je n'aime guère à rester seule dans cette lugubre maison. C'est plus fort que moi. Je serai heureuse quand ils la quitteront et partiront pour la Grange.

— Ils vont donc habiter la Grange ? dis-je.

— Oui, répondit Mrs. Dean, aussitôt après leur mariage qui aura lieu le premier janvier.

— Et qui résidera donc ici ?

— Eh bien ! Joseph, qui s'occupera de la maison et qui prendra peut-être quelqu'un pour lui
tenir compagnie. Ils vivront dans la cuisine et tout
le reste sera fermé.

— À l'usage de tous les fantômes qui voudront
l'habiter, fis-je remarquer.

— Non, Mr. Lockwood, dit Nelly en secouant
la tête. Je crois que les morts reposent en paix,
et ce n'est pas bien de parler d'eux avec légèreté.

À ce moment la barrière du jardin s'ouvrit, les
promeneurs rentraient.

— Rien ne leur fait peur à eux, murmurai-je
en suivant de la fenêtre leur arrivée. Ils seraient
capables de braver Satan et toutes ses légions.

Comme ils franchissaient le seuil et s'arrêtaient
pour contempler une dernière fois le clair de
lune – ou plus exactement pour se regarder l'un
l'autre sous les rayons de la lune – je sentis de
nouveau une irrésistible envie de les fuir. Je mis
un petit présent dans la main de Mrs. Dean et,
dédaignant ses exclamations au sujet de ce départ
discourtois, je disparus par la cuisine au moment
où ils ouvraient la porte de la salle. J'aurais ainsi
confirmé Joseph dans son opinion sur la conduite
légère de sa compagne, si, fort heureusement, il
n'avait pris une opinion respectable de moi grâce
à l'agréable tintement d'une pièce d'or tombant à
ses pieds.

Mon retour à la maison fut allongé par une
visite à l'église. Quand j'arrivai en vue des murs,
je m'aperçus qu'elle était encore plus délabrée
depuis sept mois. Un bon nombre de fenêtres
ne montraient plus que des trous noirs, privés

de vitraux, et çà et là des ardoises sortaient de l'alignement, destinées à être arrachées peu à peu sous les tempêtes de l'automne.

Je cherchai et découvris rapidement les trois pierres tombales sur le talus proche de la lande. Celle du milieu, de couleur grise et à moitié ensevelie sous la bruyère, celle d'Edgar Linton, ornée seulement par l'herbe et la mousse qui rampaient au pied, celle de Heathcliff, encore nue.

Je tournai lentement tout autour sous ce ciel apaisé. Je suivais du regard les papillons de nuit qui voltigeaient parmi la bruyère et les campanules, j'écoutais souffler la brise légère sur l'herbe, et je me demandais comment quelqu'un pourrait jamais imaginer qu'un sommeil troublé hantât ceux qui reposaient dans cette terre tranquille.

FIN

ANNEXES

TEXTES D'EMILY ET CHARLOTTE BRONTË

EMILY BRONTË

JOURNAUX
ET NOTES D'ANNIVERSAIRE

Ces quatre courts fragments sont pratiquement les seuls témoignages qui laissent entendre chez Emily Brontë cette « voix biographique » où s'affirme, en deçà de l'œuvre et pourtant toujours déjà en elle, une certaine singularité de l'écrivain. On pourra s'étonner de la trouver par endroits si simple, si naïve, si peu compatible apparemment avec la gravité tragique qui donne leur inimitable ton à son roman et aux meilleurs de ses poèmes. Si Emily, en effet, n'a que seize ans en 1834, lors du premier « journal », elle en a vingt-sept quand elle écrit en 1845 sa seconde « note d'anniversaire ». Il faut voir là deux choses : peu d'écrits intimes ont été conçus dans une certitude aussi entière d'être à jamais secrets, ici sous la forme ludique du secret partagé avec la sœur cadette ; et la singularité la plus grande d'Emily est sans doute d'avoir su demeurer, jusqu'à la fin, dans une enfance de la vie

Quelques éléments d'information faciliteront la lecture :

Tante *désigne Elizabeth Branwell, la sœur de Maria Brontë, qui éleva les quatre enfants après la mort de leur mère et des deux sœurs aînées.*

Taby, *Tabitha Aykroyd, servit au presbytère à partir de 1825, et, avec quelques interruptions, jusqu'à sa mort, en 1855.*

Martha désigne Martha Brown qui fut, après Taby, la plus fidèle servante de la famille.

Sally Mosley *est une autre servante.*

Parmi les nombreux animaux que mentionne Emily, Victoria *et* Adelaïde *sont deux oies baptisées d'après deux des sœurs de Louis XVI.* Keeper *était le fidèle chien d'Emily, un gros berger,* Flossy *l'épagneul d'Anne.*

Le Blackwood's Magazine *est une célèbre revue mensuelle de l'époque, lue régulièrement au presbytère. Elle eut une fonction déterminante dans l'élaboration du jeu commun aux quatre enfants, puis tout particulièrement sur les écrits de Charlotte et de Branwell.*

Zamorna *et* Northangerland *sont les deux principaux personnages des* Juvenilia *de Charlotte et de Branwell. Ils se trouvent effectivement, en juin 1837, l'un à Evesham, l'autre à l'île de Stumps. Cette mention est précieuse ; son exactitude prouve qu'il y avait encore, à un stade déjà très avancé, une communication, au moins orale, entre les jeux écrits de Charlotte et de Branwell d'une part, d'Anne et d'Emily de l'autre.*

Enfin, Gondal *et* Gaaldine *sont les deux îles, l'une dans le Pacifique Nord, l'autre dans le Pacifique Sud, qui servent de théâtre aux écrits d'Emily et d'Anne. Le « papier » de 1845 prouve que le jeu se poursuit, pour les deux cadettes, très tard, selon le même mode d'identification ludique et d'échange oral qui présidait à l'origine aux jeux des quatre enfants. Soulignons, par comparaison, que dès 1839 cet échange est brisé entre Charlotte et Branwell : ils écrivent désormais, chacun de leur côté, des textes qui n'entretiennent plus que des rapports de distorsion avec le cadre de leur épopée africaine.*

Les deux « journaux » sont signés conjointement par Emily et Anne, mais rédigés par Emily et écrits de sa main. Ils sont publiés ici d'après les manuscrits, tels quels, sauf pour la disposition ligne à ligne, et les fautes d'orthographe respectées seulement dans les seuls noms propres. J'ai profité d'une première transcription déjà très exacte publiée par Fannie Ratchford dans Gondal's Queen (op. cit., pp. 185-188). Je remercie la Brontë Society qui m'a donné accès aux manuscrits qui se trouvent au musée de Haworth (l'un dans la Bonnell Collection, n° 131, l'autre dans la Brontë Society Collection, n° 107), et m'a autorisé à les republier.

Les deux « notes d'anniversaire » échangées avec Anne ont leur complément naturel dans les deux notes d'Anne qu'il a paru peu juste d'inclure dans ce volume consacré à Emily. On ne sait s'il y eut d'autres manifestations de cet étrange rite établi entre les deux sœurs. La traduction a été faite d'après la transcription de Fannie Ratchford dans Gondal's Queen (pp. 185-193). Les manuscrits, qui pourraient se trouver dans la Law Collection, sont en effet inaccessibles, et Fannie Ratchford elle-même a utilisé les transcriptions faites par Clement K. Shorter pour son ouvrage, Charlotte Brontë and her Circle (1896), qu'elle a pu améliorer grâce à certains passages reproduits en facsimilé.

La traduction est de Pierre Leyris.

Raymond Bellow

*

Le 24 Novembre 1834 Lundi
Emily Jane Brontë
Anne Brontë

J'ai nourri Rainbow, Diamond Snowflake Jasper (alias) le faisan ce matin Branwell est allé chez Mr Drivers et a apporté la nouvelle que Sir Robert Peel allait être invité à se présenter comme député de Leeds Anne et moi avons épluché des Pommes pour Charlotte afin qu'elle fasse un pudding aux pommes et pour Tante des noix et des pommes Charlotte a dit qu'elle faisait les puddings à la perfection et qu'elle avait l'intelligence vive mais bornée Taby a dit à l'instant Viens Anne plu-

chunepatate (c. à d. épluche une pomme de terre[)]
Tante vient d'entrer dans la cuisine et de dire où as-tu
les pieds Anne Anne a répondu sur le plancher Tante
papa a ouvert la porte du salon et donné une lettre à
Branwell en disant tiens Branwell lis cela et montre-
le à ta Tante et à Charlotte – Les Gondals découvrent
l'intérieur de Gaaldine Sally mosley est en train de laver
dans l'arrière-cuisine

Il est midi passé Anne et moi ne nous sommes pas
apprêtées, n'avons pas fait notre devoir avec les lits ni
appris nos leçons et nous voulons aller jouer dehors nous
allons avoir pour Dîner du Bœuf Bouilli des Navets, des
pommes de terre et du pudding aux pommes. La cuisine
est très en désordre ni Anne ni moi n'avons Fait notre
exercice de musique qui consiste en si majeur Taby a
dit quand je lui ai mis une plume sous le nez Tu es là à
tourniquer au lieu d'éplucher une patate J'ai répondu Ô
Bonté, Ô Bonté, Ô Bonté je vais m'y mettre tout de suite
là-dessus je me suis levée, j'ai pris un couteau et je me
suis mise à éplucher (fini d'éplucher les pommes de terre
[)] papa va se promener on attend Mr Sunderland

Nous disons Anne et moi Je me demande de quoi nous
aurons l'air et ce que nous serons et où nous serons si tout
va bien en 1874 – année où je serai dans ma 57e année
Anne entrera dans sa 55e année Branwell entrera dans
sa 58e année Et Charlotte dans sa 59e année dans l'espoir
que nous irons tous bien à ce moment là nous fermons
notre papier

Emily et Anne
le 24 Novembre 1834

Lundi soir 26 Juin 1837

un peu après 4 heures Charlotte travaille dans la chambre
de Tante Branwell lui lit Eugene Aram[1] Anne et moi écri-

---

1. Roman d'Edward George Earle Bulwer-Lytton.

vons au salon – Anne un poème qui commence par
« beau s'annonçait le soir, rayonnait le soleil[1] » – moi
la vie d'Agustus-Almeda Ier v. 4e page dudit belle journée assez frisquette avec de minces nuages gris mais
ensoleillée Tante travaille dans la petite Chambre papa
– sorti. Tabby dans la Cuisine – les Empereurs et Impé-
ratrices de Gondal et de Gaaldine se préparent à quitter
Gaaldine pour Gondal afin de préparer le couronne-
ment qui aura lieu le 12 Juillet La Reine Vittiora[2] est
montée ce mois-ci sur le trône Northangerland dans
l'Île de Moncey – Zamorna à Eversham. tous bien d'attaque état dans lequel il faut espérer que nous serons
tous dans 4 ans d'ici jour pour jour époque à laquelle
Charllotte aura 25 ans et 2 mois – Branwell juste 24
puisque c'est son anniversaire – moi-même 22 ans 10
mois et quelque Anne 21 ans presque et demi Je me
demande où nous serons et comment nous serons et
quelle sorte de journée ce sera alors espérons pour le
mieux

Emily Jane Brontë – Anne Brontë

Tante. Viens Emily il est 4 heures passées Emily, Oui
Tante Anne eh bien as-tu l'intention d'écrire ce soir
Emily eh bien qu'en penses-tu (nous avons décidé de
sortir d'abord pour être sûres de le faire si l'humeur
nous en prend, nous risquerions de rester à la maison [)]
Je crois que dans 4 ans d'ici jour pour jour nous serons
tous dans ce salon bien à l'aise J'espère qu'il pourra en
être ainsi Anne croit que nous serons partis tous ensemble
quelque part où nous serons bien nous espérons que ce
sera l'un ou l'autre [ ]

---

1. C'est là le premier vers d'un poème d'Anne intitulé *Alexander
et Zenobia*, 1er juillet 1837.
2. Pour Victoria.

Papier à ouvrir
quand Anne aura
25 ans
ou à mon prochain anniversaire d'après –
si
— tout va bien –
Emily Jane Brontë le 30 Juillet 1841

C'est Vendredi soir – il est presque 9 heures – temps
pluvieux tourmenté Je suis assise dans la salle à manger
après avoir juste fini de ranger les boîtes de nos pupitres
– en train d'écrire ce mémoire Papa est au salon. Tante en
haut dans sa chambre, elle a lu le *Blackwood's Magazine*
à papa. Victoria et Adelaïde sont blotties dans le hangar
à tourbe. Keeper est dans la cuisine. Hero dans sa cage.
Nous sommes tous forts et bien portants comme j'espère
que c'est le cas pour Charlotte, Branwell et Anne, la première étant chez John White Esqre Upperwood House,
Rawdon le second est à Luddenden Foot et la troisième
à Scarborough je crois – peut-être en train de rédiger un
papier analogue à celui-ci.

Nous agitons en ce moment un projet en vue de nous
établir dans Une École à nous rien n'est encore arrêté
mais j'espère avec confiance qu'il pourra se poursuivre
et prospérer et répondre à nos plus ambitieuses attentes.
dans 4 ans jour pour jour je me demande si nous serons
encore à traînasser dans notre condition présente ou éta-
blies selon notre cœur. Le temps le montrera –

Je pense qu'à la date fixée pour l'ouverture de ce
papier – Nous (c. à d.) Charlotte, Anne et moi – serons
toutes assises [gaîment ?] dans notre propre salon dans
quelque agréable et florissante école où nous viendrons
de nous réunir pour les vacances de la mi-été Nos dettes
seront payées et nous aurons en main une somme d'argent considérable, papa Tante et Branwell seront venus
ou sur le point de venir nous rendre visite – ce sera
une belle et [chaude ?] soirée – très différente de cette
[perspective ?] glaciale Anne et moi nous nous glisse-

rons peut-être dans le jardin pour parcourir nos papiers pendant quelques minutes. J'espère que ce sera ainsi ou mieux encore –

Les Gondaliens sont à présent dans un état menaçant mais il n'y a pas encore de rupture ouverte – tous les princes et toutes les princesses des familles royales sont au Palais de l'Instruction. J'ai un bon nombre de livres en train, mais je regrette de dire que – comme d'habitude je ne fais guère de progrès dans aucun – pourtant je viens de dresser un nouvel emploi du temps ! et je suis résolue Verb Sap – à faire de grandes choses, et à présent je termine en envoyant de loin une [exhortation ?] au [courage ?] courage ! à Anne qui est en exil et harassée qui voudrait bien être ici.

Haworth, Jeudi 30 Juillet 1845

Mon anniversaire – frais avec des averses et de la brise. J'ai aujourd'hui vingt-sept ans. Ce matin nous avons ouvert Anne et moi les papiers que nous avions écrits il y a quatre ans lors de mon vingt-troisième anniversaire. Quant à ce papier-ci, nous avons l'intention, si tout va bien, de l'ouvrir à mon trentième – dans trois ans, en 1848. Depuis le papier de 1841 les événements suivants se sont produits. Notre projet d'école a été abandonné, et à la place nous sommes parties Charlotte et moi pour Bruxelles le 8 février 1842.

Branwell a quitté son poste à Luddenden Foot. C. et moi sommes revenues de Bruxelles le 8 Novembre 1842 en conséquence de la mort de tante.

Branwell est allé en qualité de précepteur à Thorp Green, où Anne était encore, en Janvier 1843.

Charlotte est retournée à Bruxelles le même mois, et, après y être restée un an, est revenue le Jour de l'An 1844.

Anne a quitté sa situation à Thorp Green de son plein gré en juin 1845.

Nous avons fait, Anne et moi, notre premier long voyage ensemble seules, quittant la maison le lundi

30 Juin, dormant à York, retournant le mardi soir à
Keighley, où nous avons dormi, et revenant à pied à
la maison le mercredi matin. Bien que le temps fût
brouillé, nous avons été très contentes, sauf pour
quelques heures à Bradford. Et pendant notre excursion nous avons été Ronald Macalgin, Henry Angora,
Juliet Angusteena, Rosabella Esmalden, Ella et Julian
Egremont, Catharine Navarre et Cordelia Fitzaphnold,
nous enfuyant des palais d'instruction pour rejoindre
les Royalistes qui sont durement harcelés à présent par
les Républicains victorieux. Les Gondals sont plus florissants que jamais. Je suis en train d'écrire un ouvrage
sur les Premières Guerres – Anne a écrit quelques
articles sur ce sujet et un livre d'Henry Sophona – Nous
avons l'intention de nous attacher ferme à ces coquins
aussi longtemps qu'ils nous amuseront, ce que j'ai le
plaisir de dire qu'ils font à présent. J'aurais dû mentionner que l'été dernier le Projet d'École a été remis
pleinement en vigueur. Nous avons fait imprimer des
prospectus, envoyé des lettres à tous les gens de notre
connaissance et fait tout le peu que nous pouvions
– mais cela s'est révélé inviable – maintenant je n'aspire
plus du tout à avoir une école et aucune de nous ne
le désire beaucoup. Nous avons assez d'argent pour
nos présents besoins et la perspective d'en mettre de
côté. Notre santé à tous est convenable, si ce n'est que
papa souffre des yeux et à l'exception de B qui j'espère
ira mieux et réussira mieux dorénavant. Je suis assez
contente en ce qui me concerne – moins oisive que
précédemment, en aussi bonne santé dans l'ensemble
et ayant appris à tirer le meilleur parti du présent et à
espérer en l'avenir avec moins d'impatience de ne pas
pouvoir faire tout ce que je désire – rarement ou jamais
ennuyée de n'avoir rien à [ ] et désirant seulement que
tout le monde soit aussi à son aise que moi et aussi
loin de broyer du noir, grâce à quoi la vie serait tout
à fait tolérable.

Je découvre que nous avons ouvert le papier par erreur

le 31 au lieu du 30 Hier a été en grande partie un jour comme celui-ci, mais la matinée fut divine[1] –

Tabby qui dans notre dernier papier était partie est revenue et a vécu avec nous – pendant deux ans et demi et elle est en bonne santé – Martha qui était partie elle aussi est ici également – Nous avons acquis Flossy, acquis et perdu Tiger – perdu le faucon Hero qui a été donné avec les oies, et qui est sans doute mort, car à mon retour de Bruxelles je m'en suis enquise auprès de tous et n'ai rien pu apprendre sur son compte. Tiger est mort au début de l'an dernier – Keeper et Flossy vont bien, ainsi que le canari acquis il y a quatre ans. Nous sommes tous à la maison à présent, et il est probable que nous y reste-rons quelque temps. Branwell est allé mardi à Liverpool pour y passer une semaine. Tabby vient de me tourmen-ter pour tourner quelque chose comme jadis pour « plu-cherunepatate ». Nous aurions dû, Anne et moi, cueillir les cassis s'il avait fait une belle journée de soleil. Il faut maintenant que je me dépêche d'aller tourner et repas-ser. J'ai beaucoup de travail sur les bras, et beaucoup à écrire et je suis très occupée de toutes manières. Avec mes meilleurs vœux pour toute la maisonnée jusqu'au 30 Juillet 1848, et pour aussi longtemps que possible, – Je termine. Emily Brontë.

---

1. On voit ici que ce « papier », daté du 30, a en réalité été écrit le 31.

[CHARLOTTE BRONTË¹]

[CHARLOTTE BRONTË[1]]

NOTICE BIOGRAPHIQUE SUR ELLIS ET ACTON BELL PAR CURRER BELL

On a cru que tous les ouvrages publiés sous les noms de Currer, d'Ellis et d'Acton Bell étaient en réalité l'œuvre d'une seule personne. Cette erreur, je me suis efforcée de la rectifier par quelques mots de démenti placés en tête de la troisième édition de *Jane Eyre*. Eux non plus, apparemment, n'ont pas trouvé un crédit unanime, de sorte qu'à présent, à l'occasion d'une réimpression de *Wuthering Heights* et d'*Agnès Grey*, on me conseille d'exposer clairement ce qu'il en est.

En fait, je sens moi-même qu'il est temps de dissiper l'obscurité qui enveloppe ces deux noms d'Ellis et d'Acton. Le petit mystère, qui jadis était une source d'innocent plaisir, a perdu son intérêt ; les circonstances ont

1. Cette notice et la préface qui suit ont été écrites par Charlotte Brontë, sous son nom de plume Currer Bell, à l'occasion de la réédition, en 1850, de *Wuthering Heights* et *Agnes Grey*, accompagnés d'un court choix de poèmes de ses sœurs.
Wuthering Heights, rappelons-le, paraît en décembre 1847, deux mois après *Jane Eyre*, couplé avec *Agnes Grey*, le court roman de Anne, pour répondre à la formule alors classique du « roman en trois volumes », et témoigner peut-être du lien si fort qui unissait les deux cadettes. Les trois romans sont signés, comme la plaquette de poèmes qui les précède, Currer, Ellis et Acton Bell, où l'initiale des prénoms et du nom vient rappeler la vérité qui se dérobe sous le masque du pseudonyme.
La traduction est de Pierre Leyris.

changé. Il devient dès lors de mon devoir d'expliquer brièvement ce qu'il en est de l'origine et de la paternité des livres écrits par Currer, Ellis et Acton Bell.

Voici environ cinq ans, mes deux sœurs et moi, après une période de séparation assez longue, nous trouvâmes à nouveau réunies, et cela chez nous. Habitant dans un canton retiré, où l'éducation avait fait peu de progrès, et où, en conséquence, la tentation ne s'offrait pas de rechercher des relations sociales en dehors du cercle de famille, nous dépendions entièrement de nous-mêmes et l'une de l'autre, des livres et de l'étude, pour égayer et meubler notre vie. Le plus grand stimulant ainsi que le plus vif plaisir que nous eussions connus depuis notre enfance résidaient dans nos tentatives de composition littéraire ; anciennement, nous avions coutume de nous montrer les unes aux autres ce que nous écrivions, mais dans les dernières années cette habitude de communication et de consultation avait été interrompue ; il s'ensuivait que nous ignorions mutuellement les progrès que chacune des autres avait pu faire.

Un jour, durant l'automne de 1845, je tombai accidentellement sur un volume de vers manuscrits de la main de ma sœur Emily. Bien entendu, je n'en fus pas surprise, sachant qu'elle était capable d'écrire, et qu'elle écrivait, des vers. J'examinai ce volume, et ce fut quelque chose de plus que de la surprise qui s'empara de moi : la conviction profonde que ce n'étaient pas là des épanchements communs, ni du tout semblables à la poésie qu'écrivent généralement les femmes. Ils me parurent denses et ramassés, vigoureux et vrais. Pour mon oreille, ils possédaient aussi une musique singulière – sauvage, mélancolique et exaltante.

Ma sœur Emily n'était pas une personne de caractère démonstratif, ni dans l'esprit et les sentiments secrets de laquelle, fût-on de ceux qui lui étaient le plus proches et le plus chers, on pouvait s'immiscer impunément sans son accord ; il fallut des heures pour lui faire accepter la découverte que j'avais faite, et des jours pour la

convaincre que de tels poèmes méritaient d'être publiés.
Je savais, toutefois, qu'un esprit comme le sien ne pouvait être exempt de quelque étincelle cachée d'ambition
honorable, et je refusai de me laisser décourager dans
mes efforts pour souffler sur cette étincelle jusqu'à en
faire une flamme.

Cependant ma plus jeune sœur me montra avec
modestie quelques-unes de ses compositions, en observant que, puisque celles d'Emily m'avaient plu, je serais
peut-être contente de jeter un coup d'œil sur les siennes.
Je ne pouvais laisser d'être un juge partial, mais il me
parut que ces poèmes avaient, eux aussi, leur pathétique
attachant et sincère.

Nous avions caressé de très bonne heure le rêve de
devenir un jour écrivain. Ce rêve, jamais abandonné
même quand nous étions séparées par la distance et
occupées par des tâches absorbantes, acquit alors, soudain, force et cohérence : il prit un caractère de résolution. Nous tombâmes d'accord pour établir un petit
choix de nos poèmes, et, si possible, les faire imprimer.
Ennemies de la publicité personnelle, nous voilâmes nos
vrais noms sous ceux de Currer, d'Ellis et d'Acton Bell ;
ce choix ambigu étant dicté par une sorte de scrupule de
conscience qui nous interdisait d'adopter des prénoms
franchement masculins, tout en répugnant d'autre part
à nous avouer femmes, car – sans soupçonner encore, à
l'époque, que notre manière d'écrire et de penser n'était
pas de celles qu'on qualifie de « féminines » – nous avions
vaguement l'impression que les femmes-auteurs sont sus-
ceptibles d'être considérées avec parti pris ; nous avions
remarqué que les critiques utilisent parfois, pour les châ-
tier, l'arme de leur personnalité, et, pour les récompenser,
une flatterie qui n'est pas louange véritable.

Ce fut une rude besogne de faire paraître notre petit
livre. Comme on pouvait s'y attendre, on n'avait nul
besoin de nous ni de nos poèmes ; mais nous étions préparées à cela dès le début ; bien que nous fussions inex-
périmentées par nous-mêmes, nous avions lu le récit des

expériences d'autrui. Le plus grand embarras consistait dans la difficulté d'obtenir quelque réponse que ce fût des éditeurs auxquels nous nous adressions. Fort tourmentée par cet obstacle, je me risquai à écrire à MM. Chambers, d'Édimbourg, pour leur demander un petit conseil ; ils ont pu, quant à eux, oublier le fait ; moi, cependant, je ne l'ai pas oublié, car je reçus d'eux une lettre brève et professionnelle, mais courtoise et sensée, dont nous nous inspirâmes et qui nous permit de progresser enfin.

Le livre fut imprimé : il est à peine connu, et ne mérite pas de l'être, si ce n'est pour les poèmes d'Ellis Bell. La ferme conviction que j'avais en ce temps, et que j'ai encore, de la valeur de ces poèmes, n'a guère été confirmée, à vrai dire, par des recensions favorables ; mais je n'en dois pas moins la garder.

Le manque de succès ne parvint pas à nous accabler ; le simple fait de faire un effort pour réussir avait donné une merveilleuse saveur à l'existence : il fallait le poursuivre. Nous nous attaquâmes chacune à une histoire en prose : Ellis Bell produisit *Wuthering Heights*, Acton Bell *Agnès Grey* et Currer Bell écrivit aussi un récit en un volume. Ces manuscrits furent proposés avec persévérance à divers éditeurs pendant un an et demi ; en général leur destin était d'être refusés net, ignominieusement.

En fin de compte, *Wuthering Heights* et *Agnès Grey* furent acceptés dans des conditions assez préjudiciables aux deux auteurs ; le livre de Currer Bell ne rencontra aucun accueil, ni le moindre témoignage qu'il eût un mérite quelconque, si bien que quelque chose comme le froid du désespoir commença à envahir le cœur de l'auteur. En manière de geste suprême, il fit encore une tentative auprès d'une maison d'édition, celle de MM. Smith et Elder. Peu après, au bout d'un temps bien plus bref que l'expérience ne lui avait appris à s'y attendre, arriva une lettre, qu'il ouvrit avec la perspective lugubre d'y trouver deux lignes sèches et désespérantes pour lui annoncer que MM. Smith et Elder « n'étaient pas disposés à publier ce manuscrit » ; au lieu de quoi, il tira de

l'enveloppe une lettre de deux pages. Il la lut en tremblant. Elle refusait, en effet, de publier le récit pour des
raisons commerciales, mais elle en discutait les mérites et
les démérites d'une façon si courtoise, si pleine d'égards,
dans un esprit si raisonnable, avec un discernement si
éclairé, que ce refus même réconforta l'auteur bien plus
que ne l'eût fait une acceptation couchée en termes vul-
gaires. On ajoutait qu'un ouvrage en trois volumes ferait
l'objet d'un examen attentif.

J'étais justement en train d'achever *Jane Eyre*, auquel
j'avais travaillé cependant que le récit en un volume faisait laborieusement le tour de Londres : trois semaines
plus tard, je l'envoyai ; des mains amicales et expertes le
reçurent. C'était au début de septembre 1847 ; il parut
avant la fin du mois d'octobre suivant, alors que *Wuthering Heights* et *Agnès Grey*, les ouvrages de mes sœurs,
qui étaient déjà sous presse depuis des mois, traînaient
toujours dans une autre firme.

Ils parurent enfin. Les critiques ne surent pas leur
rendre justice Les dons juvéniles, mais très réels, dont
Wuthering Heights faisait preuve ne furent pour ainsi dire
pas reconnus ; sa signification et sa nature furent incom-
prises ; l'identité de son auteur, interprétée faussement :
on allégua qu'il s'agissait là d'une tentative plus ancienne
et plus rudimentaire de la plume qui avait produit *Jane
Eyre*. Erreur injuste et néfaste ! Nous commençâmes par
en rire, mais aujourd'hui je la déplore amèrement. C'est
ainsi qu'a pris naissance, je le crains, un préjugé contre
le livre. Un écrivain capable de vouloir faire passer une
œuvre inférieure et juvénile sous le couvert d'une tentative heureuse devait être indûment avide de profiter des
sordides avantages secondaires du métier d'auteur, et
pitoyablement indifférent à ses véritables et honorables
récompenses. Si les critiques et le public ont vraiment cru
cela, il n'est pas étonnant qu'ils aient regardé la super-
cherie d'un œil sévère.

Cependant, je ne voudrais pas qu'on pensât que je
fais de ces circonstances un sujet de récrimination ou

de reproche ; je n'oserais ; le respect que je porte à la mémoire de ma sœur me l'interdit. Elle aurait regardé toute manifestation chagrine de cette sorte comme une faiblesse indigne et choquante.

C'est mon devoir, aussi bien que mon plaisir, de reconnaître qu'il y eut une exception à cette règle générale de la critique. Un écrivain, doué de la vision pénétrante et des sympathies affinées du génie, discerna la véritable nature de *Wuthering Heights* et, avec une égale précision, en marqua les beautés et en releva les fautes. Trop souvent les critiques nous font songer à la foule des astrologues, des Chaldéens et des devins rassemblés devant « l'inscription sur le mur », et incapables d'en lire les caractères ou d'en donner l'interprétation. Nous sommes en droit de nous réjouir quand vient enfin un vrai voyant, un homme en qui habite un esprit supérieur et qui a reçu en partage lumière, sagesse et intelligence ; qui peut lire avec exactitude le « Mané Tekel Pharès » d'un esprit original (quels que soient l'immaturité, la culture inadéquate et le peu de développement de cet esprit) ; et qui peut dire avec confiance : « Voilà quelle est l'interprétation. »

Pourtant, l'écrivain auquel je fais allusion participe, lui aussi, à l'erreur relative à la paternité du livre, et me fait l'injustice de supposer qu'il y avait une équivoque dans ma façon de rejeter d'abord cet honneur (car c'est bien un honneur que j'y vois). Puis-je l'assurer que je dédaignerais de recourir à l'équivoque en ce cas comme en tout autre ; je crois que le langage nous a été donné pour exprimer clairement notre pensée, et non pour l'envelopper d'une ambiguïté malhonnête.

La Locataire de Wildfell Hall d'Acton Bell eut également un accueil défavorable. De cela, je ne puis m'étonner. Le choix du sujet était une erreur complète. On ne saurait rien concevoir de plus étranger à la nature de l'auteur. Les mobiles qui dictèrent ce choix étaient purs, mais, je crois, légèrement morbides. Au cours de sa vie, elle avait été appelée à contempler de près, et pendant un long temps, les terribles effets qui résultent de talents mal employés

et de facultés gaspillées ; elle avait elle-même un tempérament naturellement sensible, réservé et mélancolique ;
ce qu'elle avait vu s'imprima très profond dans son esprit,
et lui fit du mal. À force de ruminer cette expérience,
elle en vint à croire que son devoir était d'en rapporter
tous les détails (avec des personnages, des situations et
des incidents fictifs, bien entendu) à titre d'avertissement pour autrui. Quand on argumentait avec elle à ce
sujet, elle regardait ces arguments comme un appel au
laisser-aller. Il fallait qu'elle fût honnête ; qu'elle s'abstînt
de polir, d'adoucir, de dissimuler. Cette résolution bien
intentionnée lui valut de l'incompréhension, voire des
insultes, qu'elle supporta comme elle avait coutume de
supporter tout ce qui lui était désagréable, avec une douce
et ferme patience. C'était une chrétienne des plus sincères
et actives, mais une teinte de mélancolie religieuse jeta
une ombre de tristesse sur sa vie brève et sans reproche.

    Ni Ellis ni Acton ne se laissèrent accabler un seul ins-
tant par ce manque d'encouragement ; l'énergie animait
l'une, la résignation soutenait l'autre. Elles étaient prêtes
toutes deux à faire une nouvelle tentative ; je croirais
volontiers que l'espoir et le sentiment qu'elles avaient
de leurs pouvoirs étaient toujours forts en elles. Mais un
grand changement était proche : le malheur arriva sous
une forme qu'on ne peut prévoir sans terreur, ni se remémorer sans peine. Alors même qu'elles portaient la chaleur
et le poids du jour, les ouvrières succombèrent à la tâche.

    Ma sœur Emily fut la première à décliner. Les détails
de sa maladie sont gravés profondément dans ma
mémoire, mais il est au-dessus de mes forces de m'y
appesantir en pensée ou en récit. Jamais de toute sa vie
elle n'avait traîné sur une besogne placée devant elle,
et cette fois elle ne traîna pas davantage. Elle s'affaiblit
rapidement. Elle s'empressa de nous quitter. Cependant,
tandis qu'elle dépérissait physiquement, elle devenait
mentalement plus forte encore que nous ne l'avions
connue. Jour après jour, quand je voyais de quel front
elle accueillait la souffrance, je la considérais avec des

transports angoissés d'émerveillement et d'amour. Je n'ai jamais rien vu de pareil ; mais il est vrai que je n'ai jamais vu l'équivalent de ma sœur en rien. Plus forte qu'un homme, plus simple qu'un enfant, sa nature était unique. Ce qu'il y avait de terrible, c'est que, tout en étant pleine de compassion pour autrui, elle était sans pitié pour elle-même ; l'esprit était inexorable envers la chair ; de cette main tremblante, de ces membres amaigris, de ces yeux affaiblis, elle exigeait les mêmes services que ceux qu'ils avaient rendus au temps de la santé. Assister à cela, en être témoin sans oser protester, c'était une douleur qu'aucuns mots ne sauraient rendre.

Deux cruels mois d'espoir et de crainte s'écoulèrent péniblement, puis enfin vint le jour où les terreurs et les souffrances de la mort devaient êtres subies par ce trésor, qui était devenu de plus en plus cher à nos cœurs à mesure qu'il se dilapidait sous nos yeux. Au déclin de ce jour, il ne nous resta plus rien d'Emily que sa dépouille mortelle, telle que la consomption l'avait laissée. Elle mourut le 19 décembre 1848.

Nous crûmes que c'en était assez : mais, dans notre présomption, nous nous trompions entièrement. Elle n'était pas encore ensevelie qu'Anne tomba malade. Il n'y avait pas quinze jours qu'elle était dans la tombe quand nous reçûmes le clair avertissement qu'il fallait nous préparer en esprit à voir la cadette suivre son aînée. Et en effet, elle suivit le même chemin d'un pas plus lent, mais avec une patience égale à la force d'âme de sa sœur. J'ai dit qu'elle était religieuse, et c'est en s'appuyant sur les doctrines chrétiennes auxquelles elle croyait fermement qu'elle se soutint dans son si douloureux voyage. J'ai pu constater leur efficacité dans l'épreuve suprême de son heure dernière, et je dois témoigner du paisible triomphe avec lequel elles la lui firent traverser. Elle mourut le 28 mai 1849.

Que dirai-je d'autre à leur sujet ? Je suis incapable, et il n'est pas besoin, d'en dire beaucoup plus long. Extérieurement, c'étaient deux femmes effacées ; leur vie toute retirée leur donnait des manières et des habitudes réser-

vées. Chez Emily, semblaient s'unir une vigueur extrême
et une extrême simplicité. Sous une culture sans raffine-
ments, sous des goûts sans artifices et sous des dehors
sans prétention, se cachaient une puissance et un feu
secrets qui eussent été capables d'animer le cerveau et
d'embraser les veines d'un héros ; mais elle n'avait pas
de sagesse mondaine ; ses facultés étaient inadaptées
aux affaires concrètes de la vie ; elle ne parvenait pas à
défendre ses droits les plus manifestes, ni à se soucier de
son avantage le plus légitime. Il aurait fallu qu'il y eût
toujours un interprète entre elle et le monde. Sa volonté
n'était pas très souple et s'opposait généralement à ses
intérêts. Elle avait un caractère magnanime, mais ardent
et brusque ; une énergie absolument inflexible.

Le caractère d'Anne était plus doux et plus docile ;
elle n'avait pas la puissance, le feu, l'originalité de sa
sœur, mais elle était richement dotée de vertus pai-
sibles et bien à elle. Pleine d'endurance et d'abnégation,
réfléchie et intelligente, elle fut mise et maintenue dans
l'ombre par une réserve et une taciturnité congénitales,
qui recouvraient son esprit, et plus particulièrement sa
sensibilité, d'une sorte de voile, qu'on eût dit de nonne,
et qui se soulevait rarement. Ni Emily ni Anne n'étaient
savantes ; elles ne songeaient point à emplir leur cruche
à la fontaine d'autres esprits ; elles écrivaient toujours
sous l'impulsion de la nature, sous la dictée de l'intuition,
et d'après les réserves d'observation que leur expérience
limitée leur avait permis d'amasser. Je puis tout résumer
en disant que pour des étrangers elles n'étaient rien, pour
des observateurs superficiels moins que rien, mais que,
pour ceux qui les avaient connues toute leur vie dans
l'intimité d'une étroite parenté, elles étaient véritablement
bonnes et grandes.

Cette notice a été écrite parce que j'ai ressenti comme
un devoir sacré d'épousseter leurs tombes et d'effacer de
leurs chers noms toute souillure.

19 septembre 1850.   Currer Bell.

[CHARLOTTE BRONTË[1]]

PRÉFACE DE CURRER BELL
À *WUTHERING HEIGHTS*

Je viens de relire *Wuthering Heights* et, pour la première fois, j'ai entrevu clairement ce qu'on appelle (quels
sont peut-être seulement) les défauts de l'ouvrage ; je me
suis fait une idée distincte de la façon dont il apparaît
aux autres – aux étrangers qui n'ont nullement connu
l'auteur ; qui ignorent les lieux où sont situées les scènes
de l'histoire ; pour qui les habitants, les coutumes, les
caractéristiques naturelles des collines et des hameaux
écartés du Canton ouest du Yorkshire sont choses lointaines, point du tout familières.

À pareils lecteurs, *Wuthering Heights* doit apparaître
comme une œuvre étrange et fruste. Les landes sauvages
du Nord de l'Angleterre ne sauraient avoir d'intérêt pour
eux ; le langage, les manières, les demeures mêmes et les
coutumes domestiques des habitants épars de ces dis-
tricts doivent leur être, dans une grande mesure, inintel-
ligibles, et – lorsqu'ils sont intelligibles – repoussants. Les
hommes et les femmes qui, doués peut-être d'un tempérament très paisible et de sentiments modérés en intensité
ainsi que spécifiquement peu marqués, ont été exercés
dès le berceau à observer les manières les plus égales
et à user du langage le plus gardé, ne sauront que faire
du parler énergique et âpre, des passions brutalement

1. Voir p. 516, n. 1.

manifestées, des aversions effrénées et des engouements impétueux des rustres et des farouches hobereaux de la lande, qui ont grandi sans instruction ni réprimandes, si ce n'est du fait de mentors aussi rudes qu'eux-mêmes. Pareillement, un grand nombre de lecteurs souffriront fort de trouver dans ces pages, imprimés en toutes lettres, des mots qu'il est d'usage de ne représenter que par l'initiale et la finale – avec un tiret inexpressif pour remplir l'intervalle. Je puis aussi bien dire tout de suite que sur ce point, je suis incapable de présenter des excuses, trouvant moi-même raisonnable d'écrire les mots tout du long. Le fait de suggérer par des lettres isolées ces explétifs dont les gens impies et violents ont coutume d'agrémenter leurs discours m'apparaît comme une pratique bien intentionnée, sans doute, mais débile et vaine. Je ne saurais dire quel bienfait elle procure, quels sentiments elle épargne, quelle horreur elle dissimule.

Quant à la rusticité de *Wuthering Heights*, j'admets qu'on l'en accuse, car je sens cette qualité en lui. Il est rustique d'un bout à l'autre. Il est landesque, sauvage et noueux comme une racine de bruyère. Et il n'eût pas été naturel qu'il en allât autrement, celle qui en fut l'auteur étant née et ayant été nourrie dans la lande. Sans aucun doute, si le destin l'avait fait vivre à la ville, ses écrits, à supposer qu'elle eût écrit, auraient eu un autre caractère. Même si le hasard ou le goût l'avait conduite à choisir un sujet similaire, elle l'aurait traité autrement. Si Ellis Bell avait été une dame ou un monsieur habitué à ce qu'on appelle « le monde », sa façon de voir une région écartée et inculte et ses habitants aurait grandement différé de celle qu'adopta en fait cette jeune fille de la campagne élevée à la maison. Sans aucun doute, cette façon de voir aurait été plus large, plus étendue : aurait-elle été plus originale et plus véridique, c'est moins certain. Touchant le décor, le lieu, elle n'aurait guère pu faire preuve d'autant de sympathie : Ellis Bell n'a pas décrit comme quelqu'un dont l'œil et le goût seuls prenaient plaisir au paysage : ses collines natales étaient pour elle beaucoup plus qu'un spectacle : elles étaient le cadre où elle vivait et ce dont elle vivait, autant que les oiseaux sauvages, leurs occupants, et que la bruyère, leur produit. Aussi bien, ses descriptions de scènes de la nature sont-elles ce qu'elles doivent être et tout ce qu'elles doivent être.

En ce qui concerne la représentation du caractère humain, le cas est différent. Je suis contrainte d'avouer qu'elle n'avait guère plus de connaissance pratique de la paysannerie parmi laquelle elle vivait, qu'une religieuse n'en a des campagnards qui passent parfois devant les portes de son couvent. Ma sœur n'était pas d'un tempérament naturellement grégaire ; les circonstances favorisèrent et nourrirent son penchant pour la réclusion ; excepté pour aller à l'église et pour se promener sur les collines, elle franchissait rarement le seuil de la maison. Bien qu'elle eût des sentiments bienveillants à l'égard des gens du voisinage, elle ne recherchait point leur commerce et, sauf quelques rares exceptions, elle n'en eut jamais l'expérience. Cependant, elle les connaissait ; elle connaissait leurs façons, leur langage, l'histoire de leurs familles. Elle savait écouter avec intérêt ce qu'on disait d'eux, et parler d'eux en détail de façon minutieuse, pittoresque, précise. Mais *avec eux* elle échangeait rarement une parole. Aussi ce que son esprit avait recueilli de réel à leur endroit était-il trop exclusivement limité à ces traits tragiques et terribles dont, si l'on écoute les annales secrètes d'une quelconque région inculte, la mémoire est parfois contrainte de garder l'empreinte. Son imagination, qui était plus sombre qu'ensoleillée, plus puissante qu'enjouée, trouva dans pareils traits la matière dont elle façonna des créations comme Heathcliff, comme Earnshaw, comme Catherine. Ayant formé ces êtres, elle ne se rendit pas compte de ce qu'elle avait fait. Si l'auditeur de son ouvrage, lu en manuscrit, frissonnait sous l'influence écrasante de natures aussi inflexibles et aussi implacables, d'esprits aussi perdus et aussi déchus ; s'il se plaignait que la simple audition de certaines scènes frappantes et effrayantes bannissait le sommeil pendant la nuit et troublait la paix du cœur pendant le jour, Ellis Bell se demandait ce que cela signifiait et soupçonnait le plaignant d'affectation. Si seulement elle avait vécu, son esprit aurait grandi tel un arbre robuste, plus élevé, plus droit, plus étendu, et ses fruits auraient atteint une maturité plus moelleuse, un velouté plus radieux. Mais sur cet esprit seuls le temps et l'expérience pouvaient agir : à l'influence d'autres intellects, il était rebelle.

Après avoir reconnu que, sur une grande part de *Wuthering Heights*, flotte « l'horreur des profondes ténèbres[1] » ; que dans son atmosphère électrique et orageuse il nous semble parfois respirer la foudre ; qu'il me soit permis de désigner les points où un jour offusqué et un soleil éclipsé attestent pourtant leur existence. Comme spécimen de bienveillance véritable et de fidélité domestique, voyez le personnage de Nelly Dean ; comme exemple de constance et de tendresse, observez celui d'Edgar Linton. D'aucuns estimeront que ces qualités ne brillent point avec autant d'éclat quand elles sont incarnées dans un homme qu'elles ne le feraient chez une femme, mais Ellis Bell n'a jamais pu être amenée à concevoir pareille chose : rien ne l'indignait davantage que d'entendre insinuer que la fidélité et la clémence, la longanimité et la tendre sollicitude, qui sont considérées comme des vertus chez les filles d'Ève, deviennent des faiblesses chez les fils d'Adam. Elle estimait que la miséricorde et le pardon sont les plus divins attributs de l'Être Suprême qui a fait à la fois l'homme et la femme, et que ce qui pare la Divinité dans sa gloire ne saurait disgracier dans sa faiblesse aucune forme humaine. Il y a un humour froid et saturnien dans la peinture du vieux Joseph, et quelques touches de grâce et de gaîté animent la plus jeune des Catherine. La première héroïne de ce nom ne laisse pas elle-même d'avoir une certaine beauté étrange dans sa véhémence et une certaine honnêteté au sein de la passion pervertie et de la perversité passionnée.

---

1. Genèse, XV, 12. *(N.d.T.)*

Heathcliff, à la vérité, demeure irracheté ; pas une fois il ne s'écarte de la voie qui le mène en droite ligne à la perdition depuis le jour où « la petite créature brune et noiraude, aussi foncée que si elle venait du diable » est tirée pour la première fois du paquet qui l'enveloppe et plantée sur ses pieds dans la cuisine de la ferme, jusqu'à l'heure où Nelly Dean trouve le farouche et robuste cadavre couché sur le dos avec des yeux qui semblaient « se moquer de mes efforts pour les fermer, et des lèvres disjointes, et des dents pointues et blanches qui se moquaient, elles aussi ».

Heathcliff fait preuve d'un unique sentiment humain, et ce n'est *point* son amour pour Catherine, lequel est un sentiment violent et inhumain : une passion comme il en pourrait bouillonner et rougeoyer dans l'essence maligne de quelque mauvais génie ; un feu qui pourrait former le noyau tourmenté, l'âme toujours souffrante d'un magnat du monde infernal ; et, par ses ravages irrépressibles et incessants, procéder à l'exécution du décret qui le condamne à porter l'Enfer avec lui en quelque lieu qu'il erre. Non, le seul lien qui rattache Heathcliff à l'humanité est l'intérêt – confessé de rude manière – qu'il porte à Hareton Earnshaw, le jeune homme qu'il a ruiné ; à quoi il faut ajouter son estime à demi explicite pour Nelly Dean. À part ces traits isolés, on dirait qu'il n'est pas l'enfant d'un Lascar ou d'un gitan, mais une forme humaine animée d'une vie démoniaque : une goule, un afrite.

Est-il bien, est-il recommandable de créer des êtres comme Heathcliff, je n'en sais rien : je ne le crois guère. Mais je sais ceci ; que l'écrivain qui a un don créateur possède quelque chose dont il n'est pas tout à fait maître – une force qui, parfois, a une étrange volonté et activité propre. Il peut poser des règles, formuler des principes, et elle se soumettra peut-être à ceux-ci comme à celles-là pendant des années ; et puis, sans aucun signe avertisseur de révolte, vient un temps où elle ne consent plus à « herser les vallées ou à être attelée dans le sillon »

– où elle « se rit des multitudes de la ville et ne se soucie plus du cri du cocher[1] » – où, refusant absolument de continuer à faire des cordes avec le sable de la mer, il se met à tailler une statue, et vous avez un Pluton ou un Jupiter, une Tisiphone ou une Psyché, une sirène ou une madone, selon ce qu'ordonne le Destin ou l'Inspiration. Que l'œuvre soit sinistre ou resplendissante, effrayante ou divine, vous n'avez guère d'autre choix que de l'adopter docilement. Quant à vous – l'artiste nominal – toute la part que vous y avez prise a été de travailler passivement sous des directives que vous n'avez ni données ni pu mettre en question – des directives qui n'ont point été énoncées à votre prière ni annulées ou changées à votre caprice. Si le résultat est attrayant, le monde vous louera, vous qui méritez peu la louange ; s'il est repoussant, le monde vous blâmera, vous qui méritez presque aussi peu le blâme.

Wuthering Heights a été taillé dans un atelier rustique, avec de simples outils, des matériaux communs. Le statuaire a trouvé un bloc de granit sur une lande solitaire : en le contemplant, il a vu comment on pouvait tirer de la roche une tête sauvage, boucanée, sinistre ; une forme qui aurait au moins un élément de grandeur : la puissance. Il a travaillé avec un ciseau rudimentaire et sans autre modèle que la vision de ses méditations. À force de temps et de labeur, la roche a pris forme humaine ; et elle se dresse là, colossale, sombre, sourcilleuse, mi-statue mi-rocher. En tant que statue, terrible et diabolique ; en tant que rocher, presque belle, car sa couleur est d'un gris moelleux et la mousse des landes le revêt ; et la bruyère, avec ses clochettes épanouies et son parfum embaumé, croît fidèlement au pied même du géant.

Currer Bell.

---

1. Job, XXXIX, 10 et 13. *(N.d.T.)*

DOSSIER

POSTFACE

Vivre à deux

pour M., H., et les Emily

Gide, dans ce qui va devenir son Journal, *en 1893, il vient d'avoir vingt-quatre ans : « Le roman que j'aimerais le plus avoir vécu, c'est encore, je le crains bien,* Wuthering Heights[1]. » *Ainsi pourrait-on vouloir vivre ce qu'on lit. Mais une menace s'y attache, liée au temps de la formulation – irréel du passé devenu condition d'un vœu. Un lien étroit s'annonce donc avec le livre qui justifie un tel vœu. Quelqu'un comme Gide ne risque pas une phrase pareille sans s'engager par là sur la nature de ce livre, son caractère unique. Voilà ce que j'aimerais souligner. Parce que* Wuthering Heights *est le seul livre que j'ai cru, un jour, donc pour toujours, avoir vécu, ou fait semblant de vivre. On peut finir par se sentir très démuni, comme un peu d'outre-tombe, avec ce livre, si on épouse sa leçon de solitude, sans doute ce qu'il a de plus torturant et d'inégalable. Sauf s'il arrive qu'une « fille de quinze ans » téléphone et vous dise, à son tour, comme Gide qui serait aujourd'hui son arrière-grand-père, que* Wuthering Heights *est à ses yeux le livre le plus important qui soit.*

Il y aura eu ainsi une histoire d'amour, comme une his-

1. « Le subjectif », Cahiers de lecture, mars 1893, dans *Cahiers André Gide*, t. I, Gallimard, 1969.

toire de fantômes, entre la Nouvelle Vague *et les* Brontë. *Truffaut disposant avec soin des images de leur vie familiale dans la maison des* Deux Anglaises et le Continent, *modifiant à mots couverts l'histoire des deux sœurs de Henri-Pierre Roché,* Muriel *et* Anne, *pour la calquer en filigrane sur celle de deux autres Anglaises, Charlotte et Emily :* « admirables sœurs Brontë ». *Rivette tentant de glisser sa passion du théâtre, du jeu et de la gravité adolescente entre les corps des personnages de* Wuthering Heights, *les attirant vers nous par un transfert de date et de style propre à en faire nos presque contemporains. Téchiné s'attaquant directement à la biographie infiltrée de mythe pour nous rendre actuels les corps passés, à travers les acteurs-mannequins qui les frôlent. Godard, enfin, précipitant dans un chemin creux de forêt, à l'occasion d'un week-end meurtrier, la figure improbable d'Emily Brontë, en costume d'époque, et faisant avec elle un tour* « du côté de Lewis Carroll ». *La scène est emblématique : au couple qui l'assaille de sa vulgarité, si contemporaine,* « Mademoiselle Brontë » *oppose sa croyance aux éléments, aux énigmes et aux mots. Et elle en meurt. Brûlée, le feu mis à sa robe par les incroyants qui espèrent la réduire au silence. Elle se consume entre les arbres, projetant dans l'image, longtemps, sa lueur. Peut-être celle qui fait prendre son roman pour la vie.*

Quelle est cette lueur ? Disons : la lueur de l'inceste. Si ce n'est que l'inceste n'est pas dans Wuthering Heights *un contenu à découvrir, mais plutôt un état qui doit être éclairé, à partir de la lueur qu'il projette. C'est* « le plus mystérieux rapport »[1]. *On n'a sans doute jamais aussi nettement posé sa nécessité, marqué son impossibilité comme son triomphe. Contrairement à tant d'autres récits (romantiques, surtout) dont il est le secret plus ou moins indiscret, l'inceste ou l'état qui en tient lieu est dans* Wuthering Heights *réfléchi pour lui-même, cerné dans ses conditions*

---

1. Gilles Deleuze, « Bartleby, ou la formule », dans Melville, *Bartleby. Les Îles enchantées*, Flammarion, coll. « GF », 1989, p. 195.

de réalité. Si bien que sa qualité d'enfermement propre n'opère pas ici par réduction ou échappée de la scène d'ensemble où il s'inscrit.

Il se produit au contraire une adéquation sensible qui étend au tout du monde impliqué les conditions d'un tel état. Une pareille adéquation fait de ce monde, à la fois restreint et immense, le seul monde possible, dans une unicité que n'entame en rien les « sorties » nécessaires à son existence. Le caractère exceptionnel et la perfection de cette clôture permettent de situer le récit d'Emily Brontë à un point exact de rencontre entre le mythe et le roman. Ils se croisent au moment qui voit s'étendre l'emprise de l'enfance et de la famille, et saisit la Nature dans ce qui la menace. La qualité d'éternité imprimée aux conflits en jeu par une jeune femme au destin peu commun sera ainsi propre à nourrir le vœu si intense de Gide, ce qu'il réveille en chacun.

Mais ce dont Gide ne dit rien, qu'il a toujours caché, et qui l'a d'autant plus attaché à ce livre qu'il ne cessera, toute sa vie, de lire et de relire, c'est une lettre, reçue, un beau jour, d'Angleterre. Elle lui venait de C.W. Hatfield, l'homme qui a vécu plus qu'aucun autre dans l'intimité des Brontë. C'est lui qui a transcrit, en marge de son travail de bureau, la masse impressionnante des écrits inédits des quatre enfants, Charlotte, Emily, Anne et Patrick Branwell. Ils avaient été retrouvés en 1895 par un libraire londonien, Clement Shorter, à Banagher, en Irlande, où s'était retiré le dernier survivant de la famille, le mari de Charlotte. Recensés, regroupés, puis revendus, dispersés dans de nombreuses collections, publiques et privées, en Angleterre et aux États-Unis, ces manuscrits ont été presque tous à nouveau réunis par Hatfield qui a ainsi transcrit pendant plus de vingt ans, avec une passion inlassable, les milliers de pages couvertes de l'écriture minuscule, si particulière, par laquelle les quatre enfants Brontë ont longtemps imité la composition imprimée. Ces transcriptions serviront largement, au fil du siècle, aux nombreuses éditions, plus ou

*moins imparfaites, des poèmes et des écrits de jeunesse
des Brontë – jusqu'à la belle édition définitive des poèmes
d'Emily publiée par Hatfield en 1941.*

*Un petit texte a pourtant jusqu'ici échappé à tous les
recensements. Il s'agit d'une lettre de Branwell à sa sœur
Emily. Elle n'est pas datée, et curieusement postérieure à
tous leurs écrits. Peut-être a-t-elle été retrouvée par Hatfield, comme cela est arrivé souvent, à l'intérieur d'un autre
manuscrit avec lequel on pouvait la confondre d'autant
mieux qu'elle est rédigée en « caractère imprimé », et non
en cursive, comme certains écrits plus tardifs et les lettres.
Hatfield a conservé par-devers lui ce manuscrit, sans le
mentionner, sans doute à cause de son caractère unique.
Mais, de façon inattendue, il en a un jour fait parvenir une
copie à Gide. Il connaissait son intérêt pour les Brontë,
pour James Hogg, l'auteur favori de Branwell (dont Gide
a fait traduire le chef-d'œuvre,* Confession d'un pécheur
justifié*), et surtout sa passion pour* Wuthering Heights *et
Emily. Hatfield a certainement deviné aussi que cette lettre
touchait Gide au plus près. C'était si vrai que Gide l'a lui-
même conservée jusqu'à sa mort, sans jamais en parler.
Elle n'a ainsi été retrouvée que très tard, parmi certains
papiers confidentiels. Sa parution avait été prévue pour le
premier numéro des* Cahiers André Gide. *Mais les héritiers,
séduits à l'idée d'une édition vraiment complète de l'œuvre
des Brontë, entreprise en France dans les années 60 par
l'auteur de ce texte, avaient eu la générosité de lui réserver
la primeur de la fameuse lettre. Elle confirmait bien ses
vues – en particulier à l'égard des* Juvenilia *de Charlotte
et de Branwell, jamais encore publiés convenablement en
anglais, et qui faisaient la nouveauté du projet. Tout cela a
été, depuis, différé* sine die. *Il fallait donc finir par rendre
justice et à Gide, et à Hatfield, et à Branwell Brontë. Rien
ne pouvait mieux convenir qu'une nouvelle parution de*
Wuthering Heights, *sur lequel porte l'essentiel de la lettre.
Quant à son authenticité, elle n'est guère plus à mettre
en doute que la parole du petit pâtre, à la fin du roman
d'Emily. Peu après la mise en terre de Heathcliff, dix-huit*

*ans après la mort de Cathy, il vient confier en pleurant à
Nelly qu'il a aperçu sur la lande « Heathcliff et une femme,
sous la pointe du rocher ». Ici comme là, il s'agit seulement
d'aller droit au plus vrai.*

Lettre à sa sœur Emily, par P.B.B.[1]

*Il y a cette chose dont je voulais depuis si longtemps te
parler. Cela a fait couler pendant un demi-siècle beaucoup
d'encre, au point d'être devenu un passage obligé dans les
livres savants qu'on nous consacre, où on se soucie pourtant peu de moi comme écrivain. Je veux parler de cette
part que j'aurais prise à la rédaction de* Wuthering Heights.

*Nous savons toi et moi qu'il n'en est rien. Le moindre
imbécile veut voir que nous n'avons pas une phrase en
commun, pas une ombre de rythme ni de respiration à
partager. Il suffit de relire mon récit inachevé de 1845,
« And the Weary are at Rest », mon dernier effort pour
écrire ; il a contribué à la méprise, à cause du mystère qui
l'a longtemps entouré (jusqu'à ce que Hatfield le publie, en
1924). Des choses ont pu y paraître semblables : les landes
du Yorkshire ; le vieux S'Death, si pareil à Joseph ; Percy,
tournant autour de Maria Thurston, qui a fait songer à
Heathcliff. Mais ton histoire est dans son fond tout autre,
alors même que je la sens trop proche. C'est ce qui me
pousse à t'écrire. Il s'agit de la chose la plus profonde et la
plus mystérieuse. Les mauvais biographes ont raison. Sans
moi, tu n'aurais jamais écrit* Wuthering Heights. *Et non*

---

1. Pour se retrouver dans les dates et événements, souvent évo-
qués des plus librement par Branwell, on peut se reporter aux
« Notes biographiques sur une famille d'écrivains » (p. 559-567).
On trouvera aussi, dans l'étude de J.P. Sanger (dans le choix de
textes critiques), le schéma généalogique et le tableau chronologique de *Wuthering Heights* (p. 453 et 459). Enfin, pour plus de
détails sur les Juvenilia, on peut consulter mon édition : Charlotte
Brontë, Patrick Branwell Brontë, *Écrits de jeunesse (choix)*, Pau-
vert, 1972 (abrégé ici en CB, PBB).

*pas seulement parce que je t'aurais offert un modèle, avec
ce pauvre Hindley, sa faiblesse, sa déchéance, sa folie. Ni
même à cause de Heathcliff, qu'on peut prendre pour un
amant frustré, comme je l'ai été dans mon histoire avec
Lydia Robinson. Si bien que ma vie déplorable, dès ce mois
de juillet 1845 où je suis revenu frappé à mort à la maison,
t'offrait déjà deux parts de personnages, liés par la force
indissoluble qui les fait exister ensemble et se torturer l'un
l'autre, dans ton récit, de l'enfance à la mort. Mais là n'est
pas la vraie question. Elle me revient tout entière dans les
mots que tu prêtes à Cathy : « Je* suis *Heathcliff. » Je me
suis souvent répété, dans une brume de plaisir et d'agonie,
les phrases dont tu les entoures. « Ma grande raison de
vivre, c'est lui. Si tout le reste périssait et que lui demeurât,
je continuerais d'exister ; mais si tout le reste demeurait
et que lui fût anéanti, l'univers me deviendrait complètement étranger, je n'aurais plus l'air d'en faire partie. Mon
amour pour Linton est comme le feuillage dans les bois ; le
temps le transformera, je le sais bien, comme l'hiver transforme les arbres. Mon amour pour Heathcliff ressemble aux
rochers immuables qui sont en dessous : source de peu de
joie apparente, mais nécessité. Nelly, je* suis *Heathcliff ! Il
est toujours, toujours dans mon esprit ; non pas comme
un plaisir, pas plus que je ne suis toujours un plaisir pour
moi-même, mais comme mon propre être. »*

*Si ces phrases m'affectent tant, c'est que « je suis Heath-
cliff ». C'est moi, Heathcliff, depuis le commencement du
temps qui nous est commun. Si Cathy pense être Heathcliff, et si tu penses l'être à travers elle, c'est que je le suis
avant tout, mais en étant exclu de ce que cela suppose,
et pour toi, et pour moi. Je vois bien que Cathy tire de
lui sa force, de vie et de mort, et que par là Heathcliff est
l'énergie qui rend possible ton récit, qui s'achève avec sa
mort et par sa mort, ce qu'elle conclut et libère. Heathcliff
est la force dont tu tiens ton livre, son principe. Et je suis
ce principe, je le suis, comme je sais que j'ai deux mains.
Mais seulement dans la mesure où j'en suis dessaisi, passé
en toi, chacune de mes mains me fuyant et me revenant*

dans le miroir où tu l'attrapes, par une opération qui nous a fait semblables, plus proches que le proche, et pourtant maintenus à une distance terrible. C'est là où tu te tiens, seule en toi-même, et pourtant jamais délaissée, haute et souveraine, avec cet Heathcliff que je suis.

Il n'y a pas d'autre question dans ton livre que Heathcliff. Savoir d'où vient Heathcliff, et ce qu'il pourrait être. C'est la question qui envahit Nelly, quelques pages avant la fin, un jour à peine avant la mort de Heathcliff, quand elle le voit pénétrer dans la chambre du lit à panneaux, le lit de Cathy et d'enfance, dont la fenêtre communique avec le temps. « Mais d'où venait-il, ce petit être noir, recueilli par un brave homme pour sa ruine ? » Moi, je sais une chose : l'arrivée de Heathcliff, au début de l'histoire – non pas le début du récit, mais bien l'histoire de Nelly, qui date pour toi le début de tout –, cette arrivée rappelle une autre scène que tu n'auras pas oubliée, même si tu n'avais alors que neuf ans. Nous l'avons racontée, Charlotte et moi – je veux dire écrite, parce qu'elle a bien sûr d'abord eu lieu, mais sa répétition est ce qui en tient lieu, la fondait avant même qu'elle n'ait lieu. Charlotte a écrit la première (cela m'émeut au point que je conserve sa graphie de treize ans, dans ce manuscrit dont tu te souviens peut-être, The History of the Year). « Jeunes Hommes papa avait acheté à Branwell quelques soldats à Leeds quand papa revint à la maison il faisait nuit et nous étions au Lit alors le lendemain matin Branwell accourut à notre Porte tenant une Boîte de soldats Emily et moi nous sautâmes hors de nos Lits et je m'emparai de l'un des soldats et m'exclamai voilà le duc de Welling-ton ce sera le mien[1] ! quand j'eus dit cela Emily en prit un aussi et dit qu'il serait à elle quand Anne descendit elle en prit un aussi. Le mien était le plus beau de tous et parfait en tout celui d'Emily était un gaillard au Regard grave nous l'appelâmes Gravey celui d'Anne était une drôle de

---

1. Il y a ici dans le manuscrit deux mots autour du nom de Wellington : *Athur*, pour Arthur, le prénom du duc ; *Author*, parce qu'il s'agit sans doute déjà, grâce à lui, d'être écrivain.

*petite chose tout comme elle nous l'appelâmes waiting Boy
Branwell choisit Bonaparte[1]. » Cette scène, je l'ai racontée à
mon tour deux fois, dans* The History of the Young Men,
*qui a été la Bible et l'Iliade de notre grand jeu. Dans l'intro-
duction, je mentionne la même boîte de soldats rapportée
par papa de Leeds, et qui ouvre le jeu (« cette Histoire est
l'exposé de ce que moi-même, Charlotte, Emily et Anne,
prétendîmes être arrivé aux Jeunes Hommes »)[2]. Et la scène
revient au moment où les quatre grands Génies, Tallii,
Brannii, Emmii et Annii, choisissent leurs quatre héros,
destinés à devenir Rois dans notre Afrique de légende : Wellington, Sneaky, Parry et Ross (mais c'était moi, Brannii,
le vrai chef des Chefs Génies, même si Charlotte, en tant
qu'aînée, se croyait la plus grande).*

Voilà la scène qui revient au début de l'histoire de
Wuthering Heights. *Le père Earnshaw part pour Liverpool faire on ne sait quoi. Il demande à ses deux enfants,
Hindley et Cathy, quels jouets ils désirent. Il revient trois
jours plus tard, épuisé, ouvre son manteau, d'où surgit
Heathcliff : « un présent de Dieu, bien qu'il soit presque
aussi noir que s'il sortait de chez le diable ». L'enfant abandonné et recueilli a pris la place des jouets attendus, le
violon et la cravache (l'un cassé, l'autre perdue). Heathcliff est le jouet fabuleux que tu t'es inventé pour occuper
la place des soldats rapportés par papa. Mes soldats, que
je vous ai d'abord prêtés puis donnés (je le rappelle dans
une note de* The History of the Young Men). *Nos soldats,
grâce auxquels nous avons commencé tous les quatre à
inventer nos histoires. Ces histoires à travers lesquelles
nous nous sommes, Charlotte et moi, pendant si longtemps figurés, cherchés, aimés, haïs. Ces histoires avec
lesquelles ton roman entretient, parmi vos romans à toutes
trois, le rapport le plus proche. Il en est l'aboutissement,
le rêve transformé, comme un cristal où je me reconnais,
tué en moi-même et métamorphosé. Cela remonte sans*

---

1. CB, PBB, p. 36.
2. CB, PBB, p. 127.

doute au moment où, avec Anne, tu nous quittes pour créer ton propre jeu. C'est une façon de te détacher de nous, de moi, pour mieux me retrouver. Plus aucun compte à rendre, tu peux m'inventer à ta guise. Nous sommes dans deux mondes différents, mais je sais bien que vous nous imitez. Et je demeure au centre de tout, seul frère, seul garçon, offert à votre fantaisie à toutes, à la fois héros et victime désignés. Cela se passe bien sûr avant tout avec Charlotte, puisque c'est ensemble et l'un contre l'autre que nous jouons et écrivons. Mais, dans le secret, c'est toi qui t'empares de moi le plus profondément.

On ne saura jamais comment, ni à quel point. Tes textes ont disparu, comme ceux d'Anne, à l'exception de tes poèmes sur lesquels on s'acharne à retrouver ce qui ne peut l'être, pour tenter d'éclairer Wuthering Heights, *pour te réinventer alors que tu as aussi bien choisi de te détruire[1]. J'ai souvent pensé qu'après ta mort Anne avait tout brûlé, ou tout enfoui dans le jardin de la maison, à même la terre, comme les cercueils des héros de ton roman. La terre où des milliers de pages dormiraient à l'abri des biographes. Avec, au beau milieu, j'aime l'imaginer, mon image, plus vive que jamais. Elle est tout à fait tienne, sans conflits ni partages autres que ceux que tu reçois de nous,*

---

1. On a retrouvé 193 poèmes (ou fragments de poèmes) d'Emily. Si l'on y ajoute son roman, sept devoirs de français, deux lettres, deux notes d'anniversaires échangées avec Anne, trois pages de journaux rédigés avec elle, c'est là tout l'œuvre d'Emily Brontë.

La répartition des poèmes en deux espèces aux bords flous, les uns plutôt lyriques, les autres nettement plus narratifs (« Gondal Poems »), a ouvert dans la critique anglaise un débat critique sans fin, que la disparition des récits d'Emily rend assez vain. On a tenté, en particulier grâce à la présence de nombreux noms (très souvent abrégés) de personnages, plusieurs reconstitutions de leur « histoire ». La plus achevée est celle de Fannie Ratchford, *Gondal's Queen, A Novel in Verse*, University of Texas Press, Austin, 1955.

Quelques vers d'Emily, datés du 13 mai 1848, six mois après la publication de *Wuthering Heights*, semblent témoigner qu'elle a poursuivi, presque jusqu'à la fin de sa vie, l'élaboration de ses chroniques : en juillet 1845 « les Gondals sont plus florissants que jamais » (voir ici même, p. 514).

de ce duel d'images auquel nous nous livrons, Charlotte et moi, et que tu retravailles à ta guise. C'est aussi pour cela qu'avec Anne, vous concevez le même monde, mais des personnages distincts. Tu peux ainsi aller d'autant mieux au bout de ta hantise, comme tu le feras, seule d'entre nous, jusqu'à la fin fidèle au jeu d'enfance. Tu es plus loin de moi que ne l'était Charlotte. Mais elle a dû finir par vraiment s'éloigner, me plaindre et me mépriser. Alors que tu as toujours été tellement plus proche en toi. Jusqu'à te confondre avec moi, comme Cathy avec celui qu'elle appelle « mon Heathcliff », et qui est dans son âme. Heathcliff est beaucoup plus qu'un personnage : désir de la sœur pour le frère comme du frère pour la sœur, il est aussi le nom du jeu qui les unit, de la scène où ce désir se vit. Je suis Heathcliff, et tu l'es à ma place. Tu as pu l'être, sans que j'y aie part, voilà l'insupportable, la force qui t'a fait accaparer la vie et surmonter la mort où je me suis enfoui. Mais dans la vraie vie tu ne m'as survécu que trois mois. J'étais ta vie, même si j'étais mort en moi depuis longtemps.

Je voudrais te faire comprendre, et surtout essayer de me raconter à moi-même comment cela est devenu possible, en nous faisant nous le remémorer ensemble. Ton roman, si étrangement seul, à cause de la perte de ce qui le précède, si extrême, comme frappé par sa propre puissance, et pourtant si intimement composé de nos corps et nos pensées. Un roman familial, en somme. Puisque nous n'avons cessé de construire et de reconstruire des familles. Des familles Brontë imaginables, acceptables, invivables, au gré du désir de chacun, ses possibilités face au désir des autres. Souviens-toi de Charlotte, s'inventant dans Villette, *des années après notre mort, sous un nom déplacé qui ne trompe personne (Bretton), la famille parfaite : grâce à quelques transformations et compressions de noms, de personnages, elle peut enfin marier le bon Branwell et la bonne Charlotte, sortis tout droit de nos écrits, l'un fils d'une double image de tante et l'autre d'une triple image de père. Tout simplement pour faire comme à la maison, où tante avait pris la place de mère, puisque mère était morte, et que chacun de nous pouvait avoir au moins une double origine, dans les rêves tenaces que se font les enfants.*

Pour les familles, Charlotte a toujours été la plus forte. Avec la bénédiction de papa, qui ne manquera pas de s'en faire l'écho, trop fier de retrouver sa place et « son » propre héros[1], elle s'est emparée de la famille du duc de Wellington qui lui offre le modèle idéal d'une famille Brontë réduite au plus simple. Un père et un fils, aux prénoms identiques (Arthur/ Arthur, comme Patrick ! Patrick). Une mère, Catherine, qui meurt (dans la réalité) en 1831, quand notre jeu se cherche et s'installe. On la fera mourir très vite, tellement cela s'accordait avec la mort de maman. Et puis il y a Charles, le fils cadet, qui devient, c'est tentant, l'auteur sous le nom duquel Charlotte va écrire presque tous ses récits pendant dix ans. Il lui faut un homme, puisqu'une femme-auteur est difficile à concevoir : elle en fait d'abord un enfant-adolescent pervers, asexué. C'est sa façon de localiser librement sur lui le désir d'écriture, la part de folie qu'on y a tous mis, pour mieux concentrer sur Arthur, marquis de Douro, puis duc de Zamorna, la folie du désir d'amour, et d'unifier ces deux folies, comme chez nous, dans la même famille. Mais il y manque alors la fille nécessaire pour être aimée d'Arthur, comme Charlotte veut l'être de moi, puisque c'est son problème, notre problème à tous, de savoir comment vivre avec l'inceste. Donc elle la crée, comme on faisait souvent, en l'empruntant à l'histoire réelle, mais en changeant l'élément qui importe (ici, le prénom) : ce sera Marian Hume, la fille du docteur du duc. Charlotte en fera plus tard la cousine d'Arthur,

---

1. Voilà comment Patrick Brontë commence à évoquer à Elisabeth Gaskell, la biographe de Charlotte, l'activité littéraire de ses enfants : « Dès leur plus tendre enfance, aussitôt qu'ils surent lire et écrire, Charlotte et ses frère et sœurs inventaient et jouaient de petites pièces dans lesquelles le duc de Wellington, le héros favori de ma fille Charlotte, finissait toujours par être le vainqueur. »

Patrick Brontë est lui-même l'auteur de quelques récits et recueils de poèmes. L'un d'eux, *The Maid of Killarney*, contient un éloge appuyé de Wellington.

*juste au moment où elle meurt, consumée de phtisie et
d'amour. Une cousine au lieu d'une sœur. Parce qu'elle est
trop parfaitement sœur. Au point d'être toutes les sœurs en
une : Marian, Maria-Anne, de l'aînée morte à la plus jeune.*

  *Il me faut dissocier ce qui a été mêlé, trancher dans ce
qui a été si noué, simplifier ce que nous avons tant aimé
compliquer. Je voudrais aussi retenir seulement ce qui te
concerne, dont ton roman garde la trace. Mais c'est en un
sens tout que tu retransformes, aussi bien le plus propre
de Charlotte, que ce qui m'appartient, ce qui circule entre
nous. Nous deux, nous trois, nous quatre, nous tous, papa,
tante, maman, Maria, Elisabeth, nous tous, membres de la
tribu Brontë, indissolublement.*

  *Tu te souviens à quel point notre jeu a été dominé par
une relation duelle, une double figure : moi tel que je me
voulais, moi tel que Charlotte m'imaginait. Leur histoire
faisait assez de bruit à la maison pour que Anne et toi
en fassiez mention de façon exacte, dans un de vos rares
journaux, en 1837, au moment de la quatrième grande
guerre africaine : « Northangerland dans l'île de Moncey
– Zamorna à Eversham[1]. » Northangerland. J'ai l'impression depuis toujours de n'avoir vu que lui. Je signerai
encore de son nom, quand je ne pourrai presque plus écrire,
des lettres et quelques poèmes. Tout prend forme, dès que je
lui donne un statut social, un passé, une généalogie. Mais
il est là dès le début : Rogue (la « canaille »), Alexander
Rogue, l'anti-Wellington, l'anti-père, le substitut de Bonaparte, celui que tout oppose en moi à l'Alexander Sneaky,
cet alter-ego sournois et méthodiste du vainqueur de Water-
loo que j'ai dû choisir comme roi, puisqu'on ne peut se
soustraire à la loi[2]. Alexander Percy, vicomte Ellrington,*

  1. Voir ici même, p. 508.
  2. Après avoir d'abord choisi (selon Charlotte) comme héros
Bonaparte, Branwell se donne officiellement comme héros Alexander Sneaky (en anglais : pleutre, sournois) qui devient l'un des
quatre rois de la Confédération Africaine, avec Wellington (Charlotte), Parry (Emily), Ross (Anne). Le royaume de Sneaky se situe
au Nord du pays ; on y pratique un fervent méthodisme.

transforme et ressuscite Alexander Rogue, héros vaincu
d'une guerre révolutionnaire déclenchée (avec l'appui des
Français et des nègres) contre l'autorité et la dictature des
rois. Mais cette guerre ne s'arrêtera pas, j'aurais voulu
qu'elle ne s'arrête jamais. Je lui ai donné comme idée force
la Vitalité, et comme but non pas tant la conquête du pouvoir que la dissolution de tout pouvoir. Il s'agit d'une sorte
d'anarchie, contre l'État de droit, la religion et le règne des
pères. Je voulais qu'avec les républicains et les colonisés,
Percy mette à feu toute l'Afrique, et que la Vitalité devienne
sa lumière. Mais Charlotte était bien trop forte, et papa, et
vous toutes, les vivantes et les mortes, vivantes qui me cri-
blaient d'images, mortes qui m'attiraient dans leur image.

Entre Charlotte et moi, le lien deviendra infernal le jour où
on a décidé, elle, moi, ensemble, je ne peux plus savoir, on
touche là un point où les textes ne prouvent rien et voilent
des conversations dont le souvenir n'a plus aucun sens, tout
a tourné quand s'est décidé le mariage de Zamorna et de
Mary Percy. Le fils du héros de Charlotte et la fille de mon
héros. Une image de femme qui semble inventée pour elle,
entre ces deux images d'hommes incompatibles que nous
avons forgées de moi. Charlotte voudra les associer dans la
paix, autour de Mary dont elle s'empare, dans un monde où
le désir est fait pour jouer avec la loi, à l'infini, la détourner sans jamais la briser. Moi, je cherche à les entraîner
ensemble dans la guerre, ou sinon à les opposer dans une
lutte à mort. J'ai besoin de cette violence pour combattre
une loi qui a été dès l'origine impossible à subir, parce que
le trou noir de la tombe l'avait précédée. Quand je réinvente
Percy, je le dote d'abord d'une fille vivante et d'une femme
morte, aux prénoms identiques. Mary Henrietta, comme
chez nous il y a Maria et Maria, la mère et la sœur mortes.
Puis je lui donne une mère et un père, et deux fils. La famille
Percy peut doubler la famille Wellesley – il me faut aussi une
vraie famille, autre que les Sneaky, pâle réplique mortifère
de celle du duc. Mais Percy fera tuer ce père, voudra faire
tuer ses fils. Il lui faut rester le seul homme, impossible et
unique fils-père, qui serait à la fois Wellington et Zamorna,

*éternellement lié à la première image où je le montre incon-
solable près de la tombe de sa femme, comme je n'ai jamais
cessé de pleurer maman et Maria. On peut bien le marier
à Zénobia, dans la réalité de tous les jours, puisqu'il faut
qu'elle existe[1]. Mais une seule chose compte pour Percy,
comme un point fixe, dans la guerre sans terme qu'il livre à
la loi : le lien entre Mary morte et Mary vivante. Et la peur,
constamment, que la vivante rejoigne la morte, à cause de
l'amour excessif qu'elle porte à Zamorna.*

*C'est là que Charlotte est trop forte, en m'opposant cette
image de moi vouée à la séduction. Là où le désir pour
Percy tend à la fixation, à une force en pure perte, il est
chez Zamorna une activité forcenée. Nous avons tous en
partage une image, de l'amour qui donne la mort, puisqu'il
faut bien comprendre celle de maman et de nos sœurs. C'est
de la maladie de l'amour interdit que les femmes meurent,
elles se consument, et les hommes sont là pour pleurer cette
mort, ou essayer de l'oublier en aimant d'autres femmes
encore. Percy, Zamorna ! Pauvre Branwell, avec ce prénom
qui lui vient de sa mère, et qui lui colle au corps, entre le
deuil et la séduction effrénée. Marian meurt parce que cet
amour de Douro-Zamorna pour la sœur est impossible,
l'enfant qui naît ressemble trop à l'enfant de l'inceste, et
mourra avec elle. Mary la remplace, à cette distance équivoque entre les Percy et les Wellesley : à la fois autres et
mêmes. Mais près d'elle, Zamorna devient aussi le don Juan
de l'Afrique. Séducteur actuel-virtuel de ses 22 cousines,
dans une version élargie de la famille Wellesley. Et surtout
apparaît l'autre femme, à la fois archaïque et perpétuelle,
née de Marian mais antérieure à elle. Quatre femmes en
une, c'est là tout le mystère autour duquel tourne Charlotte
tissant sa toile, au fil d'hypothèses emmêlées, en donnant*

---

1. Zenobia Ellrington est d'abord présentée par Charlotte
comme une rivale malheureuse de Marian Hume auprès du fils de
Wellington. Elle devient ensuite la femme de Percy. De nombreux
signes permettent d'en faire de façon assez nette une image de la
tante, Elisabeth Branwell. Son mariage avec Percy est un mariage
d'estime bien plus que d'amour.

quatre mères au même enfant, vivante image de son père.
Il sera le pur enfant de l'inceste.

La première femme est Sofala, *une Mauresque, autre-*
fois mariée au jeune marquis de Douro, qui la délaisse.
Beau à la naissance, l'enfant devient à la mort de sa mère
un monstre, qui s'attache pour la venger aux traces de
son père, tente de le tuer et meurt exécuté. La seconde est
Emily Valdacella. *Ainsi tu apparais directement, une des*
trois Emily du récit, autre femme, autre sœur, mariée à un
jumeau supposé de Zamorna, inventé à propos pour sug-
gérer sa folie amoureuse, justifier la paternité de cet enfant
par trop énigmatique, et la capacité de Zamorna d'être
double et multiple, à proportion des femmes qu'il captive[1].
La troisième femme est Helen Gordon, *que tout lie à cette*
Emily (origine, lieux, religion, etc.). Son nom sort droit de
Byron, dont la liaison avec sa demi-sœur Augusta nous
avait tant impressionnés. Helen est séduite, épousée, aban-
donnée, et meurt à la naissance de l'enfant. Elle a comme
Zamorna les yeux et les cheveux d'un noir intense. Tu sais
avec quelle insistance nous avons tous joué de ces qualités
des corps pour suggérer des assimilations et des identités.
Tout est ainsi très noir dans cette histoire. Enfin, il y a
Mina Laury, « *Mamma Mina, Mamana Mina* », *comme*
dit Ernest Edward, l'enfant mystérieux qu'elle élève et qu'il
tient pour sa mère. Mina, la première et la dernière, le secret
indiscret, la folie de Charlotte, que j'ai tout fait pour igno-
rer, mais dont je me souviens. Comme Sofala, Emily ou
Helen, mais de façon très réaliste, Mina devient rétros-
pectivement, avant Marian, le premier amour de Douro

1. Il y a dans les récits de Charlotte trois Emily (qui n'appa-
raissent chacune qu'une fois) :
— Emily Parry, femme de William-Edward Parry, le soldat
d'Emily (selon Branwell), reine du Parrysland.
— Emily Charlesworth, que se disputent Alexander Percy et
John Sinclair (ami de Wellington et transformation romanesque
d'Alexander Sneaky), dans *The Green Dwarf* (Le Nain vert).
— Emily Inez Valdacella, dans *The Spell* (Le Sortilège), qui a
également une fille, Emily Augusta.
Il n'y a aucune Emily (au moins significative) chez Branwell.

qui ne peut l'épouser, car elle est de trop basse origine. Mais, devenue suivante de la duchesse de Wellington puis de Marian qui la couvrent d'attentions singulières, sœur de lait de Douro, « mère » de l'enfant de l'inceste qui vit avec elle jusqu'à sa mort, compagne intermittente et fidèle de Zamorna qu'elle suit dans la guerre et l'exil, – à travers tout cela, Mina finit par occuper la place d'une gémellité monstrueuse qui se substitue à celle du frère supposé (avec une précision diabolique, Mina prétendra être née une heure après Zamorna, alors que son jumeau fictif du Sortilège *était supposé l'avoir précédé d'une heure).*

Avec Mina, Charlotte approche ce que tu toucheras avec Heathcliff. Elle a vingt et un ans quand elle essaie de dire ce que Zamorna est pour Mina, faute de pouvoir décider vraiment ce que Mina incarne pour son objet de rêve. « Mina Laury appartenait au duc de Zamorna. Elle était sans conteste sa propriété, aussi bien que le pavillon de Rivaulx ou la forêt majestueuse de Hawkcliffe, et c'est ainsi qu'elle-même se percevait. Tout ce qui la concernait tenait à des affaires liées au duc, et elle avait toujours montré une dévotion à la fois naturelle, enracinée et solennelle qui semblait lui laisser à peine la possibilité d'une pensée pour quoi que ce soit d'autre dans le monde alentour. Elle n'avait qu'une idée – Zamorna ! Zamorna ! Cela avait grandi en elle, était devenu une part de sa nature. L'absence, la froideur, un abandon total et prolongé n'y faisaient rien. Elle ne pouvait pas plus se sentir détachée de lui qu'elle ne l'était d'elle-même. Elle ne se plaignait même pas plus quand il l'oubliait que ne le fait le vrai croyant lorsque sa Divinité semble se détourner de lui pour un temps et l'abandonner aux épreuves du malheur quotidien. Il semblait qu'elle eût pu vivre avec le souvenir de ce qu'il avait un jour été pour elle, sans en demander davantage[1]. »

Ces histoires ne sont pas les miennes. Elles m'effraient. Ce que je veux, c'est tuer la loi. Et le désir qui va avec la loi,

---

1. Fannie Ratchford, *Legends of Angria*, Yale University Press, 1933, p. 173-174.

*joue avec elle et triomphe, par la force qu'il puise en elle,
à ne cesser de la déjouer. Pendant des années, jour et nuit,
j'ai voulu tuer Zamorna, tous ceux de la bande à Percy le
voulaient avec moi*[1]*. Nous avons failli réussir, pendant la
grande guerre. Mais c'était impossible. Percy ne l'aurait pas
voulu. Alors, au lieu de Zamorna, c'est son fils que l'ami
Quamina a sacrifié, en lui enfonçant dans les yeux une
barre de fer rougie à blanc. Quamina tuant le fils de Mina,
lui dont Charlotte a insinué qu'il pouvait aussi être frère
de lait de Zamorna, sous prétexte qu'il avait été autrefois
adopté par Wellington, Quamina qui voulait aussi épouser
Mary Percy, crevant les yeux à l'enfant de l'inceste ! Décidément l'inceste est une chose noire*[2] *!*

*Voilà d'où tu repars, toi aussi, avec tes Républicains et
tes Royalistes, ta reine séductrice, ton empereur sanglant,*

---

1. La « bande à Percy » est un amas composite de partisans et
de compagnons de débauche de Percy, qui l'accompagnent dans
son aventure politique et militaire. Parmi eux, Quashia Quamina,
fils d'un roi nègre battu par Wellington lors de la conquête africaine. Quashia apporte à Percy le concours de son peuple asservi,
les Ashantees.

2. Voilà comment Quashia intervient dans une discussion sur le
sort réservé à Zamorna, un moment prisonnier des alliés de Percy :
« Le faire pendre ! Pendez-vous plutôt. Écoutez-moi donc : je vais
vous apprendre ce que c'est qu'une vengeance raffinée, voleur ! Je
veux l'avoir entier, bien portant et gaillard planté sur ses guiboles et
dressé au bout d'une table. J'aurais ce que j'ai eu. Oui, je lui ferais seulement voir ce qu'on a fait, moi et Simpson, hier…, non, avant-hier ;
une chambre plutôt sombre, mais assez claire pour qu'on y voie mal ;
une table, j'ai dit, et nous à côté ; dehors la pluie et le vent qui faisaient un boucan d'enfer, et pas un chat qui s'inquiète de lui ; Simpson tenant… LUI, oui, je dis LUI (haussant la voix jusqu'à pousser un
rauque cri d'orfraie), Ernest, son fils, mais oui son fils aîné, couché
dans ses bras comme s'il le tenait pour le faire baptiser ; à portée de
la main, un prêtre, un nommé Quamina, je dis portant dans ses pattes
griffues une barre de fer rougie à blanc ; alors, vous voilà debout et ça
y est, on passe à l'attaque, la barre de fer s'enfonce, d'abord dans un
œil puis dans l'autre, et ça chuinte et grille jusqu'à la cervelle. J'arbore
le bonnet noir et nous le flanquons en l'air jusqu'aux nues ! Ça, c'est
la manière, mes gars, ça, c'est la torture. » (*The Angrian Adventure*,
22 juillet-8 août 1836) (voir CB, PBB, p. 335).

ton « dark boy of sorrow ». Parfois, je rêve, à scander un seul de tes noms, ces noms que nous aimions tant composer, charger de lumières équivoques, comme des noyaux durs en constant mouvement, je pense à la façon dont ces noms ont pu naître des nôtres, les faire dériver vers d'autres forces, qui se sont obscurcies dans tes textes perdus. Par exemple ton héroïne, Augusta Geraldine Almeda. *Augustus, c'est le second prénom de Zamorna, et celui du fils de Sneaky, que Charlotte attribue une fois à Percy, quand il cherche à séduire une autre Emily. Augusta, c'est le nom d'une première femme de Percy, et celui d'une des 22 cousines de Zamorna. Gerald, c'est le prénom d'un frère cadet de Wellington, dont Zamorna séduit une des filles, Rosamund (Charlotte s'en souviendra dans* Jane Eyre)[1] *; c'est aussi le prénom un instant proposé par son père au fils de Marian, Arthur Julius Wellesley, marquis d'Almeida (Julius deviendra le prénom de ton empereur du Gondal). Quant à Almeida, c'est au Portugal le nom d'une ville et d'une bataille gagnée par Wellington.*

Voilà d'où sort Wuthering Heights. *De nos familles. Tu les ramènes à une essence qui t'est propre. Là où dans les romans de Charlotte, on sent toujours un étrange déséquilibre entre les restes de nos familles d'origine centrées autour des Percy et des Wellesley, comme entre nos deux voix qui les ont modelées, tout est chez toi parfaitement délimité. Clos et ouvert, en expansion autour d'une vision unique.*

Tu te limites à deux familles, qui deviennent des idées et des champs de force, deux versions d'une même famille ramenées à leur forme la plus simple. Tu romps presque entièrement (là encore à l'inverse de Charlotte) la filiation des noms (aussi bien par rapport à nous que par rapport aux noms qu'on reconnaît dans tes poèmes). On peut vouloir encore entendre dans « Linton » une rime affaiblie de « Wellington ». Remarquer que la pâle Mrs. Linton se

---

1. Rosamund Oliver exerce dans *Jane Eyre* une fascination sensuelle sur St John Rivers, une interprétation religieuse de John Sneaky, le fils d'Alexander Sneaky, déjà lui-même à bien des égards un double moral de Zamorna.

prénomme une fois « Mary ». Et je m'amuse de voir que
« Earnshaw » reprend peut-être un nom de lieu de l'his-
toire africaine, « Earnshaw Moor », que j'ai sans doute
alors formé d'après le nom du vieux Grimshaw, que nous
connaissions tous[1]. Mais tout cela n'est rien. Sauf une
exception, mais si forte : Catherine. Parce qu'elles sont
deux, mère et fille, comme Mary Percy. Parce que Catherine
était le prénom de la duchesse de Wellington, une sorte de
mère pour Marian, dont Mary prend la place. Parce que les
deux mères étaient pour nous des âmes sœurs. Parce que
Catherine Linton meurt en accouchant, comme Helen Gor-
don et d'autres femmes, et que Mary Percy meurt quelques
mois à peine après la naissance de sa fille. La double Cathe-
rine perpétue ainsi nos deux grandes familles, en marquant
le passage des Earnshaw aux Linton.

Il y a donc ces deux familles, minimes, opposées, symé-
triques. Wuthering Heights, Thrushcross Grange : la ferme,
le château, l'orage et le calme, enfants sombres, enfants
clairs. Un père et une mère, un fils et une fille : Hindley et
Catherine, Edgar et Isabelle. Les frères et sœurs pourraient
être simplement destinés l'un à l'autre, dans l'univers élé-
mentaire où tu les réunis. Mais il y a Heathcliff. L'enfant
noir, bohémien misérable ou « prince déguisé ». Le fils en
trop recueilli par le père, à qui on attribue le nom d'un
enfant mort. Avec lui, tout bascule. Heathcliff et Cathy
devenant inséparables. Presque une seule âme en deux
corps, une sorte d'identité, physique et psychique. L'en-
fance à l'état brut. Le jeu à l'état pur. L'inceste à l'état nu.
Actuel, virtuel. Impossible, bien sûr, mais existant si fort,
si immédiat et exclusivement présent (quoique revenant du

---

1. William Grimshaw était un pasteur méthodiste, célèbre à
Haworth. Voilà ce que Branwell écrit (dans un fragment sans titre,
daté du 28 novembre 1836) : « À la fin de la première semaine de
novembre étaient alignés de Zamorna à Earnshaw Moor sur une
étendue de vingt milles de la frontière de l'Afrique et jusque dans
la vallée de Verdopolis au N.O., à l'Olympian au S.E., près de
150 000 hommes rangés sous l'étendard rouge sang de Percy et
de la Révolution. »

*passé, à travers le récit que tu en fais) qu'il devient le seul
espace possible, auquel tout finit par être soumis. J'imagine
que c'est moi tel que tu me veux, allant jusqu'à la fin de
ma destinée d'homme, en portant ton image, et faisant du
monde restreint mais plein où tu m'enfermes – Haworth,
la lande, la maison – le lieu que doit recouvrir cette image.*

*Il y a dans ton récit trois hommes, dépendant de deux
femmes qui meurent. Hindley de Frances ; Edgar et Heathcliff de Catherine*[1]. *Comme Heathcliff, Frances vient de
l'extérieur. Elle est l'autre élément étranger, et son origine
demeure tout aussi inconnue (« Qui elle était, où elle était
née, c'est ce dont il ne nous fit jamais part »). Elle aussi
meurt six mois à peine après la naissance de Hareton, de ce
mal toujours lié au trop d'amour, à quelque chose d'irréel,
qui consume. Comme si ce qui vient d'ailleurs servait à
toucher le plus intérieur, la chose qui n'a pas de nom, dont
le manque est irrecevable, car on y perd son être. Façon
d'approcher le trop proche. Ce qui pourrait avoir eu lieu
entre Hindley et Cathy, le frère et la sœur d'origine, si ce
n'était pas dénué de sens. Frances est le seul autre nom
que tu empruntes peut-être à Charlotte : Frances Millicent
Hume était pour Charlotte un double mystérieux de Marian,
une sorte de sœur, « protégée » de Zamorna ; elle s'en est
souvenue pour nommer l'héroïne de son premier roman*[2].

*Il y a ainsi, à Hurlevent, deux rapports excessifs. Incom-
parables, si ce n'est par la violence qu'ils libèrent dans « la
maison infernale », et ma conviction d'avoir été voué aux
deux même si le second est hors d'atteinte. D'un côté la
déchéance et la « folie » de Hindley, sa faiblesse devant la
perte et la mort, sa haine pour Heathcliff, qui lui renvoie*

---

1. Le récit oblige à choisir, pour distinguer les deux Catherine,
entre les points de vue opposés de Heathcliff et d'Edgar : le premier
appelle Catherine Earnshaw « Cathy » et sa fille « Catherine » ;
Edgar fait l'inverse. Je m'en suis tenu, quand c'était possible, à la
version de Heathcliff.
2. L'héroïne du *Professeur* s'appelle Frances Evans Henri. Elle
finit par épouser le héros-narrateur, William Crimsworth, un des
nombreux avatars du fils cadet de Percy.

l'image de ce qu'il ne pourra jamais toucher. De l'autre, il y a la force indestructible qui attache Heathcliff à Cathy. Cette force lui rend possible de vouer Cathy à la mort et de passer avec elle au-delà, comme pour respecter, par un accord plus profond que toute chose humaine, la nature du lien établi par l'enfance, qui leur interdit de vivre à deux, et de se regarder dans les yeux sans défaillir, parce qu'ils sont un.

Là encore il y aura un mouvement par l'extérieur, un trou noir dans le temps. La fuite de Heathcliff, la crise et le dépérissement de Catherine, son mariage d'amour raisonnable avec Edgar, le retour de Heathcliff.

Il faudra seize ans à Heathcliff pour mener à bout l'expérience et ramener Cathy à la maison. Morte mais néanmoins vivante, tant qu'il persiste à vivre. Ce qu'on a appelé le sadisme, le désir de vengeance, l'inhumanité de Heathcliff – envers Hindley, Hareton, Edgar, Isabelle, son fils Linton, et Catherine –, tout cela ne vise qu'à rendre possible la vitalité d'une image, la force positive d'un désir de mourir exprimant la vie même, le propre et le proche, ce qu'Heathcliff appelle « mon ciel ». Il faut que tout lui appartienne, la terre et les êtres, et revienne à Hurlevent, dans « la vieille maison » que Cathy évoque dans son délire, peu avant sa mort[1].

---

1. « J'étais chez moi, enfermée dans le lit aux panneaux de chêne, mon cœur souffrait de quelque grand chagrin, que je n'ai pu me rappeler en me réveillant. Je réfléchissais et m'épuisais à découvrir ce que ce pouvait être : chose surprenante, les sept dernières années de ma vie s'étaient effacées de mon esprit ! Je ne me souvenais pas qu'elles eussent seulement existé. J'étais enfant, mon père venait d'être enterré et mon chagrin provenait de la séparation ordonnée par Hindley entre Heathcliff et moi. Pour la première fois j'étais seule ; et, sortant d'un pénible assoupissement après une nuit de larmes, je levai la main pour écarter les panneaux : ma main frappa le dessus de cette table ! Je la passai sur le tapis, et alors la mémoire me revint d'un coup : mon angoisse récente fut noyée dans un paroxysme de désespoir. Je ne saurais dire pourquoi je me sentais si profondément misérable ; j'ai dû être prise d'une folie passagère, car je ne vois guère de raison. Mais supposez qu'à douze ans j'ai été arrachée des Hauts, de mes liens d'enfance

*En tout cela, Heathcliff est proche de Percy, ce qu'il
aurait pu être, si j'avais eu la force. La Vitalité dont il
rêve pour l'Afrique est une puissance plus large, politique,
sociale. Au moins elle veut l'être. Mais elle est contredite
en moi, en lui, par cette fixation qui dépossède : la femme
morte, le trou noir, qui arrête la vie. Alors que pour Heathcliff tout fait bloc : Cathy et le monde alentour. La morte
demeure vivante, parce qu'elle a été elle-même absolument
vivante ; elle concentre l'énergie qui permet à Heathcliff de
s'emparer du paysage, d'y faire monter peu à peu les traits
de son visage, pour pouvoir enfin, à nouveau, le confondre
avec le sien.*

*Il faut pour cela qu'il n'y ait pas de loi qui interdise. Rien
au moins qui retienne trop à l'intérieur de soi. Dans mon
dernier récit, Percy dit à Maria Thurston, qu'il essaie en vain
de séduire : « Nous pouvons croire au bonheur, madame,
quand la loi s'endort. » Mais elle ne s'endort jamais vraiment. Toutes ces années, à la fin, à la maison, passées
à partager la chambre de papa. J'ai compris un jour, en
réécrivant le nom : Northangerland. Northumberland. Les
deux syllabes transformées : umber/anger. Nord, terre de
colère. Nord méthodiste, d'Alexander Sneaky, de papa, de
maman et de tante, rentré dans ce nom de Percy, son titre
de noblesse ! Alors que toi, ce père, tu l'absentes, tu le fais
dépérir, avec douceur, en observant sa place. C'est lui qui
trouve Heathcliff, l'aime, le protège, sans que cela semble
trop importer, et meurt, comme s'il s'endormait, entre les
deux enfants dont l'amour grandit dans son ombre. As-tu
jamais remarqué que la date à laquelle tu fais mourir le
vieux Earnshaw, 1777, était la date de naissance de papa ?
Après, dans ton histoire, le père disparaît peu à peu.
Hindley, le père fou, Edgar, le père doux, et ce qui en demeure
en Heathcliff même, non pas envers son fils, trop hors-
nature, mais envers Hareton dont il devient une sorte de*

---

et de ce qui était tout pour moi, comme Heathcliff l'était alors,
pour être transformée subitement en Mrs. Linton, la maîtresse de
Thrushcross Grange et la femme d'un étranger ; proscrite, exilée
par conséquent, de ce qui avait été mon univers... »

*père. Heathcliff meurt quand il touche son ciel, que Cathy
a tout envahi, quand « les figures d'hommes et de femmes
les plus banales, mon propre visage, se jouent de moi en me
présentant sa ressemblance ». Mais c'est aussi que Catherine et Hareton sont prêts à s'aimer. Aussi durement qu'il
les ait traités, Heathcliff pressent qu'une histoire recom-
mence, dont sa vie entière, et la pureté de son expérience,
ont assuré le dénouement (« il y a cinq minutes, Hareton
me semblait une incarnation de ma jeunesse et non un être
humain »). Hareton et Catherine sont étrangers à son ciel.
Heathcliff dit bien : « celui des autres est pour moi sans
valeur et sans attrait ». C'est pourquoi il voudrait supprimer ses biens de la surface de la terre, pour se refermer dans
la singularité de son histoire, à nulle autre semblable. Mais
il aura permis sa conclusion, et son renversement.*

*En mourant, Heathcliff délivre Hareton et Catherine. Il
les abandonne, sans père, et presque sans mère ; il n'y a
plus là que Nelly, qui les a élevés l'un et l'autre. On aimerait
dire : il les laisse sans loi. Mais il y a celle qui veille, les a
fait seulement cousins, et non pas frère et sœur. Catherine
a « les beaux yeux noirs des Earnshaw, mais le teint clair,
les traits délicats, les cheveux dorés et bouclés des Linton ».
Seuls « leurs yeux sont exactement semblables : ce sont
ceux de Catherine Earnshaw ». Le semblable est ce qui leur
permet de s'unir, le différent d'y parvenir. Cela suppose de
quitter « la maison infernale » pour La Grange. Mais ils n'y
sont pas vraiment seuls. Car Heathcliff « se promène ». Le
paysage est hanté par l'histoire qu'il a rendue possible. Il y
a des fantômes sur la lande, Heathcliff et une femme, que
le petit pâtre a vus sous la pointe du rocher.*

*Heathcliff n'a pas de nom, si ce n'est ce corps naturel que
le mot désigne : roc et bruyère. Il n'a pas vraiment d'âge, de
date de naissance. Ses yeux, après sa mort, ne se referment
pas. Il est devenu le principe incorporel qu'il a toujours
été : cette force, en toi, qui t'a permis d'écrire, de vivre,
et que j'étais sans l'être. Il faut, pour penser vivre à deux,
avoir la force d'être seul. Et pour vivre vraiment à deux,
être absolument seule, comme tu as su l'être, à un point*

*que je conçois mal. Il y a ceux qui ne peuvent supporter
les fantômes, dont l'ombre les recouvre. Et ceux qui savent
les apprivoiser, parce qu'ils les aident à vivre.*

*À la maison, il n'y avait aucune cousine à épouser. Il
n'y avait que des frère et sœurs, un frère et trois sœurs. Et
entre toutes toi la sœur par excellence*

*Je t'embrasse le plus tendrement du monde, sur la terre
comme au ciel.*

Ton frère, P.B.B.

Il y a deux ou trois choses encore, parmi d'autres et
d'autres, dont Branwell ne dit rien, et qui font de Wuthering Heights *ce livre inimitable, à la lisière entre mythe
et roman.*

D'abord l'imbrication des voix narratives, dont on a
tant et justement parlé, pour dire que s'y annonçait l'art
de Meredith, de James, de Conrad. Elle repose avant tout
sur Lockwood et Nelly Dean, le premier écrivant, pour la
majeure part, ce que lui conte la seconde, avec l'aide de
quelques narrateurs secondaires et interposés. La fonction
essentielle de Lockwood est de venir vraiment de l'extérieur,
d'être celui qui n'entre dans l'histoire que pour qu'elle se
détache de lui : mythe qui prend corps en roman parce que
ce narrateur venu d'ailleurs sert de caution à un monde
fermé dont il atteste l'existence. Mais il faut, pour cela,
qu'il entre aussi en double dans ce dont il témoigne. Il le
fait, peut-on dire, doublement. D'abord en se posant, dès sa
visite à Hurlevent, en amoureux virtuel de Catherine Linton, après l'avoir prise pour la femme de Heathcliff (la possibilité de cette inclination courra, fil ténu, jusqu'à la fin
du livre, lorsque Lockwood revient dans le pays, peu après
la mort de Heathcliff). Ensuite, plus profondément, lors de
cette même visite, Lockwood fait l'expérience traumatique
qui précipite le récit au plus près de lui-même : c'est le rêve
fameux, dans le lit à panneaux, avec sa fenêtre ouverte sur
la lande, qui vire au cauchemar et confronte Lockwood
au fantôme de Catherine Earnshaw. Lockwood est bien le

double extérieur de Heathcliff qui tranche ainsi d'autant mieux avec ce corps réel, et gagne en pureté mythique. Du reste, comme Heathcliff, Lockwood est réduit à un nom sans nom, sans origine ; il est lui aussi un pur signe matériel (bois et serrure), mais sans accès véritable à ce qu'il rapporte, dont il n'est qu'un lieu de passage, l'instrument.

Il en va autrement de Nelly, qui appartient au drame qu'elle conte, et plus profondément qu'on n'a voulu le souligner (à moins de s'égarer dans une vue psychologiste, et d'en faire – on l'a fait – le « vilain » de l'affaire). Nelly, si on regarde bien, est un personnage « drogué » : au sens où il est rare que ce qu'elle dit soit suivi par ce qu'elle fait, et où ce qu'elle fait permet au récit d'avancer bien plus qu'il n'y paraît. Sa conduite par rapport à Heathcliff en témoigne, constamment (jusque dans les jugements opposés qu'elle porte sur lui). Elle sert ainsi de trait d'union, en apparence malgré elle, entre les deux maisons, comme entre les personnes, en prenant parfois, bien au-delà de ses fonctions, des initiatives un peu irrationnelles, qui débordent la crédibilité psychologique et servent au plus près la substance mythique des rapports et des actes. Cette situation, renforcée par sa position de narratrice, n'est pas sans faire écho au rôle symbolique que le récit lui donne, outre celui d'élever des enfants : Nelly est la sœur de lait de Hindley. À plusieurs reprises, en particulier au moment de la mort de Hindley (mais aussi bien à l'occasion d'une visite soudaine à Hurlevent), Nelly est la proie de visions et d'affects liés à cette enfance partagée, beaucoup plus vifs que ne le laissent supposer ses rapports postérieurs avec Hindley, tous liés à la présence de Heathcliff. Comme si une première esquisse d'enfance et d'inceste se nouait ainsi à l'intérieur de la famille Earnshaw, préparant du côté du frère ce qui va éclater avec la sœur, faute que rien n'ait jamais existé entre eux. Et il semble bien que ce soit la singularité qui lie ainsi doublement Ellen Dean à l'enfance, qui justifie son privilège, non seulement de narratrice, mais d'accoucheuse du récit qu'elle porte à son terme, à travers la voix de Lockwood.

Enfin il faut dire à quel point le fantasme, et le réel qui l'accompagne, sont dans Wuthering Heights *la proie d'une extraordinaire prégnance, en termes de vision, de cadre et d'image. Trois moments montrent une intensité rare : le cauchemar de Lockwood, avec le supplément que lui confère aussitôt Heathcliff, essayant de ressaisir cette apparition de Cathy aux yeux d'un autre ; la longue séquence du délire de Cathy a La Grange, hallucinant sa chambre d'enfant ; enfin, tout le récit que fait Nelly à Lockwood des derniers moments de Heathcliff, à partir du moment où l'image de Cathy, à se concentrer dans les yeux de Catherine et de Hareton en train de devenir un couple, occupe tout le paysage et l'environne, comme une hantise que seule la mort peut dénouer. « Je m'aperçus alors que ce n'était pas le mur qu'il regardait ; car, en l'observant, je remarquai que ses yeux semblaient exactement dirigés vers une chose qui se serait trouvée à deux mètres de lui. Quelle que fût cette chose, elle lui causait apparemment ensemble un plaisir et une douleur extrêmes ; c'était du moins l'idée que suggérait l'expression angoissée et cependant ravie de son visage. L'objet imaginaire n'était pas fixe ; ses yeux le suivaient avec une activité infatigable et, même quand il me parlait, ne s'en détachaient jamais. »*

De ces trois séquences une image monte, comme un dépôt de souvenir : dans la vieille maison la chambre des enfants, dans la chambre le lit à panneaux, et dans le lit la fenêtre ouvrant sur la lande. Cauchemar de Lockwood ; vision de Catherine ; agonie de Heathcliff qui meurt contre cette fenêtre ouverte, et dont rien ne pourra fermer les yeux. C'est par les fenêtres de l'âme que les fantômes entrent et sortent, en quête d'un ravissement où tout ce qui est double est aussi bien unique : il suffit que le regard en franchisse le seuil, et le corps s'y reconnaîtra dans l'intimité de la nature, l'innocente clarté de son propre état de nature.

RAYMOND BELLOUR

NOTES BIOGRAPHIQUES
SUR UNE FAMILLE D'ÉCRIVAINS

La mère naît en 1783, en Cornouailles, dans le sud de l'Angleterre, cinquième fille d'une famille de onze enfants, bourgeoise et méthodiste. Le père naît six ans plus tôt dans le nord de l'Irlande, d'une pauvre famille paysanne. Il est l'aîné de dix enfants. Il sera forgeron et tisserand avant de devenir à seize ans instituteur puis précepteur. On le retrouve en 1802 étudiant à Cambridge ; il en ressort quatre ans plus tard ordonné prêtre. Il échange son nom de Prunty en Brontë : en hommage, dit-on, à Nelson alors nommé duc de Brontë. Patrick Brontë devient vicaire, dans l'Essex, puis dans le Yorkshire, qu'il ne quittera plus. Il y rencontre en 1812 Maria Branwell. Il l'épouse après quelques mois d'une cour attentive et passionnée.

La mère est une femme d'une grande sensibilité intellectuelle et morale. Ses lettres de fiancée le montrent, et un court essai, écrit avant son mariage : *On the Advantage of Poverty in Religious Concerns*. Le père est un écrivain-pasteur du dimanche : deux contes en prose, deux recueils de poèmes, des pamphlets, lettres et sermons publiés par des éditeurs et des journaux locaux. Ils témoignent d'un homme de culture, et de convictions fermes.

1814-1820. Six enfants naissent. A Hearstead : Maria et Elisabeth (1814, 1815), à Thornton, Charlotte (21 avril 1816), Patrick Branwell (26 juillet 1817), Emily Jane

(30 juillet 1818), Anne (17 janvier 1820). Cinq filles et un garçon.

La famille s'installe à Haworth, où le père est nommé pasteur. Le presbytère en granit est attenant au cimetière ; au sommet de la grande rue escarpée, il donne sur la lande. Le village est très isolé au milieu des collines : Keighley, alors un gros village, est à 5 km, Bradford à 15, Halifax à 17. Les communications sont rares et difficiles. Les Brontë ne quitteront plus cette maison qui est devenue un des lieux de pèlerinage littéraire les plus fréquentés du monde.

La mère meurt très vite d'un cancer. Maria a sept ans, Anne un an et demi. Le père cherche à se remarier. Sans succès. Elisabeth Branwell, sœur aînée de la mère, quitte à regret la Cornouailles pour diriger la maison et s'occuper de l'éducation des enfants. Elle y demeurera jusqu'à sa mort.

1824-1825. Les quatre sœurs aînées vont en pension à l'école de Cowan Bridge, destinée aux enfants pauvres du clergé anglican. Les conditions de vie sont dures. Atteintes de phtisie, Maria et Elisabeth meurent en quelques mois. Emily et Charlotte reviennent à la maison.

L'écriture commence. Le mythe en a été fixé du vivant des deux sœurs aînées. L'écriture est un jeu. Elle naît d'une suite de jeux qui se forment entre les quatre enfants : d'après des livres, des journaux, des boîtes de soldats. Chacun a son héros, ses multiples héros. Charlotte choisit Wellington, Branwell Bonaparte. La fille et le garçon, le frère et la sœur. C'est le début d'un long combat. Il durera longtemps. Charlotte et Branwell ont douze et treize ans quand ils écrivent les premiers textes cohérents qui nous soient parvenus (1829). Ils écrivent séparément, mais ensemble aussi, puisque leurs textes se répondent : duo, duel. De leur côté, les cadettes élaborent leur propre jeu à partir de celui des aînés : on en sait peu de chose car les textes ont été perdus, à l'exception de trop rares poèmes et de quelques journaux. Mais on sait que pour les seize ans d'Emily le jeu est en plein essor :

l'action se situe dans deux îles du Pacifique Nord et Sud (Gondal et Gaaldine). Entre Anne et Emily, la trame est plus ou moins commune, mais les personnages diffèrent. Elles joueront ainsi, ensemble ou séparément, Emily surtout, presque jusqu'à la mort.

L'échange étroit entre Charlotte et Branwell se poursuivra dix ans, jusque dans les années 38-40, sur des milliers de pages dont l'essentiel a survécu. Tout y passe et s'y mêle, comme dans un grand mythe collectif : la Révolution française et les guerres napoléoniennes, l'Afrique coloniale (qui leur sert de cadre), la politique anglaise, les conflits religieux, Byron, Walter Scott et bien d'autres, les journaux de droite et de gauche (le *Blackwood's Edinburgh Magazine* surtout, d'après lequel ils conçoivent leurs propres journaux). La culture qui entre au presbytère de Haworth (en bonne partie grâce au père) sert de langue aux désirs et aux conflits de la scène familiale.

L'ouverture sur le monde extérieur commence. Elle sera toujours difficile et précaire. Vécue différemment par chacun des quatre enfants au gré d'impératifs psychologiques, moraux et financiers, elle est ponctuée par des retours plus ou moins longs, parfois définitifs, à la maison.

1831. Charlotte passe un an et demi à l'école de Miss Wooler à Roe Head. Elle y rencontre ses amies d'une vie : Ellen Nussey, Mary Taylor. Elle revient à Haworth pour éduquer ses sœurs. Patrick Brontë veille lui-même à l'instruction de son fils. Un professeur de dessin est engagé.

1835. Charlotte retourne à Roe Head comme institutrice ; elle y restera trois ans. Emily l'accompagne comme élève, abandonne après deux mois ; Anne prend sa place pour deux ans. Branwell part pour Londres à l'automne s'inscrire à l'Académie Royale des Beaux-Arts ; il revient quelques jours plus tard, inexplicablement. Un de ses textes, écrit peu après son retour, éclaire sa conduite : il a vu Londres à travers son Afrique mythique ; l'excès d'imaginaire a interdit le choc de la réalité.

Fin 1835. Branwell écrit au rédacteur en chef du *Blackwood's Magazine* pour lui proposer ses services après la mort de James Hogg, un des collaborateurs de la revue et un de leurs héros d'enfance. Sa lettre, étonnante, reste sans réponse. Il tente encore par deux fois dans les années qui suivent une démarche auprès du *Blackwood* en leur proposant ses poèmes. Il aura le même insuccès auprès de Wordsworth auquel il envoie en janvier 1837 une lettre peu adroite. Deux mois plus tard, Charlotte enverra à son tour des poèmes à Southey : le Poète-Lauréat lui répond avec amitié et considération, mais déconseille la carrière des lettres qu'il juge peu convenable pour une femme.

1836. Emily est institutrice à Halifax. Elle y reste six mois selon les uns, deux ans selon les autres ; puis revient s'occuper de la maison avec sa tante et les servantes. Plutôt faire le pain chez elle que le gagner trop durement chez les autres.

1838. Branwell s'établit comme peintre-portraitiste à Halifax. Il se lie d'amitié avec le sculpteur John Leyland, dont le frère deviendra son biographe. Encore un insuccès. Il commence à boire, sans doute à se droguer (à l'opium, pour calmer ses migraines), et revient un an plus tard, endetté, à Haworth.

1839. Premières tentatives, peu fructueuses, de Anne et de Charlotte à des postes de gouvernante. Dans sa première place, Anne tient neuf mois, Charlotte trois. Elles renouvelleront l'expérience : Charlotte pour quelques mois, Anne beaucoup plus longuement chez Mrs. Robinson à Thorp Green, entre 1841 et 1845.

1839. Le Révérend William Weightman est nommé vicaire à Haworth. Jeune, enjoué, spririruel, il devient rapidement l'ami de Branwell et un compagnon précieux pour les trois sœurs tout au long de l'année 1840 où elles sont réunies au presbytère. Il aurait inspiré, tout le suggère, un tendre sentiment à Anne.

C'est la fin du grand jeu d'écriture entre le frère et la sœur. Les derniers récits de Charlotte témoignent, sous couvert de fiction, d'une condamnation presque sans appel envers la dégradation progressive de Branwell.

Charlotte écrit un adieu symbolique à « ce brûlant climat où nous avons trop longtemps séjourné ».

1840-1842. Branwell précepteur à Broughton-in-Furness (il montre à Hartley Coleridge une traduction des *Odes* d'Horace que celui-ci l'engage à poursuivre). Puis employé de chemin de fer à Sowerby Bridge. Puis à Luddenden Foot, une gare perdue au fin fond du Yorkshire. Il sombre. Il est renvoyé en avril 1842 pour des irrégularités dans les comptes de sa caisse.

1842. Au début de l'année, Charlotte et Emily partent pour Bruxelles, comme élèves, dans l'école de Constantin Heger. Les trois sœurs ont convaincu leur tante de les appuyer financièrement dans leur projet : acquérir les connaissances indispensables pour ouvrir plus tard une école à Haworth et échapper à l'esclavage du métier de gouvernante.

Mort de William Weightman. Mort d'Elisabeth Branwell. Seul à Haworth, Branwell est durement frappé : il vit la mort de sa tante comme une seconde mort de sa mère. Charlotte et Emily reviennent à la maison.

Trois mois plus tard, Charlotte repart seule pour Bruxelles où Mr. et Mrs. Heger lui offrent un poste d'institutrice. Branwell accompagne Anne à Thorp Green, comme précepteur du jeune Edmund Robinson. Emily reste à la maison, définitivement.

Ici, deux passions s'entrecroisent. Celle de Charlotte pour Constantin Heger, celle de Branwell pour Lydia Robinson.

Le sentiment de Charlotte pour son professeur est facile à saisir : elle a aimé dans un demi-silence et sans se l'avouer vraiment un homme marié qui lui a montré de l'amitié et de l'estime. Elle a quitté Bruxelles un an plus tard, quand la situation devenait intenable. Elle en a souffert vivement et longtemps : ses quatre lettres demeurées sans réponse le montrent, et la force du thème repris dans *The Professor* et *Villette*. Inversement, la passion de Branwell pour la mère de son élève reste obscure :

tout n'est-il que délire de la part de Branwell, enclin aux excès les plus incontrôlés du romanesque ? Cette femme l'a-t-elle aimé, réellement, physiquement, jusqu'à désirer quitter son mari pour le suivre ? Impossible d'en décider. Mais quand, en juillet 1845, Branwell, renvoyé de Thorp Green, revient à Haworth, il est la proie d'une obsession et d'un malheur qui ne cesseront plus. La paix, dira Charlotte, a disparu de la maison. Branwell ne quittera plus désormais Haworth qu'à de rares occasions. Il partage au presbytère la chambre de son père.

Anne est rentrée un mois plus tôt, après avoir donné son congé à Mrs. Robinson.

Ils sont tous quatre à la maison.

Charlotte et ses sœurs renouent avec le vieux projet d'ouvrir une école à Haworth. Une circulaire est imprimée ; l'insuccès est total.

Charlotte a raconté dans un texte fameux comment, un jour de l'automne 1845, elle a découvert par hasard un volume de vers manuscrits de sa sœur Emily. Saisie par leur force, elle persuade à grand mal Emily, rebelle à toute relation avec le monde extérieur, de composer avec ses propres poèmes et ceux d'Anne un recueil collectif destiné à la publication. Toute trace du jeu privé est sagement gommée, des noms d'hommes choisis pour masquer les auteurs. Le recueil de poèmes de Currer, Ellis et Acton Bell paraît en 1846, accepté par un éditeur, mais à leurs frais. Deux exemplaires vendus, et presque aucun écho. Mais une machine est lancée. C'est le jeu des trois sœurs. Branwell en est exclu. Non que ses poèmes n'égalent ceux de ses sœurs, au moins ceux d'Anne et de Charlotte. Son ancienne compagne d'écriture ne peut pas l'ignorer. Mais Branwell est déjà au-delà. Il est allé trop loin dans l'identification entre le jeu et la vie. Il s'est mis, comme frère et comme homme, hors la loi.

1846-1848. Intense activité littéraire. Charlotte écrit *The Professor*, Anne *Agnes Grey*, Emily *Wuthering Heights*. *The Professor* est refusé par plusieurs éditeurs ; l'un d'eux se montre encourageant et demande un autre récit. Charlotte est déjà en train d'écrire *Jane Eyre*. Le livre paraît en octobre 1847 : le succès est immédiat, foudroyant. La critique, louangeuse mais souvent dure. *Agnes Grey* et *Wuthering Heights*, déjà acceptés par un autre éditeur, paraissent en décembre. Le roman d'Emily déconcerte et provoque parfois des réactions féroces. Le deuxième roman de Anne, *The Tenant of Wildfell Hall*, un an plus tard, n'est pas beaucoup mieux accueilli. Et l'Angleterre s'interroge sur ces Bell surgis d'on ne sait où : trois frères ? Ou un seul auteur déguisé sous ces trois noms ? Et surtout : des hommes ou des femmes ?

Le mystère est levé une première fois au profit de l'éditeur de Charlotte, George Smith, à la suite d'une méprise sur des questions de droits d'auteur. Mr. William, le collaborateur de George Smith, premier lecteur de *The Professor*, devient le plus assidu correspondant de Charlotte.

Puis les morts se succèdent.

Le 24 septembre 1848, Branwell meurt à trente et un ans, terrassé par l'alcool, la drogue, le délire et la faible constitution qu'il partageait avec ses sœurs. Il a nourri presque jusqu'à la fin un rêve d'ambition littéraire (un roman inachevé en témoigne, écrit sans doute fin 1845, « *And the Weary are at Rest* » (« Et ceux qui sont las se reposent »)). Il est possible qu'il ait tout ignoré de l'activité littéraire « publique » de ses sœurs.

La tuberculose frappe Emily de plein fouet. Elle s'éteint en quelques mois, assumant jusqu'au bout ses tâches ménagères, refusant de garder le lit et de voir « aucun docteur-empoisonneur ». Elle meurt à trente ans, le 19 décembre 1848.

Anne mourra plus doucement, plus religieusement, du même mal. Le 28 mai 1849, à Scarborough, sur la côte Est de l'Angleterre. Jusqu'au bout, Charlotte espérait la soigner et Anne voulait voir la mer. Elle avait vingt-neuf ans.

Charlotte est maintenant seule au presbytère, entre son père et les servantes. Deux choses la soutiennent : son travail d'écrivain et la vie sociale qui naît de la célébrité. Elle n'y consentira toujours qu'avec une extrême réserve : curieuse de voir le monde, heureuse d'être reconnue et de nouer quelques liens d'amitié, mais retenue par une trop longue habitude de la retraite et du secret, sa gaucherie et ce qu'elle appelait sa « laideur ».

En 1849, elle publie *Shirley,* en novembre 1852, son quatrième et dernier roman, *Villette.* Elle lève l'énigme des trois « Bell » à l'occasion de la réédition de *Wuthering Heights* et *Agnes Grey,* qu'elle accompagne d'un choix de poèmes de ses sœurs.

Séjour à Londres chez les Smith. Elle rencontre Thackeray. Richmond fait son portrait. Elle se lie avec Sir J. Kay-Shuttleworth, Harriett Martineau, Elisabeth Gaskell. Elle accepte quelques invitations, on lui rend visite à Haworth. Voyage en Écosse avec George Smith envers lequel elle s'empêche d'éprouver un sentiment trop tendre.

1852. Le Révérend Arthur Bell Nicholls demande Charlotte en mariage. Il est vicaire à Haworth depuis 1844. Patrick Brontë le repousse avec une violence excessive. Charlotte semble avoir été totalement surprise par une demande qui n'éveille chez elle aucun réel amour. Mais elle ne refuse pas aussi nettement qu'elle l'a fait deux fois : avec Henry Nussey, frère d'Ellen, et James Tayor, un des collaborateurs de George Smith. Nicholls a quitté Haworth, mais reste en relation avec Charlotte qui cède peu à peu à la pression d'un sentiment fort et constant. Elle vient à bout, non sans mal, des résistances de son père.

Le mariage a lieu le 29 juin 1854 à Haworth. Charlotte écrit à Ellen : « C'est une chose étrange et solennelle que d'être une femme mariée. » Voyage de noces en Irlande, d'où Nicholls est originaire. Le presbytère est en partie réaménagé : le bureau de Mr. Nicholls est au rez-de-chaussée, derrière le salon, de l'autre côté du couloir où Patrick Brontë a le sien depuis trente-quatre ans. Charlotte tente de trouver un équilibre entre sa condition d'épouse et sa vie d'écrivain. Elle commence un nouveau roman, *Emma.*

Au printemps 1855, Charlotte prend un coup de froid pendant une promenade. Elle se couche et ne se relève pas. Elle meurt le 31 mars 1855, âgée de trente-huit ans. Presque certainement enceinte.

Trois mois plus tard, Patrick Brontë écrit à Elisabeth Gaskell pour lui demander d'écrire une biographie à la mémoire de sa fille. *The Life of Charlotte Brontë*, en 1857, consacre le début d'un mythe littéraire. *The Professor* est publié la même année.

Le 7 juin 1861, Patrick Brontë meurt, âgé de quatre-vingt-cinq ans. Arthur Nicholls quitte Haworth et retourne en Irlande.

Trente-quatre ans plus tard, deux ans après la fondation de la Brontë Society et l'ouverture à Haworth d'un premier musée Brontë, l'érudit anglais Clement Shorter rend visite à Arthur Nicholls et découvre dans une malle l'ensemble des écrits de jeunesse de Charlotte et de Branwell, le très peu qui demeure de ceux de Anne et d'Emily. Une curiosité érudite et littéraire immense naîtra autour de ces milliers de pages couvertes d'une écriture minuscule, auxquels Mrs. Gaskell n'avait porté qu'une attention distraite. Un lecteur admirable, C. W. Hatfield, en fait la transcription, retrouvant les manuscrits, très vite dispersés dans d'innombrables collections publiques et privées, en Angleterre et aux États-Unis. De nombreuses publications, plus ou moins fragmentaires, voient le jour (la plus complète est les deux beaux volumes de « *Unpublished Writings* » dans la grande édition dite « Shakespeare Head Brontë », 1936-1938). Pas un livre sur les Brontë qui n'y prenne appui, avec plus ou moins d'exactitude. Mais on attend toujours l'édition critique moderne et exhaustive de ce document unique de nos littératures occidentales : on peut pourtant y découvrir, par le détail, l'histoire, ou la préhistoire, d'une famille d'écrivains.

R. B.

CHOIX DE TEXTES CRITIQUES
SUR *WUTHERING HEIGHTS*

Ce choix de textes est loin de donner une image exacte des innombrables commentaires qu'a suscités le roman d'Emily Brontë depuis 1847. On trouvera ici essentiellement deux choses : d'une part un éventail assez large des comptes rendus qui ont suivi la parution du livre, de l'autre des textes beaucoup plus tardifs dus à des écrivains. Rien ne vient ainsi témoigner, sur un plan historique, du revirement d'opinion dont Wuthering Heights, *assez mal accueilli, comme on verra, par la critique victorienne, a fait l'objet vers la fin du XIXe siècle. L'article fameux de Swinburne, en 1883, qui pourrait symboliser cette mutation (comme le livre de A. Mary F. Robinson sur Emily Brontë qui en fut le prétexte), a paru difficile à couper et à ne rien dire qui ne transparaisse par la suite de façon plus heureuse dans les pages de Powys ou de Virginia Woolf. D'un autre côté, on a ignoré les multiples essais d'interprétation et les commentaires analytiques qui ont tenté de mettre à jour en tout ou partie le système propre du roman. Non qu'il n'y en ait de tout à fait intéressants, même s'ils demeurent à mon sens un peu limités par leur manque d'ouverture comparative avec les écrits de jeunesse de Charlotte et de Branwell ; je pense aussi bien à certains passages de la thèse de Jacques Blondel[1] qu'à l'essai*

---

1. *Emily Brontë. Expérience spirituelle et création poétique,* Presses Universitaires de France, Paris, 1955.

de J. Hillis Miller dans The Disappearance of God[1]. *De tels travaux, peu aisément sécables, auraient grossi démesurément le volume. Seul le texte classique de C.P. Sanger fait ici exception ; il a paru indispensable, par son caractère documentaire : rassemblant et ordonnant des éléments, sans rien en dire, il permet à chacun d'y mieux rêver.*

Je dois pour une bonne part la matière et les références de ces textes à deux livres : les comptes rendus au très utile recueil de Ruth Blackburn (The Brontë Sisters, Selected Source Materials for College Research Papers, *Heath & Co., Boston, 1964), d'autres au « Handbook » de* Wuthering Heights *composé par Richard Lettis et William E. Morris (The Odyssey Press, New York, 1961), qui regroupe essentiellement des essais d'interprétation analytique portant sur tel ou tel point du roman. On pourra aussi consulter utilement un recueil plus récent :* Emily Brontë, *éd. Jean-Pierre Petit, Penguin Education, 1973, le plus complet et le mieux informé qui soit.*

Rappelons, pour l'intelligence des comptes rendus d'époque, que le mystère entretenu par les trois sœurs cachées sous les pseudonymes de Currer, Ellis et Acton Bell, a favorisé jusqu'à la fameuse Notice *de Charlotte les hypothèses les plus diverses sur le sexe et le nombre de ces auteurs énigmatiques. D'autre part,* Wuthering Heights *et* Agnes Grey *étaient vendus conjointement pour répondre à la formule alors en vogue du roman en trois volumes. On ne s'étonnera pas des coupures opérées sur des textes qui n'étaient pour la plupart pas consacrés exclusivement à* Wuthering Heights, *ou s'encombraient d'un rappel de l'intrigue ou de très longues citations ici tout à fait inutiles.*

Je remercie Didier Coupaye qui a traduit la plupart de ces textes et m'a apporté une aide précieuse pour les rassembler et les annoter. Robert Louit a eu l'amitié de traduire les trois fragments du Brittania, *du* Douglas Jerrold's Weekly Newspaper *et de la* Quarterly Review.

R. B.

1. *The Disappearance of God in Five Nineteenth Century Writers*, Harvard University Press, Cambridge, Mass., 1963.

*

Article non signé sur *Wuthering Heights* et
Agnes Grey, *The Athenæum*, 25 décembre
1847.

Comme on s'en souvient, *Jane Eyre* avait été « publié »
par M. Currer Bell. Les deux romans que voici sont suffisamment proches de *Jane Eyre* par le mode de pensée,
l'intrigue et la langue pour piquer la curiosité du public.
Tous trois pourraient être de la même main, mais le
premier ouvrage n'en demeure pas moins le meilleur.
L'auteur de *Wuthering Heights* déploie beaucoup de force
et d'habileté et offre une image fidèle de la vie telle qu'elle
se déroule dans les coins perdus de l'Angleterre ; il n'empêche que l'ouvrage est déplaisant. Les Bell semblent être
attirés par les sujets pénibles et exceptionnels : les méfaits
de la tyrannie, les excentricités de « l'imagination féminine »... Ils n'hésitent pas à s'appesantir sur des actes de
cruauté physique dont la vraisemblance est sans doute
garantie par les annales de la souffrance et du crime,
mais que le bon goût véritable doit se refuser à examiner.
Le maître brutal qui règne dans sa demeure solitaire de
Wuthering Heights – une geôle qui pourrait fort bien
être copiée sur le réel – a sans doute un modèle en chair
et en os quelque part dans ces régions reculées où les
êtres humains, tout comme les arbres, se trouvent tordus, rabougris, déformés par la rudesse du climat. Mais
quelques touches auraient suffi à le peindre : il n'était
pas nécessaire de le laisser envahir la toile et gâter la
plupart des scènes par sa présence. C'est pour des raisons
similaires que Charlotte Smith[1] a perdu sa popularité :
elle savait manier le pathétique et décrire fidèlement la
nature, mais il y avait dans son ton quelque chose de
lugubre et le choix de ses sujets était malencontreux.
Nous rencontrons assez de mesquineries, assez de turpi-

1. Charlotte Smith (1749-1806), romancière anglaise.

tudes, assez d'afflictions dans cette vallée de larmes pour
que l'Artiste ne se croie pas obligé de choisir son intrigue
et ses personnages dans un aussi morne catalogue ; et
si les Bell, ensemble ou séparément, songent à s'exprimer encore, et souvent, par la voie romanesque, nous
espérons qu'ils nous épargneront le spectacle d'intérieurs
aussi sinistres que celui qui nous est présenté ici avec une
si désolante minutie. [...]

*

Article non signé sur *Wuthering Heights*,
Douglas Jerrold's Weekly Newspaper,
15 janvier 1848.

[...] *Wuthering Heights* est une étrange sorte de livre
– défiant toute forme courante de critique ; pourtant il
est impossible, l'ayant commencé, de ne pas l'achever,
et tout aussi impossible, l'ayant achevé, de s'en détacher
sans en rien dire. Les idées qui s'imposeront surtout à
l'esprit perplexe du lecteur, à propos de ce livre, seront
celles de cruauté brutale et de passion à demi sauvage.
Quelle moralité l'auteur souhaite-t-il que le lecteur tire
de son œuvre, la chose est difficile à dire, et nous nous
retenons d'en assigner aucune, car pour parler honnête-
ment, nous n'en avons point découvert, sinon quelques
brefs aperçus de moralités cachées ou de significations
implicites. Ce livre nous semble animé d'une grande puissance, mais d'une puissance sans but, que nous aimerions
vraiment voir orientée à meilleur escient. Nous sommes
tout à fait persuadés qu'il ne manque à l'auteur de *Wuthering Heights* que l'habileté acquise par la pratique pour
être un grand artiste [...] Pour l'instant, ses qualités
pèchent par l'excès, travers qui, ne l'oublions pas, laisse
mieux augurer de l'avenir que l'insuffisance. Cet auteur
pourra modérer ses accents alors que l'écrivain faible et
médiocre, aussi soigneusement qu'il s'attache aux règles
de son art, n'élèvera jamais ses productions au niveau

de la beauté esthétique. Dans *Wuthering Heights*, le lecteur est choqué, dégoûté, presque écœuré par l'exposé
détaillé de la cruauté, de l'inhumanité, d'une haine et
d'une vengeance diaboliques, et soudain viennent des
pages qui témoignent avec force de la puissance suprême
de l'amour – même sur des démons à face humaine. Dans
ce livre, les femmes, provocantes et redoutables, possèdent une nature angélique et satanique à la fois, les
hommes, eux, ne sauraient être décrits autrement que
par les mots du livre lui-même. Pourtant, vers la fin du
récit, on rencontre ce tableau tendre et délicat, tel un
arc-en-ciel après la tempête.

[*Suit le fragment où Cathy enseigne la lecture à Hare-*
ton.]

Nous recommandons fortement à tous nos lecteurs
amateurs de nouveauté de se procurer cette histoire, car
nous pouvons les assurer qu'ils n'ont jamais rien lu de
semblable auparavant. [...]

*

Article non signé sur *Wuthering Heights*
et *Agnes Grey*, *The Atlas*, 22 janvier 1848.

Il y a deux ans environ paraissait un petit recueil des
poèmes signés par « Currer, Acton et Ellis Bell ». La plupart des pièces étaient de qualité mais celles de « Currer
Bell » étaient, dans l'ensemble, absolument remarquables.
Cependant, le petit volume ne suscita guère de réactions
et tomba bien vite dans l'oubli. À présent, Currer, Acton
et Ellis Bell sont devenus tous trois romanciers et leur
réussite est si éclatante qu'elle suscite dans le monde littéraire de bien intéressantes conjectures sur leur avenir.

Il est difficile de croire que les noms mentionnés ci-
dessus sont les noms véritables de personnes existant
dans la vie réelle. Nous pensons, quant à nous, qu'il s'agit
de pseudonymes. Peut-être désignent-ils trois individus
distincts. Peut-être un seul personnage se dissimule-t-il

derrière les « trois messieurs » dont les noms accompagnent les titres. Peut-être faut-il attribuer les poèmes et les romans à un seul homme, ou à une seule femme, ou à trois hommes, ou à trois femmes, ou encore à un trio d'auteurs des deux sexes. Mais ces questions qui peuvent fasciner les curieux ont en vérité bien peu d'importance. Une chose est certaine : poésie ou roman, les meilleures œuvres (et de loin) sont signées Currer Bell. Nous avons été les premiers à saluer en l'auteur de *Jane Eyre* un écrivain tout à fait exceptionnel. Une nouvelle édition de cette œuvre singulière s'est révélée nécessaire et ce succès explique dans une large mesure l'accueil favorable rencontré par les deux volumes dont nous rendons compte ici.

Wuthering Heights est un livre étrange, dépourvu de tout apprêt artistique. On sent dans tous les chapitres une sorte de puissance fruste, une sorte de force inconsciente dont l'auteur ne songe jamais, semble-t-il, à tirer le meilleur parti. L'effet d'ensemble est pénible à l'extrême. Dans toute notre littérature romanesque, nous ne trouvons aucune œuvre qui présente l'humanité sous des aspects aussi révoltants. Alors que *Jane Eyre* touche le lecteur jusqu'aux larmes et puise aux sources d'émotion les plus secrètes, *Wuthering Heights* jette l'esprit dans une mélancolie sans fond. On n'est nullement ému, mais plutôt soumis à la torture, écorché vif. À certains moments, le livre nous rappelle *Les Nowlans* de feu John Banim[1] ; mais parmi toutes les œuvres antérieures, c'est d'abord à l'*Histoire de Matthew Wald*[2] qu'il nous fait songer. Il n'en a cependant ni l'unité ni la densité : c'est un roman informe, interminable qui, sans pitié pour le lecteur, présente les atroces tourments qu'endurent deux générations de créatures infortunées. Un mauvais génie préside au déroulement de l'histoire et sa personnalité démoniaque, jetant une ombre sinistre sur l'ensemble du livre, lui

1. John Banim (1798-1842), romancier irlandais ; *The Nowlans* (1826).
2. *Matthew Wald* (1824), roman de John-Gibson Lockhart (1794-1854).

confère ainsi une sorte d'unité. Nous ne nous rappelons pas avoir lu un roman qui soit à la fois plus naturel et plus opposé à la nature. Il peut sembler incroyable que la dégradation humaine se rencontre sous des formes aussi variées dans un rayon géographique de quelques milles ; néanmoins la vraisemblance est admirablement préservée. Il y a tant de vérité dans l'« habillage », dans l'assemblage de l'œuvre, que nous reconnaissons facilement les lieux et les personnages. Lorsque nous abandonnons notre lecture, il nous faut quelque temps pour nous convaincre que nous avons eu affaire à de simples fantaisies de l'esprit. La réalité de l'irréel n'a jamais été mieux prouvée que dans les scènes de sauvagerie qu'Ellis Bell nous présente de façon si frappante.

Ce qui fait terriblement défaut dans ce livre, ce sont les moments de détente. Quelques rayons de soleil auraient ajouté au réalisme du tableau et, loin d'affaiblir l'ensemble, lui auraient donné plus de force. Parmi tous les personnages, je n'en vois pas un qui ne soit ou totalement haïssable ou totalement méprisable. Si vous ne les détestez pas, il vous faut les mépriser ; et si vous ne les méprisez, vous vous mettez à les haïr de toutes vos forces. Hindley, cette brute, ce dégénéré animé d'une âpre volonté de nuire mais trop avili pour réaliser ses desseins ; Linton Heathcliff, cet infâme couard, ce ressasseur de balivernes, chez qui l'égoïsme apparaît sous sa forme la plus abjecte ; et enfin Heathcliff, le mauvais génie du livre, père tyrannique d'un fils imbécile, un être chez qui toutes les passions mauvaises semblent s'être hypertrophiées : voilà un groupe de monstres comme nous en avons rarement vus rassemblés sur une même toile. L'auteur semble avoir voulu racheter le personnage de Heathcliff en le présentant comme fidèle à l'« idole de son enfance » et aimant jusqu'au bout, bien après que la mort les a séparés, la malheureuse jeune fille qui avait égayé et éclairé les premières années de sa triste existence. Sans doute l'auteur veut-il nous rappeler que son héros appartient à la grande famille humaine ; mais il manque son but. Malgré sa fruste fidélité, Heathcliff aime avec tant d'égoïsme et de férocité que son amour ne parvient pas à racheter les côtés plus sombres de sa nature. Même les femmes nous inspirent une sorte de répugnance et aussi beaucoup de mépris. Belles et dignes d'amour dans leur enfance, elles « tournent mal » si l'on nous passe l'expression. La première Catherine, capricieuse, impatiente, impulsive, se sacrifie, et avec elle celui qui l'aime, pour satisfaire la pitoyable ambition d'épouser un monsieur de la bonne société. Et c'est ce qui provoque son propre malheur, sa mort prématurée et, dans une certaine mesure, la conduite brutale et perverse de Heathcliff. Nous avons pourtant quelque peine à croire qu'un amour heureux eût apaisé la férocité naturelle de ce tigre. La seconde Catherine est plus à plaindre qu'à blâmer et finalement, malgré ses faiblesses morales, nous ne désespérons pas d'elle.

Wuthering Heights est un livre dont on ne peut guère montrer l'originalité par de simples extraits. Voici pourtant une scène qui peut donner une idée de la force d'Ellis Bell. Heathcliff et Catherine se retrouvent ; en dépit de leur amour d'enfance, ils se sont mariés chacun de leur côté. Catherine, il convient de le préciser, est à l'agonie et, grâce à une domestique, Heathcliff a réussi à pénétrer dans la chambre de la mourante.

[Ici longue citation.]

Le moins qu'on puisse dire, c'est que la scène a de la vigueur. Mais, pour l'apprécier à son juste mérite, le lecteur doit imaginer le décor : qu'il se figure être non point dans un appartement londonien, mais dans un vieux manoir du Nord au milieu des landes « mornes et rêveuses », loin du monde civilisé. Il y a au moins de l'harmonie dans ce livre ; les groupes humains s'accordent avec le paysage. Il y a dans tout cela du Salvator Rosa[1]. [...]

*

1. Peintre napolitain (1615-1673).

Article non signé sur *Wuthering Heights*,
Brittania, 1848.·

[...] C'est l'humanité dans son état sauvage que l'auteur
de *Wuthering Heights* s'attache à nous dépeindre. Son
œuvre, d'une curieuse originalité, n'est pas sans rappeler
certains de ces contes allemands désordonnés dans lesquels l'auteur, lâchant la bride à son imagination, montre
des personnages poussés au mal sous l'emprise de forces
surnaturelles. Mais alors que les auteurs de ces contes donnaient une identité spirituelle à ces forces malfaisantes,
M. Bell les présente plus simplement comme la conséquence naturelle des égarements du cœur. Il fait preuve
d'une puissance considérable dans ses créations. Elles
possèdent toutes les aspérités des choses qui ont grandi à
l'encontre de la nature et contrastent en cela d'une façon
frappante avec les formes harmonieuses auxquelles les
ouvrages d'imagination anglais nous ont accoutumés. Les
nuances du caractère leur sont étrangères. Point de traces
en elles d'un modèle idéal. Ces créations, si totalement
dépourvues d'art, sont d'une telle nouveauté, d'une telle
extravagance, qu'elles nous frappent comme issues d'un
esprit à l'expérience limitée, mais d'une vigueur bien personnelle et d'une tournure rare et décidément singulière.
  Ce disant, nous dévoilons du même coup les qualités
et les défauts de ce conte. Nombreux sont les passages de
ce livre, construit par endroits de manière fort malhabile,
qui ne manifestent ni la grâce de l'art ni la vérité de la
nature, mais seulement la véhémence d'une idée unique,
nettement affirmée – celle d'une férocité passionnée.
Cette férocité flamboie soudain dans les circonstances les
moins appropriées, venant des personnes les moins sus-
ceptibles d'en être animées. L'auteur est un Salvator Rosa
qui manie la plume. Souhaitant représenter la beauté syl-
vestre, il dessine des formes d'une grandeur sauvage. Ses
Grisélidis sont des furies, Polyphèmes ses bergers. C'est
pourquoi son récit laisse une impression déplaisante à

l'esprit. Point de vertes étendues sur lesquelles l'esprit peut s'attarder avec contentement. Le récit se précipite avec impétuosité, mais c'est l'impétuosité d'un torrent sombre et sinistre jaillissant de la hauteur de rochers hérissés. [...]

Il nous faut supposer que les personnages sont tirés des plus basses couches de l'existence, qu'ils habitent une région sauvage et isolée, ou bien qu'ils sont possédés de quelque influence diabolique. Il est difficile de rendre un jugement décisif sur une œuvre qui renferme de telles possibilités à l'état brut et dans laquelle, néanmoins, il y a tant à blâmer. Les épisodes brutaux sont d'une longueur et d'une fréquence injustifiées, et en tant qu'écrivain d'imagination, l'auteur doit encore apprendre les premiers rudiments de son métier. Sa peinture de la passion violente est d'une singulière puissance. Il nous présente cette sorte de passion comme ébranlant le système de la nature dans son entier, égarant l'intelligence jusqu'à la folie, et brisant les fibres du cœur. La douleur de Heathcliff devant la mort de Catherine atteint au sublime. [...]

Ce conte [...] n'est qu'un fragment, mais d'une stature imposante et témoignant de quelque grand dessein. Malgré toute sa puissance et son originalité il est si fruste, si négligé, manque à tel point de fini que nous nous trouvons embarrassés d'avancer une opinion ou de nous hasarder à des conjectures quant à l'avenir de l'auteur. Jusqu'ici, il revient à l'avenir de déterminer s'il demeurera un grossier tailleur de marbre ou s'il deviendra un sculpteur de haute lignée.

*

Cet article anonyme, dont la source est inconnue, fut trouvé dans le bureau d'Emily Brontë après sa mort.

Ce livre témoigne d'un grand talent, et contient bon nombre de chapitres qui semblent être l'œuvre d'un esprit peu ordinaire. Cependant les matériaux dont s'est servi l'auteur ne sont pas considérables. Il a mis à profit les ressources de son esprit, son observation indéniablement aiguë de la singularité des êtres – bref sa connaissance de la nature humaine. Une ferme vétuste et, à proximité de cette ferme, une demeure d'aspect un peu plus majestueux avec, dans chaque maison, une demi-douzaine d'occupants, voilà toutes les données matérielles et tout le personnel dramatique qu'utilise un des romans les plus intéressants que nous ayons lus depuis longtemps. Le confort agréable de la seconde habitation et l'inconfort maussade de la première – qui résulte moins de son exposition aux intempéries, de ses pièces vétustes et humides et, si on nous permet l'expression, de son aspect de maison hantée que du caractère étrange et mystérieux de ses habitants –, les amours et les mariages, les haines et les séparations, les espérances et les déceptions, durant deux ou trois générations, des aimables habitants de la seconde demeure et des occupants, ceux-là plus rudes, de la ferme, tout cela nous est présenté dans un style qui se fait parfois tendre, parfois terrifiant mais qui parle toujours à notre cœur avec la voix de la nature. Il est impossible de lire ce livre – et adressé à un ouvrage de ce genre, cet éloge n'est pas mince – sans penser que si nous étions nous-mêmes à la place d'un des personnages de ce drame domestique, il y a vingt chances contre une que nous aurions exactement la conduite que lui attribue ici l'auteur. Mais, en raison du manque de place, nous devons résister – non sans peine, avouons-le – à la tentation de raconter dans le détail cette histoire dramatique, et pourtant elle le mériterait. Ce n'est pas tous les jours que paraît un roman de cette qualité ; et si nous en fournissions un compte rendu détaillé, nous gâcherions pour maint lecteur le plaisir qu'il prendra lui-même à lire et relire l'ouvrage. Nous le renvoyons donc au texte. Il y trouvera de fréquentes occasions d'entrer en sympathie avec les personnages du livre et d'éprouver – du moins s'il a reçu un peu de cette humanité qui « fait de l'espèce humaine une seule famille » – les sentiments de l'enfance, de la jeunesse, de l'âge adulte et de la vieillesse, et toutes les émotions, toutes les passions qui agitent le cœur instable des humains. Puisse-t-il prendre autant de plaisir que nous à sa lecture et être animé des mêmes sentiments de gratitude envers l'auteur pour la joie qui lui est ainsi procurée.

[ELIZABETH RIGBY]

« *Vanity Fair* and *Jane Eyre* », *Quarterly
Review*, vol. 84, décembre 1848.

[...] De toute manière, nulle attention ne saurait être accordée à l'auteur de *Wuthering Heights* – un roman faisant suite à *Jane Eyre* et prétendument écrit par Ellis Bell – si ce n'est en vue de lui étendre une réprobation toute particulière. Car quoique tous deux aient incontestablement un air de famille, l'aspect des animaux Jane et Rochester dans leur état naturel, sous la forme de Catherine et Heathfield [*sic*] est néanmoins trop abominablement païen et odieux pour convenir au goût même de la catégorie la plus corrompue des lecteurs anglais. À toute l'absence de scrupules de l'école des romans français, [le livre] allie cette répugnante vulgarité dans le choix de sa perversion qui suscite son propre contrepoison[1]. [...]

---

1. Elizabeth Rigby (1809-1893), devenue Lady Eastlake en 1849. Collaboratrice de la *Quarterly Review* à partir de 1842. Voici l'une des réactions de Charlotte Brontë à cet article qui parut au moment de la mort d'Emily. « J'ai lu la *Quarterly* sans un serrement de cœur si ce n'est que j'ai trouvé que certaines phrases étaient déshonorantes pour le critique. Il semble très désireux de laisser entendre qu'il est accoutumé à la fréquentation et aux habitudes des classes supérieures. Quoi qu'il en soit, je crains qu'il ne soit pas un gentleman, et de plus qu'aucune éducation ne puisse faire qu'il en devienne un. » À W.S. Williams, 4 février 1849.

ELLEN NUSSEY[1]

[...] Emily Brontë à cette époque avait acquis une silhouette gracieuse, souple. Elle était la personne la plus grande de la famille, à l'exception de son père. Ses cheveux, qui étaient naturellement aussi beaux que ceux de Charlotte, étaient aussi peu gracieusement frisottés et serrés, et elle aussi avait un teint blafard. Elle avait de très beaux yeux – pleins de bonté, de vie, limpides ; mais elle vous regardait rarement ; elle était trop réservée. Leur couleur pouvait sembler gris foncé, parfois bleu sombre, cela variait. Elle parlait très peu. Elle et Anne étaient comme des jumelles – compagnes inséparables, liées par la sympathie la plus étroite qui ne connut jamais d'interruption.

Anne – la chère Anne, la douce Anne – était très différente, en apparence, des autres. Elle était la préférée de sa tante. Ses cheveux étaient d'un brun clair très joli, et tombaient sur sa nuque en boucles gracieuses. Elle

---

1. Le premier des deux textes qui suivent sur Emily Brontë est un fragment des *Reminiscences of Churlotte Brontë*, publié en mai 1871 dans le *Scribner's Monthly*. Le texte complet de ces souvenirs, qui constituent une des sources essentielles de la critique consacrée aux Brontë, a été republié dans le n° X des *Transactions* de la Brontë Society (1899). Rappelons qu'Ellen Nussey fut, avec Mary Taylor, l'amie la plus proche de Charlotte Brontë ; les lettres que lui adressa Charlotte, depuis leur première rencontre à l'école de Roe Head en 1831 jusqu'à sa mort en 1855, constituent le fonds de toute biographie de Charlotte et de ses frère et sœurs.

Le second est une lettre adressée par Ellen Nussey à Clement K. Shorter pour l'aider dans la rédaction de son livre, *Charlotte Brontë and her Circle* (1896), le premier livre à apporter des documents réellement nouveaux depuis la célèbre *Vie de Charlotte Brontë* par Elizabeth Gaskell (1857).

La traduction est de Ginette Billard et Jeanne Vilardebo.

avait des yeux ravissants, d'un bleu violet, des sourcils finement dessinés et un teint clair, presque transparent. Elle poursuivait encore ses études et particulièrement faisait de la couture, sous la surveillance de sa tante. Emily venait d'obtenir de disposer de son temps à sa guise.

Branwell étudiait régulièrement avec son père, et peignait à l'huile ce que l'on considérait comme une préparation à ce qui pourrait ultérieurement devenir sa profession. Toute la famille pensait qu'il deviendrait un artiste, et espérait qu'il serait un artiste distingué.

Lorsque le temps était beau et convenait, nous faisions des promenades délicieuses sur la lande, et dans les gorges et les ravins qui, de-ci de-là, brisent sa monotonie. Les rives escarpées et les ruisseaux gazouillants étaient riches en délices. Emily, Anne et Branwell passaient les gués, et parfois plaçaient des pierres pour que les deux autres pussent traverser ; il y avait toujours d'inépuisables sources d'amusements dans ces endroits – chaque mousse, chaque fleur, chaque teinte, chaque forme étaient notées, et procuraient une joie. Emily, tout particulièrement, prenait un plaisir allègre à ces recoins pleins de beauté, et pour un temps abandonnait sa réserve. Une des longues promenades que nous fîmes à cette époque nous emmena loin sur la lande, à un endroit qu'Emily et Anne aimaient et qu'elles appelaient « Le Rendez-Vous des Eaux ». C'était une petite oasis d'herbe vert émeraude, brisée çà et là par de petites sources claires ; quelques larges pierres servaient de points de repos ; assis là, nous étions cachées au reste du monde, rien n'apparaissait à la vue que des kilomètres et des kilomètres de bruyère, un merveilleux ciel bleu et un soleil éblouissant. Une fraîche brise nous apportait par bouffées son souffle vivifiant, nous riions, nous nous moquions les unes des autres et ainsi installées nous formions un parfait quatuor. Emily, à demi allongée sur une pierre plate, s'amusait comme une jeune enfant, avec les têtards, elle les excitait à nager, puis elle se lança dans un discours moralisateur sur les forts et les faibles,

les braves et les lâches, tandis qu'elle chassait les têtards
de la main. Ni souci sérieux ni tristesse n'avaient encore
jeté leur ombre sur la jeunesse naturelle et son entrain,
et les offrandes simples de la nature étaient des sources
de plaisir et de joie. […]

*

On sait si peu de chose sur Emily Brontë que le
moindre détail éveille l'intérêt. Sa réserve extrême semblait impénétrable, pourtant elle était intensément atta-
chante ; sa force morale attirait la confiance. Peu de gens
ont le don du regard et du sourire comme elle l'avait. Un
de ses regards expressifs était une chose dont on se souvient pendant toute une vie, il y avait là une telle profon-
deur d'âme et de sentiment, en même temps qu'une telle
timidité, car elle craignait de dévoiler sa personnalité
– elle possédait une force pour se contraindre que je n'ai
connue chez nul autre. Elle s'imposait à elle-même une
loi, au sens le plus strict du mot, et elle l'observait avec
héroïsme. Elle et la douce Anne étaient liées comme les
statues réunies de la puissance et de l'humilité. On les
voyait, pendant leurs jeunes années, bras enlacés, chaque
fois que leurs occupations le leur permettaient. Sur les
hauts de la lande ou dans les profondeurs des vallons,
Emily s'amusait et se distrayait comme une enfant ; ou
bien lorsqu'il ne dépendait que d'elle d'être agréable, elle
savait converser avec vivacité et se plaisait à faire plaisir.
Il y avait aussi chez elle une trace de malice lorsqu'elle
se promenait sur la lande. Elle s'amusait à entraîner
Charlotte vers des endroits où, seule, cette dernière
n'aurait pas osé mettre le pied. Charlotte était mortellement effrayée par les animaux inconnus et Emily prenait
plaisir à la conduire tout près d'eux puis à lui raconter
ce qu'elle avait fait, et elle riait, très amusée par l'horreur exprimée par sa sœur. Si Emily avait besoin d'un
livre qu'elle avait oublié dans le salon, elle s'y précipitait,
sans regarder personne, surtout s'il y avait des invités.

Parmi les vicaires, Mr. Weightman était le seul en faveur duquel elle rompait les règles d'une politesse convenue. Le don dont elle faisait preuve en musique était surprenant ; le style, le toucher, l'expression étaient ceux d'un maître absorbé corps et âme par son thème. Les deux chiens, Keeper et Flossy, attendaient toujours paisiblement auprès d'Emily et d'Anne pendant le petit déjeuner composé de flocons d'avoine et de lait, et ils recevaient leur part à la fin du repas. Le pauvre vieux Keeper, l'ami fidèle d'Emily, son admirateur, semblait la comprendre comme l'aurait fait un être humain. Un soir, alors que les quatre amies étaient assises côte à côte autour du feu dans le salon, Keeper se glissa entre Charlotte et Emily et monta sur les genoux d'Emily, mais trouvant qu'il n'y était pas assez au large, il finit par s'appuyer aux genoux de la visiteuse, puis s'y installa tout à son aise. Emily fut touchée jusqu'au cœur par la patience de son amie, loin de deviner que, sans sa présence, celle-ci ne se fût point soumise d'aussi bonne grâce au choix de Keeper. Parfois Emily s'amusait à exciter Keeper – le rendait furieux, le faisait gronder comme un lion. C'était un spectacle terrifiant pour un petit salon très ordinaire. Keeper mena le deuil à l'inhumation d'Emily et ne recouvra jamais plus sa gaieté.

VIRGINIA WOOLF

« *Jane Eyre* et *Wuthering Heights* », article publié dans le *Times Literary Supplement* le 13 avril 1916, repris dans *The Common Reader*, t. I (1925).

[...] *Wuthering Heights* est un livre plus difficile que *Jane Eyre* parce que Emily est un plus grand poète que Charlotte. Lorsque Charlotte écrit, sa voix nous dit avec une éloquence magnifique et passionnée « J'aime », « Je hais », « Je souffre ». Son expérience de la vie est sans doute plus intense que la nôtre, mais elle se situe au même niveau. Mais il n'y a pas de « je » dans *Wuthering Heights*. Il n'y a pas de gouvernantes. Il n'y a pas d'employeurs. Si l'amour y est présent, ce n'est pas l'amour des hommes et des femmes. Emily était inspirée par une conception d'ordre plus général. L'élan qui la poussait vers la création littéraire n'était pas dû à des souffrances ou à des blessures personnelles. Elle avait sous les yeux un monde brisé, livré au chaos, et se sentit la force de lui rendre son unité dans un livre. On perçoit dans *Wuthering Heights* cette ambition gigantesque, cet effort à demi frustré et pourtant plein d'une conviction superbe, pour dire par l'intermédiaire de ses personnages quelque chose qui ne soit pas seulement « J'aime » ou « Je hais », mais plutôt « Nous autres humains... » et « Vous, puissances éternelles... » ; la phrase demeure inachevée. Rien d'étrange à cela ; ce qui est plus étonnant, c'est qu'Emily parvient à nous faire sentir ce qui la poussait à parler. Cela surgit dans les paroles à peine cohérentes de Catherine Earnshaw : « Si tout le reste périssait et qu'il demeurât, lui, je continuerais d'être, moi aussi, et si tout le reste demeurait et que lui fût anéanti, l'univers me deviendrait un formidable étranger : je ne semblerais plus en faire partie. » Et cela éclate à l'approche de la mort. « Je vois là un repos que ni la terre ni l'enfer ne peuvent troubler, et j'éprouve la certitude d'un au-delà sans terme et sans ombres – l'Éternité gagnée – où la vie est sans limites dans sa durée comme l'amour dans sa sympathie, comme la joie dans sa plénitude. »

C'est parce qu'il suggère ainsi la puissance qui sous-tend les apparitions de la nature humaine et qu'il les hausse jusqu'à la grandeur que ce livre écrase de son énorme stature tous les autres romans. Mais il ne suffisait pas à Emily Brontë d'écrire quelques poésies lyriques, c'est-à-dire de pousser un cri, d'exprimer une croyance. Elle le fit une fois pour toutes dans des poèmes qui survivront peut-être à son roman. Mais elle n'était pas seulement poète mais romancière. Il lui fallait assumer une tâche plus ardue et plus ingrate. Il lui fallait accepter l'existence d'autres êtres, comprendre le fonctionnement du monde extérieur, bâtir des fermes et des maisons qui fussent reconnaissables, rapporter les paroles d'hommes et de femmes qui existaient indépendamment d'elle-même. Et si nous sommes conduits à des paroxysmes d'émotion, ce n'est pas à force d'emphase et de pathos ; c'est parce que nous entendons une jeune fille solitaire chanter de vieilles chansons en se balançant sur la branche d'un arbre, parce que nous regardons les moutons brouter sur la lande, parce que nous écoutons le vent souffler doucement dans les herbes. La vie à la ferme nous est montrée, avec toutes sortes d'absurdités et d'invraisemblances. Nous pouvons sans doute comparer Wuthering Heights à une ferme réelle, et Heathcliff à un homme réel. Et nous sommes libres de nous demander comment la vérité, l'intuition, l'émotion sous ses formes les plus raffinées peuvent exister chez des hommes et des femmes qui ressemblent si peu à ceux ou celles que nous rencontrons dans notre vie de tous les jours. Mais au moment même où nous nous posons cette question, nous voyons en Heathcliff un frère tel qu'a pu le voir une sœur de génie. Cet être nous paraît impossible et pourtant, dans toute la littérature, il n'y a aucun adolescent à qui son créateur ait insufflé plus de vie. Il en va de même pour les deux Catherine ; jamais deux femmes n'ont senti et agi de cette façon. Voilà du moins ce que nous nous disons ; et pourtant ce sont les femmes les plus dignes d'amour de toute la littérature anglaise. On dirait qu'Emily Brontë détruit tous les points de repère qui nous servent à connaître les êtres humains et qu'elle donne à ces transparences méconnaissables un tel souffle de vie qu'elles transcendent la réalité. Elle possède donc le plus singulier des pouvoirs : celui de libérer la vie de sa dépendance à l'égard des faits. Avec quelques touches, elle sait évoquer l'âme d'un visage et rendre le corps superflu ; en parlant de la lande, elle fait souffler le vent et gronder le tonnerre.

JOHN COWPER POWYS

« Emily Brontë », essai paru dans *Sus-pended Judgments, Essays on Books and Sensations*, New York, 1916.

Emily Brontë : pourquoi ce nom produit-il dans notre esprit un choc étrange, différent de l'impression que laisse en nous tout autre écrivain célèbre ?

Il n'est guère facile de répondre à cette question. À mesure que leurs œuvres descendent le cours du temps et se chargent d'une force vive prévue par le destin, certaines grandes âmes semblent acquérir le pouvoir de sensibiliser notre imagination à des problèmes qui dépassent par leur ampleur ceux qu'à bon droit on peut considérer comme procédant de l'œuvre même

Ces noms remuent notre imagination dans ses profondeurs, sans qu'interviennent aucune argumentation logique, aucune justification rationnelle et délibérée.

Ces noms triomphent de nos facultés critiques et, malgré leur résistance acharnée, nous touchent au plus profond. L'instinct se substitue à la raison et notre âme semble répondre à un appel translunaire de musique subliminale et vibre sur un mode qui défie toute analyse.

Nous connaissons tous l'œuvre de Charlotte, la sœur d'Emily. Nous pouvons y retourner quand bon nous semble, apprécier à loisir ses belles qualités et son ardent romantisme.

Mais après avoir lu et relu ce roman unique et prodigieux qu'est *Wuthering Heights* et cette poignée de poèmes inoubliables qui constituent tout le legs d'Emily Brontë à ce monde, qui de nous pourra prétendre que notre conscience claire et raisonnable a su épuiser toute la signification de ces pages ? Qui pourra prétendre que

nous comprenons parfaitement le pourquoi de cette agitation, de cette fermentation qui s'emparent de notre être,
le pourquoi de l'état magique où nous jette cette lecture ?

Qui peut exprimer par des mots le secret de cette
jeune fille extraordinaire ? Qui peut saisir, avec les mots
suaves et plausibles des écoles, les ombres fuyantes qui
se perdent dans les profondeurs insondables de sa vision
de génie ?

Peut-être faut-il remonter jusqu'à Sapho pour trouver un être de cette qualité. En tout cas, à côté d'Emily
Brontë, les figures de Madame de Staël, de George Sand,
de George Eliot et de Mrs. Browning[1] apparaissent bien
bourgeoises et bien sentimentales.

J'incline à penser que l'énorme mystère de la puissance
d'Emily Brontë vient de ce que, comme la Lesbienne,
elle exprime dans son œuvre l'essence même de la fémi-
nité. Ce n'est pas là une entreprise facile. Les femmes
écrivains, habiles, vives et subtiles ne sont pas moins
nombreuses aujourd'hui qu'autrefois ; mais elles sont
étrangement dépourvues de cette énergie démoniaque,
de cette spiritualité occulte, de cette ardeur instinctive
qui sont nécessaires pour exprimer le mystère ultime de
leur sexe.

J'incline à penser que, de tous les poètes, Walt Whitman est le seul à avoir puisé son inspiration audacieuse
et chaotique dans les ultimes profondeurs spirituelles
des instincts sexuels du mâle ; et ce que Walt Whitman
a fait pour le sexe masculin, Emily Brontë l'a fait pour
le sexe féminin.

Mystérieuse et troublante lumière jetée sur le sens
véritable de nos pulsions sexuelles ! À la fin du compte,
ce ne sont pas les magnifiques spadassinades de Byron
– pourtant débordantes de sexualité normale – ou les
éloquentes sentimentalités de George Sand – pourtant
pénétrées de sensualité ardente – qui touchent à l'indéfi-

---

1. Elizabeth Barrett Browning (1806-1861), épouse de Robert
Browning.

nissable secret. Comme Walt Whitman, et par le simple
élan de son génie inspiré, Emily Brontë nous entraîne
dans un royaume où les données simplement *animales*
de la sexualité, volupté, débauche ou luxure, sont complètement intégrées, perdues, oubliées, volatilisées par
la flamme brûlante de la spiritualité et transformées en
quelque chose qui transcende les désirs terrestres.

Mais voilà bien la différence entre la femme et
l'homme : Emily Brontë va encore plus loin que Walt
Whitman dans cette entreprise. Dans l'œuvre de Walt
Whitman, il y a, comme on sait, bien des écrits où, malgré ses accents magiques et véridiques, le poète accorde
une importance énorme aux éléments terrestres et cor-
porels de sa passion. C'est seulement à de rares moments
– comme il arrive aux gens ordinaires dans la vie quotidienne – que Walt Whitman échappe à l'emprise de
la luxure et de la volupté. Au contraire, Emily Brontë
semble avoir une prédilection naturelle pour ces hauts
sommets et ces profondeurs insondées. La flamme de
la passion brûle et vibre en elle avec une telle intensité
que le matériau combustible de nos instincts terrestres
s'en trouve entièrement épuisé, entièrement dévoré. De
sa langue de feu, la flamme de vie consume, dans ce qui
l'alimente, la moindre trace de matérialité et la colonne
ardente s'élance, radieuse et vibrante, dans le vide infini.

D'un point de vue purement psychologique, il est saisissant de constater que, poussée au-delà d'une certaine
limite par l'ardeur conquérante de l'instinct, la sexualité
se transmue et perd sa texture terrestre originelle.

À un certain degré d'intensité, l'ardeur sexuelle perd
son caractère sexuel ; elle devient pure flamme ; se déga-
geant de la gangue sensuelle, elle devient immatérielle,
surnaturelle.

On peut même dire, énorme paradoxe, qu'elle devient
« asexuée ». Et telle est bien notre impression devant
l'œuvre d'Emily Brontë. Chez elle, l'ardeur sexuelle est
allée si loin qu'accomplissant une sorte de révolution, elle
est revenue à son point de départ. Elle est devenue une

passion désincarnée, absolue, exempte de toute faiblesse humaine. L'« habit de glaise périssable » qui « enclôt grossièrement » notre principe divin a été consumé, résorbé. Il a été anéanti et à sa place monte en tremblant vers le ciel la flamme claire de la secrète fontaine de vie.

Allons plus loin. Lorsqu'il s'abandonne à cette passion, le génie d'Emily Brontë non seulement consume et détruit tous les éléments argileux qui se trouvent, si je puis dire, à la surface et au-dessus de la terre mais aussi, s'enfonçant dans la terre même, il détruit et annihile de sa flamme tous les matériaux douteux et obscurs qui entourent la volonté humaine sous sa forme originelle et primordiale. Tout autour de cette volonté solitaire et inaliénable, elle ne laisse qu'une plaine noircie et brûlée de scories et de cendres. Car c'est en cendres que sont réduits les sentiments ambigus, les doutes, les hésitations, les pusillanimités, les craintes, les lâchetés. Alors la volonté originelle de l'homme, de l'individu invincible se dresse solitaire dans le crépuscule sous la pluie grise et désolée qui tombe de l'espace sidéral. Elle se dresse sur ses fondations d'airain, sans que rien dans le ciel ou sur la terre puisse l'ébranler ou même l'inquiéter.

C'est cette solitude intégrale, désespérée, de la volonté individuelle, qui donne son assise au génie d'Emily Brontë. [...]

Quand, parmi tous les arbres, je cherche celui dont la forme s'harmonise le mieux avec le cadre du roman tragique d'Emily Brontë, c'est l'image d'un vieux robinier tortueux qui me vient à l'esprit, d'un vieux robinier tordu par le vent qui souffle toujours dans la même direction ; l'écorce est noire, le tronc est creux et dans ce creux, la pluie a formé une petite flaque où baignent quelques feuilles mortes.

L'extraordinaire, c'est qu'elle puisse créer ces impressions incidemment et, si l'on peut dire, inconsciemment. Ces objets participent tellement d'elle-même qu'ils nous sont rendus perceptibles par des voies indirectes, et des moyens beaucoup plus subtils qu'une éloquente description.

ROBERT MUSIL

Extrait des écrits intimes de Robert
Musil : *Petit cahier de notes*, t. I (environ 1915-1920), traduit par Philippe
Jaccottet (repris dans *Tel Quel*, n° 3,
automne 1960).

Portrait : Si je veux peindre un jour une jeune fille
pleine de force, considérant le monde avec une grande
naïveté morale et néanmoins en vraie jeune fille, je prendrai les *Hauts de Hurle-Vent* d'Emily Brontë et je peindrai
la jeune fille qui pourrait rêver et commenter ce livre.

Hauts de Hurle-Vent : Il n'est pas exclu que cette jeune
Anglaise ait voulu montrer seulement jusqu'où peut aller
un être d'une heureuse nature quand il est privé d'in-
fluences morales. Le parallélisme des exemples : origine
noble et basse extrace, semble confirmer cette hypothèse.
Mais le candide mal féminin dérange la petite fable morale.

Avec un peu plus de philosophie immanente, on aurait
un roman de Stendhal. Mais un certain romantisme
demeure attaché aux personnages, et le mal ne peut jaillir
d'eux qu'avec démesure.

Un rien d'ironie eût suffi pour faire de cette ménagère
aux crimes intègres un écrivain de premier plan.

C. P. SANGER

« La structure de *Wuthering Heights* »,
conférence prononcée à Cambridge,
publiée en 1926 par la Hogarth Press.

[...] Comment l'auteur s'y prend-il pour raconter une
aussi longue histoire ? Comment éveille-t-il l'intérêt du

lecteur ? Comment met-il de la cohérence dans le récit ?
Comment nous rend-il sensibles à l'écoulement du temps
sans pour autant nous importuner avec des dates ? Dans
quelle mesure tient-il compte de l'âge des personnes lors
des différents épisodes ? Jusqu'à quel point se soucie-t-il
de la topographie ? Comment Heathcliff devient-il propriétaire ? Telles sont les questions, et quelques autres
encore, auxquelles je vais tenter de répondre.

Ce qu'il y a de plus remarquable dans la structure de
ce roman où l'on voit se succéder trois générations, c'est
la symétrie des arbres généalogiques. Mr. et Mrs. Earnshaw, de Wuthering Heights, et Mr. et Mrs. Linton, de
Thrushcross Grange, ont chacun un fils et une fille. Le
fils Linton épouse la fille Earnshaw et leur fille unique
épousera successivement ses deux cousins germains, le
petit-fils des Linton et le petit-fils des Earnshaw.

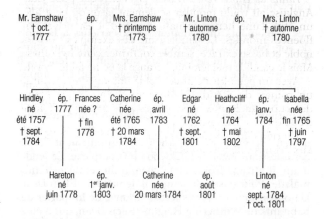

Jamais je n'ai rencontré dans le monde réel des liens
de parenté à ce point symétriques ; j'y reviendrai par la
suite. Cette symétrie apporte un élément d'harmonie
assez remarquable dans cette œuvre tourmentée.

Pour éveiller l'intérêt du lecteur et pour donner au

récit de la vigueur et de la vraisemblance, Emily Brontë a
utilisé un procédé que devait reprendre plus tard Joseph
Conrad avec le succès qu'on connaît. Cette technique
réclame beaucoup d'habileté.

Après le décès d'Edgar Linton, le narrateur,
Mr. Lockwood, loue Thrushcross Grange pour un an.
Rendant visite à son propriétaire Heathcliff, il est
surpris de trouver chez lui, à Wuthering Heights, une
jeune femme farouche[1] et un rustre peu avenant. Il croit
tout d'abord que Catherine est la femme de Heathcliff ;
quand il apprend qu'elle est sa belle-fille, il suppose alors
que Hareton est le fils de Heathcliff ; il faut encore le
détromper. Il s'interroge (et le lecteur avec lui) sur ce
singulier trio. Lockwood revient à Wuthering Heights
et y est retenu pour la nuit par une violente tempête
de neige. Dans sa chambre il découvre quelques livres
où sont inscrits les noms de Catherine Earnshaw et de
Catherine Linton, ainsi qu'une sorte de journal rédigé par
une main enfantine : Catherine y fait un récit très coloré
des événements immédiatement postérieurs à la mort
de son père. Mr. Lockwood a un cauchemar au cours
duquel le fantôme de Catherine apparaît à la fenêtre. Il
assiste en outre à un spectacle étrange : Heathcliff implorant le spectre de Catherine. Tout cela, bien sûr, éveille
notre curiosité. Quel est donc cet étrange individu ? Et
ce curieux ménage ? Et cette Catherine morte quelques
années auparavant ? Quels étaient les liens de parenté
de cette dernière avec Heathcliff ? Naturellement, toutes
ces questions laissent Lockwood fort perplexe. Le lendemain, il attrape froid sur le chemin du retour et tombe
malade. Pour passer le temps, il demande à Ellen Dean,
la gouvernante de Thrushcross Grange, de lui parler des
habitants de Wuthering Heights. Ellen Dean, qui a élevé
d'abord Hareton puis la seconde Catherine, lui fait le
récit détaillé des trente années écoulées. Ainsi, dans la
plus grande partie du livre, Lockwood nous rapporte ce

---

1. En français dans le texte.

que lui a dit la gouvernante. Mais parfois Ellen elle-même rapporte les paroles d'une tierce personne, celles d'Isabella par exemple. La relation directe des événements par Lockwood occupe une très faible partie de l'ouvrage, un dixième peut-être. Un tel canevas pourrait fort bien être confus : l'auteur risque en effet de mêler les époques. Emily Brontë a-t-elle une notion exacte des dates et les communique-t-elle au lecteur à chaque tournant du récit ? Oui, mais elle procède de façon indirecte. Examinons à nouveau l'arbre généalogique. Les dates sont toutes extraites du livre, bien qu'une seule y soit explicitement mentionnée. C'est après avoir noté que le premier mot du livre était une date, « 1801 », que je fus amené à examiner de plus près la question. Le fait me paraît significatif. De même, le premier mot du chapitre XXXII est « 1802 ». Une seule autre date est donnée de façon explicite. Dans la dernière phrase du chapitre VII, Ellen Dean dit : « Je me contenterai de passer à l'été suivant – c'est-à-dire à l'été de 1778, ce qui nous ramène près de vingt-trois ans en arrière. » Nous ne sommes pas plus avancés : de toute évidence, il s'est écoulé vingt-trois ans de 1778 à 1801. Mais dans la première phrase du chapitre suivant, elle nous dit que Hareton est né en juin. C'est pourquoi j'ai posé juin 1778 comme date de naissance de Hareton dans l'arbre généalogique. Mais comment déterminer les autres dates, non seulement pour l'arbre généalogique mais pour chaque événement du récit ? Nous disposons d'un nombre considérable (une centaine peut-être) d'indications de toutes sortes : laps de temps, âges des personnages, mois, lune de la moisson, dernière chasse au coq de bruyère, etc. Nous apprenons incidemment que la seconde Catherine est née un 20 mars. On nous donne parfois aussi le jour de la semaine ; ainsi Ellen Dean se rappellera un événement survenu un samedi, ou bien une veille de Noël. En tenant compte de toutes ces indications, il est, je crois, possible de préciser l'année et, dans bien des cas, le mois où les événements se sont passés, ainsi que l'âge des personnages, encore qu'il subsiste, bien entendu, un léger doute sur le compte de Heathcliff puisque nous ignorons à quel âge il fut recueilli par Mr. Earnshaw. Mais il faut avancer avec prudence et tenir compte de toutes les indications car, parfois, chose fort curieuse, certains personnages sont décrits comme *paraissant* un âge qui n'est pas le leur. Ainsi lorsque Lockwood nous parle pour la première fois de Heathcliff et de Catherine, il nous dit qu'il a environ quarante ans et qu'elle n'en paraît pas dix-sept. Or, Catherine a exactement dix-sept ans et neuf mois et Heathcliff ne peut en avoir plus de trente-huit. Il serait fastidieux d'expliquer comment j'ai découvert chaque date[1] mais je donnerai cependant un ou deux exemples. Nous savons déjà que Hareton est né en juin 1778 ; on nous dit qu'il a presque cinq ans lorsque Catherine Earnshaw épouse Edgar Linton ; le mariage a donc eu lieu avant juin 1783. De plus, Heathcliff revient en septembre après six mois de bonheur conjugal. Le mariage a donc été célébré en avril 1783. On nous dit que la scène qui devait se terminer par la mort de Catherine a eu lieu un dimanche de mars après le retour de Heathcliff. Plus tard, nous apprenons que l'anniversaire de la seconde Catherine est le 20 et que c'est aussi le jour de la mort de sa mère. Catherine est donc morte à deux heures du matin le lundi 20 mars 1784.

Je ne donnerai qu'un seul autre exemple. Lockwood commence son récit en 1801. Il neige : on est sans doute en janvier-février ou en novembre-décembre. Or Lockwood revient à Thrushcross Grange en 1802 avant l'expiration de son bail d'un an. L'histoire commence donc fin 1801. Notons que le bail dit « de la Saint-Michel » ne commence pas le 29 septembre, mais le 10 octobre : il y a un décalage d'onze jours dû à la réforme du calendrier. Le récit commence donc après le 10 octobre 1801. Or, Lockwood est malade depuis trois semaines quand Heathcliff lui envoie quelques coqs de bruyère, les der-

---

1. Voir plus loin le tableau chronologique de *Wuthering Heights*, p. 601.

niers de la saison. En vertu de la « loi sur la chasse » de 1831, il est interdit de tirer le coq de bruyère après le 10 décembre : nous pouvons donc prendre cette date comme correspondant approximativement à l'époque des derniers coqs de bruyère. Le récit commencerait donc vers la mi-novembre, ce qui s'accorde fort bien avec les indications ultérieures. Voilà qui est suffisant pour illustrer le procédé utilisé. Quelquefois ce n'est qu'en juxtaposant plusieurs renseignements assez vagues qu'on peut déterminer le mois où s'est déroulé tel ou tel événement. Une curieuse incertitude demeure. Nous savons qu'Ellen Dean, qui est la sœur de lait de Hindley, a le même âge que lui. Ce fait nous est confirmé par les propos du médecin. Comment expliquer alors qu'à deux reprises celle-ci se trompe sur son âge ? On nous répondra que les gens « entre deux âges » commettent souvent ce genre d'erreur et qu'il y a peut-être ici une intention délibérée de la part d'Emily Brontë. Si c'est le cas, disons qu'elle a poussé un peu loin la subtilité.

Les données topographiques sont tout aussi précises. Quand on va de Thrushcross Grange au village de Gimmerton, une route part sur la gauche en direction de la lande. À la bifurcation se trouve une colonne de pierre. Thrushcross Grange est au sud-est, Gimmerton à l'est et Wuthering Heights au nord. Il y a quatre milles de Thrushcross Grange à Wuthering Heights et les Penistone Crags se trouvent un mille et demi plus loin. On se rend de Gimmerton à Thrushcross Grange en une demi-heure.

Nous pouvons faire confiance aux connaissances botaniques d'Emily Brontë. Elle aimait la campagne. Il est question d'un frêne qui est en bourgeons un 20 mars, ce qui, tout d'abord, m'a surpris mais j'ai ensuite noté qu'il ne poussait pas dans la lande mais dans le parc de Thrushcross Grange, qui est situé en contrebas et sans aucun doute abrité.

J'en arrive maintenant au dernier problème. Grâce à de sombres machinations, Heathcliff s'approprie les biens des Earnshaw et des Linton. Comment y réussit-il ?

Emily Brontë possède visiblement de solides connaissances juridiques. Nous savons où George Eliot a puisé
son information sur le *base free*[1] pour l'intrigue de *Felix
Holt*[2]. En revanche, nous ignorons comment Jane Austen
a pu s'initier de façon aussi magistrale au droit des biens
immobiliers *(real property)* ; cependant elle vivait parmi
des gens dont les biens avaient fait l'objet d'un *settlement*[3]
et il lui était donc facile de se renseigner. Mais je ne vois
pas où Emily Brontë a pu puiser ses connaissances. Il y
a une seconde difficulté. *Wuthering Heights* a été publié
en 1847 et n'a sans doute pas été composé avant 1840. Le
récit se déroule entre 1771 et 1803. La loi sur les successions de 1834 *(Inheritance Act)*, celle sur les testaments
de 1837 *(Wills Act)* et, je crois, la loi sur la chasse de
1831 *(Game Act)* avaient modifié le droit. Emily Brontë
utilise-t-elle la législation contemporaine de la rédaction
du livre ou la législation contemporaine des événements
rapportés ? Dans un cas au moins, nous verrons qu'elle
se réfère à l'état du droit le plus ancien.

Les romanciers donnent parfois un fondement juridique à leur intrigue et il leur arrive donc d'employer
des termes de droit. Souvent ils se trompent et écrivent
parfois des absurdités, ainsi Trollope dans *Orley Farm*[4].
Il est remarquable que dans *Wuthering Heights* dix ou
douze références suffisent à nous faire comprendre par
quels moyens juridiques Heathcliff parvient à ses fins.
La tâche d'Emily Brontë n'était pas facile. Il existait en

1. Droit de propriété sur le point de s'éteindre faute d'héritier
idoine dans le cas de biens substitués.
2. Roman publié en 1866.
3. « On entend par *seulement* un acte juridique en vertu duquel
la jouissance d'un bien ou d'un patrimoine est attribuée en série
successive à des personnes déterminées. Des dispositions de ce
genre sont très fréquentes, notamment dans les testaments et, entre
vifs, à l'occasion de mariage *(marriage settlements)*... D'après la
common law, le possesseur *d'un settled land* n'avait le droit de disposer du bien que dans des limites très étroites. » Voir Arminjon,
Nolde et Wolff, *Traité de Droit comparé*, t. III, Paris, 1952.
4. Roman publié en 1862.

effet une différence fondamentale entre le droit des biens immobiliers *(real property)* et le droit des biens mobiliers *(personal property)*.

Commençons par Wuthering Heights. Les Earnshaw sont des paysans et il est peu probable que leurs biens aient fait l'objet d'un *settlement*. La propriété appartient à la famille depuis l'an 1500. Nous pouvons donc considérer que Mr. Earnshaw jouissait d'un droit de propriété inconditionnel *(fee simple)* sur Wuthering Heights. Par ailleurs il ne semble pas avoir fait de placements. Au contraire, selon toute vraisemblance, la maison et la ferme sont frappées d'hypothèque. À la mort de Mr. Earnshaw, la terre passe à Hindley, son héritier *ab intestat*. Il n'est nulle part question d'un testament. Dans ce cas les biens mobiliers, c'est-à-dire probablement le bétail et les meubles, devaient aller en parts égales à ses enfants, Hindley et Catherine, à charge pour ceux-ci de régler les dettes de leur père. Lorsque Catherine se marie, Edgar est investi de ses biens mobiliers. Quant à Hindley il dilapide tout son patrimoine dans le jeu et la boisson et à sa mort, la propriété est entièrement hypothéquée. Nous découvrons alors que son créancier hypothécaire est Heathcliff. Dans ce cas, les biens mobiliers de Hindley auraient aussi répondu des dettes de la succession. Ainsi Heathcliff est créancier hypothécaire « en possession » et, en pratique, il est devenu propriétaire de tous les biens des Earnshaw, à l'exception des quelques biens mobiliers qui sont allés à Catherine. Tout ceci est relativement simple mais les choses se compliquent lorsqu'on en arrive aux biens des Linton. Ce sont des propriétaires terriens qui appartiennent à la *gentry* ; ils possèdent un parc, ils ont des fermiers. Mr. Linton, et Edgar après lui, sont magistrats. Dans ce milieu, les biens faisaient généralement l'objet d'une transmission successive par substitution ; et de fait, nous apprendrons que des dispositions en ce sens ont été prises par Mr. Linton dans son testament. Pour comprendre la suite, nous devons pénétrer les arcanes du droit de la *real property*, et consulter l'arbre généalogique.

Il me faut d'abord exposer très brièvement les règles de l'*entail*. On appelle *estate tail* (bien substitué) un bien qui se transmet selon les règles suivantes :

1. Les héritiers mâles l'emportent sur les femmes ;
2. les héritiers mâles se succèdent par ordre de primogéniture, tandis que les femmes ont un droit égal au partage ;
3. les descendants représentent les ascendants.

En cas de conflit entre ces règles, c'est la troisième qui prévaut. S'il était majeur, le titulaire d'un bien substitué pouvait par le biais d'une action fictive (remplacée en 1833 par un acte sous le sceau en vertu du *Fines and Recoveries Act*, ou loi sur les transactions juridiques) mettre fin à ce statut *(bar the entail)* et obtenir le *fee simple*, c'est-à-dire la propriété inconditionnelle. Un testateur pouvait transmettre des biens à des personnes pour la durée de leur vie mais il ne pouvait gratifier de biens en viager *(life estates)* les enfants de ces personnes qui n'étaient pas encore nés au moment de son décès. C'est pourquoi, afin d'assurer la pérennité de son patrimoine, il donnait ses biens en viager à ceux de ses descendants qui existaient à son décès, à charge de substitution en faveur de leurs descendants.

Le testament de Mr. Linton devait contenir les dispositions suivantes : ses biens étaient dévolus à vie à son fils unique, Edgar, puis par substitution aux fils d'Edgar ; les filles d'Edgar étaient évincées au profit de la fille de Mr. Linton, Isabella, qui selon toute vraisemblance bénéficiait d'un usufruit *(life interest)* réversible sur la tête de ses fils par substitution. C'est un schéma ordinaire. Ainsi, à la mort d'Edgar Linton, Linton Heathcliff sera en possession des biens substitués pendant les quelques semaines où il survit à son oncle. Étant mineur, il ne pouvait mettre fin à la substitution *(bar the entail)*. Il est fort improbable qu'il ait joui d'un droit de propriété inconditionnel *(fee simple)* ; la chose eût été anormale. Il n'est pas impossible qu'Isabella ait bénéficié d'une clause de substitution plutôt que d'un usufruit. C'est peu vraisemblable ; mais, dans ce cas, son fils Linton Heathcliff aurait bénéficié de la substitution par succession, et le résultat aurait donc été le même. Heathcliff revendique ces biens. De quel droit ? Selon Ellen Dean, il revendiqua et garda Thrushcross Grange en vertu des droits de sa femme et de son fils. Elle ajoutait : « Je suppose que c'est légal ; en tout cas, Catherine, sans argent et sans amis comme elle l'est, ne peut lui en disputer la possession. » Sa supposition est tout à fait justifiée. Même si Isabella avait bénéficié d'une clause de substitution, ou même d'un droit de propriété inconditionnel *(fee simple)*, Heathcliff n'aurait eu aucun droit au viager (appelé *estate by courtesy)* parce que Isabella n'avait jamais été « en possession ». Et même si Linton avait bénéficié du *fee simple* – ce qui me paraît impossible – son père ne pouvait, avant la loi sur les successions de 1833, en hériter parce qu'il était considéré comme contraire aux lois naturelles qu'un héritage remonte la ligne et, comme Ellen Dean le sait et le dit, Linton Heathcliff ne pouvait, étant mineur, disposer de ses terres par testament. Les biens mobiliers ne posent pas de problème. Tout ce que possédait Isabella passe à Heathcliff lorsqu'il l'épouse. Il n'y avait pas à cette époque de loi sur les biens de la femme mariée. Comme ils se sont enfuis sans demander le consentement de personne, il n'a pas été question de contrat de mariage. Edgar Linton avait économisé sur ses fermages pour servir une rente à sa fille Catherine. Afin d'empêcher Heathcliff de s'en emparer, il décide, tout juste avant sa mort, de modifier son testament afin de constituer une rente viagère en faveur d'abord de Catherine puis des enfants de celle-ci. Mais l'homme de loi qu'il a envoyé chercher est retenu par Heathcliff et Edgar meurt sans avoir modifié ses volontés dernières. L'argent passe donc à Catherine, puis à son mari Linton. Celui-ci, bien que mineur, pouvait (avant 1838) disposer de ses biens mobiliers par voie testamentaire. Heathcliff l'incite donc – ou l'oblige – à rédiger un testament en sa faveur.

Avant de mourir, Heathcliff semble donc avoir acquis

tous les biens mobiliers des deux familles ; il est créancier hypothécaire en possession de Wuthering Heights,
et bien que son titre soit contestable, il est en possession
de Thrushcross Grange, qu'il a loué à Lockwood. Il songe
à faire un testament mais cette intention n'est pas suivie
d'effet. Que va-t-il se passer après sa mort ? Comme il
n'a pas de famille, ses biens immobiliers vont tomber en
déshérence *(escheat)* et ses biens mobiliers vont passer à
la Couronne comme biens vacants. Dans ces conditions,
que va-t-il advenir de Hareton et de Catherine qui, à la fin
du roman, ont décidé de se marier le 1er janvier 1803 ? J'ai
cru un moment que c'était là le moment le plus tragique
de l'histoire. Ce jeune couple sans instruction ni aptitudes
particulières allait-il se trouver sans ressources ? Mais
c'était aller trop loin. Comme le montre l'arbre généalogique, Catherine est la seule descendante vivante de
Mr. Linton. D'une manière ou d'une autre (je ne veux pas
examiner ici toutes les possibilités) elle a dû faire valoir
ses titres à la propriété de Thrushcross Grange, qui était
de loin la partie la plus intéressante de la succession.
Heathcliff avait été créancier hypothécaire en possession de Wuthering Heights pendant dix-huit ans, mais
la possession de fait avait été trop brève pour lui permettre de bénéficier de l'usucapion *(adverse possession)*.
En tant qu'héritier de Hindley, Hareton peut exercer un
droit de rachat. Or la gestion de Heathcliff a sans doute
été satisfaisante ; si, conformément à la loi, il a rendu
des comptes exacts pour les bénéfices réalisés au cours
de ses dix-huit ans d'occupation, ces bénéfices suffiront
peut-être à éteindre la dette hypothécaire. Ainsi Hareton
recevrait la maison et la terre nettes ou presque de toutes
charges. À côté des biens immobiliers, les biens mobiliers
étaient de valeur négligable. En admettant que la Couronne ait eu connaissance de ses droits, il faut espérer
qu'elle n'insista pas pour les faire valoir et que, si elle les
fit valoir, le jeune couple put les racheter au moyen du
loyer qui, nous le savons, leur fut versé par Lockwood.
   Sauf erreur de ma part, il n'existe aucun roman, dans

aucune autre littérature, qui puisse être soumis à une analyse telle que celle-ci. Cela rend le livre assez extraordinaire. Emily Brontë avait-elle toutes ses dates en tête ou se servait-elle d'un calendrier ? Le 20 mars 1784, par exemple, tombait-il bien un lundi ? Selon mes calculs, c'était un samedi ; mais j'aimerais avoir sur ce point l'avis d'un chronologiste compétent ; car, si j'avais raison, cela prouverait qu'Emily Brontë n'utilisait pas de calendrier et qu'il serait vain, par exemple, de rechercher la date de Pâques 1803.

Ces détails ont pu paraître bien techniques et bien ennuyeux. Je crois pourtant qu'ils projettent une certaine lumière sur le livre et sur l'auteur. Emily Brontë n'a sûrement pas puisé sa connaissance du droit anglais dans des romans germaniques. Un grand critique a parlé de la violente chasteté de l'œuvre. Beaucoup plus caractéristique, beaucoup plus original me paraît le soin que met Emily Brontë à préciser l'âge des personnages à chaque épisode du livre. Cela prouve la vigueur de son imagination.

APPENDICE

Tableau chronologique de *Wuthering Heights*

Chap.

	1757, avant septembre.	*Naissance de Hindley Earnshaw.*
	1762, avant septembre.	*Naissance d'Edgar Linton*
	1764, avant septembre.	*Naissance de Heathcliff.*
	1765, été.	*Naissance de Catherine Earnshaw.*
	1765, fin de l'année.	*Naissance d'Isabella Linton.*
IV	1771, été, début de la moisson	*Mr. Earnshaw ramène Heathcliff à Wuthering Heights.*
	1773, printemps ou début de l'été.	*Mort de Mrs. Earnshaw.*
V	1774, octobre.	*Hindley va à l'université.*

	1777.	*Mariage de Hindley.*
	1777, octobre.	*Mort de Mr. Earnshaw.*
VI	1777, octobre	*Retour de Hindley accompagné de sa femme.*
III	1777, octobre ou novembre.	*« Horrible dimanche » décrit par Catherine dans son journal.*
VI	1777, novembre, 3ᵉ semaine (un dimanche).	*Catherine et Heathcliff se rendent à Thrushcross Grange.*
VII	1777, veille de Noël.	*Retour de Catherine à Wuthering Heights.*
	1777, jour de Noël.	*Visite des Linton à Wuthering Heights.*
VIII	1778, juin.	*Naissance de Hareton Earnshaw.*
	1778, fin de l'année.	*Mort de Frances Earnshaw.*
	1780, été.	*Edgar Linton se rend à Wuthering Heights et demande Catherine en mariage.*
IX	1780, été.	*Retour de Hindley, complètement ivre.*
	1780, été.	*Catherine parle d'Edgar à Ellen.*
	1780, été.	*Fuite de Heathcliff.*
	1780, été.	*Catherine, sortie sous une pluie battante, attrape une fièvre cérébrale.*
	1780, automne.	*Catherine, en convalescence, se rend à Thrushcross Grange ; Mr. et Mrs. Linton prennent tous deux la fièvre et meurent.*
	1783, avril.	*Edgar épouse Catherine.*
X	1783, septembre.	*Heathcliff revient à Wuthering Heights et revoit Catherine.*

	1783, automne.	*Isabella tombe amoureuse de Heathcliff, qui la voit de temps à autre à Thrushcross Grange.*
XI	1783, décembre.	*Ellen Dean rencontre Hareton.*
		Heathcliff prend Isabella par la taille.
	1784, lundi 6 janvier.	*Scène violente à Thrushcross Grange.*
		Heathcliff est mis à la porte et Catherine refuse toute nourriture.
XII	1784, vendredi, 10 janvier.	*Catherine délire.*
	1784, janvier, 2 h du matin.	*Isabella s'enfuit avec Heathcliff.*
XIII	1784, lundi 13 mars.	*Retour des Heathcliff à Wuthering Heights.*
XIV	1784, mercredi 15 mars.	*Ellen Dean se rend à Wuthering Heights.*
XV	1784, dimanche 19 mars.	*Scène violente entre Heathcliff et Catherine.*
XVI	1784, dimanche 19 mars, minuit.	*Naissance de Catherine Linton.*
	1784, lundi 20 mars, 2 h du matin.	*Mort de la première Catherine.*
	1784, mardi 21 mars.	*Heathcliff place une boucle de ses cheveux dans le médaillon de Catherine.*
	1784, vendredi 24 mars.	*Obsèques de Catherine.*
XVII	1784, même jour, minuit.	*Hindley menace de tuer Heathcliff ; celui-ci l'assomme.*
	1784, samedi 25 mars.	*Fuite d'Isabella.*
XVII	1784, septembre.	*Naissance de Linton Heathcliff.*

	1784, septembre ou octobre.	*Mort de Hindley Earnshaw. Heathcliff détient une hypothèque sur tous ses biens.*
XVIII	1797, début juin.	*Catherine se rend à Penistone Crags et y rencontre Hareton.*
XIX	1797, juin.	*Mort d'Isabella. Edgar ramène Linton Heathcliff à Thrushcross Grange.*
XX	1797, juin.	*Linton Heathcliff est conduit à Wuthering Heights, où il habitera désormais avec son père.*
XXI	1800, 20 mars.	*Catherine et Ellen rencontrent Hareton et se rendent à Wuthering Heights, où elles voient Linton.*
	1800, mars ou avril.	*Catherine et Linton s'écrivent.*
XXII	1800, fin octobre ou novembre.	*Catherine rencontre Heathcliff, qui lui apprend que Linton est gravement malade.*
XXIII	1800, fin octobre ou novembre.	*Catherine et Ellen se rendent au chevet de Linton. Ellen prend froid et tombe malade ; elle ne se remettra pas avant trois semaines.*
XXIV	1800, novembre.	*Pendant la maladie d'Ellen, Catherine voit Linton en cachette.*
XXV	1801, 20 mars.	*Edgar est trop malade pour se rendre sur la tombe de sa femme.*
	1801, juin.	*Edgar au plus mal.*
XXVI	1801, août.	*Ellen et Catherine rencontrent Linton.*
	1801, un jeudi d'août une semaine plus tard.	*Heathcliff séquestre Catherine et Ellen.*

	1801, lundi ?	*Mariage de Catherine et de Linton.*
XXVII	1801, août ou septembre.	*Ellen est relâchée.*
	1801, le mardi suivant.	*Se sentant mourir Edgar envoie chercher Mr. Green, l'homme de loi ; celui-ci ne viendra pas.*
XXVIII	1801, mercredi, 3 h du matin (lune de la moisson).	*Catherine s'enfuit et se rend à Trushcross Grange. Mort d'Edgar Linton.*
XXIX	1801, septembre, le soir après les obsèques.	*Heathcliff se rend à Wuthering Heights et enlève Catherine.*
XXX	1801, octobre.	*Mort de Linton Heathcliff. Hareton essaie de plaire à Catherine.*
I	1801, fin novembre.	*Lockwood se rend à Wuthering Heights.*
II	1801, le lendemain	*Il s'y rend de nouveau et doit y passer la nuit. Il trouve le journal de Catherine et assiste à l'éclat de Heathcliff.*
	1801, le lendemain.	*Lockwood quitte Wuthering Heights à huit heures. Il prend froid.*
IV	1801, le lendemain.	*Ellen Dean commence son récit.*
X	1801, trois semaines plus tard.	*Heathcliff envoie des coqs de bruyère à Lockwood.*
	1801, une semaine plus tard.	*Visite de Heathcliff.*
XV	1802, janvier (une semaine plus tard).	*Lockwood continue son récit.*
XXXI	1802, janvier, 2e semaine.	*Lockwood se rend à Wuthering Heights.*

XXXII	1802, début février.	*Ellen s'installe à Wuthering Heights.*
	1802, mars.	*Hareton victime d'un accident.*
	1802, lundi de Pâques.	*Catherine offre son amitié à Hareton.*
XXXIII	1802, mardi de Pâques.	*Colère de Heathcliff à propos des modifications apportées au jardin.*
	1802 (après le 18 mars).	*Conduite étrange de Heathcliff.*
XXXIV	1802, avril.	*Heathcliff se laisse mourir de faim.*
	1802, mai.	*Mort de Heathcliff.*
	1802, septembre.	*Lockwood se rend à Thrushcross Grange et à Wuthering Heights.*
XXXIV	1803, 1er janvier.	*Mariage de Catherine et de Hareton.*

GEORGES BATAILLE

« Emily Brontë », article publié dans *Critique* (n° 117, février 1957), repris dans *La Littérature et le Mal*, Gallimard, coll. « Folio ».

Entre toutes les femmes, Emily Brontë semble avoir été l'objet d'une malédiction privilégiée. Sa courte vie ne fut malheureuse que modérément. Mais, sa pureté morale intacte, elle eut de l'abîme du Mal une expérience profonde. Encore que peu d'êtres aient été plus rigoureux, plus courageux, plus droits, elle alla jusqu'au bout de la connaissance du Mal.

Ce fut la tâche de la littérature, de l'imagination, du

rêve. Sa vie, terminée à trente ans, la tint à l'écart de tout le possible. Elle naquit en 1818 et ne sortit guère du presbytère du Yorkshire, à la campagne, dans les landes, où la rudesse du paysage s'accordait à celle du pasteur irlandais qui ne sut lui donner qu'une éducation austère, à laquelle l'apaisement maternel manquait. Sa mère est morte de bonne heure, et ses deux sœurs étaient elles-mêmes rigoureuses. Seul un frère dévoyé sombra dans le romantisme du malheur. On sait que les trois sœurs Brontë, en même temps que dans l'austérité d'un pres-bytère, ont vécu dans le tumulte surchauffant de la créa-tion littéraire. Une intimité de chaque jour les unit, sans toutefois qu'Emily cessât de préserver la solitude morale où se développaient les fantômes de son imagination. Renfermée, elle semble au-dehors avoir été la douceur même, bonne, active, dévouée. Elle vécut en une sorte de silence, que seule, extérieurement, la littérature rom-pit. Le matin de sa mort, à la suite d'une brève maladie pulmonaire, elle se leva comme d'habitude, descendit au milieu des siens, ne dit rien, et sans s'être remise au lit, rendit le dernier souffle avant midi. Elle n'avait pas voulu voir de médecin.

Elle laissait un petit nombre de poèmes et l'un des plus beaux livres de la littérature de tous les temps, *Wuthering Heights*[1].

Peut-être la plus belle, la plus profondément violente des histoires d'amour...

Car le destin, qui, selon l'apparence, voulut qu'Emily Brontë, encore qu'elle fût belle, ignorât l'amour abso-lument, voulut aussi qu'elle eût de la passion une connaissance angoissée : cette connaissance qui ne lie pas seulement l'amour à la clarté, mais à la violence et à la mort – parce que la mort est apparemment la vérité

---

1. On sait que *Wuthering Heights* a d'abord été traduit en fran-çais sous le titre *Les Hauts de Hurlevent* (traduction Delebecque). « Wuthering Heights » signifie en fait « Les hauts où le vent fait rage », c'est le nom de la maison isolée, de la maison maudite, qui centre le récit. *(Les notes de ce texte sont toutes de Georges Bataille.)*

de l'amour. Comme aussi bien l'amour est la vérité de
la mort.

L'érotisme est l'approbation de la vie jusque dans la mort

Je dois, si je parle d'Emily Brontë, aller jusqu'au bout
d'une affirmation première.

L'érotisme est, je crois, l'approbation de la vie jusque
dans la mort. La sexualité implique la mort, non seulement dans le sens où les nouveaux venus prolongent
et remplacent les disparus, mais parce qu'elle met en
jeu la vie de l'être qui se reproduit. Se reproduire est
disparaître, et les êtres asexués les plus simples se sub-
tilisent en se reproduisant. Ils ne meurent pas, si, par la
mort, on entend le passage de la vie à la décomposition,
mais celui qui était, se reproduisant, cesse d'être celui
qu'il était (puisqu'il devient double). La mort individuelle
n'est qu'un aspect de l'excès proliférateur de l'être. La
reproduction sexuée n'est elle-même qu'un aspect, le plus
compliqué, de l'immortalité de la vie gagée dans la reproduction asexuée. De l'immortalité, mais en même temps
de la mort individuelle. Nul animal ne peut accéder à la
reproduction sexuée sans s'abandonner au mouvement
dont la forme accomplie est la mort. De toute façon, le
fondement de l'effusion sexuelle est la négation de l'isolement du *moi*, qui ne connaît la pâmoison qu'en s'excé-
dant, qu'en se dépassant dans l'étreinte où la solitude
de l'être se perd. Qu'il s'agisse d'érotisme pur (d'amour-
passion) ou de sensualité des corps, l'intensité est la
plus grande dans la mesure où la destruction, la mort
de l'être transparaissent. Ce qu'on appelle le vice découle
de cette profonde implication de la mort. Et le tourment
de l'amour désincarné est d'autant plus symbolique de la
vérité dernière de l'amour que la mort de ceux qu'il unit
les approche et les frappe.

D'aucun amour d'êtres mortels, ceci ne peut être dit

plus à propos que de l'union des héros de *Wuthering Heights*, de Catherine Earnshaw, de Heathcliff. Personne n'exposa cette vérité avec plus de force qu'Emily Brontë. Non qu'elle l'ait pensée sous la forme explicite que, dans ma lourdeur, je lui donne. Mais parce qu'elle le sentit et l'exprima *mortellement*, en quelque sorte divinement.

L'enfance, la raison et le Mal

L'emportement mortel de *Wuthering Heights* est si fort qu'il serait vain, selon moi, d'en parler sans épuiser, s'il est possible, la question qu'il a posée.

J'ai rapproché le vice (qui fut – qui reste même – dans une manière de voir répandue, la forme significative du Mal) des tourments de l'amour le plus pur.

Ce rapprochement paradoxal prête à de pénibles confusions ; je m'efforcerai de le justifier.

En fait, *Wuthering Heights*, encore que les amours de Catherine et de Heathcliff laissent la sensualité suspendue, pose au sujet de la passion la question du Mal. Comme si le Mal était le plus fort moyen d'exposer la passion.

Si l'on excepte les formes sadiques du vice, le Mal, incarné dans le livre d'Emily Brontë, apparaît peut-être sous sa forme la plus parfaite.

Nous ne pouvons tenir pour expressives du Mal ces actions dont la fin est un bénéfice, un bienfait matériels. Ce bénéfice, sans doute, est égoïste, mais il importe peu si nous en attendons autre chose que le Mal lui-même, un avantage. Tandis que, dans le sadisme, il s'agit de jouir de la destruction contemplée, la destruction la plus amère étant la mort de l'être humain. C'est le sadisme qui est le Mal : si l'on tue pour un avantage matériel, ce n'est le véritable Mal, le mal pur, que si le meurtrier, par-delà l'avantage escompté, jouit d'avoir frappé.

Pour mieux représenter le tableau du Bien et du Mal, je remonterai à la situation fondamentale de *Wuthering*

Heights, à l'enfance, de laquelle date, dans son intégrité, l'amour de Catherine et de Heathcliff. C'est la vie passée en courses sauvages sur la lande, dans l'abandon des deux enfants, qu'alors ne gênait nulle contrainte, nulle convention (sinon celle qui s'oppose aux jeux de la sensualité ; mais, dans leur innocence, l'amour indestructible des deux enfants se plaçait sur un autre plan). Peut-être même cet amour est-il réductible au refus de renoncer à la liberté d'une enfance sauvage, que n'avaient pas amendée les lois de la sociabilité et de la politesse conventionnelle. Les conditions de cette vie sauvage (en dehors du monde) sont élémentaires. Emily Brontë les rend sensibles – ce sont les conditions mêmes de la poésie, d'une poésie sans préméditation, à laquelle l'un et l'autre enfant refusèrent de se fermer. Ce que la société oppose au libre jeu de la naïveté est la raison fondée sur le calcul de l'intérêt. La société s'ordonne de manière à en rendre possible la durée. La société ne pourrait vivre si s'imposait la souveraineté de ces mouvements primesautiers de l'enfance, qui avaient lié les enfants dans un sentiment de complicité. La contrainte sociale aurait demandé aux jeunes sauvages d'abandonner leur souveraineté naïve, elle leur aurait demandé de se plier aux raisonnables conventions des adultes : raisonnables, calculées de telle façon que l'avantage de la collectivité en résulte

L'opposition est fortement marquée dans le livre d'Emily Brontë. Comme le dit Jacques Blondel[1], nous devons noter que dans le récit, « les sentiments se fixent à l'âge de l'enfance dans la vie de Catherine et de Heathcliff ». Mais si, par chance, les enfants ont le pouvoir d'oublier un temps le monde des adultes, à ce monde ils sont néanmoins promis. La catastrophe survient. Heathcliff, l'enfant trouvé, est contraint de fuir le royaume merveilleux des courses avec Catherine dans la lande.

1. Jacques Blondel, *Emily Brontë. Expérience spirituelle et création poétique*, op. cit., p. 406.

Et malgré sa durable rudesse, celle-ci renie la sauvagerie
de son enfance : elle se laisse attirer par une vie aisée,
dont elle subit la séduction, en la personne d'un jeune,
riche et sensible gentilhomme. À vrai dire, le mariage de
Catherine avec Edgar Linton possède une valeur ambi-
guë. Ce n'est pas une déchéance authentique. Le monde
de Thrushcross Grange, où, près de Wuthering Heights,
vivent Linton et Catherine, n'est pas dans l'esprit d'Emily
Brontë un monde assis. Linton est généreux, il n'a pas
renoncé à la fierté naturelle de l'enfance, mais il compose. Sa souveraineté s'élève au-dessus des conditions
matérielles dont il bénéficie, mais s'il n'était l'accord profond avec le monde assis de la raison, il n'en pourrait
bénéficier. Heathcliff est donc fondé, revenu riche d'un
long voyage, à penser que Catherine a trahi le royaume
absolument souverain de l'enfance, auquel, corps et âme,
elle *appartenait* avec lui.

J'ai suivi, maladroitement, un récit où la violence effrénée de Heathcliff s'exprime dans le calme et la simplicité
de la narratrice...

Le sujet du livre est la révolte du maudit que le destin
chasse de son royaume, et que rien ne retient dans le
désir brûlant de retrouver le royaume perdu.

Je renonce à donner en détail une suite d'épisodes,
dont l'intensité fascine. Je me borne à rappeler qu'il n'est
pas de loi ni de force, de convention ni de pitié qui arrête
un instant la fureur de Heathcliff : la mort elle-même,
puisqu'il est, sans remords et passionnément, la cause
de la maladie et de la mort de Catherine, que cependant
il tient pour sienne.

Je m'arrêterai sur le sens moral de la révolte née de
l'imagination et du rêve d'Emily Brontë.

Cette révolte est celle du Mal contre le Bien.

Elle est formellement déraisonnable.

Que veut dire ce royaume de l'enfance auquel la
volonté démoniaque de Heathcliff refuse de renoncer ?
sinon *l'impossible*, et la mort. Contre ce monde réel, que
domine la raison, que fonde la volonté de subsister, il est

deux possibilités de révolte. La plus commune, l'actuelle, se traduit dans la contestation de son caractère raisonnable. Il est facile de voir que le principe de ce monde réel n'est pas véritablement la raison, mais la raison composant avec l'arbitraire, issu des violences ou des mouvements puérils du passé. Une telle révolte expose la lutte du Bien contre le Mal, représenté par ces violences ou ces vains mouvements. Heathcliff juge le monde auquel il s'oppose : il ne peut certes l'identifier au Bien puisqu'il le combat. Mais s'il le combat avec rage, c'est lucidement : il sait qu'il représente le Bien et la raison. Il hait l'humanité et la bonté, qui provoquent en lui des sarcasmes. Envisagé en dehors du récit – et du charme du récit – son caractère semble même artificiel, fabriqué. Mais il procède du rêve, non de la logique de l'auteur. Il n'est pas dans la littérature romanesque de personnage qui s'impose plus réellement, et plus simplement, que Heathcliff ; encore qu'il incarne une vérité première, celle de l'enfant révolté contre le monde du Bien, contre le monde des adultes, et, par sa révolte sans réserve, voué au parti du Mal.

Il n'est pas dans cette révolte de loi que Heathcliff ne se plaise à transgresser. Il aperçoit que la belle-sœur de Catherine est éprise de lui : aussitôt il l'épouse, afin de faire au mari de Catherine le plus de mal possible. Il l'enlève et, à peine épousée, la bafoue ; puis la traitant sans ménagement, il la mène au désespoir. Ce n'est pas à tort que Jacques Blondel[1] rapproche ces deux phrases de Sade et d'Emily Brontë. Sade prête à l'un des bourreaux de *Justine* ce propos : « Quelle action voluptueuse que celle de la destruction. Je n'en connais pas qui chatouille plus délicieusement ; il n'est pas d'extase semblable à celle que l'on goûte en se livrant à cette divine infamie. » Emily Brontë fait de son côté parler Heathcliff : « Si j'étais né dans un pays où les lois sont moins rigoureuses et les goûts moins délicats, je m'offrirais le plaisir de procéder

---

1. *Op. cit.*, p. 386.

à une lente vivisection de ces deux êtres, pour passer la soirée en guise d'amusement. »

Emily Brontë et la transgression

À elle seule, l'invention d'un personnage aussi parfaitement dévoué au Mal représenterait, de la part d'une jeune fille morale et sans expérience, un paradoxe. Mais surtout, voici pourquoi l'invention de Heathcliff est troublante.

Catherine Earnshaw est elle-même absolument morale. Elle l'est si bien qu'elle meurt de ne pouvoir se détacher de celui qu'elle aimait enfant. Mais sachant que le Mal est en lui intimement, elle l'aime au point de dire de lui la phrase décisive : « *I am Heathcliff* (Je suis Heathcliff). »

De cette façon, le Mal, envisagé authentiquement, n'est pas seulement le rêve du méchant, il est en quelque sorte le rêve du Bien. La mort est la punition, recherchée, accueillie, de ce rêve insensé, mais rien ne peut faire que ce rêve ne soit pas rêvé. Il le fut de la malheureuse Catherine Earnshaw. Mais dans la même mesure, il faut dire qu'il le fut d'Emily Brontë. Comment douter qu'Emily Brontë, qui mourut d'avoir vécu les états qu'elle a décrits, ne se soit de quelque manière identifiée à Catherine Earnshaw ?

Il y a dans *Wuthering Heights* un mouvement comparable à celui de la tragédie grecque, en ce sens que le sujet de ce roman est la transgression tragique de la loi. L'auteur de la tragédie était d'accord avec la loi dont il décrivait la transgression, mais il fondait l'émotion sur la sympathie qu'il éprouvait, et que, l'éprouvant, il communiquait, pour le transgresseur de la loi. L'expiation est dans les deux cas engagée dans la transgression. Heathcliff connaît, avant de mourir, en mourant, une étrange béatitude, mais cette béatitude effraie, elle est tragique. Catherine, aimant Heathcliff, meurt d'avoir enfreint, sinon dans sa chair, dans l'esprit, la loi de fidélité ; et la mort de Catherine est le « perpétuel tourment » que pour sa violence endure Heathcliff.

La loi dans *Wuthering Heights*, comme dans la tragédie grecque, n'est pas en elle-même dénoncée, mais ce qu'elle interdit n'est pas un domaine où l'homme n'a rien à faire. Le domaine interdit est le domaine tragique, ou mieux, c'est le domaine sacré. Il est vrai, l'humanité l'exclut, mais pour le magnifier. L'interdit divinise ce dont il défend l'accès. Il subordonne cet accès à l'expiation – à la mort –, mais l'interdit n'en est pas moins une invite, en même temps qu'un obstacle. L'enseignement de *Wuthering Heights*, celui de la tragédie grecque – et plus loin de toute religion –, c'est qu'il est un mouvement de divine ivresse, que ne peut supporter le monde raisonnable des calculs. Ce mouvement est contraire au Bien. Le Bien se fonde sur le souci de l'intérêt commun, qui implique, d'une manière essentielle, la considération de l'avenir. La divine ivresse, à laquelle s'apparente le « mouvement primesautier » de l'enfance, est en entier dans le présent. Dans l'éducation des enfants, la préférence pour l'instant présent est la commune définition du Mal. Les adultes interdisent à ceux qui doivent parvenir à la « maturité » le divin royaume de l'enfance. Mais la condamnation de l'instant présent au profit de l'avenir, si elle est inévitable, est une aberration si elle est dernière. Non moins que d'en interdire l'accès facile, et dangereux, il est nécessaire de retrouver le domaine de l'instant (le royaume de l'enfance), et cela demande la transgression temporaire de l'interdit.

La transgression temporaire est d'autant plus libre que l'interdit est tenu pour intangible. Aussi bien Emily Brontë – et Catherine Earnshaw –, qui nous apparaissent l'une et l'autre sous le jour de la transgression – et de l'expiation –, relèvent-elles moins de la morale que de l'hypermorale. C'est une hypermorale qui est à l'origine du défi à la morale qui *d'abord* est le sens de *Wuthering*

Heights. Sans faire appel à la représentation générale
introduite ici, Jacques Blondel a le juste sentiment de
ce rapport. « Emily Brontë, écrit-il[1], se révèle... capable
de cet affranchissement qui la libère de tout préjugé
d'ordre éthique ou social. Ainsi se développent plusieurs
vies, comme un faisceau multiple, dont chacune, si l'on
songe aux principaux antagonistes du drame, traduit une
libération totale vis-à-vis de la société et de la morale.
Il y a une volonté de rupture avec le monde pour mieux
étreindre la vie dans sa plénitude et découvrir dans la
création artistique ce que la réalité refuse. C'est le réveil,
la mise en jeu proprement dite, de virtualités encore
insoupçonnées. Que cette libération soit nécessaire à
tout artiste est incontestable ; *elle peut être ressentie plus
intensément chez ceux en qui les valeurs éthiques sont
le plus fortement ancrées*[2]. C'est enfin cet accord intime
de la transgression de la loi morale et de l'hypermorale
qui est le *sens dernier* de *Wuthering Heights*. Par ailleurs[3] Jacques Blondel a décrit attentivement le monde
religieux, protestantisme influencé des souvenirs d'un
méthodisme exalté, où se forma la jeune Emily Brontë.
La tension morale et la rigueur étreignaient ce monde.
Cependant la rigueur mise en jeu dans l'attitude d'Emily
Brontë diffère de celle sur laquelle se fondait la tragédie
grecque. La tragédie est au niveau des interdits religieux
élémentaires, tels celui du meurtre ou la loi de l'inceste,
que ne justifie pas la raison. Emily Brontë s'était éman-
cipée de l'orthodoxie ; elle s'éloigna de la simplicité et
de la naïveté chrétiennes, mais elle participait de l'esprit
religieux de sa famille. Surtout dans la mesure où le
christianisme est très stricte fidélité au Bien, que fonde
la raison. La loi que viole Heathcliff – et que, l'aimant
malgré sa volonté, Catherine Earnshaw viole avec lui –,
est d'abord la loi de la raison. C'est tout au moins la

---

1. *Op. cit.*, p. 406.
2. Souligné par moi.
3. *Op. cit.*, p. 109-118.

loi d'une collectivité que le christianisme a fondée sur un accord de l'interdit religieux primitif, du sacré et de la raison[1]. Dieu, fondement du sacré, échappe en partie dans le christianisme aux mouvements de violence arbitraire qui, dans les temps les plus anciens, fondaient le monde divin. Un glissement avait commencé dans ces conditions : ce qu'essentiellement l'interdit primitif exclut est la violence (en pratique, la raison a le même sens que l'interdit, l'interdit primitif a lui-même en fait une conformité lointaine avec la raison). Il y a une équivoque, dans le christianisme, entre Dieu et la raison – équivoque qui d'ailleurs nourrit le malaise, d'où l'effort en sens contraire du jansénisme, par exemple. Ce qui, à l'issue de la longue équivoque chrétienne, éclate dans l'attitude d'Emily Brontë est, à la faveur d'une solidité morale intangible, le rêve d'une violence sacrée que n'atténuerait nulle composition, nul accord avec la société organisée.

La chemin du royaume de l'enfance – dont les mouvements procèdent de la naïveté et de l'innocence – est retrouvé de cette façon, *dans l'horreur de l'expiation*.

La pureté de l'amour est retrouvée dans sa vérité intime, qui, je l'ai dit, est celle de la mort.

La mort et *l'instant* d'une ivresse divine se confondent en ce qu'ils s'opposent également aux intentions du Bien, fondées sur le calcul de la raison. Mais, s'y opposant, la mort et l'instant sont la fin dernière et l'issue de tous les calculs. Et la mort est le signe de l'instant, qui dans la mesure où il est l'instant, renonce à la recherche calculée de la durée. L'instant de l'être individuel nouveau dépendit de la mort des êtres disparus. Si ces derniers n'avaient pas disparu, la place aurait manqué pour les nouveaux. La reproduction et la mort conditionnent le renouveau immortel de la vie ; ils conditionnent l'instant toujours nouveau. C'est pourquoi nous ne pouvons avoir

---

1. Il est certain que, dans les limites du christianisme, la raison compose avec les conventions sociales, expressives d'abus.

de l'enchantement de la vie qu'une vue tragique, mais c'est aussi pourquoi la tragédie est le signe de l'enchantement.

Il se peut que ceci, tout le romantisme l'annonce[1], mais entre tous c'est le chef-d'œuvre tard venu qu'est *Wuthering Heights* qui l'annonce le plus humainement. [...]

---

1. Jacques Blondel a noté tout ce qu'Emily Brontë devait au romantisme, en particulier à Byron, que, certainement, elle a lu.

BIBLIOGRAPHIE

Les Œuvres de la famille Brontë sont publiées chez Gallimard dans la Bibliothèque de la Pléiade. On trouvera dans le tome I (1847-1848), paru en 2002 : *Wuthering Heights* d'Emily Brontë, *Agnes Grey* d'Anne Brontë, tous deux traduits et présentés par Dominique Jean, *Le Professeur* de Charlotte Brontë, traduit et présenté par Michel Fuchs, et *La Locataire de Wildfell Hall* d'Anne Brontë, traduit et présenté par Annie Regourd. Dans le tome II, paru en 2008, *Jane Eyre*, précédé des *Œuvres de jeunesse* (1826-1847), on trouvera : *Récits et poèmes* (1826-1839) de Charlotte et Patrick Branwell Brontë ; *Poèmes* (1837-1848) d'Emily Brontë ; *Alexander et Zenobia* (1837) d'Anne Brontë ; *Poèmes publiés* (1841-1847) de Patrick Branwell Brontë ; *Poèmes* (1846) de Charlotte, Emily et Anne Brontë, et *Jane Eyre* (1847) de Charlotte Brontë. Textes traduits par Sylviane Chardon, Robert Davreu, Michel Fuchs, Dominique Jean et Pierre Leyris. Édition publiée sous la direction de Dominique Jean avec la collaboration de Sylviane Chardon, Robert Davreu et Michel Fuchs.